BASTEI LÜBBE
TASCHENBUCH

Weitere Titel der Autorin:

Tochter des Nordens

Titel in der Regel auch als E-Book erhältlich

Über die Autorin:

Julia Kröhn wurde 1975 in Linz an der Donau geboren. Heute lebt die Fernsehjournalistin und Autorin in Frankfurt am Main. Sie veröffentlicht unter verschiedenen Pseudonymen sehr erfolgreich Kinder-, Fantasy- und Historische Romane. Unter dem Pseudonym Carla Federico erhielt sie im Jahr 2010 den internationalen Buchpreis CORINE für ihren Roman *Im Land der Feuerblume*. Besuchen Sie die Autorin unter www.juliakroehn.de im Internet.

Julia Kröhn

KINDER DES FEUERS

Historischer Roman

BASTEI LÜBBE
TASCHENBUCH

BASTEI LÜBBE TASCHENBUCH
Band 16 738

1. Auflage: Februar 2013

Dieser Titel ist auch als E-Book erschienen.

MIX
Papier aus verantwortungsvollen Quellen
FSC® C014496

Originalausgabe

Dieses Werk wurde vermittelt durch
die Literarische Agentur Thomas Schlück GmbH, 30827 Garbsen.

Lektorat: Melanie Blank-Schröder
Landkarte: Helmut W. Pesch
Titelillustration: © missbehavior.de
Umschlaggestaltung:
Pauline Schimmelpenninck Büro für Gestaltung, Berlin
Satz: Urban SatzKonzept, Düsseldorf
Gesetzt aus der Garamond
Druck und Verarbeitung: GGP Media GmbH, Pößneck
Printed in Germany
ISBN 978-3-404-16738-8

Sie finden uns im Internet unter
www.luebbe.de
Bitte beachten Sie auch:
www.lesejury.de

Der Preis dieses Bandes versteht sich einschließlich
der gesetzlichen Mehrwertsteuer.

Feuer seh ich brennen östlich der Burg,
Kriegsbotschaft kommt, das verkündet die Glut.
Ein Heer ist im Anzug, es dringt hier ein,
und alsbald verbrennt es die fürstliche Burg.

Aus der »Edda«

Vorbemerkung

Seit dem neunten Jahrhundert suchen Wikinger aus Dänemark und Norwegen den Norden des Westfrankenreichs heim. Um der steten Bedrohung Herr zu werden, wird im Jahr 911 dem Wikingerführer Rollo ein Stück Land abgetreten: die spätere Normandie. Dafür schwört Rollo dem fränkischen König den Lehnseid und lässt sich taufen.

In der benachbarten Bretagne fallen immer wieder Wikinger ein, doch anders als Rollos Gefolge setzen sie nicht auf Anpassung an die christlich-fränkische Kultur, sondern bleiben heidnisch.

Im Jahr 936 ist die Normandie ein eigenes Herrschaftsgebiet und wird mittlerweile von Rollos Sohn Graf Wilhelm regiert, der von den fränkischen Nachbarn als ebenbürtig anerkannt ist.

In der Bretagne ist es Alanus Schiefbart, einem Nachfahren der christlichen Könige der Bretagne, gelungen, das Gebiet größtenteils von den Wikingern zurückzuerobern.

Wird die Normandie auch künftig ein »Nordmännerland« bleiben? Und kann Alanus Schiefbart dauerhaft verhindern, dass auch die Bretagne zu einem solchen wird?

N
W
O
S
COTENTIN
Dol
Landévennec
BRETAGNE
Redon
Nante
Atlantischer Ozean

Somme
Fécamp
Rouen
Lyons-la-Forêt
Epte
Bayeux
Pîtres
St. Clair-sur-Epte
Seine
Epte
NORMANDIE
Dives
Loire
0 20 40 60 80 100 km

An der bretonischen Küste im Jahr 936

Ihre Welt war arm an Farben: Da war das milchige Blau des Himmels, das dunstige Grau des Meeres, das rötliche Braun der Felsen, das schmutzige Weiß der Gischt. Der kreisrunde Wall aus über die Jahre verwittertem Holz, der inmitten dieser Einöde aufragte, bot kaum Schutz, und wenige Stöße hätten gereicht, den Wehrgang zum Einsturz zu bringen, doch immerhin kündete er vom Wirken menschlicher Hände.

Die Krieger erweiterten ihn gerade. Sie hatten ihre Waffen beiseitegelegt und schleppten Holz und Steine, einmal mehr bekundend, dass sich bei den Nordmännern niemand zu schade war, sich die Hände schmutzig zu machen. Sie arbeiteten entschlossen und trotzten dem Wissen, dass, was immer man hier errichtete, bald erneut von Wind und Meer zerfressen sein würde.

Hawisa sah den Männern gern beim Arbeiten zu. Jede Tat zupackender Hände, war sie auch noch so sinnlos, bestätigte, dass auf der Welt nur bestand, wer um Veränderung rang, anstatt sich aufs Abwarten zu verlegen.

Die zwei Männer, die eben zu ihr traten, arbeiteten nicht – das taten sie nie. Sie machten nur mit Worten Mut, die Heimtücken des Lebens zu ertragen und unbeirrt an ihrem Vorhaben festzuhalten – heute jedoch nicht einmal das. Stattdessen berichteten sie, dass Hasculf mit seiner Truppe zurückgekehrt war und Nachrichten brachte und dass diese Nachrichten keine guten waren.

Hawisa spannte sich kaum merklich an.

»Schon wieder sind zwei Städte gefallen«, wurden ihre schlimmsten Befürchtungen bestätigt. »Allerorts unterwerfen sich die Menschen Alanus Schiefbart und begrüßen ihn mit lautem Jubel.«

»Das sind keine Menschen«, knurrte Hawisa, »das sind nur blökende Schafe.«

»So oder so sind wir hier nicht länger in Sicherheit.«

Der Mann, der zu ihr sprach, war blind. In der Sprache des Nordens hätte man ihn eigentlich Blindur nennen müssen, den Blinden, aber er bestand darauf, dass man ihn Dökkur rief, den Dunklen. Der Name passte zu ihm – nicht nur, weil seine Welt in Dunkelheit versunken war, sondern weil seine furchteinflößende Erscheinung vermittelte, er könnte kraft seines Willens sogar die Sonne dazu bringen, sich zu verstecken. Er war sehr groß und dürr, hatte schwarzes Haar, das verfilzt über seinen Rücken hing, und einen langen, ebenso ungepflegten Bart. Seine Nase war spitz, die Lippen schmal. Dökkur war nicht blind geboren worden, nach einer verlorenen Schlacht einige Jahre zuvor hatte man ihm die Augen ausgestochen. Mal trug er eine Binde über den Narben, die dunklen Löchern glichen, mal zeigte er sie jedem, um daran zu mahnen, wie schnell sich das Schicksal wenden konnte: Eben noch ein tapferer Krieger, hochgeboren und willens, das Erbe seines Bruder anzutreten, war er nun nicht länger fähig, zu kämpfen und zu führen.

Hawisa graute es vor seinem Anblick, doch während er andere verängstigte, erweckte er in ihr vor allem Trotz. So tief wie er wollte sie nie fallen.

»Ich fühle mich sicher hier«, erklärte sie.

»Trotzdem – wir sollten fliehen.«

»Ich werde nicht gehen. Wir dürfen die Hoffnung nicht aufgeben.«

Sie verbarg das Zittern in ihrer Stimme. Tagsüber gab sie sich gefasst, nur nachts hielt die Angst sie wach. Nicht die Angst vor dem Tod, sondern die davor, dass sie vor diesem Tod ihre Ziele nicht mehr erreichte, dass sie ihrem Leben keinen Sinn mehr geben konnte und ihr Name der einer Frau blieb, die gescheitert war, anstatt ein Reich zu erobern, zu einen und zu stärken. Seit einem Jahr begleitete sie diese Angst. Seit einem Jahr herrschte Krieg in der Bretagne.

»Hoffnung, du sprichst von Hoffnung?« Dökkur sprach das Wort verächtlich aus. Seine Kiefer knirschten, als wollte er es zermalmen.

Das ist aus uns geworden, dachte sie. Verspreche ich ihnen, morgen im eigenen Blut zu ersaufen, sie würden ihr Schicksal schultern wie die Männer am Wall die Baumstämme – fleißig, ohne zu murren, geübt zu ertragen. Verspreche ich ihnen hingegen Hoffnung, wirft man mir vor, sie zu verhöhnen.

»Ich weiß ... ich weiß ... die Bretagne bricht immer mehr auseinander.«

»Und jetzt ist auch noch Nantes an Alanus gefallen.«

Hawisa schloss die Augen. Nantes. Das sollte ihre Hauptstadt sein, nicht die des Widersachers.

Nun schaltete sich der Mann ein, der mit Dökkur zu ihr getreten war. Bis jetzt hatte er mit verschlagenem Gesicht gelauscht. Er war ein ehemaliger Mönch und seit Jahren ihr Sklave, doch er verhielt sich nicht unterwürfig wie ein solcher, sondern stets spöttisch. Meine Freiheit könnt ihr mir nehmen, schien er mit jedem Wort, mit jeder Geste zu sagen, aber meine Klugheit nicht.

»Alanus ruft alle Bretonen zu den Waffen, um ihn bei seinem Kampf zu unterstützen – die Grafen, Vizegrafen und die Machtierns, die Gemeindevorsteher. Es heißt, dass er an dem Tag, da er Nantes endgültig zurückerobert hat, eigenhändig den Weg zur Kathedrale mit Schwerthieben freigeschlagen hat. Im Turm hat er sich sein Quartier errichtet.«

Bruder Daniel sprach mit näselnder Stimme, gleich so, als hocke etwas Zähes in seiner Kehle, das ihn schwer atmen und nie laut werden ließ. Er stand stets mit geducktem Kopf da, wirkte aber nicht schwach und ängstlich, sondern bösartig.

Hawisa wandte sich ab, blickte auf das Meer und die hohen Felsen. Hier über die Klippen zu fallen hieß zu sterben. Der Stein war so glatt, als wäre er von Menschenhand gehauen. Möwen hatten die Klippen kreischend in Besitz genommen und trotzten dem Wind.

So ist die Natur, dachte Hawisa. Sie baut in unwegsamer Gegend unverwüstliche Burgen aus Stein, die noch in Hunderten von Jahren bestehen werden, während unser Wall schon morgen niedergerissen und abgebrannt werden könnte.

»Wie sollen wir ob all dieser Nachrichten noch Hoffnung haben?«, fragte Dökkur.

Hawisa antwortete nicht, sondern blickte Hasculf entgegen, jenem Krieger, der zuvor die Nachrichten überbracht hatte und jetzt auf sie zukam. Sein Gesicht war nicht finster wie das von Dökkur und bösartig wie das von Bruder Daniel, sondern vollkommen ausdruckslos.

»Ich bringe nicht nur Neuigkeiten von Alanus Schiefbart«, erklärte Hasculf, »sondern auch Neuigkeiten von … ihr.« Er hielt einen Moment feierlich inne. »Wir haben Mathilda gefunden.«

Wie immer zeigte sich Hawisa beherrscht. Sie zuckte nicht freudig zusammen, triumphierte nicht und brach auch nicht in Tränen aus, die von jahrzehntelangem Leid kündeten. Lediglich ein stilles Lächeln erschien auf ihren Lippen, als Hasculf nun von dem Kloster erzählte, in dem Mathilda lebte.

»Es ist dem heiligen Ambrosius geweiht«, schloss er, »und es liegt einsam inmitten von Wäldern.«

»Seht ihr!« Hawisa konnte ihre Begeisterung nicht länger zurückhalten. Sie wandte sich an Dökkur und Bruder Daniel. Der eine hatte sein Augenlicht verloren, der andere seine Freiheit, aber sie, sie würde nicht verlieren. »Es wird sich alles zum Guten wenden, jetzt, da wir Mathilda gefunden haben. Ihre ruhigen Tage im Kloster sind gezählt.«

I.

Kloster Saint-Ambrose

Mathilda sog tief den salzigen Geruch des rauschenden Meeres und zugleich den durchdringend süßen der bunten Blumen in sich ein. Wie ist es möglich, dachte sie, dass diese an einem Ort wachsen, an dem der Boden sandig und felsig ist und stets ein rauer Wind weht? Kann es tatsächlich einen Ort geben, der salzig und süß zugleich ist, schroff und zart, karg und farbenprächtig?

Das Glitzern des Meeres blendete sie, sodass sie die Augen schließen musste, als sie über die Blumenwiese direkt dem blonden Mann mit der gegerbten Haut entgegenlief, der dort groß und stolz am Ende der Klippe stand. Er wartete auf sie, bereit, sie aufzufangen, in die Luft zu werfen und dann, wenn sie vor Lachen kreischte, an seinen gestählten Körper zu pressen. Seine Hände würden über ihr Gesicht streicheln, Hände, die grob sein konnten, aber auch zärtlich und liebevoll.

Doch ehe Mathilda den Mann erreichte, spürte sie plötzlich eine Veränderung. Sie konnte den Geruch des Meeres und den der Blumen nicht mehr wahrnehmen. Erschrocken schlug sie die Augen auf, und das Lächeln schwand von ihren Lippen. Ein heiserer Schrei entfuhr ihrem Mund, denn sie erblickte anstelle des blonden Mannes das Gesicht einer Fremden. Sie schrie erneut auf, als Hände nach ihr fassten, ihre Schultern umklammerten, sie rüttelten.

»Mathilda! Was ist mit dir? Hast du schlecht geträumt?«

Nein, dachte sie, ich habe nicht schlecht geträumt, nur zu kurz. Im entscheidenden Augenblick wurde ich geweckt ... ich konnte mich nicht mehr in die Arme des blonden Mannes retten ...

Dann ging ihr auf, dass das Gesicht, in das sie starrte, nicht das einer Fremden war, sondern das von Schwester Maura, einer Nonne, wie sie eine war. Sie schlief im Dormitorium auf dem Strohsack neben ihr und verbrachte viele Stunden des Tages an ihrer Seite. Maura war eine Vertraute, deren Namen sie kannte. Den des blonden Mannes, gleichwohl auch er im Traum so vertraut gewirkt hatte, kannte sie nicht, desgleichen konnte sie den Namen des Ortes nicht benennen, an dem Blumen inmitten der Klippen am Meer wuchsen. Und warum trieb ihr die Sehnsucht Tränen in die Augen?

Das Licht, das durch die Luken ins Innere sickerte, war noch matt. Mathilda fühlte Mauras nachdenklichen Blick auf sich ruhen und wandte sich rasch ab. Durch die dicken Mauern des Dormitoriums hörte sie die Glocke läuten. Die Glocke läutete oft, sieben Mal am Tag.

»Du hast verschlafen«, murmelte Maura.

Mathilda fühlte keine Sehnsucht mehr nach dem Ort, der ihr immer fremder wurde, je mehr Leben in ihre steifen Glieder zurückkehrte. Scham stieg in ihr auf, denn sie erlaubte sich nur ungern eine Schwäche.

»Warum hast du mich nicht geweckt?«

»Ich wecke dich doch jetzt!«

»Zu spät, wie's scheint!«

Maura zuckte die Schultern. Sie nahm es mit den Klosterregeln nicht ganz so genau, schon oft hatte sie verschlafen und hinterher nie jene Reue gezeigt, die Mathilda jetzt überkam.

»Sei nur ganz ruhig«, tröstete sie. »Nach der Aufregung der letzten Tage meinte die Äbtissin, du solltest dich ausruhen. Sie selbst hat mich davon abgehalten, dich zu wecken.«

Mathilda seufzte. In der Tat – in den letzten Tagen war mehr geschehen als in ihrem ganzen sechzehn Jahre währenden Leben zuvor. Einem Leben, das sie fast ausschließlich im Kloster zugebracht und Gott geweiht hatte. Sie war noch ein kleines Mädchen gewesen, als sie hergebracht wurde, von wem und warum, war immer bedeutungslos gewesen – zumindest, ehe sie begonnen hatte, von der Blumenwiese und von dem blonden Mann zu träumen und sich zu fragen, ob dies Ausgeburten ihrer Fantasie waren. Oder vielleicht Erinnerungen?

»Endlich ist wieder Frieden eingekehrt«, sagte Mathilda.

Sie erhob sich, fühlte sich aber nicht wirklich ausgeruht. Ihr Kopf schien zu schwer, und die Zunge war trocken. Als sie an Maura vorbeigehen wollte, hielt diese sie auf. »Du hast im Traum übrigens eine fremde Sprache gesprochen«, sagte sie.

Die junge Nonne war verwirrt. »Welche Sprache?«

»Hätte ich fremd gesagt, wenn ich sie verstanden hätte?«

Mathilda zuckte die Schultern und machte sich von Maura los. »Ich spreche Fränkisch und Latein«, erklärte sie entschieden, »sonst nichts. Das Sprechen habe ich doch erst hier erlernt.«

Der bittere Geschmack in ihrem Mund verging, aber die Verwirrung begleitete sie den ganzen Tag hindurch. Hier im Kloster war auf keinerlei Ablenkung zu hoffen. Für gewöhnlich war es zwar das beschauliche Gleichmaß der Tage, was sie an ihrem Leben am meisten schätzte, doch heute fand sie nicht einmal bei der Lektüre Besänftigung für ihr aufgewühltes Gemüt – weder bei der gemeinschaftlichen noch bei der persönlichen. Die übliche Neugier, welches Buch oder welchen Bibeltext man ihr zuteilen würde, auf dass sie später darüber Bericht erstattete, blieb aus.

Die Buchstaben verschwammen vor ihren Augen, obwohl sie gern schrieb und noch lieber las. Nur selten beklagte sie sich über einen schmerzenden Rücken. Zwar hätte sie nie von sich aus das Skriptorium als jenen Ort erkoren, wo sie ihre Talente am besten leben konnte, aber als die Magistra sie dafür bestimmte, hatte sie es hingenommen. Sie war dankbar dafür, nicht stolz darauf – Stolz war schließlich eine Sünde, ihr Talent hingegen ein von Gott geschenktes, wenn auch ein seltenes. Es kam nicht oft vor, dass Gott Frauen mit der Gabe des Verstandes überreich ausstattete. Wenn es aber geschah – so schrieb es der heilige Hieronymus an seine Schülerin Laeta –, dann möge man es fördern, die Frauen nicht nur Spinnen, Weben und Schneidern zu lehren, sondern auch Lesen und Schreiben. Nicht zum Selbstzweck natürlich, sondern auf dass sie die Heiligen Schriften erlernen und verstehen würden.

Heute lernte und verstand Mathilda nichts. Die Lektürestunden vergingen, ihr Geist jedoch blieb leer. Später saß sie hinter dem Schreibpult, aber ihre Hand war wie gelähmt. Vor kurzem noch hatte sie sich über die Auszeichnung gefreut, nicht länger nur auf Wachstäfelchen schreiben zu müssen, sondern auch Pergament benutzen zu dürfen. Ehrfürchtig hatte sie darübergestrichen, sich vorgestellt, diese Seiten nicht nur mit Texten, sondern auch mit kunstvollen Zeichnungen zu versehen – so wie die Nonnen im berühmten Chelles, die im ganzen Land für ihre Bücher bekannt waren. Der Erzbischof von York hatte von ihnen gar ein Evangeliar mit goldener Farbe auf Purpurpergament schreiben lassen. Saint-Ambrose war zu arm, hier schrieben die Nonnen nicht mit Gold auf Purpur, aber Mathilda hatte sich oft gefragt, wie dergleichen wohl aussah.

Sie ließ ihren Blick durchs Skriptorium kreisen und versuchte, die Fragen zu verscheuchen, die ihr nicht mehr aus dem Kopf gehen wollten, aber es gelang ihr nicht.

Wer bin ich? Woher stamme ich? Wer sind meine Eltern?

Die Schwestern, die im Skriptorium ihren Dienst versahen, waren nicht nur ihres Talentes wegen dafür auserwählt worden, sondern auch wegen ihrer hohen Abstammung. Je wohlhabender die Eltern waren, desto größeren Wert legten sie darauf, dass ihre Töchter nicht zu den niederen, sondern zu den angenehmeren Diensten im Kloster beordert wurden. Sie aber, Mathilda, wusste nicht einmal, wer ihre Eltern waren. Sie mussten vornehm sein, denn alle Ordensschwestern in Saint-Ambrose entstammten dem Adel, aber wie sie hießen und woher sie kamen, hatte sie nie erfahren. Früher hatte sie manchmal danach gefragt, aber keine brauchbare Antwort erhalten, man hatte ihr lediglich erklärt, dass, wer ins Kloster gehe, die alte Welt und sämtliche Bindungen hinter sich lasse und dass sie, als sie als kleines Mädchen ins Kloster kam, kein Wort gesprochen, sondern es erst hier erlernt habe.

Vielleicht war das eine Lüge, ging es ihr jetzt durch den Kopf, vielleicht habe ich sehr wohl gesprochen – in jener fremden Sprache aus dem Traum …

»Mathilda, wo hast du nur deine Gedanken?«

Mit schlechtem Gewissen blickte sie hoch. Die Magistra stand vor ihr, der die Erziehung und Ausbildung der jungen Mädchen oblag. Von ihr lernten sie Psalmen zu memorieren, erhielten Sprach- und Grammatikunterricht und wurden im Lesen und Schreiben unterwiesen.

»Es tut mir leid«, sagte sie hastig, »aber nach den Ereignissen der letzten Tage ...«

Sie schämte sich sogleich, sich hinter diesem Vorwand zu verstecken, auch wenn es seine Wirkung nicht verfehlte. Die Magistra nickte hastig, suchte ihre eigene Aufgewühltheit zu verbergen und trat weg. Es stimmte, in den letzten Tagen war im Kloster viel Schreckliches geschehen, Mathilda erschauderte immer noch, wenn sie nur daran dachte. Nur an diesem Tag waren es nicht diese Ereignisse, sondern der Traum, der sie verwirrte. Allerdings, ging es ihr plötzlich durch den Sinn – vielleicht hatten die Träume sie nur deshalb heimzusuchen begonnen, weil ihr Gemüt so erschüttert war. Sie seufzte und entschied, wie sie die letzten Tage, vor allem aber den Traum, hinter sich lassen konnte: Sie musste mit der Äbtissin sprechen.

Doch schon als Mathilda nach dem kargen Mittagessen auf sie zutrat und um ein paar Worte bat, ging ihr auf, dass es ein Fehler sein könnte. Nach allem, was passiert war, war die Äbtissin nicht mehr sie selbst. Als einige Wochen zuvor jener verletzte junge Mann aufgetaucht und im Kloster gesund gepflegt worden war, war ihr gewohnter Gleichmut erschüttert worden, und als wenig später Krieger das Kloster überfallen hatten, hatte sie endgültig die Fassung verloren, sich die Schuld an allem gegeben und ihren Rücktritt verkündet. Die Männer hatten das Kloster nicht erstürmen können, waren vielmehr selbst durch Feindeshand gestorben – oder durch göttliches Eingreifen, Mathilda wusste es nicht so genau –, und die Äbtissin hatte ihr Amt behalten. Der geheimnisvolle Mann jedoch, Arvid mit Namen, der dies alles ausgelöst hatte, war immer noch im Kloster, und die Äbtissin wirkte immer noch verwirrt.

Nur zögernd stellte Mathilda ihr die Frage, die auf ihrer Seele lastete. »Denkt Ihr«, setzte sie unwillkürlich an, »denkt Ihr, ehrwürdige Mutter, mein Wille ist fest genug?«

Die Äbtissin sah an ihr vorbei. »Was meinst du?«

»Nun, meine Profess steht bald bevor!«

Nicht jede Nonne legte ihr Gelübde, keusch und arm zu bleiben, öffentlich und die Hand auf der Benediktregel ruhend ab. Viele lebten einfach in der Gemeinschaft, fügten sich den Geboten des Klosters und trugen die schwarze Kleidung als Zeichen von Enthaltsamkeit und Demut so lange, bis alle Welt sie als Nonne betrachtete. Mathilda aber hatte sich immer eine feierliche Profess gewünscht und die letzten Monate darauf hingelebt. Sie kannte kein anderes Leben als dieses, also war es das schönste, das sie sich vorstellen konnte, und sich laut und vor der Gemeinschaft dazu zu bekennen, würde ein Fest sein.

Die Äbtissin blickte sie jetzt verständnislos an. »Deine Profess ...«

»Es könnte doch sein«, erklärte Mathilda ihre Sorge, »dass der Teufel die verbleibende Zeit vor meiner Profess benutzt, um meiner Seele habhaft zu werden. Viele fromme Menschen haben davon berichtet, dass sie gerade vor dem Eintritt ins Kloster Anfechtungen ausgesetzt waren.«

»Du lebst schon so lange im Kloster, Mathilda«, sagte die Äbtissin noch immer ein wenig abwesend. »Auch wenn du die Profess noch nicht abgelegt hast, beweist du jeden Tag die Tugenden einer Ordensschwester. Warum sollte der Teufel ausgerechnet jetzt eine Schwäche wittern?«

»Ich weiß nicht«, stammelte Mathilda, »ich weiß nur ...«, sie biss sich auf die Lippen, zögerte kurz, »... ich hatte heute in der Nacht einen merkwürdigen Traum.«

»Und wovon hast du geträumt? Häufig sind Träume Botschaften von Gott, denk an Joseph in Ägypten.«

»Aber ich habe auch gelesen, dass der Teufel Träume nutzt, um die Seele des Menschen zu verwunden. Der Schlaf schwächt den Willen, seinen Verführungen zu trotzen. Ich will das nicht!« Heftig brach es aus Mathilda hervor: »Ich will nicht wissen, ob es jene Blumenwiese am Meer gibt! Ich will nicht wissen, welche Sprache ich im Traum gesprochen habe!«

Falls ihre Worte die Äbtissin verwirrten, ließ jene es sich nicht anmerken. »Du willst, dass nach allem, was geschehen ist, das Leben wieder in gewohnten Bahnen verläuft, dass die Welt mit all ihren Schrecknissen von den Mauern ausgeschlossen wird, dass wieder Frieden einkehrt – im Kloster und in deinem Herzen, nicht wahr?«

Die Miene der Äbtissin war verständnisvoll – jedoch auch ein wenig verächtlich.

»Ich will einfach nur eine gute Nonne sein«, murmelte Mathilda. »Und eine solche legt ihr altes Leben ab wie ein abgetragenes Kleid. Vielleicht ... vielleicht kommt der Traum nicht wieder, wenn Ihr mich züchtigt. Ja, lasst mich bei Birnensaft fasten! Verbietet mir, im Skriptorium zu arbeiten, und lasst mich stattdessen die Latrinen reinigen! Befehlt mir, auf dem Boden der Kapelle zu knien, bis ich die Knie nicht mehr spüre und ...«

Immer eifriger ging sie daran, mögliche Strafen aufzuzählen, bis die Äbtissin energisch ihre Hand hob.

»Still nun!«, rief sie. »Du verdienst doch keine Strafe! In den letzten Tagen hast du mir so oft beigestanden. Besonders, nachdem man ... *ihn* ins Kloster brachte ...«

Sie verstummte, und Mathilda folgte ihrem Blick, der hinaus auf den Hof schweifte. Man sah dem jungen Mann, der dort auf und ab ging, nicht länger an, wie schwer verletzt er gewesen war. Mathilda hatte zu jenen gehört, die ihn gepflegt und die alsbald geahnt hatten, dass das Leben der immer vorbildlichen Äbtissin mit dem des jungen Mannes irgendwie verknüpft war. Gemessen an der Vergangenheit der Äbtissin musste ihr wirrer Traum bedeutungslos sein. Kein Wunder, dass die Äbtissin sie nicht bestrafen wollte.

»Wie lange wird er denn noch bleiben?«, fragte Mathilda.

»Noch ist er nicht stark genug, um aufzubrechen ...«, antwortete die Äbtissin.

Oder sie war nicht stark genug, ihn gehen zu lassen.

Die Äbtissin wandte sich ab.

»Bring ihm etwas zu essen!«, befahl sie knapp.

Mathilda runzelte die Stirn und wollte widersprechen. Sie war in ihrem Leben nicht vielen jungen Männern begegnet, und dieser eine hatte in den letzten Tagen ihre Welt derart durcheinandergebracht, dass sie gehofft hatte, ihn nach seiner Genesung meiden zu können. Was die Äbtissin nun verlangte, deuchte sie als Zumutung.

Doch dann schluckte sie ihre Widerworte. Vielleicht war der Befehl der Äbtissin keine Zumutung, sondern die Strafe, die sie selbst eingefordert hatte. Und was diese Strafe noch härter machte als Fasten, stundenlanges Knien oder das Reinigen von Latrinen, war, dass sie sich einen verbotenen Augenblick lang gar nicht wie eine solche anfühlte.

Mathilda ließ sich von der Schwester Cellerarin, die sich um die Vorratshaltung und die Essenszubereitung kümmerte, Brot und Käse geben, zögerte dann jedoch, den Hof zu betreten. Als sie sich endlich dazu durchrang, war Arvid nicht mehr dort. Sie hoffte schon, ihrer Pflicht entledigt zu sein, als sie ihn im Refektorium sah, jenem Raum gleich neben der Pforte, wo Gäste empfangen und bewirtet wurden. Er hockte gebückt und ließ seine Hand – so sah es zumindest aus der

Ferne aus – auf merkwürdige Weise über dem Kopf kreisen. Hatte er Schmerzen? Seine Brust war doch verletzt gewesen, nicht sein Kopf.

Erst als sie den Raum betrat, erkannte Mathilda, dass der junge Mann sich eine Tonsur schor. Als er verletzt vor der Pforte zusammengebrochen war, hatte ihn diese als Mönch oder Novizen ausgewiesen. Mittlerweile war das braune dichte Haar nachgewachsen, und dass er es schor, bedeutete wohl, dass er möglichst bald in sein Kloster zurückkehren wollte.

Er blickte hoch, als sie näher kam, und sie schämte sich, dass sie errötete. Er ist ein Mann, gewiss, aber eben ein Mann Gottes, sagte sie sich. Solchen begegnete sie manchmal in Gestalt der Mönche vom Nachbarkloster, die kamen, um die Messe zu lesen, die Beichte abzunehmen und die Sterbenden zu segnen.

Mit vermeintlicher Gelassenheit hob sie ihm das Brett mit Brot und Käse entgegen. »Ich habe dir etwas zu essen gebracht.« Anstalten, es auf den Tisch zu stellen, machte sie keine.

Arvids Tonsur war schief geraten, das Lächeln, um das er sich nun bemühte, auch. Er schien sie nicht minder zu scheuen als sie ihn, doch anders als sie hatte er den Mut, das Unbehagen auszusprechen.

»Nicht mehr lange, und ihr seid von meiner Gegenwart befreit«, setzte er an, »und hier kehrt wieder Ruhe ein.«

Es war etwas anderes, dies heimlich zu hoffen, als es ihn sagen zu hören. Ihre Scheu vor ihm deutete Mathilda plötzlich als Zeichen von Schwäche. Wer fest im Glauben stand und den Anfechtungen des Fleisches widerstand, ließ sich von der Gegenwart eines Mannes nicht erschüttern.

»Wer an der Pforte klopft, dem wird aufgetan«, erklärte sie schnell, »wie lange er bleibt, liegt nicht an uns zu bestimmen.« Um ihre Worte zu bekräftigen fügte sie hinzu: »Vor zwei Jahren hat die Äbtissin eine Horde Bettler ins Kloster eingeladen, auf dass wir ihnen am Gründonnerstag die Füße waschen – so wie Jesus seinen Jüngern.«

Sie unterdrückte ein Schaudern, als sie daran dachte. Sie hatte sich vor den fremden fauligen Füßen geekelt und noch mehr vor den Gerüchen, dem Stimmengewirr, den verunstalteten Gesichtern – vernarbt bei den einen, faltig bei den anderen, in jedem Fall von einem ständigen Überlebenskampf kündend, den hier Kloster keiner zu führen hatte. Selbstverständlich hatte sie aber der Äbtissin gehorcht und den Widerwillen unterdrückt.

Käse und Brot wurden ihr mit einem Mal schwer in der Hand. Das Brett auf den Tisch zu stellen hätte aber bedeutet, dicht an Arvid vorbeizugehen. So stellte sie es auf den lehmgestampften Boden.

»Die Schwester Cellerarin meinte, dass du zum Abendessen auch einen Krug Wein haben kannst.«

Arvid senkte den Blick. »Habt alle Dank für eure Güte.«

Es gab nun keinen Grund mehr zu bleiben, aber dennoch verharrte Mathilda noch einen Augenblick. Sie dachte an die vielen Tuscheleien der letzten Tage. Fast alle Nonnen hatten Mutmaßungen über den jungen Mann angestellt – und Maura hatte gewagt, ihr vom schlimmsten und dunkelsten Gerücht zu erzählen, das die Runde machte: Demnach war Arvid niemand anderes als der Sohn der Äbtissin. Kurz nach seiner Geburt war sie ins Kloster eingetreten, um fortan ein frommes Leben zu führen, aber davor hatte sie gesündigt, wenn auch nur einmal. Nicht nur, dass Arvid der Sohn der Äbtissin war, war ein Geheimnis, sondern auch, als wessen Tochter diese geboren worden war. Nicht irgendeines Franken nämlich ...

Nein, sie wollte es nicht einmal denken. So beharrlich sie ihren Traum vergessen und der Frage entgehen wollte, wer sie war und von wem sie abstammte, sollte sie sich auch seiner Herkunft gegenüber blind stellen. Doch als Mathilda sich aufraffte zu gehen, begann der junge Mann unvermittelt zu sprechen, anstatt sich nach Käse und Brot zu bücken.

»Ich weiß, dass über mich geredet wird. Und ich weiß auch, wie sehr euch meine Geschichte verwirren muss. Ich erfuhr ja selbst erst hier, dass ...« Er brach ab, rang nach Worten. »Es ist schwierig«, gab er schließlich zu. »Es ist schwierig, wenn man nicht weiß, auf welcher Seite man steht ...«

Sie verharrte, von etwas gehalten, das sie nicht deuten konnte. War es Neugier – ein Laster dieses, jedoch kein sonderlich schweres? War es Unbehagen, das leichter zu ertragen sein würde, wenn sie seine Andeutungen verstehen könnte? Oder war es womöglich etwas, das schwerer wog?

»Ich weiß, dass ihr Nonnen nichts auf Geschwätz geben dürft«, murmelte er, »aber gewiss habt ihr darüber geredet. Wie ich zur Äbtissin stehe. Ob sie tatsächlich meine Mutter ist. Und ob ich tatsächlich der Sohn eines Nordmannes bin.«

Es war zu viel – für ihn, all das zu verschweigen, für sie, es zu hören.

Es geht mich nichts an!, wollte sie schreien. Stattdessen erklärte sie: »Wir sind alle Kinder Gottes. Das ist das Einzige, was zählt.«

Immer noch begann er nicht zu essen. Mathilda starrte auf das Brett mit dem Käse, und plötzlich erwachte die Gier, ihn selbst zu verschlingen – nicht weil sie hungrig war, sondern weil sie schlucken wollte, was da in ihr aufstieg, die bange Frage nämlich, ob sie genauso entsetzt wie er sein würde, wenn sie wüsste, wessen Kind sie war.

Sie spürte seinen Blick auf sich ruhen und konnte ihn, als sie ihn erwiderte, nicht deuten. Hastig wandte sie sich ab.

»Ich werde bald nach Jumièges zurückkehren. Das ist das Kloster, aus dem ich stamme.«

Sie nickte. »Ich weiß. Es heißt, es sei das größte der Normandie.«

»Und wenn ich fort bin, herrscht hier wieder Frieden.«

»Gewiss«, sagte sie.

Sie wollte daran glauben, und kurz gelang es ihr, kurz fühlte sie jenen Frieden, den Stille und Einfachheit und ein fester Rhythmus schenken.

Dieser Friede währte nur drei Schritte lang, die Mathilda in Richtung Tür machte, dann brach draußen der Lärm los – just in dem Augenblick, da Arvid sich gebückt und das Brett mit Brot und Käse vom Boden aufgehoben hatte. Er erschrak, sodass es ihm aus seinen Händen glitt. Käse und Brot fielen auf den lehmigen Boden.

Schade um das Essen, dachte Mathilda noch. Aber als sie von Arvid gefolgt ins Freie stürzte und die Pferde sah, die Männer, die darauf saßen, und die Waffen, die sie schwangen, da dachte sie gar nichts mehr.

Sie hatte gehört, dass die Heiden aus dem Norden wie Wölfe heulen würden, wenn sie Klöster überfielen, Feuer legten und Mauern zum Einsturz brachten, doch jetzt hörte sie nur ihren eigenen Herzschlag. Sie hatte gehört, dass Zeichen die Geißel Gottes ankündigten – Feuer in Form von Drachen, Flammen auf dem Meer, schreckliche Wirbelstürme und Kometen, doch sie kamen wie aus dem Nichts. Sie hatte gehört, dass sie Felle trügen wie Tiere, aber diese schienen auf den ersten Blick wie aus Eisen gemacht – in ihren Kettenpanzern, die nur die Unterarme freiließen, den kegelförmigen Helmen, dem Nasenschutz, der Kapuze aus metallenen Maschen gefertigt. Aus Eisen waren auch ihre Waffen – Lanzen, Streitäxte, Schwerter, Keulen.

Mathilda starrte die Männer an, begriff nicht, warum sie so anders aussahen als erwartet, und begriff noch weniger, wie sie durch die Pforte ins Kloster gelangen konnten. Die fränkischen Krieger, die das Kloster einige Tage zuvor auf der Suche nach Arvid überfallen hatten, waren auf ein verschlossenes Tor gestoßen und hatten vergebens dagegengehämmert. Erst nach einer Weile kam sie zum Schluss, dass heute das Tor wohl geschlossen, aber kein Riegel vorgeschoben gewesen war.

Der Gedanke erleichterte sie. Während die Welt im Chaos versank, gab es etwas, das der logischen Ordnung entsprach.

Durch das Gebrüll der Männer und das Gewieher der Pferde vernahm sie aus weiter Ferne schließlich eine Stimme, Arvids Stimme. »Komm mit!«, schrie er ihr zu.

Mathilda rührte sich nicht. Nicht nur Arvids Stimme hörte sie aus dem Lärm klar und deutlich heraus, auch die eines der Krieger. Er sprach nicht Fränkisch, nicht Latein und nicht Altgriechisch, und doch verstand sie ihn.

»Findet sie!«

Es war eine fremde Sprache, in der er redete – und ihr dennoch vertraut. Ebenso vertraut wie der Anblick der Wiese inmitten der Klippen am Meer, wie der blonde Mann, der sie in die Arme schließen wollte.

Doch als Arvid sie packte und fortzog, war auf der Welt plötzlich nichts Vertrautes mehr. Der Boden schien sich aufzutun, um alles zu verschlucken, was Mathilda kannte. Sie sah ihre Mitschwestern, die in den Hof gelaufen kamen, sah, wie sie von den fremden Kriegern gepackt und erschlagen wurden, und der Anblick, wie sie blutig zusammenbrachen, war so unwirklich, dass sie ihren Sinnen nicht länger traute. Das war nicht das Kloster, in dem sie aufgewachsen war.

Arvid zog sie zurück ins Refektorium, doch er blieb nicht lange dort, zerrte sie alsbald durch den Raum zu einer kleinen Luke. Sie konnte sich nicht erinnern, jemals davorgestanden und hinausgeblickt zu haben. Ehe sie sah, was sich hinter der Luke befand, hatte er sie schon geöffnet und schob sie hindurch, sodass sie mit dem Kopf voran hinausfiel. Sie prallte auf der linken Schulter auf, spürte einen heftigen Schmerz, aber sie traute dem Schmerz nicht – er war nicht wirklich, er konnte nicht wirklich sein, nichts war mehr wirklich.

Arvid zog sie hoch. Wie fest sein Griff war!

»Beeil dich!«, rief er.

Ich darf mich nicht von einem Mann berühren lassen, fuhr es ihr durch den Kopf, aber bevor sie sich dagegen wehrte, schob sich ein anderer Gedanke in den Vordergrund: Ich will nicht sterben.

Mathilda blickte sich um. Das Kloster war plötzlich kein fremder Ort mehr. Gleich in der Nähe war das Haus der Äbtissin, gegenüber davon die Kapelle, von der aus der Weg frei war zu den Getreidekammern und dem Keller. Sie begriff jedoch nicht, warum die Krieger nicht längst schon in diesen Gebäuden wüteten, warum sie die Nonnen erschlugen, anstatt aus der Kapelle Monstranzen, Goldgefäße und Kruzifixe zu schleppen und aus den Vorratsräumen Fleisch, Mehl und Wein.

»Schneller!«, schrie Arvid. Er hatte sie ganz dicht an sich gezogen. Ihren eigenen Herzschlag hörte sie nicht mehr, aber seinen umso lauter, hörte auch seinen keuchenden Atem, spürte, wie schweißnass seine Hände waren.

Er lebte noch. Und sie auch.

Gemeinsam erreichten sie den Getreidespeicher. Die Abgaben, die die Pächter der umliegenden Klosterländereien brachten, wurden hier aufbewahrt – Säcke voller Mehl und Getreide, auch Strohballen. Arvid blickte sich suchend um, dann stieß er sie in Richtung der Ballen. Sie schwankte, fiel, und ehe sie sich aufrichten konnte, hatte er schon ein paar Ballen auf sie geworfen. Halme stachen ihr ins Gesicht, ihre Brust wurde eng.

»Bleib ruhig liegen!«, herrschte er sie an, als sie sich befreien wollte. »Vielleicht können wir uns hier verstecken.«

Sie erstarrte. Vielleicht ... er hatte gesagt vielleicht ...

Vielleicht sind wir hier in Sicherheit, vielleicht auch nicht. Vielleicht werden sie uns entdecken, werden mich schänden, werden mich töten oder zur Sklavin machen, vielleicht werden sie ...

»Still!«, zischte Arvid.

Hatte sie etwa laut geredet?

»Sei doch still!«

Nein, er meinte etwas anderes – das laute Klappern ihrer Zähne.

Mit aller Macht presste sie die Kiefer aufeinander und versuchte, sich darauf zu konzentrieren, Luft zu bekommen. Unter dem Stroh begann ihr heiß zu werden, doch sie erstickte nicht, sie war noch fähig zu denken.

Die Normandie ist doch ein christlicher Ort, dachte sie. Die Heiden, die das Land einst überfallen haben, haben sich doch taufen lassen und werden vom gleichfalls christlichen Graf Wilhelm regiert, der das Land vor dem Eindringen neuer Banden schützt. Warum suchen diese Dämonen das Kloster heim? Und warum hat einer von ihnen, wahrscheinlich der Anführer, befohlen: »Findet sie!«?

Plötzlich ertönte ein Knistern, und als sie Arvid neben sich stöhnen hörte, wusste sie, was es zu bedeuten hatte. Die Krieger begnügten sich nicht länger damit, ihre Mitschwestern abzuschlachten, sondern hatten überdies ein Feuer gelegt. Wenn das Feuer auf die Strohballen übergriff, würden auch sie in Flammen aufgehen. Wenn sie aber vor dem Feuer flohen, würden sie den Männern in die Hände und somit direkt in ihr Verderben laufen.

Arvid hielt den Atem an und vermeinte kurz, auf diese Weise gleichsam die Zeit und den Lauf der Welt anzuhalten. Das Feuer würde sich nicht ausbreiten, die Männer nicht noch mehr Schwestern niederstrecken. Doch weder das Klirren der Waffen noch das Geschrei der Nonnen oder das Knistern erstarb. Es kam lediglich nicht näher.

Er atmete aus, wieder ein, glaubte, in der Hitze ersticken zu müssen. Anders als er zitterte Mathilda, die junge Nonne, am ganzen Leib. Nur ihr Zähneklappern hatte sie unterdrückt – und den Drang zu fliehen. Und wenn sie ihm widerstehen konnte, konnte er das auch.

Arvid drehte ein wenig den Kopf und sah in ihr blasses Gesicht mit den weit aufgerissenen dunklen Augen. Ohne recht zu wissen, was er tat und warum, tastete er nach ihrer Hand und drückte sie. Es kam kein Klagelaut über ihre Lippen, und es regte sich auch kein Widerstand in ihr. Ihr ging es wohl wie ihm: Jeden Schmerz wollte sie ertragen, jede befremdliche, weil nicht gestattete Nähe, solange sie nur nicht allein war.

Wie jung sie ist, dachte er, wie zart und wie schön, mit ihrem herzförmigen Gesicht, der hellen Haut, den großen tiefgründigen Augen. Ob auch die Haare unter dem Schleier dunkel waren?

Nie hätte er sich das zu fragen getraut, lägen sie nicht unter

Strohballen begraben, nie hätte er sich über die Schönheit einer Frau Gedanken gemacht, teilte er mit dieser nicht die Todesangst. Aber jetzt brachte der Gedanke Labsal und kam ihm nicht als bösartige Einflüsterung des Teufels vor. Jetzt bedeutete, über die Farbe ihres Haars nachzudenken, nicht länger das Knistern der Flammen und Nonnen sterben zu hören.

Sie hockten Leib an Leib. Sie hielten sich an den Händen. Sie atmeten im Gleichtakt. Irgendwann war nichts anderes mehr zu hören als ihr Keuchen. Kein Knistern, kein Geschrei, kein Waffenlärm. So plötzlich wie die Hölle sich geöffnet hatte, schlossen sich ihre Tore wieder.

Arvid wartete noch eine Weile, denn er befürchtete eine List der Angreifer, aber die Stille wurde schließlich erdrückend wie das Stroh. Er stieß einen Ballen fort und schnappte so gierig nach frischer Luft, als hätte er nicht unter Stroh gelegen, sondern in tiefem, kaltem Wasser.

Ihn schwindelte, als er sich aufrichtete. Erst jetzt wurde er gewahr, dass sie nicht nur wenige Augenblicke hier gelegen hatten, sondern Stunden. Ja, stundenlang hatte er ihre Hand umkrampft gehalten. Als er sie losließ, rieb Mathilda sie und starrte darauf, als gehörte sie nicht länger zu ihrem Körper.

Sein eigener Körper fühlte sich nicht minder fremd an. Er konnte aufstehen, spürte Blut in seinen Füßen kribbeln, konnte gehen, sich umschauen – und war doch merkwürdig weggetreten, als würde ein Teil von ihm unter dem Stroh liegen bleiben, während der andere vorsichtig zum Tor der Vorratskammer trat, nach draußen lugte, Rauchschwaden sah, aber kein loderndes Feuer, viele Tote, aber keine Lebenden. Ihr Anblick war grässlich – und zugleich eine Erleichterung, verhieß er doch, dass da niemand mehr war, der ihn mit dem

Schwert niederstrecken konnte, das Feuer erneut entzünden, mit Fäusten auf ihn eindreschen.

Mathilda war ihm gefolgt und schrie nun auf, ein kläglicher Laut, der mehr an eine Katze erinnerte als einen Menschen. Während er noch starr verharrte, stürzte sie hinaus zu den Toten.

»Schwester Magistra, Schwester Portaria, Schwester Cellerarin!«

Ihre Schreie wurden lauter, die Ohren der Toten jedoch blieben taub. Es waren so viele – junge und alte, gleichmütige und verschrobene, freundliche und ernste, geschwätzige und verschwiegene. Im Leben hatten sie sich unterschieden, im Tod waren sie alle vom gleichen Blut befleckt.

»Maura«, stieß Mathilda aus, »Maura ist nicht dabei, vielleicht konnte sie fliehen.«

»Wer ist Maura?«, fragte Arvid verständnislos.

»Sie schlief im Dormitorium stets neben mir, sie ist meine ... Freundin.«

Nur zögerlich sprach sie dieses Wort aus. Im Kloster, so belehrten die Oberen junge Schwestern oft, sollte man keine Freunde haben und niemanden bevorzugen. Sie alle waren Brüder und Schwester im Herrn und somit alle gleich. Über das Refektorium betraten sie den Hof und stießen auf weitere Tote.

»Ich kann Maura immer noch nicht sehen, sie muss tatsächlich ...«

Arvid war auf einmal taub für ihre Worte. Eine der Ordensschwestern, die dort lag, regte sich noch. Der Schleier war ihr vom Kopf gerutscht, das Haar darunter schütter und weiß. Eben noch hatte er Mühe gehabt, sich zu bewegen, als gehörten Kopf und Glieder nicht zusammen. Nun stürzte er zu der Nonne, ging in die Knie und ergriff ihre Hand so fest, wie er zuvor Mathildas gehalten hatte. Erfreut stellte er fest, dass sie noch warm war, um dann zu erkennen, dass sie mit jedem Atemzug kälter zu werden schien.

»Mutter …«, stammelte er, »Mutter …«

Nie hätte er sie so genannt, wenn er sicher gewesen wäre, dass sie weiterleben würde. Doch im Augenblick ihres Todes gingen die Worte ihm leicht von den Lippen. Und der Tod würde kommen – das sah er an ihrer gelblichen Haut, dem schmerverzogenen Mund, den eingefallenen Wangen. Sie öffnete die Augen und richtete nun voller Liebe den Blick auf ihn.

»Du lebst«, murmelte die Äbtissin von Saint-Ambrose erleichtert. »O Arvid, du musst fliehen! Diese Männer, sie waren doch hinter dir her, nicht wahr?« Sie begann erstaunlich klar zu sprechen, aber wurde mit jedem Wort schwächer.

»Es waren keine Franken, sie sahen eher aus wie Nordmänner«, murmelte er. »Warum wollten ausgerechnet sie mich töten? Wer kann sie geschickt haben?«

»Flieh!«, wiederholte sie.

»Ich verstehe es nicht. Ich verstehe es einfach nicht.«

Er verstand so vieles nicht, was ihm in den letzten Wochen widerfahren war. Er hatte im Kloster von Jumièges gelebt, friedlich wie Mathilda in ihrem, als plötzlich Männer dort aufgetaucht und nach seinem Leben getrachtet hatten. Er war geflohen, eingeholt und verwundet worden, hatte es schließlich doch hierher geschafft, um zwar zu genesen, zugleich aber zu erfahren, dass die Äbtissin Gisla nicht nur seine Mutter war, sondern Tochter des Karolingerkönigs Karl. Und, was noch schlimmer war, dass sein leiblicher Vater ein Nordmann war, der seine Mutter einst geschändet hatte.

»Vielleicht hat Ludwig auch diese Truppe geschickt …«, brachte die Äbtissin keuchend hervor.

Ludwig war der Sohn von König Karl, Gislas Halbbruder und seit kurzem Frankenkönig. Er war also Arvids Onkel, und er sah eine Bedrohung in Arvid. Auch wenn von einem zukünftigen Mönch keine Machtgelüste zu erwarten waren – als Sohn einer fränkischen Prinzessin und eines Nordmannes könnte er Ansprüche auf die Normandie erheben, eine Grafschaft, nach der es Ludwig selbst gelüstete, war sie doch erst wenige Jahrzehnte zuvor an die Scharen aus dem Norden gefallen.

»Nun geh endlich!«

Arvid brachte es nicht über sich, ihre Hand loszulassen. »Ich kann dich nicht allein sterben lassen.«

»Ich bin zeit meines Lebens so oft allein gewesen. Und Mathilda ... kümmere dich um Mathilda.«

Arvid blickte hoch. Mathilda war in der Mitte des Hofs zusammengebrochen und weinte. Auch ihm stiegen Tränen in die Augen, doch ehe sie seinen Blick verschleierten, sah er ein Schwert dort liegen, das einem der Angreifer gehört haben musste. Nie hatte er eine solche Waffe gehalten, nie hatte er gewünscht, es zu tun. Doch nun wurde er vom Zorn gepackt, hätte am liebsten das Schwert erhoben, hätte gekämpft, blutige Wunden geschlagen und zerstört. Vor allem hätte er es gern gegen den Tod erhoben, der nach seiner Mutter gierte, schwarz und kalt. Oh, er wollte ihn zerstückeln, er wollte auf ihn einschlagen, bis die Flamme seines Zornes das Schwarz verzehrte und die Kälte unter den Schlägen glühte. Ja, sein Zorn war rot und heiß. Sein Zorn war der gleiche, der in seinem heidnischen Vater gewütet haben musste. Von wem sonst hätte er ihn geerbt, gewiss nicht von der zarten Gisla, aus der das Leben schwand. Dieser Zorn war wild, heidnisch, gottlos. Und entsetzte ihn zutiefst.

»Nun flieh endlich!«

Die Äbtissin hob die Hand und schlug ein Kreuzzeichen, um ihn zu segnen. Ihre Augen schlossen sich, vielleicht vor Schwäche, vielleicht weil sie wusste, dass er ihre Hand nicht loslassen und nicht gehen konnte, solange sie ihn ansah.

So aber erhob er sich, trat zu Mathilda und half ihr hoch.

»Wir müssen fort von hier.«

Schwarze Vögel kreisten über ihnen, als sie verstört zur Pforte stolperten und sich auf den Weg machten.

Das Herbstlaub raschelte unter ihren Füßen, als Arvid Mathilda immer tiefer in den Wald trieb. Um das Kloster herum stand er licht, nach einer Weile wurde er immer dunkler. Die Blätter der Bäume waren fahl, doch das ängstigte ihn nicht. Als Hohn wäre ihm erschienen, wenn die Welt mit Farben geprahlt hätte. Dass sie stattdessen verblasst waren, war an einem Tag wie diesem nur gerecht.

Rot, tiefrot war einzig seine Erinnerung an das viele Blut. Auch Mathilda war blutbefleckt – ihre Hände als auch ihr Kleid. Erst jetzt, da sie kurz stehen blieben und sie an sich herabstarrte, bemerkte sie es, und voller Ekel begann sie, an ihrer Kutte zu zerren, um sie sich vom Leib zu reißen.

»Nicht!«, schrie Arvid. »Wir haben nur mehr das, was wir am Leib tragen. Wir dürfen es nicht auch noch verlieren.«

Sie hielt inne, aber Panik stand ihr im Gesicht geschrieben.

Mathilda zu beschwichtigen half ihm, selbst ruhig zu werden. »Denk nicht an das Blut, das an dir haftet, denk nicht an die Toten!« Er atmete tief durch und sah, dass auch sie es endlich tat. »Sie waren hinter mir her«, sagte er schließlich, »aber wir sind ihnen entkommen. Wir leben noch.«

»Die Sprache«, stammelte sie, »welche Sprache haben sie gesprochen?«

»Ich glaube ... Bretonisch.«

»Aber das ist unmöglich!«, stieß sie aus.

Arvid war nicht sicher, was sie meinte – doch dass sie die Worte klar aussprechen konnte, anstatt nur wie besinnungslos zu schreien, genügte fürs Erste. Genügte, ihm zu versichern, dass sie nicht gleich zusammenbrach. Genügte, um dann einen Moment zu verharren, sich hinzuhocken und an den feuchten Blättern die Hände abzuwischen.

»Ich habe sie verstanden«, keuchte Mathilda, als sie sich wieder erhoben, und ihre Panik wich Verwirrung. »Ich habe verstanden, was sie gerufen haben. ›Findet sie!‹ Ja, das war es, was sie riefen. Warum verstehe ich die bretonische Sprache?«

»Nein, nein«, er schüttelte den Kopf, »was immer du zu verstehen glaubtest, du hast es falsch gedeutet. Falls überhaupt, haben sie gerufen: ›Findet ihn!‹ Es ging um mich.«

Sie hatte begonnen, hin- und herzulaufen, nun stellte er sich ihr in den Weg und zwang sie, ihn anzusehen.

»Ist es wahr?«, fragte sie. »Dass deine Mutter nicht irgendeine Fränkin ist, sondern die Tochter von König Karl?«

Dieses Geheimnis, erst vor kurzem enthüllt, hatte ihn in den letzten Tagen tief beschämt. Jetzt machte es ihm nichts aus, dass sie es aussprach. Jetzt war nichts schrecklicher als die Erinnerung an die toten Ordensschwestern.

»So ist es«, gab er unumwunden zu, »und der jetzige König Ludwig, dem Blut nach mein Onkel, sieht offenbar eine Bedrohung in mir. Er hat erst fränkische Krieger ausgeschickt, mich zu töten, und nun ... Bretonen.«

»Seit wann dienen Bretonen König Ludwig?«

Dies war in der Tat seltsam. Aber er hatte in letzter Zeit zu oft gedroht, an der Welt verrückt zu werden, um sich nun über etwas zu wundern, was eigentlich nicht sein konnte. Alles konnte sein. Nichts schenkte letztgültige Sicherheit.

»Ich weiß es nicht«, murmelte er.

Das Blut auf Mathildas Kutte war eingetrocknet und hatte sich dunkel verfärbt. Wenn man nicht wusste, was geschehen war, hätte man meinen können, sie wäre gestürzt und mit Erde beschmutzt.

»Und nun«, fragte sie, »wie geht es weiter? Nicht weit von hier ist das Nachbarkloster der Mönche.«

Arvid lauschte, vernahm ein Knacken, dann ein Rascheln. Menschen?

Er schüttelte den Kopf. »Wer weiß, ob sie dieses nicht auch überfallen haben. Wir müssen im Wald bleiben. Hier sind wir geschützt, falls sie uns verfolgen.«

Er starrte auf die Bäume, die feindselig wirkten und einer dunklen Wand glichen, die eher einsperrte denn vor Feinden bewahrte.

»Komm!«, rief er trotzdem.

Wieder zog er sie weiter, und wider Erwarten griffen die Äste nicht nach ihnen. Der Wald war doch nicht feindselig, sondern gleichgültig, und er war ein Labyrinth, kein Gefängnis.

»Wer immer diese Krieger schickte und warum«, stammelte Mathilda, »es waren keine Christen, sondern Heiden. Sonst hätten sie niemals so brutal Nonnen getötet!«

Arvid war sich dessen nicht mehr so sicher. In den letzten Wochen hatte er nicht nur erfahren, wer er war, sondern auch, dass selbst fromme Christen töteten ... Aber ob Christen oder nicht – warum waren es Bretonen?

»Vielleicht haben sich einige Bretonen mit Ludwig verbündet«, murmelte er.

»Ich weiß nichts über die Bretagne. Warum habe ich trotzdem die Sprache verstanden, die dort gesprochen wird?«

Arvid zuckte die Schultern. Ganz gleich, in welcher Sprache – es tat gut zu reden. Es tat gut, den Beweis anzutreten, dass sie nach allem noch Menschen waren, die denken konnten, Wissen weitergeben und Entscheidungen treffen.

»Die Bretagne war einst ein mächtiges Herzogtum. Doch nach dem Tod des letzten großen Herrschers ist das Land zerfallen. Die mächtigen Familien lagen so lange miteinander im Streit um sein Erbe, dass sie schließlich zu geschwächt waren, den Nordmännern, die das Land erobern wollten, etwas entgegenzusetzen. Sie gingen reihenweise ins Exil. Auch von den dortigen Klöstern heißt es, sie seien verwüstet und stünden leer, weil die Mönche ihre Reliquien eingepackt und in den Osten geflohen sind.«

Mathilda schluchzte plötzlich auf, gewiss nicht vom Schicksal der bretonischen Mönche bewegt, sondern vom eigenen, das deren glich – nur dass sie keine Zeit mehr gehabt hatten, Reliquien mitzunehmen, und es auch nicht gewiss war, in welche Himmelsrichtung sie flohen. Sie wussten nicht, wo Osten war, die Sonne stand tief um diese Jahreszeit, und der Wald war zu dicht, um ihren Stand ausmachen zu können. Sie wussten nicht, wie es weitergehen sollte.

Arvid lief dennoch unbeirrt weiter. Solange er lief, hatte er das Gefühl, Herr der Lage zu sein. Und solange er sprach, hatte er das Gefühl, den Ereignissen nicht hilflos ausgeliefert zu sein. »Auch die Nordmänner konnten sich nicht lange in der Bretagne halten, denn ...«

Er verstummte, als er ein Geräusch vernahm, das sich vom Rascheln und Knacken unterschied. Da war ... Hufgetrappel.

Mathilda wurde blass und öffnete den Mund, um zu schreien, doch rasch presste Arvid seine Hand auf ihre Lippen, um den Laut zu ersticken. Ihre Haut war so kalt und ihre Lippen waren so weich.

Das Hufgetrappel kam näher. Erst als der Boden unter ihren Füßen vibrierte, löste er sich aus der Starre und zerrte Mathilda ins Dickicht. Blätter klatschten ihnen ins Gesicht, dornige Ranken blieben am rauen Stoff der Kutte hängen, aber das Moos dämpfte ihre Schritte, und die dichten Sträucher schlossen sie ins Dunkel ein, als wäre es Abend. Bald sahen sie kaum mehr die eigene Hand vorm Gesicht.

Und das ließ hoffen, dass auch sie nicht gesehen wurden.

Hasculf war kalt vor Wut. Die Wut galt seinen Männern, aber auch sich selbst. Das Töten hatte sie blind gemacht, ganz und gar hatten sie sich der Gier nach fremdem Blut überlassen, danach, alles zu zerstören, was Leben verhieß. Und er hatte es verstanden. Auch er war tief befriedigt gewesen, endlich nicht länger warten zu müssen, sich nicht länger hinter dem Wall an der Küste zu verstecken, stets abzuwägen, welcher Schritt als Nächstes ratsam wäre und welcher nicht. Nein, er konnte etwas tun – und sei es nur, Zerstörung zu bringen. Und so war es geschehen, dass er sich wie seine Männer von jenem roten Dunst aus Schweiß und Blut den Verstand hatte vernebeln lassen, sich jenem Takt einer schaurigen Musik aus Ächzen, Klirren und Schreien unterworfen und sich kurz an der Wärme erfreut hatte, die, von der Erregung erzeugt, seinen Körper ganz und gar durchdrang.

Doch jetzt war das fremde Blut erkaltet, die Welt noch die alte, und sein Verstand nicht länger betäubt genug, um sich der Einsicht zu verwehren: Mit dem Töten allein war sein Ziel nicht erreicht.

»Fast alle Nonnen sind tot«, rief er, »aber wo ... *sie* ist, wissen wir nicht. Ihr hättet sie nicht entkommen lassen dürfen!«

»Vielleicht ist sie gar nicht entkommen. Vielleicht versteckt sie sich noch im Kloster, und du hast es nur nicht gründlich genug durchsucht.«

Hasculf kniff die Lippen zusammen. Seine Männer mussten ihm die Scham über die eigene Schwäche ansehen, um ihn so zu kritisieren. Nie hätten sie es gewagt, wenn er nicht selbst an sich gezweifelt hätte. Hatte er wirklich überall im Kloster gründlich Ausschau gehalten? Oder hatte er verfrüht sein Pferd und seine Truppe in den Wald gedrängt, um dort nach ihr zu suchen?

Er überlegte, ob er den Befehl geben sollte, umzukehren, doch während er noch zögerte, fiel sein Blick auf den Boden ... auf etwas, was sein Gemüt augenblicklich aufhellte.

Er sprang vom Pferd und bückte sich, verwundert darüber, dass seine Glieder nicht länger steif waren von der Anstrengung zu töten.

»Was ist das?«, fragte einer der Männer.

Hasculf lächelte. »Das sind Spuren ... und sie stammen nicht von Tieren.«

»Dann ist Mathilda tatsächlich in den Wald geflohen?«

»Nicht nur Mathilda – sie scheinen zu zweit zu sein. Und so groß wie die Abdrücke der Schuhe sind, ist dieser Zweite ein Mann.«

Als er den Blick hob, erwiderten die anderen sein Lächeln. Ein einzelner Mann würde keine Chance gegen sie haben. Und ein unerfahrenes junges Mädchen würde sich nicht lange vor ihnen im Wald verstecken können.

Hasculf war nicht länger kalt.

Arvid wusste: Wer im Wald überleben wollte, durfte nicht in die weite Ferne blicken, sondern musste sich auf den nächsten

Schritt konzentrieren. Er unterdrückte den Gedanken an die Hoffnung, irgendwann wieder in einem friedlichen Kloster zum Gleichmaß der Tage zurückzufinden, und beschloss, sich stattdessen kleine Ziele zu setzen.

Das erste war, die Verfolger abzuschütteln, und das bedeutete, immer weiter ins Dickicht vorzudringen. Bald waren ihre Gesichter und Hände voller Kratzer, sie waren müde, aber es war kein Pferdegetrappel mehr zu hören. Das zweite Ziel war, die Kälte bis zum nächsten Tag zu überstehen – sie froren erbärmlich.

Arvid blieb abrupt stehen, sodass Mathilda, die er an der Hand mit sich gezerrt hatte, in ihn hineinlief. Er fühlte, wie sich ihr Körper kurz an seinen Rücken presste, und auch, wie sie dann zurückzuckte.

»Wir müssen überlegen, wie wir an Essen kommen.«

Sie blickte sich zweifelnd um. »Hier?«

»Meine Ziehmutter … sie hieß Runa … sie kam aus dem Norden, sie hat gewusst, wie man im Wald überlebt.«

In den letzten Tagen hatte er oft an seine Ziehmutter gedacht, der Gisla ihr Kind als Säugling anvertraut hatte. Runa war einst Gislas enge Gefährtin gewesen, und Arvid hatte seiner leiblichen Mutter alles über ihre letzten Lebensjahre erzählt: Dass sie mit viel Geschicklichkeit und Durchhaltevermögen um ihr eigenes Überleben und das des Ziehsohnes gekämpft hatte, indem sie jagte oder bei Bauern schuftete wie ein Mann. Dass sie sich zwar immer der vielen Tücken gewiss war, die ein rauer Alltag mit sich bringt, aber trotzdem die tröstliche Zuversicht vermittelte, sämtliche Hindernisse überwinden zu können. Dass ihr – selbst als Krankheit und Auszehrung sie schwächten – das Lächeln leichtfiel, sobald ihr Blick auf ihm ruhte. Noch als sie am Fieber litt, das ihr den Tod brachte und schwächliche Gemüter verzagt gestimmt hätte, zuckte sie gleichgültig die Schultern und hielt eisern daran fest, dass ihr Leben ein glückliches gewesen war. »Ich habe meine Heimat im Norden verloren, aber hier eine neue gefunden«, hatte sie gesagt, »ich habe keine eigenen Kinder geboren, aber dich wie einen Sohn geliebt. Ich habe getötet, aber darf selbst friedlich in einem Bett sterben. Ich habe hungrige Tage durchstanden und eisig kalte, aber jetzt ... jetzt ist mir warm. Untersteh dich zu weinen und freu dich, dass ich so alt werden durfte! Ich hatte ein gutes Leben – trotz allem.«

Ja, Runa war eine Meisterin des »Trotz allem« gewesen, und es verhieß Trost, sich ihr Gesicht auszumalen, ihrer Entschlossenheit nachzuspüren und sich dessen zu besinnen, was er von ihr gelernt hatte, lange bevor Taurin, sein Ziehvater und ein ehemaliger Mönch, sich um seine Erziehung gekümmert und ihn zu einem guten Christenmenschen gemacht hatte. Immer hatte Arvid gedacht, dass das Wissen, das Taurin ihm vermittelt hatte – zu lesen und zu schreiben, zu beten und Latein zu übersetzen – wertvoller war und er auf die von Runa erlernten Fähigkeiten gut verzichten konnte, doch jetzt brachten sie ihm ungleich mehr Nutzen.

Er hatte von Runa gelernt, wie man Käse machte, wie man Fleisch auf Spießen briet und wie man Ziegenmilch zu Skyr, einer Art Dickmilch, verarbeitete. Auch, wie man auf heißem Stein dünne Fladen buk, wie man Fisch räucherte und aus der Rinde von Birken einen Brotteig kneten konnte.

Hier im Wald gab es weder Milch noch Mehl noch Fische noch Ziegen, nicht einmal Birken wuchsen. Aber dank Runa wusste er, dass man auch im tiefsten Schatten der Bäume Nahrung finden konnte, gerade jetzt im Herbst: Hagebutten, Blau- und Preiselbeeren, Pilze und Nüsse, sogar Honig und Äpfel, die im Winter das Pökelfleisch ergänzten.

Von Mathilda gefolgt kämpfte er sich weiter durchs Dickicht, bis sie eine winzige Lichtung erreicht hatten, gerade groß genug, um aufrecht stehen zu können.

»Ich gehe etwas zu essen suchen – du machst Feuer«, befahl er.

Sie blickte ihn entsetzt an. »Wie soll ich das tun? Wir haben doch keinen Feuerstein!«

Er schnaubte, so wie wohl auch Runa geschnaubt hätte. Schweigend schichtete er Steine, trockenes Laub und Ästchen aufeinander und erklärte ihr, wie man wieder und wieder Holzstäbchen an einem Stein rieb, um Funken zu erzeugen. Sie hörte zu, wohl weniger aus Hoffnung auf Wärme, sondern weil sie zu müde war, Fragen zu stellen. Während sie sich vergebens mühte und der ersehnte Rauch nicht aufsteigen wollte, riss er Fäden und kleinere Stofffetzen aus seiner Kutte und suchte weitere Steine.

»Was machst du damit?«

»Eine Steinschleuder. Um Tiere zu jagen.«

Mathilda starrte Arvid verständnislos an. Wahrscheinlich hatte sie schon Wild gegessen, das die Pächter der Ländereien dem Kloster übergaben, aber sich nie gefragt, wie man dieses Wild erjagte. Er hatte keine Muße, es ihr zu erklären, zeigte ihr nur, wie man das Holzstäbchen schneller rieb, und verschwand dann rasch zwischen den Bäumen. So auf ihre Aufgabe konzentriert vergaß sie selbst, ihn anzuflehen, sie nicht allein zu lassen. Arvid hingegen wurde bei jedem Schritt unbehaglicher zumute. Er war nicht sicher, ob er je wieder zu Mathilda zurückfinden würde, und noch weniger, ob er je wieder dem Wald entkommen könnte. Aber zu überleben hieß nicht nur, in kleinen Schritten zu denken, sondern manchmal auch, den Verstand ganz und gar auszuschalten und allein auf den Instinkt zu setzen, und das tat er nun. Er verbat sich jeden Gedanken.

Es war eine ganze Weile vergangen, ehe Arvid zur Lichtung zurückkehrte. Mathilda hatte es nicht geschafft, Feuer zu machen. Verzagt und mit Blasen an den Händen hockte sie vor dem Haufen Holz und Steine.

»Gott, warum bringst du nichts zustande?«, herrschte er sie an.

Die Wut herauszulassen machte es ihm leichter, das eigene Versagen zu ertragen. Er hatte nichts Nahrhaftes gefunden, alle Hasen waren ihm entwischt, seine einzige Beute war ein winziges Eichhörnchen. Im Augenblick, da er es getroffen hatte, hatte ihn ein heißes Glücksgefühl durchströmt. Auch er konnte ein Jäger sein – nicht nur ein Gejagter fremder Verfolger. Auch er konnte töten – und war nicht nur ein Opfer fremder Widersacher. Doch der Triumph war rasch erkaltet: Ein Tier zu erlegen hieß noch lange nicht, dass man vor der Gefahr in Sicherheit war. Es hieß noch nicht einmal, dass man satt wurde. An dem kleinen Eichhörnchen war kaum Fleisch, und sie hatten nicht einmal ein Messer, um das Fell über diesem Fleisch abzuziehen. Mathilda erschrak ob Arvids grober Worte. Er setzte sich neben sie und versuchte seinerseits, Feuer zu machen. Auch ihm gelang es nicht, das Holz war zu klamm.

»Ohne Feuer können wir das hier nicht essen.« Sie deutete mit angewidertem Gesicht auf das Eichhörnchen und schien fast erleichtert, obwohl auch ihr Magen knurrte.

»Lieber Himmel, bist du verweichlicht!«, schimpfte er. »Fleisch kann man auch roh essen!« Es ekelte ihn selbst davor, aber das gestand er ihr nicht ein.

Tränen traten Mathilda in die Augen, aber sie liefen nicht über ihre Wangen. Sie zitterte auch nicht mehr, saß vielmehr so steif, als wäre sie schon erfroren. Wenn er sie nicht wärmte, wäre sie morgen tot.

Arvid unterdrückte Wut und Scheu, warf das Eichhörnchen auf den Boden und zog sie nah an sich heran. Nach einer Weile begann sie zu sprechen.

»Es stimmt also, dass dein Vater ein Nordmann war?«

In jeder anderen Lage hätte er es geleugnet. Doch gemessen an der Ohnmacht, weder Hunger noch Kälte Herr zu werden, war das Grauen, das ihn nach Gislas Enthüllungen befallen hatte, lächerlich gering.

»Er hieß Thure«, sagte er. »Er hat meine Mutter geschändet. Kurz nachdem sie mich geboren hat, hat sie sich ins Kloster zurückgezogen, aber dort nie wieder ein Wort über ihre Vergangenheit verloren.«

Gisla hatte lange gezögert, ihm Thures Namen anzuvertrauen, hatte auch nur angedeutet, wie bösartig jener Thure gewesen war, wie wahnsinnig. Im Kloster war es ihm unerträglich gewesen, darüber nachzudenken, hier nicht. Bösartigkeit und Wahnsinn erschienen ihm hier nicht als die größten Gefahren für die unsterbliche Seele und den wachen Verstand. Das war vielmehr die alles umfassende Angst zu sterben – und jene konnten bösartige, wahnsinnige Menschen wohl leichter abschütteln.

»Du weißt wenigstens, wer du bist«, murmelte Mathilda. »Ich hingegen kenne den Namen meiner Eltern nicht. Ich weiß nicht einmal, woher ich stamme. Bis jetzt dachte ich, es wäre bedeutungslos – in Christus werden wir doch neu geboren und legen das alte Leben ab wie ein Kleid. Aber nun ...«

Sei doch froh!, hätte er fast gerufen. Was gäbe ich darum, mein Wissen wieder abwerfen zu können!

Aber er war sich plötzlich nicht sicher, ob das die Wahrheit war. Lange bevor Gisla ihm die Gründe für diese anvertraut hatte, hatte er eine Zerrissenheit in sich gefühlt, ja, manchmal gar vermeint, dass er zwei Seelen hätte, von denen die eine nicht Gott, sondern einem Dämon gehörte, der sich an Maßlosigkeit, Zerstörung und Chaos erfreute.

»Wir müssen schlafen«, sagte er schlicht.

Ohne Mathilda loszulassen, setzte er sich und lehnte sich an einen Baumstamm. Sie versteifte sich, wagte nicht, sich an ihn zu schmiegen, aber rückte auch nicht von ihm ab. Er schloss die Augen. Müdigkeit, Hunger und Entsetzen fielen von ihm ab. In ein Reich schöner Träume konnte er sich nicht flüchten, aber in dem dunklen Loch, in das er fiel, waren alle Geräusche gedämpft und alle Erinnerungen bedeutungslos.

Als Arvid die Augen wieder aufschlug, war das Licht grau, die Kälte noch beißender, der Hunger noch schmerzhafter – und Mathilda fort.

Laut rief er ihren Namen, obwohl er ihr am Tag zuvor noch eingeschärft hatte, leise zu sein.

»Hier bin ich! Hier!«

Alle Glieder waren steif, als er sich aufrichtete. Er wunderte sich, dass sie die Nacht überlebt hatten, und noch mehr, dass Mathilda gewagt hatte, sich von ihm zu entfernen. Doch dann erkannte er, dass ein Plätschern sie fortgelockt hatte – das Plätschern eines Bachs, den sie zuvor nicht bemerkt hatten. Das Wasser war nicht klar, aber tauglich, den Durst zu löschen. Mathilda hockte darübergebeugt und trank gierig, und rasch tat er es ihr gleich.

Mathilda trank nicht mehr, sie wusch sich jetzt das Gesicht, dann die Hände, dann schob sie ihr Kleid hoch – das Kleid, das vom Blut ihrer Mitschwestern befleckt war – und tauchte so viel nackte Haut wie möglich in das Bächlein. Arvid sah ihre zarten Arme und konnte sich nicht erinnern, wann er das letzte Mal die nackte Haut einer Frau gesehen hatte. Mathilda wusch sich nun die Füße, sodass er auch ihre Unterschenkel sah, dann, als sie das Kleid tiefer zog, um ihren Hals zu reinigen, erhaschte er einen Blick auf den Ansatz ihrer Brüste.

Die junge Frau war so beschäftigt damit, sich zu säubern, dass sie seinen neugierigen Blick gar nicht bemerkte. Er hingegen konnte nicht umhin, sich vorzustellen, was sich noch alles unter dem Kleid verbarg. Ob die Oberschenkel so weiß waren wie die restliche Haut? Ob die Brüste so fest waren, wie ihr Ansatz versprach, der Bauch so weich, wie es bei einer jungen Frau zu erwarten stand? Nie hatte Arvid – von seiner Ziehmutter Runa abgesehen – eine solche berührt und bislang auch nicht die Sehnsucht gekannt, es zu tun.

Auf einmal mischte sich die Sehnsucht mit dem Verlangen, am Kleid der jungen Frau zu zerren, bis es von ihrem Körper glitt, ihre Haut zu befühlen und sich am Weichen, Warmen zu laben, ihren darob erschrockenen Blick zu spüren, weil sie sich trotz all dem Schrecklichen noch ihre Unschuld bewahrt hatte – jene Unschuld, die ihm verloren zu gehen schien, je länger er sie betrachtete und je länger dieses Gelüst in ihm brodelte, hitzig und zerstörerisch. Verlegen wandte er sich ab.

»Heute müssen wir etwas zu essen finden«, sagte er hastig. »Und trockenes Holz.«

»Und dann?«

Arvid zog seine Kutte zurecht. Der Anblick ihrer Haut ließ ihn vergessen, in kleinen Schritten zu denken.

»Ich will nach Jumièges zurückkehren. Ich glaube nicht, dass sich bretonische Krieger so weit ins normannische Gebiet vorwagen, um mich zu verfolgen.«

»Und ich? Was soll aus mir werden?«

Bis jetzt war er erleichtert gewesen, nicht allein zu sein –

jetzt erst ging ihm auf, dass es zugleich eine Last bedeutete, für sie verantwortlich zu sein.

»Nicht weit von Jumièges liegt Fécamp. Das ist eine große Stadt am Meer. Vor dem Klostereintritt habe ich dort gelebt. Wenn es uns gelingt, bis dorthin zu kommen ...«

Er fuhr nicht fort, und auch Mathilda stellte keine Fragen mehr. Ja, wenn ihnen das gelang, würde sich schon irgendjemand um sie kümmern. Er würde sie irgendwie loswerden. Und danach müsste er nie wieder ein Eichhörnchen töten und daran scheitern, Feuer zu machen. Er müsste nie wieder einer Frau beim Baden zusehen und sich fragen, wie es sich anfühlte, sie zu berühren. Er müsste nie wieder darüber nachdenken, woher das Rohe und Lüsterne in ihm stammte, das ihn in dem Augenblick überkommen hatte, da er seine Mutter Gisla sterben sah und er sie, anstatt für das Heil ihrer Seele zu beten, am liebsten grausam gerächt hätte.

Unwillkürlich streckte Arvid seine Hand nach Mathilda aus, und sie ergriff sie, um sich aufhelfen zu lassen. Eben spürte er nichts Rohes und Lüsternes, nur den Anflug von Zärtlichkeit. Hastig ließ er ihre Hand wieder los, denn jenes befremdende Gefühl bedrohte seinen Seelenfrieden fast noch mehr.

Sie fanden ein paar Beeren und Äpfel. Die Beeren waren halb vertrocknet und die Äpfel faulig, aber beides füllte vorerst ein wenig den leeren Magen. Und sie fanden eine Höhle, kaum hoch genug, aufrecht darin zu stehen, aber ein brauchbares Versteck vor ihren Verfolgern und Schutz vor Wind und Kälte. Holz lag darin, und dieses war trocken genug, dass Arvid ein Feuer machen konnte. Die Flammen züngelten nicht besonders hoch, spuckten Rauch und verkamen bald zu einer roten

Glut, die nur wenig Wärme spendete. Aber sie taugte, das tote Eichhörnchen hineinzulegen und das Fleisch zu braten. Es stank nach versengtem Fell, Fett spritzte auf, und es war mühsam, das Fleisch in Stücke zu schneiden, denn sie hatten nichts als einen spitzen Stein. Noch mühseliger war es, die zähen Brocken zu kauen, sie vermeinten, daran zu ersticken, aber der Magen schmerzte danach nicht mehr, und der Schlaf, der über sie kam, kaum dass sie sich an diesem Abend niedergelegt hatten, war tief und traumlos.

Am nächsten Tag fühlte sich Mathilda stark genug, weiterzugehen. Hunger und Kälte blieben eine stete Bedrohung, doch zur größten Qual wurden die Schmerzen in ihren Füßen. Nie war sie auf solchem Untergrund gegangen – voller Wurzeln und Steine, die sich ihr ins Fleisch schnitten und blutende Blasen hinterließen. Der Boden im Kloster bestand aus glattem Stein, und wenn sie nun an diesen Boden dachte, so vermeinte sie, sie wäre gar nie wirklich aufgetreten, wäre vielmehr stets darüber geschwebt. Ihr Leib schien so viel leichter gewesen zu sein, nicht schwer durch Erschöpfung und Mühsal. Schmerzen hatten Alte und Kranke zu erleiden – sie nicht. Sie war noch jung, sie war nie krank gewesen. Manchmal, während der beschämenden Monatsblutung, hatte sie ein unangenehmes Ziehen gefühlt, aber es so lange missachtet, bis sie vergaß, dass sie einen fruchtbaren Körper hatte. Ein fruchtbarer Körper taugte nichts an einem Ort, wo es um das Heil der unsterblichen Seele ging. Und auch hier, wo jene Seele zu verkümmern schien, schien ihr Körper nicht fruchtbar, nicht voller Leben, nicht voller Kraft. Er wurde zum Feind, der immer wieder aufs Neue drohte, ihren Willen zu bezwingen – den Willen, weiterzugehen, weiterzuleben.

Einmal bekam Mathilda Krämpfe in den Füßen, und die Schmerzen waren so schlimm, dass sie weinte. Arvid schien verlegen, aber er deutete ihr an, sich zu setzen, nahm dann ihre Füße in seinen Schoß und begann, sie vorsichtig zu kneten. Zu den Schmerzen kam wohlige Süße. Auch dergleichen hatte sie im Kloster nie erlebt, und kurz war es ihr unangenehm. So groß, ihm ihre Füße zu entziehen und auf die Wohltat zu verzichten, war ihre Scheu aber doch nicht. Und dass seine Berührung mehr Labsal versprach als Scham, gab ihr den Mut, das Schweigen zu brechen, das in den beiden Tagen seit ihrer Flucht oft auf ihnen gelastet hatte.

»Erzähl mir von Jumièges«, bat sie. »Es soll ein großes Kloster sein.«

»Das ist es gewesen«, sagte er knapp. »Vor vielen Jahren haben die Nordmänner es zerstört. Es ist seitdem noch nicht wieder aufgebaut, doch die Mönche arbeiten daran. Ich selbst habe in meinem Leben schon viele Steine geschleppt.«

Daher hatte er so kräftige Hände – Hände, die nun, da sie ihre Füße kneteten, so sanft und zärtlich waren. Es gab vieles an ihm, was nicht zusammenpasste – die feinen Züge seines Gesichts, die vermuten ließen, er wäre von Adel, und sein Vermögen, Tiere so roh und nüchtern zu töten wie Jäger und Bauern. Die Trauer, die oft in seinem Blick stand, und die plötzliche Wut, die desgleichen dann und wann aufloderte. Da war so viel Angst, nicht aus diesem Wald herauszukommen – und so viel Trotz, es wider alle Gefahr zu schaffen. Die Erinnerung an Jumièges schien ihn mehr zu quälen, als diesen Trotz zu bestärken, und so lenkte Mathilda rasch davon ab.

»Erzähl mir von der Normandie«, forderte sie ihn nun auf, »erzähl mir von Graf Wilhelm.«

Im Kloster hatte es keine Bedeutung gehabt, was sich

außerhalb der Mauern zutrug, und hier im Wald lebte sie nicht minder abgeschottet von der Welt – aber so Gott wollte, würden sie den Wald irgendwann verlassen, und dann musste sie sich in der Welt zurechtfinden. Je mehr sie darüber wusste, desto leichter würde es ihr fallen.

»Nun, Graf Wilhelm ist der Sohn Rollos.«

Mathilda erschauderte. Sogar im weltfernen Kloster hatte man sich Geschichten über Rollo erzählt – den Piraten, der aus dem Norden kam, das Frankenreich heimsuchte, Tod und Schrecken brachte. Mit Waffen konnte ihn König Karl seinerzeit nicht zurückschlagen, jedoch mit Verhandlungen: An deren Ende stand die Entscheidung, dass Rollo das Land, das er ohnehin besetzt hielt, zum Lehen erhielt – zu dem Preis, dass er Christ wurde und Kirchen fortan aufbaute, nicht länger zerstörte. Rollo hatte einem Land, das in Trümmern lag, Zucht und Ordnung zurückgebracht, das war ohne Zweifel ein Verdienst, aber es hielten sich hartnäckige Gerüchte, wonach er im Grunde seines Herzens ein gottloser Heide geblieben war, der noch am Totenbett Menschenopfer befahl.

»Anders als Rollo wurde sein Sohn Wilhelm als Christ geboren und erzogen«, fuhr Arvid fort, »und die Saat Jesu Christi fiel bei ihm auf fruchtbaren Boden. Nicht nur gemessen an seinem Vater, selbst an den fränkischen Nachbarn der Normandie ist er sehr fromm und gottesfürchtig. Deshalb hat er auch Feinde – nicht zuletzt Männer aus dem Norden, die in seinem starken Glauben ein Zeichen von Schwäche sehen und deren Aufstände er gewaltsam niederschlagen musste, um seine Herrschaft zu sichern.«

Er verstummte, und Mathilda fragte nicht nach. Sie wollte nichts von Schlachten hören, wo die einen töteten und die anderen starben.

»Wie groß ist die Normandie?«, fragte sie stattdessen.

Bis jetzt kannte sie von dem Land, in dem sie lebte, nicht mehr als die Namen der wichtigsten Diözesen: Rouen, Avranches, Lisieux, Évreux, Bayeux.

»Rollo bekam zunächst das Gebiet zwischen Bresle, Epte, Avre und Dives. Später kam das Bessin hinzu, das Land rund um Bayeux und Maine. Und zuletzt das Cotentin. In manchen Gebieten haben sich vor allem Menschen aus Norvegur angesiedelt, in anderen Dänen. Beide haben sich fränkische Frauen genommen oder ihre Töchter fränkischen Männern gegeben. Die nordische Sprache hört man kaum noch, nur das Aussehen der Menschen erinnert an die Herkunft. Die Norweger sind groß und dunkel, die Dänen nicht ganz so groß, aber blond. Rund um Fécamp leben vor allem Dänen.«

Mathilda fiel ein, dass im Kloster einst über dänische Priester getuschelt wurde. Obwohl getauft und geweiht, konnten sie ihr Blut nicht leugnen und frönten dem Waffenhandwerk und dem Konkubinat. Nun gut, es gab auch fränkische Priester, die beides taten – doch bei ihnen war es Zeichen sittlicher Schwäche, nicht verdorbenen, heidnischen Bluts, das in den Adern floss. Zumindest hatten die Nonnen das behauptet. Als die dänischen Priester aufgefordert wurden, von einem Laster zu lassen, hatten sie lieber die Waffen niedergelegt, als die Finger von den Frauen zu lassen.

Kurz überlegte Mathilda, Arvid zu fragen, ob jene Geschichte wahr war, aber sie fand es zu peinlich, mit einem Mann über Konkubinen zu sprechen – sündige, gottlose Frauen.

»In Fécamp«, sagte sie, »in Fécamp gibt es doch Klöster, nicht wahr? Auch eine Gemeinschaft von Frauen, wo ich Zuflucht finden kann?«

Arvid zuckte die Schultern. »Wir werden sehen. Fürs Erste zählt, dass wir aus dem Wald finden.«

Er setzte ihre Füße ab und zog sie hoch. Die Schmerzen

kamen bald zurück, und um sich abzulenken, betete Mathilda Psalmen. Arvid stimmte mit ein. Er hielt immer noch ihre Hand.

Der Wald war Hasculfs Verbündeter und zugleich sein Feind. Es gab nicht viele brauchbare Wege durch das Dickicht, und deshalb war leicht zu erahnen, welchen die beiden genommen hatten. Doch das Rauschen des Windes, die Laute der Tiere und das Knacken von morschem Geäst lockten sie immer wieder in die falsche Richtung. Im feuchten Moos und im Schlamm waren keine Spuren auszumachen, und manchmal standen die Baumstämme so dicht nebeneinander, dass mit den Pferden kein Durchkommen war und sie einen Umweg wählen mussten.

Hasculf hatte schließlich entschieden, die Gruppe der Männer, die er anführte, aufzuteilen. Bestenfalls würden sie die Flüchtigen von zwei Seiten einkesseln. Schlimmstenfalls würden sie in diesem Dickicht nie wieder zusammenfinden.

Die Männer, die bei ihm geblieben waren, waren schweigsam. Nur das Schnauben und Hufgetrampel der Tiere war zu hören – und schließlich ein Aufschrei aus seinem Mund. Seit Stunden waren sie auf keine menschlichen Spuren mehr gestoßen, doch in der Lichtung vor ihnen erblickte er eine erloschene Feuerstelle.

Hasculf sprang vom Pferd, kniete sich darüber und stocherte in der Asche. Es war kein Glosen mehr zu erahnen, aber die Asche war noch nicht mit Raureif überzogen wie die Blätter und Äste der Bäume.

»Sie können nicht weit sein«, stellte er fest.

Die Männer waren auf ihren Pferden sitzen geblieben, nur einer gesellte sich zu ihm – von allen der jüngste. Sechzehn, siebzehn Jahre mochte er zählen. In der Zeit, da sie noch Helden gewesen waren, war er zu klein gewesen, ein Schwert zu halten. Die Waffenkunst hatte er erst später und als einer erlernt, den man aus dem eroberten Land verjagen wollte und der darum wie sie alle ein Verfolgter war. Doch obwohl er die ruhmreichen Zeiten nicht erlebt hatte, stand ihm kindlicher, unschuldiger Eifer im Gesicht geschrieben, jener naive Glaube auch, dass man nur lange genug Strapazen auf sich zu nehmen hatte, um hinterher ein gestählter Krieger zu sein, der den Göttern gefiel. Er hatte noch nicht gelernt, dass die Götter die Menschen benutzten, sie aber nicht sonderlich mochten – ganz gleich, welche Opfer sie brachten.

»Warum … warum ist es so wichtig, diese Mathilda aufzuspüren?«, fragte er nun. Trotz der vielen Tage im finsteren Wald war sein Geist nicht abgestumpft. Er hatte sich nicht nur die Leichtgläubigkeit bewahrt, sondern auch die Neugier.

Hasculfs Kiefer mahlten. Ganz am Anfang, als Hawisa zum ersten Mal von ihr gesprochen hatte, hatte er sich das selbst auch gefragt. Doch mittlerweile zweifelte er nicht mehr am Sinn seiner Mission.

»Du weißt doch, wer sie in Wahrheit ist«, knurrte er.

»Ja, aber …«

»Dann weißt du auch, dass es hier um nichts Geringeres geht als die Zukunft der Bretagne.«

Und um meine eigene Zukunft, fügte er im Stillen hinzu.

Wenn er seine Aufgabe erfüllte, dann musste er nie wieder ein Mann sein, der in einsamen, finsteren Wäldern einem jungen Mädchen hinterherjagte. Dann galt es endlich wieder, heldenhafte Taten zu vollbringen.

Er erhob sich. Je länger sie durch den Wald ritten, desto steifer wurden seine Glieder. Eine Schicht aus Eis schien seine Haut zu bedecken, machte sie gefühllos und nagte an seiner

Hoffnung auf ein Leben in Wärme. Er gab sie trotzdem nicht auf. Wenn sie Mathilda erst gefunden und den Wald verlassen hatten, würde er das Kleid aus Eis ablegen.

Er starrte auf den feuchten Boden, überlegte kurz und sah sich dann aufmerksam um. Schließlich deutete er in eine Richtung. »Seht doch! An dem Ast dort hängt ein Fetzen Stoff. Sie sind hier entlanggegangen. Wir werden sie bald einholen.«

Das Leben sei ein Fluss, sagten viele, es sei der steten Veränderung unterworfen und schwemme jeden Tag neues Treibwerk an.

Früher, in ihrer Jugendzeit, hätte Hawisa dem zugestimmt. Heute, da sie älter war, ihr Gesicht runzliger, ihre Glieder steifer und ihr Blick nicht mehr gestochen scharf, empfand sie das Leben vielmehr als einen Tümpel. In seinem morastigen Boden steckten die Menschen fest und mussten darum kämpfen, ihren Kopf über der Oberfläche zu halten. Und bei jedem Wort, das sie riefen, liefen sie Gefahr, das schlickige Wasser zu verschlucken.

Deshalb schrie sie auch nicht, als Boten die Neuigkeiten von Hasculf überbrachten.

Mathilda war fürs Erste entkommen.

Hawisa vermeinte, dass sich in ihrem Innersten etwas schmerzhaft zusammenzog – zu einem schwarzen Klumpen, der alles frische rote Blut aufsog.

»Wo ist Hasculf?«, rief sie. »Warum wagt er es nicht, mir selbst vor die Augen zu treten?« Ihre Stimme klang so kalt, als wäre jener Lebenstümpel, in dem sie steckte, nicht aus Schlamm und Morast, sondern aus Eis.

»Er verfolgt sie und versucht, sie einzuholen. Mathilda ist in den Wald geflüchtet.«

»Dort wird sie allein nicht lange überleben.«

»Nun, sie ist nicht allein: Sie ist wohl mit diesem Arvid zusammen.«

Der Name klang fremd, sie wusste erst seit kurzem, dass es ihn gab und wer er war. Je länger sie über diese Neuigkeit nachdachte, desto mehr schwand die Eiseskälte, auch das Gefühl, da wäre nur mehr schwarzer Tod in ihr und die Angst, an dem, was von der Hoffnung übrig geblieben war, zu ersticken.

Sie entspannte sich.

»Gut, sehr gut. Dann haben wir beide auf einen Streich.«

Andere teilten ihre Befriedigung nicht. Dökkur, der Mann ohne Augen, der gemeinsam mit ihr die Nachricht gehört und genauso wütend reagiert hatte, schnaubte nur.

Der versklavte Mönch wagte sogar, ganz offen zu zweifeln. »Bist du sicher, dass deine Informationen über diesen Arvid stimmen?«

»Ja, gewiss! Wozu genau er uns nützlich sein wird, weiß ich noch nicht. Aber Hasculf tut gut daran, ihn ebenso wenig entkommen zu lassen wie Mathilda.«

»Das Kind eines Normannen und einer Christin …«, murmelte Bruder Daniel.

Er grinste, wie er eigentlich immer grinste. Hawisa konnte nie recht deuten, ob es ein Zeichen von Belustigung oder vielmehr Verbitterung war. In jedem Fall klang er so, als wäre ein derartiges Kind eine Missgeburt und mehr Tier als Mensch, obwohl er doch selbst, so gebückt wie er vor ihr stand, weder Kraft noch Gesundheit noch Menschlichkeit verhieß.

Hawisa hatte ihn nie danach gefragt, aber sie ahnte, dass ihn einst nicht Frömmigkeit ins Kloster getrieben hatte, son-

dern ein Vater, der früh begriffen hatte, dass dieser Sohn niemals ein Schwert würde heben und damit töten können.

Noch gut konnte sie sich an den Tag erinnern, als er in ihre Hände geraten war. Damals waren sie noch stark gewesen, noch nicht vertrieben, noch nicht auf der Flucht. Damals gehörte Dol-de-Bretagne noch ihnen.

Daniel war nicht nur Mönch gewesen, sondern ein Einsiedler. Er lebte in den einsamen Wäldern nördlich und südlich des großen Flusses, der die Bretagne teilte. Der Boden dort war sumpfig, die Wege ertranken im Morast, das Gras wuchs in den Lichtungen hüfthoch. Weit und breit gab es keine Felder und keine Weinstöcke, keine Burgen, Dörfer und Waldhüter. Dieser Ort sei ein zweites Ägypten, hieß es, wie geschaffen für die Eremiten. Hawisa wusste nicht viel von Ägypten, nur dass es dort eine große Wüste gab und die Wüste trocken war. Als sie auf dem Weg gen Westen auf Bruder Daniel gestoßen waren, hatte es jedoch geregnet.

Der Mönch hatte tatsächlich geglaubt, sie könnten ihm kein Leid antun. Er dachte, er wäre vor ihrer Gewalt geschützt wie Magloire – ein großer Heiliger, den er verehrte und an den er nun Gebete richtete. Auf der Île de Sercq hatte dieser einst eine Abtei gegründet, und als sie von den Heiden angegriffen wurde, hatte er einen Stein von riesiger Größe hochgehoben, als hätte er kein Gewicht, und ihnen entgegengeschleudert. Nach seinem Tod kamen die Heiden wieder und wollten die Reliquien plündern, doch sein Sarg – mit kostbaren Juwelen besetzt – war so schwer, dass selbst sieben Nordmänner ihn nicht tragen konnten. Als ihre Erschöpfung ihre Gier besiegte und sie endlich aufgaben, war ihr Geist so verwirrt, dass sie sich gegenseitig töteten.

Ja, dies waren die Wundertaten des heiligen Magloire, die Bruder Daniel im Angesicht seiner Feinde heraufbeschwor. Es *half ihm nichts. Niemand – weder der Heilige noch Gott selbst – schritt ein, um ihn zu retten, als Hawisas Männer ihn folterten. Die taten es nur, um Spaß zu haben, und Hawisa sah voller Überdruss zu. Sie wusste nicht, worin der Gewinn bestand, jemanden schreien zu lassen, bis es nicht länger menschlich klang. Die Lust, sich an der Not eines anderen zu weiden, um die eigenen Wunden, schmerzenden Glieder und durchnässten Kleider nicht zu spüren, hatte sie nie angetrieben. Zunächst ließ sie den Männern ihr Vergnügen. Dann schritt sie ein und befahl, den Mönch am Leben zu lassen. Die Jahre in der Einsamkeit und die erduldeten Qualen hatten ihn wahrscheinlich verrückt gemacht, aber er konnte lesen, schreiben, mehrere Sprachen sprechen und ihr darum nützlich sein.*

Seit diesem Tag glaubte der versklavte Mönch nicht mehr an die Macht des heiligen Magloire. Vielleicht hatte er sogar den Glauben an Gott selbst verloren. Fromme Männer grinsten nicht wie er.

Derart in Erinnerungen versunken bemerkte Hawisa nicht, dass Hasculfs Bote sie erwartungsvoll anstarrte. »Falls ich zu Hasculf stoße – was soll ich ihm sagen? Soll ich …«

Das Möwengekreisch wurde immer lauter, die Worte gingen darin unter. Hawisas Hoffnung, ihr Ziel schnell zu erreichen, hatte sich zerschlagen, die Felsen aber sahen aus wie immer. Einmal mehr schienen sie ihrer zu spotten. Sie waren nicht nur erhabener und stabiler als jedes von Menschenhand erbaute Haus, sie trotzten überdies dem steten Auf und Ab des Lebens, jener schier endlosen Reihe von Verzweiflung und Freude und Hoffnung und Scheitern und Verzagen und Geduld.

»Arvid hat lange Zeit in Fécamp gelebt«, sagte Hawisa. »Wahrscheinlich wird er Mathilda dorthin bringen wollen, aber die beiden dürfen Fécamp auf keinen Fall erreichen. Hasculf weiß, was er zu tun hat.«

II.

In den nächsten Tagen gewöhnte sich Mathildas Körper an die Schmerzen, ihr Geist jedoch wurde vom Wunsch zu überleben ausgehöhlt und kannte keine Hoffnung und kein Klagen mehr, keine Angst und keine Trauer. Sogar die Sehnsucht nach ihrer engsten Vertrauten Maura schwand. Aber wenn auch nichts in ihrem Leben Mathilda darauf vorbereitet hatte, dereinst schutzlos und nur in Begleitung eines Mannes durch einen Wald zu irren, hatte sie doch eines im Kloster gelernt: um einer höheren Sache willen eigene Bedürfnisse zu unterdrücken und den eigenen Leib zu knechten, indem man fastete, auf hartem Boden schlief und Nächte im Gebet durchwachte – zum Gotteslob und Heil der eigenen Seele. Mathilda war stolz darauf, immer noch zu leben, zu atmen, Fuß vor Fuß setzen zu können und nicht länger vor Schmerzen und Hunger oder, wenn sie an Maura und ihre anderen toten Mitschwestern dachte, weinen zu müssen.

Im Kloster hatte sie auch gelernt, dass Gott den Menschen für fromme Taten belohnte – wenn auch erst im Himmel. Selbst wenn der Wille, sich durchzubringen, kaum als Verdienst gelten konnte – belohnt wurde sie trotzdem, und das schon auf der kalten, finsteren Erde.

Sie waren eine knappe Woche unterwegs, als sie inmitten des Waldes eines Tages auf das Heim eines Waldhüters stießen, klein und schief zwar, mit einem Dach aus fauligen Grassoden und einem verwitterten Zaun, aber trotz allem ein Haus und somit der Beweis, dass sie nicht ganz allein auf der Welt waren.

»Gott sei gelobt!«, stieß Mathilda aus. Auch Arvid schien erleichtert.

Sämtliche Vorsicht war mit einem Mal vergessen. Sie wahrten nicht Abstand oder beobachteten, wer hier lebte, sondern stürmten auf das Haus zu, klopften an die Tür und riefen so verzweifelt um Hilfe, als machten ihnen nicht nur Hunger und Kälte zu schaffen, sondern als würden sie von einem gefährlichen Tier verfolgt werden.

Der Mann, der ihnen öffnete, war von großer, breiter Statur und ähnlich verwahrlost wie das Haus: Sein Bart hing ihm verfilzt über die Brust, sein Gesicht starrte vor Schmutz, und er hatte nur mehr zwei Zähne. Er blickte sie mit weit geöffnetem Mund an und schnappte nach Luft, aber er sagte kein Wort, um sie hineinzubitten. Allerdings verbot er es ihnen auch nicht, sondern wich ein wenig beiseite, sodass sie eintreten konnten. Kein behagliches Feuer wärmte die Stube, drinnen war es fast so kalt wie draußen, aber als Mathilda und Arvid um etwas zu essen baten, stellte er eine Schüssel vor sie auf den Tisch, in der sich eine zähe Masse befand, die man mit gutem Willen für einen Rübeneintopf halten konnte. Auch er war kalt und schmeckte wie Schlamm, aber Mathilda und Arvid schlangen ihn gierig hinunter.

Als die Schüssel leer war, richtete Arvid das Wort an den Waldhüter. »Kannst du uns sagen, wie wir nach Fécamp gelangen?«, fragte er.

Der Mann sagte weiterhin kein Wort, deutete aber in eine Richtung.

»Hab Dank!«, rief Mathilda.

Sie verbrachten die Nacht in der Hütte. Der Waldhüter machte weiterhin keine Anstalten, ein behagliches Feuer zu entzünden, sodass sie aneinandergeschmiegt wie unter den Bäumen schlafen mussten, um nicht zu erfrieren, aber am nächsten Tag stellte er erneut eine Schüssel Rübeneintopf auf den Tisch und reichte ihnen außerdem ein paar Kleidungsstücke – Mathilda eine fleckige Tunika, die viel zu groß war, nach Schweiß stank und die sie dennoch hastig über ihre Kutte zog, und Arvid ein Stück Maulwurfspelz, das er um die Schultern warf.

Nach ihrem Aufbruch fielen ihre Schritte schneller und beschwingter aus. Sie fühlten sich gestärkt vom vollen Magen, der Nacht unter einem Dach und dem Wissen, dass Gott der Allmächtige sie nicht aufgegeben hatte – warum sonst hätte er ihnen dieses Zeichen geschickt. Wieder und wieder sagte Mathilda vor sich hin: »Es wird alles gut.« Und diesmal war es keine leere Beschwörung, diesmal glaubte sie daran.

»Was glaubst du, wie weit es noch bis Fécamp ist?«, fragte sie, als die Sonne ihren höchsten Stand erreicht hatte und ein wenig fahles Licht durch die kahler werdenden Bäume warf.

Arvid zuckte die Schultern. »Von Jumièges legt man zwei Tagesmärsche nach Fécamp zurück, von Jumièges nach Saint-Ambrose war ich mehrere Tage unterwegs. Aber das zählt nicht, schließlich bin ich erst verfolgt worden und dann verwundet.«

Arvid runzelte die Stirn. Seine Schritte waren nicht mehr beschwingt, etwas schien ihm Angst zu machen. Doch nicht nach Fécamp zu finden? Seine Verfolger hinter sich zu ahnen? Oder nicht zu wissen, wie es in Fécamp weiterging?

Mathilda wollte an keine dieser Ängste rühren, auf dass sie sich nicht auf sie übertrugen, so hielt sie größeren Abstand zu ihrem Begleiter als sonst. Auch als sie an diesem Abend rasteten, legte sie sich nicht neben ihn unter einen Baum, sondern suchte sich einen anderen. Das Moos, das hier wuchs, war weich, aber die Kälte, die vom Boden aufstieg, kroch ihr in alle Glieder, und sie zitterte wie Espenlaub. Arvid rief sie jedoch nicht zu sich, sondern rollte sich still zusammen und schlief alsbald ein, sodass sie allein mit ihren Gedanken blieb. Was wurde aus ihr, wenn sie Fécamp erreichten?

Eine Eule schrie, ein Fuchs streifte durch das Gebüsch, und das Laub der Bäume raschelte im Wind. Mathilda zog ihre Knie an das Gesicht, und endlich ließ das Zittern nach, die Müdigkeit wurde übermächtig.

Sie schlief ein und träumte von einer Blumenwiese am Meer. Es roch salzig, es war warm, und dort hinten, am Rand der Klippe, stand ein Mann, groß und blond. Sie lief auf ihn zu, er fing sie auf, presste sie kurz an sich, ehe er sie in die Luft warf. Und sie wusste, wusste es ganz sicher – solange sie von seinen mächtigen Armen gehalten wurde, gehörte die ganze Blumenwiese ihr, war ihr Leben heil und ihre Zukunft voller Verheißungen. Doch wenn die Arme sie losließen, wenn der Mann fortging, dann war sie nicht mehr geborgen, dann wartete etwas Grauenvolles auf sie.

Mathilda schreckte aus dem Schlaf und erstarrte. Wie im Traum stand eine Gestalt vor ihr, aber sie schien nicht die eines Menschen zu sein, sie glich, von einem schwarzen Tuch verhüllt, vielmehr einem Dämon, der sich aus fremden Sünden nährt. Die Hand jedoch, die diese Gestalt nun hob, war aus Fleisch und Blut, das Messer, das sie hielt, glänzte silbern im Mondlicht – und jener menschliche Dämon war bereit, das Messer auf sie herabzustoßen.

Für einen kurzen mächtigen Moment schien die Welt stehen zu bleiben. Noch verharrte das Messer in der Luft. Noch blickte Mathilda regungslos darauf. Dann geschah alles blitzschnell: Das Messer fuhr auf sie herab, und Mathilda rollte sich zur Seite.

Sie schrammte sich ihr Gesicht an einer Baumwurzel auf, doch der höllische Schmerz war Beweis, dass sie noch lebte und noch leben wollte. Wieder erhob der schwarz vermummte Angreifer die Waffe, und diesmal, so ahnte Mathilda, würde er schneller zustechen und kraftvoller, denn es war kein Leichtes mehr zu töten, weil sein Opfer nicht mehr schlief.

Mathilda hielt den Atem an, als sich plötzlich eine Wolke vor die Mondsichel schob. In der Schwärze, die das silbrige Glitzern des Messers verschluckte, versiegten ihre Panik und ihre Angst vor dem Tod jäh. Zurück blieb nur Bedauern: Wenn sie im Finstern starb – würde es dann immer finster bleiben? Würde kein Paradies auf sie warten, kein funkelnder Thron Gottes, keine Engel, nur Kälte und Schwärze?

Mathilda fühlte den heißen Atem ihres Mörders. Er hielt sie so fest, dass eine Flucht unmöglich war. Als das Messer ihre Haut traf, zog sie instinktiv die Füße an und trat dann wild um sich. Das, was sie traf, fühlte sich weich an – wie erstaunlich, dass einer, der es auf ihr Leben abgesehen hatte, keinen Körper aus Stein hatte, sondern aus Fleisch und Blut wie sie. Sie hörte einen gequälten Schrei, war sich nicht sicher, ob er aus ihrer Kehle stammte oder aus der des Fremden.

Als der Mond wieder hinter der Wolke hervorkroch, sah sie, dass der Angreifer immer noch das Messer hielt, aber es in ihren Leib stoßen konnte er nicht: Arvid stand hinter ihm und hatte seine Hand gepackt.

»Lauf!«, brüllte er, »lauf!«

Sie machte sich frei und zog sich hoch, wollte den ersten Schritt machen, stolperte jedoch. Noch während Mathilda fiel, sah sie, dass der Angreifer sich aus Arvids Griff befreit hatte und nunmehr ihn mit dem Messer bedrohte. Sie rappelte sich auf, aber konnte nicht länger davonlaufen. Geschmeidig wie eine Raubkatze sprang sie die dunkle Gestalt an. Sie war zu klein und zart und wurde alsbald abgeschüttelt, doch ob des unerwarteten Angriffs war ihrem Widersacher das Messer entglitten. Während er sich danach bückte, griff Arvid nach ihrer Hand und riss sie mit sich.

»Lauf!«, brüllte er wieder.

Mathilda sah weder Boden noch Bäume, aber rannte los, folgte blindlings einem Instinkt, den die vielen Tage im Wald geschult hatten. Ihr Herz hämmerte, ihre Brust schmerzte, und von ihrem Gesicht, das die harte Rinde der Baumwurzel aufgeritzt hatte, tropfte Blut, warmes Blut. Sie wollte nicht in Kälte und Finsternis sterben, und sie würde nicht sterben.

Kurz war sie sich dessen so sicher, dass sie abrupt stehen blieb und lauschte. Auch Arvid verlangsamte seinen Schritt. Sie hörte seinen Atem, sonst hörte sie nichts. Im fahlen Mondlicht konnte sie sein Gesicht kaum sehen, aber sie spürte seinen Körper. Mathilda hob die Arme und legte sie um ihn, presste sich an ihn, konnte sich endlich sicher sein: Sie lebte, sie lebte ja noch.

Er drückte sie seinerseits an sich, fuhr ihr übers Haar, erstarrte dann aber mitten in der Bewegung. Beide fuhren sie nun gleichzeitig herum.

Die dunklen Bäume – sie bewegten sich. Oder nein, nicht die Bäume, es waren die Gestalten, die dahinter hervorkamen. Die Männer, die das Kloster überfallen und erst nur einen vorgeschickt hatten, sie zu töten, hatten sie umzingelt.

Laufen, keuchender Atem, straucheln, festhalten. Blätter, die ins Gesicht klatschten, Zweige, die an den Haaren hängen blieben, Schritte, die immer näher kamen.

Nie hatte sich Mathilda so wach gefühlt wie während dieser erneuten Flucht. Nie zugleich so weggetreten, ganz so, als würde ein Teil von ihr das Schreckliche nicht selbst erleben, sondern über den Baumkronen schweben und von dort oben gleichgültig zusehen. Jener Teil hatte die Hoffnung schon aufgegeben, wo doch die Angreifer in der Überzahl waren und obendrein bewaffnet und weder sie noch Arvid etwas gegen sie ausrichten konnten.

Doch etwas war in ihr, das lief und lief und das ahnte, dass vermeintlicher Nachteil sein Gutes haben konnte. Weil es so viele Männer waren, die sie jagten, war darauf zu hoffen, dass sie sich gegenseitig verwirrten, dass sie nie sicher sein konnten, ob das Knacken und Rascheln die Gejagten oder die Gefährten verriet. Und Finsternis und Dickicht war auch mit schärfsten Waffen nicht beizukommen.

Irgendwann blieben sie beide stehen, drehten sich um, sahen niemanden mehr.

»Hoch!«, zischte Arvid. »Hoch auf den Baum!«

Hätte sie nachgedacht, wäre ihr eingefallen, dass sie nicht wusste, wie man auf Bäume kletterte. Aber zum Denken blieb keine Zeit. Sie packte einen Ast, zog sich daran hoch, stieg von diesem auf den nächsten, und ehe ihr bewusst wurde, was genau sie da tat und woher sie die Geschicklichkeit nahm, hatte sie schon wie Arvid eine sichere Höhe erreicht. Ihre Hände waren von der rauen Rinde aufgeschürft und voller Blut, aber sie waren vorerst in Sicherheit, die Blätter schützten sie vor den Blicken der Verfolger.

Es wäre klüger gewesen, in völliger Stille zu verharren,

doch Mathilda konnte nicht schweigen. »Sie haben es nicht auf dich abgesehen, sondern auf mich.«

Auch Arvids Verwirrung war größter als sämtliche Vorsicht. »Ich verstehe das nicht ...«

»Dieser Mann ... er wollte mich töten!«

»Vielleicht hat er uns nur verwechselt und wollte sein Messer eigentlich gegen mich erheben. Mathilda, es kann nicht anders sein! Diese Männer sind hinter mir her.« Er sprach so energisch, als gelte es, eine Trophäe zu verteidigen. Opfer zu sein war schlimm, aber schlimmer noch war, nicht zu wissen warum.

»Und wenn du dich irrst? Wenn es ... wenn es damit zu tun hatte, wer ich bin?« Die bedrohlichere Frage ließ sie unausgesprochen: Was an ihrer Herkunft konnte so schlimm sein, dass sie dafür sterben musste?

»Weißt du ... weißt du denn gar nichts über deine Eltern?«

»Nein!«, rief sie zornig und verzweifelt zugleich. »Ich wurde als kleines Mädchen ins Kloster gebracht, das wurde mir immer erzählt, erinnern kann ich mich nicht daran. Und davor ... davor ist alles grau.«

Das stimmte nicht. Davor war nicht alles grau. Davor war die Blumenwiese, waren die Klippen und das blaue Meer. Und der blonde Mann, bei dem sie sich geborgen fühlte. Aber sie wollte Arvid nichts von ihren Träumen erzählen. Wie sollte eine blühende Wiese auch erklären, warum in der Nacht der kalte Tod kam?

Mathilda senkte ihre Stimme. »Hast du gehört, welche Sprache sie sprachen?«

Arvid zuckte die Schultern.

»Wieder Bretonisch ...«, antwortete sie sich selbst. Die Sprache, die sie verstand. Die Sprache, die verriet, dass ihre Herkunft etwas mit der Bretagne zu tun haben musste. Dem

Land, in das zu einer Zeit, da es keinen starken Herrscher gehabt hatte, Nordmänner eingefallen waren. War das der Grund, warum sie die Blumenwiese verlassen musste?

Sie schwiegen, weil alle Mutmaßungen ins Leere führten, vor allem aber, weil sich ihre Stimmen jäh mit anderen vermischten. Noch waren sie fern, aber sie kamen näher. Es waren die Stimmen der Männer. Ihre Schritte, gleichwohl vom Moos gedämpft, waren dumpf und schwer.

»Sie können nicht weit sein«, hörte Mathilda einen der Männer sagen. Er stand direkt unter dem Baum, auf dem sie Zuflucht gefunden hatten.

Sie wunderte sich nicht mehr, warum sie die fremde Sprache verstand, sie wagte nicht einmal, Arvid anzusehen und ihre Angst auch in seinem Gesicht zu lesen. Da war nur Panik, die sie schier erstickte – Panik, dass einer der Männer hochblickte und auf sie aufmerksam wurde, Panik, dass sie abrutschte und vom Baum fiel. Gottlob stierten sich die Männer nur gegenseitig an. Mathilda hielt den Atem an und klammerte sich noch fester.

»Verflucht, wir waren ihnen so nahe! Sie sind uns nur knapp entwischt!«

»Was stehen wir hier rum? Wir müssen weitersuchen!«

»Und wie, wenn es keine Spuren gibt? Der Boden ist moosbedeckt.«

»Dann müssen wir uns aufteilen und in sämtliche Himmelsrichtungen gehen!«

»Bist du verrückt? Dann finden wir nie wieder zueinander!«

Das Wiehern eines der Pferde übertönte die Stimmen – einer der Männer zerrte es mit sich und forderte auch die anderen auf, weiterzugehen. Die Schritte entfernten sich, die Stimmen wurden leiser. Mathilda wagte immer noch kaum zu atmen – Arvids Panik wurde hingegen früher von Genugtuung vertrieben.

»Wir sind ihnen entwischt!«, flüsterte er triumphierend.

Gewiss, noch konnten sie jederzeit zurückkehren. Doch Augenblick um Augenblick verging, und kein menschlicher Laut war zu hören. Mathilda atmete tief ein, löste den festen Griff um den Baumstamm und blickte Arvid wieder an.

Ich habe jedes Wort verstanden, wollte sie sagen, ich beherrsche tatsächlich ihre Sprache. Doch als er ihr seine Hand reichte und die ihre drückte, brach lediglich aus ihr hervor: »Gott sei Dank ... o Gott sei Dank, dass wir ihnen entgangen sind.«

Sie blieben auf dem Baum hocken, bis das Morgengrauen Schneisen in den nachtschwarzen Himmel schlug und ihre Hände so steif und kalt waren wie die Äste. Kurz überkam Mathilda das Gefühl, dass sie damit verschmolzen war, sich nie wieder aus diesem Wald befreien könnte, dass ihre Haut nicht glatt war, sondern rau wie Rinde, und dass ihr anstelle von Füßen Wurzeln wuchsen. Doch als sie an sich herabblickte, war sie immer noch dieselbe – eine zitternde, zarte junge Frau.

»Komm!«, murmelte Arvid. »Wir ... wir sollten weiter.«

»Aber hier oben sind wir in Sicherheit!«

»Hier oben werden wir verhungern und erfrieren.«

Alles in Mathilda sträubte sich, herunterzuklettern, aber als Arvid sich an den Abstieg machte, blieb ihr nichts anderes übrig, als ihm zu folgen. Die Furcht vor der Einsamkeit war größer als die vor ihren Verfolgern. Was ihr in der Panik der Nacht so leichtgefallen war, bereitete ihr jetzt größte Mühe. Flugs war sie den Baum hinaufgeklettert, nur zögernd tastete sie sich jetzt von Ast zu Ast, gewiss, beim nächsten Schritt in die Tiefe zu stürzen und sich das Genick zu brechen.

Vielleicht, ging ihr durch den Kopf, vielleicht wäre das sogar besser. Dann bliebe es ihr erspart, von einem Fremden mit einem Messer erstochen zu werden.

Irgendwann hatte sie es geschafft und landete auf dem weichen Waldboden. Ihre Hände und Füße brannten, aber in ihrem Herzen war es plötzlich kalt, und die Vorstellung, allein zurückzubleiben, doch nicht mehr die unerträglichste. Sie wusste nicht, warum ihr all das widerfuhr, jedoch, dass es nicht auch mit Arvid geschehen musste.

»Wenn sie es tatsächlich auf mich abgesehen haben, dann bist du in Sicherheit, sobald sich unsere Wege trennen.« Sie suchte seinen Blick, auch sein Gesicht war verschmutzt und geschunden. »Wenn du mich einfach hier zurücklässt – dann kannst du leben.«

Sie sagte es ganz ruhig, nicht sicher, ob sie es ihm um seinetwillen anbot oder weil sie zu erschöpft war, um noch länger zu fliehen. Und sie war sich auch nicht sicher, warum er es ablehnte – weil er sich für sie verantwortlich fühlte oder weil er Angst vor der Einsamkeit des Waldes hatte. In jedem Fall schüttelte er energisch den Kopf.

»Ich lasse dich nicht allein.«

Und wieder war sie sich einer Sache nicht sicher – diesmal, warum diese Worte sie so glücklich machten, das schmerzhafte Brennen in ihren Handflächen sogar kurz nachließ und sich in ihrer Brust eine angenehme Wärme ausbreitete. Aber es genügte, dass es so war.

Sie gingen langsamer als in der Nacht. Ihre Kräfte waren dennoch bald erschöpft. Nach den vielen Stunden auf dem Baum mussten sie sich ausruhen, ungeachtet der Gefahr, entdeckt zu werden.

»Erst schläfst du, und ich wache, dann wechseln wir uns ab«, entschied Arvid.

So froh sie auch war, endlich ruhig zu stehen – als sie auf den erdigen Boden blickte, scheute sie sich, sich dorthin zu legen. Zu bedrohlich war die Erinnerung an den nächtlichen Angreifer, der sie so wehrlos vorgefunden hatte. Sie hockte sich lediglich auf die Fersen und lehnte sich an einen Baumstamm.

»So kannst du nicht schlafen«, sagte Arvid. Er packte sie an den Schultern und drückte sie aufs Moos. Immer noch fühlte sie sich unwohl, aber sie wehrte sich nicht, und seine Berührung nahm ihr die Angst vor der Finsternis. Sie schloss die Augen und fühlte, wie ihre Glieder sich entspannten. Sie spürte Arvids Atem, hörte seinen Herzschlag, hörte auch den eigenen, der sich plötzlich beschleunigte, als würde sie nicht liegen, sondern rennen. Und ja, sie rannte wieder, diesmal keinen Verfolgern davon, sondern durch eine Höhle, heimelig niedrig zuerst, dann immer höher. Ihre Schritte hallten von den Wänden wider. Sie lief nicht davon – sie lief auf etwas zu: auf einen schmalen Lichtstreifen am Ende der Höhle, ein Licht, zunächst so kalt wie das einer Mondsichel, dann wärmer und greller. Sie hörte das Meer rauschen.

Wie kann es sein, dass ich laufe, obwohl ich ruhe? Warum rauscht das Meer im Wald? Warum wachsen am Rand der Klippen am Meer Blumen?

Ja, das Licht am Ende der Höhle fiel nun auf diese Blumen, doch anstatt sie zu liebkosen wie wärmende Sonnenstrahlen, schien es die Blütenblätter zu verbrennen. Alsbald fielen sie ab, und die Stängel und Blätter wurden so grau, als wären sie mit Asche bedeckt. Mathilda blickte sich suchend um. Sie hörte Arvids Herzschlag nicht länger, und sie erblickte nirgendwo den blonden Mann.

Plötzlich wusste sie, was das zu bedeuten hatte, sie wusste es und hörte es auch: »Er ist tot«, sagte eine Stimme immer wieder, »er ist tot.« Der Mann, der sie hochgeworfen hatte. Der Mann, der Stärke und Schutz verheißen hatte. Der Mann, der sie liebte. Er war tot, und sie war allein. Nein, nicht ganz allein. Da war diese Frauenstimme, so voller Trauer, so voller Hoffnungslosigkeit. »Er ist tot«, sagte sie wieder und wieder. Und dann: »Wir müssen sie von hier fortbringen.«

Mathilda blickte sich um. Da war kein Gesicht, in das sie schauen konnte, da waren keine Hände, die sie streichelten, da waren nur noch mehr Stimmen.

»Das kannst du doch nicht tun«, sagte eine andere. »Wie willst du es ertragen, dich von ihr zu trennen?«

Kurz blieb es still, dann antwortete die andere Frau, diesmal nicht traurig und hoffnungslos, sondern kalt. »Mir bleibt keine andere Wahl. Sie muss von hier fort. Hier ist sie nicht sicher vor ... *ihr.*«

Nun spürte sie doch Hände, Hände, die erst nur zögernd über ihren Kopf strichen, die sie dann hochhoben und an sich pressten. Die Hände waren kalt wie die Stimme, nichts hatten sie gemein mit denen des blonden Mannes, bei dem sie sich sicher gefühlt hatte. Die Hände zitterten.

»Nein«, wollte Mathilda sagen. »Nein! Schick mich nicht fort. Ich will bleiben.«

Doch sie konnte noch nicht reden, sie war zu klein dazu, nur schreien konnte sie, durchdringend und panisch. Sie schrie die Blumenwiese fort, das Meer, die Frauen, die Höhle. Die Hände jedoch ließen sie nicht los.

Als sie die Augen aufschlug, waren es nicht mehr kalte und zitternde, sondern feste und warme. Es waren die von Arvid. Sein Gesicht war ganz dicht vor ihrem. »Mathilda! Mathilda, was hast du denn?«

Sie hörte zu schreien auf, aber ihre Augen füllten sich mit Tränen.

Sie weinte, wie er noch nie einen Menschen hatte weinen sehen. Die Tränen glichen einem reißenden Fluss, der nichts von jener Kraft übrig ließ, mit der sie vor ihren Verfolgern geflohen war. Ihr Körper zitterte nicht nur, er verkrampfte sich, als litte er unter Schmerzen. Und ihre Zähne klapperten nicht nur vor Kälte, sondern so, wie man es den heulenden Sündern nachsagte, wenn sie sich ihrer ewigen Verdammnis bewusst wurden. Nun, auch sie schien verdammt zu sein, und ihre Hölle war, nicht zu wissen, woher sie kam. Das stammelte sie zumindest immer wieder.

»Wer bin ich, wer bin ich nur? Die Blumenwiese – sie wurde plötzlich so grau. An jenem Ort war ich geborgen und in Sicherheit ... danach nie wieder. Der blonde Mann ... ich weiß nicht, wer er war. Aber ich weiß, dass er gestorben ist, und danach blühten die Blumen nicht mehr ...«

Arvid verstand nicht genau, was sie meinte, aber er wusste, wie sehr der Gedanke an die eigene Herkunft quälen konnte – auch wenn es bei ihm nicht das Fehlen, sondern das Zuviel an Wissen war, das peinigte. Was war schlimmer? Im Dunkeln zu tappen wie sie? Oder von zu grellem Licht geblendet zu werden wie er?

In jedem Fall war ihm ihr Kummer vertraut, und ihre Tränen schufen eine Nähe, die ein Lächeln nie erzeugt hätte. Ein Lächeln wäre zu sanft gewesen, jene Mauer zu überwinden, die zwischen zweien stand, die ihr Leben Gott geschenkt hatten. Aber das Salz ihrer Tränen glaubte er zu schmecken, und was jene Tränen freispülten, fühlte er mit gleicher Inbrunst wie sie – nicht nur den Hader mit der eigenen Herkunft, auch den Drang nach Leben, die Angst vor dem Tod und die Ahnung, dass jener Tod kein sanfter, dunkler Engel war, wie man ihn sich im Kloster dachte, sondern ein grausamer Schlächter, der auf unschuldige junge Mädchen mit einem Messer losging. Diesen Tod besiegte man nicht, indem man betete und beharrlich sein Fleisch abtötete, sondern indem man jene Wärme auskostete, die ihr Anblick in ihm zeugte.

»Schscht«, machte er, »schscht.«

Er klang ein wenig hilflos, denn er wusste nicht, wie man Frauen tröstete. Aber er wusste, dass es gut war, nicht allein zu sein, wenn es galt, die Furcht vor der Zukunft zu ertragen, durch den Wald zu irren und eine dunkle Macht in sich zu spüren: seines Vaters Blut, das wie Feuer durch seine Adern rann und bewirkte, dass er den nächtlichen Angreifern nicht einfach nur entfliehen wollte, sondern sie am liebsten getötet hätte. Dass er nicht nur einmal ein Schwert in ihren Leib hatte rammen wollen, sondern immer und immer wieder. Nun, er hatte kein Schwert gehabt, und er hätte nicht gewusst, wie man es führte. Er hatte nicht mal einen Mantel, um Mathilda darin einzuhüllen und sie zu wärmen – nur den eigenen Körper, an den er sie drücken konnte. Es war nicht viel, was er da zu geben hatte, und deshalb sparte er nichts davon auf.

Arvid strich Mathilda über den zitternden Rücken und rieb seine Wange an ihrer. Auf seiner wuchsen Bartstoppeln, ihre war rau von den Krusten kaum verheilter Wunden. Wahrscheinlich fügte er ihr nun neue zu, doch er hörte nicht auf damit, presste vielmehr nun auch seinen Lippen auf ihre. Die Lippen waren nicht rau. Sie waren warm und weich. Ihr Atem verschmolz zu einem, in ihren Brüsten pochte nur mehr ein Herz, ihre Leiber wuchsen zusammen und entspannten sich. Die Vergangenheit zählte nicht mehr – es zählte nur, dass sie der Einsamkeit für einen Augenblick entfliehen konnten und dass sein unheilvoller Drang zu zerstören in ihrer Gegenwart dem Verlangen nach Geborgenheit wich.

Er öffnete seine Lippen und sie die ihren, und er schmeckte ihre Zunge. Nie hatte er dergleichen gemacht, aber es fühlte sich nicht fremd an, vielmehr so, als hätte er sich immer nur danach gesehnt, und nicht nur dafür gelebt, in einer einfachen grauen Zelle zu hocken und Psalmen zu singen. Lächerlich erschien es ihm kurz, die Größe eines Gottes zu preisen, den man nicht berühren und umarmen, an dem man sich nicht wärmen und den man nicht küssen konnte – lächerlich und sinnlos gemessen an der Gier, Mathildas Körper zu erkunden, erst mit Händen, dann mit Lippen, erst gemächlich, dann voller Hast. Während sie sich küssten, strich er ihr über die Haare, den Nacken, den Rücken. Schließlich wanderten seine Hände zu ihren Brüsten, umfassten und streichelten sie. Ein Keuchen entfuhr ihr, nicht von Schmerz kündend, wie er zunächst befürchtete, sondern von Lust: Sie hob ein Bein, um ihren Körper noch fester an seinen zu pressen, öffnete den Mund noch weiter, auf dass ihre Zunge jeden Winkel von seinem Mund erforschen konnte.

Doch jener Augenblick, da er am liebsten ebenso stürmisch seine Kleidung ablegen wollte wie die Erinnerung an seine Berufung, währte nicht lange. Dann fiel ihm wieder ein, warum er den Gott, der nicht küssen konnte, hatte verehren wollen: Weil jener nicht schmutzig war, sondern über die Welt erhaben, weil er sich als mächtiger erwies als die ränkeschmiedenden Menschen und weil er zuletzt über das Böse triumphierte. Sich diesem Gott zu schenken war immer noch verlockend – ein wenig verlockender sogar, als Mathilda zu küssen.

Er löste seine Lippen von ihren und fuhr entsetzt zurück.

Als Arvid sie losließ, fühlte Mathilda Bedauern. Noch schmerzhafter als das war die Kälte. An ihn gepresst war ihr so warm gewesen, jetzt fror sie bitterlich wie nie. Nicht nur, dass eine Gänsehaut ihre Haut überzog, ihr Herz, eben noch hektisch pochend, schien zu vereisen, umso schneller und absoluter, als sie in seinem Gesicht das Entsetzen sah. Noch erfasste es sie nicht. Noch dachte sie: Wir haben uns geküsst, und wir waren uns nah, wie einander zwei Menschen nur sein können, wir gehören zusammen, weil es in diesem Wald niemanden sonst gibt als uns und unsere Widersacher … na und?

Aber dann fühlte auch sie es. Schlimm genug, dass fremde Mächte ihr Leben aus der Bahn geworfen hatten. Nie wieder würde sie zu angestrebter Ordnung zurückfinden, wenn obendrein der eigene Wille schwach war.

»Gütiger Himmel, das wollte ich nicht!«

Sie war sich nicht sicher, ob sie die Worte laut gerufen oder nur gedacht hatte. Aber auch sie wich vor ihm zurück.

Arvid nickte bekräftigend, brachte noch mehr Abstand zwischen sie beide, ging dann unruhig auf und ab, bekundend, dass in Bewegung zu bleiben die einzige Möglichkeit sein durfte, sich warm zu halten. »Das darf nie wieder passieren!«

»Natürlich nicht!«

»Wir sind Bruder und Schwester im Herrn, weiter nichts.«

»Gewiss. Wir führen ein Leben in Keuschheit und dürfen uns nicht vom Satan verführen lassen.«

»Was eben geschehen ist, war nur ein Moment der Schwäche, den auch große Heilige durchlitten haben. Am Ende aber zählt, dass sie sich den Dämonen gegenüber als stark erwiesen haben.«

»Und führe uns nicht in Versuchung …«

Eine Weile vergewisserten sie sich beide inständig, wie

schlimm es war, was sie getan hatten, und zugleich, wie einmalig dieser Augenblick der Verführbarkeit.

Sie blickten einander nicht an. Irgendwann verstummten sie und legten sich unter die Bäume. Keiner schlief.

Auch in den kommenden Nächten mieden sie sich. Nur tagsüber blieb ihnen manchmal keine andere Wahl, als sich an den Händen zu halten. Die Bäume standen nicht länger dicht, und auf den weiten Lichtungen gluckerten Moore, in denen erbärmlich ersoff, wer hineingeriet. Arvid zeigte Mathilda, wie man am besten der Gefahr entging – indem man Reisigruten auf den Boden warf und wartete, ob er sie verschluckte oder nicht. Wo immer es möglich war, balancierten sie über Baumstämme, die der letzte Sturm umgeknickt hatte.

Mathilda folgte Arvids Befehlen, hielt sich, wann nötig, an ihm fest, aber wich seinem Blick ebenso beharrlich aus wie er dem ihren.

Irgendwann wurde der schlammige Boden fester, und der Wald fand ein Ende. Das Land dahinter war hügelig, die Wiesen braun und die Felder abgeerntet. Dies also ist die Normandie, in der ich fast mein ganzes Leben verbracht habe und die ich doch nicht kenne, dachte Mathilda. Farblos wie der graue Himmel versprach sie keine Ähnlichkeiten mit dem Land, von dem Rollo, wie eine Legende sagte, einst geträumt hatte: Einen Bienenschwarm hatte er in diesem Traum gesehen, der sich in blumenübersäter Landschaft niederließ – und nach dem Erwachen hatte er seinen Männern befohlen, die Segel zu hissen und mit den Drachenschiffen in den Norden des Frankenreichs aufzubrechen.

Nun, vielleicht gab es bunte Blumen nur in Träumen – in dem von Rollo und in dem ihren.

Letzterer kehrte in den Nächten, da sie unter freiem Himmel in Ackermulden schliefen, nicht wieder. Wenn sie sich morgens erhob, war sie noch steifer als im Wald, wo die Bäume sie besser vor dem Wind geschützt hatten. Hier wehte der Wind nicht nur kälter, sondern die Luft war auch salziger, und eines Tages sahen sie in der Ferne einen schmalen Streifen Meer.

Arvid brach das Schweigen, und was er sagte, klang so nüchtern, als hätte sie nie an seiner Brust geweint und er sie nie getröstet, umarmt und geküsst.

»Die Nordmänner siedelten sich hierzulande vor allem an der Seine und an der Küste an, nicht im Landesinneren«, sagte er, »sie haben viele neue Höfe errichtet und begonnen, die Wälder zu roden.«

Warum gibt es dann hier keine Nordmänner?, fragte Mathilda sich. Warum sind wir immer noch allein auf der Welt? Sie sagte es nicht laut.

Das Meer war jetzt ganz nah, das Rauschen der Wellen wurde lauter, die Luft salziger. Möwen durchpflügten kreischend den Himmel. Mathilda hatte noch nie das Meer gesehen – nur in ihrem Traum mit der Blumenwiese. Im Traum hatte es gefunkelt und geglitzert, hier war es schlammig grün und trüb.

Nun gab auch Mathilda ihr Schweigen auf. »Wie weit ist es noch bis Fécamp?«, fragte sie immer und immer wieder.

Und stets erwiderte er: »Nicht mehr weit.«

Nicht mehr weit bis zu der fremden Stadt, in der sie niemanden kannte außer Arvid, der sich selbst wie ein Fremder verhielt. Wenn sie ihn ansah, wie er mit verschlossenem Gesicht die Küste entlangmarschierte, über Tang und Stein und Sand hinweg, dann verblasste die Erinnerung daran, wie sich seine Lippen angefühlt hatten.

Irgendwann wurde der Himmel etwas blauer, weiße Schaumkronen hüpften auf den Wellen. Mathilda hob den Kopf, fühlte Sonnenstrahlen ihr Gesicht necken und schloss die Augen, um sich der Wärme hinzugeben. Bald schob sich wieder eine Wolke vor die Sonne, aber die Rauchsäulen, die in der Ferne hochstiegen, blieben sichtbar.

»Da drüben«, sagte Arvid, und er klang nicht erleichtert, dass sie ihr Ziel endlich erreicht hatten, eher verzagt, »das ist Fécamp.«

Jener junge Mann, der so viel Eifer zeigte, wurde Hasculf mit der Zeit lästig. Anfangs hatte er noch überlegt, ihn nach seinem Namen zu fragen, später war er froh, so wenig wie möglich von ihm zu wissen. Schlimm genug, dass jener immer wieder in der Wunde bohrte.

»Sie waren nur zu zweit, und sie waren unbewaffnet. Wie ist es möglich, dass sie uns entkommen sind? Wir haben sie doch fast gehabt.«

Das fragte sich Hasculf selbst. Dennoch stierte er den Jüngeren wütend an und schnaubte: »Hier im Wald hilft es uns nicht, dass wir stärker sind und Waffen haben. Gegen verräterisches Knacken, gegen die hohen Schatten der Bäume, gegen lautloses Moos lässt sich nicht einfach das Schwert erheben.«

Er hätte es gern gekonnt! Er hätte vor lauter Wut am liebsten eigenhändig sämtliche Bäume niedergeschlagen und Büsche zertrampelt, sodass vom Wald nur eine nackte Ödnis blieb.

»Ich glaube, sie haben den Wald längst verlassen«, sagte der junge Mann – beim Eingestehen des Scheiterns so eifrig wie in seinem Trachten, sich als tapfer zu erweisen. »Nicht mehr lange, und sie werden Fécamp erreichen. Und dorthin können wir ihnen nicht folgen, wir würden auffallen.«

Halt's Maul, dachte Hasculf, griff unwillkürlich nach dem Knauf seines Schwerts und umklammerte ihn. Kurz beschwichtigte ihn das, hielt ihm dann aber erst recht vor Augen, dass er zu lange nicht getötet hatte, sich zu lange nicht jenem blinden Wüten überlassen, das den Kopf so angenehm leer machte. Seiner quoll über vor anstrengenden Gedanken.

»Das weiß ich selbst«, knurrte er.

Abschätzend verzog der junge Mann seinen Mund. »Hawisa wird das nicht gefallen.«

Hasculf fühlte die lauernden Blicke seiner Männer auf sich ruhen und ahnte, dass es auch ihnen nicht gefiel, von einem Schwächling angeführt zu werden, der sich von einem Weib und einem Mönch überlisten ließ. Die Schmach war zu groß, um sie zu schlucken. Wie ist es möglich, haderte er, dass Mathilda so schnell laufen kann? Trug sie nicht auch ein Kleid aus Eis wie er und war darunter erstarrt? Wie hatte sie sich ihre Wendigkeit bewahren können?

Er fühlte sich steif und alt – so viel älter als jener eifrige junge Mann, der es immer noch wagte, ihm offen ins Gesicht zu sehen.

Hasculf umklammerte den Knauf des Schwertes noch fester. Zum Töten war er weder zu steif noch zu alt. Er zog sein Schwert, durchschnitt erst die Luft und schlug dann dem jungen Mann den Kopf ab. Es ging so schnell, dass der nicht einmal schreien konnte. Das einzige Geräusch, das sein Tod erzeugte, war das dumpfe Poltern, als der Kopf auf den Boden fiel, und dann ein zweites, als der restliche Körper niedersackte. Der junge Mann hatte den Hieb nicht erwartet, ja, nicht einmal kommen sehen. In den weit aufgerissenen, aber erstarrten Augen stand keinerlei Entsetzen oder Todesangst, nur dieser Übereifer.

Hasculf starrte auf ihn herab. Nun war der Mann nicht

mehr jünger als er, sondern nur tot. Nun würde er nie erfahren, wie er hieß.

Er musterte seine Männer, die ihren Blick rasch senkten. »Hat noch jemand Lust, etwas zu sagen?«

Blut troff von seinem Schwert, als er über den Enthaupteten hinwegstieg.

»Gut«, sagte er in das Schweigen. »Dann lasst uns in die Bretagne zurückkehren.«

Er war nicht mehr derselbe wie der, als der er einst von hier fortgegangen war, um Mönch in Jumièges zu werden. In Fécamp war er als Sohn einer Normannin, Runa, und eines Franken, Taurin, groß geworden – zurück kehrte er mit dem Wissen, dass es in Wirklichkeit umgekehrt war: Seine Mutter war eine Fränkin gewesen – sogar eine Prinzessin – und sein Vater Thure einer jener Barbaren aus dem Norden, die Feuer und Tod brachten.

Arvid fühlte sich fremd in seiner eigenen Haut, während die Stadt ihm noch vertraut, wenngleich keine echte Heimat war. Immerhin ein Ort voller Menschen, an dem er nicht länger mit Mathilda allein sein musste und wo der Tumult, in den sie gerieten, lauter tönte als der Aufruhr seiner Gefühle, in den ihn zuerst der Kuss, dann das fortwährende Schweigen gestoßen hatte.

Er wusste nicht, welcher Wochentag angebrochen war – es musste Mittwoch oder Freitag sein, denn die Menschen strömten zum Markt.

Mathilda und Arvid betraten die Stadt am Meer durch das große Tor, das tagsüber geöffnet war, des Nachts hingegen den Wall, der, wie bei den Nordmännern Sitte, um die Stadt gebaut worden war, verschlossen hielt. Nur kurz konnte der junge Mönch einen Blick auf Hafen, Meer und Schiffe werfen, dann befanden sie sich schon im Gemenge von Menschen – Bettlern in stinkende Lumpen gekleidet ebenso wie reichen Kaufmannsleuten mit rot umbordeten Fuchspelzen und funkelnden, schweren Handreifen.

Sie drängten sich an hölzernen Buden und Ständen vorbei, an denen Handwerker laut schreiend Waren feilboten – Grob- und Waffenschmiede, Bronzegießer und Kammhersteller, Bernsteinschleifer und Perlenmacher, Schuster und Schiffszimmerleute. Äxte und Feilen wurden ebenso angepriesen wie Stoffe und Wein aus dem Westen, Sägen und Zangen, auch Kästen aus Eichenholz und Wetzsteine.

Arvid glaubte, der Kopf müsste ihm platzen ob all der vielen Geräusche. War die Welt tatsächlich so laut? Kein Wunder, dass er sich sein Leben lang nach der Stille eines Klosters gesehnt hatte! Er nahm auch in Mathildas Gesicht Verwirrung, fast Angst wahr, und trotz allem Trachten, sich von ihr fernzuhalten, hätte er ihr gern tröstend die Hand auf die Schultern gelegt. Doch dann gesellte sich zu ihrer Verstörtheit Neugier. Sie blieb vor einer Marktbude stehen, die vor allem Frauen anlockte – Hornkämme und Ketten aus Glasperlen, Fibeln aus Bernstein und glänzende Gürtelschnallen wurden dort angeboten. Obwohl sie sich – er sah es an ihrem zusammengekniffenen Mund – trotzig bemühte, diesen Dingen mit schnöder Verachtung zu begegnen, mussten sich doch Frauen ihres Standes einem Laster wie Eitelkeit unempfänglich zeigen, konnte sie sich einer gewissen Faszination nicht erwehren. Er fühlte, wie Mathilda damit kämpfte, die Hände nicht nach dem Schmuck auszustrecken – genauso wie er all seiner Willenskraft bedurfte, sie nicht zu berühren. Wie sie widersagte er der Versuchung, doch ein verräterischer Gedanke schoss ihm durch den Kopf, als er in ihre großen dunklen Augen sah: Wie würde ihr jener Schmuck stehen, wie die feinen Wollstoffe aus Friesland auf ihrer hellen Haut wirken, wie der Brokat, den man aus dem fernen Byzanz hierher geschafft hatte?

Arvid wandte sich rasch ab und gab vor, sich für den Speckstein ein paar Buden weiter zu interessieren, mit dem man Eisenmesser schleifen konnte, für die großen Bottiche aus Nadelhölzern und für das fränkische Glas. Er lief weiter, und ein verlockender Geruch stieg ihm in die Nase. Auf dem Markt wurden nicht nur Waren angeboten, sondern auch Essen und Trinken, und sein Magen krampfte sich zusammen, als er die krossen Schweinshaxen und Geflügelkeulen sah, die auf einer Feuerstelle zwischen glühenden Holzscheiten gebraten wurden. Ein dicklicher Mann klopfte eben frisches Fleisch weich, und Arvids Gier wurde so groß, dass er es ihm am liebsten aus der Hand gerissen und roh in sich hineingewürgt hätte.

»Bitte!«, flehte er. »Ich bitte um eine milde Gabe! Ich bin tagelang unterwegs gewesen.«

»Hinweg, du dreckiger Kerl!«, knurrte der Mann.

Arvid blickte an sich herab und gewahrte erst jetzt, dass er vor Schmutz starrte. Unwillkürlich griff er sich an den Hinterkopf. Sein Haar war dort, wo er sich die Tonsur geschoren hatte, zwar kürzer, aber so verfilzt, dass sie wohl kaum noch sichtbar war.

»Ich bin ein Novize aus Jumièges!«

»Das kann jeder erzählen.«

»Aber ...«

Arvid brach ab. Mathilda hatte sich vom Schmuckstand lösen können und trat nun an ihn heran. »Bist du einer Frau gegenüber auch so hartherzig?«, fragte sie.

Das Gesicht des Mannes blieb verschlossen – ein anderer Händler jedoch zeigte sich mildtätiger. Er winkte sie zu seiner

Bude und reichte ihr eines der Trinkhörner, die dort in einem Ständer mit Wein und Cidre gefüllt zum Verkauf bereitstanden.

Mathilda nahm ein paar Schluck und reichte das Horn dann an Arvid weiter. Seit Ewigkeiten hatte er keinen Cidre mehr getrunken, er brannte in der Kehle und noch mehr in seinem leeren Magen. Dennoch konnte er nicht zu trinken aufhören, bis er das Horn mit dem süßlichen Trank bis auf den letzten Tropfen geleert hatte. Als er es wieder abstellte, schwindelte ihn, und Mathilda erging es wohl nicht anders. Sie bedankten sich bei dem Händler, und wankend setzten sie ihren Weg Schulter an Schulter fort ohne Anstalten zu machen, voreinander zurückzuweichen.

Hinter den Verkaufsständen floss ein Bach, in dem Wäsche gewaschen und gleich in den daneben dessen ungeachtet Abfall geworfen wurde. Ein paar Köter lagen träge am Ufer, einige Kinder suchten aus dem Unrat nach abgenagten Knochen und wetteiferten darum, wer sie am weitesten werfen konnte. Etwas abseits vom Markt hatte ein Münzmeister seine Bude. Er wechselte das Geld der Franken in jene Münzen, die in Graf Wilhelms neuer Münzanstalt von Rouen geprägt wurden.

Nun wurden die Gassen etwas lichter und Mathildas Schritte zögerlicher. Der Cidre war ihr so heiß ins Gesicht gestiegen, dass sie die Tunika ablegte, die ihr der Waldhüter überlassen hatte. Die Kutte darunter war zerrissen, wenngleich nicht so verschmutzt wie das Gewand. Mathilda schien Arvids Blick zu bemerken, als ein Windstoß sie erfasste.

»Und nun?«, fragte sie.

Arvid senkte rasch den Blick und lief ein Stück voran.

»Gibt es hier nun ein Frauenkloster?«

»Ich weiß nur von einem Männerkloster. Die Mönche dort errichten gerade eine Kirche, wo die Ampulle des heiligen

Blutes Christi aufbewahrt werden soll, die hier einst wundersamerweise in einem Feigenbaum angespült worden ist. Graf Wilhelm selbst hat den Bau der Kirche gefordert.«

Er blickte sich suchend um – von einer Klosterkirche war nichts zu sehen, nur in der Ferne die Burg von Fécamp, wo Wilhelm residierte, wenn er sich in der Stadt aufhielt. Männer schleppten Steine zu einem halb fertigen Turm, Sklaven wahrscheinlich, wie die geschundenen, halb nackten Glieder und die ausdruckslosen Gesichter verrieten. Einst hatten Nordmänner Franken versklavt – später Franken und christliche Nordmänner jene Heiden aus dem Norden, die das Land dann und wann überfielen und sich weigerten, den einzig wahren Glauben anzunehmen.

»Wohin soll ich nun?«, fragte Mathilda. »Was ... was wird mit mir geschehen?«

Arvid wandte sich von der Burg ab und sah sich um, als würde er sich, wenn er dies nur lange genug tat, dem beschämenden Bekenntnis, es auch nicht zu wissen, enthalten können und alles zum Guten wenden. Zu seinem Erstaunen passierte das tatsächlich. Jenes Wunder, auf das er nicht zu hoffen gewagt hatte, trat ein.

Glück durchströmte ihn fast so heiß wie der Cidre, als er in das vertraute Gesicht blickte – dass dieses Gesicht ein verkniffenes war, war ihm vollkommen gleichgültig. Augen, Nase und Mund standen so dicht beisammen, dass es aussah, als hätte irgendjemand einst den Kopf dieses Mannes zusammengepresst. In Jumièges wurde über den Mitbruder häufig gespottet und gelacht. Heute lachte Arvid nicht, heute ließ er Mathilda stehen und stürzte auf ihn zu.

»Gelobt sei Jesus Christus! Bruder Dadon!«

Obwohl seinem Rang nach nur Novize, hatte Arvid älteren Brüdern nie übermäßigen Respekt gezollt – dergleichen hatte er als Kind weder von Runa noch von Taurin, die beide sehr selbstbewusste und eigenwillige Menschen waren, gelernt. Jetzt hätte er sich am liebsten auf den Boden gekniet, um Bruder Dadons Füße zu küssen. Nicht länger war er von Fremden umgeben, es gab hier einen, der ihn kannte und aller Welt bekunden konnte, dass er ein künftiger Mönch war, kein stinkender Bettler.

»Arvid!« Das Gesicht blieb verkniffen, aber in den Augen leuchtete es kurz auf – ein Zeichen der Freude oder vielleicht einfach nur der Verwunderung, ihn lebend zu sehen, und das obendrein in Fécamp. »Was machst du hier?«

Arvid rang nach Worten. Als die Männer König Ludwigs aufgetaucht waren und ihm nach dem Leben getrachtet hatten, war er überstürzt aus Jumièges geflüchtet, ohne sich dem Abt oder den Mitbrüdern zu erklären.

»Das ist eine lange Geschichte«, sagte er schnell. »Ich war in großer Gefahr ... ich bin es noch ... ich muss so schnell wie möglich mit dem Abt sprechen. Ich ...«

Er überlegte, wie viel er noch verraten durfte, doch Bruder Dadon stellte ohnehin keine Fragen. Er war für seine Menschenscheu bekannt, und mehr als einmal hatte er laut verkündet, dass er Geheimnisse anderer lieber erst gar nicht kennen wollte, schon gar keine finsteren. Der Mönch brachte Arvid mit einer knappen Handbewegung zum Schweigen.

»Ich wollte noch heute nach Jumièges zurückkehren, die letzten Tage war ich bei unseren Mitbrüdern, die hier in Fécamp wie wir nach der Regel des heiligen Benedikt leben.«

Arvid konnte sich denken, was er von diesen gewollt hatte. Jumièges, einst eines der größten und stolzesten Klöster des Frankenreichs, lag immer noch zum großen Teil in Trümmern, und es gab zu wenige Mönche, vor allem junge und kräftige, die es wieder aufbauen konnten. Das Kloster in

Fécamp half manchmal aus, indem es Novizen sandte oder Geld gab.

»Wir können gleich aufbrechen«, fügte Bruder Dadon hinzu.

Kurz war Arvid so erleichtert, dass er ihm am liebsten gefolgt wäre, ohne sich auch nur noch einmal umzudrehen – in Gegenwart des vertrauten Mitbruders hoffte er, die letzten Tage hinter sich lassen zu können wie einen dunklen Traum. Doch dann nahm er aus seinem Augenwinkel eine Bewegung wahr. Mathilda hielt zwar Distanz, aber starrte sie beide neugierig an. Bruder Dadon war dieser Blick nicht entgangen, und er erwiderte ihn misstrauisch.

»Das ist Mathilda, eine Novizin aus Saint-Ambrose«, flüsterte Arvid ihm zu. »Das Kloster wurde überfallen und zerstört, die Schwestern ermordet. Ich konnte sie retten und sorgte für sie.«

Er hoffte, dass Bruder Dadon die Röte entging, die sich auf seine Wangen schlich – bekundend, dass er sie nicht nur umsorgt hatte ... sondern umarmt, geküsst, begehrt.

»Saint-Ambrose zerstört? Von wem?«

Arvid zuckte die Schultern. »Es war eine Bande Nordmänner«, sagte er und hoffte, dass diese Lüge eine lässliche Sünde war. Schließlich wusste er nicht genau, wer jene Männer waren, und ob es nun Heiden aus der Bretagne waren oder aus noch nördlicheren Ländern, ob König Ludwig sie auf ihn gehetzt hatte oder ein anderer auf Mathilda, änderte nichts an der Grausamkeit ihrer Taten.

»Und sie ist eine Novizin, sagst du?«

»Ja. Sie überlebte als Einzige. Wir sind durch den Wald geflohen, ich konnte sie nicht einfach zurücklassen.«

Seine Stimme zitterte so verräterisch wie die eines Sünders, der seinen Frevel zu vertuschen sucht. Von Bruder Dadons argwöhnischem Blick fühlte er sich ertappt und entblößt, und um dessen Misstrauen nicht auch noch zu schüren, raunte er ihm übereifrig zu: »Ich habe lange genug für sie Sorge getragen, nun müssen wir sie irgendwie ... loswerden, ehe wir nach Jumièges aufbrechen. Nur schade, dass es hier kein Nonnenkloster gibt, um sie unterzubringen.«

»Soll sie doch zu ihrer Familie zurückkehren!«, schlug Bruder Dadon unwirsch vor.

»Sie weiß nicht, wer ihre Familie ist, sie lebt im Kloster, seit sie ein kleines Kind ist. Wie hoch ihre Mitgift damals war, kann ich nicht sagen – in jedem Fall ist sie jetzt mittellos.«

»Und sonst weißt du nichts von ihr?«

»Die Äbtissin von Saint-Ambrose hielt offenbar große Stücke auf sie.«

»Aber die Äbtissin ist tot ...«, murmelte Bruder Dadon nachdenklich.

Kurz versetzte der Gedanke an Gisla, seine leibliche Mutter, Arvid einen schmerzlichen Stich. Aber er unterdrückte die Trauer. Es zählte nicht, es durfte nichts zählen. Im Wald hatten ihn Kälte und Hunger und Todesangst so zermürbt, dass er sich dunkler Gedanken nicht erwehren konnte. Aber in Dadons Angesicht war er kein ums Leben kämpfender Flüchtling. Er war wieder Bruder Arvid, der sich nicht an sein irdisches Leben krallte, sondern es Gott schenkte.

»Sie stammt wohl von Bretonen ab«, sagte er schnell, verwundert, dass er sich wie ein Verräter wähnte, weil er etwas behauptete, was Mathilda selbst nur vage ahnte. Doch es schien der rechte Einfall gewesen zu sein.

»Dann habe ich eine Idee, wie du sie loswerden kannst«, sagte Bruder Dadon schnell. Ungewohnt vertraulich beugte er sich näher. »Und ich verspreche dir auch – ich werde dem Abt nichts von ihr erzählen.«

Arvid runzelte die Stirn, wollte schon sagen, dass man nicht verschweigen müsste, was doch nicht verboten gewesen war. Aber er fürchtete, dass seine Stimme erneut verräterisch zittern würde.

»Wohin sollen wir sie bringen?«, fragte er.

»Weißt du, wer Sprota ist?«, gab Dadon zurück.

Arvid war verblüfft, dass Bruder Dadon diesen Namen in den Mund zu nehmen wagte. Sprota war keine Frau, von der Mönche sprachen.

»Sprota ist die Mutter von Graf Wilhelms unehelichem, gleichwohl rechtmäßig anerkanntem Sohn Richard«, sagte er. »Sie lebt mit ihrem Kind in Fécamp. Hier stand die Garnison stets treu zu Wilhelm, und sollte ihr Leben jemals von einem Aufstand bedroht sein, könnte sie auf einem Schiff nach England fliehen.«

»Sprota ist nicht nur Wilhelms Konkubine«, sprach Bruder Dadon ganz leichtfertig ein Wort aus, das ihm wohl noch nicht oft im Leben über die Lippen gekommen war. »Vor allem ist sie Bretonin.«

Er sah Arvid vielsagend an, und jener ahnte, worauf der Mönch hinauswollte. Er zweifelte, dass es glücken könnte. Und noch mehr zweifelte er, dass es richtig war, Mathilda mit einer Frau diesen Rufs zusammenzubringen.

Aber Bruder Dadon nickte entschlossen, und ob es Müdigkeit war oder leichte Trunkenheit, tiefe Scham oder einfach nur Bequemlichkeit – er war froh, nicht selbst entscheiden zu müssen, sondern dem so viel älteren Mönch die Führung zu überlassen.

Mathilda hatte keine Ahnung, wohin sie gingen, aber sie fragte nicht. Arvid hatte ihr erklärt, dass nun alles gut werde, und er wirkte so erleichtert, weil er dem Mitbruder begegnet war, dass sie ihm glaubte. Jener fremde Mönch war nicht sonderlich freundlich, hatte sie nur griesgrämig gemustert, aber trotz allem war er ein Mönch, ein Mann Gottes, und sie fühlte sich an seiner Seite in Sicherheit.

Vor ihnen ragte nun ein steinernes Haus mit einem großen Tor auf, und einige Männer traten ihnen daraus entgegen – groß und breitschultrig allesamt, die meisten blond, was sie als Nordmänner auswies, und obendrein bewaffnet: mit Schwertern, Schilden, Messern, einer sogar mit Pfeil und Bogen. Erst vor kurzem hatte Mathilda gesehen, wie unter solchen Waffen unschuldige Frauen fielen.

Als die Männer Bruder Dadon erkannten, wichen sie zur Seite und ließen ihn das Tor passieren. Mathilda verharrte zögernd.

»Nun komm mit!«, herrschte er sie ungeduldig an und winkte ihr, ihm zu folgen.

Es war das erste Mal, dass er direkt das Wort an sie richtete. Mit geducktem Kopf ging sie an den Bewaffneten vorbei, folgte ihm durch das Tor in einen Innenhof. An das Haupthaus schloss sich ein Gebäude an, das aussah wie eine Vorratskammer, ein weiteres schien eine Art Werkstatt zu sein, daneben lagen die Wirtschaftsräume, und zuletzt entdeckte Mathilda eine Kapelle. Kurz regte sich in ihr die Hoffnung, in einem Kloster zu sein, aber in der Mitte des Hofes um ein Feuer saßen noch mehr bewaffnete Männer. Sie brieten Fleisch. Als der Mönch sie anwies, hier zu warten, hielt Mathilda suchend nach Arvid Ausschau, aber er war ihnen nicht durch das Tor gefolgt.

»Arvid?«, rief sie.

Keine Antwort.

Gern hätte sie noch einmal seinen Namen gerufen, doch als

die Krieger ihren Kopf hoben und sie musterten, verstummte sie. Sie wähnte sich verloren wie nie, aber unterdrückte das Verlangen zu fliehen. Der Mönch hatte sich gewiss etwas dabei gedacht, sie ausgerechnet hierher zu bringen, und sie hatte in den letzten Tagen so vielen Gefahren getrotzt, dass sie den aufdringlichen Blicken der Männer ebenso standhalten konnte wie der Einsamkeit.

Um sich abzulenken, nahm sie die verschiedenen Gebäude genauer in Augenschein, sah nun hinter einem Fenster einen Eisenschmied hämmern und in einem weiteren drei Männer, die schwere Eichenfässer rollten. Nicht nur der Duft des gebratenen Fleisches stieg ihr in die Nase, sondern auch der nach frisch gebackenem Brot. Dann nahm sie den würzigen Geruch von Pferdeäpfeln wahr – der Beweis, dass sich an Werkstätten, Wirtschaftsräumen und Lagerhallen auch ein Stall anschloss. Und wo so viele Männer zusammenkamen, die reich genug waren, sich Waffen und Pferde zu leisten, Fleisch und frisches Brot, gab es sicher einen Festsaal.

»Mathilda?«, erklang plötzlich ihr Name. Sie fuhr herum. Weder hatte Arvid sie gerufen noch der Mönch, wie sie zunächst erwartet hatte, sondern eine Frau. Sie trat ihr mit der aufrechten, stolzen Haltung einer entgegen, die sich hier zu Hause fühlte und nicht zur Dienerschaft zählte, sondern vielmehr gewohnt war, dieser zu befehlen. »Du bist Mathilda?«

Sie erstarrte. Die Fremde, die sie aus wachen Augen musterte, kannte nicht nur ihren Namen, sondern hatte in einer Sprache zu ihr gesprochen, die ihr zugleich fremd wie vertraut war. Bretonisch.

Unwillkürlich kreuzte Mathilda ihre Arme vor der Brust. Fragen lagen ihr auf der Zunge, unendlich viele Fragen. Wer die andere sei, wo sie hier war, wohin Arvid verschwunden war, doch das Einzige, was sie hervorbrachte, war: »Ich möchte in ein Kloster.«

Sie sagte es, als könnte sie allein kraft ihrer Worte eine Mauer zwischen sich und dieser Frau errichten, obwohl von dieser zwar kein Ungemach zu drohen schien. Ihr Blick war freundlich, die Züge ebenmäßig, die Kleidung gepflegt – aber sie redete in der Sprache, die Mathilda nicht kennen wollte, die sie, das ging ihr plötzlich durch den Kopf, nicht kennen *durfte*.

Doch ehe die andere noch mehr auf Bretonisch zu ihr sagte, ertönte Gelächter. Eine zweite Frau kam aus dem Haupthaus in den Hof. Ihr Blick war nicht warm, sondern spöttisch, und sie musterte Mathilda nicht freundlich, sondern aufdringlich. Immerhin sprach sie Fränkisch, als sie ausstieß: »Das hier ist gewiss kein Kloster.«

Mathilda wich ihrem Blick aus. Wer waren diese Frauen? Und wo war Arvid?

»Nun spotte nicht über sie, Gerloc«, meinte die Freundliche, die nun ebenfalls die fränkische Sprache benutzte, wenngleich mit starkem Akzent. »Du hast doch gehört, was sie durchgemacht hat.«

»Gewiss, aber ich verstehe nicht, warum Bruder Dadon glaubt, du schuldest ihm einen Gefallen. Für gewöhnlich gehört er zu den Männern, die sich weigern, gemeinsam mit dir in einem Raum zu sein, geschweige denn, auch nur einen Gruß an dich zu richten.«

»Nun, er hat sich auf meine Bitte hin nicht geweigert, für Richards Seelenheil zu beten.«

»Obwohl er ihn für einen Bastard hält, der nicht würdig ist, dereinst seines Vaters Reich zu erben.«

Die Worte schienen die Frau nicht zu treffen, ihr Blick blieb freundlich, als sie nun näher an Mathilda herantrat. »Ich bin Sprota.«

Gerloc und Sprota.

Mathilda konnte mit beiden Namen nichts anfangen. Als Sprota die Hand hob und ihr vorsichtig über die Schultern strich, wich sie zurück und duckte sich unwillkürlich. Alsbald war sie dann aber doch zu neugierig, um nicht wieder den Kopf zu heben und die beiden genauer in Augenschein zu nehmen. Sprota trug ein schlichtes Leinenkleid und eine ärmellose Weste darüber, die mit zwei Bändern – an ovalen Metallbeschlägen auf der Brust befestigt – geschlossen wurde.

Gerloc hingegen wirkte ungleich eleganter. Sie trug einen Gürtel mit vergoldeten Schnallen, eine auffällige Brosche in der Form eines Kleeblatts und funkelnde Ketten und Armreifen. Vor allem aber war ihre Kleidung schamloser – die ärmellose Tunika ließ ihre Oberarme nackt. Mathilda hatte einmal mit Maura darüber getuschelt, dass sich Frauen außerhalb des Klosters freizügiger und bunter kleideten als Nonnen, die sich mit ihren grauen oder schwarzen Kutten aus derbem Stoff begnügten. Aber nackte Arme konnten Gott auch an einer nicht gefallen, die ihr Leben nicht vollends dem Dienst an ihn geweiht hatte. Und was Maura und sie in ihrer bloßen Vorstellung höchst fasziniert hatte, war nun, da Mathilda diese leicht bekleidete Frau leibhaftig vor sich sah, nur mehr abstoßend.

»Wo bin ich hier?«, fragte sie.

Gerloc lachte auf, Sprotas Blick hingegen wurde mitleidig.

»Du musst ganz durcheinander sein nach dem, was du erlebt hast, oder? Aber ich verspreche dir, wie ich es auch Bruder Dadon versprochen habe, dass du hier zur Ruhe kommen kannst. Selbstverständlich helfe ich einer Landsfrau.«

»Ich bin keine …«, setzte Mathilda an, brach dann aber ab. Sie wusste nicht, wer sie war oder nicht. Sie wusste nur, dass sie fror, obwohl ihre Arme anders als die von Gerloc verhüllt waren. Und dass sie hungrig war – und deshalb dankbar sein sollte, dass sich irgendjemand ihrer annahm.

Sprota deutete auf das große Haus hinter sich. »Hier lebt Graf Wilhelm, wenn er in Fécamp weilt. Für gewöhnlich hält er sich in der Hauptstadt Rouen auf, einst habe auch ich dort gelebt. Aber hier ist es sicherer für uns. Ich bin die Mutter seines Sohnes Richard.«

Mathilda riss die Augen auf. Gerloc sah mit ihren nackten Armen aus wie eine Sünderin, aber sie hätte nicht erwartet, dass auch die Frau mit den warmen Augen eine war. Dass sie sich als Mutter seines Sohnes vorstellte, bedeutete, dass sie Wilhelms Konkubine war.

Während Mathilda errötete, schien sich Sprota keineswegs dafür zu schämen. Stolz wirkte vielmehr ihr Blick, als sie in jene Richtung wies, wo Mathilda zuvor einen Schmied hatte werken sehen. Ein kleiner, etwas pummliger Knabe mit braunen Locken tobte vor der Werkstatt umher. In seinen Händen hielt er ein Holzschwert und hieb damit – halb im Spaß, halb im Ernst – auf einen älteren Mann ein, der geschickt auswich. An dessen Gürtel hing ein Schwert aus Eisen, das für den Kleinen noch zu schwer war.

»Das ist Richard«, sagte Sprota, »unser Sohn.«

»Und ich«, stellte sich nun auch Gerloc vor, »bin die Schwester des Grafen.«

Anders als ihre freizügige Kleidung verhieß dieser Stand keine Schande, doch Mathilda dachte erschaudernd, dass Wilhelms Schwester zu sein zugleich bedeutete, dass sie einst als Tochter von Rollo geboren wurde, und der war, anders als sein Sohn, im Herzen stets ein Heide geblieben.

Mathilda fühlte den Hunger nicht mehr und nicht die Kälte. Sie wollte nur weg – von den beiden Frauen, dem braunhaarigen Knaben, den vielen Kriegern.

»Ich kann hier nicht bleiben«, verkündete sie störrisch und schlang ihre Arme fest um den Leib. »Ich will in ein Kloster gehen. Ich bin auch nicht wirklich Bretonin. Mein Leben lang war ich von Franken umgeben.«

Gerloc zog spöttisch die Augenbrauen hoch. »Und was bin ich? Mein Großvater, der Vater meiner Mutter Popa, war niemand Geringerer als Berengar von Bayeux, enger Freund von Robert, dem Bruder König Odos.«

Mathilda konnte mit den Namen nichts anfangen.

»Ich bin also adliger Herkunft«, fuhr Gerloc fort, »kannst du dasselbe auch von dir behaupten?«

Ihr Spott war gutmütig, nicht beißend, aber dennoch fühlte sich Mathilda von ihr bloßgestellt, weil sie nicht mit ähnlich hoher Herkunft auftrumpfen konnte.

»Ich bin eine Nonne«, erklärte sie trotzig, »ich stand kurz vor der Profess, als ...«

»Wenn du die Profess noch nicht abgelegt hast«, fiel Gerloc ihr ins Wort, »dann bist du auch keine Nonne!«

»Trotzdem«, beharrte Mathilda. »Ich habe mein ganzes Leben im Kloster verbracht. Es ist das Einzige, was ich kenne.«

Gerloc öffnete erneut den Mund, doch Sprota gab ihr ein Zeichen, zu schweigen.

»Es gibt kein Nonnenkloster in Fécamp«, erklärte sie ruhig. »Und gäbe es eins, so würde man dich ohne Mitgift doch nicht aufnehmen. Eine solche kann ich dir nicht schenken, aber ich schulde Bruder Dadon einen Gefallen, und hier kannst du alles haben, was du im Moment dringend nötig hast – eine warme Stube, neue Kleidung und ein nahrhaftes Mahl.«

All das klang verführerisch, und kurz war Mathilda bereit, ihre ganze Zukunft auch nur für eine dieser Annehmlichkeiten aufzugeben.

Doch dann schaltete sich Gerloc wieder ein. »Nur gebetet wird hier nicht«, höhnte sie.

Gleich fühlte Mathilda sich herausgefordert, darauf zu bestehen, dass nichts wichtiger sein konnte als das Ringen ums eigene Seelenheil, den Überlebenskampf Lügen strafend, den sie an Arvids Seite im Wald geführt und den sie bestanden hatte.

Ehe sie jedoch etwas sagen konnte, widersprach Gerloc ein anderer. »Das stimmt nicht!« Mathilda hatte nicht bemerkt, dass der kleine Richard nicht länger mit dem Holzschwert übte, sondern zu ihnen getreten war, ihnen gelauscht hatte und nun ernsthaft erklärte: »Mein Vater betet viel! Er ist ein frommer Mann.«

Sein Blick war so wach und warm wie der von Sprota, sein Haare nicht braun wie aus der Ferne vermutet, sondern rötlich. Hatten Nordmänner nicht meistens blonde Haare? Allerdings war auch Arvid der Sohn eines solchen – und hatte dunkle.

»Arvid … wo ist Arvid?«, fragte Mathilda plötzlich schrill.

»Die Mönche können sich nicht um dich kümmern«, sagte Sprota nur.

»Aber …«

Gerloc benannte die Wahrheit schonungsloser: »Dadon und Arvid sind längst ins Kloster von Jumièges aufgebrochen.«

Sie fügte nichts hinzu, aber als Mathilda sich jetzt erschrocken umblickte, vermeinte sie, die andere spöttisch sagen zu hören: Sie sind aufgebrochen, ohne sich auch nur einmal nach dir umzudrehen, um dir zu erklären, wohin sie dich gebracht haben, und um von dir Abschied zu nehmen. Sie waren einfach nur froh, dich loszuwerden.

Mathilda hätte nie erwartet, dass nach Kälte und Hunger

und mühseligem Irrweg durch den Wald etwas so wehtun konnte. Sie rang nach Atem, unfähig, sich so viel Gleichgültigkeit schönzureden, so viel Missachtung zu verstehen. Er war aufgebrochen … einfach gegangen … hatte sie zurückgelassen, als wären sie nicht eine verschworene Gemeinschaft gewesen, hätten sich nicht so viele Nächte lang gewärmt, hätten sich nicht geküsst … Ihr Gesicht verzerrte sich vor Schmerz.

Erstmals wurde auch Gerlocs Blick mitleidig. »Komm. Du brauchst ein Bad, etwas zu essen und frische Kleidung – und dann kannst du uns erzählen, was genau du erlebt hast. Hier in Fécamp passiert meistens nicht viel, wir sind alle hungrig nach Geschichten.«

Sprota hob wieder ihre Hand, um ihre Schulter zu berühren, und diesmal zuckte Mathilda nicht zurück. Sie war zu erschöpft, zu traurig und zu enttäuscht, um sich zu wehren. Ganz gleich, wie trügerisch die Wohltaten waren, die ihr die beiden Frauen versprachen – sie auszuschlagen hätte bedeutet, allein mit einem Kummer zu sein, den sie bislang nicht gekannt und den sie in dieser Heftigkeit nicht erwartet hatte.

Arvid war nicht nur gegangen. Er hatte sie verlassen – genauso wie der blonde Mann auf der Blumenwiese. Doch dessen Tod war wahrscheinlich ein tragisches Geschick, Arvids Entscheidung hingegen nichts Geringeres als Verrat.

Mathilda folgte Gerloc und Sprota ins Innere, und mit jedem Schritt wandelte sich Verletzung in Empörung und Kränkung in Wut. Wenn er gehen kann, ohne sich umzudrehen, dachte sie, wenn er mir nicht länger in die Augen blicken kann, dann kann auch ich weiterleben, ohne nur noch einmal wieder seinen Namen auszusprechen.

Arvid hatte sich inständig nach dem vertrauten Tagesablauf gesehnt, danach, seine Tonsur nachscheren zu können, täglich den Gottesdienst zu feiern, Stunden in der Kapelle zu knien, hart daran zu arbeiten, das Kloster wieder aufzubauen. Früher hatte ihn diese Anstrengung oft an seine Grenzen gebracht, nun fühlte er sich – trotz der erst kurz verheilten Wunde und den Tagen der Auszehrung – erstaunlich stark. Stolz konnte er dennoch nicht darauf sein. Bei allem, was er tat, fühlte er sich verfolgt – von Erinnerungen an das, was geschehen war, und von dem Wissen, dass er in Jumièges nicht einfach weitermachen konnte, wo er aufgehört hatte.

Er war erleichtert, als er jetzt endlich zu Godoin gebeten wurde – wie Baudoin, der Schatzmeister des Klosters, ein Mönch aus Cambrai, und sogar noch einflussreicher als dieser, nämlich der Abt. Seit Arvid einige Tage zuvor mit Bruder Dadon in Jumièges eingetroffen war, hatte sich noch keine Gelegenheit ergeben, mit ihm zu reden, und als die anderen Brüder bestürzt gefragt hatten, was nur geschehen sei, warum er so plötzlich aus dem Kloster verschwunden sei und ausgerechnet jetzt wieder zurückkehre, hatte Godoin sie angewiesen, zu schweigen. Offenbar hatte er geahnt, dass Arvid ein paar Tage brauchte, zur Ruhe zu kommen. Und auch, dass mehr hinter seiner Flucht steckte als Hader mit seiner Berufung.

»Ehrwürdiger Vater.« Arvid verneigte sich tief vor dem Abt.

Hier in Jumièges gab es noch kein eigenes Abthaus. Godoin schlief wie alle anderen im Dormitorium, das viel zu groß für die wenigen Brüder war, und empfing Gäste und Mitbrüder im Refektorium.

Godoin sagte eine Weile nichts – was nicht erstaunlich war. Es war ihm eigen, bei jeder Rede lange Pausen einzulegen, und Arvid war sich nicht sicher, ob er ein frommer oder einfach nur wortkarger Mann war. Wahrscheinlich beides – denn jemand, der wenig sagte, sparte auch an falschen, sündigen Worten. Doch was in Godoin tatsächlich die Sehnsucht nach dem frommen Leben gebar, Entrückung, Vorsicht oder nur Feindseligkeit gegen Mensch und Welt, blieb ungewiss.

Als er weiterhin schwieg, Arvid jedoch aufmunternd zunickte, begann der zu sprechen, und anders als der Abt wog er seine Worte nicht sorgfältig ab. Sie sprudelten nur so über seine Lippen. Der junge Mönch vertraute dem anderen alles, fast alles an. Die Last, die er mit sich schleppte, wurde durch den Redefluss ein wenig leichter, etwas Dunkles fiel von seiner Seele ab. Das Einzige, was er nicht bekennen konnte, war, dass er Mathilda geküsst hatte.

Warum eigentlich nicht?, fragte er sich selbst erstaunt, nachdem er geendet hatte. Konnte etwas schlimmer sein, als Sohn eines grausamen Heiden zu sein? Und wenn ja, warum ausgerechnet, eine liebenswerte, zarte Frau zu berühren und zu küssen?

Godoin stellte keine Nachfragen. Es folgte wieder ein langes Schweigen – geboren diesmal nicht aus der üblichen Scheu vor Worten, sondern offenbar aus Angst, das Falsche zu sagen. Zumindest vermeinte Arvid kurz, diese Angst in den sonst ausdruckslosen Zügen des Abtes aufblitzen zu sehen, wenn er auch nicht entscheiden konnte, ob diese seinem nordischen Blut oder den Häschern König Ludwigs galt. Auch wenn die Bretonen im Wald offenkundig hinter Mathilda her gewesen waren, nicht hinter ihm – so hieß das nicht, dass er hier geschützt war.

Gleiches schien Godoin durch den Kopf zu gehen. »Du kannst nicht bleiben«, sagte er nach der quälend langen Stille.

»Warum nicht?«, fuhr Arvid auf.

»Hier bist du nicht sicher.«

Was der Versuch sein mochte, ihn zu schützen, fühlte sich wie ein Verrat an. Arvid musterte sein Gegenüber genauer, las noch mehr Angst in seinem Gesicht, aber kein Mitleid, keine Sorge um ihn. »Ihr meint – solange ich hier bin, ist die Gemeinschaft nicht sicher. Solange ich hier bin, sind alle von König Ludwig bedroht.«

Zu seiner Enttäuschung kam Misstrauen. Auch wenn er entschieden hatte, in der Normandie zu leben – Godoin war Franke durch und durch und seinem König womöglich ähnlich gehorsam wie Gott. Doch wenn er die Absicht hätte, ihn Ludwig auszuliefern – würde er ihn dann fortschicken?

»Ehrwürdiger Vater …«, Arvids Tonfall nahm etwas Flehentliches an und übertönte die Wut, die noch lauter in ihm brodelte als die Furcht vor der Zukunft, »… ich will doch nichts weiter, als Gott zu dienen. Ehe mein Leben bedroht wurde, stand ich kurz davor, die Profess abzulegen.«

»Mag sein«, erwiderte Godoin, nachdem er Arvid wieder eine Ewigkeit auf die Antwort warten ließ. »Aber dein Geist scheint mir zu aufgewühlt, um Entscheidungen von diesem Ausmaß zu treffen.«

»Ich soll warten, mein Gelübde abzulegen, obwohl ich nach dem Durchstehen so vieler Gefahren endlich zurückgekehrt bin?«

Seine Stimme brach. Rasch versiegelte er seine Lippen, ahnend, dass seine nächsten Worte mehr als nur die nackte Wut entblößt hätten, sondern – was noch schlimmer war – diesen inständigen, hitzigen Wunsch, irgendetwas zu packen und zu zerschlagen oder zu zerreißen. Nein, nicht irgendetwas. *Irgendjemanden.* Am liebsten Godoin selbst. Ja, drangsalieren wollte er ihn, bis er ihm gestattete, hier und heute die Profess abzulegen.

Arvid krallte seine Hände ineinander und wagte kaum zu atmen, aus Angst, mit jeder Regung die dunkle Flamme, die in ihm loderte, noch weiter anzuheizen.

»Erhol dich fürs Erste von den Anfechtungen, denen deine Seele ausgesetzt war«, erklärte Godoin. »Ich werde über eine Lösung nachdenken.«

Arvid floh ohne weiteren Einspruch und erleichtert, nicht die Hand gegen den Abt erhoben zu haben.

In den nächsten Tagen nagten Reue und Unbehagen an Arvid – weil er sich dem Abt anvertraut hatte, weil es ihm so schwerfiel, sich im Klosteralltag wieder einzufinden, und weil er Mathilda in Fécamp zurückgelassen hatte, ohne Abschied zu nehmen. Jetzt erschien es ihm schändlich, dass er – um die Sünde auszumerzen, die er mit ihr begangen hatte – so herzlos gehandelt hatte. Buße sah doch anders aus, war in Schlafverzicht, Gebet und Fasten zu suchen – nicht, indem man eine junge Frau sich selbst überließ. Nun, jetzt versuchte er also zu büßen. Er schlief kaum, aß wenig, betete viel, hatte jedoch keine Kraft mehr, bei den Bauarbeiten zu helfen.

Eines Tages kamen diese ohnehin zum Erliegen, denn der Bruder Pförtner kündete hohen Besuch an, niemand Geringeren als Graf Wilhelm von der Normandie. Er kam nicht zum ersten Mal nach Jumièges, sondern hatte in den letzten Jahren des Öfteren bei den Mönchen um sein Seelenheil gebetet. Arvid hatte ihn immer nur aus der Ferne gesehen, und auch heute wahrte er Distanz. Zu seiner Buße gehörte, sich von allen zurückzuziehen, seinen Geist ganz leer zu machen und alles Denken allein auf Gott auszurichten.

In der Stille, die er suchte, kam ihm allerdings ein verräterischer Gedanke. Wilhelm war ihm ähnlich. Sein Vater Rollo war ein Nordmann gewesen, seine Mutter Popa eine Christin. Obwohl fränkisch erzogen, musste sich Wilhelm manchmal zerrissen fühlen, hartnäckiger als andere um seinen Seelenfrieden ringen und ausdauernder als seine Nachbarn den Beweis antreten, dass sein Wille, gut und fromm zu sein, stärker war als das Erbe seines heidnischen Bluts.

Arvid ging in den Klostergarten. Von hier aus blickte man auf manch zerstörte Mauer, die noch nicht mühsam Stein für Stein wieder aufgeschichtet worden waren – von Nordmännern zerstört, von Nordmännern, wie es Wilhelms Vater und sein eigener Vater Thure gewesen waren.

Plötzlich bückte er sich, um einen der schweren Steine hochzuwuchten. Er grub sich schmerzhaft in seine Handflächen, und beinahe ließ er ihn fallen, aber mit zusammengebissenen Zähnen schaffte er es dann doch, ihn einige Schritte zu tragen und auf eine der halb zerstörten Mauern zu wuchten. Sein Rücken schmerzte, als er fertig war, aber er bückte sich rasch nach dem nächsten Stein.

So fand ihn Godoin wenig später.

»Was tust du da?«, fragte der Abt verwirrt.

»Das, was wir seit Jahren tun – das Kloster wieder aufbauen.«

Die Spuren der Zerstörung beseitigen, setzte er still hinzu, am Glauben festhalten, dass man alles wiederherstellen kann, wenn man sich anstrengt, dass man sämtliche Spuren von Kriegen und Raubzügen ausmerzen kann und so am Ende stärker ist als jene, die morden und versklaven und brandschatzen.

»Ganz ohne Plan?«, fragte Godoin skeptisch.

Arvid ließ den Stein sinken und schwieg.

»Ich habe lange mit Graf Wilhelm gesprochen«, erklärte

der Abt und fuhr alsbald fort: »Wilhelm versprach einmal mehr, uns zu unterstützen, Jumièges wieder aufzubauen. Ohne ihn stünde das Kloster endgültig leer. Tief in seinem Herzen würde er selbst gern Mönch werden, aber die Großen des Landes halten ihn zurück, weil dies das Land an den Rand des Ruins führen könnte. Mittlerweile hat Wilhelm wohl eingesehen, dass er nie ein Mönch werden kann, dass das als Verrat am Erbe seines Vaters und an den Menschen der Normandie gelten würde. Aber trotzdem will er ein frommes, gottgefälliges Leben führen.«

Warum sprach Godoin so viel – und vor allem: warum mit ihm?

»Wenn er so fromm wäre, müsste er doch Sprota verstoßen!«, warf Arvid ein, überrascht, dass er so wütend klang, als entblöße eine Schwäche Wilhelms, des christlichen Nordmannes, des getauften Heidensohnes, all seine eigenen.

Godoin zuckte die Schultern. »Der Mensch ist ein Sünder. Dass er nicht immer das ist, was er sein soll, heißt nicht, dass er nicht immer wieder gegen das Unrecht kämpft. Wilhelm kann von Sprota nicht lassen, das ist wahr. Aber er umgibt sich an seinem Hof gern mit Mönchen.«

Er sprach den letzten Satz gedehnt – ein Zeichen, dass diesem besondere Bedeutung zukam. Arvid hatte sich nach einem neuen Stein gebückt, nun entglitt jener seinen Händen und fiel ihm fast auf die Füße. Plötzlich wusste er, warum Godoin so viele Worte machte und was er von ihm wollte.

»Nein!«, begehrte er auf. »Ich kann das nicht! Ich will hierbleiben! Hier ist mein Zuhause!«

»Wir Gottesmänner sind auf dieser Welt nirgendwo zu Hause«, sagte Godoin streng. »Unser Leben ist nichts als eine lange, weite, gefahrvolle Pilgerreise. Für unsereins gibt es keinen sicheren Hafen.«

Fassungslos starrte Arvid den Abt an. »Ihr schickt mich an Wilhelms Hof?«, rief er.

»Bedenke, dort wirst du in Sicherheit vor König Ludwigs Schergen sein. Du kannst an Wilhelms Seite ein gottgefälliges Leben führen, kannst das Gute in ihm stärken, kannst zum Heil unserer Gemeinschaft wirken, zum Heil der ganzen Normandie.«

Was schert mich die Normandie?, wollte Arvid aufbegehren – jenes Land, wo erst die Franken Nordmänner wurden und dann die Nordmänner Franken, ein Land, das so zerrissen war wie Wilhelm, der eine Konkubine liebte und zugleich wie ein Benediktiner leben wollte. Ein Land, zerrissen wie er selbst.

Er schüttelte heftig den Kopf.

»Versteh doch«, drängte Godoin, »Wilhelm kann nicht ins Kloster eintreten – also schicke ich das Kloster zu ihm. Du wirst wie andere Mitbrüder von hier sein geistlicher Beistand sein.«

»Aber ich bin nicht einmal geweihter Priester! Ich habe noch nicht einmal die Ewige Profess abgelegt.«

»Eben darum bist du hier verzichtbar. Und du bist unabhängig vom Klerus in Rouen. Du wirst mit ihm beten, wirst ihn über die Heilige Schrift belehren, wirst sein Freund sein. Und du wirst ihn immer wieder daran gemahnen, wie wichtig es für sein Seelenheil ist, den Wiederaufbau Jumièges' zu unterstützen. Später wirst du hier im Kloster eine große Zukunft haben. Aber zunächst ist es deine Aufgabe, mit ihm in die Welt zu gehen.«

Arvid schloss die Augen, aber er sah nicht Wilhelms Gesicht vor sich. Dieses kannte er aus der Nähe gar nicht. Nein, Mathildas Antlitz stieg vor ihm auf, das Antlitz jener Frau, die er aus seinen Gedanken verbannt wähnte, indem er sie bei

Sprota zurückließ. Sprota lebte in Fécamp, und Wilhelm hielt sich nur wenige Monate des Jahres dort auf, aber wenn er zu seinem Gefolge gehörte, würde er ihr wohl oder übel wieder begegnen müssen.

Gott war grausam. Er begnügte sich nicht damit, dass er seine Sünden abbüßte. Er würde ihn wieder und wieder in Versuchung führen.

Wieder einmal erwachte in Arvid blanke Wut. Wenn er sich jetzt nach einem neuen Stein gebückt hätte, er hätte nicht unter seinem Gewicht geächzt, er hätte ihn mühelos hochhalten und werfen können – auf die neu errichteten Mauern, auf Godoin, auf den Klostergarten.

»Arvid«, sagte Godoin eindringlich, »Bruder Arvid! Wirst du tun, was man von dir erwartet?«

Der Stein blieb unberührt, die Wut erkaltete, die Lust an der Zerstörung entsetzte ihn erneut.

»Ich will nie in die Nähe von Sprota kommen«, sagte er trotzig und meinte in Wahrheit in die Nähe von Mathilda.

Godoin lächelte. »Ich bin sicher, der Graf wird das nicht von dir verlangen.«

Drei Wochen waren vergangen seit Hasculfs Versagen. Darüber verbittert war sie nur in der ersten gewesen. Danach hatte Hawisa keine Zeit mehr gehabt, sich zu grämen. Die Boten, die sie nun ausschickte, kamen nicht mit Nachrichten über Mathilda zurück, sondern mit solchen von einem feindlichen Heer, das näher rückte – beauftragt, Widerstandsnester wie das ihre aufzuspüren und niederzumachen.

Die Nachrichten hatten sie mitten in der Nacht erreicht, und die Morgendämmerung war noch nicht angebrochen, als sie die ärmliche Siedlung hinter dem Wall verlassen hatten. Stunden später ging die Sonne auf, sie zogen Richtung Westen, sie waren wieder einmal auf der Flucht.

Hawisa spürte die Sonne nicht. In diesen Tagen blieb es finster in ihr, ähnlich wie zum blinden Dökkur nichts Lichtes, Helles, Grelles drang. Sie nahm die Welt erst wieder wahr, als sie ein Plätzchen erreichten, wo sie einen neuen Wall errichten konnten – geschützt von Blicken, zumindest fürs Erste. Alles in ihrem Leben schien nur fürs Erste, anstatt für immer gemacht zu sein. Im Kampf um den nächsten Tag – bis zum übernächsten war schon zu weit gedacht – blieb nicht einmal Zeit, ob verpasster Chancen zu hadern.

Die Grundmauer des neuen Walls bauten sie aus der Ruine eines alten, der hier viele Jahre zuvor gestanden hatte. Innerhalb dieser Mauer aus rotem Granitgestein errichteten sie hastig einfache kleine Unterkünfte aus Ästen und Flechten. Sie waren nicht die Einzigen, die vor dem Heer geflohen waren, ein paar Familien hatten sich ihnen angeschlossen, weniger von Angst vor den Kriegern als von Hunger und Elend dazu getrieben.

Letzterem ließ sich nicht wirklich entgehen. Die Kinder, die sich ihre aufgequollenen Leiber rieben, taten Hawisa bald leid. Sie wünschte sich, dass sie sterben würden, damit sie kein Mitleid mehr haben müsste, doch die Kinder waren zäher als ihr Mitleid. Irgendwann starrte sie sie ohne Bedauern und einfach nur überdrüssig an. In ihrem Leben hatte es zu viel Elend gegeben. Zu viel Tod.

Unruhig ging sie eines Morgens im Inneren des Walls auf und ab, als sie Bruder Daniel auf sich zukommen sah. Auch er hatte so viel Tod gesehen – aber während es aus ihm einen Kriecher gemacht hatte, war sie zur Kämpferin geworden. Sie grinste nie wie er, sie hatte lediglich zu weinen verlernt. Ihm schien alles gleich, aber sie würde das … Erbe niemals aufgeben.

»Was planst du nun, da Mathilda uns entwischt ist?«, fragte er.

Hawisa versuchte, sich die düstere Stimmung nicht anmerken zu lassen. Schmählich genug, dass sie gegenüber Hasculf die Fassung nicht hatte wahren können, ihn vielmehr mit Vorwürfen überschüttet und jene schrill und hysterisch geklungen hatten. Seine mahlenden Kiefer hatten bekundet, wie widerwärtig es ihm war, sich von einer Frau so beschimpfen zu lassen. Aber er hatte es schweigend ertragen. Schließlich war sie nicht irgendeine Frau.

»Nun, es wird neue Gelegenheiten geben. Ich bin zu warten gewohnt. Ich warte schon so lange …«

»Bist du dir sicher, dass Mathilda sich überhaupt erinnern kann?«

»Auch wenn sie nicht wissen sollte, wer sie ist – das bewahrt sie nicht vor ihrem Schicksal!«, rief Hawisa. »Denn seinem Schicksal kann man nicht entrinnen. Die Nornen weben es.«

Dies war eine ihrer liebsten Geschichten aus dem Norden: die von den Nornen, die am Weltenbaum saßen, das Schicksal der Menschen in Holzstöcke schnitzten oder es spannen und woben und zugleich den Baum mit heilendem Wasser besprengten. Letzteres nützte nichts. Der Stamm war längst faulig, die Welt folglich nicht auf kräftigem, gesundem, sondern morschem Holz errichtet.

In einem hatten die Christen und Nordmänner nämlich Recht: Die Erde war kein schöner Ort, sie war ein Jammertal, eine Stätte ewiger Kriege. Nur die Mittel, damit fertig zu werden, waren unterschiedliche. Christus hatte irgendwann aufgegeben, sich ans Kreuz schlagen lassen und darauf gewartet, dass der Vater im Himmel ihn erlöste. Die Götter des Nordens hingegen gaben niemals auf, sondern kämpften mit allen Mitteln. Sie waren weder schön noch freundlich noch liebevoll noch gnädig. Aber sie waren allesamt stark.

Hawisa hob ihre Hand und umklammerte unwillkürlich ihr Thor-Amulett.

Erstmals grinste Daniel nicht, sondern betrachtete sie ernst. »Erstaunlich, dass du dich dem Heidentum so ganz und gar überlassen hast, dass du anstelle des Kreuzes nun eine Rune trägst.«

»Warum wundert dich das? Du betest doch auch nicht mehr.«

»Aber du hattest die Wahl – ich nicht. Ich bin dein Gefangener, dein Sklave. Lass mich frei, und ich lebe morgen wieder

in einem Kloster. Du hingegen hast dich für eine Seite entschieden – deiner wahren Herkunft zum Trotz.«

Hawisa schüttelte den Kopf. »Nicht trotzdem, sondern gerade deswegen.« Sie ließ ihr Amulett los, ballte ihre Hand zur Faust. »Ich muss sie kriegen. Diesen Arvid auch, aber vor allem sie ... Mathilda.«

»Warum? Ist es nur, weil sie ...«

Sie ließ nicht zu, dass er den Satz beendete. »Verstehst du denn nicht?«, unterbrach sie ihn schroff. »Ich führe nicht nur ... sein *Werk fort, sondern auch das meines Vaters. Meinen Weg würde der nicht gutheißen, mein Ziel schon. Ich will, dass alle Bretonen in einem starken Land leben, geeint und frei.«*

Unwillkürlich hörte sie die geschliffene Stimme ihres Lehrers, der sie als Kind unterrichtet hatte. Ihr Vater hatte zwar gedacht, dass man bei einem Mädchen nicht unbedingt fördern müsse, was Frauen nach Gottes Willen nicht besaßen – nämlich Klugheit und einen wachen Verstand –, aber er wollte, dass sie lernte, der Geschichte des Landes Respekt entgegenzubringen. Und so hatte ihr der Lehrer von den vielen großen Königen erzählt, die die Bretagne geprägt hatten und deren Namen sie ständig wiederholen musste: Nominoë, Erispoë, Salomon ...

Entgegen der Ansicht ihres Vaters war sie klug und hörte aus den Worten des Lehrers heraus, dass die großen Könige nicht immer groß gewesen waren und dass selbst einer, dessen Namen man noch Jahrhunderte nach seinem Tod flüsternd ausspricht, trotzdem einer gewesen sein konnte, der in seinem Leben gescheitert war.

Unter Nominoë war die Bretagne noch lächerlich klein gewesen, unter Erispoe war sie etwas gewachsen, unter Salomon waren das Cotentin und Bessin hinzugekommen. Es hatte nichts genützt. Die Männer aus dem Norden, die in das Land einfielen, waren mächtiger als die großen Könige.

»Ist es nicht schändlich, dass Salomon nicht gegen die Nordmänner gekämpft hat?«, hatte die kleine Hawisa damals ihren Lehrer gefragt. »Warum hat er nicht die Waffen erhoben, sondern ihm stattdessen einen Preis von fünfhundert Kühen geboten, damit sie das Land verlassen?«

»Nun, oft war es ratsam, ein solches Bündnis zu schließen«, hatte der Lehrer geantwortet. »Salomon hat eben die Zeichen der Zeit erkannt.«

Nach Salomon kam ein neuer König, und der hatte sich doch noch als wahrhaft groß erwiesen. Er gab den Nordmännern keine Kühe, sondern erhob das Schwert, besiegte ihren Führer Hasteinn in der großen Schlacht und verbreitete so viel Furcht und Schrecken, dass nicht nur Hasteinns, sondern auch alle anderen Stämme flohen. Die, die es wagten, wiederzukehren, ertranken im eigenen Blut. Es herrschte Frieden in der Bretagne. Zumindest bis zum Jahre 907.

Dann starb jener König Alanus, denn auch große Männer sind vor dem Tod nicht gefeit, und die Menschen, die nach ihm weiterleben mussten, Menschen wie Hawisa, konnten aus der Geschichte ihres Landes nur zwei Schlüsse ziehen: Entweder man besiegte den Feind aus dem Norden – oder man unterwarf sich ihm ganz und gar.

Hawisa schüttelte die Erinnerungen ab und wandte sich wieder an Daniel. »Ich habe nie vergessen, wer ich bin und woher ich komme. Aber um dieses Land zu beherrschen, brauchen wir die Unterstützung der Nordmänner.«

Der Mönch wollte noch etwas sagen, aber er verstummte, als er gewahrte, dass sich Dökkur zu ihnen gesellte. Wie immer hörte man ihn schon von weitem an seinen schleifenden Schritten. Er hob seine Füße kaum, denn er hasste es, über

Steine und Wurzeln zu stolpern. Wenn es trotz aller Vorsicht doch geschah, schlug er hinterher wutentbrannt die Menschen, die ihm zu nahe kamen. Oft traf er sie nicht, weil sie sich duckten und er sie nicht sehen konnte. Dann schlug er sich selbst.

»Wir müssen die Suche nach Mathilda einstellen«, sagte er. »Wir brauchen Hasculf fürs Erste hier.«

Hawisa biss sich auf die Lippen, bis Blut floss. Erst dann konnte sie mit fester Stimme fragen: »Wie viel Land haben wir noch?«

»Dol ist endgültig verloren. Wir haben keine Mittelsmänner mehr. In Guérande, in Morbihan und in Cornouaille gibt es wohl noch Getreue, aber sie fliehen wie wir. Und was Nantes anbelangt – es ist fest in Schiefbarts Hand.«

»Verdammt!«, schrie Hawisa. »Je mehr Land er zurückerobert, desto schwieriger wird es für uns, unsere Ziele zu erreichen.«

Dökkur fluchte wie sie, Bruder Daniel grinste wieder.

Sie ließ beide stehen, trat auf die Befestigung des Walls, blickte hinaus aufs Meer. Zum ersten Mal seit der überstürzten Flucht nahm sie es bewusst wahr. Das Wasser war nicht schwarz, sondern von schlammigem Grün. Die Sonne schien am fernen Horizont zu verdunsten. Keine Klippen schieden hier das Land vom Meer, sondern breite Strände, übersät von Steinen, die von Salz und Wind grotesk verformt waren. Ihre Oberfläche schien so weich und rosig wie die Haut eines Kindes.

Es war ein schöner Anblick und erfreute sie dennoch nicht. Die Steine logen. So war die Welt nicht, nicht glatt und weich und rosig. Wer hoffte, sich die Unschuld eines Kindes bewahren zu können, ging zugrunde.

III.

939

Jeden Morgen, wenn sie erwachte, spitzte Mathilda unwillkürlich die Ohren und wartete darauf, das vertraute Meeresrauschen zu hören. Jedes Mal, wenn ihr bewusst wurde, dass es ausblieb, rief sie sich wieder ins Gedächtnis, dass sie seit kurzem nicht länger in Fécamp lebte, sondern in Bayeux. Sie vermisste das Meeresrauschen – und wunderte sich darüber. Eigentlich hatte sie sich in Fécamp nie wirklich zu Hause gefühlt und in Sprotas Hofstaat immer als Fremde. Man versorgte sie weiterhin mit allem, was sie brauchte, doch es wurde nie recht klar, welchen Rang sie einnahm und welche Aufgabe sie erfüllte. Sie lernte zu nähen, um bei der Anfertigung von Gerlocs neuen Gewändern mithelfen zu können (anders als diese trug Sprota jahrelang dieselben), auch ihre Fähigkeit, zu lesen und zu schreiben, wurde geschätzt, weil Sprota beides nicht beherrschte und Gerloc kaum, und alsbald hatten sich beide so an sie gewöhnt, dass sie ihre Gesellschaft nicht missen wollten. Dennoch – von der Dienerschaft wurde Mathilda stets argwöhnisch begafft. Ihre Wortkargheit wurde ihr als Stolz ausgelegt, ihre Sehnsucht nach Einsamkeit als Feindseligkeit, und Mathilda tat nichts, um diesen Vorurteilen zu widersprechen. Sie wollte sich mit niemandem gut stellen müssen. Sie wollte ja nicht bei Sprota bleiben, sondern endlich wieder in einem Kloster leben.

Doch zweieinhalb Jahre waren vergangen, ohne dass sie diesem Wunsch näher gekommen war, und als sie einige Wochen zuvor Fécamp verlassen hatte, führte der Weg nicht in geweihte Mauern, sondern nach Bayeux, einer Stadt im Westen der Normandie und nicht so nah am Meer gelegen. Mathilda gab vor, dass es ihr gleich war, wo sie lebte, weil sie fern eines Klosters, wie sie es kannte, überall eine Fremde war, doch während der Reise, die Sprota und Gerloc und den kleinen Richard zu einem konkreten Ziel führte, sie hingegen nur immer weiter fort von ihrem, wuchs ihr Hader. Sie wusste, sie sollte dankbar sein, weil sie vor ihren Widersachern in Sicherheit war, ein Dach über dem Kopf hatte und genug zu essen, aber sie quälte sich durch die Tage, hielt ihr Leben nicht für ein Leben, sondern nur für ein nutzloses Verschwenden von Zeit, und Sprota und Gerloc nicht für Freundinnen, die diese durchaus zu sein bereit waren, sondern für Fremde, die sie nicht verstanden. Wie sehr sehnte sie sich nach Maura, die wie sie stundenlang gebetet hatte und im Skriptorium neben ihr gesessen war. Maura würde verstehen, was sie fühlte, würde ihr Trachten nach einem geweihten Leben ebenso teilen wie das Befremden vor der rohen Welt und würde sie in beidem bestärken.

Dochr Maura war tot, und so verbrachte Mathilda notgedrungen die meiste Zeit bei Gerloc und Sprota, auch an diesem Morgen, da sie sich im größten Raum der Burg, dem einzigen beheizten versammelt hatten. Fröstelnd scharten sich die Frauen um den Kamin, denn das Jahr war noch jung und die Frühlingssonne noch schwach. Mathilda zog sich in eine Ecke zurück, um dort auf dem Steinboden niederzuknien und ein Morgengebet zu sprechen. Sie konnte nicht so oft die Messe besuchen, wie sie es wünschte, aber versuchte doch, am Stundengebet festzuhalten. An diesem Tag jedoch fiel es ihr schwer, sich zu sammeln. Sie starrte auf die Spinnweben in der Ecke, die eine nachlässige Magd übersehen hatte, und anstatt Gott zu preisen, blieb es stumm in ihr.

Gerloc, leicht bekleidet wie immer und doch die Erste, die sich vom Kamin entfernte, weil sie es nicht aushielt, lange ruhig zu sitzen, trat auf Mathilda zu. Sie achtete nicht darauf, dass diese betete, so wie sie sich meist gegenüber allem, was andere taten, blind stellte.

»Sieh doch nur!«

Sie drehte sich aufreizend im Kreis, indes Mathilda ihren Blick starr auf die Spinnweben gerichtet hielt. Nur aus den Augenwinkeln nahm sie wahr, dass Gerloc eine neue Nadel trug, die den Überwurf über der ebenfalls neuen Tunika zusammenhielt.

»Wie der Stein funkelt! Und fühl den Stoff an! Wie weich er ist und wie glänzend.«

Sie stellte sich unmittelbar vor Mathilda, sodass dieser nichts anders übrig blieb, als sie anzusehen. Den Stoff zu befühlen weigerte sie sich dennoch.

Anfangs hatte sie geglaubt, dass Gerloc durch und durch dem Laster der Eitelkeit verfallen war. Später hatte sie erkannt, dass sie sich mit ihrer schönen Kleidung vor aller Welt als hochwohlgeboren und vornehm ausweisen wollte, als die Tochter eines Grafen, nicht als die eines blutrünstigen Piraten, vor allem als eine Frau, der man die fränkische Abstammung ansah. Nicht zuletzt deshalb war Gerloc in den letzten Jahren dazu übergegangen, sich nicht nach nordischer, sondern fränkischer Mode zu kleiden, doch in Mathildas Augen blieben ihre Gewänder, was sie waren: zu bunt, zu freizügig, zu schrill.

Mathilda kniff die Lippen zusammen und wandte ihren Kopf zur Seite.

»Lieber Himmel!«, stieß Gerloc aus und verdrehte die Augen. »Wie kann es sein, dass dir so gar nichts an schöner Kleidung liegt? Warum trägst du immer nur dieses schreckliche Schwarz oder Grau? Und warum verbirgst du deine schönen Haare?«

»Schwarz ist die Farbe einer Ordensschwester. Und Schönheit nichts, was ich anstrebe«, gab Mathilda wie immer knapp zurück.

Es war nicht so, dass sie Gerloc verachtete. Trotz aller Oberflächlichkeit war die Schwester Graf Wilhelms eine Frau, die geradeheraus und der Verschlagenheit fremd war, deren Spott zwar oft beißend geriet, aber eine bestimmte Grenze wahrte und die Würde des anderen nicht bedrohte, und an deren Seite sich unterhaltsame Stunden verbringen ließen, hielt sie doch Augen und Ohren offen und wusste eine Menge zu erzählen – ob von hoher Staatsführung oder dem Klatsch der einfachen Weiber. Aber solange Gerloc nicht ihre Eigenheiten respektierte, wollte Mathilda auch an ihren nichts Gutes erkennen.

»Lass sie in Ruhe«, schaltete sich Sprota ein. »Wir wissen, dass du schöne Kleider liebst und Mathilda das Gebet, dass du gern redest und Mathilda das Schweigen vorzieht. Menschen sind verschieden.«

Jenes Urteil hatte Mathilda schon oft aus ihrem Mund gehört. Sprota gehörte zu den Menschen, die mit stoischem Gleichmut hinnahmen, was ihnen das Leben vorsetzte.

Am Anfang hatte Mathilda sie verachtet, weil sie nur Konkubine, nicht Gattin des Grafen war. Doch Sprota war ein Mensch, der jedwede Verachtung so beharrlich ignorierte, dass der, der sie empfand, sie schließlich selbst vergaß. Mathilda war sich nicht sicher, ob sie sich ihren nüchternen Blick auf die Welt lange und mühsam erworben hatte oder dieser ein ihr angeborenes Vermögen war, und manchmal war sie neidisch auf so viel Gleichmütigkeit.

Gerloc wollte zur Entgegnung ansetzen, wurde jedoch von einer aufgeregten Stimme unterbrochen. Richard kam in den Raum gestürmt, die Augen funkelnd wie stets und die Wangen apfelrot vor Aufregung. »Ich bin über das Gatter gesprungen, und dieses war so hoch.« Er hob die Hand weit über seinen Kopf. »Beim ersten Anlauf hat das Pferd gescheut, aber als ich ihm die Sporen gab, konnte es nicht anders, als zu springen.«

Übereifrig sprudelte es aus ihm hervor – wie so oft, wenn er vom Reitunterricht erzählte. Schon im Alter von vier Jahren hatte er – wie es für fränkische Knaben seines Ranges üblich war – zum ersten Mal auf einem Pferderücken gesessen. Mittlerweile lernte er, auf dem Pferd zu kämpfen und Hindernisse zu überwinden.

Sprota strich ihm liebevoll über die Haare. »Gemach, gemach, man versteht ja kein Wort.«

Richard zog hastig den Kopf weg. Er wähnte sich zu groß, um sich noch länger von seiner Mutter streicheln zu lassen. Aus dem pausbäckigen Kind, das Mathilda einst in Fécamp kennengelernt hatte, war ein dürrer Knabe geworden.

Dieser fuhr hastig fort, die Sprache der Franken mit der der Dänen mischend. Letztere zu erlernen war der Grund gewesen, warum sie Fécamp verlassen und nach Bayeux gezogen waren. Auch wenn Wilhelm und Gerloc alles nachahmten, was fränkisch war, lebten in der Normandie viele Menschen, die sich nach den Sitten und Bräuchen des Nordens richteten, und als zukünftiger Graf sollte er wissen, wie man zu ihnen sprach. In Fécamp beherrschte keiner mehr die *danisca lingua* – sie war nur mehr in westlicheren Regionen wie rund um Bayeux in Gebrauch.

Damit nicht zu viel des nordischen Geistes sein Gemüt

prägte, erhielt Richard zugleich Unterricht beim Bischof von Bayeux, der ihn einst getauft hatte. Des Kindes Geist war wach genug, um diese Stunden zu ertragen, doch insgeheim war Richard hungrig nach Bewegung, genoss alles, womit sich Mut und Kraft beweisen ließen, und zeigte keinerlei Ansätze, dass er so fromm werden würde wie sein Vater, den er nur selten sah.

Mathilda lauschte aufmerksam – nicht, weil sie sich für den Reitunterricht, sondern für die dänische Sprache interessierte. Zu ihrem Erstaunen verstand sie diese ebenso wie die bretonische, auch wenn sie sich hartnäckig weigerte, die eine oder andere zu gebrauchen. Es schien ihr irgendwie … verboten, Worte einer Sprache zu sagen, von der sie nicht wusste, sondern lediglich ahnte, wer sie sie gelehrt hatte.

Manchmal träumte sie noch immer von ihm – dem blonden Mann auf der Blumenwiese am Meer, wie er sie hochhob, wie er sie später mit sich trug, und seit kurzer Zeit, wie er ihr eine Geschichte erzählte. Seine Stimme war rau und kehlig, und die Sprache, die er nutzte, war Dänisch.

Als Mathilda das erste Mal von diesem Traum hochgeschreckt war, war ihr Entsetzen groß gewesen, kam sie doch nicht umhin, sich zu fragen, ob ihr Vater ein Nordmann gewesen war. Doch sie tröstete sich damit, dass viele Franken gezwungen worden waren, die *danisca lingua* zu erlernen. Und auch wenn sie nicht gegen ihre Träume ankam – wenn sie wach war, mied sie es, in den Tiefen der Erinnerungen zu graben, die diese heraufbeschworen. Es war schlimm genug, aus dem Kloster vertrieben worden zu sein – sie wollte nicht noch eine zweite Heimat, wenn diese auch nur vage und wie im Nebel verborgen lag, vermissen müssen.

Indessen Richard in einem fort plapperte, rief Gerloc dicht an ihrem Ohr: »Warum die Männer nur immer von Pferden und Waffen reden müssen! Lass uns zusehen, dass wir endlich von hier wegkommen! Wie ich mich auf diesen Tag gefreut habe!«

Mathilda blickte sie erstaunt an.

»Sag bloß, du hast es vergessen?«, fragte Gerloc.

»Was?«

»Dass heute in Bayeux Tuchmarkt ist. Dort kann ich neue Stoffe aus Friesland kaufen.«

»Du hast mir doch eben deinen neuen Umhang gezeigt. Und willst nun wieder Stoffe kaufen?«

»Eine Frau kann nie genug Kleider haben.« Gerloc strich über ihre feine Tunika. Fast liebevoll waren ihre Bewegungen zuerst, als würde sie die überaus zarte Haut eines geliebten Menschen liebkosen. Dann umkrallte sie den Stoff plötzlich, als müsste sie eine unsichtbare Macht davon abhalten, ihn von ihrem Leib zu reißen. Etwas Trotziges, Gieriges lag in ihrem Blick, bekundend, dass sie sich weniger nach hübscher Kleidung verzehrte als danach, ihre wahre Herkunft zu verschleiern. »Du begleitest mich doch!«, rief sie.

Es klang mehr wie ein Befehl denn wie eine Bitte, und Mathilda wusste nicht recht, warum Gerloc darauf bestand, dass sie mitkam, war sie doch eine denkbar ungeeignete Gesellschaft, wenn es darum ging, dem Luxus zu frönen. Doch Gerloc betrachtete es offenbar als Herausforderung, ihr die klösterlichen Tugenden auszutreiben.

Mathilda war fest gewillt, standhaft zu bleiben, aber die Aussicht, nach dem langen Winter wieder einmal ins Freie zu kommen, war verführerisch. Sie erhob sich.

»Gut, wenn du es möchtest, komme ich mit dir«, gab sie Gerloc nach.

Mathilda bereute es bald, Gerloc begleitet zu haben. Es war langweilig, ihr zuzuhören, wie sie um Stoffe feilschte, unangenehm, im aufgeweichten Boden zu versinken, nahezu unerträglich, im dichten Gedränge hin und her gestoßen und von völlig Fremden berührt zu werden, ihre lauten Stimmen zu hören und ihren heißen Atem auf der Haut zu fühlen! Es beschwor Ekel in ihr herauf, zugleich aber, obwohl Mathilda sich das nicht eingestehen wollte, auch Erinnerungen – Erinnerungen an Arvid, die Tage im Wald, die gemeinsamen Nächte, den Kuss. Und diese Erinnerungen waren alles andere als widerwärtig.

Manchmal war sie davon überzeugt, jene Tage endgültig vergessen zu haben, aber hier auf dem Markt stand das Erlebte so klar vor ihr, als hätte Arvid sie erst gestern in Fécamp zurückgelassen und sie sich geschworen, nie wieder seinen Namen auszusprechen. Das hatte sie tatsächlich nie getan – den Namen aber öfter gedacht, als ihr lieb war.

Sie schüttelte unwillig den Kopf und folgte Gerloc hastig, als diese rief: »Sieh doch! Dort vorne gibt es Hermelin- und Luchspelze!«

Bayeux war einst auf den Ruinen einer römischen Zitadelle erbaut worden. Jene mächtigen Steinmauern waren von den Nordmännern zerstört, dann jedoch, wenngleich auch nicht in alter Pracht, wieder aufgebaut worden. Auf der Mauer, durch entrindete Holzstämme von Blicken abgeschirmt, patrouillierten die Krieger des Grafen und hielten Ausschau aufs flache Land, um rechtzeitig Gefahren zu erkennen.

Die einzelnen Marktstände waren im Schatten der Mauer aufgestellt worden, und dort, wo selbst mittags kein Sonnenstrahl hinfiel, war der Boden gefroren. Gerloc stapfte achtlos darüber hinweg, obwohl sie in ihrem feinen Schuhwerk frieren musste. Begierig strich sie über die Pelze und hielt manchen um ihre Schulter, um Kinn und Wangen daran zu reiben.

»Willst du einen haben?«, fragte sie Mathilda. »Gewiss, ich würde es nicht wagen, dir einen teuren anzutragen. Ich weiß, wie bescheiden du bist. Aber sieh nur – dieser Umhang aus dem Pelz von Eichhörnchen könnte dir stehen.«

Mathilda schüttelte den Kopf, und ehe Gerloc sie weiter bedrängte, hatte die noch etwas Faszinierenderes entdeckt.

»Diese Hüte!«, rief sie begeistert und stürzte zum nächsten Stand. »Wie vornehm sie aussehen! Viel vornehmer als die Mützen und Kappen, wie sie die Nordmänner tragen.«

Mathilda folgte ihr und starrte verständnislos auf die sonderliche Kopfbedeckung. Die Hüte waren spitz, vor allem aber so winzig, dass sie wohl kaum über die Ohren reichten. »Die wärmen gewiss denkbar schlecht«, sagte sie.

»Als ob man Kleidung nur trüge, um es warm zu haben!« Gerloc lachte.

Mathilda war kurz geneigt, zu widersprechen – aber dann verstand sie, was Gerloc meinte. Deren Eitelkeit war ihr fremd, nicht aber das Trachten, dass man mehr vom Leben fordern müsse als einen satten Magen und ein weiches Bett und dass es nicht genügte, sich durch die Tage treiben zu lassen wie jetzt durch die Menschenmenge, dass man vielmehr selbst die Richtung bestimmen musste, notfalls, indem man andere stieß und um sich trat, um sich vorbeizuzwängen. Gedankenverloren strich sie über grobe Fäustlinge aus Wolle und Filz, die am selben Stand angepriesen wurden.

Gerloc zog Mathilda weiter zum nächsten Händler. »Dieser Umhang aus purpurnem Stoff kommt aus Friesland«, erklärte sie mit Kennermiene, »aber leider ist der Stoff nicht mit Goldfäden durchwoben.«

Ihr Bedauern währte nicht lange. Mathilda begriff erst

nicht, was Gerlocs Interesse am Nachbarstand weckte, wurden doch vor allem Alltagsgegenstände dort angeboten – Webbrettchen und Bronzebecken, Messer, Sicheln und Scheren, Spinnwirteln schließlich und Webgewichte, aber dann sah sie, dass die junge Frau einen Haarkamm aus Bernstein in die Hand genommen hatte. Sie hielt ihn erst ins Licht, sodass er golden funkelte, und steckte sich ihn dann in ihr üppiges aschblondes Haar, das lockig über ihren Rücken fiel und im Nacken nur von einem dünnen Band zusammengehalten wurde.

»Ist er nicht wunderschön?«, rief sie.

Sie wartete nicht auf Mathildas Zustimmung, sondern kaufte den Kamm, ohne um den Preis zu feilschen, und eilte alsbald weiter zum nächsten Stand, ohne sich an dem grunzenden Schwein zu stören, das offenbar einem Viehzüchter entkommen war und sich davor auf dem Boden suhlte.

Sie deutete auf einen Tiegel, der mit einer blauen Paste gefüllt war. »Diese Farbe trägt man auf die Augenlider auf«, erklärte sie, »oder unter den Augen.«

Mathilda hatte schon einmal gesehen, dass Gerloc sich bemalte, und nicht verstanden, wie ein Mensch, von Gott schließlich als dessen Ebenbild geschaffen, diesem derart ins Handwerk pfuschen konnte. Ehe sie einen entsprechenden Tadel aussprechen konnte, rief Gerloc jedoch unwillkürlich: »Ich werde mir auf der Hochzeit die Augen auch so anmalen!«

Mathilda runzelte die Stirn. Gerloc ergab sich oft Fantasien, wie ihr künftiger Mann zu sein hatte, aber die Wahrheit war, dass sie – obwohl schon über zwanzig Jahre alt – noch mit keinem verlobt war und mit diesem Umstand nicht selten haderte. Voller Neid blickte sie auf ihre Halbschwester Kathleen – die Rollo mit einer keltischen Geliebten gezeugt hatte und die schon mit fünfzehn Jahren einen Gatten bekommen hatte.

»Auf welcher Hochzeit?«, fragte Mathilda deshalb.

»Nun ... auf meiner natürlich.«

»Aber ... aber ...«

Gerloc wandte sich Mathilda zu, nahm ihre Hände und drückte sie fest. Ihre Augen glänzten. »Ja, denk dir! Ich werde heiraten ... endlich.«

»Aber wen denn nur?«

»Natürlich einen fränkischen Grafen.«

Sie ließ sie los, drehte sich einmal im Kreis, packte Mathilda dann wieder.

Kurz wurde diese mitgerissen von Begeisterung – dann erwachte ein niederträchtiges Gefühl: Missgunst, dass die Träume der anderen sich erfüllten, während sie selbst immer noch darauf warten musste, und dass Gerloc, die nie so inbrünstig darum gebetet hatte wie sie, es doch viel weniger verdiente. Ja, was hatte sie eigentlich für ihre Ziele getan, als immer nur wiederholt, was sie sich wünschte, als immer nur ihren Lastern zu frönen – Eitelkeit und Bequemlichkeit und Selbstverliebtheit? Gewiss, es mochte schändlichere Sünden geben, aber all dies waren Eigenschaften, für die sich ganz sicher kein Lohn erhoffen ließ.

»Und wer ist dieser fränkische Graf?«, ließ Mathilda sich dennoch zu fragen herab.

Gerloc entging der giftige Tonfall in ihrer Stimme. »Nun, zunächst hätte eigentlich mein Bruder heiraten sollen – und zwar eine Tochter von Herbert von Vermandois, du weißt schon, ein einflussreicher Nachbar im Westen unseres Landes.«

»Wilhelm soll heiraten?«, fragte Mathilda, und obwohl sie es eigentlich guthieß, wenn er einen von Gott gesegneten Bund schloss, anstatt weiterhin mit seiner Konkubine zu freveln, musste sie voller Mitleid an Sprota denken.

»So war es zumindest vor einiger Zeit geplant. Doch jene

Lieutgarde, die für ihn vorgesehene Braut, hat schließlich einen anderen genommen. Schade. Sie hätte Wilhelm reiche Landgüter eingebracht.«

Mathilda fragte sich, was Sprota wohl zu diesen Eheplänen gesagt hatte. In den letzten Jahren hatte sie nie angedeutet, dass sie selbst Wilhelms rechtmäßige Gemahlin zu werden wünschte. Als Mathilda einmal wissen wollte, warum sie es nicht längst war, hatte Gerloc ihr erklärt, Sprota sei schlichtweg zu unbedeutend. Sie entstammte zwar einer bretonischen Adelsfamilie, doch jene hatte ihren Besitz verloren, als die Nordmänner das Land eroberten, und ihn auch nicht zurückbekommen, als Alanus Schiefbart es wiedererlangte.

»Und was hat das mit dir zu tun?«

»Als man eine passende Frau für meinen Bruder suchte, wurde auch darüber gesprochen, wen ich heiraten könnte. Nun steht es fest. Wenn überall der Schnee geschmolzen ist, reise ich mit Wilhelm nach Lyons-la-Forêt, und dort wird meine Verlobung stattfinden.«

»So bald schon …«, murmelte Mathilda.

»Ich werde dann auch nicht länger meinen normannischen Namen tragen, sondern einen fränkischen«, rief Gerloc. »Ja, Adela werde ich heißen. Und mein Verlobter ist niemand anderer als …«

Just in diesem Augenblick bekam Mathilda einen Stoß versetzt, und ehe sie sich's versah, wurde sie von Gerloc fortgedrängt und hörte nicht mehr, was diese sagte. Von allen Seiten schoben sich Menschen an ihr vorbei, Ellbogen rammten sich schmerzhaft in ihre Rippen. Sie kämpfte, sich aus der Menge zu befreien, stolperte über irgendeinen Fuß und fiel nur nicht, weil sie sich im letzten Moment an der Stadtmauer abstützte. Verstört blickte sie auf die roten Kratzer an ihren Händen, die sie sich am rauen Stein aufgeschürft hatte.

»Mathilda ...«, sagte plötzlich jemand.

Sie zuckte zusammen. Wer immer da ihren Namen raunte, es war nicht Gerloc. Gerlocs Stimme war schrill und laut – sie flüsterte nie. Und Gerloc stand auch viel zu weit von ihr entfernt.

»Mathilda ...«, ertönte es wieder.

Von wo kam die Stimme? Von wo kam die ... Gefahr, die sie plötzlich fühlte? Ihre Nackenhärchen stellten sich auf, die Mauer, an der sie lehnte, schien plötzlich kalt wie der frostige Boden. Angestrengt blickte sie in die Gesichter der Vorbeieilenden, doch niemand achtete auf sie, niemand starrte sie an – obwohl sie doch so deutlich fühlte, wie sich zwei Augen in sie bohrten.

»Mathilda ...«

Diesmal ahnte sie, von wo die Stimme kam. Sie legte den Kopf in den Nacken, starrte angestrengt nach oben zum Rundgang auf der Stadtmauer. Weit und breit war kein Mensch zu sehen, aber plötzlich ertönte ein knarzendes Geräusch, und dann fiel etwas Dunkles auf sie herab.

Mathilda duckte sich nicht, sondern sah dem Tod furchtlos ins Gesicht. In jenem kurzen Augenblick, ehe der dunkle Gegenstand sie treffen und erschlagen würde, war keine Zeit für Feigheit, für Lügen, für den Versuch, sich etwas vorzumachen, Erinnerungen zu unterdrücken und vagen Ahnungen zu trotzen. Lediglich Bedauern regte sich in ihr.

Ich werde sterben, ohne zu wissen, von wem ich abstamme und wer der Mann war, der mich aufgefangen hat, auf der Blumenwiese am Meer. Und ich werde sterben, ohne Arvid wiedergesehen zu haben.

Plötzlich stand sein Gesicht ganz deutlich vor ihr, die feine

Nase und die weichen Lippen, die braunen Augen, die immer etwas traurig geblickt hatten, und das gewellte Haar. Sie starrte ihn an, und in seiner Miene stand keine Scheu vor sich selbst oder vor ihr – nur tiefe Sorge und das Bedürfnis, sie zu schützen, so wie damals, als sie auf der Flucht vor ihrem Verfolger auf dem Baum gehockt oder als sie im Traum geschrien und er sie getröstet hatte.

Arvid, dachte sie, ach, Arvid.

Sie versank in seinem Blick und wollte mit dem Wissen sterben, dass jene Tage an seiner Seite die härtesten in ihrem Leben gewesen waren, die grausamsten und kältesten – und zugleich die stärksten, die außergewöhnlichsten, die leidenschaftlichsten.

Doch sie starb nicht, und Arvid starrte sie nicht länger nur an. Hände packten sie, seine Hände, und zerrten sie zur Seite. Erst als sie den festen, warmen Griff spürte, gewahrte sie, dass er keine Vision war, die ihr den Tod leichter machen sollte, kein Schatten und kein Geist, sondern dass er wirklich und wahrhaftig vor ihr stand, ein Mensch aus Fleisch und Blut.

Gleiches Blut raste heiß durch ihre Adern, als sie nun dicht an ihn gedrängt dastand, kaum zwei Schritte von dem entfernt, was da neben ihr auf den Boden gefallen war. Wenn es sie getroffen hätte, wäre sie jetzt tot.

Viel zu früh ließ er sie los. Das Blut erkaltete.

Lautes Geschrei ertönte nun, wenn auch nicht aus ihrem Mund, wie sie im ersten Augenblick noch glaubte, sondern aus Gerlocs. Die junge Frau kam auf sie zugestürzt, fasste sie dort an, wo Arvid sie eben berührt hatte, und schüttelte sie. »Ist dir etwas passiert? Bist du verletzt?«

Mathilda starrte erst sie an, dann Arvid, der immer weiter zurückwich, sich duckte, schließlich in der Menschenmenge verschwand – und sie mit Zweifeln zurückließ. War er es wirklich gewesen, oder hatte sie ihn, aus Schock und Angst, mit einem fremden Mönch verwechselt?

»Wie konnte das nur passieren ...«, setzte Gerloc an, ließ sie los und blickte argwöhnisch hoch zur Mauer. Nichts regte sich dort. Ein Kreis von Menschen hatte sich um sie gebildet, die tuschelnd auf den Gegenstand deuteten, und Gerloc bückte sich schließlich danach.

»Töten ...«, stieß Mathilda aus, die Zunge war so groß und schwer, sie war nicht sicher, ob ihre Worte verständlich waren. »Jemand ... jemand wollte mich töten. Und Arvid ... da war doch Arvid ...«

»Es ist ein Wetzstein!«, rief Gerloc. »Warum ist er von dort oben heruntergefallen?«

»Weil jemand ihn von dort oben auf mich geworfen hat«, stammelte Mathilda.

Gerloc war bereit, sich über Leichtsinn und Ungeschicklichkeit empört zu zeigen. Doch sie war von zu schlichtem Gemüt, um den dunklen Gedankengängen eines Mörders zu folgen.

»Ach was!«, rief sie. »Warum sollte dich jemand töten wollen? Gewiss war es nur ein dummer Zufall. Krieger schreiten regelmäßig die Mauer ab. Wahrscheinlich haben sie den Wetzstein benutzt, um ihre Schwerter zu schleifen, und haben ihn später vergessen. Und eben ist jemand darüber gestolpert und hat gar nicht bemerkt, welchen Schaden er anrichtete.«

Mathilda begann zu zittern. Sie dachte an die dunkle Gestalt im Wald, die sich über sie gebeugt hatte, an das silbrig blitzende Messer, an das kalte Licht des Mondes ... sie dachte an ihre toten Mitschwestern von Saint-Ambrose, an ihr Versteck inmitten der Strohballen und die Angst zu verbrennen. Sie dachte an den Befehl des Kriegers.

Findet sie.

Jemand hatte sie töten wollen. Jemand wollte sie immer noch töten.

Aber jemand hatte damals die Gefahr für ihr Leben abgewendet, jemand hatte es heute wieder getan.

Arvid ...

»Wer war es, der mich gerettet hat?«, fragte sie und zweifelte noch immer, ob sie ihren verstörten Sinnen trauen durfte.

Gerloc war wieder zu ihr getreten, die Menge hatte sich zerstreut. »Es war ein Mönch ... einer der vielen Mönche im Gefolge meines Bruders. Du weißt doch«, sie verdrehte die Augen, »Wilhelm ist schrecklich fromm, er betet fortwährend.«

»Kennst du seinen Namen?«

Gerloc zuckte ratlos die Schultern. »Ich glaube, dass er aus Jumièges stammt und schon seit Jahren an Wilhelms Seite lebt.«

»Kann sein Name Arvid sein?«

Gerloc zuckte wieder die Schultern. »Vielleicht.«

Obwohl sie es nicht sicher wusste, war Mathilda sich jäh gewiss, dass er kein Trugbild gewesen war. Arvid lebte an Graf Wilhelms Hof – und das schon seit Jahren. Er war immer wieder in ihrer Nähe gewesen, aber er hatte nie versucht, mit ihr zu sprechen. Und heute hatte er sie zwar gerettet, war aber so schnell wie möglich von ihr geflohen – wie damals in Fécamp.

Sie zitterte nicht länger, weil jemand sie hatte töten wollen. Sie zitterte vor Enttäuschung und Wut.

Sprota hatte gelernt, dass es wenig Sinn hatte, Menschen ändern zu wollen. Dennoch beobachtete sie sie gern und hatte sich die Neugier auf sie bewahrt.

Mathilda machte es ihr schwer, diese Neugier zu befriedigen. Sprota kannte kaum jemanden, der so verschlossen war wie sie, nicht einfach nur wortkarg und schüchtern, sondern verbissen in dem Trachten, sich von anderen Menschen abzuschotten. Heute zeigte sie zum ersten Mal, was in ihrem Innern vorging. Heute standen Gefühle in dem sonst so beherrschten Gesicht – Aufruhr und Empörung, Verletzung und Angst. Wenn sie gesprochen hätte, so hätte gewiss ihre Stimme gezittert, aber Gerloc hatte wie so oft das Wort an sich gerissen. Sie erzählte vom Tuchmarkt in Bayeux, von dem Unfall, der Mathilda beinahe zugestoßen wäre, von einem Mann … nein, einem Mönch, der sie gerettet hatte. Mathilda sei, seit sie ihn getroffen habe, nicht mehr dieselbe.

Jetzt begann auch diese zu reden. »Natürlich bin ich noch dieselbe!«

Die Schroffheit in ihrer Stimme konnte nicht verbergen, wie verletzt sie war.

»Lass uns allein«, sagte Sprota zu Gerloc, die sich ausnahmsweise fügte. Vielleicht war sie zu aufgewühlt oder aber einfach nur von ihren neu erstandenen Kostbarkeiten abgelenkt.

Sprota sah Mathilda an. »Ein Unfall?«, fragte sie mitfühlend.

»Wenn es denn einer war …«

Mathilda wandte sich ab, aber stockend kamen nach und nach mehr Worte aus ihrem Mund, Worte, die in Sprotas Ohren wirr klangen. Von ihrer Vergangenheit und Herkunft, die im Dunkel lag, war die Rede, von der bretonischen und der dänischen Sprache, die sie beherrschte, ohne zu wissen, wer sie diese gelehrt hatte, von dem Unwissen, das ihr die Seele vergiftete … und, wie sich an diesem Tag gezeigt hatte, einen anderen dazu brachte, sie morden zu wollen.

Nicht, dass Sprota ihr nicht glaubte. Für sie stand seit langem fest, dass auf dieser Welt mehr Menschen lebten, die ihren Nächsten Übles wollten statt Gutes. Sie hatte sich jedoch angewöhnt, darüber nicht länger empört zu sein. »Und jener Mann, der dich gerettet hat?«, fragte sie leise.

»Er zählt nicht.«

Mathildas Lippen versiegelten sich, ihr Gesicht wurde wieder ausdruckslos, und kurz, ganz kurz glaubte Sprota in einen Spiegel zu sehen. Sie fühlte sich an eine Zeit erinnert, da sie noch nicht gelernt hatte, die Menschen zu nehmen, wie sie waren, und vom Leben nicht mehr zu erwarten, als es einem vor die Füßen legte. Die Zeit, da sie ein Mädchen war, eben noch Tochter angesehener Bretonen, einer uralten Familie, die viel Land besaß, dann die Tochter von Flüchtigen, die sich nie damit abfinden konnten, ihr Leben im Exil zu beschließen. Anders als Mathilda, die ein Rätsel ihrer Herkunft angedeutet hatte, hatte sie immer gewusst, woher sie stammte, aber dieses Wissen hatte weder ihr noch ihren Eltern Halt gegeben. Ihre Heimat war verloren, und sich an sie zu erinnern, sich nach ihr zu sehnen, bedeutete nicht, sie irgendwann wiederzusehen. Besser war es, die Sehnsucht zu verleugnen, die Erinnerungen zu unterdrücken, die Heimat als verloren hinzunehmen und sich eine neue zu suchen.

»Beschäftige dich nicht mit Dingen, die du nicht erklären kannst, und mit Geheimnissen«, riet sie Mathilda, »das macht den Kopf schwer und zieht ihn zu Boden, und wenn du mit krummem Rücken durch die Welt läufst, siehst du nichts von ihr.«

»Aber wenn mich doch jemand töten wollte!«

»Noch lebst du.«

In ihrem eigenen Leben hatte Sprota sich oft an diesem »Noch« festgehalten. Noch lebten sie und ihre Eltern, hieß es nach der Flucht. Noch war ihre Familie angesehen genug, um Graf Wilhelm offiziell vorgestellt zu werden. Noch war sie jung und hübsch genug gewesen, um ihm zu gefallen. Noch gab es nur sie, die ihm wenig später den Sohn geboren hatte – deshalb war sie noch seine Konkubine und konnte noch sehen, wie Richard aufwuchs. Vielleicht würde sich irgendwann alles wenden. Vielleicht würde er sie verstoßen, eine fränkische Adlige heiraten und eheliche Söhne zeugen oder ins Kloster gehen. Aber noch war keine Zeit, sich den Kopf darüber zu zerbrechen.

»Wenn dieser Fremde es morgen erneut versucht …«, setzte Mathilda an.

»Wenn er es morgen versucht, hast du zumindest heute deinen Frieden vor ihm«, sagte Sprota. »Also nimm dieses Heute. Nimm immer das, was du bekommen kannst, fordere nicht mehr. So hab ich's gehalten, und sieh, was aus mir geworden ist.«

Mathilda blickte endlich wieder hoch. Sie schien ihre Fassung wiederzufinden, während ihre eigene unerwartet wankte. Kurz fragte Sprota sich, was Mathilda tatsächlich sah, wenn sie sie anblickte. Eine gelassene, in sich ruhende Frau, die mit allen Menschen und allen Herausforderungen umgehen konnte? Oder insgeheim doch das verhärmte junge Mädchen von einst, das, ehe es sich den Grenzen des »Noch« gefügt hatte, durchaus mehr hatte haben wollen, noch mehr von Wilhelms Liebe nämlich, vor allem in jener ersten Nacht, die sie bei ihm verbracht hatte, eine leidenschaftliche, lustvolle Nacht, in der sie gehofft hatte, sie könnte in seinen Armen eine Heimat finden. Doch er hatte sie nicht lange genug in diesen Armen gehalten. Viel zu rasch hatte er sich erhoben, zu Gott gebetet und ihn um die Vergebung der Sünde angefleht, die er mit ihr, Sprota, begangen hatte. Und sie hatte sich nicht länger geliebt und begehrt und geborgen gefühlt, sondern nur klamm und einsam und heimatlos wie nie.

Doch Mathilda wusste nichts davon und suchte deshalb nicht nach jenem verstörten jungen Mädchen von einst in ihren Zügen.

»Du hast gewiss Recht«, sagte sie nur.

Arvid hörte Graf Wilhelm aufmerksam zu, als dieser sich mit seinen politischen Ratgebern besprach. Für gewöhnlich interessierte ihn das keineswegs, und die Worte rauschten an ihm vorbei, betrafen sie doch die Normandie, den Grafen, seine Familie und die Menschen hier – jedoch nicht ihn. An diesem Tag hingegen saugte er die Worte förmlich auf, er brauchte etwas, um seinen Geist abzulenken und seine Erinnerungen zum Schweigen zu bringen – Erinnerungen an die Zeit drei Jahre zuvor, da er mit Mathilda durch den Wald geflohen war, aber auch Erinnerungen an den heutigen Morgen, als er ihren Leib kurz so fest an sich gedrückt hatte wie damals. Und als er kurz dem Wahn erlegen war, die vergangenen Jahre hätten nicht länger gewährt als die Dauer eines Wimpernschlags, wären ganz und gar bedeutungslos. Was konnte auch Sinn ergeben ohne ... sie.

Er schüttelte den Kopf und versuchte, nicht an Mathilda, sondern an Gerloc zu denken, über deren Heirat mit Wilhelm Werghaupt eben gesprochen wurde. Er kannte Gerloc kaum, aber Frauen wie sie, die das Herz auf der Zunge trugen, ließen sich schon nach wenigen Begegnungen einschätzen. Demnach war sie sehr selbstbewusst, etwas dreist, meist aufdringlich und laut, aber alles in allem freundlich.

Ob sich Wilhelm Werghaupt, der mächtige Graf von Poitou, so eine Frau wünschte? Und warum trug er diesen lächerlich anmutenden Beinamen? Er hatte keine Ahnung, und die engsten Vertrauten des Grafen sprachen den Namen ohne Anflug von Grinsen aus, offenbar, weil sie ihn zu oft gehört hatten, um noch darüber zu spotten.

Drei waren es, die bei fast keinem Gespräch fehlten: Bernhard, den man den Dänen nannte, weil er von dort stammte, ein gewissenhafter Mann, streng zu sich und anderen und ein Liebhaber scharfen Verstands, der stets am meisten wusste – von dem, was in der Normandie vorging, ebenso wie von allen Ereignissen in deren Nachbarländern. Außerdem Botho, den man wie Bernhard den Dänen nannte, der allerdings viel rotgesichtiger war als dieser, was bewies, dass er nicht ganz so streng mit sich war, sondern den Freuden des Lebens gegenüber durchaus offen stand. Er war der Pate des kleinen Richard, mit dem er oft Kämpfen und Reiten übte, und gehörte nicht zur ersten Generation seiner Familie, die Wilhelm diente. Sein Vater – Botho geheißen wie er – war bereits ein Gefolgsmann von Wilhelms Vater Rollo gewesen. Über das leibliche Wohl des kleinen Richard wiederum wachte Osmond de Cent-Villes, der Jüngste in dieser Runde und der Hitzköpfigste. Osmond kämpfte lieber, als dass er redete, so wie Wilhelm lieber betete, als dass er herrschte – aber der eine wie der andere musste seine wahre Natur zügeln und ob seines Amtes unliebsame Pflichten erledigen.

Zu diesen Pflichten gehörte es nun, Gerloc zu verheiraten – und das mit größtmöglichem politischen Nutzen. Ob Wilhelm Werghaupt Letzteren tatsächlich erfüllte, schien noch nicht klar.

»Werghaupt ist ein Feind von Hugo dem Großen. Ist es wirklich klug, gerade mit ihm eine so enge Verbindung einzugehen?«, fragte Botho eben.

Wilhelm schwieg. Er schwieg meistens – genauso wie

Arvid. Wie so oft war es Bernhard, der antwortete und sorgfältig die Argumente abwog: »Das muss uns nicht interessieren – nicht zuletzt, da sich König Ludwig immer mehr von Hugos Einfluss befreit. Vielleicht ist es gar nicht so schlecht, ihm unsererseits Grenzen aufzuzeigen, auf dass wir, was Stärke und Selbstbewusstsein anbelangt, nicht hinter dem fränkischen König zurückstehen.«

»Und Hugo wird sich hüten, die Feindschaft eskalieren zu lassen. Im Gegenteil – wenn wir die Verlobung in der neuen Burg von Lyons-la-Forêt besiegeln, wird er es sich nicht nehmen lassen, selbst anzureisen und Freundschaft zu heucheln.«

»Und wir können beweisen, dass wir an Reichtum und Vornehmheit nicht hinter unseren Nachbarn zurückstehen«, sagte Bernhard. »Die Mitgift muss entsprechend hoch ausfallen.«

Angesichts der vielen Namen von Menschen und Orten, die gefallen waren, drohte Arvids Konzentration nachzulassen. Ungewollt stieg wieder Mathildas Bild vor seinem inneren Auge auf. So lange hatte er es geschafft, sich von ihr fernzuhalten, so lange war es ihm gelungen, zu vergessen, dass sie – wenn Wilhelm Rouen verließ, um seinen Sohn zu sehen – in unmittelbarer Nähe lebte. Nur heute nicht. Heute hatte er gar nicht anders handeln können, als er sah, wie jener Wetzstein auf sie niederfiel. Ob es ihr wohl gut ging, ob ihr zarter Körper noch bebte?

Sein eigener tat es, und er atmete tief durch.

»Im Übrigen hat es sein Gutes, dass Hugo nach Lyons-la-Forêt kommen wird«, meinte Botho eben. »Das bietet uns einmal mehr die Gelegenheit, ihm zu zeigen, dass wir ein ernst zu nehmender Verbündeter sein können – falls Hugo doch noch nach der Krone trachten sollte. Gleichwohl dürfen wir nicht zu deutlich Partei ergreifen, müssen Ludwig vielmehr vermitteln, dass wir treu zu ihm stehen, solange er seinerseits nicht an der Unabhängigkeit der Normandie und der Herrschaft unseres Grafen rüttelt.«

Arvid rief sich ins Gedächtnis, wie fragil die Herrschaftsverhältnisse im westlichen Frankenreich waren. König Ludwig, sein Onkel, der ihm nach dem Leben getrachtet hatte, hielt sich nun schon seit knapp drei Jahren an der Macht, aber konnte sich trotz allem jugendlichen Ehrgeiz, die Welt Gegenteiliges glauben zu lassen, nie recht aus der erdrückenden Bevormundung Hugos des Großen befreien, durch dessen Gnade er überhaupt erst König geworden war. Hugo residierte in Paris, besaß die mächtige Abtei Saint-Denis und ein ungleich größeres Gebiet als Ludwig, der nur lächerlich wenig Land beherrschen konnte. Kein Wunder, dass es ihn insgeheim nach der Normandie gelüstete. Doch sich gegen Hugo zu behaupten bedurfte all seiner Anstrengungen.

Erstmals neigte sich Osmond vor, um sich an dem Gespräch zu beteiligen. »Wir haben noch nicht darüber gesprochen, dass Wilhelm Werghaupt zwar reich ist, Aquitanien jedoch immer noch zersplittert. Was, wenn er es langfristig nicht unter seiner Herrschaft vereinen kann? Einen schwachen Schwager kann der Graf nicht um Hilfe bitten, falls die Normandie je angegriffen werden sollte.«

»Nun«, meinte Bernhard, »ein schwacher Schwager kann allerdings auch selbst die Normandie nicht angreifen. Gerade weil Wilhelm Werghaupt im eigenen Land mächtige Feinde hat, hat er gar keine Zeit, einen begehrlichen Blick auf die Heimat seiner künftigen Frau zu werfen.«

Osmond nickte schweigend, und auch die anderen brachten kein neues Argument hervor. Die wichtigsten waren genannt – nun lag es an Graf Wilhelm, zu entscheiden. Wie immer war dessen Blick ein wenig entrückt, als wären seine Gedanken woanders, aber als Bernhard sich räusperte, gab er sich einen Ruck und erklärte entschlossen: »Nun gut. So spricht also mehr dafür, dass Gerloc Werghaupt heiratet, als dagegen.«

Osmond runzelte die Stirn, war er doch insgeheim wohl der Meinung, dass das Bewusstsein eigener Stärke und glühend vorgetragene Überzeugungen zu einer Entscheidung führen sollten, nicht ein nüchternes Abwägen von Vor- und Nachteilen, doch in jener Runde hatte seine Stimme das geringste Gewicht, und so enthielt er sich eines Einwandes. Der pragmatische Bernhard hingegen schien zufrieden, den Grafen so schnell überzeugt zu haben, und erhob sich.

Osmond war Wilhelm treu ergeben, aber Arvid hatte schon oft erlebt, dass er Versammlungen hastig aufhob, sobald er sein Ziel erreicht hatte. Alles zu tun, um seine Herrschaft zu sichern und zum Erfolg zu führen, bedeutete nicht, auch des Grafen Freund sein zu wollen, mit dem man so viel Zeit wie möglich verbrachte.

Auch Arvid sah sich nicht als Freund Wilhelms, gleichwohl er sitzen blieb, während Osmond und Botho Bernhard folgten. So selbstverständlich der Graf hinnahm, dass seine Berater ihn scheuten, so großen Wert legte er darauf, sich stets mit seinen Mönchen zu umgeben. Er wurde nicht müde zu beteuern, dass sie seine wahre Familie seien, in deren Kreis er Gottesdienst feierte, betete, fastete und manche Nacht durchwachte. In Wahrheit erwies er sich ihnen gegenüber genauso unnahbar wie Bernhard oder Botho. Mit keinem Menschen hatte Arvid jemals so viel Zeit verbracht wie mit Wilhelm, doch trotz der Nähe war es in den letzten zweieinhalb Jahren nie zu einem vertraulichen Gespräch gekommen, nie zum Bekenntnis von Ängsten und Gefühlen, nie zu Freundschaftsbeteuerungen. Nun gut, er konnte gern darauf verzichten. Wilhelm war zwar ein Mensch, den er hätte mögen können, Graf und Krieger, das schon, aber nicht herrschsüchtig und grausam, eher nachdenklich und immer voll leisem Hader, nicht das richtige Leben zu führen. Doch jener Hader rumorte auch in Arvids Seele – und während Wilhelm niemanden hatte, auf den er seine Unzufriedenheit richten konnte, gab er dem Grafen selbst die Schuld, dass er noch immer fern Jumièges leben musste.

»In Poitiers«, setzte Wilhelm unwillkürlich an, »jener Stadt, in der Werghaupt residiert und Gerloc künftig leben wird, gibt es viele Klöster.«

Arvid blickte ihn verwundert an – eine Frau wie Gerloc würde dieser Umstand weitaus weniger begeistern als die Pracht der künftigen Residenz.

»Nun, vielleicht lässt sich eines dieser Klöster überzeugen, einige Brüder nach Jumièges zu schicken, damit diese den Wiederaufbau vorantreiben können.«

Arvid musste sich beherrschen, nicht die Fäuste zu ballen. Wenn sich Wilhelm Sorgen um Jumièges machte, warum hielt er ihn dann an seinem Hof fest? Wusste er überhaupt, dass er nicht freiwillig hier war, sondern allein auf Wunsch des Abtes Godoin?

Sein Körper spannte sich an, seine Zunge wurde ganz trocken, aber er sagte nur: »Das ist ein guter Gedanke.«

Seine Stimme klang gepresst, Wilhelm entging jedoch wie so oft seine Wut. Vielleicht lag es daran, dass er keinen Menschen nahe genug an sich heranließ, um in die Schatten von dessen Seele zu lugen. Vielleicht hatte Arvid einfach zu gut gelernt, die Wut geheim zu halten, sich still und bescheiden zu geben. Nur manchmal – manchmal überkam ihn noch wie einst Godoin gegenüber das Bedürfnis, laut zu schreien, irgendetwas zu zerstören, auf jemanden einzuschlagen, egal, auf wen – ob Wilhelm, ob Bernhard den Dänen, ob Mathilda. Ja, als er nun an sie dachte, sehnte er sich plötzlich nicht länger danach, sie noch einmal an sich zu ziehen und zu halten wie am Morgen, sondern sie erst zu schütteln, dann mit aller Macht wegzustoßen, sodass sie taumelte, zu Boden ging und dort liegen blieb. Besser war es, die dunkelsten Seiten seines Wesens heraufzubeschwören, als jener Stimme in sich zu lauschen, die nach Wärme und Nähe und Liebe lechzte.

»Du begleitest mich nach Lyons-la-Forêt«, sagte Wilhelm.

Arvid senkte seinen Blick – erschüttert von seinen gewalttätigen Fantasien, zermürbt von Wilhelms Gewohnheit, stets über ihn zu bestimmen, anstatt je nach seinen Wünschen zu fragen, und verängstigt von dem Gedanken, dass nicht nur er mit Wilhelm reisen würde, sondern womöglich auch Mathilda mit Gerloc.

Gerloc redete so lange auf Mathilda ein, bis diese nachgab und bereit war, die Braut zu ihrer Verlobung zu begleiten. Zwei Wochen nach dem Markttag bestieg sie gemeinsam mit ihr die Kutsche, die im Hof wartete. Zu ihrer Erleichterung vernahm sie, dass Graf Wilhelm – begleitet von seinen Kriegern und Mönchen – schon früher aufgebrochen war.

»Ich wäre so gern dabei!«, rief eine helle Stimme neben ihnen, just, als sie das Gefährt bestiegen, das sie nach Lyons-la-Forêt bringen sollte.

Es war der kleine Richard, der erst von Gerloc, dann von seinem Paten, Botho dem Dänen, Abschied nahm. Letzterer würde mit einigen anderen Kriegern Gerloc begleiten – der künftige Erbe aber sollte im sicheren Bayeux bleiben.

Botho neigte sich mit gutmütigem Lächeln zu dem Knaben

herab. »Ich werde dir hinterher von allem berichten, was sich in Lyons zugetragen hat.«

Richard nickte begeistert und wandte sich dann an Mathilda: »Und du«, rief er, »du musst es mir auch erzählen.«

Sie nickte, obwohl sie nichts erleben, nicht sehen und schon gar nicht später davon erzählen wollte. Es wäre besser gewesen, Sprota hätte mitfahren können, doch keiner der fränkischen Nachbarn würde je die Konkubine des normannischen Grafen empfangen. Mathilda hätte am liebsten die Augen geschlossen und erst wieder aufgemacht, wenn sie nach Bayeux zurückgekehrt wäre. Aber in dem Gefährt war es unmöglich, sie geschlossen zu halten. Es war ein mit Leder bespannter Holzwagen, dessen Felle am Boden nicht die Wucht der Radumdrehung mindern konnten, und diese blind zu ertragen hätte bloß die Übelkeit verstärkt. Auch so litt Mathilda bald an Schmerzen im Rücken und einem flauen Magen. Um frische Luft zu schnappen, streckte sie ihren Kopf durch eine kleine Luke nach draußen. Seit Ewigkeiten hatte sie keinen so dichten Wald mehr gesehen wie jenen, durch den sie alsbald kamen, hatte nicht die würzige Erde gerochen, sich nicht vor der Dunkelheit inmitten hoher Bäume gegruselt. Nicht mehr, seit sie mit Arvid durch einen ähnlichen Wald geflohen war, nicht sicher und warm in einem Gefährt, sondern frierend und zu Fuß ... Sie schüttelte sich und befahl sich, besser Gerloc zu lauschen.

Für diese war die Reise offenbar kein Ungemach. Sie redete in einem fort über das, wovon sie am meisten verstand – von Mode und Frisuren und Kleidern.

»Fränkische Bräute kleiden sich am Tag ihrer Hochzeit in Rot ... also werde auch ich Rot tragen. Aber wie denkst du, soll ich mich kleiden, wenn ich Wilhelm Werghaupt zum ersten Mal sehe? Werde ich ihm wohl gefallen?«

Es klang kokett – jedoch auch ein wenig ängstlich.

»Du hast ihn noch nie gesehen?«, fragte Mathilda.

»Natürlich nicht! Wie hätte das möglich sein sollen, wenn er in Poitiers lebt – ich hingegen in Fécamp oder Bayeux.«

»Und dennoch freust du dich, ihn zu heiraten ... Er ist ein Fremder. Hast du ... hast du keine Angst?«

Selten hatte Mathilda so vertraulich mit Gerloc gesprochen. Das übliche Geplänkel beschränkte sich auf Äußerlichkeiten, nicht auf Gefühle.

Gerloc schien es ihr aber nicht übel zu nehmen. »Er ist Franke, er ist mächtig – warum sollte ich Angst haben?«, fragte sie zurück.

Mathilda schwieg. So unerträglich ihr selbst der Gedanke war, einem fremden Mann zu gehören – zugleich dachte sie, dass schließlich auch Männer, die einem vertraut waren, sich als Fremde gebärden konnten. Jemanden mehrmals getroffen zu haben bedeutete noch nicht, ihn zu kennen, und vielleicht war es deshalb sogar besser, wenn Gerloc nicht zu viel von ihrem künftigen Mann wusste.

Die Übelkeit hielt an, aber sie streckte ihren Kopf kein weiteres Mal durch die Luke, sondern schlug vielmehr den Ledervorhang davor, um nichts mehr vom Wald zu sehen.

»Ich hoffe, du wirst glücklich an seiner Seite«, murmelte sie.

»Wenn ich nicht länger Gerloc bin, werde ich glücklich sein«, gab die andere ungewohnt ernst zurück.

Die Dämmerung hatte sich über das Land gesenkt, als sie nach einigen Tagen endlich ankamen. Nach der anstrengenden Reise schmerzten Mathildas Knochen so sehr, dass sie sich kaum noch regen konnte. Die letzte Wegstrecke hatte durch dichten Wald geführt. Nun lichteten sich Eichen, Buchen und Ahornbäume und gaben den Blick auf eine Burg mit ihren dicken Mauern frei. Die Wände, aus Baumstämmen, zwischen die man Erde gefüllt hatte, errichtet, waren ebenso hoch wie stabil und schienen dem pfeifenden Wind mit Leichtigkeit zu trotzen.

Mathilda konnte es kaum erwarten, ins Warme zu kommen. Sobald sie in das Frauengemach geführt worden waren, stürzte sie zur Feuerstelle und fühlte gleich, wie sich sämtliche wehen Glieder ob der Hitze entspannten. Gerloc hingegen blickte sich neugierig um. Sie hatte erwartet, hier den hochwohlgeborenen Frauen fränkischer Adliger zu begegnen, doch niemand war zu sehen. Die Magd, die sie herbegleitet hatte, erklärte bald, dass die meisten der Herren ihre Gattinnen nicht mitgebracht hatten – weder König Ludwig, der seit kurzem mit Gerberga verheiratet war, noch Hugo der Große, dessen Frau Hedwig eben eine Tochter geboren hatte. Herbert von Vermandois' Frau Hildebrante war schon lange tot, und seine Tochter Lieutgarde blieb diesem Treffen aus gutem Grund fern.

»Gewiss will sie meinem Bruder nicht begegnen, wo doch die Eheschließung mit ihm seinerzeit gescheitert ist«, erklärte Gerloc.

Was immer die Gründe waren, warum sie hier vorerst unter sich waren – Gerloc war enttäuscht, mit ihrer Kleidung und ihrem Schmuck nicht vor den fränkischen Edelfrauen prahlen zu können. Doch wie es ihrem Gemüt entsprach, ließ sie sich die Enttäuschung nicht anmerken. Sie öffnete die kleinen Truhen und Kästchen, in der ihr Geschmeide verpackt war – Ohrgehänge aus Rosenquarz, eine mondsichelförmige Fibel, mit Bernstein besetzte Riechfläschchen, die am Gürtel angehängt wurden, silberne und bronzene Armbänder und eine rubinrote Halskette – und überlegte, für welchen Anlass sie welches Juwel tragen könnte. Dann ging sie daran, ihre Kleider zu durchwühlen – mehrere Unterkleider, die sie übereinandertragen würde, eine dunkelblaue und eine purpurfarbene Tunika, einige Ledergürtel mit goldenen oder silbernen Schnallen, schließlich die Vitta, ein gewebtes Band, das um den Kopf gebunden wurde und aus Goldbrokat bestand.

Mathilda kam nicht umhin, bewundernd darüberzustreichen. So kostbar es auch anzusehen war – es fühlte sich zu ihrem Erstaunen rau an. Was, wenn Gerlocs künftiger Mann auch so war – zwar schön und stattlich, aber grausam und herzlos? Gerloc war ihr zu aufdringlich und ihr eigenes Herz zu verschlossen, um in ihr eine Freundin zu sehen, aber als Mathilda sie nun so begeistert erlebte, hoffte sie plötzlich, ihr Enthusiasmus möge anhalten und dass sie in den nächsten Tagen keine bittere Enttäuschung erlebte.

»Und du hast wirklich keine Angst, ihm zu begegnen?«, fragte sie nun noch einmal bang.

Gerloc lachte sie jedoch nur aus. »Ich sagte doch schon, er ist ein Franke und mächtig.«

Mathilda wollte einwenden, dass es auch böse Franken und grausame Herrscher gab, aber sie beschloss, ihre Bedenken nicht laut zu äußern. Gerloc hatte so viele Jahre darauf gewartet, zu heiraten und das Erbe ihres Vaters abzuschütteln – wer, wenn nicht sie, konnte nachfühlen, wie erleichtert sie war.

An diesem Abend war es zu spät für ein Treffen mit Wilhelm Werghaupt. Bald legten sie sich zur Ruhe – Gerloc ins Bett und Mathilda an dessen Fußende. Auf dem Boden schliefen zwei Mägde, sie schnarchten laut und erhoben sich noch vor dem Morgengrauen. Am nächsten Morgen hatte Mathilda das Gefühl, kaum ein Auge zugetan zu haben, doch ihre Knochen schmerzten nicht mehr, und das frische Brot, der Käse und die dicke Milch, die zum Morgenmahl serviert wurden, schmeckten köstlich.

Falls sich Gerlocs Neugier doch mit Furcht davor paarte, nun bald dem Verlobten vorgestellt zu werden, zeigte sie es nicht. Wortreich wie immer kleidete sie sich an, frisierte ihr Haar, schmückte sich mit Juwelen und war gegen Mittag bereit, die große Halle zu betreten. Mathilda wäre gern ferngeblieben, doch Gerloc beschied sie energisch: »Du begleitest mich natürlich! Wer sonst könnte hinterher aller Welt erzählen, wie schön ich in dieser Stunde aussah.«

Mathilda verkniff sich den Einwand, dass eine wie sie gewiss kein brauchbares Urteil über Schönheit fällen konnte, und fügte sich wie so oft Gerlocs Willen.

Der Weg zum großen Saal führte über einen Empfangsraum und an mehreren kleinen Räumen vorbei, Vorratskammern, Schreibstuben der Notare und Unterkünfte für vornehme Gäste. Alle Wände waren aus Stein, nur die des Saals war mit Wandgemälden bemalt und mit großen Fellen von Auerochse oder Hirsch bespannt. In dem aus Bruchstein gemauerten Herd prasselte ein Feuer, die Fenster waren, obwohl der Frühling schon das Land grünte, mit dicken Stoffstücken abgedichtet, von der Decke hingen Öllampen.

Mathilda hielt die Augen zunächst gesenkt, begann dann aber doch, sich vorsichtig umzusehen – nicht nach Wilhelm Werghaupt wie Gerloc, sondern nach Arvid. Die meisten Gesichter, die sie musterten, waren fremd – sie erkannte nur den Grafen, Botho, Osmond und einen jungen Krieger, der manchmal mit Richard die *danisca lingua* übte und von dem sie wusste, dass er Johan hieß. Er lächelte ihr wie immer freundlich zu – und wie immer errötete sie und blickte zu Boden.

Es verging darum eine Weile, ehe sie bemerkte, dass auch

Gerlocs Gesicht rot angelaufen war. Ihr künftiger Mann trat vor sie, sie verneigte sich tief, dann zog er sie an der Hand hoch. Mathilda war erleichtert, als sie Gerloc lachen hörte, und wagte nun ihrerseits, Werghaupt verstohlen zu mustern.

Er war groß, aber nicht ganz so groß wie die Nordmänner in Graf Wilhelms Gefolge, er war stämmig, aber trug keine furchteinflößenden Waffen. Sein Bart war rot, sein Haupthaar ebenso, die Augen braun. Warm blickten sie nicht, aber er erwiderte Gerlocs Lächeln, vielleicht weil sie ihm gefiel, vielleicht weil sie eine gute Partie war. Werghaupt, so hatte Mathilda am Tag zuvor erfahren, hatte mit einem Makel zu leben. Sein Vater Ebalus, dem er 934 nach dessen Tod gefolgt war, war ein Bastard gewesen, der seine Herrschaft gegen viele Feinde ertrotzen musste – Feinde, die er seinem Sohn ebenso vererbt hatte wie sein Reich. Nun führte Werghaupt Gerloc zur Tafel, rückte ihr den Stuhl zurecht und schnitt ihr das Fleisch klein, das serviert wurde.

Fern von der Gefährtin fühlte sich Mathilda plötzlich verloren. Am liebsten hätte sie sich in einer Ecke des großen Saals verkrochen, doch dort hockten schon die Krieger im Gefolge der mächtigen Männer, und so blieb ihr nichts anderes übrig, als an der Tafel Platz zu nehmen. Wieder fiel ihr Blick auf den jungen Johan, der sie zu sich winkte, und weil sie ihn kannte und er freundlich wirkte, setzte sie sich zu ihm. Wie Werghaupt es für Gerloc getan hatte, schnitt er ihr das Fleisch klein, dessen Auswahl überreich ausfiel. Es gab gebratene Gänse mit Kümmel und Pfeffer gewürzt und mit Edelkastanien gefüllt, halbe Schweine mit krosser Haut, Rindfleisch, in einem Sud aus Bohnenkraut, Kerbel und Liebstöckel gesotten, mit Rosmarin verfeinerten Lammbraten. Später wurden Feigen gereicht, Quitten und Pfirsiche, Hasel- und Walnüsse und obendrein Kerne einer Nuss, wie sie Mathilda nicht kannte.

»Das sind Mandeln!«, erklärte Johan, der sich am reichen Mahl ebenso erfreute wie an ihrer Gesellschaft. »Sie kommen aus dem Süden und werden nur zu besonderen Anlässen serviert.«

Mathilda hatte keinen solchen Appetit wie Johan, aber die Hitze des Saals machte sie durstig, und sie trank mehr von dem süßen Brombeerwein, der nebst Apfel- und Birnenmost den Frauen gereicht wurde, als es ihr guttat. Schon nach kurzer Zeit schwindelte es ihr, und als Johan ihr zurief, dass es auch Stutenmilch gebe, eine besondere Delikatesse, wie sie sich nur sehr reiche Männer leisten könnten, glaubte sie statt einem Gesicht derer zwei zu sehen. Sie blinzelte, atmete tief ein. Die beiden Gesichter vereinten sich zu einem, und sie sah auch wieder den Lautenspieler klar, der eben begann, sein Instrument zu spielen. Die ersten Takte waren kaum erklungen, als Gerloc und Wilhelm Werghaupt sich schon erhoben, um dazu zu tanzen.

Mathilda sah, dass Gerlocs Augen fiebrig glänzten, aber sie lachte nicht mehr laut, wie sie es sonst zu tun pflegte, sondern lächelte nur auf eine fremd anmutende Weise. Weil sie nach all der Aufregung müde war? Oder weil eine Frau an der Seite eines mächtigen Franken nicht laut lachen durfte? In jedem Fall schien sie glücklich, wenngleich es ein Glück war, auf das Mathilda gern verzichtete. Viel zu heiß musste Gerloc das Blut durch die Adern rinnen, noch heißer als der Brombeerwein.

Als Wilhelm Werghaupt mit Gerloc nach dem Tanz zurück zum Tisch kehrte, kam diese an ihr vorbei und neigte sich rasch zu Mathilda herunter. »Er gefällt dir doch?«, raunte sie ihr ins Ohr.

»Wilhelm ist gewiss ein guter Mann …«

»Ich meine nicht meinen Verlobten, sondern … ihn.«

Gerloc zwinkerte Mathilda vielsagend zu, ehe ihr Blick auf Johan fiel. Bis Mathilda erfasste, was sie meinte, war die Schwester des Grafen schon wieder zu ihrem Platz gehuscht, und sie konnte ihr nicht mehr widersprechen und empört bekunden, dass sie keinen Mann begehrte, sondern ins Kloster zu gehen beabsichtigte.

Mathilda wollte nicht länger bei Johan sitzen und Brombeerwein trinken, und so erhob sie sich hastig, erneut von einem Schwindel übermannt. Doch so verschwommen das Bild vor ihren Augen auch war und so schwer ihr Kopf sie deuchte – etwas anderes fühlte sie mit ganzer Klarheit: dass jemand sie anstarrte und seinen Blick wieder und wieder über ihre Gestalt schweifen ließ.

Sie fuhr herum – Johan stopfte begeistert neuen Gänsebraten in sich hinein, Gerloc lächelte ihrem Verlobten zu, der Lautenspieler strich über die Saiten. Nein, keiner von diesen achtete auf sie, auch die versammelten Mächtigen waren für eine wie sie blind. Wessen Augen bohrten sich da in ihren Rücken?

Kalter Schweiß brach ihr aus.

Arvid ... vielleicht war Arvid doch da.

Aber als Mathilda sich erneut umblickte, sah sie weit und breit keinen Mann in Mönchskutte. Wer immer sie anstarrte – Arvid war es nicht, und da sie sonst niemanden kannte, kam sie zum Schluss, dass es eine Täuschung war und dass es Zeit wurde, sich zurückzuziehen und beim Gebet ihrer Sinne wieder Herr zu werden. Sie durfte nie mehr so viel Wein trinken.

In den nächsten beiden Tagen wurde viel gegessen, viel getanzt, viel musiziert und gejagt. Zeitig am Morgen rückten die Männer aus und kehrten erst wieder, wenn die Sonne den höchsten Stand erreicht hatte – verlegen die, denen das Jagdglück nicht so hold war und die nur kleinere Tiere, Marder, Otter und Biber, zu ihrer Beute zählen konnten, stolz jene, die ein größeres wie den Rothirsch oder das Wildschwein erlegt hatten. Rot waren die Gesichter aller, und die Augen blitzten, als hätten sie Großes geleistet. Vielleicht mussten sich Männer, die gewohnt waren, in Kämpfe und Kriege zu ziehen, das auch vormachen, damit sie, wenn sie so zahlreich zusammentrafen, nicht in Versuchung gerieten, angestaute Energien in Gewalt zu entladen.

Gerloc begleitete Wilhelm Werghaupt auf die Jagd und redete von Dingen, über die Mathilda sie noch nie hatte sprechen hören: über die Arten von Messern, mit denen man am besten das Fell abzog, und über die Lauge, mit der man dieses später zu Leder verarbeitete. Auch über Pferdewettrennen sprach sie, denn die wurden nachmittags abgehalten. Es war ein rohes Schauspiel, wie Mathilda fand – nicht nur auf die Tiere wurde mit Knüppeln eingedroschen, sondern auch auf den Gegner. Den Gewinner konnte man daran erkennen, dass er die wenigsten Blessuren hatte. Wer sich nicht auf dem Pferderücken duellierte, tat es beim Schwertkampf oder beim Lanzenwerfen. Am harmlosesten war das Vergnügen, bei dem nicht nur körperliche Stärke, sondern Geschicklichkeit gezeigt wurde – das Jonglieren. Gerloc sah begeistert zu, klatschte und schrie aufgeregt. Was genau ihre Begeisterung erweckte, wusste Mathilda nicht. Vielleicht durfte man sich gar nicht anders verhalten, wenn man mit einem Mann verlobt war, der ein einflussreicher Franke war.

Genau betrachtet war Gerloc noch gar nicht verlobt. Erst am dritten Tag ihres Besuchs zogen sich die Männer hinter verschlossenen Türen zurück, um sich gegenseitig die Treue zuzusichern und Gerlocs Mitgift auszuhandeln.

Mathilda wartete mit Gerloc, die ungewöhnlich schweigsam war, im großen Saal. Die junge Frau starrte angespannt auf ihre Hände – vielleicht verging sie vor Angst, die Verlobung könnte im letzten Augenblick noch scheitern, vielleicht hoffte sie es insgeheim, ohne es sich je offen einzugestehen.

Mathilda blickte sich um. Junge Krieger lärmten in der Nähe des Eingangs, neckten sich erst harmlos, stritten sich dann verbissen und begannen sich zuletzt zu prügeln, ehe ein Älterer dem Treiben Einhalt gebot. Johan war unter ihnen und zwinkerte Mathilda vertraulich zu. Verlegen sah sie an ihm vorbei. Um den großen Kamin hatten sich die Frauen versammelt. Es fehlten zwar die der großen Grafen, aber deren Gefolgsleute hatten die ihren mitgebracht. Sie hielten Distanz zu Gerloc und Mathilda, tuschelten aufgeregt und warfen ihnen abfällige Blicke zu.

Mehr als einmal glaubte Mathilda zu hören, wie verächtlich von Gerlocs Vater Rollo gesprochen wurde. Auch ihr waren Geschichten darüber bekannt, dass er ein gefährlicher Nordmann war, der sein Land mit Gewalt ertrotzt hatte und letztlich, ob nun getauft oder nicht, ein Heide blieb, vor dem man sich zu fürchten hatte, doch die Blicke schmerzten sie, und sie verstand nicht, warum Gerloc sie nicht trotzig erwiderte, warum diese schrille, laute Frau hier so kleinlaut war.

Mathilda musterte Gerloc genauer. Ihr fiel auf, dass sie ungewöhnlich blass war. Und … war sie schmaler geworden? Sie hatte doch gut gegessen in all den Tagen, die sie auf Werghaupts Burg verbracht hatten. Wurde man, ganz gleich, wie viel man aß, neben einem solch bedeutenden Mann zum Schatten seiner selbst? Und dachte Gerloc, die immer davon geträumt hatte, eine andere zu werden – nicht Tochter eines Nordmannes, sondern Frau eines Franken –, dass dies schneller gelänge, wenn von ihrem ursprünglichen Wesen so wenig wie möglich übrig blieb?

Ihr Anblick war schwer zu ertragen, die Hitze des Kamins auch, eilig floh sie aus dem Saal. Draußen würde es kalt sein – aber Kälte hatte Mathilda nie gescheut, im Kloster war es immer kalt gewesen, und eine jede Nonne hatte das ertragen, als Zeichen, dass man bereit war, auf irdische Annehmlichkeiten zu verzichten. Mathilda gab vor, die Latrinen aufzusuchen, und verließ Gerloc. Die blickte gar nicht auf – andere Augen folgten ihr durch den Saal, zumindest fühlte es sich so an. Ja, da war erneut ein Blick auf sie gerichtet, er schien sich regelrecht in ihren Rücken einzubrennen. Mathilda erschauderte und sah sich um. Keine der Frauen beachtete sie, doch jäh spürte sie, wie Kälte sie traf – eine Kälte, die nicht von Wind und Eis und Schnee rührte, sondern von … Hass.

Verwirrt ging sie weiter und erreichte den Gang, der vom Saal ins Freie führte. Dicker Rauch staute sich hier, der ihr die Kehle verätzte. Das Unbehagen blieb auch außerhalb des großen Saals. Mathilda hielt inne, sah sich um, fühlte den fremden Blick weiter auf sich ruhen, abschätzend, bösartig. Sie versuchte, etwas zu erkennen, doch das Einzige, was sie sah, waren die Rauchschwaden.

»Wer ist da?«, rief sie in das wabernde Grau hinein. Kurz nur war der Weg, der ins Freie führte. Dennoch fühlte sie sich in dem Gang gefangen, einer unsichtbaren Gefahr ausgeliefert, die hier irgendwo lauerte.

Keine Antwort.

Mathilda atmete durch, entschied, dass sie erneut einem Trugbild aufgesessen war. Sie wollte gerade weitergehen, da hörte sie eine Stimme, die ihren Namen raunte.

»Mathilda …« Immer wieder ertönte es: »Mathilda … komm mit.«

Die Rauchschwaden wurden dichter, die Welt schien sich darin aufzulösen, die Mauern drohten zu schwanken. Winzig klein war das Fleckchen, auf dem sie sicher stehen konnte, bedrohlich die Stimme, die ihren Namen flüsterte und sie weglocken wollte.

Sie schien nicht aus der Kehle eines Menschen zu kommen, der aus Fleisch und Blut bestand, eher von einem Geist. Klar verständlich waren die Worte dennoch.

»Mathilda ... Mathilda ... komm!«

Gehörte sie einer Frau oder einem Mann? Klang sie freundlich oder feindselig? War Mathilda in höchster Gefahr oder doch in Sicherheit? Solange sie ins Graue starrte, das sämtliche Grenzen zerfließen ließ, war es schwer, eine Entscheidung zu treffen.

Dann plötzlich wurde ein zweiter Name genannt.

»Hawisa ...«

Die Brust drohte Mathilda zu zerspringen. Weil sie den Namen nie gehört hatte, seit sie im Kloster lebte. Weil er ihr dennoch nicht fremd war. Weil er Erinnerungen weckte, stärker als alle Träume, und weil diese Erinnerungen ... gefährlich waren. Sie durfte nicht darin graben, sie würde sterben, wenn sie es täte. Ja, das hatte ihr jemand einst eingebläut: »Du darfst niemandem sagen, wer du bist, hörst du? Du musst es vergessen.«

»Warum nicht?«, hatte sie gefragt. Sie war noch so klein, so hilflos gewesen, sie hatte solche Angst gehabt. »Warum denn nicht?«

»Du bist in größter Gefahr. *Sie* wird nicht ruhen, bis sie dich gefunden hat. Gefunden und ...« Ihr Gegenüber war verstummt, aber sie hatte gewusst, was gemeint war. Gefunden und ... getötet.

Wer war *sie?* Die Frau, die Hawisa hieß? Und die Stimme,

die zu ihr flüsterte – gehörte sie einem, den diese Frau geschickt hatte?

Tränen stiegen hoch, wie blind wankte Mathilda weiter, stieß gegen eine der Mauern. Die Welt hatte sich doch nicht im Grau aufgelöst, wurde vielmehr kleiner und enger. Die Decke schien auf sie zu fallen, kalter Stein sie zu zermahlen.

»Mathilda ... komm zu mir ...«

Grau, überall Grau ... und überall Erinnerungen, die plötzlich aus dem Grau erstiegen.

Noch lief sie glücklich über die Blumenwiese, noch fing der blonde Mann sie auf und warf sie in die Luft. Doch als er sie dann losließ und sie allein zurückblieb, verlor die Wiese ihre Farben. Ein großes, dunkles Tor ragte vor ihr auf, sie wurde hindurchgeführt, das Tor schloss sich, jemand schob den Riegel vor.

Ich bin eingesperrt, alles ist vorbei ... von nun an bin ich eine Gefangene ... ich werde nie wieder glücklich werden ... ich habe ihn für immer verloren.

Sie durfte nicht einmal an ihn denken, musste ihr altes Leben ablegen wie ihre Kleidung. Ja, jemand zerrte ihr das Hemd vom Leib, zog ihr etwas anderes über, der Stoff kratzte, sie wehrte sich, schlug, biss um sich. Schließlich bekam sie einen Schlag auf die Wange.

»Sie ist so widerborstig«, sagte jemand. Sie kannte diese Stimme nicht.

»Kein Wunder«, vernahm sie eine andere Stimme, auch die war ihr fremd. »Du hast doch gehört, wer ihr Vater ist.«

»Wir müssen ihr alles austreiben, was an ihn erinnert.«

Sie verstand es nicht, sie wollte es nicht verstehen! Warum austreiben? Ihr Vater war der blonde Mann, der sie beschützte, ihr Geschichten erzählte, sie in die Luft warf ... Warum hatte man Angst vor ihm, warum hielt man ihn für böse, gefährlich, warum waren diese fremden Frauen so grob zu ihr? Weit und breit war da kein vertrautes Gesicht, nur eines, das sie freundlich anblickte, das von Maura, der später engsten Gefährtin, aber die war selbst noch ein kleines Mädchen, ängstlich und verstummt. Die raue Kutte schnürte sie ein. Gleich ersticke ich, dachte sie, gleich ersticke ich.

Doch sie atmete weiter – sowohl damals, als man sie ins Kloster gebracht hatte, als auch heute, da sie der fremden Stimme folgte.

Mathilda drehte sich im Kreis, dann begann sie zu laufen, an Mauern entlang, durch eine Tür hindurch, einen Gang hinunter. Der Gang mündete in einem Raum. Sie sah zu wenig, um zu erkennen, welcher es war und ob hier jemand stand und sie erwartete. Die fremde Stimme schwieg nun und lockte sie nicht weiter. Ihre Augen brannten, und noch mehr ihre Brust, ein Schmerz tobte dort, der uralt war.

Ich bin allein auf der Welt. Verlassen.

Dass Arvid sie damals ohne Abschied in Fécamp zurückgelassen hatte, hatte an jenen Schmerz gerührt, wenngleich die Narbe nicht brechen lassen. Das gelang erst der geheimnisvollen Stimme, dem vielen Rauch, den Erinnerungen.

Ich bin allein, gefangen, von denen getrennt, die mich lieben.

Mathilda sah, dass auf einem hölzernen Tisch ein Krug stand. Wein mochte darin sein, Bier, Met oder Wasser. Es war ihr gleich. Ausspeien konnte sie den Schmerz nicht – ihn schlucken womöglich schon.

Sie hob den Krug, setzte ihn an ihre Lippen und trank daraus, ohne etwas zu schmecken. Erst als sie den Krug sinken ließ, vermeinte sie, in etwas Bitteres gebissen zu haben. Schauder liefen über ihren Rücken, während ihr gleichzeitig Schweiß ausbrach. Der Krug in ihrer Hand wurde schwer, viel zu schwer, um ihn erneut an die Lippen zu heben. Er krachte zu Boden und zerbarst, Splitter trafen ihre Beine, doch sie spürte nichts. Als die Flüssigkeit ihre Leibesmitte erreichte, begannen die Krämpfe im Magen.

Der bittere Geschmack verstärkte sich und mit ihm die Ahnung, dass sie Gift getrunken hatte.

Mathilda fiel zu Boden, wand sich, verkrampfte sich, wälzte sich vom Rücken auf den Bauch und wieder zurück, ohne dass die Schmerzen im Leib nachließen. Sie schwitzte so sehr, dass sie sich sicher war, dass ihr kein Schweiß von der Stirn troff, sondern Blut, und jenes Blut färbte ihre Erinnerungen rot. Ja, ein blutroter Schleier hing vor ihren Augen, als sie hochblickte, als sie sah, wie sich jemand näherte, wie sich Hände auf ihr Gesicht legten, kühlende, beschwichtigende und dennoch gefährliche Hände. Sie brachten den Tod.

»Wer bist du?«, wollte sie fragen, stattdessen fragte sie: »Wer bin ich?«

»Das weißt du doch«, antwortete eine Stimme – raunend wie die des Geistes, der sie gerufen hatte. »Vielleicht willst du es nicht wissen, aber das ändert nichts daran, dass du es tief in deinem Herzen immer gewusst hast. Das Gift ... es ist nicht gegen dich persönlich gerichtet – das war es nie. Ich hasse dich nicht, wenn es nach mir ginge, könntest du gern weiterleben. Aber ich bin nicht diejenige, die Entscheidungen trifft, das tut ... *sie*. Sie kann nicht dulden, dass du weiterlebst. An dir hängt die Zukunft eines ganzen Reichs ... deswegen musst du sterben ...«

Obwohl die Stimme nur flüsternd sprach, klang es in Mathildas Ohren wie Geschrei.

»Bitte nicht ...«

Der Druck in ihrer Brust wurde übermächtig, die Krämpfe zerrissen sie. Sie schien nicht nur Gift geschluckt zu haben, sondern ein wildes Tier, das nun immer größer wurde, ihr mit seinen Klauen den Leib zerfetzte. Ihre Hände waren wie gelähmt und hatten keine Kraft, um nach jenen zu greifen, die ihr Gesicht streichelten. Sie hatte auch keine Kraft, die Augen geöffnet zu halten, um ihren Mörder zu erkennen – sie wusste nicht mal, ob es eine Frau oder ein Mann war. Der blutrote Vorhang wurde immer dunkler, und schließlich versank die Welt in Schwarz.

Die Mitgift war ausgehandelt, das Treffen in Lyons-la-Forêt erfolgreich, die Freundschaft zwischen Wilhelm und seinen Nachbarn einmal mehr bekräftigt. Ob man sie ernst nahm oder sie erheuchelte, zählte nicht.

Wie immer erfuhr Arvid als einer der Letzten davon. Man erwartete von den Mönchen in Graf Wilhelms Gefolge kein Interesse an der Staatsführung. Das hatte er auch nicht, er harrte nur ungeduldig darauf, endlich wieder in die Normandie zurückkehren zu können, ob nun nach Bayeux oder Fécamp war gleich, Hauptsache es war ein Ort, an dem es ihm leichter fiel, Mathilda aus dem Weg zu gehen. Hier war es ihm fast nicht gelungen. Hier war er ihr zweimal über den Weg gelaufen und hatte sich erst im letzten Augenblick verbergen können.

Am leichtesten war es, ihr jetzt zu entgehen, da sich alle in der Halle versammelt hatten, um einmal mehr zu essen, zu trinken, zu feiern. Wie immer konnte er sich bei diesen Anlässen davonstehlen, indem er vorgab, in der Kapelle beten zu wollen, obwohl ihn eigentlich wenig dorthin zog. Die fränkischen Kleriker zeigten sich gegenüber Wilhelms Mönchen und Novizen misstrauisch. Auch wenn sie die gleiche Tonsur und Ordenstracht trugen wie sie – solche, die gemeinsam mit dem Sohn eines Nordmannes beteten, schienen in ihren Augen keine wahren Christen zu scin.

So betrat Arvid die Kapelle gar nicht erst, sondern verharrte im Hof, wo einige Krieger frierend um ein Feuer standen und Mägde zwischen Küche, Vorratsräumen und großer Halle hin- und herhuschten. Er kam an den Thermen vorbei, den Werkstätten, schließlich wieder zum Haupthaus. Keiner achtete auf ihn, dennoch fühlte er sich als Störenfried und war erleichtert, als er in der Nähe des Haupteingangs einen kleinen, abgeschiedenen Raum entdeckte, in dem er kurz für sich sein konnte: Hier waren für gewöhnlich offenbar die Notare am Werk – wie Schreibpult, Pergament und Tintenfass verrieten. Arvid fühlte sich an das Skriptorium von Jumièges erinnert und seufzte wehmütig. Davon, täglich hinter dem Schreibpult zu sitzen und sakrale Texte abzuschreiben, konnte er nur träumen, aber in jedem Fall war er hier allein und ungestört.

Er strich eben über ein Pergament und wollte hinter dem Schreibpult Platz nehmen, als er ein Stöhnen hörte. Es kam aus der Ecke des Raums und klang kaum menschlich. Arvid versuchte, etwas zu erkennen. Scherben eines Tonkrugs lagen auf dem Boden und daneben ... eine Hand – mehr blau als rosig und sehr zart.

Er stürzte hin, sah jetzt, dass eine Gestalt zusammengekrümmt dort neben den Scherben auf dem Boden lag, beugte sich darüber. Vorsichtig drehte er sie auf den Rücken.

Das Entsetzen kam langsam. Erst war da nur Wut auf ein bösartiges Geschick, das ihn ausgerechnet in den gleichen Raum mit Mathilda geführt hatte. Doch dann sah er, dass ihr Gesicht so blau war wie die Hand, und alle Scheu vor ihr, aller Hader mit den Erinnerungen an gemeinsam Erlebtes, alles Unbehagen über heimliche Sehnsüchte fielen ab.

»Gütiger Gott!«

Er schüttelte sie, doch sie regte sich nicht. Dann versuchte er, sie hochzuziehen, doch sie lag weiter schlaff in seinen Armen. Schließlich schlug er in ihr Gesicht.

Sie stöhnte wieder, und aus dem Stöhnen wurde ein Wort.

»Gift ...«

Dann verstummte sie, öffnete die Augen nur und verrollte sie, sodass Arvid nur das Weiße sah. Er tastete ihre Brust ab, fühlte anstelle ihres Herzschlag nur mehr ein Flattern, gleich so, als breite die Seele schon ihre Flügel aus, um sich auf die lange, gefährliche Reise ins Jenseits vorzubereiten. Er hämmerte mit beiden Händen auf den Brustkorb – er musste die Seele mit aller Macht festhalten.

Arvid wusste zwar, dass es sinnlos war – denn man konnte die Seele nicht sehen, nicht hören, nicht riechen und eben auch nicht fassen. Aber er wusste auch, dass er nicht ertragen würde, sie sterben zu sehen.

Denn wer sonst würde jemals so tief in seiner eigenen Seele schürfen und mehr finden als das unterdrückte Erbe seines Vaters, wenn nicht sie. Wer sonst konnte ihm beweisen, dass man heftige Gefühle nicht fürchten musste, weil nicht nur zerstörerische wie Hass und Zorn dazugehörten, sondern auch wärmende wie Liebe.

Fast drei Jahre waren sie im neuen Wall, den sie nach der Flucht errichtet hatten, unentdeckt geblieben. Fast drei Jahre hatten sie Zeit, neue Pläne zu machen, Zeit, Hasculf endlich wieder nach Mathilda auszuschicken und Zeit zu hungern. Die meisten Kinder waren gestorben, diejenigen, die noch lebten, so geschwächt gewesen, dass sie nicht mehr gehen konnten. Die Eltern mussten sie auf ihren Rücken tragen, als sie den Wall verließen, und Hawisa war sich sicher, dass sie fernab des Walls das Gleiche finden würden wie hier: den Tod.

Ihre Männer jagten und fischten. Manch einer überwand seinen Stolz und suchte in den umliegenden Wäldern nach Beeren, Wildobst und Pilzen, wie es nur Weiber taten. Trotzdem neigten sich nun, nach dem Winter, ihre Vorräte dem Ende zu. Doch selbst, wenn sie es noch ein paar Monate ausgehalten hätten – Hawisa ertrug den Stillstand nicht länger. Sie entschied, dass sie noch weiter westwärts ziehen sollten, obwohl die Feinde überall lauern konnten und Verbündete nirgends zu finden waren, und man gehorchte ihr – wenn auch widerwillig und zwiespältig wie immer. Als sie in die mürrischen Gesichter blickte, musste sie sich einmal mehr eingestehen, dass die Macht, die sie hatte, nur darin begründet lag, dass sie kei-

nen anderen Anführer hatten, der willensstark, skrupellos und herrschsüchtig genug war.

Sie ritten am Meer entlang. Die Steine waren nicht rosig, sondern von gelblichem Gras bedeckt, die Wellen schlugen nicht laut und wild gegen den Strand, sondern verkamen zu einem Flüstern. Manchmal hasste sie den Anblick des Meeres. Dann dachte sie wieder, dass das Meer ihr immerhin den Mann geschenkt hatte, für dessen Vermächtnis sie so erbittert kämpfte. Sie sprach seinen Namen so gut wie nie aus, zu schmerzhaft war es, auch nur an ihn zu denken. Aber jetzt sann sie darüber nach, wie er einst auf einem Drachenschiff gekommen war, um dieses Land zu seinem zu machen.

Wenn er gewusst hätte, was ihn erwartete und dass sie in dem Land nun eine Getriebene und Heimatlose war – wäre er wieder umgekehrt, ehe er das Ufer betreten hatte? Und wenn er dabei sehen würde, wie sie seit Jahren vergeblich versuchte, Mathildas habhaft zu werden – würde er sie tadeln oder bemitleiden? Nun, vielleicht nutzte Hasculf die neue Chance.

Hawisa starrte wieder auf die Fluten. Als Kind hatte sie gehört, dass im Meer Kerr Anna wohnte – die Meeresgöttin der Kelten. Eirinn hatte ihr das erzählt, eine treue Freundin, die zwar kaum älter war als sie und dennoch mehr Geschichten gekannt hatte. Immer noch war sie eine treue Gefährtin und eine der wenigen Frauen in Hawisas Gefolge.

Hawisa drehte sich nach ihr um. Eirinn ritt ganz hinten, hatte ihren Kopf gesenkt und lauschte nicht auf Kerr Annas Flüstern. Schon seit Jahren erzählte sie keine Geschichten mehr. Hawisa konnte sich nicht erinnern, wann genau sie damit aufgehört hatte – ob damals, als der Mann vom Drachenschiff in ihr Leben getreten war, oder erst einige Jahre später, als sie alles verlor, wofür sich zu leben gelohnt hatte – ausgenommen den Willen, es sich zumindest in Teilen zurückzuerobern.

Hawisa wusste, Eirinn hieß ihre Pläne nicht gut, aber sie war eine treue Seele, treuer als andere Gefährtinnen ihrer Kindheit, die sie verlassen und verraten hatten, und Hawisa war dankbar, jemanden in der Nähe zu wissen, der sie ihr ganzes Leben begleitet und sämtliches Glück und Leid mit ihr geschmeckt hatte, wobei das Leid immer größer und lauter gewesen war als das Glück. Nur selten fragte sie sich, welchen Nutzen Eirinn noch für sie hatte, wo sie doch keine Geschichten mehr erzählte und daran deutlich wurde, dass zwischen der Gegenwart und der Vergangenheit ein großer Graben klaffte.

Dökkur schloss zu ihr auf. Auf dem Pferderücken war er sicherer unterwegs als zu Fuß, denn das Pferd sah den Weg und stolperte nicht.

Was wohl geschehen wäre, dachte sie plötzlich, wenn Dökkur einst nicht den Franken unterlegen, von ihnen erst geblendet und dann auch noch kastriert worden wäre, damals, bei einem Aufstand der Christen gegen ihre heidnischen Herren? Hilflos wie er war, hatte er sich auf ihre Seite geschlagen. Könnte er jedoch noch sehen und wäre er noch ein ganzer Mann – so würde er sie gewiss töten. Vielleicht zuvor noch schänden. Aber er würde ihr keine Macht über sich zugestehen.

»Ein Bote kommt!«, verkündete Dökkur, dessen Ohren mehr und früher etwas hörten als ihre.

Tatsächlich erklang bald das Getrappel von Pferdehufen. Hawisa hielt den Zug an, nahm vom Boten eine Nachricht entgegen, brach das Siegel und las schweigend.

Sie seufzte tief.

»Ist die Botschaft von Hasculf?«, fragte Dökkur.

Bruder Daniel lachte. Ihm war der Zweifel in Dökkurs Stimme wohl nicht entgangen, die heimliche Hoffnung, dass

Hasculf scheitern möge. Zwar würde das die eigenen Pläne zunichtemachen, aber ihn besser ertragen lassen, dass Hasculf noch sein Augenlicht, seine Männlichkeit und obendrein seine Jugend besaß.

»Ja«, sagte Hawisa grimmig, »ja, die Botschaft ist von ihm.«

Insgeheim hasste sie Dökkur nicht weniger als er sie. Doch Dökkur war der Bruder des Mannes vom Drachenschiff gewesen, und da sie diesen Mann geliebt hatte wie keinen anderen, war ihr Schicksal mit dem seines Bruders verbunden. Er hatte mit ihm die Kindheit in Vestfold am Oslofjord verbracht, er war mit ihm in die Bretagne aufgebrochen, er hatte gemeinsam mit ihm Kirchen gestürmt, Priester abgeschlachtet und Wein getrunken, der für die Messfeier vorbereitet worden war. Sie hatten Bischof Adalard mitten in der Nacht aus Nantes vertrieben, der nicht mal mehr Zeit gehabt hatte, einen wärmenden Pelz über die Schultern zu ziehen und sich ein juwelenbesetztes Kreuz umzuhängen. Er hatte nur ein Nachthemd getragen. Manche behaupteten sogar, er sei nackt gewesen.

Von Nantes aus hatten die Männer von den Drachenschiffen die Städte und Dörfer an der Loire heimgesucht. Ganze Landstriche waren bereits ausgerottet, und die Eroberer aus dem Norden hatten erkannt, dass ein Land zu beherrschen nicht nur bedeutet, es zu zerstören, und dass man, will man es zu seinem machen, mehr mitbringen muss als den bloßen Willen zur Eroberung. Man muss Pläne haben, wie man es nach dem Blutvergießen wieder aufbaut und besiedelt.

»Was gibt es denn nun Neues von Hasculf?«, fragte Dökkur.

»Mathilda hat Bayeux tatsächlich verlassen und ist in Lyons-la-Forêt«, antwortete Hawisa. »Die Großen des Frankenreichs treffen dort zusammen.«

Viele Menschen also, unter denen es welche geben konnte, die sie erkannten. Menschen auch, die sie von ihren Vertrauten weglotsen konnten, sodass sie schutzlos war …

»Willst du sie etwa dort …?«, fragte Dökkur, brachte aber den Satz nicht zu Ende.

»Warum nicht?«, gab sie zurück.

»Was planst du für den Fall, dass sie zuvor ausplaudert, wer sie ist? Es wäre eine Katastrophe für dich.«

»Eine Katastrophe für uns alle«, berichtigte sie ihn rasch. »Schließlich stehst du auf meiner Seite.«

»Ich stehe auf der Seite meines Bruders.«

»Der seit Jahren tot ist«, warf Bruder Daniel ein.

Dökkur wollte ihn schlagen, aber traf nicht. Hawisa hob statt seiner die Hand und klatschte sie in Daniels Gesicht. Er zuckte nicht zurück, obwohl sie so fest zugeschlagen hatte, dass ihre Finger rote Spuren hinterließen. Aber was war schon sein Schmerz gemessen an dem ihren, den seine Worte in ihr auslösten. Ja, er war tot, ja, sie vermisste ihn jeden Tag, ja, sie fühlte sich oft so hilflos ohne ihn. Doch das wollte sie nicht hören. Wenn der Mantel des Schweigens darüber gebreitet war, klaffte die Wunde, die sein Verlust geschlagen hatte, nicht ganz so blutig.

Sie schluckte. »Wir wollen hoffen, dass Hasculf nahe genug an sie herankommt.«

Der Meerwind blies schärfer, Daniel rieb sich nun doch die schmerzende Wange, Dökkurs leere Augen glichen dunklen Löchern.

Sie ritten weiter. Immer noch waren sie von Sand und Meer und vertrocknetem Gras umgeben. Unfruchtbar schien der Boden. Das Land glich weder ihrer Heimat noch dem einstigen Reich.

Es war Niemandsland.

IV.

Arvid wusste, wie sich jener Moment anfühlte, wenn man den Kampf ums Überleben aufgab, wenn die Schmerzen so unerträglich, die Qualen so groß wurden, dass man den gepeinigten Körper gern dem Tod zu opfern bereit war und sich einzig auf das Heil der unsterblichen Seele besann. So war es ihm ergangen, als er einst – von König Ludwigs Männern schwer verwundet – blutend vor dem Kloster Saint-Ambrose zusammengebrochen war. Und so erging es jetzt Mathilda in seinen Armen. Ihre verzerrten Züge glätteten sich, Friede breitete sich in ihrem Gesicht aus, den sie wohl noch nie in dieser Intensität gefühlt hatte.

Sie mochte sich nach diesem Frieden sehnen – ihn deuchte er verlogen. Wie konnte es Frieden geben, wenn jemand zu jung starb und obendrein unschuldig gemordet wurde? Nein, er konnte nicht zulassen, dass sie starb.

Arvid riss Mathilda hoch, umfasste sie mit einem Arm, drückte dann den Oberkörper nach unten und steckte seine Finger in ihren Mund.

»Spuck es aus!«, schrie er panisch. »Du musst es ausspucken! Übergib dich!«

Weich waren ihre Lippen gewesen, als er sie geküsst hatte,

nun waren sie rau und kalt. Er tastete sich daran vorbei, fühlte Zähne, eine leblose Zunge, die geschwollen schien, fuhr mit den Fingern tiefer, bis in die trockene Kehle. Nie war er jemandem so nah gekommen. Nie war ihm dennoch etwas so selbstverständlich erschienen.

Nur ein nackter Mensch, ging ihm durch den Kopf, kann den Tod besiegen. Allen Ballast muss er ablegen, alles, was ihn kleidet und wärmt und schützt, alles, was er fühlt: Scheu und Scham und Angst und vor allem den Hochmut, wie ihn Mönche oft haben, die auf Zehenspitzen durch die Welt wandeln und sich nicht in die Niederungen herablassen, wo es schmutzig ist und stinkt.

Er hörte ein Stöhnen, als seine Finger noch tiefer tasteten, aus dem Stöhnen wurde ein Würgen, er zog die Hand nicht rechtzeitig zurück, als Mathilda sich erbrach. Zuerst kam Schleim, dann, als er auf ihren Rücken klopfte, folgte ein Schwall. Bitterer Geruch stieg ihm in die Nase. Sie hing nun in seinen Armen wie tot, aber er spürte, dass sie atmete.

Noch schien es Arvid zu früh, Mathilda einfach wieder zu Boden zu legen. Er zerrte sie in den Hof und schüttelte sie, bis sie gierig die kalte, frische, belebende Luft einatmete. Ihre Wangen röteten sich langsam. Ihre Augen waren nur spaltweit geöffnet, aber dahinter wähnte er das warme Braun zu sehen, nicht länger nur Weiß.

»Mathilda ... Mathilda, hörst du mich?«

Sie wohl nicht – aber andere. Gelächter traf ihn, und als er den Kopf hob, sah er, dass es vom Lagerfeuer im Hof kam. Die Krieger, die dort hockten, musterten den Mönch, der eine zarte junge Frau an sich presste, unverhohlen.

»Ist das die Art von euch Nordmännerpriestern, Gott zu ehren?«, fragte einer spöttisch.

Wut und Hilflosigkeit, die das Ringen mit dem Tod erweckt hatte, wuchsen. Kurz war er bereit, Mathilda fallen zu lassen, auf die Männer loszugehen, ihre Kehle zu packen und zu drücken, ihnen sein Knie in den Leib zu rammen, sie zu beißen, zu kratzen – nicht nur, um der Wut Herr zu werden, auch aus Erleichterung, weil sie keine unsichtbaren Gegner wie das Gift waren, sondern solche, die man zu fassen und halten bekam.

Doch da wandten sich die Männer schon lachend ab, und Arvid nutzte seine Kräfte, um sich weiter um Mathilda zu kümmern – so lange, bis ihr Herz wieder regelmäßig und laut gegen ihre Brust schlug, in die schlaffen Glieder Leben zurückkehrte und sie die Augen öffnete.

Mathilda zitterte vor Kälte. Ihr Atem glich einem eisigen Hauch, und kurz fühlte sie nichts, nicht mal Verwirrung, Arvid zu sehen. Die Kälte wich, als Arvid sie zurück ins Haus brachte, und mit ihr ging das vage Gefühl, dass es angenehm war, von Arvid gehalten zu werden. Sie löste sich von ihm und sank schnell auf einen Stuhl, weil sie nicht aufrecht stehen konnte. Ihr Mund fühlte sich trocken an, in ihrer Kehle schmeckte es bitter. Krächzend gerieten ihre ersten Worte: »Was ist passiert?«

»Jemand ... jemand wollte dich vergiften.«

»Das weiß ich selbst«, fuhr sie ihn an, obwohl ihre Erinnerungen nur langsam zurückkehrten, so langsam wie die Kraft in ihre Glieder. Ihre Hände waren so steif, ihre Fingerkuppen wie abgestorben. Würde sie jemals wieder etwas anderes fühlen als diesen dumpfen Schmerz und das unangenehme Kribbeln?

Arvid war ein wenig zurückgetreten, aber blickte besorgt auf sie hinab. »Ich habe dich gerettet«, erklärte er leise. »Ich habe dafür gesorgt, dass du dich übergibst.«

Ob sie nun gefühllos waren oder nicht – sie tastete mit den Fingerkuppen über ihr Kleid. Es war feucht und voller Flecken.

»Warum?«, stöhnte sie – und ob der Schmach, dass sie vor seinen Augen gewürgt, gespuckt und ihr Kleid beschmutzt hatte, erschien ihr sein Handeln nicht als Akt der Gnade, sondern als Bösartigkeit.

»Mathilda ...«, nun wagte er es doch, sich über sie zu beugen.

»Warum bist du überhaupt hier?«, zischte sie.

»Ich lebe seit einigen Jahren im Gefolge von Graf Wilhelm.«

»Das weiß ich selbst. Aber warum hast du dich all die Zeit vor mir versteckt ... um mich dann doch zu retten?«

Ihre Wut war so viel eisiger als die Kälte in den Gliedern. Und sie auf ihn zu richten war so viel leichter, als auf den gesichtslosen Mörder, der ihr das angetan hatte. War er noch in der Nähe? Würde er nach seinem Scheitern erneut versuchen, nach ihrem Leben zu trachten – nunmehr ein drittes Mal? Ja, spätestens jetzt war es Gewissheit: Nicht zufällig war der Wetzstein am Tuchmarkt von Bayeux auf sie gefallen. Nicht zufällig hatte diese Stimme sie in einen Raum gelockt, wo das Gift schon auf sie gewartet hatte. Sie erbebte, aber unterdrückte es rasch, als Arvid ihr tröstend über die Schultern strich.

»Ich dachte, es wäre besser, wenn wir uns voneinander fernhielten – besser für uns beide ...«, stammelte er. »Da wir uns doch nichts anderes wünschen, als unser Leben im Kloster zu verbringen.«

Sie starrte an ihm vorbei. »Warum bist du dann nicht in Jumièges?«

»Weil der Abt sich anderes wünschte.«

»Und weil es leicht ist, andere für uns entscheiden zu lassen, nicht wahr?«

Mathilda wusste nicht, was sie bewog, dergleichen zu sagen und dabei so bitter zu klingen. Gehorsam zu üben war die Pflicht jedes Mönchs und jeder Nonne. Sie war damit aufgewachsen, sie hätte liebend gern selbst wieder einer Äbtissin gehorcht, nicht ständig nur Gerloc oder Sprota. Und doch, so kalt wie da alles in ihr war, würde er nichts sagen können, was nicht Ärger oder Spott in ihr hervorrief.

Das schien auch ihm aufzugehen, denn er trat zurück und senkte den Kopf. »Du solltest mit dem Grafen reden«, erklärte er nüchtern. »Du solltest ihm erzählen, dass dir jemand nach dem Leben trachtet.«

Mathilda leckte sich über die trockenen Lippen, als sie an die säuselnde Stimme ihres Mörders dachte. Es ginge um die Zukunft eines ganzen Reichs, hatte diese Stimme zu ihr gesagt, es sei nicht ihre Schuld, dass sie sterben müsse, aber unvermeidbar. Wieder und wieder echoten diese Sätze in ihrem Kopf und wurden immer rätselhafter, je öfter sie sie heraufbeschwor.

»Er kann mir nicht helfen«, erklärte sie hart – um die Stimme zum Schweigen zu bringen und Arvid loszuwerden. In Wahrheit hatte er wohl Recht – es wäre besser, mit Wilhelm zu sprechen. Aber Arvids Ansinnen abzuweisen hieß, jene Kluft wiederherzustellen, die er eigenmächtig überwunden hatte, als er sie das Gift erbrechen ließ. »Ich weiß nicht, wer mir nach dem Leben trachtet und warum. Ich weiß nicht, wer ich bin. Um jemanden anzuklagen, muss man wissen, wo man ihn findet. Und um ihn zu finden, muss man wissen, wo man zu suchen hat. Ich weiß nichts, gar nichts.«

Mathilda umklammerte die Lehne ihres Stuhles, stützte sich darauf ab, stand schließlich auf. Die Welt drehte sich kurz, aber sie hielt sich aufrecht.

»Wohin willst du?«

»Du bist mit Graf Wilhelm hierhergekommen, ich mit Gerloc. Bei ihr ist mein Platz. Es gibt keinen Grund, warum sich unsere Wege noch einmal kreuzen sollten.«

Sie glaubte, in seinem Gesicht nicht länger nur Sorge zu lesen, sondern auch etwas anderes – Erleichterung. Vielleicht, weil sie gestärkt genug war, wieder eigenständig zu stehen. Oder weil sie ihn von der Pflicht befreite, sich noch länger um sie zu kümmern.

Sie wollte es nicht ergründen, sondern verließ eilig den Raum, in dem sie um ein Haar gestorben wäre.

Gerloc lachte immer noch kaum, aber redete wieder ohne Unterlass.

»Die Höhe der Mitgift ist nun vereinbart worden, noch heute Abend wird die Verlobung stattfinden«, erzählte sie Mathilda aufgeregt, als diese wieder zu ihr stieß, »und in einigen Wochen die Hochzeit in Rouen. Dann kann ich endlich mein rotes Kleid tragen.«

Mathilda starrte Gerloc an. Sie wirkte so blass, ein rotes Kleid würde sie noch blasser machen. Doch das hatte sie offenbar nicht bedacht – genauso wenig, wie sie wahrnahm, dass auch Mathilda kalkweiß im Gesicht war, ihre Stirn von kaltem Schweiß bedeckt, ihr Kleid voller Flecken, und dass sie nur trockenes Brot essen konnte. Eigentlich war Mathilda froh, dass sie nichts erzählen musste – nichts von dem Unbekannten, der versucht hatte, sie zu vergiften, nichts von Arvid.

»Zur Verlobungsfeier werde ich die Haare zu sechs Zöpfen flechten«, rief Gerloc, »und jeder Zopf wird von einem roten Band gehalten sein! Der Notarius wird zugegen sein, um die *libelli dotis* festzuhalten, die Brautgaben. Wilhelm Werghaupt wird mir Schuhe überreichen, als Zeichen, dass wir fortan gemeinsam die Wege des Lebens beschreiten.«

Sie sagte nicht, ob diese Schuhe rot waren wie das Kleid.

»Und er wird mir einen Ring übergeben«, fuhr Gerloc eifrig fort, »einen Ring aus Gold, den *annulus fidei*, als Zeichen, dass unsere Herzen nun im gleichen Takt schlagen.«

War es denn überhaupt möglich, dass Herzen im gleichen Takt schlugen? Hatten es ihr und Arvids Herz getan, als er um ihr Leben kämpfte?

Als Gerloc endlich geendet hatte, begann sie wieder von vorn. Diesmal hörte Mathilda nicht zu. Sie lehnte sich zurück, schloss die Augen, spürte Erschöpfung ... und noch gewaltiger als diese eine Sehnsucht. Die Sehnsucht nach der Heimat, die sie verloren hatte. Von der sie ausgesperrt war. Vor der eine unüberwindliche Mauer stand, die Mauer von Saint-Ambrose.

All die Jahre hatte sie das Kloster für einen Zufluchtsort gehalten, doch die Erinnerung, die am Morgen in ihr erwacht war, bekundete, dass es, als sie dorthin gebracht worden war, als kleines Mädchen, das man schlug und quälte, bis es endlich aufhörte, bretonisch und dänisch zu sprechen, vor allem ein Gefängnis gewesen war.

Hatte sie geweint, als sie die Heimat verlassen musste? Oder war sie vor Schreck verstummt?

Sie wusste es nicht mehr – wusste nur: Jemand anderer hatte geweint ... eine Frau ...

»Leb wohl, meine Kleine, leb wohl ...«

Womöglich war diese Frau ihre Mutter gewesen, die sie fortschickte, um sie vor ... *ihr* zu schützen, jener mächtigen Feindin.

»Gleich nach der Hochzeit in Rouen werde ich an Wilhelm Werghaupts Seite nach Poitiers aufbrechen!«, tönte Gerlocs Rufen in ihre Erinnerungen.

Mathilda öffnete die Augen, die sie geschlossen hatte. Da war keine Sehnsucht mehr, nur Müdigkeit. »Dauert es dich so gar nicht, in die Fremde zu ziehen … und niemals wieder in die Heimat zurückzukehren?«, fragte sie.

Gerloc zuckte die Schultern und wandte sich ab. »In den nordischen Ländern verbleibt man in der Sippe des Vaters, wenn man heiratet. Doch hierzulande scheidet man mit der Hochzeit von seiner Familie. Und das ist gut so. Ich bin so froh, wenn ich die Normandie endlich verlassen kann. Ich bin so froh, endlich Fränkin zu werden, ganz und gar. Man wird mich in Zukunft als Wilhelm Werghaupts Frau sehen, nicht länger als Rollos Tochter.«

Wird man auch sehen, dass du blass bist und weniger als früher lachst?, fragte sich Mathilda, aber sie schwieg, wie sie fast fortwährend geschwiegen hatte. Nein, gab sie sich selbst zur Antwort, man wird es nicht sehen, weil man dich mit roten Wangen und lachend gar nicht kannte.

Wer mich wohl kannte, als ich ein Kind war … wer mich wohl liebte …

Gerloc schwieg eine Weile, dann fragte sie unvermittelt: »Willst du nicht mitkommen nach Poitiers?«

Das Ansinnen überraschte Mathilda. Schließlich kam es von einer, die stets betonte, dass sie alles und jeden hinter sich lassen wollte. Mathilda zählte sie offenbar nicht dazu – und kurz freute sie sich darüber, kurz verlockte es sie auch. Wenn sie mit Gerloc nach Poitiers ging, würde sie ihren Mörder vielleicht für alle Zeiten abschütteln können. Und nicht nur ihren Mörder, auch Arvid. Und wenn Gerloc vor dem Wissen fliehen wollte, wer sie war – die Tochter eines Nordmannes –, warum sollte ihr es dann nicht möglich sein, auch zu fliehen, nicht vor dem Wissen, wer sie war, sondern vor ihrem Unwissen?

Ja, sie könnte das Rätsel ihrer Herkunft ablegen wie alte Kleidung und sich ganz der Neugier hingeben, wer unter dieser Kleidung zum Vorschein kam.

Aber während Gerloc sie lauernd anblickte, ging Mathilda auf, dass sie nicht unbekleidet sein wollte. Sie wollte herausfinden, ob sie noch eine Kutte tragen konnte, deren Kratzen ihr nicht unangenehm war, und ob ihr Wunsch, Ordensschwester zu werden, noch Bestand hatte, oder ob er genauso vergiftet worden war wie sie beinahe.

Sie schüttelte den Kopf. »Das ist nicht mein Weg«, sagte sie schnell.

Sie hatte die Möglichkeit zur Flucht ausgeschlagen.

Hasculfs Augen folgten Mathilda, als sie zwei Tage nach der Verlobungsfeier an Gerlocs Seite Lyons-la-Forêt verließ. Viele Menschen hatten an der Festtafel, bei der einmal mehr nur die edelsten Speisen aufgetischt worden waren, teilgenommen, und inmitten jener Menschen ließ es sich gut verstecken. Die Normannen hielten ihn und seine Männer für Franken, die Franken für Normannen. Doch es war unmöglich gewesen, noch einmal nahe genug an Mathilda heranzukommen.

Das Gefährt entfernte sich, wurde winzig klein. Hier und heute würde er sie nicht mehr kriegen. Bald aber ... sehr bald würden sich wieder viele Menschen versammeln, in deren Mitte der Einzelne ebenso wenig auffiel wie hier, Menschen, die feierten und lärmten und tranken und blind dafür waren, was sich unmittelbar vor ihren Augen zutrug. Und selbst wenn sie es merkten – das Verschwinden einer jungen Frau würde sie nicht sonderlich bekümmern. Keiner von ihnen würde wissen, welche Macht diese Frau in ihren Händen halten könnte.

Zu viel Macht für eine Frau, wie Hasculf befand. Er wollte jene Macht selbst ...

Das Gefährt mit Mathilda verschwand endgültig aus Hasculfs Sichtfeld. Ja, hier und heute würde er ihrer nicht habhaft werden. Bald aber ... sehr bald war die Hochzeit in Rouen.

Wochenlang dauerte es, Rouen für den großen Tag zu schmücken.

»Ganz Europa soll neidisch werden auf diese prunkvolle Hochzeit!«, erklärte Gerloc. »Und Wilhelm wird keine Kosten und Mühen scheuen!«

Mathilda war überzeugt, dass sie übertrieb. Gerloc war eine Frau, die sich mit Mittelmaß nicht begnügte und sich die Welt oft strahlender, üppiger und bunter redete, als sie in Wirklichkeit war. Doch sie musste feststellen, dass auch dem asketischen Wilhelm und dem nüchternen Bernhard viel daran lag, mit diesem Fest alle bisherigen Feierlichkeiten in den Schatten zu stellen – was weniger einer plötzlich erwachten Liebe zum Luxus und zur Verschwendung geschuldet war als dem Beweis, dass einer, der aus dem kalten Norden kam, nicht minder kultiviert war als seine fränkischen Nachbarn. Das wiederum hieß, dass er sich nicht mit Met betrank, sondern sich am feinen Wein aus dem Rheinland delektierte, diesen nicht aus gewöhnlichen Füllhörnern trank, sondern aus glänzenden, kostbaren Kelchen, nicht vom Grölen wilder Männer begleitet, sondern von Gesang und Spiel und Tanz.

Genau betrachtet wurde nicht nur ein Fest gefeiert, sondern derer mehrere. Schon am Tag, als Wilhelm Werghaupt in der Stadt eintraf, fand das erste Bankett statt. Mathilda stand an Gerlocs Seite auf einem der Türme der mächtigen Mauer, als diese der Gesandtschaft von Poitiers entgegenblickte. Die

Zugbrücke wurde erst geöffnet, als die Reiter die Stadt fast erreicht hatten, und Werghaupt hob die Hand zum Gruß, als er darüber hinwegritt. Die Menschen von Rouen hatten sich auf den Straßen versammelt und jubelten dem Grafen von Poitou zu. Mathilda war nicht sicher, woher die Begeisterung rührte – weil Graf Wilhelm sie befohlen hatte, weil das Volk sich über eine seltene Abwechslung freute oder weil viele Bewohner der Stadt nicht von Nordmännern abstammten, sondern von deren einstigen Opfern und es deshalb als Triumph erlebten, einen christlichen Grafen zu empfangen.

Gerloc stürmte nach unten, um ihren künftigen Gatten zu begrüßen. Sie war in den letzten Tagen noch dünner geworden, die kostbaren Kleider schlackerten ihr am Leib, und ihr Blick war gehetzter denn je. Anstatt ihr zu folgen und das Treffen der baldigen Eheleute zu bezeugen, blieb Mathilda noch eine Weile auf dem Turm stehen und blickte aufs flache, von Waldinseln durchsetzte Land, den rauschenden Fluss, der die Stadt teilte, und die kleinen Vorstädte, wo manche Kaufmänner ihre Kontore eingerichtet hatten und Handwerker ihre Stuben. Am Hafen ankerten Schiffe – mächtige Kriegsschiffe ebenso wie einfache Knörrs, die Handelsgüter transportierten. Obwohl nicht auf See, hatten ihre Besitzer die Segel gehisst, um den Eindruck zu verstärken, dass die Stadt bunt und reich war – ähnlich wie es die farbenprächtigen Gewänder der Gaukler und Musikanten taten, die man für diese Tage bestellt hatte. Die Lumpen der Bettler blieben schmutzig und zerrissen, aber sie alle wurden auf Kosten des Grafen in Gasthöfen bewirtet, wo den ganzen Tag Grützekessel brodelten, fette Braten über dem Feuer zischten und anstelle üblicher Dorschköpfe fetter Hering auf die Teller kam.

Mathilda hatte die Stadt eine Woche zuvor zum ersten Mal betreten und wusste nicht viel mehr über sie, als dass sie die

Hauptstadt der Normandie war, ein lebhaftes Handelszentrum und überdies Hort vieler Klöster, deren Mönche sich auch an einem Tag wie heute in die bunten Menschenscharen mischten. Nicht alle Kleriker stammten aus Rouen – manche lebten hier lediglich im Exil, nachdem die Heiden aus dem Norden einst ihre Kirchen und Klöster zerstört hatten. Doch da es sich in einer lauten, reichen Stadt besser leben ließ als fernab der Menschen in Küstennähe oder in einsamen Wäldern, waren viele selbst dann noch geblieben, als die Nordmänner nicht länger als Geißel Gottes, sondern als vom Allmächtigen selbst gesegnete Herrscher galten.

Auch im Gefolge von Wilhelm Werghaupt reisten einige Mönche, unter ihnen jene, die von Rouen aus weiter nach Jumièges ziehen und an dessen Wiederaufbau mitwirken sollten. Ob es Arvid womöglich erlaubt war, mit ihnen zu gehen? Ob er sich das wünschte? Und noch wichtiger – ob sie sich das wünschte?

Mathildas Körper hatte die Folgen des Giftanschlags rasch überwunden, doch es war ihr nicht gelungen, unangenehme Gedanken zum Schweigen zu bringen – weder die, die um Arvid und ihren gesichtslosen Verfolger kreisten, noch jene, die an ihrer Entschlossenheit, im Kloster zu leben, rüttelten. Anstelle des Haders, ihrer Berufung nicht folgen zu können, trat ein Unbehagen, ihre Berufung nicht länger zu kennen, die Frage auch, wie sie sich je frei entschließen können sollte, die Gelübde abzulegen, wenn sie zunächst doch gezwungenermaßen im Kloster gewesen war, und wie sie sich ganz und gar Gott schenken sollte, wenn man ihr einen Teil ihres Wesens doch ausgetrieben hatte.

Rasch stieg Mathilda nun doch nach unten, um jenen Gedanken zu entgehen, kam an Kriegern mit ihren knielangen Kettenhemden und bronzenen Helmen vorbei, die trotz aller Feierlaune jederzeit zu kämpfen bereit waren, und betrat den großen Saal, wo Speis und Trank aufgetragen wurden. An diesem Tag wurde noch nicht das edelste Fleisch kredenzt und nicht der teuerste Wein, und noch trug Gerloc nicht ihr schönstes Kleid und ihren besten Schmuck. All das wurde für den kommenden Tag aufgespart, da sie und Werghaupt in der Kathedrale von Notre-Dame getraut werden würden.

Mathildas Blick fiel auf Sprota, die am gleichen Tisch Platz genommen hatte wie Gerlocs Zofen und Werghaupts Gefolgsleute. Sie war nach Rouen mitgekommen, um in der Nähe ihres Sohnes zu bleiben, der diese Tage an der Seite seines Vaters erlebte, aber wie so oft wurde der Konkubine keinerlei Ehrerbietung zuteil. Sprota ließ sich die Demütigung, kaum besser als Dienstboten behandelt zu werden, nicht anmerken, sondern lächelte und nahm gleichmütig hin, dass Gerloc, obwohl eigentlich ihre Freundin, hochmütig über sie hinwegsah. Schon in den vergangenen Wochen hatte Mathilda den Eindruck gehabt, dass Gerloc die Konkubine des Bruders ungleich kühler behandelte als in den Jahren zuvor, da sie insbesondere an langen Winterabenden froh gewesen war, jemanden zum Schwatzen zu haben, und an den lichteren Sommertagen jemanden, der mit ihr zum Markt ging.

Sprota blieb nicht lange auf dem Bankett, und auch Mathilda – deren Aufgewühltheit vom Lärm zwar etwas betäubt wurde, deren Trachten, vor sich selbst zu fliehen, aber weiterhin Unrast schürte – zog sich bald zurück.

Bei der Trauung am nächsten Tag war Sprota gar nicht erst zugegen, und Mathilda fand in der Kathedrale nur ganz hinten Platz. Sie sah zwar die purpurrote Robe des Bischofs von Rouen, nicht aber Gerlocs Gesicht, als der Bund gesegnet wurde. Wieder jubelten danach die Menschen in den Straßen, doch sie wurden alsbald von den Glocken der Kirchen übertönt – von denen der Kathedrale, Saint-Étienne und Saint-Martin-du-Pont, und auch denen von Saint-Pierre, die außerhalb der Mauern gebaut worden war.

So deutlich die Glocken bekundeten, dass diese Hochzeit eine gottgewollte und die Bewohner der Stadt Christen waren – bei der anschließenden Feier hätte man daran zweifeln können. Gerloc bemühte sich, ihr nordisches Erbe auszumerzen – viele Krieger Wilhelms hingegen taten das nicht und hielten an Bräuchen und Spielen fest, die in der nordischen Heimat üblich waren, nicht jedoch im Frankenreich.

Anstelle des Joculators, der fränkische Helden besang, dichtete manch Skalde in der *danisca lingua* Verse auf das Brautpaar. Und anstatt sich an den üblichen Tänzen wie der Coraula zu erfreuen, suchten viele ein deftigeres Vergnügen – so in Form von Ringkämpfen, bei denen die Kontrahenten einander fast nackt gegenübertraten: Nur die Oberschenkel, die Taille und die Schultern wurden mit Lederriemen umwickelt, und es galt, diese Riemen beim Gegner zu fassen zu bekommen und ihn zu Boden zu werfen.

Mathilda fand den Anblick von so viel Fleisch und so viel schweißglänzender Haut widerwärtig, und noch roher erschienen ihr die Duelle, bei denen zwei Gegner auf einer am Boden ausgebreiteten Rinderhaut standen, diese nicht verlassen durften und zusehen mussten, den jeweils anderen anzufallen wie ein wildes Tier und in den Adamsapfel zu beißen.

Harmloser hingegen waren die Zerstreuungen jener, die einen Sieg anstrebten, der ohne körperliche Gewalt errungen wurde. Die einen spielten mit einer Art Ball – aus Haar und Fell gemacht, über das man ein Stück Leder gewunden hatte –, die anderen maßen sich im Wetttrinken, aus dem ein gewisser Einar als Sieger hervorging, der niemand anderer war als der Sohn von einem Bastardbruder Rollos und somit Vetter des

Grafen. Er kippte ganze zwei Dutzend Hörner, randvoll mit Met gefüllt, in sich hinein. Mathilda mochte sich nicht recht vorstellen, wie lange sein Brummschädel schmerzen würde.

Immer mehr Betrunkene sah man gegen Abend durch die Gassen der Stadt und die Räume der Burg wanken – und für einen nahm der leichtsinnige Genuss von zu viel Wein ein tödliches Ende: Er stolperte während des Pferdekampfes, bei dem die mit Hörnern bewaffneten Tiere mit Stachelstöcken aufeinandergehetzt wurden, und prompt zertrampelte ein Pferd seinen Schädel. Die anderen, die zusahen, waren ebenfalls schon zu betrunken, um in dem tödlichen Unfall etwas anderes zu sehen als einen Riesenspaß, und lachten laut. Erst später erkannten sie, dass die weiße, sämige Flüssigkeit, die sich um den Getöteten ausgebreitet hatte, nicht etwa Erbrochenes war, sondern Gehirnmasse.

Mathilda war froh, von dieser Begebenheit später nur gehört zu haben. Es genügte ihr, dass die Männer der Hirth – Graf Wilhelms persönliche Garde – ihr anmaßende Blicke zuwarfen und manch einer die Hände nach ihr ausstreckte. Obwohl ansonsten die Beherrschtesten, Tollkühnsten und Kräftigsten, genossen sie die Narrenfreiheit, die ihnen selbst der strenge, nüchterne Bernhard der Däne an einem Tag wie diesem gönnte. Gottlob entging Mathilda allen Handgreiflichkeiten, indem sie sich wendig duckte.

Jetzt nahm sie an der großen Hochzeitstafel Platz, wo es gemäßigter zuging. Der Boden war mit frischem Stroh bedeckt, Tische bogen sich unter Platten voller köstlicher Fleisch- und Fischgerichte, Bier und Wein wurden aus offenen Fässern ausgeschenkt. Eben unterhielt ein Jongleur die Feiernden, indem er erst mit rohen Eiern, dann mit Messern, schließlich mit brennenden Fackeln jonglierte, während er auf einer Knochenflöte spielte. Mathilda, die sich sonst stets in Zurückhaltung übte, klatschte unwillkürlich, und am Ende der Tafel blieb das nicht unbemerkt.

»Trink, Mathilda, trink auf mein Glück!«, rief Gerloc ihr begeistert zu.

Mathilda sah die junge Braut erstmals nach der Hochzeit wieder. Aus der Entfernung ließ sich nicht sagen, ob ihre Augen leuchteten oder glanzlos und leer blickten – schön anzusehen war sie in jedem Fall. Nach dem Bad am frühen Morgen hatte sie ihr Haupt mit einem Blumenkranz geschmückt. Darunter trug sie einen Leinenschleier, der sie vor dem bösen Blick bewahren sollte. Das Haar, das sie meist offen trug, war zu einem Knoten geschlungen und im Nacken mit einer bronzenen Nadel festgesteckt worden. An deren Spitze prangte ein funkelnder Edelstein in gleichem Rot wie das Kleid, das sie trug.

»Ja, trink«, rief auch der kleine Richard Mathilda mit roten Backen zu. Jenes Fest war das größte, das er wohl erlebt hatte.

Bei seinem Anblick musste Mathilda an Sprota denken – und einmal mehr dachte sie, wie verrückt es war, dass sich Wilhelm zwar zu seinem Sohn bekannte, nicht aber zu der Frau, die ihn geboren hatte, dass er die Einzige, für die er sein Streben nach Keuschheit aufgab, nicht heiratete, weil er für eine Gattin aus mächtigerem, reicherem Haus frei bleiben wollte, dass er aber, so sich denn eine Heiratskandidatin wie jene Lieutgarde fand, so lange zögerte, bis diese einen anderen nahm.

»Trink, Mathilda!«, ertönte es erneut.

Diesmal erkannte sie nicht, wer es gerufen hatte, aber sie hob den Krug und trank von dem eigens für die Hochzeit gebrauten Bier, um jenes Fest zu ertragen, das ihr nicht nur prächtig erschien, sondern vor allem laut, laut genug, die vielen Lügen zu übertönen, mit denen sich fast ein jeder hier die

Welt schöner redete, und auch um zu vergessen, dass vielleicht Arvid in der Nähe war.

Mathilda trank ohne Sorge, weil jeder auf dem Fest trank und kein Krug nur für sie allein bestimmt und darum vergiftet sein konnte. Heiß stieg es in ihr Gesicht, bald war sie trunkener noch als in Lyons-la-Forêt, sah Gesichter nicht nur doppelt, sondern mehrfach, und erkannte dennoch jenes, das sich plötzlich dicht an ihres schob, nicht. Doch als sie einen Trinkspruch auf Gerloc vernahm, erkannte Mathilda an der Stimme, dass es der junge Krieger namens Johan war. Er war es auch gewesen, der ihr als Dritter zugerufen hatte, sie solle trinken. Jetzt forderte er noch mehr.

»Tanz mit mir, tanz!«

Nüchtern wäre sie empört über jenes Ansinnen gewesen, das eine Vertraulichkeit verhieß, die sie einem Mann wie ihm nie gestattet hätte. Trunken fragte sie sich nur, wie sie, die wohl nicht einmal gerade gehen konnte, tanzen sollte. Ehe sie ablehnen konnte, hatte Johan sie jedoch schon an die Hand genommen und hochgezogen.

Mathilda fiel nicht über die eigenen Füße, weil er sie hielt, und dass sie nicht gerade gehen konnte, störte nicht, weil man sich beim Tanzen im Kreis zu drehen hatte, und das tat sie mit einer Ausgelassenheit, die ihr so fremd war wie der herbe Geschmack von Bier auf den Lippen.

Hinterher wusste sie nicht, wie lange sie getanzt hatte, wie lange sie sich rechtzeitig vor anderen Ellbogen geduckt hatte und wie lange die Ahnung unterdrückt, dass sie tief gesunken sein musste, wenn sie sich mit einem Krieger im Kreise drehte. Was sie nicht unterdrücken konnte, war die Traurigkeit, die sie trotz der unbeschwerten Bewegungen überkam, einem Schatten gleich, der an ihr haftete und ihrem Trachten spottete, sich zu amüsieren.

Und plötzlich war da ein weiterer Schatten, nicht nur gefühlt wie dieser, sondern für alle sichtbar, nicht von unerklärlicher Traurigkeit gezeugt, sondern von einer Gestalt, die sich nun auf die Tanzfläche drängte. Hände packten sie und rissen sie von Johan fort. Sie stolperte, wankte, fühlte, wie ihr Kopf gegen eine harte Brust prallte. Als sie den Kopf hob, dröhnte dieser. Das Gesicht, in das sie sah, war ihr vertraut.

Es war Arvid. Sein Atem roch, als hätte auch er zu viel getrunken. Und er rief wutentbrannt: »Bist du von Sinnen, dich so bloßzustellen?«

Sie starrte ihn an, nicht sicher, ob er den Verstand verloren hatte oder sie selbst. Vielleicht hatte sie etwas getan, wovon sie nicht mehr wusste, vielleicht hatte er etwas gesehen, was gar nicht passiert war, oder vielleicht nahm er schlichtweg Anstoß daran, dass sie betrunken war und tanzte.

Wie allerdings konnte er ihr das vorwerfen, obwohl sein eigenes Gesicht rot glühte, der Blick flackerte, seine Bewegungen so fahrig ausfielen? Ja, auch er hatte getrunken, ob nun, weil er von der feierwütigen Laune der anderen mitgerissen worden war oder weil er wie sie Vergessen suchte – in jedem Fall machten Met und Wein ihn nicht nur schwindlig, sondern zornig und hasserfüllt.

Der Schwindel schien zu vergehen, denn er konnte aufrecht stehen, Zorn und Hass hingegen blieben. Mathilda fühlte, wie etwas in Arvid tobte, das ihr galt, sich selbst und ... Johan.

Der mischte sich mit gutmütigem Lächeln ein. »Aber, aber, Mönchlein, wer will an einem Tag wie diesem so unfreundlich mit einem holden Mägdelein sprechen?«

Hohn troff von seinen Worten, klebrig und schwer. Die vermeintliche Nachsicht war vorgetäuscht. Trotz aller Trunkenheit erkannte Mathilda, dass Johan zu jenen Kriegern gehörte, die über die vielen Gottesmänner lästerten, mit denen sich Wilhelm umgab, und die sich ärgerten, dass der Graf auf diese Weise Zweifel an seiner Männlichkeit erweckte – und folglich auch an der ihren, da sie ihm dienten.

Noch war sein Ärger milder als der Arvids – aber Mathilda fühlte, wie die Spannung wuchs. Andere hatten es auch bemerkt, denn die Musik war verstummt, die Tanzenden hatten innegehalten. Neugierige Blicke ruhten auf ihnen.

»Lass sie in Ruhe!«, zischte Arvid.

»Warum?«, gab Johan kühl zurück. »Bist du ihr Ehemann? Das ist nicht möglich, wo du doch mit einer Kutte herumläufst. Oder bist du einer, der gern beides hat – Gott und ein Weib?«

Mathilda hielt den Atem an – mit jenen Worten, vorschnell und unbedacht geäußert, beleidigte Johan nicht Arvid, sondern Graf Wilhelm selbst und verriet die schwelende Verbitterung ganz offen.

Gottlob war Arvids Geist zu leer, es zu erfassen und es gegen ihn zu verwenden. Er missachtete Johan und wandte sich an sie: »Das ist doch nicht das Leben, das du willst.«

So wenig wie es deines ist, dachte sie.

Aus diesem Grund also konnte er kaum den Anblick ertragen, wie sie mit dem fremden Mann tanzte – es erinnerte ihn daran, was er selbst verraten musste: den Wunsch nach Einsamkeit und Weltabgeschiedenheit.

Sie verstand ihn und war trotzdem empört über seine Maßregelung. Am liebsten hätte sie laut gerufen: Wie soll ich irgendein Leben führen, ob das gewollte oder nicht, solange mich jemand töten will? Und solange ich nicht weiß, vor wem oder wovor ich davonlaufe – wie anders sollte ich mich bewegen, als mich trunken im Kreise zu drehen, um mich wenigstens kurz glauben zu machen, die Flucht vor den unsichtbaren Feinden wäre nur ein Spiel?

Doch ehe sie etwas sagen konnte, kam Johan ihr zuvor: »Du hast nun alle Blicke auf dich gezogen, Mönch, nun ist es gut. Geh lieber wieder beten.«

»Ich bin kein Mönch!«, schrie Arvid, bekundend, dass es eine Beleidigung war, ihn als den zu benennen, der er sein wollte, aber noch nicht sein durfte.

»Nun, aber ich bin ein Krieger«, gab Johan zurück, »und wenn du nicht gehst, wirst du spüren, dass ich nicht mal ein Schwert brauche, um zu kämpfen.«

Er ballte seine Hände zu Fäusten, doch Arvid wich zu Mathildas Schrecken nicht zurück, sondern tat es ihm gleich.

»Nicht!«, schrie sie noch oder wollte es noch schreien, aber da waren die beiden schon aufeinander losgegangen.

Es war ein ungleicher Kampf, der bald ein Ende fand. Der Hass, der in Arvid tobte, war größer, aber Johans Körper war gestählter. Zwei Schläge verteilte er, nicht einmal mit sonderlichem Kraftaufgebot, dann lag Arvid am Boden, Speichel und Blut liefen ihm aus dem Mund, doch er konnte sich mit der Niederlage nicht abfinden. Er stieß sie beiseite, als sie sich über ihn beugen wollte, und sprang wieder auf. In seinem Gesicht stand etwas, das Mathilda mehr ängstigte als alles andere: nicht Ohnmacht und Wut, sondern blindes Vergnügen am Kampf ... Vergnügen und Lust und Gier. Nicht nur vom Kampf selbst gesät, sondern vom Wissen, dass er unterliegen würde, ihm folglich, wenn auch nicht die Macht, den anderen zu besiegen, so doch die Freiheit blieb, sich selbst zu zerstören.

Er war für sie ein Fremder. Das war nicht Arvid, der vor ihr wütete. Das war sein ... verrückter Vater.

Ehe Johan auf ihn eindreschen konnte, eilten andere Krieger herbei und fielen ihm in den Arm. Er wehrte sich, doch gegen die Übermacht kam er nicht an – genauso wenig wie

Arvid, der seinerseits gepackt wurde. Hurtig schaffte man die beiden Raufbolde aus dem Saal, mit ein paar Schmähungen, mit noch viel mehr Spott und ein paar wenigen nüchternen Stimmen, die mit Vernunft zu mäßigen versuchten.

»Ruiniert nicht Gerlocs schönsten Tag!«

Mathilda folgte ihnen nach draußen. Die Luft war kühler als drinnen, aber nicht kühl genug, die Streithähne zu beschwichtigen. Jener Fremde, der Arvids Vater war, hielt immer noch seinen Geist in Besitz. Und Johans vermeintliche Nachsicht war endgültig der Abscheu vor einem gewichen, der sich als Mann Gottes gab und doch wie alle anderen Männer war: grob, roh, besitzergreifend.

Gerade noch rechtzeitig ging Mathilda dazwischen, ehe sie erneut aufeinander losgehen konnten.

»Hört auf!«, schrie sie.

Gottlob ließen sie die Fäuste sinken.

Sie wandte sich an Johan, schlichtweg, weil sie besser ertrug, in sein Gesicht zu sehen, nicht in das fremde von Arvid.

»Lass ihn in Ruhe!«, rief sie.

»Du ergreifst für ihn Partei?«, fragte er empört.

»Ich stehe auf niemandes Seite, nur auf der der Friedfertigen, und hier sehe ich von diesen zu wenige. Tu mir und dir selbst den Gefallen und gib nach!«

»Und von ihm forderst du nichts?«

»Das werde ich, doch was ich zu sagen habe, betrifft nur ihn und mich. Lass uns allein, ich bitte dich.«

Er wirkte gekränkt, aber auch kleinlaut. »Schlimm genug, dass sich Graf Wilhelm mit Mönchen abgibt, warum zieht es auch eine hübsche junge Frau wie dich in ihre Nähe?«, murrte er, machte dann aber endlich einen Schritt zurück.

Mathilda ahnte, dass er wieder in den Saal lief, noch mehr trinken, schließlich einen anderen prügeln würde, der nicht so schnell zu Boden ging wie Arvid, und er diesem ernsthafte Blessuren zufügen würde. Doch das war seine Sache, nicht ihre.

Als er gegangen war, drehte sie sich zögernd zu Arvid um. Sein Anblick war nicht mehr fremd ... nur erbärmlich. Kaum war Johan fort, schien er in sich zusammenzusacken. Er duckte sich, und da stand keine Wut mehr, kein Wahnsinn in seinen Zügen, nur Reue darüber, was er getan hat.

Mathilda öffnete den Mund und schloss ihn wieder. Welchen Vorwurf hätte sie ihm schon machen können, der ihm nicht längst selbst durch den Kopf gegangen wäre?

Jener Kopf schien ihm zu zerplatzen, er rieb seine Schläfen, Blut tropfte von Nase und Mund, und er zitterte, weil er verspätet die Kälte spürte.

»Deine Wunden«, sagte sie und klang nicht mehr wütend, sondern einfach nur müde, »ich sollte deine Wunden versorgen ...«

Während Mathilda ihn halb befremdet, halb vorwurfsvoll anblickte, fühlte Arvid, wie ihm das Blut ins Gesicht schoss. Wie war er nur fähig gewesen, auf diesen Mann loszugehen? Warum war er überhaupt auf die Tanzfläche geeilt?

Jetzt war er zu keiner hastigen Regung mehr fähig, konnte nicht einmal seinen Kopf hochhalten, sondern ließ ihn ganz tief sinken. Mathilda hatte ihn in ein Gebäude in der Nähe der Stallungen gezogen, wo es nach Stroh und Pferden roch und große Fässer und Säcke übereinandergestapelt waren. Diese Kammer war kein Ort, um länger als notwendig zu verweilen – und dennoch rührte sie sich genauso wenig wie er, nachdem sie seine Wunden versorgt hatte.

»Das ... das war nicht ich«, brachte er endlich hervor. »Das war eine fremde Macht in mir, die so wütete. Das war … *er.*«

Obwohl er sie nicht länger ansah, vermeinte er zu fühlen, wie sie nickte.

»Du meinst deinen Vater«, sagte sie leise.

»Ich habe ihn nie kennengelernt, aber trotzdem weiß ich, wie er war. Ich fühle es. Er war grausam und wahnsinnig. Vielleicht bin ich das auch.«

»Nun, immerhin weißt du seinen Namen. Ich kenne den meines Vaters nicht. Du weißt, was du von ihm geerbt hast und wogegen du dich zu wappnen hast. Ich weiß nur, dass mein Vater blondes Haar hat. So jener Mann, von dem ich so oft träume, überhaupt mein Vater ist.«

»Denkst du … denkst du, dass er ein Nordmann war?«

Er hob den Kopf, sah an dem Schmerz, der ihr Gesicht verstellte, dass sie sich diese Frage selbst schon oft gestellt hatte, dass sie sie aber erst jetzt zu beantworten wagte. Sie nickte zögernd. »Ja … ja mittlerweile denke ich das.«

»Und wie erträgst du es?«, fragte er.

»Gar nicht. Aber auch wer sein Leben nicht erträgt, der atmet doch weiter und isst und trinkt und geht seiner Wege.«

»Hast du nun endlich herausgefunden, warum dir jemand nach dem Leben getrachtet hat?«

Der Schmerz schwand aus ihren Zügen, ihr Blick wurde kalt.

»Was geht's dich plötzlich an? Warum mischst du dich überhaupt in mein Leben ein?«

»Mathilda …«

Der Zorn, der von ihm abgefallen war, verdunkelte nun ihr Gesicht. Ihn hatte der Zorn besinnungslos gemacht, sie hingegen war nun schonungslos zu sich und ihm. »Du hast mich damals einfach in Fécamp zurückgelassen«, rief sie. »Du hattest nicht den Mut, mir in die Augen zu sehen und dich von mir zu verabschieden.«

So frisch wie ihre eigentlich längst verjährte Kränkung war sein schlechtes Gewissen. Einst hatte er viele Gründe angeführt, die ihn zu der Entscheidung getrieben hatten – heute wusste er, dass es nur einen gab: Schwäche. Er war nicht stark genug gewesen, sie anzusehen und zuzugeben, dass sie seine Seele bewegte wie kein anderer Mensch. Auch jetzt fiel ihm das schwer – desgleichen das Eingeständnis, dass ihn seit Wochen der Anblick verfolgte, wie sie vergiftet in seinen Armen gelegen hatte, und dass die Angst, sie zu verlieren, den Willen, Gottes Ruf zu folgen, als wankelmütig bloßgestellt hatte. So leise schien dieser Ruf gemessen an der Wucht des Todes, dem er an ihrer Seite so nahe gekommen war. Und stark wie dieser, so hieß es selbst in der Heiligen Schrift, waren nicht Glaube und Hoffnung, sondern nur die Liebe.

»Mag sein«, murmelte er. »Und dennoch – ich war es, der dir zweimal das Leben gerettet hat.«

Sie wandte sich ab und begann auf und ab zu gehen. Es blieb nicht viel Platz in jenem Raum. Schon nach vier Schritten stieß sie auf Fässer oder Kisten.

»Ich bin mir nicht einmal sicher, ob es sich gelohnt hat«, murmelte sie. »Ich meine – wer immer es auf mich abgesehen hat, wird es wieder versuchen. Irgendwann wird es ihm gelingen, mich zu töten. Und ich werde sterben, ohne dass ich weiß, warum ich von all den Menschen getrennt wurde, die ich liebte.«

Die Tränen, die in ihre Augen traten, straften die vermeintliche Kälte Lüge.

Arvid trat zu ihr, und als sie an ihm vorbeigehen wollte, ergriff er ihre Hände und hielt sie fest. Sie entzog sie ihm nicht, aber herrschte ihn wütend an: »Verstehst du nicht –

meine Welt ist damals zerbrochen, als das Kloster überfallen wurde, wir fliehen mussten und jeder Traum mehr über das Rätsel meiner Herkunft verriet! Nur ein kleines Fleckchen ist heil genug geblieben, um sicher darauf zu stehen. Du hast mir jenes Fleckchen geschenkt – du hast mich durch den Wald geführt. Doch kaum wagte ich zu glauben, die Welt könnte ein wenig mehr sein als nur ein Hort von Gefahren, hast du mir den Boden unter den Füßen weggezogen.«

Je länger sie sprach, desto wütender klang sie. Nun entzog sie ihm doch die Hände, nicht, um weiter auf und ab zu gehen, sondern um sie gegen seine Brust zu hämmern.

»Warum hast du das getan? Warum hast du das nur getan?«

Er hob hilflos die Schultern. »Weil ich nicht wusste, wie ich mich dir gegenüber verhalten sollte!«, brach es aus ihm heraus. »Ich habe nur zwei Frauen gekannt – Runa war sehr stark, Gisla war sehr schwach. Und beide waren irgendwie traurig.«

»Aber es wird auch in ihrem Leben Augenblicke gegeben haben, da sie nicht traurig, sondern glücklich waren.«

»Wann ... wann warst du zuletzt glücklich?«

Sie schlug ihn nicht länger. Ihre Fäuste lösten sich, ihre Hände sanken kraftlos herab.

»Ich weiß es nicht, ich kann mich nicht daran erinnern.«

Wieder standen sie wie erstarrt voreinander. Augenblick um Augenblick verging im Schweigen. Erbärmlich und beschämt hatte er sich gefühlt, als er den Raum betreten hatte. Nun kam noch etwas anderes hinzu: Freude über die Offenheit, die sie teilten. Alles, was sie in ihm ausgelöst und was er so lange zu vergessen gesucht hatte – schlechtes Gewissen und Trotz und Sehnsucht und Verwirrung –, wurde nicht zur noch größeren Last, sondern vielmehr erträglich, solange er es eingestehen konnte, sich selbst und vor allem ihr.

»Es tut mir leid«, murmelte er. »Es tut mir unendlich leid.«

Er konnte es nicht rückgängig machen, aber er konnte die Nähe, vor der er damals geflohen war, heute ertragen, ja, sogar suchen. Und nirgendwo ließ sie sich besser erspüren als an einem Ort wie diesem, einfach und verschmutzt zwar, aber von der Welt abgeschieden wie eine Lichtung im Wald.

Nun war er es, der die Hände hob, vorsichtig über ihre Schultern strich, sie schließlich an sich zog, um sie zu wärmen wie einst.

»Ich habe heute mehr getrunken als je zuvor«, murmelte er.

»Ich auch.«

»Ich bin nicht mehr Herr meiner Sinne.«

»Ich auch nicht.«

War sein Gesicht so rot wie ihres? Ahnte er, dass er, wenn er sie küsste, sich heute nicht damit begnügen konnte?

Angst stand in ihrem Gesicht, aber sie floh nicht. Angst überkam auch ihn, aber er schloss die Augen, beugte sich zu ihr herab und küsste sie.

Sie wusste nichts von körperlicher Lust, außer dass sie eine Sünde war. Sie wusste nichts vom Körper eines Mannes, außer dass von einem solchen Gefahr drohte. Doch obwohl sie so wenig wusste, war der Weg, den sie beschritten, vertraut. Ihn einzuschlagen fühlte sich weder wie eine Sünde noch wie eine Gefahr an. Die Sünde glich einer Schlange, doch Arvid war nicht falsch wie eine solche. Die Sünde war giftig, doch seine Küsse schmeckten wie Honig. Die Sünde riss in die Hölle, wo es lodernd heiß war – sie aber schwitzte nicht. Sie sank mit ihm zu Boden, scheute Staub und Schmutz nicht. Nichts, was sie mit ihm tat, nichts, was sich so gut anfühlte, konnte schmutzig sein.

Er war die Angst nie losgeworden, die Angst vor sich, seinem Erbe, vor ihr. Nun legte er sie ab wie seine Kutte und war erstaunt, dass es so leicht ging und das, was achtlos zu Boden fiel, so nichtig war. Die Kleidung des Mönchs war ihm Schutz und Schirm gewesen, doch Mathilda richtete keine Waffe auf ihn, die es abzuwehren galt. Ihre Lippen waren nicht bedrohlich, ihre vorsichtig tastenden Hände und ihre weiche Haut auch nicht, vor allem nicht die Unbeirrbarkeit, mit der sie sich an ihn drückte und die Fragen übertönte: Was tue ich, warum widerstehe ich nicht?

Nein, er erlag keiner Versuchung. Er vollendete, was einst im Wald begonnen hatte. Er fühlte in ihr die eigene Zerrissenheit, doch weil sie sich vereinten, wuchs das Zerrissene zusammen und wurde aus allen Halbheiten ein Ganzes.

Es geschah ohne Hast. Die Geschichte ihres Lebens wurde nichtig, als sie sich entkleideten, Säcke unter sich ausbreiteten, um den kalten Boden nicht zu spüren, als sie seine nackte Haut erst vorsichtig streichelte, sich dann an ihm rieb. Was sie drängte und führte, war ein wohliges Feuer in der Leibesmitte, ein Feuer, das ihr hektischer Atem nicht auszublasen vermochte, sondern nur noch weiter entfachte, das nicht verlosch, als er sich auf sie legte, und das selbst dann noch weiterbrannte, als es zwischen ihren Beinen feucht wurde. Das Feuer breitete sich aus, raste durch ihre Adern von den Zehen bis zum Kopf, ein endloser Fluss, der sich aus aufgestauter Sehnsucht nährte.

»Mathilda«, raunte er ihren Namen, »Mathilda.«

Es war das einzige Wort, das er noch kannte, und schließlich verlernte er auch das. Die Sprache, in der sie redeten, wurde nunmehr von ihren Leibern diktiert, und gemeinsam begnügten diese sich nicht damit zu flüstern, sondern sangen einen meisterhaften Choral. Sie öffnete sich ihm, zog ihn auf sich, und während er noch dachte, dass er nicht wusste, was zu tun war, tat er es schon. Dann überließ er sich dem Takt ihres Begehrens, der älter als der seines Herzschlags war, lauter und bestimmender. Aus der Tiefe einer Erde kam er, die vom Menschen nichts erwartete außer Fruchtbarkeit und deren Kreislauf aus Werden und Vergehen beständiger war als alle vom Menschen verkündeten Gebote.

Es tat so gut, sich ganz in ihr zu versenken, ihre Wärme zu spüren, in ihr zu zerfließen, bis nichts mehr von ihm da war. Erst hinterher merkte er, dass seine Glieder schmerzten.

Er glitt von ihr herunter, stand aber nicht auf, sondern zog sie an sich. Sie lagen nackt. Um nicht darüber nachdenken zu müssen, was sie getan hatten, schliefen sie ein.

Sie lag noch zusammengerollt am Boden, und Arvids Arme ruhten schwer auf ihr, als das Licht sie traf. Es war ein seltsames Licht, nicht grell wie das der Sonne, nicht rötlich matt wie das einer Fackel, eher bunt, als schiene es durch gebrochenes Glas. Sie rieb sich die Augen, schloss sie, öffnete sie wieder. Die vielen Farben kamen nicht vom Licht, sondern von Blumen, die ihr entgegengehalten wurden ... Tausende Blumen. Wer hatte eine so große Hand, sie zu halten, wenn nicht Gott allein?

Aber Gott würde nicht eigennützig einen Strauß pflücken, Gott hatte die Blumen doch den Menschen geschenkt, indem er sie auf Wiesen und Weiden wachsen ließ. Und ja, jetzt sah sie eine dieser Wiesen, sie stand in kniehohem Gras, das Licht war warm, und die Blumen reckten ihr ihre Köpfe entgegen.

Sie fühlte nicht länger Arvids schwere Arme, aber die Geborgenheit, die diese ihr geschenkt hatten, und das Wohlbehagen, ihn so tief in sich gespürt zu haben. Jetzt spürte sie andere Hände, zärtlich auch diese, die Hände des blonden Mannes.

Er hatte eine Blume gepflückt und kitzelte ihr damit die Nase. Sie kräuselte sie unwirsch, die Blumen interessierten sie nicht. Eine viel brennendere Frage lag ihr auf den Lippen: »Was kommt hinter dem Meer, Vater?«

Sie deutete auf die blaue, schaumgekrönte Weite.

»Hinter dem Meer kommt neues Land«, antwortete er. Seine Worte klangen kehlig, sie verstand dennoch jedes einzelne.

»Werden wir dorthin segeln?«, fragte sie aufgeregt.

»Nein, wir werden hierbleiben, für immer. In der Bretagne. Das ist deine Heimat.« Er hielt inne, dann kniete er nieder, sodass sie ihm ins Gesicht sehen konnte, ohne den Kopf in den Nacken legen zu müssen. Er kitzelte sie nicht länger mit der Blume, sondern warf sie achtlos fort. »In deinen Adern fließt das Blut von mächtigen Männern. Vergiss das nicht. Du bist die Erbin. Im Moment bist du die einzige Erbin.«

Er umfasste ihre Schultern, und seine Hände waren nicht mehr zärtlich. Fest war vielmehr sein Griff, fest und schmerzhaft. Sie konnte kaum atmen, versuchte, sich daraus zu befreien, wand sich, begann, als dies nichts fruchtete, um sich zu treten. Aber sie traf ihn nicht, sie traf nur das ... Nichts.

Mit einem heiseren Schrei auf den Lippen fuhr sie auf und blickte sich um, sah keine Blumen mehr, kein Meer und auch nicht das Gesicht ihres Vaters, nur das von Arvid, wie er neben ihr lag, ganz entspannt, tief und fest schlafend.

Sie war sich nicht sicher, wie viel Zeit vergangen war, seit sie sich voller Lust und Leidenschaft geliebt hatten, aber sie war sich mit einem Mal sicher, dass das, was sie getan hatten, eine Sünde war.

Sie schlug sich die Hände vors Gesicht und verharrte eine Weile – entsetzt. Er schlief noch. Seine Züge wirkten so unschuldig, so weich, so liebevoll, da war nichts von seinem Zorn, nichts von Wahnsinn, nichts von Lust. Kindlich wirkte er – so wie sie, das Mädchen auf der Blumenwiese. Doch das Mädchen war nicht irgendein Mädchen gewesen, sondern die Erbin, die einzige Erbin der Bretagne. Es war längst erwachsen geworden, und jetzt trachtete ihm jemand nach dem Leben. Und auch Arvid würde sich die Unschuld nicht bewahren können. Er würde nicht ewig weiterschlafen, sondern erwachen und sie mit jenem Entsetzen ansehen, das sie schon fühlte.

Damals im Wald war das nach ihrem Kuss auch so gewesen. Auf den Moment der Nähe war Abscheu gefolgt. Er hatte ihr nicht mehr in die Augen sehen können, er hatte sie in Fécamp im Stich gelassen.

Sie erschauderte.

Diesmal, schwor sie sich, würde er das nicht wieder tun – diesmal würde sie als Erste gehen.

Sie erhob sich lautlos. Jene Kammer, am Abend zuvor noch Hort stärkster Gefühle, wirkte in der Dämmerung armselig, ihr Körper, der solchermaßen geglüht hatte, war so kalt. Nichts von diesem Überschäumenden, Starken, Mitreißenden war zurückgeblieben, nur Entschlossenheit, seinem Trachten zuvorzukommen, sie erneut von sich zu stoßen.

Denn selbst wenn er es nicht täte, ging ihr durch den Kopf, als sie sich ankleidete, selbst wenn sein Ausdruck liebevoll und weich und unschuldig bliebe, wenn er erwachte – wie konnte sie an seiner Seite bleiben, wie ihm die Nähe einer auflasten, die nichts zu bieten hatte als bruchstückhafte Erinnerungen und Bedrohung durch einen Mörder?

Du bist die Erbin ... In deinen Adern fließt das Blut von mächtigen Männern ...

Mathilda verließ die Kammer, der Hof war morgengrau und nahezu menschenleer, die wenigen betrunkenen oder schlafenden Gestalten beachteten sie nicht.

Gerloc, fiel ihr ein, Gerloc könnte mehr über die Bretagne wissen, Gerloc, die eben die Hochzeitsnacht mit Wilhelm Werghaupt verbracht hatte. Ob seine Küsse sich so angefühlt hatten wie die Arvids, seine Berührungen so leidenschaftlich gewesen waren, seine Blicke so hungrig?

In jedem Fall war das, was sie getan hatten, vom Höchsten gesegnet und keine Sünde, wie sie sie selbst begangen hatte. Gestern hatte sie sich nicht als solche angefühlt – aber heute malte sie sich die Gesichter der Nonnen aus, von denen sie gelernt hatte, Gut und Böse zu unterscheiden. Die Äbtissin hätte ihren Blick gewiss voller Tadel auf sie gerichtet, wenn sie denn noch lebte und die Untat bezeugt hätte, die Magistra den ihren voller Abscheu, Maura ihren voller Befremden.

Sie presste die Arme über der Brust zusammen, als könnte sie sich dahinter verstecken, und hob den Blick gen Himmel. Der Tag war schon älter, als sie vermutet hatte. Doch die Sonne strahlte nicht über allem, sondern wurde von einer milchig weißen Wolkenwand gebannt. Mathilda betrat rasch das Haupthaus.

Gerloc, war sie sich sicher, würde nicht grau und müde sein, Gerloc würde strahlen, würde rote Backen und fiebrig glänzende Augen haben. Ob sie sie stören durfte im Brautgemach, ob Wilhelm Werghaupt noch bei ihr war?

Doch Männer wie er verbrachten die Nächte mit ihren Frauen, nicht die Tage.

Als sie die Kemenate erreichte, stand die Tür weit offen.

Gerloc saß allein auf dem breiten Bett. Sie hatte alle Mägde weggeschickt und wollte auch sie wegschicken.

»Geh!«, rief sie, ohne aufzublicken. »Lass mich allein!«

Mathilda ging nicht. Gerlocs Schultern hingen tief herab, das Kinn war nicht stolz gereckt, sondern auf die Brust gesenkt.

»Geh!«, rief sie wieder, und ihre Stimme zitterte.

»Gerloc ...«, stammelte Mathilda.

Jetzt erst hob Gerloc ihren Blick. Jetzt erst sah Mathilda, dass sie weinte.

Sie hatte Gerloc noch nie weinen sehen, und noch mehr, dass diese es tat, bestürzte sie, dass das Schluchzen kaum mehr als ein Wimmern war. Sie, die stets aus voller Kehle gelacht hatte, weinte verhalten wie ein müdes, altes Weiblein, dessen Kummer zwar ehrlich ist, aber das keine Kraft besitzt, ihm Ausdruck zu geben. Aus dem Mund einer Frau, an der doch für gewöhnlich alles laut war, hörte sich dieses Weinen nicht nur erbärmlich, sondern irgendwie ... falsch an.

Mathilda stürzte zu ihr. »Was ist geschehen? Ist es ...«

Sie konnte den Satz nicht zu Ende sprechen und solcherart an jenem dunklen Schleier ziehen, der die Vertraulichkeiten der Hochzeitsnacht bedeckt und jene Stunden zu solchen macht, die dem Brautpaar ganz allein gehören. Sie vermutete Schreckliches – dass Wilhelm Werghaupt roh und herzlos seine Ehe vollzogen hatte –, doch Gerlocs Worte, die sie nach langem Schluchzen endlich stammelte, widersprachen dem. »Er ist ein guter Mann. Ich kann froh sein, seine Frau zu sein.«

»Aber du bist nicht froh«, stellte Mathilda fest.

»Wie soll ich denn glücklich werden ... in der Fremde?«

Die Tränen versiegten. Gerloc sah sich im Zimmer um, der

Blick so leer, als würde sie es gar nicht erkennen, als wähnte sie sich schon in ihrem neuen Heim in Poitiers, das sie sich zu wenig ausmalen konnte, um zu hoffen, dass sie sich darin eines Tages wohl fühlen könnte. Ja, sie wusste noch nicht, ob der Rauch des Kamins dort dicht hing und in der Kehle kratzte oder ob wohlriechende Öllampen mildes, warmes Licht verbreiteten, ob der Zugwind durch Ritzen pfiff oder die Mauern fest genug waren, um Stürme abzuhalten.

»Ich kenne dort keine Seele!«, stieß sie aus. »Und niemand wird mich mehr bei meinem Namen rufen. Für niemanden werde ich Gerloc sein. Gerloc klingt zu sehr nach Norden und Barbarei, er schickt sich nicht, dieser Name. Gerloc heißt die Tochter eines Nordmannes. Adela heißt die Gattin eines Franken.«

Mathilda ergriff ihre Hände. Sie waren rot und eiskalt. »Du wolltest doch immer eine Fränkin sein. Du wolltest, dass die Leute vergessen, wessen Tochter du bist, du wolltest an der Seite eines Franken leben. Und alle diese Wünsche werden dir nun erfüllt.«

Sie sprach energisch auf die andere ein, doch Gerlocs Züge blieben traurig und die Augen verquollen. »Ja, all meine Wünsche werden mir erfüllt. Aber nun frage ich mich: Wenn alles nicht mehr ist, was mein Leben in der Vergangenheit bestimmte, was bleibt dann überhaupt von mir? Wie soll ich mich freuen, wenn es mich dann nicht mehr gibt? Gewiss, wer hässliche, kratzende Kleidung trägt, sehnt sich danach, sie ablegen zu können, doch wenn er dies tut, ist er nackt und friert.«

Mathilda ahnte nun, was Gerlocs Schmerz bedingte – und konnte ihn doch nicht bis ins Letzte nachfühlen. Das, was der anderen jäh bedrohlich schien – die Vergangenheit und das, was diese aus ihr gemacht hatte, abzulegen –, schien ihr verheißungsvoll. Kurz wünschte sie, sie könnte selbst Vergessen finden. Unvermittelt fragte sie: »Soll ich ... soll ich dich doch nach Poitiers begleiten?«

Sie war nicht sicher, welche Antwort sie erhoffte.

Gerlocs Blick streifte wieder durch den Raum, blieb schließlich an Mathilda hängen, nahm sie aber so wenig wahr wie alles andere, so, als gäbe es sie gar nicht mehr.

»Ich muss Adela sein, ein neuer Mensch. Ich könnt's nicht, wenn es jemanden gäbe, der mich an Gerloc erinnert. Ich habe heute viele Tränen vergossen, an deiner Seite würde ich weiterweinen.« Sie wandte sich ab. »Nun lass mich allein.«

Sie wirkte plötzlich sehr verzagt, aber sie wimmerte nicht mehr, und so stand Mathilda auf und ging.

Die Burg von Rouen war größer als die von Fécamp und Bayeux – doch jetzt wurde sie ihr zu klein. Was nutzten ihr die vielen Säle, Gänge und Räume, wenn keiner ihr als Zufluchtsort erschien, an dem sie sich verstecken konnte. Vor Arvid verstecken, vor Gerloc – und ja, je mehr Zeit verging, desto klarer wurde ihr das –, auch vor einem Dritten. In den letzten Stunden hatte sie ihre Seele bedroht gefühlt, nicht ihren Leib. Jetzt, da sie seit Stunden ziellos umherging, glaubte sie plötzlich wieder unsichtbare Blicke über diesen Leib wandern zu spüren. Jenes Gefühl war nur vage und dennoch vertraut. Gleiches hatte sie in Lyons empfunden, wo jemand sie beobachtet hatte und sie zu vergiften suchte. Vielleicht täuschte sie sich, vielleicht waren ihre Sinne überreizt – doch sie wusste, ihr Verfolger hätte hier die beste Gelegenheit, erneut nach ihrem Leben zu greifen. Die Menschen, denen sie auf dem Weg durch die Burg begegneten, würden sie kaum schützen: Die Krieger schliefen betrunken auf dem Boden, die Mägde machten mit müden Gesichtern sauber. Ihnen allen war sie fremd, und jene, die sie kannten – so wie Gerloc –, waren einzig auf ihr eigenes Geschick bedacht.

Sprota fiel ihr ein – sie konnte zu Sprota gehen. Deren Gleichmut würde sie beschwichtigen, sie von der Frage abhalten, warum ihr Atem so hektisch ging, warum ihr sämtliche Härchen zu Berge standen.

Zu Sprotas Kemenate zu gehen bedeutete allerdings, zwei leere Gänge ganz allein durchschreiten zu müssen. Als dort eine Ratte an ihren Füßen vorbeischoss, schrie sie spitz auf, kurz versucht, ein Tier, das nur von den vielen Abfällen angelockt worden war, für ein Zeichen drohenden Verhängnisses zu halten. Sie biss sich auf die Lippen, als die Ratte sich in einem dunklen Winkel verkroch, beschleunigte den Schritt und ließ den Gang endlich hinter sich. Die letzten Schritte bis zu Sprotas Kemenate konnte sie ihre Panik unterdrücken, als sie feststellte, dass diese leer war, erwachte sie erneut und fühlte sich stärker an als zuvor.

»Sprota!«, rief sie schrill und fühlte wie beim Anblick der Ratte die Ahnung wachsen, dass Unheil in der Luft lag.

»Sie ist nicht mehr hier«, ertönte eine Stimme.

Eine alte Frau hockte beim Kamin, sie verhieß keine neue Gefahr. Mathilda kannte ihr Gesicht, nicht ihren Namen, offenbar war es eine bretonische Verwandte von Sprota, die in ihren Träumen alte Weisen sang. Wach und bei Tage sprach sie nun krächzend weiter.

»Sie ist nach Bayeux zurückgekehrt.«

»Warum?«

»Warum hätte sie hierbleiben sollen?«

Ja, warum sollte sie sich weiter demütigen lassen inmitten so vieler Menschen, die vorgaben, sie nicht zu sehen, weil sie niemand war, den man mit einem bestimmten Rang oder Titel bedenken konnte?

Mathilda war dennoch erschüttert. So oft hatte Sprota zu verstehen gegeben, dass sie kein Mensch war, der sich kränken ließ – und nun erwies sie sich doch zum Kreise jener gehörig, die sich das Leben mit Lügen geschmeidiger machten, in ihrem Fall der Lüge, dass es ihr genügte, Richards Mutter und Wilhelms Konkubine zu sein, nicht dessen Weib. Hier und heute wäre sie es wohl gern gewesen. Hier und heute tat es zu weh, um zu bleiben.

Doch da sie fort war, wo sollte Mathilda Schutz finden?

Sie ging die Gänge zurück, hörte nicht mehr die tapsenden Schritte von Ratten, sondern nur das Echo des eigenen Atems. Er war leise – und dennoch bedrohlich, und plötzlich hörte sie nicht nur den eigenen Atem, sondern den eines zweiten, keuchender und lauter. Ein Schatten huschte über die Wand. Er verschmolz mit dem Dunkel, aber die Schritte waren deutlich zu hören – Schritte, die näher kamen. Mathilda wähnte ihr Herz aussetzen, fühlte sich wieder von fremden Augen beobachtet, lief los – und lief direkt in eine Gestalt. Ehe sie aufschreien konnte, erkannte sie, dass dies kein Fremder war.

»Mathilda!«

Pfeifend entwich ihr der Atem. Gottlob war sie an einen geraten, von dem sie nichts zu fürchten hatte. Der sie an eine Stunde erinnerte, da ihr Leben nicht bedroht, sondern leicht und beschwingt gewesen war.

»Johan!«

»Was treibst du hier?«

Sie traf ihren Entschluss sehr schnell. Sie musste fort von hier. Fort von Arvid. Fort von ihrem unsichtbaren Verfolger. Fort von einer Gerloc, die nicht mehr lauthals lachte, sondern weinte, und die solcherart bewies: Man konnte sich nicht einfach dafür entscheiden, ein neuer Mensch zu sein, ohne einen Preis dafür zu zahlen.

»Bitte, Johan«, stammelte sie, »bitte, du musst mir helfen!«

Johans Vater hatte ihm als Kind eingebläut, dass ein kluger Kopf sich manchmal zu ducken und sich manchmal in den eisigen Wind zu recken hatte und dass er seinem Instinkt trauen müsste, wann das eine geraten war und wann das andere. Johan hatte immer befunden, dass sein Vater ein kluger Mann war – nicht zuletzt, weil er den Mut bewiesen hatte, die dänische Heimat zu verlassen.

Gewiss, als Johan noch ganz klein war, hatte sein Vater noch hingenommen, dass in Dänemark die Ernten schlecht, die Seen eisig kalt, die Wälder undurchdringlich waren. Schweigend hatte er ertragen, wie Johans Mutter und die noch kleineren Geschwister starben. Der Boden war zu gefroren, um sie tief zu begraben. Doch irgendwann hatte er die Trauer abgeschüttelt und verkündet, dass es nun genügte, dass er nicht auch noch ihn sterben sehen wollte und dass sie deshalb in den Süden ziehen würden – in jenes Gebiet des Frankenreichs, wo sich schon so viele Nordmänner niedergelassen hatten, wo das Getreide golden war und die Weinreben in leuchtendem Rot standen.

Johan hatte rasch eingesehen, dass auch hier nicht immer alles golden oder leuchtend rot war – aber dass man sich gleichwohl auf ein unumstößliches Gesetz verlassen konnte: Wer energisch Widrigkeiten trotzte, dem winkte eine Zukunft, ganz gleich, welche Vergangenheit er hinter sich hatte. Die Schwachen gingen zugrunde, weil das Leben zufällig auf sie trat, und die Starken auch, weil sie den Kopf so hoch hielten, dass sie den ersten Hieb abbekamen. Aber wer ein wenig stark war und im rechten Moment auch ein wenig schwach – berechnend also, aber nicht tollkühn, entschlossen, aber nicht übereifrig –, der kam durch.

Weil er sich daran hielt, war Johan ein guter Krieger: Er scheute das Blut nicht, aber er hatte keine Sehnsucht, darin zu baden. Er war dem Grafen treu, weil einer, der aus Dänemark stammte, hierzulande keinen anderen Herrn fand, aber hieß nicht blindlings alles gut, was dieser trieb. Irgendwann wollte er sein eigener Herr sein – nicht auf einer mächtigen Burg, nicht mit Unmengen an Dienern, so hochtrabend waren seine Ziele nicht. Eigenes Land würde ihm schon genügen, vorausgesetzt, dass es etwas größer und fruchtbarer als das seines Vaters in der dänischen Heimat war. Er würde sein Schwert niederlegen, Getreide anbauen lassen und Wein, und auch wenn das Getreide nicht immer golden stand und die Reben nicht immer glänzend rot waren, würde er ein gutes Leben führen, seine Frau auch, und seine Kinder würden nicht frühzeitig sterben.

Noch hatte er weder Frau noch Land, aber als er mit Mathilda Richtung Bayeux ritt, wähnte er sich beidem näher zu kommen. Es war also doch richtig gewesen, den brodelnden Zorn zu schlucken, nachzugeben und den Mönch einfach stehen zu lassen, anstatt noch einmal auf ihn einzudreschen.

Er hatte sich beherrscht – und wurde prompt belohnt.

»Bring mich aus Rouen fort«, hatte Mathilda ihn angefleht, »egal wohin, nur so schnell wie möglich.«

Er war erstaunt gewesen, hatte sie aber nicht nach ihren Gründen gefragt. Das tat er auch jetzt nicht, da sie schon eine Stunde miteinander ritten. Er wollte lediglich wissen: »Du standest Gerloc doch immer nahe, nicht wahr? Warum begleitest du sie nicht nach Poitiers?«

»Sie wollte allein in ihr neues Leben gehen«, erklärte sie knapp.

Er hatte ihr seinen weiten Umhang gereicht, aber sah, dass sie auch darunter fror.

»Du stehst auch Sprota nahe, nicht wahr?«

»Sie war immer gut zu mir. Sie hat mich aufgenommen, als ich niemanden mehr hatte.«

Er unterdrückte den Drang zu fragen, warum das so war. Entscheidender als ihre Herkunft war, was die Zukunft zu bieten hatte.

»Und Graf Wilhelm? Kennst du ihn gut?«

Ob sie den lauernden Unterton bemerkt hatte?

Ihr Gesicht verschloss sich. Vielleicht war er zu weit gegangen in seinem Trachten, sie auszuhorchen.

»Ich will doch nur wissen, ob es genügend Menschen gibt, die dir wohlgesinnt sind.«

Ich will doch nur wissen, war sein wahrer Gedanke, ob jemand bereit ist, dir eine Mitgift zu geben ... eigenes Land, damit du heiraten kannst.

»Warum fragst du?«, wollte sie wissen.

»Ist es nicht verständlich, dass sich ein Mann um eine junge Frau sorgt – so liebreizend, wie du eine bist?«

Ihre Miene gefror. »In meinem Leben ist vieles wichtig gewesen ... Liebreiz nicht«, sagte sie, und ehe er widersprechen konnte, fuhr sie fort: »Ich habe einmal mit dir getanzt, Johan, aber nur weil du meine Bitte erfüllst und mich von Rouen fortbringst, werde ich kein weiteres Mal mit dir tanzen. Nie wieder.«

Sie ritten schweigend weiter. Er bedrängte sie nicht länger, aber in ihm wuchsen Zweifel.

Es muss an dem Mönch liegen, dachte er, dass sie sich so spröde verhält.

Er war doch jung und kräftig, sie war jung und schön. Es gab keine anderen Bewerber, was also stand der Hoffnung, dass sie eine gemeinsame Zukunft haben könnten, entgegen? Das Leben war doch so einfach, konnte es zumindest sein … in einer Welt, in der am Hof eines Grafen Krieger dienten … keine Mönche.

Er kniff die Lippen zusammen und unterdrückte ein ärgerliches Grollen.

Ja, manche Dinge waren unvermeidbar, und es galt, sich ihnen zu fügen – aber dazu gehörte nicht, sich von einem Mann Gottes eine junge Frau abspenstig machen zu lassen. Und in dem fremden Land verhieß nicht vertraute Ordnung, vielmehr ärgerliche Verwirrung, dass es einen Grafen gab, der lieber Männer des Gebetes um sich scharte als Männer des Kampfes.

Eines Tages kriege ich dich doch, Mädchen, dachte er. Eines Tages wird der Mönch bezahlen.

Graf Wilhelm verließ stets früh die Bettstatt, und sein erster Weg führte für gewöhnlich in die Kapelle zum Morgengebet. Nur selten hingegen hatte es einen Grund gegeben, noch bei dunkelster Nacht aufzustehen, herrschte in der Normandie doch seit Jahren Frieden. An diesem Tag jedoch hatte Wilhelm das Gebet bereits aufgeben müssen, kaum dass er sich niederkniete. Ein Bote, der die Heiligkeit der Räume nicht achtete, erstattete beunruhigende Nachrichten.

Arvid, der sich wie so oft zu dieser nachtschlafenden Stunde an Wilhelms Seite befand, las in seiner Miene erst Verdruss über die Störung, dann, als ihm die Folgen jener Nachricht aufgingen, wachsenden Schrecken.

Der Bote hatte sich nach den ersten lauten Sätzen darauf

verlegt, Wilhelm die Nachricht vertraulich ins Ohr zu raunen. Arvid verstand kein Wort davon, und Wilhelm sagte nichts dazu, sondern erhob sich nur schweigend und verließ die Kapelle hastigen Schrittes. Die übrigen Mönche, darin geübt, sich den Belangen der Welt blind zu stellen, blieben knien und beteten weiter, doch Arvid fand keine Ruhe und folgte dem Grafen. Es waren nicht nur Sorge und Neugier, die ihn trieben. Schon seit Tagen fand er kaum Schlaf. Er wurde beim Gebet von Unrast gepackt, von Scham und schlechtem Gewissen und nicht zuletzt von Wut, weil er mit all diesen Gefühlen allein war. Er hätte sie gern mit Mathilda geteilt, aber Mathilda war fort, zurück nach Bayeux gekehrt, ohne noch einmal das Gespräch mit ihm zu suchen. Und ihm war nichts anderes übrig geblieben, als die einsame Entscheidung zu treffen, dass er sich – falls er den Grafen in naher Zukunft dorthin begleiten musste – künftig von ihr fernhalten würde, diesmal nicht, weil er es so wollte wie in den letzten Jahren, sondern weil es offenbar ihr Wunsch war. Läge ihr etwas an ihm – sie wäre nicht überstürzt geflohen, hätte ihn nicht ganz allein den Erinnerungen der Nacht überlassen, vor allem hätte sie nicht ausgerechnet den dreisten, tumben Krieger Johan zu ihrem Begleiter erwählt. Letzteres kränkte ihn mehr, als er sich eingestehen wollte.

Es war noch dunkel, als er durch den Hof schritt, doch die Menschen, denen er begegnete, waren nicht schlaftrunken wie sonst. Die Neuigkeit, die der Bote überbracht hatte, musste sich schnell herumgesprochen haben.

»Was ist passiert?«, fragte er einen der Wachtposten.

»Alle Großen der Normandie sind drinnen im Saal zusammengerufen worden«, erklärte der.

»Noch vor der Morgendämmerung?«

»Es gibt einen gewichtigen Grund …«

Arvid ließ den Mann stehen und betrat den Saal. Das Feuer, das im Kamin brannte, knisterte und spuckte Funken, doch sein Schein erhellte Wilhelms Gesicht nicht. Es wirkte grau, wie er da auf seinem Stuhl saß und den Mann betrachtete, der vor ihm auf dem Boden kniete. Arvid hob verwundert die Braue. Gewiss, es war nichts Ungewöhnliches, einen Mann vor dem Grafen knien zu sehen, jedoch, dass einer diese Haltung einnahm, dessen Waffen und Kleidung seinen hohen Rang bekundeten.

Der Mann begann zu klagen. »Schreckliches Unrecht ist mir geschehen, ich weiß nicht, an wen ich mich sonst um Hilfe wenden kann. Ihr seid der Einzige, der die Gerechtigkeit wiederherstellen kann.«

»Wer ist das?«, raunte Arvid einem Mann zu, der offenbar – seine tintenbefleckten Finger ließen darauf schließen – ein Notar war. Anders als die Krieger waren Vertreter seiner Zunft meist williger, mit Wilhelms Mönchen zu sprechen.

Tatsächlich wisperte er: »Herluin de Ponthieu …«

Arvid erinnerte sich vage daran, den Namen schon einmal gehört zu haben. Herluin war einer der Grafen in der Nachbarschaft der Normandie, nicht besonders mächtig, jedoch, wie der Notar zu erklären fortfuhr, in einen Konflikt mit einem wirklich Mächtigen geraten.

»Arnulf von Flandern gelüstet es seit längerem nach Herluin de Ponthieus Ländern. Kürzlich hat er dessen Burg bei Montreuil besetzt und außerdem den dortigen Hafen, Herluins wichtigsten Besitz.«

»Aber warum?«, fragte Arvid. »Flandern ist reich und groß.«

»Nun, offenbar trieb Arnulf nicht nur die Gier nach Land, sondern der Wunsch, Wilhelm eine Botschaft zu vermitteln. Wilhelm und Herluin gelten als Freunde, und der Hafen von

Montreuil wird auch von uns Normannen genutzt. Arnulfs Angriff zeigt, dass Wilhelm sich seiner Sache nicht zu sicher sein sollte.«

»Welcher Sache?«

»Durch Gerlocs Heirat mit Wilhelm Werghaupt konnte der Eindruck entstehen, er sei endgültig im Kreise seiner fränkischen Nachbarn als ebenbürtiger Herrscher aufgenommen worden. Arnulf hält davon jedoch wenig – und Wilhelm nicht für einen guten Christen, sondern für den Sohn eines Heiden. Solchem ist man nicht zur Treue verpflichtet.«

Der Notar verstummte, indessen Herluin weiter klagte und schließlich um Wilhelms Hilfe bettelte. »Wenn Ihr nicht an meiner Seite gegen Arnulf in den Krieg zieht, muss ich ihm meine Grafschaft überlassen«, schloss er düster.

Gebannt ruhten nun alle Blicke auf Wilhelm. Im Schweigen, das folgte, schien das Feuer noch lauter zu knistern. Arvid las zwiespältige Gefühle in Wilhelms Gesicht. Da war Unwille, Überdruss, als würde er denken, was geht mich Ponthieu an. Wer zu schwach ist, sein eigenes Land zu schützen, verliert es, dies sind die Gesetze unserer Welt. Aber zugleich war da Empörung über den anmaßenden Arnulf, Entschlossenheit auch, seiner Pflicht nachzukommen – nicht nur der eines Grafen, der auf das Wohl des eigenen Volkes zu achten hatte, sondern der eines Christen, der stets der Hüter seines Bruders zu sein hatte, gleich, ob dieser stark war oder schwach.

Wilhelms Gesicht blieb grau, als er sich vorneigte, seine Stimme – sehr tief und nie sonderlich laut – ließ keinen Zweifel zu. »Ich werde Truppen nach Montreuil schicken und sie obendrein selbst anführen«, verkündete er.

Das letzte Holzscheit zerfiel im Herd zu Asche. Niemand der Versammelten legte nach, denn ihnen war warm genug: Ihre Gesichter waren nicht grau wie das Wilhelms, sondern rot vor Aufregung. Geruch nach Schweiß lag in der Luft, und ohne dass Arvid es wollte, pochte sein eigenes Herz schneller, angesteckt vom gehetzten Takt jener, deren Euphorie ihn ein wenig an die Lust erinnerte, die er in Mathildas Armen empfunden hatte.

Haben Liebe und Krieg etwa so viel miteinander gemein?, fragte er sich verwirrt.

Er war vom Krieg wie von der Liebe überfordert, wandte sich ab und floh hastig aus dem Saal. Erst drehte er einige Runden im Hof, dann, als sein Gesicht trotz der kühlen Morgenluft glühte, kehrte er zurück in die Kapelle, wo die anderen Mönche immer noch beteten und immer noch nicht wissen wollten, was geschehen war.

Drei Psalmen später betrat auch Wilhelm erneut das Gotteshaus. Dämmerlicht fiel mittlerweile durch die kostbaren Glasfenster. Sein Gesicht war nicht mehr grau jetzt, sondern bleich. Er hockte sich ausgerechnet neben Arvid – jedoch nicht, um gleichfalls zu beten, sondern um mit ihm zu sprechen. Es erstaunte Arvid, dass er gegen das Gebot verstieß, an diesem Ort die heilige Stille zu wahren, und noch mehr, dass er sich in dieser Stunde mit ihm austauschen wollte, nicht etwa mit seinen vielen Beratern, allen voran Bernhard dem Dänen. Doch Wilhelm hatte ein anderes Anliegen als Herluins Gesuch um Hilfe und seine Entscheidung, ihm diese zu gewähren.

»Bei Gerlocs Hochzeit waren auch einige Mönche aus Poitiers anwesend. Sie sind in der Normandie geblieben. Ihr Abt hat sie nach Jumièges geschickt, um dort den Wiederaufbau zu unterstützen. Martin ist der Name des Ältesten und Weisesten von ihnen. Er wird Godoin als Abt von Jumièges folgen.«

Arvid hatte schon davon gehört und sich gewundert, dass

es ihn so wenig berührte. Jumièges, einst Mitte seines Lebens, schien so unendlich weit fort. Erst jetzt fragte er sich, was Godoin wohl davon hielt, dass man ihm einen anderen vorsetzte. Auch wenn es ihn demütigte – gewiss machte er wie immer kaum Worte und tröstete sich damit, dass die Mönche von Poitiers viel Geld brachten, Jumièges darum in viel kürzerer Zeit das blühende Kloster von einst werden konnte.

»Gott wird es allen danken, die einen Beitrag leisten«, murmelte er, »den Mönchen selbst, Wilhelm Werghaupt, Euch …«

»Ich bin so müde«, fiel Wilhelm ihm jäh ins Wort.

Arvid hob überrascht den Blick. Wie war es möglich, dass der Graf nicht die Erregung seiner Krieger teilte? Dass in seinem Blick vielmehr Schmerz stand und Überdruss?

»Irgendwann«, fuhr er fort, »irgendwann, wenn Richard alt genug ist, werde ich mich nach Jumièges zurückziehen und dort meinen Lebensabend verbringen. Das habe ich auch Abt Martin gesagt.«

»Und was meinte er dazu?«

Wilhelm starrte auf seine Hände. »Dass der Herr mich auf diese Welt geschickt hat, um Graf zu sein, nicht Mönch. Und dass ich das Schicksal nicht herausfordern soll. Aber ich denke mir … wenn ich nur lange genug Graf bin, und obendrein ein guter, dann wird das dem Schicksal doch irgendwann genügen.«

Arvid musterte Wilhelm eindringlich. War dies der eigentliche Grund, sich gegen Arnulf zu stellen? Gar nicht so sehr das Streben nach Gerechtigkeit, nur die Hoffnung, dass er irgendwann allen ausreichend bewiesen hatte, ein starker Graf und der würdige Sohn seines Vaters zu sein?

Plötzlich fühlte er etwas für Wilhelm, was ihm bisher fremd war – Mitleid. Und plötzlich war da eine Nähe zwischen ihnen, die er nicht kannte, gezeugt von einer gemeinsamen Sehnsucht – nach Seelenfrieden, nach dem Ende von Zerrissenheit.

»Du kannst ihnen folgen«, sagte Wilhelm unvermittelt.

»Wem?«, fragte Arvid verständnislos.

»Den Mönchen von Poitiers nach Jumièges. Ich weiß, dass du dich sehnst, dort zu leben. Genauso wie ich. Und wenigstens du solltest nicht lange Jahre darauf warten müssen …«

Auf diese Worte hatte Arvid oft gehofft. Dass sie ausgeblieben waren, dass Wilhelm scheinbar nicht sah, was er ihm antat, wenn er auf seine Gesellschaft pochte, oder dass er es sah, ihm aber womöglich nicht gönnte, was er selbst nicht haben konnte, hatte ihn oft mit Hader erfüllt. Nun fühlte er sich ob seiner Großzügigkeit kleinherzig. Vor allem aber fühlte er sich unwürdig. Er hatte zu viel getrunken, er hatte sich mit Johan geprügelt, er hatte mit Mathilda Unzucht getrieben. Für all das hatte er keine Buße getan. Und ausgerechnet jetzt, da die Sünde an ihm haftete wie Schmutz unter den Nägeln eines Bauern, der in der Erde gräbt, sollte er nach Jumièges zurückkehren und sein Gelübde ablegen?

»Ich werde an Eurer Seite bleiben«, sagte er schnell, ehe er sich anders entscheiden konnte.

Wilhelms Miene hellte sich auf, und Arvids schlechtes Gewissen wuchs. Offenbar war der andere überzeugt, er unterdrücke seine wahre Sehnsucht aus Treue zu ihm, nicht aus Verachtung vor sich selbst. Aber vielleicht konnte er gerade deshalb dem Grafen etwas geben, was er Mathilda nicht zu bieten gehabt hatte und dessen Fehlen sie womöglich erst zu der überstürzten Flucht aus Rouen getrieben hatte: ein Erbarmen, das nicht besudelt war von Verwirrung, Unentschlossenheit und Reue, Angst vor sich selbst und blanker Wut ob dieser Angst.

Entwischt. Wieder war Mathilda entwischt.

Als ein Leichtes war es ihm erschienen, sich während der Hochzeitsfeierlichkeiten an ihre Fersen zu heften und die Menschenmenge und ihr wildes Treiben zu nutzen, um sie aus der Burg zu lotsen.

Ja, alles war sorgsam geplant, das Ziel bereits vor Augen, die Hoffnung spürbar, dass sich – wenn er erst Hawisas Befehl erfüllte – das Leben zum Guten wenden mochte, doch am Ende stand ein neuerliches Scheitern wie in Lyons-la-Forêt.

Damals hatte Arvid sie vor ihrem Ende bewahrt – diesmal jener Krieger Johan. Und nun war sie in Fécamp oder Bayeux, und es war unmöglich, ihrer habhaft zu werden. Das war zu gefährlich. Was blieb, war einmal mehr zu warten, Wochen, Monate, vielleicht sogar Jahre.

Hasculf stampfte wütend auf.

Jenes Warten verhieß nicht länger die Anspannung eines Raubtiers, das auf der Lauer liegt, den Nervenkitzel, den es dabei empfindet, die Lust, die Fäden immer enger zu ziehen – nur Nichtstun und Langeweile.

Sie waren zunächst weiter nach Westen gezogen und auf feindliche Truppen gestoßen. Sie hatten kehrtgemacht und waren wieder um ein Haar den Feinden begegnet. Diesmal waren sie vor ihnen ins Landesinnere geflohen, hatten dort einige Wochen frierend unter den dunklen Blätterdächern der Bäume ausgeharrt und waren schließlich zurück zur Küste gekehrt. Nun war kein Feind mehr zu sehen, aber wenig Hoffnung, dass das so bleiben würde.

»Wir gehen zurück nach Osten Richtung Normandie«, hatte Hawisa befohlen.

Nach dem Aufbruch begann der Regen. Eine graue Wand stand stetig zwischen ihnen und dem Meer. Als sie im Cotentin ankamen, der westlichsten Provinz der Normandie, sie folglich erstmals seit Jahren bretonischen Boden verließen, zeigte sich die Sonne immer noch nicht. Hawisa war es gleich – sowohl die Nässe als auch die Fremde. Immerhin lebten im Cotentin viele Heiden.

Die Sonne versteckte sich weiterhin, aber der Regen hörte auf, die Luft wurde klarer, der Anblick des Meeres besänftigte sie. Kraft hingegen verlieh er nicht. Die vielen Reisen und der stete Hunger hatten sie ausgezehrt, sie fühlte sich wie ge-

lähmt. Auch wenn sie es vor allen anderen kühn behauptete – sie konnte nicht ewig warten, bis das Blatt sich wendete.

Der notdürftige Wall war kaum errichtet, als Hasculf nach längeren Irrfahrten endlich wieder zu ihnen stieß. Auch seine Wangen waren eingefallen, die breiten Schultern schienen schmaler ob aller Strapazen. Als er vor sie trat, um einen neuen Befehl entgegenzunehmen, fielen ihm die Augen zu.

Schlaf doch!, hätte Hawisa ihm am liebsten befohlen. Was ergibt denn noch Sinn, solange sich Mathilda in Bayeux oder Fécamp verkrochen hält? Was nützt du mir wach, wenn du meine Befehle ja doch nicht zu erfüllen verstehst?

»Glaub mir … es gab keine Gelegenheit, sie zu erwischen … sie war auch nur kurz in Rouen. Viel zu kurz.«

In Hawisa blieb es stumm – ein anderer brachte die Empörung auf, zu der ihr die Kraft fehlte.

»Schlappschwanz!«, dröhnte Dökkur.

»Neben Arvid gibt es zu viele andere, die ihr helfen.«

»Fragt sich nur, warum«, murrte Dökkur und richtete sich an Hawisa: »Kann es sein, dass jemand ihr Geheimnis kennt und verhindern will, dass ein Fremder wie Hasculf ihr zu nahe kommt? Obwohl du stets behauptet hast, dass niemand darum weiß?«

Hawisa zögerte. »Zumindest kein Mann«, erklärte sie. »Ich habe nicht mehr an diese vermaledeite Verräterin und ihren Balg gedacht. Verdammt, ich hätte sie damals töten lassen sollen. Ich habe immer geahnt, dass sie nicht auf unserer Seite steht, sondern auf der Seite dieser gottverfluchten …«

Sie brach ab, sie konnte den Namen nicht aussprechen.

Warum nur hatte sie damals Gnade walten lassen und jene, die sich ihr entgegenstellten, nicht mitsamt Kindern und Kindeskindern ausgemerzt?

»Soll ich vorerst hierbleiben?«, fragte Hasculf.

Hawisa zuckte nur die Schultern.

»Ist es möglich, dass Sprota erfahren hat, wer Mathilda ist?«, schaltete sich Dökkur wieder ein. »Sie ist Bretonin. Und wenn es Sprota weiß, dann weiß es auch Wilhelm.«

»Wenn er es wüsste, wäre Mathilda wohl nicht mehr am Leben. Ich glaube, er weiß nicht einmal, wer Arvid ist.«

»Was soll ich denn nun tun?«, fragte Hasculf.

Hawisa senkte den Blick. »Ruh dich aus! Ruhen wir uns doch alle aus!«

»Unsinn!«, hielt Dökkur dagegen. »Auch wenn Mathilda sich verkrochen hält – wir müssen Menschen um uns sammeln. Hier im Cotentin leben so viele, die Wilhelm feindlich gesinnt sind – und Alanus auch. Vor allem rund ums Cap de la Hague.«

Ein verwunschener Ort war das, hatte Hawisa gehört, wo der Wind besonders kalt pfiff, die Strömungen für Schiffe gefährlich wurden und man sich, wenn man es nicht besser wusste, am Ende der Welt wähnte. Viele Norweger, so hieß es auch, hatten sich dort niedergelassen, und die Sklaven in ihrem Gefolge waren Kelten und folglich heidnisch wie sie.

»Jene Stämme erstreben nichts Geringeres als die Unabhängigkeit von Rouen!«, rief Dökkur. »Das können wir uns zunutze machen!«

»Nicht alle Menschen hier sind Graf Wilhelm feindlich gesinnt«, wiegelte Bruder Daniel ab. »Es sind Männer aus dem Cotentin, die seine Leibgarde bilden – weil sie als besonders stark, mutig und treu gelten.«

Woher wusste er das alles? Hatte er nicht jahrelang Einsamkeit gesucht? Nun, vielleicht hatte er gerade deshalb so spitze Ohren, die das entfernteste Flüstern vernahmen und nichts vergaßen. Für einen Sklaven war das Wissen sein einziger Besitz.

»Das stimmt«, gab Dökkur zu. »Manche Cotentiner kämpfen auf seiner Seite – auch jetzt, im Kampf um Montreuil. Aber wenn sie kämpfen, werden auch viele fallen – und ihre Mütter und Väter und Geschwister fragen sich, ob sich ihr Tod für einen frömmelnden, fernen Grafen lohnt.«

Sollte sie tatsächlich auf die Tränen von Müttern setzen? Macht erlangte oder verlor man, wenn Blut floss ... keine Tränen.

Allerdings hatte Dökkur in einem recht – sie brauchten Verbündete.

»Nach der Rückeroberung von Montreuil hat Arnulf von Flandern übrigens Rache geschworen«, sagte Hasculf. »Wilhelm wird die nächste Zeit beschäftigt sein, gegen ihn in den Krieg zu ziehen – und blind sein für alles, was hier im Cotentin geschieht.«

»Nun gut, dann lasst uns Kontakt zur Bevölkerung aufnehmen. Lasst uns prüfen, wie laut der Ruf nach Freiheit hier erschallt und ob die Knaben von heute Morgen unsere Krieger sein könnten. Ansonsten aber können wir nichts tun.«

»Das heißt, wir geben auf«, bemerkte Dökkur bitter.

»Warten und aufgeben sind zweierlei Sachen.«

Hawisa wandte sich ab und ging von dannen. Auch wenn Dökkur blind war – sie hatte Angst, dass er fühlen könnte, was in ihr vorging.

Sie war nicht nur müde, erschöpft und ausgelaugt. Sie war verzagt. Das letzte Mal hatte sie sich so klein gefühlt, als er starb – der Mann vom Drachenschiff, der Mann ihres Lebens. Die Christen behaupteten, dass der heilige Benedikt selbst vor ihn getreten sei und seinen nahen Tod angekündigt habe. Was für ein Unsinn! Er hätte Benedikt – ob ein Geist oder aus Fleisch und Blut – eigenhändig erschlagen.

Die Heiden wiederum erzählten sich, dass im Augenblick

seines Todes ein schweres Unwetter ausgebrochen sei, dass die Erde gebebt habe und er darin versunken sei. Auch das hielt sie für Unsinn, wenngleich sie bedauerte, dass sie seinen Leichnam tatsächlich nie zu Gesicht bekommen hatte und keiner wusste, wo genau er begraben lag. Vielleicht konnte man ihn gar nicht begraben, weil er wie viele tote Helden die Gestalt eines Tieres angenommen hatte – die des Stiers, des Adlers oder des Wolfs.

Als die Nachricht von seinem Tod gekommen war, hatte Eirinn sie zu trösten versucht. Hawisa hatte sie weggestoßen und geschrien: »Du hast ihn nie gemocht! Du hast nie geglaubt, dass ich ihn trotz allem lieben kann! Wag nicht, mich zu trösten!«

Das Schreien hatte ihr Kraft gegeben, aber als Eirinn schwieg, musste sie auch schweigen, und der Schmerz hätte sie fast zerrissen.

Der Schmerz pochte immer noch in ihr, wenngleich dumpfer als einst. Sie starrte auf das Meer. Es war glatt, nur an einer Stelle erhob sich ein spitzer Stein. Wellen bäumten sich auf, schlugen gegen ihn, aber konnten ihm nichts anhaben.

Etwas in ihr war so unverwüstlich, dass sie den Schmerz überlebt hatte. So zäh, dass sich selbst der gefräßige Tod an ihr seine Zähne ausbiss. Vielleicht überdauerte es auch jetzt die Erschöpfung und Hoffnungslosigkeit, nachdem Mathilda erneut entkommen war. Sie war sich nicht sicher, ob dieser Wesenszug dem harten, spitzen, schroffen Stein glich oder dem geduldigen, dunklen, tiefen Meer.

V.

942

Die Männer versanken bis zu den Knöcheln im Schlamm. Wenige Wochen zuvor war der Schnee geschmolzen und die Somme übers Ufer getreten. Der Wasserstand war wieder zurückgegangen, der Fluss floss nicht mehr wild und rauschend, sondern glich einer braunen Brühe, in der verwittertes Treibholz schwamm, aber der Boden war noch aufgeweicht.

Arvid stand weit genug vom Ufer entfernt, um nicht in Gefahr zu geraten, aber er fror genauso wie die anderen Männer an diesem kalten Wintertag. Sie ließen es sich nicht anmerken.

Krieg bedeutete zu kämpfen, Friede bedeutete zu warten. Und nun warteten sie schon seit vielen Stunden, obwohl manch einer zweifelte, dass der Friede, der an diesem Tag geschlossen werden würde, ein echter wäre oder nicht vielmehr nur ein kurzes Durchatmen vor weiteren Kämpfen.

In jedem Fall war es ein hoffnungsvolles Zeichen, dass Wilhelm von der Normandie und Arnulf von Flandern sich hier am Fluss trafen – ein Ort, an dem häufig eine Verhandlung geführt oder ein Waffenstillstand geschlossen wurde.

Vor nicht allzu langer Zeit hatte Arvid schon einmal an einem Fluss gestanden, gewartet und gefroren – damals nicht an der Somme, sondern an der Meuse. Frieden geschlossen hatten an diesem Tag König Otto und König Ludwig, die sich ob ihrer Ansprüche auf Lothringen überkreuzt hatten, und Wilhelm war als wichtiger Vermittler aufgetreten, der die beiden daran gemahnt hatte, dass sie sich einen Krieg letztlich nicht leisten konnten.

Das heißt Frieden, dachte Arvid damals wie heute. Nicht der Sehnsucht nach einem Leben ohne Waffenlärm nachzugeben, sondern der nüchternen Einsicht, dass man manchmal nicht die entscheidenden Mittel hat, um zu siegen, und sich darum mit Worten begnügen muss, von denen jeder weiß, dass sie schon morgen Lügen sein könnten.

Am besten wusste das Wilhelm selbst. Sein Gesicht war faltiger geworden, sein Blick stumpfer, sein Gang steifer. Nachdem er den Frieden zwischen Ludwig und Otto vermittelt hatte, war ein triumphaler Einzug in Laon gefolgt, bei dem die Menschen nicht nur den gekrönten Häuptern, sondern auch dem Grafen der Normandie zugejubelt hatten. Franken, Sachsen und Normannen hatten gemeinsam Met getrunken – und da ihre Sprachen einander glichen, hatten die Normannen die Witze der Sachsen besser verstanden und lauter darüber gelacht.

An diesem Tag lachte niemand. Auf den Waffenstillstand würde kein triumphaler Einzug folgen. Niemand würde vor den Pferden der Herrschenden Kränze schwenken, und die Frauen würden sich zur Feier des Tages keine bunten Bänder ins Haar flechten. Dieser Waffenstillstand war so grau und kalt wie der Wintertag und die beiden Widersacher nicht vom Wunsch nach einer besseren Welt getrieben, sondern einfach nur zu müde, um sich weiterhin zu befehden.

Arvid spürte ob der Kälte seine Füße kaum noch und trat näher an das Zelt, das hier am Abend zuvor für Wilhelm aufgestellt worden war. Er hatte nicht geschlafen, sondern gemeinsam mit Arvid gebetet – und jetzt hielt er eine Unterredung mit Bernhard dem Dänen. Jener hatte in den letzten Tagen schon öfter an dem Waffenstillstand gezweifelt und tat es auch jetzt.

»Ich verstehe nicht, warum sich Arnulf auf der Insel in der Mitte des Flusses mit dir treffen will – warum setzt er nicht einfach zu uns ans Ufer über?«

»Die Insel ist ein neutraler Ort«, erwiderte Wilhelm. »Alles andere würde als Zeichen von Schwäche ausgelegt.«

»Aber er hat sich als schwach erwiesen! Nachdem du dich auf Herluins Seite geschlagen hast, konnte er das Ponthieu nicht länger für sich beanspruchen.«

»Und deswegen ist er bereit, vor mir Demut zu zeigen – aber nicht vor meinen Kriegern.«

»Ich bin mir nicht einmal sicher, ob er wirklich kommen wird.«

In den letzten Monaten waren schon mehrere Treffen von Wilhelm und Arnulf geplant gewesen, um endlich einen Waffenstillstand auszuhandeln, aber immer wieder verzögert worden. Selbst wenn dieses zustande kam – die Rufe von draußen, die von einem Heer auf der anderen Seite des Ufers kündeten, ließen es hoffen –, es würde nichts daran ändern, dass Arnulf von Flandern Wilhelm hasste. Er hasste alle Nordmänner, denn in seinen Adern floss das Blut des Balduin Eisenarm. Jener hatte Jahrzehnte zuvor die heidnischen Scharen bekämpft, die Flandern heimsuchten, und sich einen Ruf als großer Krieger erworben, und auch wenn Wilhelm kein Heide war und nicht nach Flandern trachtete, war der Krieg, den er gegen ihn führte, Arnulf gerade recht gekommen, um sich als würdiger Erbe seines großen Vorfahren zu erweisen. Zumindest hatte er es drei Jahre lang versucht. Am Ende stand die bittere Erkenntnis, dass man sich im Kampf gegen die Nordmänner keinen Ruhm mehr erwarb, nur viel zu viele Krieger einbüßte – und obendrein die eigene Gesundheit: Arnulf von Flandern, so hieß es, litt an schmerzenden Beinen und hinkte.

»Ich traue ihm nicht«, murrte Bernhard. »Gut möglich, dass du die Insel betrittst, er ihr aber im letzten Augenblick fernbleibt. Denk an Amiens.«

In Amiens hatte Arnulf auf seine Beinschmerzen verwiesen, die es ihm unmöglich machten, die letzte Wegstrecke zurückzulegen.

»Nun, um über den Fluss zu kommen, braucht er keine Beine, sondern ein Boot, und sieh nur!« Wilhelm deutete nach draußen. »Jenes Boot scheint sich gerade in Bewegung gesetzt zu haben. Ich sollte nicht länger auf ihn warten.«

Als Wilhelm das Zelt verließ und auf den Fluss zustapfte, versank auch er sofort im Schlamm, aber er achtete nicht darauf.

Arvid starrte auf den Fluss. Nebelschwaden stiegen hoch, vermochten jedoch nicht, die ferne Insel zu verhüllen – ein schmales Stück Land inmitten des braunen Wassers, nicht einmal mit kahlen Bäumen bewachsen, sondern nur von einigen dornigen Büschen überwuchert. Tatsächlich sah man ein Boot darauf zusteuern, wenngleich nicht genau, wer darin Platz genommen hatte.

»Und wenn es ein Hinterhalt ist?«, fragte Bernhard der Däne.

Wilhelm stand schon knietief im kalten Wasser. »Von hier aus habt ihr die Insel im Blick. Falls Arnulf mit mehr Kriegern kommt als abgesprochen, könnt ihr rasch eingreifen. Mein Leben liegt in Gottes Händen.«

Das hatte Arvid ihn schon oft sagen hören, doch als er sah, wie Wilhelm seinerseits ein Boot bestieg und dieses unter seinem Gewicht wankte, kam er ihm plötzlich unendlich verloren vor. Ja, der Graf wirkte so klein, der Fluss so feindselig, der Himmel so grau. Dahinter war nicht die Herrlichkeit Gottes zu erahnen, nur noch mehr Kälte und Nässe.

Als sich das Boot in Bewegung setzte, trafen sich ihre Blicke. Wilhelm lächelte auf flüchtige, leicht schmerzvolle Weise, wie er es so oft tat, wenn er Arvid, sein Spiegelbild in der Mönchskutte, ansah, doch das Lächeln erlosch rasch wieder. In seinem Blick stand plötzlich Unbehagen, das Arvid nicht deuten konnte. Vielleicht zeugte es von Furcht vor Arnulf. Oder einfach nur von Missmut, weil er über die Somme schippern musste, anstatt sich in ein Kloster zurückzuziehen, weil er seinem Land zu dienen hatte anstatt dem Heil seiner Seele.

Doch Wilhelm gab dem Unbehagen nicht nach. Er wandte sich ab und richtete seinen Blick auf die Insel.

Das Boot wurde immer kleiner, die dunstigen Schwaden verschluckten die Gestalt des Grafen nicht ganz, aber er schien im Grau zu zerfließen, war kein starker, großer Mann mehr, nur ein Schatten seiner selbst. Arvid wandte sich ab.

Drei Jahre waren vergangen, seit zwischen Wilhelm und Arnulf der Unfrieden begonnen hatte. Drei Jahre, da er Mathilda nicht gesehen hatte. Drei Jahre, da er oft frierend gewartet hatte – auf den Ausgang von Schlachten oder von Verhandlungen, die keinen Nutzen brachten, sondern nur zu neuen Schlachten führten. Krieger hielten sich mit Kämpfen warm, das Gebet hatte in ihm hingegen nie gleiches Feuer entfachen können.

Früher hatte Arvid sich als Gefangener Wilhelms gefühlt, jetzt war er sein eigener. Tage wie diese, da er frierend in eine Welt geworfen wurde, mit deren Ränkespielen er nichts zu tun haben wollte, nahm er als Strafe hin. Wofür er sich freilich strafte – ob für die Nacht mit Mathilda oder die Sehnsucht nach ihr –, wusste er nicht. In jedem Fall hatte er viel gebetet, für sich, für Wilhelm, für … sie, und auch jetzt begann er unbewusst die Verse eines Psalms zu murmeln.

»Ich sollte an seiner Seite sein …«, sagte Bernhard der Däne nicht weit von ihm.

»Er hat sich ausdrücklich gewünscht, dass nur gewöhnliche Krieger ihn begleiten«, antwortete jemand.

»Gleich erreicht das Boot die Insel. Gut, dass sie baumlos ist, so können wir alles sehen.«

Arvid hob wieder seinen Kopf. Die Schleier aus Nebel und Dunst schienen sich zu verflüchtigen. Dahinter war nicht nur Wilhelms Gestalt zu erahnen, sondern auch die von Arnulf, der seinerseits in Begleitung einiger Krieger anlegte. Es dauerte lange, bis er das Boot verlassen hatte, und als er endlich festen Boden betrat, wankte er. So war es denn entweder die Wahrheit, dass er nicht gehen konnte, oder ein ausgezeichnetes Schauspiel. Ohne Frage wirkte er ziemlich alt.

Das also war der Mann, der Wilhelm so viele Sorgen gemacht und so viele schlaflose Nächte gebracht hatte. Der Mann, der Montreuil besetzt, dank Wilhelms Truppen von dort verjagt wurde und sich danach lange Zeit rasend vor Zorn geweigert hatte, einem Waffenstillstand zuzustimmen.

Allerdings verliert selbst der glühendste Racheschwur an Macht, wenn drei Jahre ohne Sieg und mit zu vielen Toten vorübergehen.

Eben sprang auch Wilhelm an Land – gewandteren Schrittes als Arnulf, aber mit gebeugtem Rücken.

»Warum tut er das denn nur?«, fragte Bernhard erbost.

Arvid begriff nicht gleich, was er meinte, sondern brauchte eine Weile, um aus der Ferne zu erkennen, dass Wilhelm die

Insel allein betrat, dass seine Krieger im Boot blieben. Offenbar wollte er Arnulf beweisen, dass er es ehrlich meinte mit dem Frieden.

Arvid glaubte ihm das – Wilhelm war stets der Erste, der gern die Waffen ruhen ließ und sie nur deshalb immer wieder neu erhob, weil er wusste, dass die Hoffnung auf etwas nicht immer reicht, es zu bekommen.

Warum aber machte ihn die Hoffnung gerade an diesem Tag so leichtfertig?

Arvid spürte, wie unter den wartenden Männern die Anspannung wuchs. Er selbst trat unwillkürlich näher ans das Flussufer heran, obwohl er tief im Schlamm versank. Kälte erfasste ihn, die nicht von Winter, Nebel und Feuchtigkeit rührte, sondern von einer Vorahnung.

Er starrte auf Arnulf und auf Wilhelm. Erst redeten sie ruhig miteinander, dann schienen sie sich zu umarmen. Kein Wort drang zu ihnen, doch der Nebel lichtete sich mehr und mehr und mit ihm die graue Wolkendecke. Ein Sonnenstrahl kämpfte sich hindurch, unerwartet kräftig und wärmend. Er tauchte die ferne Szenerie in ein helles, freundliches Licht.

Arvid hob den Blick zum Himmel. Vielleicht war seine düstere Ahnung nur eine Täuschung, vielleicht würden noch mehr Sonnenstrahlen sie wärmen, vielleicht wurde gerade eben der Friede geschlossen.

Doch dann hörte er Schreie, durchdringend und panisch, aus vielen Kehlen gleichzeitig. Bernhard der Däne schrie, die anderen Berater des Königs, seine Krieger.

Das Licht der Sonne war nicht mehr warm, sondern einfach nur grell. Es fiel auf ein zweites Boot, das plötzlich an der Insel anlegte, und auf vier Männer, die heraussprangen, diese nicht, um den kranken Arnulf zu stützen. Sie trugen weite Mäntel und unter den Mänteln Lanzen.

Auch aus Arvids Kehle brach jetzt ein Schrei und war doch nutzlos. Nichts konnten sie tun, um einzugreifen, als diese Männer ihre Lanzen gegen Graf Wilhelm erhoben.

Arvid glaubte zu spüren, wie sie seine eigene Haut zerfetzten, immer tiefer ins warme, noch pulsierende Fleisch drangen, das Herz, den Sitz von Leben und Seele, trafen. Seit dem Tag, als Wilhelm ihm erlaubt hatte, nach Jumièges zu gehen, und er abgelehnt hatte, hatte sich das Band zwischen ihnen gefestigt, doch Arvid hätte den Grafen nie als seinen Freund bezeichnet. In den Nächten einsamen Gebets waren sie sich nahegekommen, aber das hatte nie etwas daran geändert, dass der eine der Mächtige blieb, der andere sein Untertan.

Erst jetzt, als er Wilhelm hilflos sterben sah, war er weit mehr als nur ein Freund. Er war ein Bruder. Ein Bruder im Geiste. Und erst jetzt empfand es Arvid als Versäumnis, dass sie meist nur schweigend gebetet hatten und nie darüber gesprochen – über den Kampf gegen die Dämonen, den sie als Söhne von Heiden, die Christen sein wollten, zu führen hatten.

Als Wilhelm leblos zusammenbrach, schob sich eine Wolke vor die Sonne und tauchte Arvids Welt in Dunkelheit.

Arvid war dabei, als man den Toten von der Insel holte und in einen Sarg bettete. Die Männer teilten sich auf – die einen brachten den Leichnam nach Rouen, die anderen, so wie er, ritten nach Bayeux und überbrachten Sprota die traurige Nachricht. Solange Wilhelm gelebt hatte, hatten die Männer in seinem Gefolge Sprotas Existenz gern verschwiegen – jetzt, da er tot war, teilten sie die Trauer mit ihr.

Jene Trauer fiel bei Sprota leise aus. Wie Arvid schon gedacht hatte, wahrte sie die Fassung. Sie nahm die Menschen hin, wie sie waren, und Gleiches galt auch für die Welt, die nun mal grausam war.

Arvid war später nicht sicher, warum ausgerechnet er zu jenen gehörte, die nach Bayeux ritten. Womöglich hatte es Bernhard der Däne so entschieden, der nach Wilhelms Tod sämtliche Befehle ausgesprochen hatte, so auch jenen, der verhinderte, dass die Krieger die Somme überquerten und Jagd auf Arnulf machten. Es wären ja doch zu wenige Boote gewesen, um sie alle aufzunehmen, und bis sie das andere Flussufer erreicht hätten, wären Arnulf und die Seinen längst geflohen wie gemeine Diebe in der Nacht. Nein, dies war nicht die Gelegenheit, das Attentat zu rächen.

Sprota lauschte den Augenzeugen mit stoischer Miene. Bernhard hatte sich auf einige wenige Sätze beschränkt, die anderen waren ebenfalls wortkarg, und so blieb es Arvid überlassen, die Ereignisse auszuschmücken. Offenbar war man überzeugt, dass ein Mann Gottes es besser vermochte, dass Schreckliche in Worte zu fassen, obwohl oder gerade weil sich Worte als trügerisch erwiesen hatten: Arnulf hatte den Frieden versprochen, aber einen Mord geplant.

»Wo ist er jetzt?«, fragte Sprota, nachdem er geendet hatte.

Arvid starrte sie verwirrt an. Er fürchtete kurz, sie habe den Verstand verloren. Wilhelm war tot, hinterhältig ermordet – hatte sie das nicht verstanden und hoffte sie nun, er würde jeden Augenblick den Saal betreten?

Er musterte sie eindringlich. Sie wirkte sehr klein und schmal. Zwei Jahre zuvor war das Gerücht herumgegangen, dass sie ein zweites Kind bekommen würde, doch entweder war es nur erfunden gewesen, oder sie hatte das Kind verloren. Richard war der einzige Sohn geblieben … und nun war er der einzige Erbe.

»Was meinst du?«, fragte er verwirrt.

»Ich meine, wo ist sein Leichnam jetzt?«

Also hatte sie doch nicht den Verstand verloren, sondern wusste, dass der Tod endgültig war. Ihm selbst fiel es schwer, das zu begreifen. Auf dem Ritt nach Bayeux hatte er viel gebetet und den Gefährten vermisst, der mit dem Wissen lebte, dass alles, was er tat, nur etwas Vorläufiges war, nicht das Eigentliche – so wie er.

Seine Stimme brach, als er antwortete: »In Rouen.«

Er fügte nichts hinzu, und auch die anderen ließen es offen, ob Sprota dorthin aufbrechen und am Begräbnis teilnehmen durfte.

Doch sie schien etwas anderes ungleich mehr zu beschäftigen. »Starb er … leicht?«, fragte sie. »Ich meine, starb er … schnell?«

Arvid zögerte. Die Attentäter hatten Wilhelm ohne zu zaudern niedergestreckt, er hatte sich nicht im Geringsten wehren können. Doch was war ein schneller Tod? Einer, der ein Leben in einem Atemzug auslöschte? Oder nicht vielmehr ein Tod, den man nicht kommen sah?

Nun, Wilhelm hatte genau erfasst, was vor sich ging – zumindest hatte das einer der Krieger, die die schaurige Tat vom Boot aus beobachtet hatten, so berichtet.

»Wir kennen die Namen der Attentäter«, schaltete sich Bernhard der Däne ein. »Sie heißen Eiricus, Bauce, Robert und Ridulfus.«

Sprota musterte ihn nur flüchtig. »Starb er schnell?«, fragte sie, wieder an Arvid gewandt.

Er zuckte die Schultern. Wie unsinnig, die Namen der Mörder zu nennen. Als ob ein Todesstoß mehr oder weniger Gewicht hätte, ob er nun von einem gesichtslosen oder bekannten Feind geführt wurde!

Doch Bernhard ließ nicht vom Thema ab. »Der, der den

tödlichen Hieb ausführte, war Bauce.« Er hielt kurz inne. »Und Wilhelm blieb noch Zeit für letzte Worte. ›Oh, welcher Verrat!‹, rief er.«

Sprota nickte. Wahrscheinlich ahnte sie, die Wilhelm kannte, dass es Bestürzung war, die er empfunden haben musste, als er am eigenen Blut erstickte – Bestürzung, dass andere nicht seine Moral teilten.

Sprota – gewiss erregt über den gemeinen Mord und tief getroffen von der Nachricht, dass der Mann nicht mehr lebte, dessen Konkubine sie war – war jedoch nicht überrascht. Nicht nach all den Jahren, da er wieder und wieder zum Kampf ausgerückt war. Wäre er Mönch geworden, wie er es insgeheim gewünscht hatte, er würde noch leben. Doch wäre er Mönch geworden, dann hätte Sprota die letzten Jahre nicht an seiner Seite verbracht.

Ein anderer Krieger schaltete sich ein – Osmond de Cent-Villes. Bis jetzt hatte er mit erstarrter Miene gelauscht, nun brach aus ihm hervor: »Arnulf ist nach dem Attentat Richtung Norden aufgebrochen. Noch gab es keine Möglichkeit, ihm zu folgen, aber die Strafe wird ihn ereilen. Er darf nicht damit davonkommen. Er darf …«

Er verstummte, denn eben wurde Richard in den großen Saal gebracht. Der Knabe, nunmehr zehn Jahre alt, war größer, als Arvid ihn in Erinnerung hatte. Sein Haar ringelte sich nicht mehr in Locken um den Kopf, sondern fiel glatt herunter bis zum Kinn, seine braunen Augen waren nicht mehr ganz so rund und groß. Er war kein Kind mehr, aber auch kein Mann, alt genug, um zu verstehen, was geschehen war, viel zu jung, um seinen Vater rächen zu können. Zu jung auch, um ein würdiger Erbe zu sein …

Wie sah die Zukunft der Normandie jetzt nur aus?

Arvid stellte sich die Frage zum ersten Mal – doch jeder

Gedanke daran verstummte sofort, als er die Frau erkannte, die Richard in den Saal gebracht hatte.

Mathilda.

Er starrte sie an. Sprota war schmaler geworden, Richard älter – sie jedoch … war unverändert. Sie war die nur vermeintlich zarte, in Wahrheit aber zähe Frau, mit der er durch den Wald geflohen war, die Frau, mit der er sich lustvoll auf dem Boden einer Kammer gewälzt hatte, so unnahbar und schroff zuvor, so zärtlich und weich sodann, die Frau, die mit jenem Krieger, Johan, fortgeritten war, anstatt mit ihm zu sprechen und mit ihm zu entscheiden, ob das, was sie getan hatten, Sünde oder Liebe war.

In den letzten Jahren hatte der Gedanke an sie Scham oder Sehnsucht erzeugt, doch das erste Gefühl, das nun in ihm hochstieg, war Zorn. In seiner Trauer um Wilhelm war Zorn das Einzige, das ihren Anblick erträglich machte. Wobei er ihn, genau betrachtet, nicht ertragen wollte. Desgleichen nicht Richards Anblick, der erst noch gefasst wirkte, dann – ausgerechnet, als er den Blick seiner so beherrschten Mutter suchte – in Tränen ausbrach.

Mathilda weinte nicht, aber sie erblasste. Wegen Wilhelm? Seinetwegen?

Er wollte es nicht wissen.

»Ich werde für die Seele unseres Grafen beten«, verkündete er mit belegter Stimme – ahnend, dass die Stille der Kapelle weder seine Trauer beschwichtigen konnte noch seinen Zorn. Er stürmte an ihr vorbei davon.

Drei Jahre lang war Mathilda nicht in Rouen gewesen, nun erlebte sie wieder, wie Menschen in den engen Gassen zusammenströmten, wie Sprota von allen offiziellen Feierlichkeiten ferngehalten wurde, wie der kleine Richard ohne Mutter und diesmal sogar ohne Vater die Kathedrale betrat. Damals war eine Hochzeit gefeiert worden, jetzt ein Begräbnis. Die Hochzeit von Gerloc war laut und bunt gewesen, das Begräbnis still und grau.

Eisiger Wind pfiff durch die Kathedrale, als für Wilhelms Seelenheil gebetet wurde und als Richard vom Erzbischof von Rouen Mantel und Lanze empfing, beides Zeichen seiner neuen Würde – der des Grafen der Normandie.

Zumindest hofften alle, er möge dies fortan sein und sich als solcher würdig erweisen. Die Menschen wurden später nicht müde, sich zu erzählen, wie mühelos er die neue Last vermeintlich zu tragen verstand, zuckte er doch während des ganzen Gottesdienstes kein einziges Mal mit der Wimper, weinte nicht offen um seinen Vater. Er sei reif für sein Alter, sagte man, und ließ unausgesprochen, dass sein Verhalten an diesem Alter nichts änderte. Trotz allem war er kaum mehr als ein Knabe, und wenn sein Volk diesen Knaben auch liebte und respektierte und inständig für ihn betete – kein Wunder der Welt konnte bewirken, dass er über Nacht erwachsen wurde und nicht nur von den Normannen, sondern auch von deren Nachbarn als rechtmäßiger Erbe seines Vaters betrachtet wurde.

Nach ein paar Tagen war die Zeit der Trauer vorbei, und es galt, vernünftig zu überlegen, was zu tun war. Ein Rat war gebildet worden, Botho darunter, Richards Pate, der den Jungen nach Wilhelms Tod von Bayeux nach Rouen gebracht hatte, natürlich Bernhard der Däne, der mächtigste von Wilhelms Beratern, außerdem die Herren de la Roche Tesson und Briquebec, und Osmond de Cent-Villes, jener Krieger, der künftig über die Sicherheit des Knaben wachen würde.

All diese Männer, so sprach sich herum, schworen erst

Richard die lebenslange Treue und dann sich gegenseitig Beistand. Ihnen musste klar sein, dass dies nicht genügte, dauerhaft seine Macht zu sichern – die Treueschwüre, auf die es ankam, waren die der Nachbarn der Normandie, und die blieben aus. Es waren nichts weiter als leere Bekundungen zu hören, wie empört man über Wilhelms gewaltsamen Tod sei. Vielleicht war die Empörung ehrlich. Doch gewiss mischte sie sich mit der Berechnung, dass nach des Grafen Tod – ob ungerecht oder nicht – einem Stück Land ein Herrscher fehlte, zumindest einer, der es notfalls mit Lanze und Schwert voranreitend gegen mächtige Feinde verteidigen könnte.

Mathilda blieb in jenen Tagen an Sprotas Seite und war nicht sicher, was sie fühlen sollte. Obwohl ihr Wilhelm immer fremd geblieben war, hätte sie Sprotas Trauer geteilt, vorausgesetzt zumindest, dass jene sie zeigte. Doch sie gab sich beherrscht wie immer, bekundend, dass etwas, womit sie stets gerechnet hatte, sie nicht erschüttern konnte und dass man damit rechnen musste, dass ein Herrscher von Feinden gefällt wurde. Richard wiederum hatte Mathilda in den letzten Jahren ins Herz geschlossen. Sie bedauerte den Knaben, weil er seinen Vater verloren und diese schwere Last – die Normandie zu beherrschen – aufgebürdet bekommen hatte, aber sie sah ihn zu selten, um herauszufinden, was in seinem Innersten vorging und wie sie ihn trösten könnte. Angst um die Zukunft des Landes wie viele andere hatte sie nicht. Als eine, die ihre alte Heimat nicht kannte, war es ihr immer schwergefallen, in diesem Stückchen Land eine neue zu sehen. So begnügte Mathilda sich damit, das zu tun, was man auch Arvid in diesen Tagen nachsagte – sie betete viel.

Eines Tages begegnete sie auf dem Weg zur Kapelle Johan. In den letzten Jahren hatten sie sich manchmal getroffen, meist bei den großen Festen rund um Weihnachten und Ostern, wo viel gelacht, getrunken und getanzt wurde. Sie hatte stets nur höflich gelächelt, wenig getrunken und Johans Werben, erneut mit ihm zu tanzen wie einst bei Gerlocs Hochzeit, immer abgewiesen. Sie ahnte, dass es ihn kränkte, auch wenn er es nicht offen zeigte, doch heute stand in seinem Gesicht nichts von der Ungeduld und Eitelkeit eines jungen, vitalen Mannes geschrieben, der sich um die Gunst einer jungen Frau bemühte, sondern Trauer um Wilhelm und Sorge um die Zukunft.

Mit gerunzelter Stirn sprach er über Richard. »Es ist nicht nur sein Alter, das es leicht macht, seine Herrschaft anzufechten«, gab er zu bedenken, »hinzu kommt, dass Wilhelm nie mit Sprota verheiratet war – und wenn wir Normannen dies auch nicht als Versäumnis werten, unsere fränkischen Nachbarn könnten es tun und ihn einen Bastard heißen.«

Missbilligung klang in seiner Stimme mit, auch wenn er unausgesprochen ließ, dass Wilhelms Sehnsucht, ins Kloster zu gehen, diese Heirat unmöglich gemacht hatte.

Anders als Johan konnte Mathilda diese Sehnsucht verstehen, aber auch sie fragte sich unwillkürlich, was ein Wunsch, mochte er noch so fromm sein, wert war, wenn er ein Land fast ins Verderben führte.

»Was denkst du, was nun passieren wird?«, fragte sie.

»Die größte Gefahr droht ohne Zweifel vom fränkischen König«, erwiderte er.

»Ludwig IV. …«

»Man sagt ihm seit langem nach, dass es ihn nach der Normandie gelüstet.«

Mathilda nickte. Wer wüsste das besser als sie, die sie einst Arvids Wunde gesehen hatte, von einem Schergen Ludwigs in sein Fleisch geschlagen.

»Schade, dass Richard nicht der Sohn einer Fränkin ist,

sondern der einer Bretonin. Den fränkischen Nachbarn fiele es leichter, ihn zu akzeptieren.«

Ungewohnt scharf gab sie zurück: »Nun, was nützt es, sich vorzustellen, es wäre alles anders. Es ist, wie es ist.«

Es erstaunte sie selbst, was sie sagte – und vor allem: wie. Sie klang wie Sprota. Schicksalsergeben. Resigniert. Und irgendwie ... alt. Vor drei Jahren, als sie zuletzt in Rouen gewesen war, hatte sie begehrt, geliebt, Lust empfunden, sich dafür geschämt, Angst um ihr Leben gehabt und gleiche Angst um das Arvids ausgestanden. Doch danach hatte sie sämtliche Gefühle so tief im dunkelsten Seelenwinkel versteckt, dass sie sie nun nicht mehr finden konnte.

Das hieß, vielleicht könnte sie sie finden, aber sie wollte sie nicht suchen. Etwas in ihr war müde und der verbliebene Trotz ein bequemer. Er spornte sie nicht an, mit dem Kopf durch die Wand zu wollen, sondern sie begnügte sich damit, sich vor die Wand zu hocken, den Kopf zwischen den Knien vergraben und sich stur schlafend stellend.

Johans Gesicht hingegen wurde plötzlich ganz weich, als er sie musterte. »Was immer auch kommt und was die Zukunft bringt – ich träume von einem eigenen Stück Land. Und einer Frau, mit der ich es gemeinsam bewirtschafte.« Sein Blick war nicht nur sehnsüchtig, sondern plötzlich auch forschend.

Ich hingegen, hätte sie beinahe gesagt, ich habe verlernt zu träumen. Nicht nur von der Zukunft, sondern auch von der Vergangenheit. In den letzten Jahren war sie weder vom Tod bedroht noch von ihren alten Träumen heimgesucht worden.

»Dann wünsche ich dir, dass du bekommst, was du suchst«, sagte sie lediglich und ließ ihn stehen.

Beim Eingang der Kapelle verharrte sie, anstatt sie zu betreten. Sie ahnte, dass die vertrauten Psalmverse nicht genügen würden, jene Gedanken zum Schweigen zu bringen, die Johans Sinnieren über die Zukunft geschürt hatten – die der Normandie, die Richards, die eigene.

Was würde aus Sprota werden? Was aus ihr? Was aus … Arvid?

Arvid, der es nicht vermocht hatte, ihr in die Augen zu sehen, als sie sich unerwartet gegenüberstanden, der vor ihr geflohen war, wahrscheinlich von Scham überwältigt, weil ihr Anblick Erinnerungen an das beschwor, was einst in Rouen geschehen war. Arvid, der nun nach Wilhelms Tod wahrscheinlich nach Jumièges zurückkehren würde.

Mathilda verharrte noch vor der Kapelle, als mehrere Wagen in den Hof fuhren, gefolgt von einer Truppe Krieger, die laut und wild von ihren Pferden sprangen, den Stallknechten Befehle erteilten und sich umblickten. Der Akzent ihrer Sprache war fremd – vertraut hingegen der Anblick der Frau, die aus einem der Gefährte stieg, nachdem einer der Männer einen Schemel davor aufgestellt hatte.

Wie Mathilda kam sie zum ersten Mal seit drei Jahren wieder nach Rouen. Wie Mathilda dachte sie wohl an den Jubel, der damals geherrscht hatte: Gerloc, die jetzt Adela hieß, die zu spät eintraf, um dem Begräbnis des Bruders beizuwohnen, Gerloc, der ein rotgesichtiger Mann nun die Hand reichte – wahrscheinlich ihr Gatte Wilhelm Werghaupt – und die sich kaum umblickte, als hinter ihr eine weitere Frau mit einem kleinen Kind auf dem Arm das Gefährt verließ.

Mathilda trat näher. Jene Frau musste eine Amme sein, und das Kind, das Gerloc kaum ansah, der Sohn, den sie ihrem Mann geboren hatte. Wilhelm Werghaupt war breit und stämmig wie einst, sein Haar und sein Bart jedoch schütterer. Noch stärker als er hatte sich Gerloc verändert. Ihre Kleidung war erlesen, ihr Schmuck funkelte, aber ihr Mund wirkte schmal, als wäre er, nachdem sie ihn nicht länger zum Lachen brauchte, geschrumpft. Wahrscheinlich sprach sie auch weniger und aß kaum etwas, so spitz wie die Wangenknochen hervorstachen.

Sie ließ ihren gleichgültigen Blick über den Hof schweifen und sah dann Mathilda an. Mathilda, eben noch gewillt, auf die einstige Gefährtin zuzutreten und sie zu begrüßen, hielt inne.

Wortlos wandte sich Gerloc ab, ließ sich von ihrem Mann ins Innere der Burg geleiten und blickte sich kein weiteres Mal um – weder nach der Amme und dem Sohn noch nach Mathilda. Für eine Frau, der das eigene Fleisch und Blut fremd schien, bedeutete die Gefährtin von einst wohl noch weniger, dachte Mathilda. Doch als sie später in Sprotas Gemächer zurückkehrte, wartete dort eine von Gerlocs Mägden, um mit jenem fremd klingenden Akzent und auch ein wenig Verachtung, die allem Normannischen galt, zu verkünden, dass Gerloc … Adela sie zu sehen wünschte.

Die Kemenate, in der Mathilda Gerloc aufsuchte, war dieselbe wie die, in der die Schwester Graf Wilhelms einst ihre Hochzeitsnacht verbracht hatte. Unter Tränen hatte sie Mathilda am nächsten Morgen gefragt, wie es weitergehen sollte. Mathilda hatte es nicht gewusst, sondern war aus Rouen geflohen – vor ihrem gesichtslosen Widersacher und vor Arvid. Nun, jener Widersacher hatte seitdem nie wieder nach ihrem Leben getrachtet, in Fécamp und Bayeux war sie offenbar sicher vor ihm, und als die Jahre vergingen, hatte sie manchmal daran gezweifelt, ob ihre vagen Ahnungen und Erinnerungen sie nicht betrogen und sie nicht vieles falsch verstanden hatte, dass sie gar nicht die Erbin eines Reichs war, dessen

Zukunft an ihr hing, und dass ihr auch keine unbekannte Frau … jene Hawisa … nach dem Leben trachtete.

An Arvid hatte sie öfter gedacht als an ihren Widersacher, aber Arvid wich ihr beharrlich aus. Gerloc hingegen empfing sie freundlich, wenn auch nicht überschwänglich, lud sie ein, sich zu ihr an den Kamin zu setzen, aber sagte dann nichts, gleich so, als wäre sie eine Fremde, die lediglich Höflichkeit verdiene, keine Vertraulichkeit.

Das Schweigen war nur für wenige Momente angenehm – zu vieles gab es dieser Tage zu ertragen, um sich überdies in Erinnerungen an die Gerloc von einst zu verlieren. Und im Schatten von Wilhelms Tod war es zu kalt, um sich vom behaglich knisternden Kaminfeuer einlullen zu lassen.

»Damals hast du große Angst gehabt vor der Zukunft in Poitiers«, sagte Mathilda deshalb unwillkürlich, auf jedes Geplänkel verzichtend. »Ich hoffe, du bist dennoch glücklich geworden.«

Gerloc sah an ihr vorbei und lächelte. Eine Weile war wieder nur das Knacken des Holzes zu hören, dann ihre Stimme, leiser als früher, aber fest. »Wie kommst du auf die Idee, ich hätte Angst gehabt?«

»Du bist dir nicht sicher gewesen, wer du warst, noch weniger, wer du sein würdest, und am allerwenigsten, wer du sein wolltest.«

Gerloc sah an Mathilda vorbei und lächelte. »Welch ein Unsinn!«

»Aber du hast geweint!«

Gerloc lächelte. »Welch ein Unsinn!«

Nun war es Mathilda, die sie nicht ansehen konnte, die stattdessen das Feuer fixierte.

»Gerloc …«

Kurz überlegte sie, die Hand der anderen zu ergreifen,

anstatt auf Worte auf Berührung zu setzen, aber dann verzichtete sie darauf. Sie konnte verstehen, warum sich Gerloc hinter eine Maske flüchtete und wie überaus beschwichtigend dies für ihre Seele war, also schwieg sie mit ihr und lächelte.

Als die Holzscheite verglühten und Gerloc keine Anstalten machte, neue nachzulegen, wollte sie sich erheben. Doch nun war es Gerloc, die die Hand hob und nach ihrer griff, mit einem Griff, der fester war als ihre neue Stimme.

»Ich werde dich mit einer Mitgift ausstatten«, verkündete sie.

Mathilda riss die Augen auf. »Aber ...«, setzte sie an.

Ehe sie von sich weisen konnte, dass sie jemals heiraten würde, fügte Gerloc hinzu: »Mit dieser Mitgift ist es dir möglich, in ein Kloster einzutreten. Das ist es doch, was du immer wolltest.«

Erstmals wich sie ihrem Blick nicht aus, und kurz erkannte Mathilda die alte Gerloc wieder, die, auch wenn sie sich vermeintlich als freundlich erwies, nie frei von Härte und Spott gewesen war. Nicht nur freundlich schien auch jenes Angebot gemeint – warum sonst krallte sie die Hand nun immer schmerzhafter um ihre, als wäre es mehr eine Strafe, zu bekommen, was man wollte, als eine Gnade?

War das ihre Art, zuzugeben, dass sie damals doch geweint hatte?

»Das ist sehr großzügig ...«, murmelte Mathilda.

Gerloc ließ sie los, und kurz überfiel Mathilda ein schlechtes Gewissen, weil sie gedacht hatte, Gerloc wolle ihr mit der Mitgift in Wahrheit nichts Gutes tun.

Gerloc sah wieder an ihr vorbei und lächelte.

Mathilda wusste nicht, was sie tun sollte. Wie konnte sie ins Kloster gehen, unwürdig, wie sie war? Wie aber das Angebot abweisen und Gerloc erklären, dass es nicht länger ihr Herzenswunsch war, wenn sie doch keinen anderen benennen konnte und es überdies als beste Lösung schien, nun, nach Wilhelms Tod, da Sprotas Zukunft ungewiss war und ihre eigene noch mehr?

Sie machte sich nicht vor, dass sie an ihrem alten Leben anknüpfen konnte, denn sie hatte sich verändert, vielleicht genauso sehr wie Gerloc, die einstmals dreiste, laute, stets lachende Gerloc, die behauptet hatte, man könne sein, wer man wolle.

Vielleicht konnte man das sogar – nur war es hinterher nicht mehr rückgängig zu machen, so wie sich eine Greisin nicht der Hoffnung hingeben konnte, der bucklige Rücken sei nur vorläufig eine Qual und die Unbeschwertheit der Jugend jederzeit wieder zu erringen. Gerloc war ein für alle Mal Fränkin, ein für alle Mal Werghaupts Gattin und Mutter seines Sohnes, ein für alle Mal Adela.

Nur sie, Mathilda, war nichts ein für alle Mal, nicht Liebende, nicht Sünderin, nicht Heimatlose, nicht Opfer, nicht Erbin der Bretagne, nicht ... Ordensschwester. Zumindest *noch* nicht. Gerloc schenkte ihr jedoch die Möglichkeit, es zu sein.

Sie dachte lange nach, das verbrannte Holz zerfiel zu Asche. Gerlocs ausdrucksloses Lächeln schien plötzlich nicht mehr verlogen, das Schweigen nicht mehr befremdlich. Es war verführerisch, sich in beides zu flüchten. Für heute, für immer.

»Ja, ich möchte ins Kloster gehen«, sagte Mathilda plötzlich. »Nicht in eines der großen Städte ... sondern in ein einsames ... weit weg von allem.«

So wie Saint-Ambrose. Sie würde beten, sie würde fasten, sie würde in einem Skriptorium Texte abschreiben. Sie würde wieder eine Gefährtin wie Maura finden, deren Gedanken und Gefühle sie nicht mühsam würde zu ergründen versuchen wie die Gerlocs, sondern die von gleichem Trachten getrieben war wie sie: Gott zu dienen, die Welt zu vergessen, sich selbst nicht zu beachten.

Gerloc erhob sich und hörte zu lächeln auf.

»Hast du manchmal Heimweh gehabt?«, fragte Mathilda, ahnend, dass sie für immer scheiden würden.

»Nein«, kam es schroff. »Nie.«

»Gerloc ...«

»Ich heiße Adela.«

Mathilda seufzte. »Ich werde für dich beten, ganz gleich, wie du jetzt heißt.«

Gerloc sah Mathilda an. »Manchmal«, sagte sie dann, »manchmal.«

Mathilda war nicht sicher, was sie meinte – dass es genügen würde, nur manchmal für sie zu beten, oder dass sie manchmal doch Heimweh gehabt hatte.

Sprota hatte nie recht verstanden, was Menschen meinten, wenn sie vom Glück sprachen. Manchmal dachte sie, dass Glück das war, was ein Schmetterling fühlte, wenn er an einem Sommertag über eine Blumenwiese flatterte. Aber Menschen konnten nicht fliegen und Schmetterlinge nur einen Sommer genießen, ehe der Herbst kam. Besser war es darum, kein Glück anzustreben, sondern stattdessen Gemächlichkeit und Zufriedenheit, und beides war nur dann zu erreichen, wenn man sich dem Unvermeidbaren fügte.

Wenn ihr auch das rechte Gespür für Glücksempfinden fehlte, so wusste sie nun wenigstens, was Unglück bedeutete und wie es sich anfühlte, wenn Schmerz die Seele zerfraß und nicht bereit war, auch nur den kleinsten Bissen wieder auszuspucken.

Wilhelms Tod hatte sie irgendwie verwinden können. Wilhelm hatte nie wirklich ihr gehört, sie musste ihn mit seinem Land teilen und vor allem mit seinem Gott, der sich immer als besitzergreifender als sie erwiesen hatte. Aber das Schicksal raubte ihr nicht nur den Mann. Nun würde sie auch Richard verlieren, der einst ganz und gar ihr gehört hatte. Gewiss, seit er aus ihrem Leib gekrochen war, hatten andere über sein Leben entschieden, aber sie war immer in seiner Nähe gewesen – und das würde sich jetzt ändern. Selbst Männer, die sie bisher wohlweislich missachtet hatten, fühlten so viel Mitleid mit ihr, dass sie mit ihr die Pläne besprachen.

An den Plänen ändern konnte sie dennoch nichts.

Sie hatten sich im großen Festsaal versammelt – Botho darunter, Osmond de Cent-Villes, natürlich Bernhard der Däne, auch Arvid, der Mönch.

Eben schloss Bernhard seine Überlegungen ab, wie sie sich verhalten sollten, um Richards Erbe zu sichern. »Es ist eine schwierige Entscheidung, eine nahezu unmenschliche. Aber wir müssen sie fällen.«

Bernhard war ein Mann, der immer alt gewirkt hatte, doch in diesen Tagen schien mehr unsichtbares Gewicht als sonst auf seinen Schultern zu lasten. In seinen Zügen stand nicht mehr so viel Trauer wie unmittelbar nach Wilhelms Tod, aber Erschöpfung.

Er hob den Kopf und blickte Sprota direkt in die Augen, wie er es selten getan hatte. »Das siehst du doch ein, oder?«, fragte er.

Alles in Sprota schrie, aber ihre Lippen blieben versiegelt. Sie hatte zu schweigen gelernt – damals, als sie mit ihren Eltern die Heimat verlassen musste, als diese starben und sie schutzlos zurückließen, als sie Wilhelm kennenlernte und kurz bezaubert war von seiner Jugend und Stärke – so wie er von ihrer –, um wenig später festzustellen, dass jemand wie Wilhelm nie richtig jung gewesen war und sie auch nicht, weil sie beide zu früh erwachsen hatten werden müssen. Und er war auch nicht stark, nur pflichtbewusst, und sie war nicht stark, nur schicksalsergeben. Das einte sie, und es genügte, seine Konkubine zu werden. Es reichte nicht für mehr, nicht für Liebe.

Ein anderer protestierte an ihrer statt – Osmond, der jüngste der Männer, die hier zusammengekommen waren, und derjenige, der noch nicht gelernt hatte, Gefühle zu vertuschen. »Ludwig hat keine Anstalten gezeigt, Wilhelms Tod zu rächen und Arnulf zu strafen. Ausgerechnet er soll ...«

Er brach ab.

Seit dem Begräbnis einige Wochen zuvor hatten sie darauf gewartet, dass der fränkische König gegen Arnulf vorgehen würde, aber bislang ließ er ihn ungeschoren davonkommen. Mittel, ihn zu zwingen, der Gerechtigkeit Genüge zu tun, hatten sie keine. Vor einigen Tagen schließlich war Ludwig überraschend nach Rouen gekommen und residierte nun im einstigen Haus des Bischofs.

Dorthin hatte er am Vorabend Richard eingeladen, den »jungen Grafen«, wie er ihn ganz selbstverständlich nannte. Als gutes Zeichen wertete das niemand, vor allem nicht, als er nach dem gemeinsamen Abendessen verlangte, Richard solle auch noch über Nacht bei ihm bleiben. Am nächsten Morgen, als Osmond de Cent-Villes vorstellig wurde, um den Knaben abzuholen und in die Thermen zum Bad zu bringen, lehnte der fränkische König dies schlichtweg ab. Es werde bestens für Richard gesorgt unter seinem Dach, beteuerte er, er habe genügend Dienstboten, die Tag und Nacht um sein Wohl besorgt seien. Im Übrigen müsse er darauf bestehen, dass Richard auch künftig sein Gast bleibe.

Wutentbrannt war Osmond zurückgekehrt. Er sprach als Erster aus, was alle dachten: Richard war nicht Ludwigs Gast, sondern sein Gefangener. Am liebsten hätte er sein Schwert erhoben, um ihn gewaltsam zu befreien.

Doch Bernhard, besonnen wie stets, hielt ihn davon ab. »Solange Ludwig den Schein der Gastfreundschaft wahrt, können wir die Herausgabe von Richard nicht erzwingen.«

Noch hatten sie da gehofft, es genüge, ein wenig guten Willen zu zeigen, auf dass sich alles zum Guten wende. Doch eben hatte Ludwig einen Boten geschickt, um ihnen einen Vorschlag zu machen: Wäre Richard nicht am besten geschützt, würde er ihn mit an seinen Hof nach Laon nehmen? Dort würde er ihn selbstverständlich wie einen Sohn behandeln und ihn gemeinsam mit dem fränkischen Kronprinzen Lothar erziehen lassen, bis er alt genug sei, die Normandie zu regieren. Bis dahin könne doch Bernhard der Däne die Herrschaftsgewalt ausüben.

Der schüttelte eben nachdenklich den Kopf. »Wenn wir ihm Richard nun überlassen, kann es sein, dass wir ihn nie wiedersehen.«

»Aber wenn Ludwig sich vor aller Welt als sein Beschützer aufspielt«, gab Botho zu bedenken, »folglich auch als der der Normandie –, dann wird ihm gar nichts übrig bleiben, als Arnulf von Flandern zu bestrafen.«

Was interessiert mich Flandern, dachte Sprota, wenn ich meinen Sohn verliere?

»Sollen wir zum Preis der Rache auf unseren Erben verzichten?«, begehrte Osmond auf. »Mag er in Laon auch noch so gut behandelt werden – in Wahrheit ist er dort Geisel, nicht Gast. Was, wenn Ludwig die Gelegenheit nützt und ihn ...«

Er verstummte, als Bernhard mahnend die Hand hob, aber

Sprota wusste, wie der Satz zu Ende gegangen wäre. Was, wenn Ludwig Richard ermordete?

»Wenn Richard in Laon stürbe«, wandte Bernhard ein, »dann würde alle Welt Ludwig für seinen Mörder halten. Das kann er nicht riskieren. Würde er ihm wirklich nach dem Leben trachten, so wäre es ein Leichtes, einen Meuchelmörder in die Normandie zu schicken, nachdem er wieder heimgekehrt ist. So widersinnig es klingt – es könnte sein, dass er in Laon sicherer ist als hier, dass er in Ludwigs Nähe folglich am besten vor Ludwig geschützt ist.«

»Vorausgesetzt«, murrte Osmond, »Ludwig hat wirklich Angst davor, als Mörder zu gelten. Arnulf hatte sie nicht.«

»Arnulf ist auch nicht der fränkische, mit dem Öl des heiligen Remigius gesalbte König. Bedenkt – es geht nicht nur um Richards Sicherheit, sondern auch um die der Normandie. Ludwig ist nicht der Einzige, von dem Gefahr droht. Fast sämtliche Nachbarn wird es über kurz oder lang gelüsten, das Land zu erobern. Doch sie werden es nicht wagen, es anzugreifen, solange Richard als rechtmäßiger Erbe Ludwigs Schutz genießt.«

»Aber wird sich auch Ludwig selbst vor einem Angriff scheuen?«

»Er hat immerhin vorgeschlagen, dass er vor der Rückkehr nach Laon mit Richard einige normannische Städte besuchen wird, auf dass das Volk dem künftigen Erben huldigen kann, ehe er das Land verlässt. Eine Geste, die man durchaus als eine guten Willens werten kann.«

»Wenn man denn selbst diesen guten Willen hat«, wandte Osmond ein. »Mir fehlt er allerdings.«

Botho hingegen seufzte. »Wir können es drehen und wenden, wie wir wollen. Ganz gleich, was wir tun, es kann alles das Falsche sein. Oder die rechte Wahl.«

Sprota musterte die Gesichter der anderen Versammelten, die den Wortwechsel schweigend belauscht hatten. Eine Meinung dazu hatte dennoch jeder: Die Hitzköpfigeren drängte es danach, irgendetwas zu tun, egal was. Die Nachdenklicheren wollten die Entscheidung hingegen so lange wie möglich aufschieben. Alle einte die Erleichterung, dass die Last am Ende auf Bernhards Schultern liegen würde, selbst Sprota war froh, nicht selbst über das Geschick des Sohnes entscheiden zu müssen. Sie hätte nicht gewusst, was zu tun war. Sie wusste jetzt nur, dass Glück viel mehr war als das Flattern des Schmetterlings über der Sommerwiese: Glück war, Richard wohlbehalten an ihrer Seite zu wissen. Und dieses Glück war nun auf lange Zeit, vielleicht für immer verloren.

Sie unterdrückte die Regung zu schreien, sich vor Bernhard zu Boden zu werfen, ihn anzuflehen, Richard bei ihr zu lassen. Stattdessen erklärte sie ruhig: »Wenn Richard König Ludwig tatsächlich nach Laon begleiten soll, dann solltet ihr es zur Bedingung machen, einen aus eurem Kreis zu seinem Geleit mitzuschicken. Osmond wäre wohl eine gute Wahl. Er kann mir ... kann uns jederzeit Bericht erstatten.«

Bernhard blickte sie eine Weile nachdenklich an. In jeder anderen Situation hätte er einen Rat, der von ihr kam, nicht angenommen. Aber nun nickte er. »In vier Jahren ... in vier Jahren ist er vierzehn Jahre alt. Dann kann er sein Erbe antreten, und wir werden ihn aus Laon zurückholen, koste es, was es wolle.«

Schweigen antwortete ihm. Vier Jahre waren eine lange Zeit für ein Land ohne Herrscher und mit habgierigen Nachbarn. Aber einen anderen Erben als Richard gab es nicht.

Und vier Jahre waren eine lange Zeit für eine Mutter, die sonst nichts war, keine Witwe, keine Konkubine mehr. Aber ein anderes Leben hatte sie nicht.

Das Schweigen währte nicht lange, alsbald wurde weitergeredet, und immer wieder wurden die gleichen Argumente gewälzt. Nur Sprota sagte nichts mehr, hielt ihren Blick gesenkt und zeigte niemandem ihren Schmerz.

Als sich eine Stunde später alle zerstreuten, ließ sie sich, die sie bis jetzt mit geradem Rücken dagestanden hatte, auf einen Stuhl sinken. Wäre sie allein gewesen, sie hätte hemmungslos geweint wie nie, aber nicht alle Schritte, die erklangen, wurden leiser – jemand trat auf sie zu, blieb vor ihr stehen und wartete, bis sie sich stark genug fühlte, den Kopf wieder zu heben.

Dass jener Mann sie nicht mit Fragen bedrängte, machte es leichter, mit ihm zu reden.

»Ausgerechnet du bleibst an meiner Seite«, setzte sie unwillkürlich an, »zwischen mir und seinen Mönchen stand doch immer jene unsichtbare Mauer. Wir gaben uns gegenseitig die Schuld, dass er uns nicht ganz und gar gehörte. Und jetzt ... jetzt gehört er niemandem mehr. Jetzt wird selbst sein Sohn einem Feind anvertraut.«

Sie seufzte schwer.

»Was wird aus dir werden?«, fragte Arvid.

»Seit wann ist das etwas, worüber ich entscheiden könnte?«, gab sie zurück. »Aber du – du kannst es entscheiden. Du wirst ins Kloster von Jumièges zurückkehren, nicht wahr?«

Er wich ihrem Blick aus. »Ich muss mit ... ihr sprechen«, brach es aus ihm hervor. »Ich hätte es längst tun sollen. Ich dachte all die Jahre, ich könnte sie vergessen und es wäre am besten so. Aber seit ich ihr wiederbegegnet bin ...« Er brach ab.

Deshalb also war er bei ihr im Saal geblieben. Wie hatte sie nur glauben können, es ginge um sie. Nein, er hatte die Zukunft einer anderen im Blick – heimatlos wie sie, getrieben und gewiss voller Angst, was das Morgen brächte. Sprota wusste nicht, was Mathilda und Arvid genau miteinander verband, aber sie hatte die Blicke gesehen, die sich die beiden in den letzten Tagen oft verstohlen zugeworfen hatten, und ihr offensichtliches Trachten, sich gleichgültig zu geben.

»Aber warum willst du mit ihr reden? Um dich von ihr zu verabschieden? Mach es dir und ihr nicht schwerer.«

Ein bitterer Unterton klang in ihrer Stimme mit. Sie hatte ihn sich versagt, als sie zuvor zu Bernhard gesprochen hatte, denn Richard konnte sie nicht schützen – Mathilda hingegen schon.

»Ich muss sie sehen!«, wiederholte Arvid flehentlich. »Bitte! Ich weiß doch nicht, ob ich überhaupt noch ins Kloster gehen will.«

Sprotas Augen wurden schmal. Die Verzweiflung in der Miene dieses jungen Mannes rührte sie – und machte sie wütend. Nicht auf ihn, sondern auf Wilhelm.

»Und sieh – dieser Satz verrät dich«, sagte sie schneidend. »Du meinst, du weißt es nicht. Und das bedeutet, dass du schwankst. Dass du unschlüssig bist. Und du erhoffst dir von Mathilda, dass sie dir die Entscheidung abnimmt. Ich aber sage dir: Laste ihr das nicht auf! Ich weiß genau, wie sich eine Frau fühlt, die mit einem Mann leben muss, der zerrissen ist, der zwischen Gott und seinem Land steht, der seinen Körper kasteit und zwischendurch doch der Versuchung unterliegt.«

Der mit mir einen Sohn gezeugt und diesen anerkannt hat, setzte sie im Stillen hinzu. Aber der mich nicht geheiratet und meiner Stimme genug Gewicht verliehen hat, um Bernhard anzuschreien, anstatt ihm zuzustimmen.

»Geh!«, rief sie. »Geh, so schnell du kannst. Mute Mathilda nicht mein Schicksal zu. Ich habe an Wilhelms Seite verlernt, nach Glück zu suchen, weil ich dachte, dass er mich zumindest vor Unglück bewahrt. Und sieh, wie es geendet ist.«

Arvid sah sie ratlos an. »Ich soll sie also meiden? Aber was wird aus ihr?«

»Mach dir darüber keine Gedanken. Gerloc … Adela hat ihr ein großzügiges Geschenk gemacht – eine Mitgift nämlich, damit sie in einem Kloster Aufnahme findet.«

Arvid begann, unruhig auf und ab zu gehen. »Und dorthin will sie immer noch nach all den Jahren? Du kennst sie, du weißt es. Sag es mir! Wird sie dort glücklich sein?«

»Sie wird ihren Frieden finden.«

Und er wird dauerhafter sein als der, der mir an Wilhelms Seite gewährt wurde, dachte Sprota.

Kurz schämte sie sich, ihr Schicksal mit dem Mathildas zu vergleichen und Arvids Handeln mit dem Wilhelms, ja, ihm vorzuwerfen, was sie Wilhelm nie offen angelastet hatte – sein Schwanken, sein Zögern, seine Zweifel, in welche Richtung er sein Leben lenken wollte. Aber zugleich tat es gut – all das nämlich an Arvid zu wittern und ihm ungleich bestimmter, ja schonungsloser und fordernder entgegenzutreten.

Er ging immer noch auf und ab, sie passte sich dem gehetzten Schritt an.

»Was ist es denn, was du in ihr Leben bringst – außer Verwirrung, Unschlüssigkeit und Schmerz?«, fragte sie.

Arvid blieb stehen. »Wilhelm hat mir schon vor Jahren angeboten, zurück nach Jumièges zu kehren. Ich habe es abgelehnt, um mich zu strafen. Nun frage ich mich, ob es nicht die größte denkbare Strafe ist, als Unwürdiger dort zu leben.«

Sie fragte nicht nach, was ihn unwürdig machte. »Du warst doch so etwas wie Wilhelms … Freund, nicht wahr? Lebe das Leben, nach dem er sich sehnte – damit ehrst du ihn am besten. Und führ zugleich den Weg zu Ende, den er nie selbst beschreiten konnte.«

»Ich hätte es bestritten, dass er mein Freund war, solange er lebte, aber jetzt, da er tot ist ...«, er zuckte die Schultern. »Du hast mir noch nicht gesagt, was du nun tun wirst.«

Der gerechte Zorn zerfiel. Gedanken an das eigene Geschick stimmten sie so viel müder als die an Mathilda.

»Man hat mich halbherzig geduldet, als Wilhelm noch lebte«, sagte sie leise, »ohne Richard habe ich keinen Platz mehr bei Hof. Weder in Fécamp noch in Bayeux noch hier in Rouen. Wilhelm hat sich so viele Gedanken über seinen Lebensabend gemacht und wo er ihn verbringen könnte, über meinen hingegen nie.« Sprota hielt einen Moment inne. »Nun, anders als Mathilda steht mir kein Kloster offen. Ich fürchte, ich werde mir einen geeigneten Ehemann suchen müssen.«

Wahrscheinlich gab es genügend Männer, die es als Ehre empfanden, Wilhelms Konkubine zur Frau zu nehmen – zumindest unter jenen, deren Stand nicht sonderlich hoch und deren Vermögen nicht sonderlich groß war.

»Und wenn aus mir tatsächlich eine ehrbare Frau werden kann«, fuhr sie fort, »warum dann nicht aus dir ein guter Mönch und aus Mathilda eine gute Nonne? Was kannst du ihr bieten, was ein Leben in Abgeschiedenheit und ohne Schmerz aufwiegt?«

Was, dachte sie, was hatte Wilhelm mir zu bieten außer Nächte, nach denen er sich schämte, einen Sohn, der mir jetzt genommen wird, ein bequemes Leben, das immer nur Gnade war, nicht Anrecht.

»Vielleicht ist es tatsächlich besser für sie, wenn ich sie weiterhin meide«, murmelte er.

Sie fühlte seinen Schmerz ganz deutlich, und plötzlich überkam sie ein schlechtes Gewissen, weil sie ihn abhielt, für sein Glück zu kämpfen. Sie war nicht länger sicher, ob sie tatsächlich Mathilda schonte oder nicht vielmehr einer kleinlichen Rachsucht folgte, die den Falschen traf.

Doch als er sich abwandte und den Saal verließ, hielt sie ihn nicht zurück. Wenn er wirklich hätte kämpfen wollen, hätte er sich nicht so leicht von ihr ins Wanken bringen lassen. Wenn er wirklich an ein Glück glaubte, das beständiger wäre als ein warmer, bunter Sommertag, wäre er nicht beim ersten Lufthauch davongeflattert, sondern hätte mit entschlossenem Flügelschlag selbst einem Sturm getrotzt.

Bis zu dem Tag, an dem Mathilda ins Kloster aufbrach, erklärte sie oft überzeugend, wie sehr sie sich freue und wie sehr sie Gott für die Gnade danke, endlich das erstrebte Leben führen zu können. Doch ausgerechnet, als sie von Sprota Abschied nahm, überkam sie das Herzweh – obwohl oder gerade weil Sprota gefasst war.

Sie drückte Mathilda zwar an sich, aber ihr Gesicht glich nicht dem einer Frau, die ihre langjährige Gefährtin verlor, nachdem bereits der Geliebte gestorben war und sie erst am Tag zuvor den kleinen Richard hatte gehen lassen müssen.

Wenn sie nur eine Träne geweint hätte, wäre Mathilda umso lieber an einen Ort geflohen, wo dicke Mauern das Leid der Welt aussperrten, weil weder Leid noch Welt zählten. Nun perlten ihr selbst die Tränen über die Wangen. Nun deuchte sie das Kloster auf einmal nicht mehr als Zuflucht, sondern als das Gefängnis ihrer Kindheit.

»Wie schaffst du es?«, rief sie. »Wie schaffst du es, stets so gleichmütig zu bleiben?«

Endlich verdunkelte sich auch Sprotas Gesicht und spiegelte den Schmerz wider.

»Als ich gestern Richard gehen ließ, glaubte ich, sterben zu müssen«, bekannte sie mit heiserer Stimme.

Zutiefst überrascht von diesen Worten hörte Mathilda zu weinen auf. Sprota wandte sich ab. Im Augenblick größter Ehrlichkeit konnte sie ihrem Gegenüber nicht in die Augen sehen. »Ich weiß«, sagte sie, »man kennt mich als eine, die stets ihre Fassung wahrt. Ich selbst habe dich so oft belehrt, dass es das Leben leichter macht, wenn man willig das ›Noch‹ hinnimmt und – wenn es ihm unweigerlich folgt – auch ohne Protest das ›Nicht mehr‹. Aber wisse: Bei Wilhelm hat es am Ende nicht länger wehgetan, ihn gernzuhaben, aber ich habe mein Herz an Richard gehängt, und ihn gehen zu lassen bricht mir dieses Herz. Wer liebt, der leidet.«

Immer leiser war ihre Stimme geworden, ehe sie brach. Ein paar Atemzüge später drehte sie sich um. Ihre Haltung war starr, aber ihre Mundwinkel zuckten – wegen des Leids, das sie beschwor, aber auch, wie Mathilda schien, aus Trotz.

»Du machst es richtig!«, rief sie plötzlich. »Es ist die rechte Wahl, ins Kloster zu gehen. Für dich. Und für Arvid auch.«

»Du weißt von ihm ... und mir?«

»Ich kann mir das meiste denken. Aber hab keine Angst, was immer euch verbindet – ich werde es gewiss nicht weitersagen.«

Mathilda hatte nie mit Sprota über ihn gesprochen und fühlte sich auch jetzt nicht von ihr bedrängt, es zu tun. Gerade deshalb war es plötzlich leicht, ihr alles zu erzählen – von der Flucht durch den Wald, wie er sie vor ihren Verfolgern bewahrt hatte, wie sie aus einem dunklen Traum aufgeschreckt war und ihn geküsst hatte, wie er sie einfach in Fécamp zurückgelassen hatte. Die Worte sprudelten aus ihr hervor. Sie erzählte, wie er ihr erst in Bayeux das Leben gerettet hatte, dann in Lyons-la-Forêt und dass sie sich am Tag von

Gerlocs Hochzeit auf dem staubigen Boden einer Kammer geliebt hatten.

»Ich habe nicht gewagt, ihm danach noch einmal ins Gesicht zu sehen«, rief sie. »Und jetzt ist er es, der mich nicht länger anschaut. Ich denke, es ist richtig, aber ich fühle, es tut weh.«

Sprota blickte Mathilda lange schweigend mit gerunzelter Stirn an. Mehrmals setzte sie zum Reden an, aber was immer ihr auf den Lippen lag, sie sprach es nicht aus.

»Ich sollte mit ihm sprechen, wenigstens jetzt, und sei es nur, um Abschied zu nehmen«, murmelte Mathilda.

»Aber denkst du nicht, dass es noch mehr wehtun würde?«, fragte Sprota. »Willst du dir das antun? Willst du noch mehr Schmerzen? Oh, was gäbe ich dafür, keinen Schmerz erleiden zu müssen.«

»Es tut mir leid«, sagte Mathilda leise, »dass ich über mich rede, während du den kleinen Richard ...«

»Ich werde Esperlenq heiraten«, fiel ihr Sprota jäh ins Wort.

Mathilda riss überrascht die Augen auf.

»Ja, das werde ich tun«, erklärte Sprota. »Esperlenq ist ein reicher Müller, er besitzt mehrere Mühlen an der Andelle und ein großes Haus aus Stein in Pîtres. Ich kenne ihn, er ist ein guter Mann. Das feine Brot, das wir hier essen, ist aus seinem Mehl gebacken. Er hat um mich geworben, und ich weiß, ich werde an seiner Seite ein gutes Leben haben. Ein besseres als mit Wilhelm.«

Sie schien zu glauben, was sie sagte, aber der Glaube war nicht groß genug für Hoffnung auf Liebe. »Weißt du, Mathilda«, fuhr sie fort, »ich habe immer gedacht, dass einer, der sein Gesicht nicht in den kalten Sturm reckt, auch nicht erfrieren wird, und dass, wer am Strand hocken bleibt, anstatt auf hohe See zu fahren, nicht ertrinkt, und dass man nicht mit Hunger ins Bett gehen muss, wenn man sich daran gewöhnt hat, dass auch Brot aus Asche schmecken kann. Aber ...«

»... aber nicht immer überlebt man, indem man sich tot stellt«, brachte Mathilda ihren Satz zu Ende.

Sprota nickte. »Nun geht es nicht um mich ... es geht um Richard. Er wird in den Sturm geschickt, mit ihm kann ich nicht am sicheren Strand hocken bleiben, und ich weiß nicht, ob ihm das Leben Schmackhafteres vorsetzt als Brot aus Asche. Und es macht mich krank, dass ich es nicht ändern kann.« Sie schüttelte den Kopf, wieder zuckten ihre Mundwinkel. Mathilda erwartete, dass sie nun endlich weinen würde, aber Sprotas Augen blieben trocken. Stattdessen brach sie in ein schrilles Lachen aus, das an die Gerloc von einst erinnerte. »In Laon wird wohl das beste Brot im ganzen Reich aufgetischt, und ich mache mir Sorgen!«

Mathilda schwieg, aber sie ahnte, was Sprota durch den Kopf ging, als ihr Lachen verstummte: Was nutzte das beste Brot – auch mit gefülltem Magen würde Richard womöglich ein Leben lang eine Geisel bleiben und einer, dem man das Land seines Vaters genommen hatte.

»Du denkst, ich sollte Arvid weiterhin aus dem Weg gehen«, murmelte sie.

»Er kann leben, was Wilhelm verwehrt blieb.«

»Er wird nach Jumièges zurückkehren, nicht wahr?«

»Er wird seinen Frieden finden. Und du auch.«

Mathilda war sich dessen nicht so sicher. Als Sprota die Hände um ihre Schultern legte, hätte sie sich am liebsten losgerissen und wäre hinausgestürmt, um laut Arvids Namen zu rufen. Aber dann musterte sie Sprotas Gesicht, das der Schmerz verändert hatte. Sie war immer eine hübsche Frau gewesen, aber niemals schön wie jetzt, niemals so weich, niemals so verletzlich.

Mathilda erstarrte unter ihren Händen und ahnte, wovor die andere sie bewahren wollte. Ihr fiel nichts Besseres zu sagen ein, als das, was sie zu Gerloc gesagt hatte.

»Ich werde im Kloster für dich beten.«

Johan war sofort bereit, sie zu begleiten.

In all den Jahren hatte er darauf gewartet, dass sie wie einst eine Bitte an ihn richten würde. In all den Jahren hatte er sich immer deutlicher ausgemalt, wie er mit Mathilda leben würde – reicher als seine Eltern, satter und glücklicher, mit einem vertrauten Menschen an seiner Seite, der Tag für Tag sein Leben teilte in dem fremden Land, aus dem endgültig eine Heimat wurde.

Er hatte nicht genau verstanden, was dem entgegenstand und warum sie ihn seit jenem überstürzten Ritt nach Bayeux mied. Doch er hatte sich abgefunden, dass schwer zu begreifen war, was eine Frau wie sie antrieb, und entschieden, sich von der Ungewissheit die eigenen Ziele nicht madig machen zu lassen. Nun zeigte sich, dass sich Geduld und Warten lohnten: Sprota würde Esperlenq heiraten und Gerloc, so ging das Gerücht, hatte Mathilda eine reiche Mitgift überlassen. Dass diese ihn nun um Geleit bat, konnte nur bedeuten, dass sie sich ihn als Mann erkoren hatte, jedoch keine andere Möglichkeit wusste, um ihn zu werben.

Damals, bei der Hochzeit in Rouen, war sie noch nicht bereit für ihn gewesen – jetzt war sie es. Damals hatte dieser Mönch zwischen ihnen gestanden – jetzt hatte sie eingesehen, dass auf dieser Welt am besten zurechtkam, wer Schwarz von Weiß unterschied und den Krieger strikt vom Gottesmann.

Der eine bot einer Frau wie ihr eine Zukunft, der andere nicht.

»Selbstverständlich gehe ich mit dir!«, rief er übereifrig. Am liebsten wollte er noch am selben Tag aufbrechen, egal wohin. Sie sagte nichts über ihr Reiseziel, verschob den Aufbruch lediglich auf den Sonnenaufgang des nächsten Tages. So blieb ihm eine ganze Nacht, sich auszumalen, wie sie vor ihm auf dem Pferd sitzen und er sie halten würde.

Am nächsten Tag stand im Hof der Burg jedoch ein Gefährt, in dem sie zu reisen beabsichtigte – und in jenem Gefährt saßen, was noch schlimmer war, zwei Mönche.

Er blickte sie verwirrt an. »Was tun sie hier?«

»Sie begleiten mich ins Kloster. Einmal jährlich wird es von Priestern besucht, auf dass sie den Schwestern die Beichte abnehmen.«

Er wollte nicht begreifen. »In welches Kloster?«, fragte er.

»Das Kloster Sainte-Radegonde, in dem ich leben werde. Gerloc hat mir ein Stück Land in der Nähe von Évreux geschenkt. Die Einkünfte daraus werde ich dem Kloster überlassen – als meine Mitgift.«

Mathilda stieg in das Gefährt und überließ ihn der Erkenntnis, dass die gemeinsame Reise das Band zwischen ihnen nicht stärken würde, sondern endgültig zerreißen. Hinter der Bitte, sie zu begleiten, verbarg sich kein heimliches Werben. Sie suchte Schutz, keinen Ehemann.

Als das Gefährt anrollte, übermannte ihn die Wut. Wut auf seinen Vater, der ihn mit der Verheißung eines besseren Lebens hierher gelockt hatte. Wut auf Graf Wilhelm, der zu wenig Stärke bewiesen, mit den Mönchen gespielt und wahrscheinlich gerade deshalb Opfer eines heimtückischen Mörders geworden war. Wut auf Wilhelms Berater, die den kleinen Richard dem fränkischen König anvertraut hatten. Wut schließlich auf

Mathilda, die sich das eigentlich schlichte Leben so schwer machte. Warum stellte sie die Welt auf den Kopf, anstatt ihren Kopf vor dem wichtigsten Gebot auf dieser Welt zu beugen – Kinder zu bekommen und sie großzuziehen?

Das Gefährt entfernte sich, er starrte ihm nach, ohne seinem Pferd die Sporen zu geben, und sah sich dann in der Hoffnung um, ein anderer könnte ihr den Entschluss ausreden.

Der Einzige, den er erblickte, war Arvid. Dieser trat eben aus der Kapelle, verharrte im Schatten des Portals und sah seinerseits dem Wagen nach, mit Sehnsucht im Blick und zugleich Entschlossenheit, dieser nicht nachzugeben. Er ließ sie gehen.

Wie kann er nur?, dachte Johan. Warum stürzt er ihr nicht hinterher? Warum stellt er sich nicht vor die Ochsen? Warum reißt er sie nicht aus dem Wagen, schlägt sie zu Boden, nimmt sie gewaltsam, treibt ihr das Kloster aus?

Nun, Arvid konnte es nicht, weil er ein Gottesmann war. Und er, Johan, konnte es auch nicht, obwohl er Krieger war.

Er dachte lediglich darüber nach, malte es sich in der nächsten Stunde, da er sein Pferd doch antrieb und dem Gefährt folgte, immer wieder aus. Eigentlich wäre es ganz einfach gewesen. In seiner Heimat hatte man manchmal Frauen von fremden Sippen geraubt, wenn die der eigenen verhungert waren. Nur die beiden Mönche wären Zeugen, aber gegen ihn wären sie machtlos. Es war einsam auf den Straßen und den schmalen Wegen inmitten verschneiter Wiesen – niemand würde sie hier vor ihm beschützen können.

Doch Mathilda war so arglos, dass er unmöglich zur Tat schreiten konnte.

Als sie gegen Mittag rasteten, Dörrfleisch mit Brot aßen und Wein aus Schläuchen tranken, der nicht nur sauer, sondern auch bitter schmeckte, hockte sie sich zu ihm. »Hab

Dank«, murmelte sie. »Du bist immer da, wenn ich dich brauche.«

Sie meinte es ehrlich, und sein Zorn wuchs – diesmal nicht auf das fremde Land und wie sich hier die Menschen gebärdeten, sondern weil er selbst so verweichlicht war und sich nicht nahm, was er wollte, vielmehr von unerklärlicher Scheu im Zaum gehalten wurde. Er konnte nicht einmal sagen, was er dachte: Geh nicht ins Kloster, ich bitte dich, bleib bei mir, wir können gemeinsam leben, wir können es gut haben, wir können Kinder zeugen. Ich werde für dich sorgen, viel besser als mein Vater für meine Mutter sorgen konnte. Dies war der Grund, in die Fremde zu gehen. Damit ich gut für eine Frau sorgen kann, nicht, um diese Frau an einen fremden Gott zu verlieren.

»Willst du wirklich ins Kloster gehen?«, fragte er stattdessen.

»Es ist von jeher meine Bestimmung«, sagte sie schlicht.

Sie erhob sich, verstaute den verbleibenden Proviant in einem Ledersäckchen an ihrem Gürtel.

Wie gern er an diesem Gürtel gezerrt hätte, wie gern ihr das Kleid vom Leib gerissen. Doch sie fürchtete sich nicht davor, sie rechnete nicht damit, also konnte er es auch weiterhin nicht tun.

Das Einzige, was er tun konnte, war, am Zügel seines Pferdes zu reißen, als das Gefährt sich wieder in Gang setzte. Anstatt ihm zu folgen, dirigierte er das Tier in die andere Richtung. Sollte ihr blasser, schwächlicher Gott sie doch auf dem Weg ins Kloster beschützen.

Johan ritt so schnell davon, dass er die erstaunten Fragen nicht hörte, die ihm die Mönche und Mathilda hinterherschrien. Schon galoppierte er über einen Hügel, und als er sich umdrehte, war der Wagen nicht mehr zu sehen.

Je näher er Rouen kam, desto lauter schrie sein schlechtes

Gewissen. Er fühlte sich beobachtet, glaubte, Äste knacken zu hören, Schatten durch den Wald huschen zu sehen, vielleicht Geister, vielleicht Räuber. An ihm würden sie sich nicht vergreifen, er trug ein Schwert, aber jene Gottgeweihten waren eine leichte Beute.

Erst als er in Rouen ankam, fiel das schlechte Gewissen von ihm ab. Stunden waren seit dem Aufbruch vergangen, aber Arvid stand immer noch vor der Kapelle, immer noch mit Sehnsucht im Blick, wohl immer noch voller Entschlossenheit, Mathilda nicht nachzugeben.

Und obwohl Johan nicht wusste, was in Frauenköpfen vorging – es nie hatte wissen wollen –, war er überzeugt, dass Mathilda nicht einer lebenslangen Bestimmung folgte, sondern seinetwegen ins Kloster ging.

Ich zahle es dir heim, dachte er, wie er es sich schon einst auf Gerlocs Hochzeit geschworen hatte, eines Tages zahle ich es dir heim. Er würde weder Mathilda noch Arvid je verzeihen, dass ihm das fremde Land fremd blieb.

Die Mönche beteten, Mathilda nicht. Erst jetzt wurde ihr bewusst, dass sie in den ersten Jahren nach der Flucht aus Saint-Ambrose regelmäßig gebetet hatte. Irgendwann hatte sie damit aufgehört, nicht willentlich, eher aus Vergesslichkeit. Nicht vergessen hatte sie die Psalmen. Als sie hörte, wie die Mönche sie beteten, fielen ihr die Worte wieder ein. Doch es schien ihr wenig hilfreich, das Gemurmel, das Gottes Größe anpries und bestaunte, dieser lautlosen Welt entgegenzusetzen, einer Welt, die sie feindselig anmutete. Die Wege waren nicht tief verschneit, wie sie befürchtet hatten, sie versanken auch nicht in Morast, dennoch wuchs die Ahnung, dem Unheil direkt entgegenzuschreiten.

Warum hatte Johan sie nur im Stich gelassen?

Insgeheim wusste sie es, sein Gesichtsausdruck hatte ihn verraten, aber sie wollte nicht in der Tiefe seiner Gefühle wühlen, wollte mit seinem Schmerz, mit Kränkung und Trotz nichts zu tun haben. Sie wollte auch nicht überlegen, ob es Trug war oder Wirklichkeit, dass sie beobachtet wurden.

Ja, da waren Augen – unsichtbare Augen, auf sie gerichtet.

Sie hatte vermieden, an ihren Mörder zu denken und warum er es auf sie abgesehen hatte, aber jetzt, da sie mit den Mönchen durchs menschenleere Land zog, fühlte sie sich schutzlos wie nie.

Die Mönche schienen ihr Unbehagen zu teilen. Das Gemurmel, anfangs noch inbrünstig, wurde leiser. Sie starrten angstvoll in den Wald, zogen die Schultern hoch und duckten sich. Keiner bekannte sich zu seinen Ängsten, aber schließlich unterbrach der eine sein Gebet, um eine kurze Rast vorzuschlagen. Mathilda hielt nur unwillig die beiden Ochsen an, die vor ihr Gefährt gespannt waren. Die dürren Bäume ein Stück vom Weg entfernt, in deren Mitte sich die beiden Mönche niederließen, versprachen nur Schutz vor dem Wind, nicht vor diesen ... unsichtbaren Augen. Mehr denn je fühlte Mathilda sie auf sich gerichtet.

Die Mönche packten Brot und Käse aus und boten Mathilda ein wenig von ihrem Proviant an, verharrten dann jedoch inmitten der Bewegung.

»Dominus Jesus!«, schrie einer plötzlich. Mathilda vermeinte, ihre Ohren müssten zerreißen – ob des schrillen Rufs und ob des plötzlichen Raschelns aus dem Gebüsch. Sie fuhr herum, die Äste bewegten sich, etwas Dunkles schoss aus dem Schatten des Baumes hervor.

Das Dunkle war ein Vogel, der laut kreischte.

»Dominus Jesus!«, erklang es ein zweites Mal, diesmal erleichtert.

Dann achtete der Mönch nicht mehr auf Vogel, Gebüsch und Rascheln, sondern versenkte seine Zähne im gelben Käse. Und mit dem würzigen Geschmack des Käses auf den Lippen starb er. Der Ruf nach Christus waren die letzten Worte, die aus seinem Mund kamen. Denn kaum hatte er den ersten Bissen genommen, raschelte es wieder, und diesmal war es kein kreischender Vogel, der aus dem Gebüsch stob, sondern schweigende Männer, von einer dünnen Schneeschicht und verrottetem Laub bedeckt.

Es waren nicht viele, vier, vielleicht fünf. Es waren genug, um die zwei Mönche binnen eines Augenblicks zu töten. Aus dem Mund des einen quoll der Käse, als sein Kopf zu Boden polterte, während der restliche Körper kurz stehen blieb, ehe auch er fiel. Der andere wurde nicht enthauptet, sondern mitten entzweigeschlagen. Ein Auge war offen, das andere geschlossen, Blut strömte ihm über das gespaltene Gesicht.

Es ging alles zu schnell, um Angst und Entsetzen zu fühlen. Nichts schmeckte Mathilda, nur den würzigen Geruch des Käses, kurz sogar stärker als den metallischen des Blutes, der in der Luft hing.

Wie werde ich sterben?, ging ihr ganz nüchtern durch den Kopf, ehe sie einen dumpfen Schlag erhielt und die vom Schnee weißen Männer in Dunkelheit versanken.

Als Mathilda wieder erwachte, waren die Männer nicht mehr weiß. Der Schnee, der ihre Felle bedeckt hatte, war geschmolzen, und kurz war sie überzeugt, dass sie nicht nur für wenige Augenblicke das Bewusstsein verloren hatte, sondern monatelang in Winterschlaf verharrt war, dass mittlerweile der Frühling ins Land gezogen und dieses erblüht war. Aber dann spürte sie den Schmerz, der ihren Hinterkopf fast zerspringen ließ. Die dumpf pochende Wunde war noch jung und längst nicht verheilt.

Immerhin, sie hatte nur den Knauf des Schwertes abbekommen, nicht die Klinge, und keiner der Männer, die um sie herumstanden, machte Anstalten, erneut auf sie einzuschlagen. Sie blinzelte, stellte fest, dass sie nicht weit entfernt von den ermordeten Mönchen lag.

Besser wäre es wohl, sich tot zu stellen und geduldig darauf zu warten, bis sich die Möglichkeit zur Flucht bot. Aber sie konnte es nicht. Alles schrie in ihr, aufzuspringen und zu rennen. Ehe sie auch nur einen Schritt machen konnte, schien der Kopf wieder zu zerspringen, ein gleißendes Licht blitzte auf, machte sie kurz blind. Trotz der Schwärze, die sie verschluckte, versuchte sie, einen Fuß vor den anderen zu setzen. Es gelang ihr, einmal, zweimal. Dann stieß sie gegen einen Baum, und der Baum streckte seine Hände nach ihr aus. Gellend schrie sie auf, der Baum legte seine Hände auf ihren Mund und erstickte den Laut.

Die Schwärze zerriss wie altes, sprödes Leinen. Der Baum war ein Mann, seine Haut jedoch so hart und rissig wie Rinde, und seine Hände ungemein stark.

Plötzlich wusste sie – auch damals, an jenem Tag, da ihre Welt zerbrochen war, hatte sie versucht, fortzulaufen. Auch damals hatte jemand sie mit unerbittlichem Griff festgehalten.

Sie wollte auf der Blumenwiese bleiben, auch wenn keine Blumen mehr wuchsen. Sie wollte das Meer rauschen hören, auch wenn das Meer kalt war. Sie hatte gestrampelt, und sie strampelte jetzt, sie hatte gebissen, um sich getreten, gekeucht, sie tat es wieder. Damals wie heute hatte es keinen Sinn.

»Hör zu, Mathilda«, hatte eine fremde Stimme gesagt, wie es ihr jetzt plötzlich einfiel, »ich würde es dir gern ersparen, aber ich kann es nicht. Ich muss dich vor ... *ihr* verstecken. Sie ... sie ist eine böse Frau. Sie hat einen Sohn, und für diesen Sohn würde sie alles tun. Ich kann nicht zulassen, dass sie dich mir wegnimmt, dich vielleicht sogar tötet. Sie hat mir schon so viel genommen, sie hat immer geglaubt, dass ihr mehr zusteht als mir.«

Die Stimme aus der Erinnerung war gebrochen, jetzt sprach niemand zu ihr. Kurz löste sich zwar die schwielige Hand von ihrem Mund, aber dann wurde etwas Raues zwischen ihre Lippen gestopft, das alle Schreie dämpfte. Sie erschlaffte.

Ich will nicht fort. Ich will zu Hause bleiben. Lass mich nicht allein.

Ihr Flehen hatte nichts genutzt, und als sie den Blick des Mannes suchte, der sie festhielt, ahnte sie, dass es auch heute vergebens wäre. Sie kannte diese Augen nicht, aber sie war sich sicher, dass sie die ihres Mörders waren.

Dieser Mann hatte die Krieger angeführt, die auf der Suche nach ihr das Kloster Saint-Ambrose überfallen hatten. Später im Wald hatte er sich mit der Klinge über sie gebeugt. Auf dem Tuchmarkt von Bayeux hatte er den Wetzstein auf sie fallen lassen, und in Lyons-la-Forêt wollte er sie vergiften. Vielleicht hatte er danach noch öfter versucht, sie zu töten, vielleicht hatte er nur einfach keine Gelegenheit mehr gefunden. Jetzt würde es nicht beim Versuch bleiben.

Sie konnte ihm nicht länger in die Augen sehen, senkte den Blick, starrte auf das Schwert an seinem Gürtel, groß und schwer. Und auch wenn es klein und leicht gewesen wäre – es würde genügen, sie zu meucheln.

Noch blieb es unberührt. Der Mann hob die Hand, griff nicht nach dem Knauf, sondern strich ihr über das Gesicht, über den Hals, über die Brust. Hatte er im Sinn, sie zu erwürgen?

Sie wollte zurückweichen und erreichte durch die abrupte Bewegung nichts anderes, als dass der Knebel noch tiefer in den Mund geriet. Sie würgte.

»Wenn du nicht schreist, befreie ich dich davon«, sagte er. Seine Stimme war so rau wie seine Haut.

Tränen traten ihr aus den Augen, als sie nickte. Alles hätte sie ihm versprochen – wenn sie nur einmal noch tief Atem holen könnte, ehe sie starb, einmal noch in den Himmel starren, nicht in sein Gesicht. Er zog den Knebel aus ihrem Mund, sie würgte wieder, atmete dann, blickte zum Himmel. Sein Grau war hinter den Baumkronen verborgen. Als sie den Blick wieder senkte, streichelte er ihr ein weiteres Mal über das Gesicht, und ihre zarte Haut zerriss wider Erwarten nicht unter der Hand. Diese war schwielig, aber die Berührung nicht roh, sondern vorsichtig und … zärtlich.

»Mein Name ist Hasculf.«

Dass er sagte, wie er hieß – war es ein Zeichen dafür, dass er sie nicht töten würde? Oder wollte er sie beruhigen wie ein schreiendes Tier, das man solcherart leichter auf die Schlachtbank lockte?

Sie schrie nicht, sie atmete ruhig, sie dachte: Solange er mich nicht tötet, bleibt Zeit zu fliehen.

Seit Jahren hatte Hasculf sich überlegt, wie Mathilda sich wohl anfühlte. Seit Jahren hatte er keine Haut berührt, die so weich und zart war wie ihre, nicht rau und voller Schwielen. Gewiss, er hatte Frauen gehabt, verlebt und schweigsam allesamt, weniger von Lust in seine Arme getrieben als von Einsamkeit. Wenn sie irgendwo an der Küste zu warten gezwungen waren oder einmal mehr auf der Flucht, waren sie abends zu ihm ans Lagerfeuer gekommen, hatten ihren Rock hochgeschoben, die Beine gespreizt und sich auf ihn gesetzt. Sie hatten sich nicht die Mühe gemacht, zärtlich über sein Gesicht zu streicheln, und er hatte sich nicht die Mühe gemacht, seine Hand höher zu heben als bis zu ihren Brüsten. Schlaffe Brüste waren es meist, die zu viele Kinder genährt hatten, die gestorben waren. Vielleicht hatte er einige von ihnen selbst gezeugt.

Unwillkürlich fragte er sich, wie ein Kind Mathildas aussehen würde. Würde es das blonde Haar ihres Vaters haben? Würde es kraftstrotzend und lebendig sein?

Welch dummer Gedanke! Das also meinten Männer, die vor Frauen warnten, weil diese selbst den Härtesten in Versuchung führen konnten – weniger dazu, über sie herzufallen, als vielmehr, sich eine bessere, schönere Welt auszumalen, in der Menschen keine Gesichter wie Leder hatten, sondern wie Samt, in denen Körper nicht gestählt und hart waren, sondern wachsweich, in der niemand ein Kleid aus Eis trug wie er, weil er zu lange gefroren hatte, sondern sich ein jeder in die Sonne streckte und diese tatsächlich wärmte.

Wie dumm, darauf zu hoffen! Das Eis würde nicht schmelzen. Auch mit ihr in seinen Armen blieb er der Alte.

Eben erschlaffte sie unter seinem Griff. Sie war wohl ohnmächtig geworden.

Seine Männer starrten ihn an. »Worauf wartest du?«

Alle wussten um Hawisas Befehl, und ja, er würde tun, was sie wollte, aber auf seine Weise. Er wollte sich nicht beeilen.

»Wir bleiben heute Nacht hier«, erklärte er.

Einer begann sofort Feuer zu machen, ein anderer deutete auf die toten Mönche. »Neben ihnen?«, fragte er.

Hasculf hatte sie bereits vergessen. Tote Männer glichen in seinen Augen umgefallenen Baumstämmen. Es war lästig, über sie zu steigen, aber Angst oder Ekel kannte er nicht.

»Ja, wir bleiben«, verkündete er darum, aber achtete darauf, Mathilda auf ein Fleckchen Boden zu legen, das sauber war von Blut und weit genug entfernt von den Leichenteilen. Sie sollte nicht gleich wieder ohnmächtig werden, wenn sie erwachte.

Als das Feuer knisterte, zog er sie etwas näher an die wärmenden Flammen, wenngleich nicht zu nahe, dass sie am Rauch erstickte. Ihre Augen waren geschlossen, ihre Haut weiß wie Schnee.

»Hawisa wird glücklich sein ...«

Hasculf fuhr herum und funkelte den Mann an, der das zu sagen wagte. Seit Jahren teilte er Hawisas Ziele, aber er wollte nicht als Schwächling gelten, der sich von einer Frau Befehle erteilen lässt und keinen eigenen Willen hat.

»Es geht nicht nur um Hawisas Zukunft. Es geht um meine«, schnauzte er den Mann an.

Jener wagte, seinem Blick zu trotzen und zu grinsen. Hasculf sprang auf, ballte seine Hände zu Fäusten, ging auf den Mann los. Das Grinsen verflüchtigte sich, noch ehe er ihm den ersten Hieb versetzt hatte, stattdessen war es nun Hasculf, der lächelte.

Das schlichte Vergnügen, andere durch bloße Körperkraft einzuschüchtern, währte nicht lange. Nicht nur er war aufgesprungen, sondern auch Mathilda. Die Ohnmacht, vermeintlich schwarz und tief, war nur gespielt, um eines Augenblicks wie diesem zu harren.

»Verflucht!«, schrie er.

Er wollte sie packen, aber griff ins Leere. Bei ihrer Flucht stolperte sie über die toten Mönche, aber sie fiel nicht, sie erstarrte auch nicht vor Schreck. Sie war eine junge Frau mit weicher Haut, aber die Männer Gottes waren nicht die ersten Toten, die sie je gesehen hatte. Sie lief weiter, Hasculf stürzte ihr nach. Ohne Zweifel war er stärker – aber sie schneller, und alsbald verschmolz ihre magere Gestalt mit der Dunkelheit des Waldes. Noch hörte er ihre Schritte, ihren keuchenden Atem, aber der Abstand zwischen ihnen blieb.

»Verflucht!«, schrie er wieder.

Verspätet waren auch die anderen Männer aufgesprungen, die Flüchtige zu jagen, doch auch sie verirrten sich im Labyrinth der Bäume.

Ein Ast schlug gegen Hasculfs Stirn und machte ihn kurz blind. Als er wieder sehen konnte, hatte Mathilda einen kleinen Fluss erreicht, watete knietief hinein, stolperte erneut, und diesmal fiel sie. Das Wasser riss sie mit sich.

Nun war auch er beim Bach angekommen, blieb jedoch, so viel schwerer als sie, im Schlamm stecken. Ihr Kopf verschwand unter der Wasseroberfläche und tauchte ein Stück entfernt wieder auf. Die Haare bedeckten ihr Gesicht, gewiss konnte sie nichts mehr sehen.

Hasculf stapfte grimmig aus dem Schlamm heraus, rutschte schließlich aus. Nun schlug auch über seinem Kopf das kalte Wasser zusammen. Als er sich prustend hochgekämpft hatte, war von Mathilda nichts mehr zu sehen. Vielleicht hatte sie sich an die andere Seite des Ufers retten können, vielleicht war sie ertrunken. In solch kaltem Wasser konnte niemand lange überleben.

Ja, auch eine junge Frau wie sie, so weich, so jung und schön, war nicht vor der Kälte gefeit. Es war unsinnig, zu hoffen, dass zwei Menschen sich wärmen konnten – die größtmögliche Nähe war, gemeinsam zu frieren. Die Enttäuschung darüber, dass er selbst darauf verzichten musste, war so groß wie die Schmach, dass sie erneut vor ihm hatte fliehen können.

Seit Jahren hatte sie es nicht mehr getan, dennoch fühlte es sich vertraut an – zu fliehen, zu laufen, alles Trachten darauf auszurichten, sich vor Feinden in Sicherheit zu bringen, ganz gleich, dass ihre Brust schmerzte, die Fußsohlen bluteten, die Erschöpfung wuchs. Sie hatte geglaubt, im Wasser ertrinken zu müssen, aber ehe sie sich aufgab, hatte sie Boden unter den Füßen gespürt und sich ans Ufer gerettet. Dann hatte sie geglaubt, im Winterwind zu Eis zu erstarren, doch das Blut war heiß durch ihre Adern geflossen. Als sie sich umdrehte, war nichts mehr von Hasculf und seinen Männern zu sehen, und inmitten der Panik fühlte sie Triumph.

Sie lebte. Sie hatte den Mann überlistet, der sie töten wollte, und das nicht zum ersten Mal. Kurz wähnte sie sich als Herrin der Welt – kurz war sie sich sicher: Alles könnte sie wagen, und alles würde ihr gelingen.

Erst nach einer Weile zeigte sich, dass es wenig half, Herrin der Welt zu sein. Diese Welt war menschenleer, und die Bäume würden sich nicht vor ihr verneigen. Zu leben hieß hier, allein zu sein und den Weg nicht zu kennen.

Dennoch hörte sie nicht auf zu gehen. Sie wusste nicht wohin, sie hatte nichts zu essen, die nasse Kleidung haftete an ihrer Haut, aber sie konnte von der Erfahrung zehren, es schon einmal durch einen Wald wie diesen geschafft und in die belebte Welt zurückgefunden zu haben. Sie klammerte sich an die Hoffnung, es wieder zu schaffen – und an die Erinnerung.

Die Stunden vergingen, es wurde Nacht, Tag, wieder Nacht. Sie fühlte ihre Füße nicht mehr und nicht die Kälte, fühlte nur, sie war nicht allein, Arvid war bei ihr. Nun gut, sie sah ihn nicht, sie hörte ihn nicht, aber sie konnte sich vorgaukeln, er wäre nur kurz unterwegs, um ein Tier zu erjagen oder trockenes Holz zu suchen. Bald würde er wieder zurückkehren, ein Feuer machen und das Fleisch braten.

Irgendwann war sie so erschöpft, dass sie es zu riechen glaubte. Sie sah und hörte ihn immer noch nicht, aber sie fühlte seine Hände, wie sie ihren geschundenen Körper berührten und wärmten. Sie presste sich an ihn, schlief in seinen Armen ein, schreckte wieder hoch. Bilder stiegen vor ihr auf, sie konnte nicht unterscheiden, ob Träume oder die Wirklichkeit sie gebaren. Manche waren beglückend, manche waren schrecklich.

Es wurde hell, sie erhob sich, sie ging weiter. Diesmal hörte sie Arvids Schritte, wie er neben ihr ging, hörte seinen Atem und seinen Herzschlag. Tief drinnen wusste sie, dass sie sich einer Täuschung hingab, aber es nicht zu tun, hieße zu sterben.

Eines Tages hörte sie nicht nur den Wind rauschen, sondern Wellen gegen ein Ufer donnern. Das Licht wurde heller und hinter den Bäumen nicht nur der weite Himmel, sondern das Meer sichtbar.

Am Meer zu leben war ebenso gefährlich wie einsam – es brachte Angreifer aus dem Norden und verhieß nichts als endlose Weite. Aber genau deshalb war dies ein Ort, an den sich fromme Menschen zurückziehen konnten, um mit ihrem festen Glauben den Gefahren und der Einsamkeit zu trotzen. Irgendwo hier hatten diese frommen Menschen das Kloster Sainte-Radegonde errichtet.

Mathilda war überzeugt, dass sie in Richtung Osten gehen

müsste. Woher diese Überzeugung kam, wusste sie nicht, vielleicht gab es ihr Arvid ein, der sie immer noch begleitete, vielleicht ging sie gar nicht nach Osten, sondern fortan im Kreis und war zu übermüdet und entkräftet, es zu bemerken. In jedem Fall ging sie und lebte sie, und irgendwann ragte in der Ferne ein Haus auf, und jenes Haus war aus Stein errichtet, ein Zeichen, dass hier nicht nur Menschen wohnten, sondern Gott.

Sie stolperte über die eigenen Füße, fiel nieder, starrte eine Weile stumm auf das Gebäude. Sie tastete nach dem Ledersäckchen, das sie um die Brust trug, öffnete es und war erleichtert, dass der Inhalt noch heil war: ein Stück Pergament, das ihr den Besitz eines Stück Landes um Évreux zuschrieb. Gerlocs Gabe – und ihr Eintritt in dieses Haus aus Stein.

Mathilda verschränkte die Hände zum Gebet. Sie sollte Gott für die wundersame Rettung danken, denn tief drinnen wusste sie, dass er sie hierher geführt hatte, nicht Arvid. Doch sie konnte nicht beten, nicht von Herzen. Von Herzen konnte sie nur bereuen, dass sie nach jener Nacht in der Kammer nicht mit ihm geredet hatte, dass sie nach Wilhelms Tod seinen Blick nicht gesucht hatte, dass sie ihm nie richtig dafür gedankt hatte, dass er zwei Mal ihr Leben gerettet hatte, und dass sie ihm nie gesagt hatte, dass sie ihn liebte. Und sie musste ihn doch lieben, zumindest, wenn Liebe bedeutete, dass man im letzten Augenblick seines Lebens an einen bestimmten Menschen denkt. Sie hatte an ihn gedacht, als jener Hasculf sich über sie beugte, als sie im Bach zu ertrinken drohte, als sie durch den Wald floh.

Gestorben war sie dennoch nicht, all jene Augenblicke waren also nicht ihre letzten gewesen. Sie würde weiterleben, in dem Kloster dort, und es würde ihr nur gelingen, wenn sie ihre Liebe zu Arvid hier am Strand zurückließ und nicht mit in jene Mauern nahm.

Ihr Magen verkrampfte sich vor Hunger, ihre Lippen waren trocken und rissig, weil sie so lange nichts getrunken hatte, Möwen kreischten über sie hinweg. Sie verabschiedete sich von Arvid, und sie weinte.

Abt Martin von Jumièges unterschied sich in vielem von Godoin – er legte größeren Wert auf Annehmlichkeiten, führte die Mönche mit strengerer Hand und hatte ehrgeizigere Pläne. Aber auch er war kein Meister des Wortes: Er sprach selbst nicht viel und sah gern, dass andere schwiegen.

Als Arvid aus Rouen eingetroffen war, zum einen verkündet hatte, wieder in der Mönchsgemeinschaft leben zu wollen, zum anderen, dass er sich immer noch als einfacher Novize sah und noch nicht würdig für die Profess, hatte er keine Fragen gestellt. Vielleicht dachte er insgeheim, dass es für einen, der so lange in der Welt gelebt hatte, schwer war, wieder von ihr zu lassen. In jedem Fall machte er es ihm nicht zum Vorwurf und erklärte, er solle sich Zeit nehmen und zur Ruhe kommen.

Arvid hätte gerade auf Zeit gern verzichtet. Das Leben, das vor ihm lag, erschien ihm eintönig und unermesslich lang. Erst jetzt erkannte er, dass er, der sich nie sonderlich für die Staatsführung interessiert hatte, die vielen Reisen in Wilhelms Gefolge, die steten Neuigkeiten, die dieser erhalten hatte, und die vielen Besprechungen mit den Beratern, die darauf gefolgt waren, insgeheim genossen hatte. Das Gleichmaß der Tage säte Unruhe in ihm, und darum war er über die Ablenkung erfreut, als Abt Martin ihn eines Tages zu sich bat, um ihn zu befragen – nicht nach dem, was in seinem Kopf vorging, sondern bezüglich einer Nachricht, die er erhalten hatte und die Arvid vielleicht besser als er einzuschätzen vermochte.

Etwas erwachte in Arvid, was er nicht recht zu deuten wusste, etwas Heißes, Leidenschaftliches, vor allem die Inbrunst der Jugend. So war er früher nicht gewesen. Schon als Kind hatte er sich irgendwie erwachsen gefühlt, und später hatte er nie die anderen Novizen verstanden, die tuschelten, wenn sie schweigen sollten, lachten, obwohl das verboten war, und sich bei Schreibübungen Nachlässigkeiten erlaubten, anstatt sich ganz und gar zu konzentrieren.

Als Abt Martin besagte Nachricht aus Rouen verlas, war er hingegen voller Eifer, lang und leidenschaftlich darüber zu reden. Ausgerechnet er, der gegenüber Wilhelm nie eine Meinung vertrat, hatte plötzlich nicht nur eine, sondern wollte diese auch kundtun.

»Ich glaube, es war ein großer Fehler, Richard König Ludwig anzuvertrauen«, brach es aus ihm hervor. »Und dieses Schreiben bestätigt es.«

Darin führten die Großen der Normandie Klage – berichteten sie doch davon, dass es ihnen kaum möglich war, mit Richard Kontakt behalten. Osmond de Cent-Villes hatte ihn zwar nach Laon begleiten dürfen, musste dort aber so abgeschottet leben wie der Knabe selbst. Kaum konnte er Bernhard dem Dänen, der die Regierungsgeschäfte in der Normandie führte, Nachrichten überbringen.

Arvid war empört, der Abt sah es gelassener.

»Dass Richard fern der Heimat aufwächst, ist traurig«, sagte er nachdenklich, »aber dass König Ludwig Bernhard bislang freie Hand lässt, ist doch ein Zeichen, dass ihm an Frieden gelegen ist.«

»Aber gilt das auch für die Zukunft?«, fuhr Arvid auf. »Solange die Großen des fränkischen Reichs über Arnulfs Tat empört waren, konnte Ludwig es sich nicht leisten, über die Normandie herzufallen. Aber ich bin mir gewiss: Genau das hat er vor. Richard ist nicht sein Gast, sondern sein Gefangener.«

»Warum bist du dir so sicher, dass er die Normandie will?«

Arvid senkte seinen Blick. Godoin hatte Abt Martin anvertraut, wer er in Wahrheit war – und auch wenn der es, wie so vieles andere, nicht offen angesprochen hatte, war Arvid überzeugt, dass dies der Grund war, warum er über die Nachricht aus Rouen mit ihm sprechen wollte und mit keinem anderen.

»Wer könnte es besser bezeugen als ich?«, fragte er nun. »Bereits kurz nach seiner Krönung hat er mir nach dem Leben getrachtet, obwohl ich kein ernsthafter Gegner war.«

»Aber er hat es nicht wieder versucht.«

»Weil er mich wahrscheinlich für tot hielt, da ich nicht nach Jumièges zurückkehrte – und seitdem sind so viele Jahre vergangen, dass er nicht mehr daran denkt. Das ändert nichts daran, dass er die Normandie für eine Provinz seines Reichs hält.«

Der Abt blickte ihn nachdenklich an. »Aber sollte das wirklich unser Nachteil sein?«

Kurz begriff Arvid nicht, was er meinte. In seinen letzten Wochen in Rouen war er stets von Menschen umgeben gewesen, denen Richards junges Alter große Angst machte und die um seine Herrschaft und die Zukunft der Normandie bangten.

Doch Abt Martin schienen weder diese noch die des Knaben sonderlich am Herzen zu liegen, wie seine nächsten Worte offenbarten.

»Ludwig ist ein Karolinger. Richard ist Rollos Enkelsohn«, sagte er kühl. »Und das Kloster von Jumièges ist unter Karolingern groß geworden, während es von den Nordmännern zerstört wurde.«

Arvid war verwirrt. Es war schlüssig, was Abt Martin da sagte, und unverständlich, dass er es selbst nie gedacht hatte. Die Jahre in Wilhelms Nähe, so erkannte er plötzlich, hatten seinen Blick auf die Welt verändert und Männer zu Freunden werden lassen, die er früher noch als Feinde betrachtet hätte. Klare Grenzen waren zerflossen an dem Tag, da ein Verwandter wie Ludwig nach seinem Leben getrachtet und er bei einem Fremden wie Wilhelm Schutz gefunden hatte.

»Nun«, erklärte Martin und legte die Schriftrolle zur Seite, »wir müssen versuchen, uns mit allen Seiten gut zu stellen. Ich werde weiterhin Kontakt mit Bernhard dem Dänen halten und ihm jede erdenkliche Hilfe zusichern, den Frieden zwischen der Normandie und dem Frankenreich zu wahren, aber zugleich werde ich Ludwig wissen lassen, dass wir im Fall des Falles darauf zählen, dass er Jumièges' Wiederaufbau ebenso eifrig unterstützt wie einst unser Graf Wilhelm – Gott sei seiner Seele gnädig.«

Arvid wandte sich ab. Er wollte nicht, dass Abt Martin ihm den tiefen Zweifel ansah, der ihn ob dieser berechnenden Worte befiel – Zweifel, dass einer wie er, der nicht klar auf der fränkischen Seite stand, hier eigentlich nichts verloren hatte. Aber auch Zweifel, dass er unter einem Abt wie diesem, eher Blatt im Wind als würdiger Anführer seiner Gemeinschaft, überhaupt hier leben und Gott dienen wollte.

Gott sei auch meiner Seele gnädig, dachte er.

Er schloss die Augen, dachte an Mathilda und hoffte inständig, dass ihr gleicher Zweifel erspart blieb.

Hawisa umkrampfte ihr Thor-Amulett. Ihre Lippen bewegten sich, ohne dass sie Worte fand. Zum Christengott, dem sie lange abgeschworen hatte, konnte man beten, die heidnischen Götter hingegen wollten nicht, dass man mit ihnen sprach, sondern in ihrem Sinn handelte.

Es blieb nicht viel Spielraum, zu handeln – nach Wilhelms Tod weniger als je zuvor. In ihrer ersten Freude darüber hatte sie nicht bedacht, welche Gefahren auf sie zukamen. Der Frankenkönig würde die Normandie besetzen, und wenn er es nicht tat, dann wohl Hugo der Große oder Arnulf von Flandern. Und zur Normandie gehörte das Cotentin, das nun ihr Stützpunkt war und wo sie sogar einige Verbündete gefunden hatten.

»Und jetzt?«, fragte Bruder Daniel.

»Und jetzt?«, fragte Dökkur.

Beide waren ob all der Neuigkeiten so überdrüssig gestimmt, dass sie es nicht erbärmlich fanden, Fragen zu stellen, anstatt Schlüsse zu ziehen.

Hawisa sagte nichts, aber deutete auf Hasculf, der eben fortfuhr.

»Ich weiß nicht, was König Ludwig nun tun wird, von allen ist er am unberechenbarsten. Er scheint nicht bereit, Arnulfs

gemeines Attentat zu rächen – gleichwohl er es zunächst noch behauptet hat. Arnulf seinerseits hat trotzdem Angst davor, und um den König gnädig zu stimmen, hat er ihm eine kostbare Vase aus massivem Gold geschenkt, ihn obendrein gebeten, Laon besuchen zu dürfen, und dort auf Knien beteuert, gar nicht schuld an Wilhelms Tod zu sein.«

Hawisa schüttelte den Kopf. Menschen, die aus Rachsucht töteten, waren ihr lieber als solche, die aus Angst logen – und damit durchkamen.

Aber so verhielt es sich nun mal mit der Wahrheit. Sie war nicht widerstandsfähig wie Fels, sondern formbar. Wenn man sie ausdauernd knetete, passte sie in sämtliche Formen, auch wenn diese anfangs noch zu klein schienen. Gab es überhaupt etwas von Menschen Gemachtes, was sich nicht verbiegen, nicht brechen ließ, was jeder Lüge trotzte?

Und war sie selbst noch aufrecht oder verbogen? Von Müdigkeit und Resignation?

Plötzlich ging sie auf Hasculf los und hob ihre Hand, als wollte sie ihn schlagen. Sie tat es nicht, denn sie wollte seine Haut nicht spüren, die so fleckig und ledrig war wie ihre. Stattdessen schrie sie ihn an: »Was immer du von König Ludwig zu berichten weißt – es lässt mich nicht vergessen, dass du sie hast entkommen lassen. Wie konnte es dir nur passieren, nun schon zum wiederholten Mal!«

Hasculf duckte sich kaum merklich. »Sie ist stark, sehr stark. Sie ist klug … geschickt … listig …«

»Natürlich ist sie das, wie denn auch nicht? Das Erbe ihres Blutes lässt sich nicht leugnen.«

Noch während sie sprach, hatte sie erneut die Hand gehoben, diesmal nicht, um Hasculf zu schlagen, sondern um sein Schwert zu ziehen. Es war so schwer, dass sie es kaum halten konnte.

Hasculf verhinderte es nicht, aber trotzte ihrem Blick, als sie es ächzend hob. Eins musste man ihm lassen – er war zwar unfähig, Mathilda zu fangen, sah aber mutig dem Tod ins Gesicht.

Viel Respekt rang ihr das dennoch nicht ab. Die Sprache, die er verstand, erschien ihr als erbärmlich schlicht: Ich habe einen Fehler gemacht, also muss ich bestraft werden. Ich bin gescheitert, also muss ich sterben.

Wusste er denn nicht, dass es noch eine andere Sprache gab, von so vielen Menschen gesprochen und verstanden: Ich bin schwach, aber ich täusche mich durchs Leben, ich bringe nichts fertig, aber ich mache den anderen das Gegenteil vor, ich lüge so lange, bis ich selbst an die Lügen glaube.

Wer diese Sprache verstand, fand es nicht heldenhaft, aufrecht in den Tod zu gehen, sondern dumm.

»Du wirst Hasculf doch nicht töten!«, rief Bruder Daniel. Sein Gesicht wirkte entsetzt, seine Stimme jedoch so, als würde er gleich in Gelächter ausbrechen.

Hawisa achtete nicht auf ihn. Mit einem Ächzen hob sie das Schwert, ließ es auf Hasculf niedersausen, zog es aber zurück, ehe es seinen Nacken traf. Sie taumelte, beinahe fiel sie unter der Last.

»Glaub nicht, ich wäre gnädig«, geiferte sie, »aber ich habe zu wenige Männer, um auf einen zu verzichten, schon gar nicht auf dich. Geh!«

Hasculf blieb stehen. Von einer Frau getötet zu werden erschien ihm offenbar als geringere Schmach, als vor ihr zurückzuweichen.

Da ging Hawisa selbst von dannen, ehe sie den eigentlichen Grund nannte, warum sie ihn verschont hatte.

Für dich, dachte sie. Ich tue es alles für dich …

Hasculf war der Neffe des Mannes vom Drachenschiff. Sie konnte niemanden töten, in dessen Adern sein *Blut floss.*

Sie atmete tief durch, versuchte, nicht an ihn zu denken, nicht an Hasculfs trotziges Gesicht, nicht an Mathilda.

Stattdessen dachte sie an Richard, Wilhelms Sohn, gefangen in Laon. Vielleicht hatte es sein Gutes, wenn er starb. Dann würde Ludwig zwar umso schneller in die Normandie einmarschieren und folglich auch ins Cotentin, aber sie könnten noch mehr Getreue um sich sammeln – nicht mehr nur Heiden, die Freiheit erstrebten, sondern auch Christen, die Richards Tod nicht ungesühnt würden hinnehmen wollen.

Es war ein brauchbarer Plan, der allerdings erforderte, sich einmal mehr aufs Abwarten zu verlegen.

Hawisa hörte hinter sich ein Klirren, Hasculf hatte sich gebückt und das Schwert ergriffen, mit dem sie ihn fast getötet hatte. Anstatt es wieder in die Scheide zu stecken, warf er es weit von sich, zu stolz, fortan eine Waffe zu führen, die von den Händen einer Frau beschmutzt worden war.

VI.

945

Der Alltag im Kloster Sainte-Radegonde glich jenem von Saint-Ambrose, nur dass man anders als dort beim Chorgesang das Meer rauschen hörte. An stürmischen Tagen glich es energischen Stimmen, die noch mehr Inbrunst beim Beten forderten. An ruhigen Tagen verkam es zu einem Flüstern – einem Echo der längst verstorbenen Schwestern gleichend, die hier einst gelebt und lange vor ihnen Gott gepriesen hatten. Mathilda mochte das Rauschen und das, wovon es kündete: dass sie nur eine von namenlos vielen war und dass einzelne Stimmen nicht zählten, sondern im Chor untergingen. Rasch hatte sie sich im Kreis der Mitschwestern eingefügt und wurde von ihnen so behandelt, wie es von Menschen zu erwarten steht, mit denen man das Ziel teilt, sein Herz von allem Irdischen zu lösen: höflich, aber gleichmütig.

Beim Erreichen dieses Ziels gab es natürlich auch hier alle Arten von Rückschlägen und Scheitern: Schwestern, die zu viel redeten, die Intrigen spannen, die heimlich naschten oder die in der Kapelle einschliefen. Mathilda zählte nicht zu ihnen, und anders als in Saint-Ambrose zeigte sie den Schwächeren gegenüber keine Verachtung, eher Neugier darauf, wie es sich wohl anfühlte, Sehnsüchten nachzugeben, und sei es nur auf ein zusätzliches Stück Käse. Sie selbst hatte diese Sehnsucht vor der Pforte gelassen und war erstaunt, dass sie sie nicht einholte, dass sie sich tatsächlich vormachen konnte, sie würde an ihrem einstigen Leben anknüpfen, nicht zuletzt, weil niemand da war, der bezeugte, dass die Enden der Fäden nicht zusammenpassten und der Knoten nur ein lockerer war.

Zwei Jahre waren seit Graf Wilhelms Tod vergangen – sehr langsam an Tagen, die gewohntes Gleichmaß boten, schneller an solchen, an denen es unter den Schwestern zu Diskussionen kam. Sie betrafen allesamt kein Thema, das Mathilda sonderlich bewegte, aber natürlich gab sie ihre Meinung zur Frage ab, ob ihre Gemeinschaft, so fern von der übrigen Welt gelegen, übliches Kirchenrecht außer Kraft setzen müsste, um die Seelsorge aller Schwestern zu gewährleisten – so, dass die Schwestern selbst beim Gottesdienst aus der Bibel vorlasen, was ansonsten nur Priester taten, oder die Äbtissin die Jungfrauenweihe erteilte. Längst zur Gewohnheit geworden war, wenngleich das ebenso dem üblichen Gebot widersprach, dass die Nonnen nicht immer verschleiert waren und ganz selbstverständlich den Altarraum betraten.

Mathilda scheute diesen anfangs noch, fühlte sie sich doch nicht nur als Frau zu unwürdig dazu, sondern obendrein als eine, die gemessen an den Mitschwestern eine Sünderin war. Doch schließlich übernahm sie die Gesinnung der unaufgeregten Äbtissin, einer Frau ohne sonderliche Weisheit, aber einer guten Menschenkennerin: Wo es weit und breit kein Männerkloster gab und Besuche von Priestern selten waren, müsse man aus der Not eine Tugend machen, nicht über die Einsamkeit klagen, sondern sie als Freiheit begrüßen, die Gesetze der Welt einhalten, so sie hier Sinn ergaben, ansonsten aber neue benennen. Warum auf Strenge setzen, wenn

Weltabgeschiedenheit doch jeden aufrührerischen Geist von selbst zermürbte.

Mathilda lernte diese Nüchternheit zu schätzen. Gemeinsam mit Stille und Gebet vertrieb sie aufwühlende Gedanken und grässliche Erinnerungen – so an die beiden Mönche, die sie ursprünglich hierher hätten begleiten sollen und die einen grausamen Tod gestorben waren. Manchmal träumte sie von ihnen, auch von Hasculf und von jenen Stunden, da ihr eigenes Leben bedroht wurde. Doch die Träume wurden seltener, vor allem, als sie eine der alten Mitschwestern in Frieden sterben sah und sich innewurde: Hier war sie nicht vorm Tod sicher, doch in diesen Gemäuern sog er den Lebensatem schleichend aus kränkelnden Weibern und kam nicht mit Schwert und Gewalt. Hier begann die Lebenskerze langsam zu flackern und wurde nicht von einem plötzlichen Windstoß gelöscht.

Wie in Saint-Ambrose war der Großteil des Tages dem Gebet geweiht, doch die Stunden dazwischen füllte sie mit einer anderen Tätigkeit als dort: Obwohl sie lesen und schreiben konnte, verrichtete sie keinen Dienst im Skriptorium, denn dort waren alle Plätze besetzt. Stattdessen entschied die Äbtissin kurz nach der Ankunft, dass sie im Kräutergarten arbeiten möge und somit auch in der Krankenstube, wo diese Kräuter zur Heilung und Kräftigung gebraucht wurden – nach dem Skriptorium der zweitbeste Ort, ihre Talente zum Nutzen der Gemeinschaft zu leben. Auch hierfür musste man lesen können – in alten Büchern nämlich, wo Rezepturen über Jahrzehnte gesammelt worden waren –, desgleichen schreiben, um neue festzuhalten. Vor allem bedurfte es guter Augen, um die vielfältigen Pflanzen auseinanderzuhalten, eines guten Gedächtnisses, um sich einzuprägen, was wogegen half, und nicht zuletzt junger Knochen, sodass es keine Schmerzen bereitete, stundenlang in der Erde zu wühlen, neue Pflanzen anzubauen und andere zu ernten.

Die Schwestern im Skriptorium mit ihren blau befleckten Fingern starrten verächtlich auf die dunklen Halbmonde unter ihren Nägeln, aber Mathilda, die in Saint-Ambrose noch entsetzt über solche Arbeit gewesen wäre, mochte sie. Selbst im Winter, wenn der Boden gefroren und daher steinhart war und es nichts zu ernten gab, hockte sie gern im Kräutergarten, bis ihre Lippen blau und ihre Hände steif waren, und sie genoss es, dass dieses Fleckchen Erde nur ihr gehörte und dass die Geister der Vergangenheit es nicht betreten durften. Die Erkenntnis, dass sie Arvid liebte, und der Schmerz, dass diese zu spät kam, verfolgten sie ebenso wenig bis hierher wie das Rätsel um ihre Herkunft. Was zählte auch, woher sie stammte, wenn sie sich diesen Boden hier zur Heimat machen konnte, nicht kraft ihrer Geburt, sondern kraft ihres Willens, diesem fruchtbaren Boden heilbringende Pflanzen abzuringen.

Kaum jemand leistete ihr dabei Gesellschaft, höchstens Schwester Alba, die viel von Kräutern wusste, jedoch zu blind war, um sie noch länger anzubauen, und kein anderes Thema kannte als dieses. Nachrichten von jenseits der Mauern hingegen erreichten sie so gut wie nie. Manchmal fragte sich Mathilda, wie es wohl Richard erging, ob er immer noch König Ludwigs Gast oder vielmehr Geisel in Laon war und ob er jemals die Normandie als Graf regieren würde, doch das Bild des Kindes mit Sprotas wachen Augen, dem sie eigentlich sehr zugetan gewesen war, verblasste ebenso wie die meisten anderen Gesichter, die in ihrem früheren Leben wichtig gewesen waren.

Erst im Januar des Jahres 945 wurde der Friede gestört. Jemand klopfte an die Pforte und verlangte Einlass – eine Neuigkeit, die so aufsehenerregend war, dass sie sich in Windeseile im Kloster verbreitete. Bettler wären auf dem langen Weg verhungert, Pilger kamen so gut wie nie, da das Kloster keine bedeutenden Reliquien barg, und die gefürchteten Heiden aus dem Norden, die dann und wann wagten, ihre zu Christen gewordenen Landsleute heimzusuchen, würden nicht klopfen. Vielleicht, so der erste Verdacht, waren es Priester, vom Bischof geschickt, wieder einmal nach dem Rechten zu schauen.

Doch als das Tor geöffnet wurde, standen keine Männer davor, sondern eine Gruppe Frauen, und sie trugen sämtlich einen Ordensschleier.

Vier waren es insgesamt, aber nur eine sprach zu ihnen. Sie erklärte, dass sie von einem Kloster westwärts stammten, drei Tagesmärsche entfernt und ebenso einsam an der Küste gelegen wie Sainte-Radegonde. Ein Fieber habe es heimgesucht und alle älteren und schwächeren Mitschwestern – darunter die Äbtissin und die Subpriorin – hinweggerafft. Sie seien die Einzigen, die überlebt hatten, sähen sich nun aber außerstande, ohne Führung ihr gottgefälliges Leben fortzusetzen, und bäten um Aufnahme in diese Gemeinschaft.

Die Schwestern betrachteten sie so misstrauisch wie einst Mathilda, als diese an die Pforte geklopft hatte. Alles Fremde war zunächst eine Bedrohung. Doch die Augen der lebensklugen Äbtissin blitzten, als sie sah, dass die vier Nonnen Kostbarkeiten aus ihrem Kloster mitgebracht hatten – bronzene Kelche und einen silbernen Kandelaber, ohne Zweifel Reichtümer, wenngleich, wie es Mathilda durch den Kopf ging, hier in der Einsamkeit äußerst nutzlose. Weder ließen sich mit ihnen die kargen Mahlzeiten würzen, noch der heisere Gesang melodischer stimmen.

Im nächsten Augenblick achtete sie jedoch nicht länger auf die Gaben. Nachdem die Äbtissin sie hineingewinkt hatte, waren die Schwestern über die Schwelle getreten, und als Mathildas Blick auf die jüngste von ihnen fiel und sie erkannte, begann sie vor Freude zu zittern. Sie hatte ihr halbes Leben mit ihr verbracht, und einst Nacht für Nacht an ihrer Seite geschlafen. Arvid und sie hatten sie damals nicht unter den Toten entdeckt, doch Mathilda war sich sicher gewesen, dass sie den Angriff der Bretonen unmöglich überlebt haben konnte. Nun aber stand sie leibhaftig vor ihr, gealtert und etwas ausgezehrt, aber höchst lebendig.

»Maura!«, rief Mathilda, und ihre Stimme klang erregt wie selten. »O Maura!«

Sie hatte längst nicht mehr auf Gottes Zeichen gewartet, dass es richtig war, hier im Kloster zu leben, und die Sünde, die sie mit Arvid begangen hatte, vergeben – der vermeintliche Friede, den sie gefunden hatte, deuchte sie als ausreichender Beweis dafür. Doch dass sie ausgerechnet Maura wiedertraf, die einst engste und liebste Gefährtin in Saint-Ambrose, konnte sie nicht anders deuten, als dass ihr die Himmelsmächte wohlgesinnt waren. Zum Gefühl von Frieden gesellte sich Freude – tiefer, wärmer, bewegender als alles, was sie seit Monaten gefühlt hatte. Es war fast unmöglich, der anderen nicht um den Hals zu fallen und sie zu drücken, über ihr Gesicht zu streicheln und sie an den Schultern zu fassen.

Auch Maura war sichtlich gerührt. Fassungslos starrte sie Mathilda an, und ihre Augen füllten sich mit Tränen, als sie immer wieder stammelte: »Du lebst! Du lebst ja noch!«

Kurz wurden sie beide blind für die Schwestern, die ihr Wiedersehen neugierig bestaunten, kurz konnten sie nur immer und immer wieder das große Wunder heraufbeschwören, dass sie beide das Massaker von Saint-Ambrose überlebt hatten.

»Wie hast du dich nur retten können? Alle anderen sind doch jenen grausamen Kriegern zum Opfer gefallen!«, rief Mathilda.

»Ich habe mich in einem der Grubenhäuser versteckt, wo die Kartoffeln für den Winter gelagert wurden.«

»Und ich unter einem Strohballen.«

»Später habe ich gewagt, mein Versteck zu verlassen. Doch alle, auf die ich traf, waren tot.«

»Ich habe dich unter den Leichen gesucht.«

»Ich dich auch!«

»Wahrscheinlich bist du erst aus deinem Versteck gekommen, als ich schon in den Wald geflohen bin ... mit Arvid.«

Mathilda errötete, als sie den Namen aussprach, gewiss, dass sich die einstige Freundin erinnern konnte, wie der junge Mann sie damals aufgewühlt hatte, und dass sie erahnte, welch festes und zugleich quälendes Band sich aus der gemeinsamen Flucht gesponnen hatte. Doch Mauras Wiedersehensfreude überwog ihre Neugier.

Wild redeten sie eine Weile weiter, klagten – sich in der Aufregung gegenseitig übertönend – über den Überfall, der sie auseinandergerissen hatte, berichteten schließlich, wie es ihnen seitdem ergangen war: Mathilda, wie sie sich hatte nach Fécamp durchschlagen können, Maura, wie sie ganz auf sich allein gestellt Zuflucht im nahen Männerkloster gefunden hatte. Der dortige Abt hatte dafür gesorgt, dass ein anderes Kloster sie aufnahm, doch die Schwestern dort waren sämtlich alt und wie schon berichtet kürzlich gestorben, ohne dass ausreichender Nachwuchs die Lücken füllte.

Als sie endlich ihre Erzählungen beendeten und die Blicke voneinander lösen konnten, bemerkten sie, dass sich die meisten der anderen Schwestern zerstreut hatten. Nur die Äbtissin war geblieben und die drei Nonnen, in deren Gesellschaft

Maura angekommen war. Immer noch betrachtete die Äbtissin mit glitzernden Augen die Schätze des anderen Klosters, ehe sie verkündete, dass die fremden Schwestern mit Recht darauf gehofft hatten, bei ihr Aufnahme zu finden. Selbstverständlich stünde Sainte-Radegonde jeder offen, die ein ebenso einsames wie frommes Leben zu führen bereit und imstande sei.

»Doch ob wir nun ein Dutzend sind, die Hälfte oder doppelt so viel«, schloss sie mit mahnendem Blick auf Maura und Mathilda, »das Leben geht in gewohnten Bahnen weiter, und wir wollen uns vor überschäumenden Gefühlen, selbst wenn es schöne sind, hüten.«

Das Leben folgte tatsächlich vermeintlich gewohnten Bahnen, der Rhythmus der Tage änderte sich auch durch Mauras Eintreffen nicht, und die Arbeiten, die sie zu verrichten hatte, führte Mathilda weiterhin gewissenhaft aus. Dennoch hatte sich etwas geändert. Bis jetzt war es eine Lüge gewesen, am Leben von einst anknüpfen zu können – zu viel stand zwischen der Gegenwart und den Jahren in Saint-Ambrose. Wenn sie aber nun im Dormitorium neben Maura erwachte und beim Stundengebet in der Kapelle neben ihr saß, konnte sie sich wie die Novizin von einst fühlen, weltfremd, ängstlich und fromm. Es war, als würde sie in alte Kleider schlüpfen, von Flicken übersät zwar und eigentlich viel zu klein, aber vertraut genug, um sich darin wohl zu fühlen, und ausreichend, um die nackte Haut zu wärmen.

Seit dem Tag der Ankunft sprach sie nicht oft mit Maura. Eigentlich hatten sie wenige Gemeinsamkeiten – heute so wenige wie damals. Mathilda war stets die Ernsthaftere und Dienstbeflissenere gewesen, Maura die bequemere, die leichter Versuchungen erlag, sei es, das Gebet zu versäumen oder beim Essen unbotmäßig zuzulangen. Aber gerade das Trennende war ihr lieb, weil so vertraut, und das Verhalten, das Mathilda Maura gegenüber an den Tag legte – den Kopf zu schütteln, wenn sie lachte oder sie hartnäckig zum nächtlichen Gebet zu wecken, wenn sie sich schlafend stellte –, war das des jungen Mädchens von einst, das gern gehorsam war und andere zu ebendiesem Gehorsam anspornte.

Wenn Maura die Augen verdrehte, war es, als würde sie laut rufen: »Du hast dich überhaupt nicht verändert!«

Und wenn Mathilda daraufhin eine noch strengere Miene aufsetzte, war es, als würde sie sagen: »Das stimmt, ich bin die Alte.«

Überdies verzichtete Maura darauf, Mathilda nach den Jahren auszufragen, die seit der Zerstörung von Saint-Ambrose vergangen waren, und wie lange sie ihrerseits in Sainte-Radegonde lebte. Wenn sie gemeinsam die Vergangenheit heraufbeschworen, besannen sie sich nur so harmloser Tage, da sie bei der Magistra das Lesen und Schreiben gelernt hatten, von der Äbtissin Gisla über das Leben der großen Heiligen belehrt wurden oder gemeinsam die Latrinen schrubbten, um mit dieser entwürdigenden Arbeit die eigene Demut zu bekunden und den Glauben an einen gekreuzigten, geschundenen, verachteten Gott zu stärken.

Ein einziges Mal erlag Mathilda der Versuchung, tiefer zu bohren. »Weißt du eigentlich«, rührte sie an einer Frage, die in Saint-Ambrose nicht gezählt hatte, die sie in Sainte-Radegonde beharrlich zu vergessen versucht und die sie in den Jahren außerhalb des Klosters doch so oft zermürbt hatte, »weißt du eigentlich, warum ich als Kind ins Kloster gebracht wurde? Ich muss damals sehr klein gewesen sein, ich kann mich an das Leben davor nicht mehr erinnern.«

Maura runzelte die Stirn. »Was siehst du, wenn du mich anblickst?«

Mathilda zuckte die Schultern und wusste nicht, worauf die andere hinauswollte.

»Eine Schwester, die so alt ist wie du«, antwortete Maura schnell. »Warum sollte ich mehr Erinnerungen an damals haben?«

»Lebtest du denn selbst schon im Kloster, als ich dorthin gebracht wurde?«, fragte Mathilda. »Zumindest das musst du doch wissen! Wie alt warst du, als deine Eltern dich den Nonnen anvertrauten?«

Mit dem Eifer, endlich mehr zu erfahren, erwachten vage Erinnerungen. Die weinende Frau … die Angst, als sich das Tor schloss … die Mauern, die keinen sicheren Hort verhießen, sondern den Entzug von Freiheit.

Ich bin allein, ich bin verloren.

Mathildas Miene musste tief bewegt sein, denn plötzlich griff Maura nach ihrem Arm. »Mein Gott, Mathilda, was machst du dir nur für Gedanken?«

»Sag es mir!«, stieß Mathilda mit rauer Stimme aus. »Sag mir, was du über mich weißt!«

»Was soll ich denn wissen? Ja, ich glaube, du hast schon im Kloster gelebt, als ich dort eintraf. Ich kann mich an keinen Tag erinnern, an dem man dich mir nicht als Vorbild genannt hat. Du warst schon als Kind sehr fromm.«

Mathilda unterdrückte die Regung, den Kopf zu schütteln.

Ich war nicht fromm, ich war tieftraurig …

Sie war auch jetzt traurig, als sie erkannte, dass Maura ihr nichts Neues zu berichten wusste, sie schalt sich jedoch zugleich, dass sie am Geheimnis ihrer Herkunft gerührt hatte.

»Es ist nicht so wichtig«, sagte sie schnell.

Tagsüber gelang es ihr, selbst daran zu glauben. Aber in der Nacht, die dem Gespräch folgte, wurde sie nach langer Zeit erstmals wieder von wirren Träumen heimgesucht. Da war die Blumenwiese, auf der sie lief, da war der blonde Mann, der sie trug, da war plötzlich auch eine Frau, eine fremde Frau, die ihr eine Geschichte erzählte. Die Geschichte handelte von einem Drachen, der Feuer spie, und von einem Heiligen, Saint-Méen, der diesen tötete. Mathilda glaubte förmlich, des Drachens Feuer zu spüren ... oder war es nur der heiße Atem jener fremden Frau, der ihr ins Gesicht blies? War es die Frau, die in ihren Erinnerungen so oft geweint hatte? Oder war es jene Hawisa, die sie töten wollte?

Sie erwachte, schlief wieder ein. Im neuerlichen Traum war der Drache noch größer, sie hatte Angst vor ihm, sie wollte nichts vom Drachen und Saint-Méen wissen.

»Ich will diese Geschichte nicht hören!«, schrie sie. »Ich will die Geschichte hören, die mir Vater erzählt hat.«

»Dein Vater kann dir keine Geschichte mehr erzählen. Dein Vater ist tot.«

»Nein, nein, nein!«

»Mathilda, hör mir zu! Ich weiß, er ist dein Vater, du hast ihn lieb, womöglich hatte er auch dich lieb. Und dennoch, es hat sein Gutes, dass er ...«

»Nein, nein, nein!«

»Dein Vater konnte ein sehr böser Mann sein. Er hat großes Unglück über deine Mutter gebracht ... ihr Leben hat so hoffnungsvoll begonnen, doch dann ist er gekommen ... Sie würde es leugnen, sie richtet ihren Hass allein auf ... *sie*, aber ich denke mir doch, dass ...«

»Wo ist mein Vater?«, unterbrach Mathilda sie mit schriller Stimme. »Ich will zu meinem Vater!«

»Du bist ein hübsches Kind«, sagte die Frau. »Es fällt dir

leicht, die Herzen zu gewinnen, auch seins. Aber wer weiß, ob er dich dein Leben lang lieb gehabt hätte. Wer weiß, ob er nicht auch über dich großes Unglück gebracht hätte, ohne dass du es dir hättest eingestehen können.«

Einst war Mathilda mit einem Schrei aus ihren Träumen aufgeschreckt, heute fühlte sie sich wie betäubt, als sie die Augen aufschlug. Ihr Mund war trocken, ihr Geist verwirrt. Sie blickte um sich und wusste kurz nicht, wo sie war. Der Traum schien wirklicher als die Zeit in Sainte-Radegonde, die hinter ihr lag.

Maura, fiel ihr wieder ein, Maura lebt nun auch hier im Kloster ... Doch als sie nach der einstigen Gefährtin Ausschau hielt, sah sie, dass der Strohsack leer war.

Mathilda erhob sich. Sie wagte nicht, noch länger zu schlafen und sich noch mehr Träumen auszuliefern. Zu sehr hatte sie bereits dieser aufgewühlt, und sie suchte seiner Macht zu trotzen, indem sie erst in den Hof ging, um sich an der frischen, kalten Luft zu laben, dann in die Kapelle, um sich mit Gebeten zu betäuben. Hier wie dort blieb die Ahnung von Unheil an ihr haften.

Sie verließ das Gotteshaus wieder, kam am Garten vorbei und überlegte kurz wie so oft, im Boden zu wühlen, sich am Geruch der Erde zu stärken und am Gedeihen der Pflanzen zu erfreuen, doch noch war das Licht zu grau, um zwischen kostbaren Heilpflanzen und Unkraut zu unterscheiden.

Stattdessen betrat sie die Kräuterstube, sog tief die intensiven Gerüche ein, spürte, wie der Druck an den Schläfen sich etwas verflüchtigte. Erschöpft blieb sie dennoch, und sie ließ sich auf einen der Holzschemel fallen. Hier wollte sie sitzen bleiben und den neuen Tag erwarten – der Schemel war bequem genug, um sich auszuruhen, jedoch zu hart, um darauf einzuschlafen, und das kam ihr gerade recht.

Das Licht, das von draußen kam, wurde heller, der Traum hingegen verblasste, und die Stimmen der Nonnen schließlich, die sich auf den Weg zur Kapelle machten, waren lauter als die der Frau, die von Saint-Méen erzählte und ihren Vater schlechtmachte.

Mathilda fühlte sich nun besser, nur ihr Mund war trocken. Sie erhob sich vom Schemel, überlegte kurz, die Cellerarin um Milch zu bitten, um den Durst zu stillen, sah dann aber auf dem Tisch, wo die Kräuter trockneten, einen Krug stehen. Wahrscheinlich befand sich ein Heiltee darin, von Schwester Alba als Stärkung für die Kranken angesetzt.

Mathilda ergriff den Krug, führte ihn an ihre Lippen, trank durstig. Kurz war ihr egal, was sie da trank – Hauptsache, sie konnte die trockene Kehle benetzen und den galligen Geschmack vertreiben. Doch nach ein paar Schlucken ließ sie den Krug entsetzt fallen.

Was immer sich in diesem Krug befand und nun auf dem lehmigen Boden eine Pfütze bildete – es war kein heilender, stärkender Tee. Das, was sie trank, schmeckte erst süß, dann bitter. Sie kannte den Geschmack. Sie kannte ihn von Lyons-la-Forêt. Sie kannte ihn seit jenem Tag, da jemand versucht hatte, sie zu vergiften.

Vielleicht hatte sie damals mehr davon getrunken, vielleicht waren ihr Körper oder ihr Lebenswille seitdem stärker geworden, vielleicht war das Gift anders dosiert: In jedem Fall dauerte es länger, bis die Krämpfe kamen, bis das Blut wie Eis durch ihre Adern lief, bis Schwindel ihren Kopf erfasste. Es blieb genug Zeit, um zum Wandschrank zu eilen, blind nach getrockneten Kräutern zu greifen und so viel wie möglich davon in den Mund zu stecken. Ihre Augen tränten, als sie die

Halme weit nach hinten schob. Sie stachen in die Zunge, in den Rachen, in die Kehle, schließlich begann sie wie erhofft zu würgen.

Es dauerte lange, bis sie alles erbrochen hatte, die sämige Flüssigkeit, die eigene Galle und die Kräuter. Ihre Kehle brannte hinterher wie Feuer, und obwohl die Krämpfe nachließen, schmerzte ihr Magen. Erschöpft sank sie auf die Knie, ihre Augen tränten noch immer, aber dennoch sah sie klar – klarer als in all den Jahren.

Mein größter Feind ist kein Mann. Mein größter Feind ist eine Frau.

Sie war zu erschöpft, um darüber entsetzt zu sein oder die eigene Dummheit zu beklagen, aber sie war nicht zu erschöpft, um vom Wandschrank wegzukriechen, sich auf dem Boden zusammenzurollen, starr liegen zu bleiben, so lange, bis sie Schritte hörte, leichte, leise, weiche Schritte.

Sie fühlte sich erbärmlich, aber jenes Elend mehrte ihre Wut. Am liebsten hätte sie die andere mit Fäusten erwartet. Aber sie beherrschte sich, schluckte den bitteren Geschmack in ihrem wunden Gaumen, suchte, sämtliche Kräfte aus ihrem geschundenen Körper zu ziehen. Kräfte, die sie brauchen würde, um es endlich zu erfahren: Nicht nur, wer ihre Mörderin war, sondern vor allem, warum diese sie töten wollte.

Maura hatte all die Jahre gewartet, sie hatte alle Rollen gespielt, die ihr abverlangt worden waren. Sie hatte im Kloster gelebt, sie hatte sich am Hof von Alanus Schiefbart aufgehalten, sie hatte als Hofdame edle Frauen nach Lyons und Rouen begleitet, um Mathilda nahe zu kommen. Sie hatte mit der Angst leben müssen, dass Hasculf ihr zuvorkommen und ihr eher habhaft würde – damals im Wald, wo Maura sie zum ersten Mal zu ermorden versucht hatte, und später an Graf Wilhelms Hof, wo sie zwei weitere Attentate verübte – eins auf dem Tuchmarkt, das andere in Lyons-la-Forêt. Und hier im Kloster hatte sie erst am Tag zuvor befürchten müssen, dass sich Mathilda – vom Wiedersehen mit ihr erschüttert – zu schnell an zu viel erinnerte.

Aber sie hatte auch gelernt, sich von der Angst nicht leiten zu lassen und stattdessen auf Geduld zu setzen. Am Ende hatte sie ein wenig mehr davon gehabt als Hasculf und überdies mehr Glück, zumal Mathilda ihr vertraute und sie hier, innerhalb der Klostermauern, nicht mit Mördern rechnete.

Mit schmalem Lächeln beugte sie sich über den leblosen Körper. Die Haare verbargen Mathildas Gesicht, und Maura war sich sicher, dass die Augen darunter starr und weit aufgerissen waren wie die eines Menschen, der vom Tod überrascht wurde.

Maura packte den schmalen Körper an den Schultern, wälzte ihn zur Seite und strich das Haar zurück. Wie merkwürdig ... die Augen waren nicht weit aufgerissen, sondern geschlossen – noch zumindest.

Plötzlich nämlich öffneten sie sich, und der Blick hinter den Lidern war nicht starr. Blitzschnell schlossen sich Hände um Mauras Handgelenke und krallten sich fest. Es waren keine schwachen Hände. Und schwach war auch Mathildas Stimme nicht, als sie schrie: »Warum ... warum du?«

Maura konnte ihr Entsetzen nicht verbergen, dass ihr ein schwerer Fehler unterlaufen war – ein weiterer von vielen. Damals im Wald, als sie mit dem Messer über ihr gestanden hatte, hatte sie nicht mit Gegenwehr gerechnet. In Bayeux und Lyons nicht mit Arvids Eingreifen. Und heute nicht damit, dass Mathilda nur ganz wenig aus dem Krug getrunken hatte, das Gift wohl zu leicht dosiert gewesen war und sie überdies listig genug, sie in eine Falle zu locken.

Aber sie durfte nicht scheitern! Nicht schon wieder!

Mit einem wütenden Aufschrei entriss sie Mathilda ihre Hände und stieß sie von sich. Das Gift war doch nicht spurlos an ihr vorbeigegangen. Mathilda fiel gegen den Tisch, krümmte sich, hielt sich den wohl schmerzenden Magen. Maura blickte sich nach einer Waffe um, hob schnell den zu Boden gegangenen Krug auf und setzte an, der anderen den Kopf zu zertrümmern. Im letzten Augenblick wich Mathilda zurück. Sie duckte sich und schlug Maura die Faust in den Magen. Es tat so weh, dass der Krug ihr entglitt.

»Du warst es!«, schrie Mathilda. »Du warst es all die Jahre. Im Wald mit dem Messer, auf dem Markt von Bayeux mit dem Wetzstein, später mit dem Gift. Ich dachte, Hasculf ...«

Die Stimme ging in ein Keuchen über. Maura wusste – noch war ein neuer Angriff zwecklos, es musste ihr irgendwie gelingen, sie abzulenken, sie unvorsichtig zu machen.

»Du dachtest, Hasculf hätte es auf dein Leben abgesehen!«, höhnte sie. »Wie dumm du doch bist!«

»Aber ...«

»Hasculf braucht dich doch noch! *Sie* ... braucht dich doch.«

»Von wem sprichst du?«

Während sie sprach, suchten Mauras Augen kaum merklich den Raum ab, entdeckten hinten, in einem der Hängeregale, ein kleines Messer. Wahrscheinlich diente es für Gartenarbeiten und war für ihren Zweck zu stumpf, aber einen Versuch war es wert

»Warum du?«, rief Mathilda. »Warum nur du! Du bist doch ... warst doch meine Gefährtin?«

Maura umkreiste vorsichtig den Tisch, woraufhin Mathilda,

die mit einem neuen Angriff rechnete, ihr auswich. Gut so, so kam sie näher an das Messer heran.

»Ich habe dich nie gemocht«, zischte sie. »Deinetwegen musste ich meine Mutter und meine Heimat verlassen und im Kloster leben. Es ging nicht anders, es war der einzige Weg, dich im Auge zu behalten – und zu verhindern, dass du zurückkehrst.«

»Wohin? In die Bretagne?«

Maura presste die Lippen zusammen und verlor keine Zeit mehr für Worte. Nur mehr eine Handbreit war sie vom Messer entfernt, nur mehr wenige Augenblicke von ihrer … Rache.

Ja, es war der Wunsch nach Rache, der sie trieb. Ihre Mutter Cadha sagte zwar, es sei eine gute Tat, die sie verüben und die Gott ihr eines Tages reichlich lohnen würde, aber Maura hatte all die Jahre nicht deswegen verbissen ihre Aufträge erfüllt. Ihr Lohn war es, es Mathilda heimzuzahlen, dass ihr Leben nie ihr eigenes gewesen war, dass sie immer in ihrem Schatten gestanden hatte. Dass sie nie ihre Wege selbst lenken konnte, sondern immer nur ihrem folgen musste. Dass ihre eigene Mutter sie liebte, aber diese Liebe opferte, um eine wichtige Mission zu erfüllen. Wenn Mathilda tot war, würde sie sich endlich selbst gehören.

Die Aussicht darauf ließ ihre Augen leuchten. Sie griff nach dem Messer, hob es, wollte es in die Brust der anderen stechen. Doch Mathilda war nicht entgangen, was sie plante. Blitzschnell duckte sie sich unter den Tisch. Das Messer traf Holz, keine Haut, und das Holz war so hart, dass es darin stecken blieb. Maura zerrte noch daran, als Mathilda sich wieder aufrichtete, auch sie nun mit einem Messer in der Hand. In der Kräuterstube gab es mehr als eines – und sie kannte sich aus. Dieses war geschliffen.

Verzweifelt zerrte Maura an dem Griff. Als er sich endlich löste, war es zu spät. Sie konnte ihre Waffe nicht mehr heben, sondern wurde von Mathildas getroffen.

Der Schmerz in der Brust zerriss sie. Am Ende bekam sie kein Leben für sich allein. Nur den Tod.

Das Töten ging so schnell und leicht. Da war keine unsichtbare Macht, die ihre Hand zurückriss, kein Ekel, als Blut floss, keine Reue, als Maura zu Boden sank. Da war nur ein blinder Rausch, kurz so mächtig, dass sie das Messer beinahe erneut erhoben hätte, um so lange zuzustoßen, bis von diesem Körper nichts übrig blieb als offenes Fleisch und Blut. Es genügte nicht zu töten, nein, vernichten wollte sie, Mauras verbleibenden Lebensodem ganz und gar rauben, sich selbst daran laben und stärken, bis alles Grauen über die heimtückische Tat abgeschüttelt war und nur mehr zählte, dass sie sich als die Stärkere erwiesen hatte.

Doch jener Rausch verflüchtigte sich rasch. Das Blut stockte, Maura atmete noch, und Mathildas Triumphgefühl schwand.

Sie sank neben die Sterbende auf den Boden, wo sich die Blutlache ausbreitete. Noch konnte sie dem Gefühl von Reue, das aufstieg, nicht nachgeben. Noch war Zeit, um Fragen zu stellen.

»Wer bin ich? Wer bin ich denn, dass du mich töten willst?«

Bläschen, erst weiß, dann rötlich, traten aus Mauras Mundwinkeln. Ihre Augen schienen gelblich, ihr Atem war rasselnd.

»Du hast kein Recht ... in diesem Kloster zu sein ... in keinem Kloster dieser Welt dürfte ... eine wie du leben.«

Der nahe Tod nahm der Stimme die Kraft, aber nicht den Hass.

»Mein Vater war Nordmann, ich habe das längst geahnt«, murmelte Mathilda, »aber das ist nicht meine Schuld. Ich wollte immer eine gute Ordensschwester sein.«

»Es geht nicht bloß ums ... Wollen. Das Schicksal bürdet uns Lasten auf, die wir tragen müssen. Du ... bist nicht nur die Tochter eines Nordmannes, das allein macht dich nicht gefährlich. Du ... bist auch das Kind ... das Kindeskind von ...« Sie brach ab.

»Du warst doch all die Jahre meine Gefährtin ... meine Freundin.«

Aus Mauras Brust tropfte Blut, aber Mathilda fühlte kein Mitleid, sondern sich selbst waidwund. Das Wissen, betrogen und verraten worden zu sein, war nicht tödlich wie ein Gift oder ein Messer – aber nicht minder schmerzlich.

»Ich bin ... mit dir ... ins Kloster gebracht worden«, brachte Maura stockend über die Lippen. »Ich war ... etwas älter als du, und ... ich kann mich an alles ... erinnern. Meine Mutter ... hat mich ins Kloster geschickt, um ... dein Leben zu überwachen. Ich habe es ... immer gehasst. Ich war ... niemals deine Freundin.«

»Wer ... wer war deine Mutter? Die böse Frau, vor der ich geschützt werden soll?«

»Nein ... meine Mutter Cadha war keine ... mächtige Frau, sie war ... deine Amme, ich war ... ihr leibliches Kind, sie hat uns ... gemeinsam gestillt. Und sie war ... eine gute Christin. Sie nährte dich ... an ihrer Brust, weil ... ihr keine andere Wahl blieb, aber ... sie hat immer gewusst, dass du nicht leben darfst. Sie war ... *ihr* immer treu ergeben.«

Maura ... das Kind ihrer Amme ... die Amme, die Cadha hieß und sie ablehnte. Genauso wie Maura sie hasste.

Wir haben uns Cadhas Milch geteilt, dachte Mathilda, jetzt versuchen wir, uns zu töten. Sollten Frauen nicht Leben spenden, anstatt es zu rauben?

Frauen wie sie und Maura, wie ihre einstige Amme, wie ihre unbekannte Mutter, die sie fortschickte, wie jene mächtige, böse Frau, die es auf ihr Leben abgesehen hatte.

»Nach dem Überfall ...«, fuhr Maura stockend fort, »habe ich mich ... ins Männerkloster gerettet und mit dem Abt gesprochen. Er hat mich ... zu meiner Mutter zurückgeschickt, die mittlerweile ... an Alanus Schiefbarts Hof lebte ... in *ihrer* Nähe. Ja, dort ... habe ich die meiste Zeit verbracht, nicht in einem Kloster. Immer wieder ... bin ich in die Normandie zurückgekehrt, um dich zu töten. Immer wieder ... war ich in deiner Nähe, und du hast es nicht gewusst.«

»Alanus Schiefbart«, versuchte Mathilda die verworrenen Worte Mauras zu begreifen. »Er ist der Herrscher der Bretagne, zumindest versucht er es zu sein. Er hat sie in den letzten Jahren Stück für Stück zurückerobert und sich als würdiger Erbe seines Großvaters, Alanus des Großen, erwiesen.«

Ein würdiger Erbe ...

Du bist die Erbin ...

War sie eine Gefahr für Alanus, und musste sie deshalb sterben? Wer aber war dann die böse Frau – Alanus' Weib oder seine Mutter? Und was meinte Maura damit, als sie sagte: Du bist nicht nur die Tochter eines Nordmannes, das allein macht dich nicht gefährlich. Aber du bist auch das Kind ... das Kindeskind von ...

Von wem?

Noch etwas anderes kam Mathilda in den Sinn, die Worte jener weinenden Frau: Dein Vater konnte ein böser Mann sein. Er hat großes Unglück über deine Mutter gebracht.

Je mehr sie erfuhr, desto größer wurde ihre Verwirrung. Wenn sich die Nebeldecke an einer Stelle lichtete, senkte sich an anderer neues, noch dichteres Grau herab.

Maura hustete, ein Schwall Blut sprudelte über ihre Lippen, nicht von weißen Bläschen durchsetzt, sondern tiefrot. Ehe Mathilda noch weitere Fragen stellen konnte, bäumte sich ihr Körper ein letztes Mal auf, dann fiel ihr Kopf nach hinten. Der Tod brach ihren Blick, und als Mathilda in die leeren Augen starrte, neidete sie Maura kurz die große Stille, die sie nun umgab. Es war kein Sieg, in dieser besudelten Welt zu bleiben, während die Seele der anderen sich federleicht davon erheben konnte.

»Was habe ich getan?«, seufzte Mathilda. »Was habe ich nur getan?«

Ihre Worte verklangen, niemand wurde Zeuge ihrer Reue, niemand konnte ihr etwas von der Schuld nehmen, von der erbärmlichen Einsicht, dass sie nun wusste, dass sie töten konnte, aber immer noch nicht, wer sie war.

Sie wollte Mauras Augen verschließen, als plötzlich Schritte näher kamen.

Sie fuhr herum, sah an der Tür eine Nonne stehen und sah sich kurz selbst mit fremden Augen, wie sie da neben einem blutüberströmten Leichnam hockte. Es war zu spät zu fliehen.

»Ich wollte nicht ... mir blieb keine Wahl ...«

Ihre Worte versiegten. Dort, wo Leben und Tod sich treffen, hat die Sprache keinen Platz.

Die Nonne, die sie ertappte, war eine von jenen, die mit Maura nach Sainte-Radegonde gekommen waren. Sie schrie auf – und anders als Mathilda konnte sie das Unaussprechliche in Worte fassen.

»Sie hat Maura getötet! Diese Heidin hat Maura getötet! Sie steht mit den Nordmännern im Bund!«

Arvid schreckte hoch und wusste kurz nicht, wo er war und zu welcher Tageszeit er erwachte. In seinem Mund schmeckte es bitter, zwischen den Zähnen fühlte er Reste des flachsigen Fleisches, das zu Mittag serviert worden war. Für gewöhnlich gab es Bohnen mit Schmalz und dann und wann Dörrfleisch. Heute war jedoch der Namenstag eines Mitbruders und darum etwas Nahrhafteres auf den Tisch gekommen, eine willkommene Stärkung für einen wie ihn, der viel im Freien, vor allem aber sehr schwer arbeitete.

Jeder Muskel hatte anfangs geschmerzt, als er – wie in früheren Zeiten – wieder damit begonnen hatte, Steine zu schleppen. In seinen Handinnenflächen hatten sich Blasen gebildet, waren aufgeplatzt und eiterten. Nach einer Weile hatte er keine Schmerzen mehr gefühlt, nur Taubheit, und schließlich waren seine Muskeln hart, die Hände schwielig, die Schultern breit geworden. Dass er sich an seine Arbeit gewöhnt hatte, bedeutete nicht, dass sie ihn nicht oft erschöpfte – so auch jetzt, da er ausgerechnet in der Kapelle eingeschlafen war. Mit müden Augen blickte er sich um. Was hatte ihn geweckt? Das Trippeln von Mäusen, derer sie niemals ganz Herr wurden? Ein böser Traum, in dem gesichtslose Menschen mit Messern fuchtelten? Dieses Gefühl von Bedrohung, das auch jetzt noch auf seinen Schultern lastete, obwohl er längst von seinem Alb erwacht war?

Arvid rieb sich die Augen und schluckte gegen den schalen Geschmack an. Für gewöhnlich gelang es ihm, sämtliche Gedanken und Gefühle mit der harten Arbeit zu betäuben. Doch gleichwohl seine Glieder seltsam schwer und schlaff schienen, war sein Geist hellwach und witterte Gefahr.

Er unterdrückte das Unbehagen und wollte sich erheben, um nach Ablenkung zu suchen, als er plötzlich die Stimmen hörte. Also war er doch nicht ganz allein in der Kapelle, und jetzt sah er sie auch – zwei Brüder, die einst mit Abt Martin aus Poitiers hergekommen waren, standen hinter einer Säule und tuschelten miteinander.

Da er so tief in den Betstuhl gesunken war, hatten sie ihn nicht gesehen.

Arvid duckte sich wieder. Die beiden hießen Pepin und Berengar, und er mochte keinen von beiden. Die Brüder hatten von Anfang an auf die Mönche aus Jumièges herabgesehen und fühlten sich als Gönner, die das Kloster retteten, obwohl es Letztere waren, die sich immer darum gekümmert hatten.

Arvid behandelten sie besonders verächtlich – und mehr als einmal fragte er sich, ob Abt Martin, der alles über seine Herkunft wusste, sein Geheimnis leichtfertig hinausposaunt hatte, obwohl er mit ihm selbst nicht mehr darüber sprach. Es war auch selten geworden, dass der Abt von ihm eine Einschätzung der politischen Lage erbat. In den ersten Monaten nach Wilhelms Tod hatte er regelmäßig die Neuigkeiten, die aus Rouen und Laon kamen, mit ihm besprochen – in letzter Zeit nicht mehr. Arvid war das eigentlich recht gewesen. Er schleppte lieber Steine, als sich Gedanken zu machen und diese in kluge Worte zu fassen. Jetzt bedauerte er es ein wenig – denn er hätte zu gern gewusst, was gemeint war, als Bruder Pepin erklärte: »Die Entscheidung wird noch in diesem Jahr fallen.«

Zumindest Berengar verstand die Andeutung. »Das glaube ich auch«, sagte er eifrig. »König Ludwig hat in der Tat lange genug gewartet.«

»Ich denke, das Volk hat längst vergessen, dass es Richard überhaupt noch gibt.«

Arvid schüttelte den Kopf. Diese Behauptung war Unsinn, wie die vielen Pilger bewiesen, die in den letzten Jahren nach

Jumièges gekommen waren, um hier für Richard zu beten. Ihr Strom wäre längst versiegt, sähen die Menschen der Normandie in ihm nicht den wahren Erben.

»Abt Martin«, fuhr Pepin indes fort, »hat sich in den letzten Jahren klug verhalten ... er darf die Normannen rund um Bernhard den Dänen nicht vor den Kopf stoßen ...«

»... und er muss sich«, führte Berengar den Satz zu Ende, »gleichzeitig bei Ludwig lieb Kind machen.«

Wieder musste Arvid die Regung unterdrücken, zu widersprechen. Gewiss, er kannte Abt Martins Ansichten. Jener hatte ihm deutlich bekundet, dass ihm lieber wäre, die Normandie fiele zurück ans fränkische Reich, doch es war ein Unterschied, insgeheim Wünsche zu hegen oder sich bei König Ludwig offen anzubiedern. Nichts hatte je darauf hingedeutet, dass Abt Martin dies versuchte.

Doch als die beiden Mönche fortfuhren, wurde Arvid nachdenklich.

»Soweit ich weiß, schreibt er Ludwig jeden Monat einen Brief und versichert ihm, für seine Ziele zu beten«, sagte Berengar.

»Was klug ist, aber womöglich nicht ausreicht, Ludwigs Misstrauen zu zerstreuen«, gab Pepin zu bedenken. »Und jenes ist groß, bedenkt man die Umstände, unter denen er einst auf den Thron kam.«

»Nun«, Arvid konnte förmlich hören, dass Berengar grinste, »dem Abt ist überdies eingefallen, wie er Ludwig seine Treue nicht nur mit frommen Gebeten bekunden kann.«

»Was will er tun?«

»Er will ein Geheimnis nutzen.«

»Welches Geheimnis?«

Berengar machte eine vielsagende Pause. Obwohl Arvid den Wortwechsel zunächst als dummes Geschwätz abgetan hatte, konnte er nun nicht anders, als den Atem anzuhalten. Er hatte keine Ahnung, worauf Berengar hinauswollte.

»Nun«, begann der nach einer scheinbaren Ewigkeit gedehnt, »das Geheimnis um einen unserer Mitbrüder.«

»Welchen?«

Arvid ahnte die Antwort und erbleichte. Er hörte nicht, wie Berengar seinen Namen aussprach, denn der neigte sich nun vor und raunte ihm Pepin ins Ohr. Jener kannte gleiche Vorsicht nicht.

»Bruder Arvid?«, rief er sensationsheischend. »Welches Geheimnis kann Arvid haben, das Abt Martin nutzt, den König für sich einzunehmen? Er ist doch nur Novize.«

In jedem anderen Moment hätte ihn die Verachtung erbost, die in Pepins Stimme lag, doch üblicher Zwist mit den Brüdern aus Poitiers war ein nichtiges Ungemach, gemessen an der Gefahr, die in der Luft lag und die er schon gewittert hatte, als er erwacht war. Er presste die Hand vor den Mund, als er hörte, wie Berengar fortfuhr: »Er ist nicht einfach nur Novize. Er soll der Sohn Gislas sein, Ludwigs älterer Bastardschwester. Und obendrein das Kind eines Normannen.«

»Etwa das Kind Rollos?«, fragte Pepin aufgeregt. »Gisla soll doch vor der Hochzeit mit ihm gestorben sein.«

»Nun, so genau weiß man es nicht. Gisla hat offenbar länger gelebt, und zwar als Äbtissin eines Klosters.«

»Wie kann sie dann Mutter eines Sohnes sein?«, fragte Pepin verwirrt.

»Der ist natürlich zuvor zur Welt gekommen«, erklärte Berengar deutlich ungeduldig. »Was sich genau zutrug, kann ich nicht sagen. In jedem Fall ist Arvid König Ludwig ein Dorn im Auge. Es reicht ihm, sich mit Richard herumzuschlagen. Ein möglicher weiterer Erbe ist mehr als nur einer zu viel.«

»Du meinst …? Er will …? Aber Abt Martin kann doch nicht …«

Arvid ballte seine Hände zu Fäusten, bis seine Knöchel hervortraten. Was Pepin ehrlich erschütterte, ließ den anderen kalt.

»Natürlich kann er nicht selbst Arvids Blut vergießen. Aber Ludwig davon Kunde tun, dass dieser lebt und obendrein hier, ja, ihn an ihn ausliefern – das kann er. Und somit ein klares Zeichen setzen, auf welcher Seite er steht und dass er alles hasst, was mit den Heiden zu tun hat. Und Heiden sind die meisten der Normannen, mag Wilhelm auch noch so fromm gewesen sein.«

Die letzten Sätze waren zunehmend leiser geworden. Auch an den Schritten, die sich langsam entfernten, erkannte Arvid, dass Berengar es bei seinen Enthüllungen bewenden und Pepin keine Zeit geben wollte, daran Anstoß zu nehmen.

Arvid war wie erstarrt. Er blickte auf seine schwieligen Hände, die eigentlich nichts mit denen eines Mönchs zu tun hatten und deren Anblick ihn stets mit Befriedigung erfüllt hatte, bekundeten sie doch seinen Fleiß, und die verhornte Haut ließ die Hoffnung zu, sein Gemüt wäre ähnlich abgehärtet. Doch als er sich die Worte der beiden Mönche wieder und wieder ins Gedächtnis rief, tat jedes einzelne weh wie spitze Pfeile. Kein Schild war da, die nackte Seele davor zu schützen.

Unerträglich schmerzhaft war die Lüge – jene von Abt Martin, der ihm doch versprochen hatte, sein Geheimnis sei bei ihm sicher. Und jene sich selbst gegenüber, als er sich vorgemacht hatte, er wäre nun endlich angekommen, habe seine Bestimmung gefunden, einen sicheren Hafen. Er hätte weniger hart an Steinen geschleppt, hätte er nicht jene fremde Macht in sich gewittert, die es zum Schweigen zu bringen galt. Jetzt schwieg sie nicht, die Stimme seines Blutes, jetzt zeugte diese neben Schmerz und Fassungslosigkeit auch Zorn.

»Gütiger Gott, steh mir bei«, murmelte er.

Er durfte dem Zorn nicht nachgeben. Abt Martin zur Rede zu stellen konnte bedeuten, sein Leben zu riskieren. Nein, er musste bedächtig handeln, um dieses Leben zu schützen, vor allem aber, um ihm einen Sinn zu geben, an dem Verräter und Intriganten nicht rühren konnten.

Mathilda starrte die Schwester an, die zu schreien begonnen hatte, und noch größer als das Entsetzen, dass man sie über einer Toten kniend und mit einem blutbefleckten Messer in der Hand entdeckt hatte, war die Empörung über die Lüge.

Sie stünde mit den Heiden im Bund? Was für ein Unsinn!

Dann aber traf sie die Erkenntnis, dass sie, die immer noch nicht die Wahrheit über sich wusste, auch die Lügen nicht als solche abtun konnte. Und ob nun jener Vorwurf stimmte oder nicht – sie hatte Maura getötet, und es gab niemanden, der bezeugen konnte, dass sie es nur getan hatte, um ihr eigenes Leben zu schützen.

Sie wusste nicht, was mit einer Nonne geschah, die man des Mordes überführte. Ein solcher war eine zu schlimme Sünde, um sie sich samt der gerechten Strafe auszumalen. Sie wusste nur: Auch wenn sie mit dem Leben davonkam, würde es nie wieder ein Leben sein, wie sie es führen wollte.

Sie sprang auf, ging auf die Schwester zu. So eindringlich diese auch geschrien hatte, so feige zeigte sie sich jetzt. Sie wich zurück, als würde ihr Atem sie vergiften.

Mathilda verschwendete keine Zeit, sich zu verteidigen. Sie stürmte aus der Krankenstube und rannte an den Mitschwestern vorbei, die von dem Geschrei herbeigerufen wurden, nun verwirrt auf Mathildas blutverschmierte Hände starrten, aber zu schockiert waren, um zu handeln. Niemand stellte sich ihr in den Weg, schon hatte sie die Pforte erreicht.

Das Geschrei hinter ihr wurde lauter, nachdem die anderen Mauras Leichnam entdeckt hatten. Mathilda öffnete den Riegel, der das Tor verschloss, und stemmte ihr ganzes Gewicht dagegen, um ihn beiseitezuschieben. Es war den Schwestern verboten, das Tor eigenmächtig zu öffnen. Aber nichts konnte noch verbotener sein, als ein Leben auszulöschen, wie sie es getan hatte.

Der Riegel quietschte, das Tor knarzte, als sie den sicheren Hort der letzten Jahre verließ. Kurz fühlte sie sich wie einst, da sie aus Saint-Ambrose fliehen musste: vollkommen verloren.

Da war das graue Meer, da waren menschenleere Hügel, da waren dunkle Wälder. Da war nichts, was Schutz und Zuflucht versprach.

Sie rannte los – mit nichts anderem auf dem Leib als ihrer blutverschmierten Kutte. Das Geschrei hinter ihr wurde schwächer, keine der Nonnen folgte ihr, und als sie sich nach einer Weile umdrehte, waren selbst die Klostermauern aus ihrem Blickfeld verschwunden. Keuchend sank sie zu Boden und wischte sich die Hände am feuchten Moos ab. Wieder war sie eine Heimatlose, eine Flüchtende ... eine Mörderin.

Nein, regte sich da in ihr Protest. Nein – eine Mörderin war sie nicht. Sie hatte sich im Kloster jahrelang vor der Welt versteckt, aber sie wusste dennoch, dass es auf dieser Welt viel mehr gab als Schwarz und Weiß und dass nicht jeder, der tötete, ein gemeiner Mörder war.

Mathilda erhob sich wieder. Was immer sie getan hatte, es durfte sie nicht lähmen – weder ihre Beine noch ihre Gedanken. Fieberhaft überlegte sie, was sie tun konnte, um zu überleben. Maura hatte sie die Kraft ihres Körpers entgegengesetzt, der Einsamkeit nun das Wissen, dass es da draußen Menschen gab, die ihr vielleicht helfen würden.

Arvid. Gerloc. Sprota.

Arvid lebte im Kloster und hatte gewiss längst die Ewige Profess abgelegt. Gerloc hieß nicht mehr Gerloc, sondern Adela und lebte in Poitiers – und der Weg dorthin war viel zu weit. Also blieb nur noch Sprota, die den Müller Esperlenq geheiratet hatte und in Pîtres lebte.

Vielleicht war auch der Weg in jene Stadt zu weit, dennoch lief sie los.

Da sie die Richtung nicht kannte, ging sie einfach dorthin, wo der Boden nicht zu matschig war, die Bäume nicht zu dicht standen und dornige Ranken sich nicht in ihre Haut schlugen. Der Frühling kämpfte noch mit dem Winter, die Nächte waren eiskalt, die Tage klar, die Welt bereit, ihre Fruchtbarkeit zu beweisen, indem sie grüne Triebe aus dem Braun und Grau sprießen ließ. Doch wenn sie auch manch Farbenfrohes schuf – Sättigendes war noch nicht dabei.

Wie einst, als sie sich mit letzter Kraft ins Kloster gerettet hatte, beschwor der erschlaffte Geist Erinnerungen an Arvid herauf und wie er sie beschützte. Doch selbst, wenn sie sich dem Trug hingeben konnte, dass er an ihrer Seite war, und ihr das Elend wie einst das Bekenntnis abrang, dass er der Wichtigste im Leben war, der Prägendste, und der, den sie liebte – auch Liebe machte nicht satt und nur im Herzen warm, nicht in den Gliedern.

Drei Nächte zählte sie, da sie unterwegs war, schlammiges Wasser aus Bächen trank, aber sonst nichts zu sich nahm und der knurrende Magen zunehmend lauter tönte als der Wille weiterzumachen. Der Geist spiegelte ihr nun nicht mehr vor, dass Arvid bei ihr war, sondern andere Menschen, die ihr Leben begleitet hatten. Schattengleich huschten sie mit ihr über das weiche Moos: die Äbtissin Gisla, Maura und die anderen Schwestern aus Saint-Ambrose, aber auch gesichtslose Gestalten – ihre Mutter, die sie ins Kloster geschickt hatte, um sie vor der bösen Frau zu retten, ihre Amme Cadha, die sie insgeheim verachtete und ihre eigene Tochter Maura zu ihrer Mörderin bestimmt hatte, und dann diese eine Frau, deren Namen sie nicht kannte, aber die ihr vom Drachen und von dem Heiligen Méen erzählt und ihr überdies erklärt hatte, dass ihr Vater böse war. War dies der Grund, warum sie über Jahre keine Erinnerungen an ihn hatte und er nur in den Träumen auftauchte? Weil sie ihn liebte, aber instinktiv wusste, dass er nicht verdiente, von ihr geliebt zu werden?

Mehr als einmal stolperte sie, fiel und kämpfte sich wieder hoch. Sie fragte sich, ob der fremde Vater wohl an der Schwelle des Todes wartete. Als Nordmann würde ihm kein ewiges Leben geschenkt sein, und auch ihre Seele, sobald sie dem Körper entwich, würde nach der Todsünde, die sie begangen hatte, wohl von den Dämonen in die Hölle gejagt werden. Traf man auch dort die Menschen, die man kannte, wie im Himmel, oder war man als Teil der ewigen Pein verdammt, vergebens nach ihnen zu suchen? Sie wusste ja nicht einmal den Namen ihres Vaters, um ihn zu rufen. Desgleichen sie niemand mehr bei ihrem Namen rief. Wenn sie hier starb, würde es keiner von denen, die sie kannten, je erfahren.

Am vierten Tag gaukelte ihr der Geist nicht länger vor, dass vertraute Menschen an ihrer Seite gingen, sondern nur, dass der Wald zu Ende war, nach dem Wald ein Feld kam und hinter dem Feld ein Haus. Gewiss war auch das ein Trugbild.

Mathilda glaubte dies so lange, bis sie nahe genug war, um

zu erkennen, dass das Haus aus Lehm und aus Holzplanken errichtet, etwas in den Boden eingelassen und von einem Palisadenzaun umgeben war.

Der Hoffnung, dass in diesem Haus auch Menschen lebten, verweigerte sie sich aber noch. Gewiss hatten es bösartige Dämonen gebaut, um sie zu necken und zu quälen und mit ihrer Sehnsucht zu spielen, sie wäre nicht länger allein auf der Welt.

Sie war allein, sie würde keinen weiteren Tag mehr überleben, sie würde es nicht einmal zum Haus schaffen.

Zehn Schritte vor dem Palisadenzaun ragte eine Wurzel aus der Erde, und sie fiel darüber. Bis jetzt hatte sie sich immer wieder aufgerafft, aber wie sie da auf dem freien Feld lag, konnte sie nicht mehr. Mathilda schloss die Augen. Der Tod roch nach Frühlingserde.

Ingeltrude war eine Frau, die die Menschen mehr fürchtete als die Einsamkeit. Gewiss galt das nicht für alle Menschen – es gab auch gute, so ihren Mann Pancras. Er war einer, der tüchtig arbeitete, der Schmerzen ebenso verschwieg wie die Spuren, die das Alter schlug, der nach dem Tod ihrer ersten Kinder nicht geweint, sondern neue gezeugt hatte und wieder nicht geweint, sondern nur ein Gebet gesprochen hatte, als auch diese gestorben waren. Ja, Pancras war ein guter Mann, bei dem man darauf setzen konnte, dass er morgen derselbe war wie heute. Auf so viele andere Dinge hingegen konnte man sich nicht verlassen, und das lag in Ingeltrudes Augen daran, dass es nebst Menschen wie Pancras auch solche gab, die nicht tüchtig arbeiteten, sondern raubten und brandschatzten, die nicht schwiegen, sondern furchterregend laut brüllten und die nicht für die Seelen der eigenen toten Kinder beteten, sondern die Kinder anderer töteten.

Ingeltrude war vierzig Jahre alt und war solchen Menschen zu oft begegnet. Als sie geboren worden war, war ihr Haus noch eines von vielen in einem kleinen Dorf gewesen. Dann waren in Scharen die Nordmänner gekommen. Die ersten hatten die Felder zertrampelt, die zweiten einige Jahre später die Häuser angezündet, die dritten kamen nicht mehr, um blind zu zerstören, sondern in Rollos Auftrag, der zu diesem Zeitpunkt kein Pirat aus dem Heidenland mehr war, sondern der neue Graf der Normandie. Unheil brachten auch sie. Sie kamen, die Steuer einzutreiben, und als ein Nachbar sie nicht zahlen konnte, hing man ihn an den Füßen auf, bis alles Blut in seinen Kopf geströmt war. Als man ihn wieder losband, war er krebsrot und tot.

Die Nordmänner hatten in diesem Augenblick nicht gebrüllt, sondern mit ruhigen Stimmen Wetten abgeschlossen, ob der Kopf irgendwann platzen würde oder nicht. Nun, das war nicht geschehen. Als man den Unglücklichen begrub, war der Kopf auch nicht mehr krebsrot, sondern wachsgelb.

Die nächsten Nordmänner, die kamen, taten dies nicht in Rollos, sondern in Graf Wilhelms Auftrag, von dem es hieß, er sei ein guter Christ. Ingeltrude traute dem nicht, denn auch wenn man im Dorf nie wieder einen Mann an seinen Beinen aufhängte – Abgaben waren auch weiterhin zu zahlen, überdies so hohe, dass jene Bewohner, die Verwüstung und Ausbeutung überstanden hatten, den Boden als zu hart befanden, entschieden, stattdessen am Meer zu siedeln und Fisch zu fangen und – weil sich am Meer mittlerweile so viele Nordmänner niedergelassen hatte – die dänische Sprache zu erlernen.

Ingeltrude wollte kein Dänisch lernen und glaubte Pancras nicht, der behauptete, dass die Nordmänner selbst mittlerweile kein Dänisch mehr sprächen, sondern wie Franken lebten. Nein, sie wollte lieber allein mit ihrem Mann zurückbleiben, zusehen, wie die Hütten einstiger Nachbarn zerfielen, sich an die Einsamkeit gewöhnen und Fremden gegenüber misstrauisch sein. Solche Fremden kamen jedoch immer seltener in ihre Nähe. Es hatte sich bis zu den Nordmännern herumgesprochen, dass es sich nicht lohnte, von zwei alten Bauern Abgaben einzutreiben.

So lebten sie von aller Welt verlassen, und ihre vielen Ängste von einst verkümmerten. Nur die Angst, dass Pancras vor ihr sterben würde oder sie vor Pancras, blieb. Sie wusste nicht, was schlimmer war.

Vorerst drohten allerdings nicht sie beide zu sterben, sondern die junge Frau, die dort draußen auf dem Feld lag. Wie aus dem Nichts war sie aufgetaucht und zusammengebrochen. Pancras hatte sie zuerst gesehen, aber nicht gleich von ihr berichtet, er war kein Meister der Worte. Erst lange nach der Mittagszeit hatte er ruhig gesagt: »Da draußen liegt eine junge Frau.«

Pancras war auch keiner, der sich über dergleichen wunderte. Er zuckte die Schultern, als lohnte es sich nicht, weiter darüber nachzudenken. Ingeltrude aber dachte nach. Sie überlegte, ob die Frau in Wahrheit einer der Geister oder Dämonen war, die im Wald lebten.

»Wenn sie morgen immer noch hier liegt, kümmere ich mich um sie«, entschied sie.

»Wenn sie morgen noch hier liegt, dann wird sie tot sein«, gab Pancras zu bedenken. Viel Auflehnung lag nicht in seiner Stimme, er war daran gewöhnt, beim Tod anderer nicht zu weinen, sondern zu beten.

Nun war es Ingeltrude, die mit den Schultern zuckte und Eintopf kochte. Sie aßen zweimal am Tag. Es war nie genug, dass es satt machte, aber ausreichend, um nicht zu verhungern. Nach dem Aufstehen gab es Gerstenbrei, am späten Nachmittag einen Eintopf mit Zwiebeln, Linsen und – wenn ihnen das Jagdglück hold war – geräuchertem Fleisch.

Während sie im Kessel rührte, wurde sie immer unruhiger. Falls die junge Frau wirklich ein Dämon war, würde der Wege finden, in ihr Haus zu dringen. Erst nachdem der Eintopf gegessen war, sprachen sie wieder über die junge Frau.

»Sie trägt die Kleidung einer Nonne«, erklärte Pancras unvermittelt. »Willst du sie wirklich über Nacht draußen liegen lassen?«

»Warum hast du das nicht gleich gesagt?«, entfuhr ihr eine Frage, die sie so noch nie gestellt hatte – sie hatte sich ja längst damit abgefunden, dass er einer war, der nicht sprach. Das musste er auch nicht, solange er zupacken konnte. Auch jetzt konnte sie zumindest darauf zählen. »Trag sie herein!«, befahl sie.

Die junge Frau konnte nicht schwer sein, denn Pancras kam bald schnellen Schrittes wieder und von der Last auf seinen Schultern kaum gebeugt. Er legte sie auf einen Strohsack, wo Ingeltrude sie vorsichtig musterte. Tatsächlich trug die Frau das dunkle Kleid einer Nonne, die Füße waren voller Schnitte und Schürfwunden, die schmutzigen Hände trugen Spuren von getrocknetem Blut, das Gesicht war bleich.

Ingeltrude wagte nicht, sie anzufassen, aber kochte einen neuen Eintopf. Sie hatte keine Angst mehr, dass die Frau ein Dämon sein könnte – etwas anderes machte ihr mehr zu schaffen. Aus dem Wald waren bisher immer nur rohe Männer gekommen, keine Frauen, und dieses schwache Wesen rührte sie zutiefst. Es ließ sie an die vielen Kinder denken, die sie geboren und begraben hatte. Anders als Pancras hatte sie nie ein Gebet gesprochen. Anders als Pancras hatte sie um jedes Einzelne geweint.

Warme Hände waren das Erste, was sie in der Dunkelheit sah. Diese Hände streichelten ihr Gesicht, verbanden ihre Wunden, massierten die geschundenen, halb erfrorenen Glieder, flößten ihr etwas ein. Mathilda schmeckte nicht, was es war, nur, dass es heiß war, dass es guttat und sie stärkte. Irgendwann war sie stark genug, um die Augen aufzuschlagen und die Konturen des Raums zu erkennen, in dem sie lag. In der Nähe spuckte ein Feuer Rauch. Er ringelte sich an der Decke und hinterließ schwarze Rußspuren auf dem Mobiliar. Schlicht war dieses, bestand aus nichts weiter als einem Tisch, zwei Bänken, einem Hängeschrank für Kochgerätschaften und einer Schlafstatt aus Stroh. Dort lag sie nun.

Ehe sie auch das Gesicht erkannte, das zu den warmen Händen gehörte, fielen Mathilda die Augen wieder zu. Sie schlief ein. Als sie erneut erwachte, peinigten sie Schmerzen. Fieberheiß war sie nun, hatte einen trockenen Hals. Sie keuchte, stöhnte, schrie, der Kopf schien zu zerplatzen, doch die warme Hände streichelten sie beharrlich, und irgendwann gelang es ihnen, den Schmerz zu beschwichtigen. Sie bekam noch mehr zu essen, und diesmal schmeckte sie, dass es salzige Suppe war. Ihre Kräfte kehrten zurück, ausreichend, um nicht nur die Augen zu öffnen, sondern sich aufzusetzen.

Nun sah sie in die Gesichter ihrer Retter, einer abgearbeiteten Frau mit schütterem Haar und ausdruckslosem Blick und eines weißhaarigen, gebeugten Mannes, dessen Gesicht von Zeit und Mühsal des Lebens gefurcht war. Sie wirkten weder sonderlich freundlich noch feindselig.

»Wer bist du?«, fragte der Mann.

Tränen strömten ganz plötzlich aus ihren Augen. Die Schmerzen des Körpers hatten kurz die Pein, die ihre Seele zu ertragen hatte, vertrieben. Nun kehrte sie wieder.

Ich weiß es nicht, hätte sie am liebsten gesagt, ich weiß doch nicht, wer ich bin!

Stattdessen brachte sie heiser hervor: »Ich muss nach Pîtres, zu Sprota.«

»Wer ist Sprota?«

Trotz allem war sie erleichtert, bei Menschen zu sein, in deren Ohren dieser Namen fremd klang, die noch nie etwas von Graf Wilhelms Konkubine und Mutter seines Sohnes Richard gehört hatten, die darum auch nichts von ihrem Geschick erahnen konnten: dass sie offenbar die Erbin eines fremden Reichs war. Dass man sie zu töten versucht hatte. Dass sie am Ende selbst getötet hatte.

»Bringt mich zum nächsten Ort!«, flehte sie. »Dort gibt es sicher einen Wochenmarkt, wo sich viele Menschen treffen. Vielleicht weiß jemand von diesen, wer Sprota ist ... und wo Pîtres liegt.«

Die Frau starrte sie an und wirkte nicht länger ausdruckslos, sondern streng. »Noch kannst du nirgendwohin gehen. Noch bist du viel zu schwach dazu.«

Die Worte klangen so entschieden wie die einer Mutter, die wusste, was das Beste für ihr Kind ist – und Mathilda war erleichtert, dass da eine war, der sie sich fügen musste, und dass sie nicht allein Entscheidungen zu treffen hatte, sondern sich ganz den warmen Händen überlassen konnte. Fürs Erste bestand sie nicht länger darauf, zu Sprota zu gelangen.

Das Fieber sank, die Schürfwunden verheilten, der Schmerz in ihrem Kopf ließ nach. In den Tagen, die folgten, stellte man ihr keine Fragen mehr. Erst als sie stark genug war, aufzustehen und ihre Kutte überzustreifen, die die Frau in der Zwischenzeit gewaschen und geflickt hatte, wollte der Mann wissen: »Bist du eine Nonne?«

»Eine Novizin«, sagte Mathilda leise und mit gesenktem Blick.

»Auf der Flucht vor den Nordmännern?«, fragte die Frau.

Mathilda zögerte. Offenbar lebten die Menschen hier einsam und wussten nicht, dass man vor Nordmännern nicht mehr floh, sondern das Land ihnen gehörte. Vielleicht aber wussten sie es auch und glaubten nur nicht daran. Sie nickte trotzdem.

»Hier bist du in Sicherheit«, sagte die Frau und erklärte dann, wie ihr Mann und sie hießen: Pancras und Ingeltrude.

Mathilda sprach die beiden Namen aus, und kurz war die Versuchung groß, einfach bei den beiden zu bleiben. Was sollte sie bei Sprota, hier konnte sie doch auch leben, konnte auf dem Feld arbeiten, konnte sich vormachen, als Kind dieser Bauern geboren zu sein, konnte den aufgewühlten Geist mit harter Arbeit betäuben, bis keine quälenden Fragen mehr offen blieben.

Doch Ingeltrude und Pancras waren nicht mehr jung. Irgendwann würden sie sterben, irgendwann wäre sie wieder allein auf der Welt.

»Ich muss nach Pîtres zu Sprota«, sagte sie.

»Ich habe diesen Ort mein Leben lang nie verlassen«, erklärte Ingeltrude.

»Aber ich bin manchmal im Wald jagen«, schaltete sich Pancras ein, »es gibt dort einen Waldhüter ... Vielleicht kann er dich zum nächsten Dorf führen, und vielleicht kennt man dort den Weg nach Pîtres.«

Es dauerte einige Tage, bis sie ihr Ziel erreichte, und in jener Zeit sprach sie kaum. Die Menschen, die sie geleiteten, waren allesamt wortkarg – sowohl Pancras und Ingeltrude als auch der Waldhüter, zu dem sie sie brachten und der zumindest Sprotas Namen schon einmal gehört hatte, schließlich die Frau auf dem Wochenmarkt im nächsten Dorf, die der Waldhüter ihr vorstellte. Sie hatte einen eigenen kleinen Stand und verkaufte dort Hühner und Eier. Beides pries sie mit lauter und schriller Stimme an, doch sobald die Waren verkauft waren, war es schwer, auch nur ein Wort aus ihr herauszubekommen. Erst auf mehrmaliges Nachfragen des Waldhüters antwortete sie: Ja, sie wisse, wer Sprota sei, ja, sie sei einst mit ihrem Mann, einem fahrenden Händler, durchs Land gezogen, sie könne ihr den Weg nach Pîtres zeigen. Der Waldhüter gab sich damit zufrieden, doch kaum ging er fort, verstummte die Frau wieder, wollte Mathilda weder ihren Namen sagen noch, wie versprochen, den Weg zeigen.

Bald gab sie es auf, sie zu bedrängen. Das Dorf war klein, der Markttag zu Ende – und dennoch setzten Mathilda die vielen Gesichter zu. Seit Jahren hatte sie nicht so viele Menschen an einem Ort gesehen, die unbekümmert lachten und stritten und tranken und brüllten und auf das Leben fluchten, um sich dann wieder an ihm zu erfreuen.

Sie hockte sich in den Staub und barg ihren Kopf zwischen den Knien.

Gegen Abend trat die fremde Frau auf sie zu und musterte sie lange. »Esperlenq ist ein guter Mann«, sagte sie unvermittelt.

Mathilda blickte hoch. »Ihm gehören die Mühlen, die die Andelle säumen, nicht wahr? Wie komme ich zum Fluss? Und wie von dort nach Pîtres?«

»Esperlenq macht den Bauern, die bei ihm ihr Getreide mahlen lassen, gute Preise.«

Das verriet immer noch nicht den Weg zu ihm, aber Mathilda lauschte den Worten doch erleichtert. Dann hatte Sprota es wohl gut getroffen, ihn zu heiraten.

»Komm mit mir mit«, sagte die Frau.

Mathildas Hoffnung, nun schnell nach Pîtres zu kommen, erfüllte sich bald. Nachdem ihr Mann, der fahrende Händler, gestorben war, hatte die Frau einen Bauern geheiratet, dessen Hof, klein und armselig, wie er war, dem von Pancras und Ingeltrude glich. Nur ging es lauter zu, da sich fünf Söhne um ein karges Abendbrot stritten. Sie warfen Mathilda neugierige Blicke zu, wurden aber von der Mutter rasch zum Schweigen gebracht. Nach dem Mahl, von dem sich Mathilda kaum zu nehmen wagte, um die Gastfreundschaft nicht zu sehr zu beanspruchen, wurde ihr ein Schlafplatz in der Nähe des Herds zugewiesen. Am nächsten Morgen erklärte die Frau, dass zwei der Söhne aufbrechen würden, um Saatgut zu kaufen. Sie könne sie begleiten und nach der ersten Wegstrecke die Abbiegung Richtung Pîtres nehmen.

Fern der Mutter begafften die beiden jungen Burschen Mathilda wieder aufdringlich, doch auch wenn sie sich darob unwohl fühlte – sie traten ihr beide nicht zu nahe und erwiesen sich als so wortkarg wie ihre Eltern. Zuerst gingen sie auf einer breiten Straße, später nahmen sie Schleichwege. Nach zwei Tagen begannen Mathildas Füße zu schmerzen, und es kamen neue Wunden und Blasen zu den kaum verheilten, aber die Aprilsonne vertrieb die Kälte aus ihren Gliedern und die dunklen Gefühle aus ihrem Herzen. Sie würde es schaffen, zu Sprota zu gelangen, sie würde dort in Sicherheit sein. Selbst auf dem letzten Teil der Wegstrecke, den sie allein zurücklegte, konnte sie ihre Ängste bannen – erneut auf den Frühling setzend, in dessen warmem Licht kein finsterer Räuber über sie herfallen würde. Tief in ihrem Innern wusste sie natürlich, dass Schandtaten in einer bunten Welt ebenso begangen wurden wie in einer grauen, aber mit jedem Schritt, der sie näher ans Ziel führte, bekräftigte sie die Lüge, es wäre anders.

Als Mathilda Pîtres erreichte, sank plötzlich ihr Mut. Es war schon Abend, der Ort schien zu schlafen, sämtliche Häuser waren verschlossen. Niemand war zu sehen, den sie danach fragen konnte, wo Esperlenq wohnte. Allerdings ahnte sie, dass sein Haus das größte war – und aus Stein errichtet.

Als Einziges lag dieses nicht im Dunkeln, und seine Bewohner schienen auch nicht zu schlafen. Fackeln brannten im Hof, Pferde waren dort angebunden. Reiter kamen, von sichtlicher Eile getrieben, denn sie sprangen von ihren Tieren, kaum dass diese anhielten, und blickten über Mathilda hinweg. Sie alle betraten das Haus durch ein schmales Tor, und obwohl es hinter ihnen rasch wieder geschlossen wurde, trat auch Mathilda darauf zu und klopfte.

Es dauerte eine Weile, bis ihr geöffnet wurde, zu ihrem Erstaunen von einem Krieger, wie sie ihn vom Hofe Wilhelms kannte – mit Lederwams, Schwert am Gürtel und einem bronzenen Helm.

»Was willst du hier?«, herrschte er sie an. »Wenn du etwas zu essen haben willst, komm morgen früh wieder.«

So verwirrt sie ihn musterte und sich fragte, warum Esperlenq sein Haus von einem derart Bewaffneten schützen ließ, so abfällig glitt sein Blick über ihren Körper. Erst nach einer Weile ging ihr auf, dass er sie mit ihrer armseligen verschmutzten, geflickten Kutte für eine Bettlerin hielt.

»Ich … ich will nichts zu essen. Ich will zu Sprota. Ich kenne sie gut.«

»Das kann jede sagen.«

Er straffte seinen Rücken, als wolle er sich größer machen, obwohl er sie ohnehin um vieles überragte. In einer anderen Lage hätte es sie eingeschüchtert, doch sie hatte zu viele Auszehrungen überstanden und Hindernisse überwunden, um klein beizugeben.

»Ich bin eine Verwandte von ihr«, log sie, »aus der Bretagne. Würde ich lügen, wüsste ich kaum Bretonisch zu sprechen.« Das aber tat sie.

Der Krieger war verblüfft – sie auch. Sie hatte die Sprache oft gehört und verstanden, nie selbst benutzt. Nun tat sie es mit jenem blinden Vertrauen auf ihre Instinkte, die ihr zu überleben geholfen hatten.

Der Mann war deutlich verunsichert. Er bellte einem anderen, der offenbar hinter dem Tor stand, etwas Undeutliches zu. Den Weg gab er noch nicht frei, aber er wagte nicht, sie wegzuschicken, und wenig später kam eine Frau aus dem Haus geeilt.

Die Sprota, die Mathilda kannte, war schmal und klein – die Frau, die ins Freie kam, rundlich. Erst als sie die Fackel hob und Licht auf die vertrauten Züge fiel, erkannte Mathilda sie – und sah zugleich, dass sie hochschwanger war.

»Sprota!«, stieß sie erleichtert aus.

Nicht nur ihr Leib war verändert, auch ihr Gesicht – anders als dieser war es jedoch ausgezehrt und bleich und die Augen rot verquollen wie von vielem Weinen. Doch ganz gleich, wie verzweifelt sie wirkte – vorerst zählte nur, dass es Sprota war. Kraftlos sank Mathilda auf die Knie, um endlich der Erschöpfung nachzugeben.

»Mathilda, was machst du hier?«

»Ich weiß nicht wohin … es gibt keinen anderen Ort als diesen. Ich musste aus dem Kloster fliehen, Bauersleute haben mich aufgenommen, Ingeltrude und Pancras, ihre Namen kannte ich, die der anderen Frau nicht, aber ihre Söhne …«

Ihre Worte wurden im Überschwang der Erleichterung immer wirrer – ein Glück, dass sie nicht auch den Mord gestand. Sprota legte ihr beschwichtigend den Arm auf die Schultern und zog sie hinein.

»Erzähl mir später mehr.«

Bald erreichten sie die Halle – verglichen mit jenen der Burgen von Rouen, Fécamp oder Bayeux sehr einfach, verglichen mit den Bauernhöfen, auf denen Mathilda zuletzt genächtigt hatte, riesengroß. Die Wände und Böden waren kahl, weder gab es Felle noch Bilder und anstelle der duftenden Kerzen und Lampen nur rauchspuckende Fackeln. Aber das Feuer im großen steinernen Kamin knisterte heimelig.

Anstatt dorthin zu stürzen und sich zu wärmen, wie es ihre erste Regung war, zuckte Mathilda zurück. In jener Halle versammelt waren mehrere Krieger, die jenem glichen, der ihr aufgemacht hatte, und einmal mehr fragte sich Mathilda, was diese im Heim eines Müllers zu schaffen hatten. Und warum – jetzt konnte sie bei aller Erleichterung nicht mehr darüber hinwegsehen – hatte Sprota rot verweinte Augen?

»Willst du etwas zu essen? Oder lieber etwas Met oder Wein?«, fragte Sprota.

Mathilda brachte kein Wort hervor. Hunger und Durst schienen nichtig angesichts der Spannung, die über der Halle lag.

»Was geht hier vor?«

Ein ersticktes Schluchzen erklang aus Sprotas Mund. Sie schluckte neue Tränen, konnte die Verzweiflung aber nicht verbergen.

»Du kommst in der Stunde der Not. Ich ... wir machen uns schreckliche Sorgen.«

Sie deutete auf die Männer, die in der Nähe des Kamins standen – diese keine Krieger, sondern mit edlen Pelzen bekleidet. Mathilda konnte sich einen überraschten Aufschrei nicht verkneifen, als sie einige hochrangige Normannen darunter erkannte – Bernhard den Dänen, die Herren von Roche Tesson und Briquebec, sogar Osmond de Cent-

Villes, den sie doch – zu dessen Schutz – in Laon bei Richard gewähnt hatte.

Verglichen mit ihnen wirkte Esperlenq in seiner Leinentunika klein und ärmlich. Doch sein Blick, ebenso warm wie besorgt, wies ihn als freundlichen, liebeswerten Mann aus.

Eben trat er auf Sprota zu, um sie zu stützen. »Du solltest dich ausruhen ...«

»Wie soll ich Ruhe finden, wenn ich meinen Sohn in Gefahr weiß?«, begehrte Sprota auf. »Erst wenn der Plan steht, ihn zu retten, werde ich mich zurückziehen.«

»Dennoch ... so setz dich wenigstens.«

Esperlenq führte sie zum Tisch. Er war älter, als Mathilda erwartet hatte, seine Sprache so unartikuliert wie die einfacher Menschen, die mehr arbeiteten als redeten, und verglichen mit Graf Wilhelm war er nicht schön anzusehen. Doch Wilhelm hatte sie nie so besorgt und fürsorglich gegenüber Sprota erlebt.

»Was ... was ist mit Richard? Warum ist er in Gefahr?«, fragte sie.

Sprota schlug die Hände vors Gesicht, und auch die versammelten Männer beachteten Mathilda nicht. Wild gingen ihre Stimmen durcheinander. Sie lauschte angestrengt, um zu begreifen, was vor sich ging. Von König Ludwig war die Rede, von seiner Gattin Gerberga, von den hohen Mauern Laons, die die Stadt uneinnehmbar machten. Gleichwohl müsste man Richard unbedingt von dort befreien.

Mathilda trat zu Sprota.

»Sprota, sprich zu mir! Was ist mit Richard?«

Sie blickte sie nicht an. »Warum bist du nicht im Kloster geblieben?«, gab sie zurück.

Mathilda wollte nicht lügen, aber auch nicht zu viel von der Wahrheit verraten. »Es war nicht der rechte Ort für mich.«

»Wie merkwürdig ...«

»Was ist daran merkwürdig?«

»Dass du dieselben Worte wählst wie ... er. Ich habe mich geirrt. Ich dachte, ich täte euch etwas Gutes, wenn ich euch voneinander fernhalte. Ich dachte, ihr schafft es, was ich nicht schaffte: Gleichgültig und blind zu werden für die Welt, mein Herz zu verschließen. Doch nun will er mir helfen ... und auch du kommst ausgerechnet jetzt, wo wir jede Art von Unterstützung gebrauchen können. Du vergibst mir doch? Dafür, dass ich dir etwas riet, worin ich selbst scheiterte – nämlich kalt zu werden. Und dass ich zu spät zur Erkenntnis kam – der Erkenntnis, dass Kälte die Seele noch mehr auffrisst als Schmerz.«

Mathilda starrte Sprota verwirrt an. Ihr Gedanken lahmten, zögerlich nur stiegen Erinnerungen hoch – an Sprota, die einst in Rouen versucht hatte, ihre Liebe zu Arvid kleinzureden, der sie allzu bereitwillig geglaubt hatte, die ihre Worte aber nun offenbar bereute.

»Was ... was willst du damit sagen?«, fragte sie.

Sprota erhob sich und trat zu den Männern am Kamin.

»Mathilda«, erklärte sie, »Mathilda könnte die Frau sein, die wir brauchen, um unseren Plan umzusetzen. Sie hat lange Jahre an meiner Seite gelebt, sie kennt auch Richard gut. Wenn ich schon nichts tun kann für meinen Sohn ... dann sie.«

Mathildas Verwirrung wuchs umso mehr, als Sprota sich wieder an sie wandte. »Ja, wir brauchen dich. Richard braucht dich. Und du verzeihst mir doch, dass ich dir ... dass ich euch beiden eingeredet habe, euch im Kloster zu verstecken, obwohl auf dieser Welt doch alles auseinanderbricht, es folglich nirgendwo ein brauchbares Versteck gibt.«

Mathilda begriff immer weniger, doch im nächsten Augenblick wurden Sprotas Worte bedeutungslos. Mathilda erkannte neben den bekannten Gesichtern ein weiteres vertrautes.

Der Atem stockte ihr. Sie spürte ihre schmerzenden Füße nicht länger, nicht den vor Hunger verkrampften Magen. Sie fühlte nur … Glück. Wärmender als das Feuer. Berauschender als Wein. Wohltuender als Sprotas sanfte Berührung.

Unter den Männern, die hier aufgeregt über Richards Zukunft sprachen, war … Arvid.

Die letzten Wochen glichen einem dunklen Traum. Arvid hatte manchmal gehofft, er möge daraus erwachen, und der Verrat von Abt Martin und die neuerliche Flucht aus dem Kloster wären nur ein Gespinst nächtlicher Fantasien. Aber er träumte nicht, er musste eine Entscheidung treffen – und diese führte ihn erst nach Rouen, dann, als er dort all die bestürzenden Neuigkeiten vernommen hatte, nach Pîtres, wo sich die Großen der Normandie versammelt hatten, um Pläne zur Rettung des Grafen zu schmieden. Er gehörte zunächst noch nicht zu ihnen, wurde aber in ihrem Kreis willkommen geheißen – weil man ihn als Wilhelms Freund betrachtete und weil man auf niemanden verzichten konnte, der seine Hilfe anbot.

Jetzt wurde aus dem dunklen Traum ein lichter, und jetzt wollte er nicht daraus erwachen, nie wieder. Sie starrten sich an, er ging auf sie zu, murmelte ihren Namen. Er war bei sich wie kaum in den letzten Wochen und zugleich weggetreten, spürte jede Faser seines Körpers und schien jene Szene zugleich aus weiter Ferne zu beobachten. Keinen einzigen klaren Gedanken konnte er fassen, und die Gefühle, die ihn überkamen, waren zu stark, sie zu benennen. In jedem Fall war kein Zweifel dabei, der ihn zurückweichen, der ihn Scheu und Distanz heucheln ließ.

Von allen Sehnsüchten, die ihn angetrieben hatten – die Sehnsucht, zu vergessen, wer er war, die Sehnsucht nach Stille, nach Einsamkeit und nach seinesgleichen, hatte sich nur die eine als nicht vergebens, nicht als Irrweg herausgestellt: die Sehnsucht nach ihr. Er konnte sie nicht länger unterdrücken, konnte sich nur unbändig freuen, dass sie erfüllt wurde, konnte sich – da die Fügung sie vereinte – eingestehen, was er all die Jahre geleugnet hatte: Dass sich ein Leben ohne sie nur wie ein halbes, kein ganzes anfühlte.

Er stand nun unmittelbar vor ihr, und er las in ihrem Blick, dass sie dasselbe fühlte wie er: Sie waren zu oft nur knapp dem Tod entronnen, ihre Welt hatte sich zu oft als zerbrechlich erwiesen und zu viele der eigenen Entscheidungen als fehlbar, um nun zu zaudern und nicht nach der Hand des Menschen zu greifen, der das eigene Geschick spiegelte und erträglich machte.

Erst hielten sie sich nur an den Händen, dann lagen sie sich in den Armen. Er hätte sie geküsst, wäre er sich nicht plötzlich des Schweigens gewahr geworden, das sich über sie senkte. Da erst kehrte er aus jener kleinen Welt, die nur ihm und ihr gehörte, in jene große zurück, in der man ihn verwirrt musterte und in der Sprotas Frage im Raum stand – die Frage an Mathilda, ob sie ihr helfen würde. Arvid wusste, worauf Sprota hoffte, und seine erste Regung war, sich schützend vor sie zu stellen und ihr zu verbieten, sich an der Sache zu beteiligen.

Aber nun löste sich Mathildas Blick wieder von seinem.

»Was ist geschehen?«, wollte sie wissen.

Und ehe Arvid es verhindern konnte, trat Sprota zu ihr und zog sie von ihm weg.

»Richard ist in höchster Gefahr«, berichtete sie atemlos. »Immer noch hält er sich an König Ludwigs Hof in Laon auf, doch während der zunächst noch versucht hat, den Anschein von Gastfreundschaft zu vermitteln, wird Richard seit Monaten immer schlechter behandelt – nämlich als das, was er in Wahrheit ist: eine Geisel, ein Gefangener.«

Sprotas Lippen bebten, und Mathildas Blick färbte sich mitleidig.

Gleiches Mitleid hatte auch Arvid überkommen, als er einige Tage zuvor zum ersten Mal die Neuigkeiten aus Laon vernommen hatte – und er war überrascht gewesen über die Heftigkeit des gerechten Zorns, der in ihm hochgestiegen war. Erst jetzt war ihm klar geworden, dass er nach seiner Flucht aus Jumièges nicht nur ein für alle Mal mit dem Klosterleben abgeschlossen, sondern zugleich Partei ergriffen hatte – gegen das Fränkische, für das Normannische. Das schäbige Verhalten Ludwigs gegenüber dem jungen Grafen empörte ihn nicht minder als das von Abt Martin gegenüber ihm selbst, und beides erlaubte ihm nicht länger, den Unbeteiligten zu spielen, den Staatsgeschäfte nichts angingen.

Eben schaltete sich Botho, der Pate des Knaben, ein: »Richard durfte früher regelmäßig ausreiten und zur Jagd gehen – seit geraumer Zeit ist ihm das jedoch verboten. Gerberga wiederum, die Gattin des Königs, die sich früher noch manch höfliche Geste abgerungen hat, verbirgt ihre Feindseligkeit nicht länger. Sie hält Richard für eine Gefahr – nicht zuletzt für ihren Sohn und Thronerben Lothar. Und obendrein hat sie eben einen zweiten Sohn geboren, Karl, für den sie gern die Grafschaft einfordern würde. In jedem Fall erlaubt sie es Richard nicht länger, an den königlichen Mahlzeiten teilzunehmen.«

Osmond trat vor, das Gesicht gerötet. »Ich wollte mir das

nicht bieten lassen, habe eines Tages ertrotzt, dass Richard doch mit mir zur Jagd ausreitet. Als wir wiederkehrten, empfing uns Gerberga geifernd und tobend. Sie hat den jungen Grafen als Hurensohn beschimpft und angedroht, dass Richard geblendet und kastriert werde, sollte er die Pfalz noch einmal verlassen. Ihr hättet sehen sollen, mit welcher Würde Richard das Geschrei über sich ergehen ließ. Erst hinterher, als wir allein war, zeigte er, wie verzagt er sich fühlte.«

Sprotas Hände krallten sich förmlich um Mathilda, und einmal mehr stritt in Arvid der gerechte Zorn auf Richards Widersacher mit dem Bedürfnis, Mathilda zu schützen. Selbst konnte er nicht mehr unparteiisch sein, doch kurz wünschte er, sie würde es bleiben.

»Wie kann ich euch nun helfen?«, fragte sie jedoch eifrig.

»Gottlob konnte Osmond unter einem Vorwand Laon verlassen, um uns die Neuigkeiten zu überbringen«, sagte Sprota. »Er wagte sich nicht nach Rouen, aus Angst, König Ludwig würde davon erfahren – jedoch hierher zu mir. Keine Seele schert sich um mich und Esperlenq, also konnten wir die Großen der Normandie zu diesem Treffen laden, ohne Ludwigs Misstrauen zu erwecken.«

Mathilda blickte nachdenklich von einem zum anderen. Erst jetzt nahm Arvid die Spuren von Erschöpfung an ihr wahr. Im ersten Augenblick hatte nur gezählt, dass sie da war – nun war er voller Sorge, zu sehen, wie sehr ihr die letzten Jahre zugesetzt hatten. Doch kündeten auch Augenringe von Hunger, Angst und Auszehrung – ihr Blick war hellwach.

»Und was ist nun euer Plan?«, fragte sie.

Bernhard der Däne trat vor. »Die Lage ist alarmierend, aber noch glaubt Ludwig, dass wir ihm vertrauen – und dabei soll es fürs Erste bleiben. Wenn wir ihn offen für sein Verhalten gegenüber Richard kritisieren, könnte seine Maske allzu bald fallen. Nur wenn wir ihn in Sicherheit wiegen, bleibt die Hoffnung, dass er Richard nicht sofort aus dem Weg schaffen lässt ... und die Normandie angreift.«

»Das heißt«, erklärte Botho, »wir können nicht offen seine Freilassung fordern, um ihn zu retten. Wir müssen ihn heimlich befreien.«

Sprota drückte wieder ihre Hand. »Und du, Mathilda, kannst uns dabei helfen.«

Das erste Mal seit ihrem Wiedersehen las Mathilda in seinen Zügen, was auch in ihren stand – die Erkenntnis, dass das Schicksal sie nicht um ihrer beider Glück willen zusammengeführt hatte, sondern um ihnen eine Aufgabe zuzuteilen.

»Wie kann ich helfen?«, fragte sie.

»Der Graf von Alençon«, schaltete sich Osmond ein, »ist einer unserer Verbündeter. Er hat uns darin bestärkt, auf eine List zu setzen.« Der Zweifel in seiner Stimme bekundete, dass ihm ein offener Kampf lieber gewesen wäre, aber das sagte er nicht laut.

»Und damit diese List aufgeht, ist eine Frau vonnöten«, sagte Sprota. »Eine Frau wie du ...«

Mathilda blickte von Arvid zu ihr und wieder zu Arvid. Augenblick um Augenblick verstrich in Stille.

»Was immer notwendig ist, um Richard zu helfen«, verkündete sie schließlich entschlossen, »ich bin bereit, es zu tun.«

Bis zum Morgengrauen tagte der Rat. Einzelheiten des Plans wurden ausgeheckt und wieder verworfen, Vorschläge begeistert aufgenommen und wieder angezweifelt, und endlich stand fest, welcher Schritt unverzichtbar war, um Richard zu befreien, und welcher zu riskant. Am Ende der Nacht waren sie müde, aber guten Mutes.

Sprota hatte Mathilda einen Eintopf aus Schweinefleisch, Kichererbsen und Linsen bringen lassen. Es war eine Wohltat, sich endlich wieder einmal satt zu essen, wenngleich sie hinterher vermeinte, ihr Magen wäre voller Steine. Sie fühlte sich dennoch ein wenig erholter. Eine Anspannung lag in der Luft, der sie sich nicht entziehen konnte. Ganz zufällig war sie in den Kampf um Richards Zukunft und die der Normandie geraten, aber sie hatte keine leeren Versprechungen gemacht. Sie war tatsächlich bereit, ihn mit auszufechten, und sei es nur, um ihrem Leben ein neues Ziel zu geben, nachdem alle anderen Kämpfe ins Leere gelaufen waren. Sie wollte ihre Zukunft auf etwas anderem aufbauen als den wirren Träumen und vagen Erinnerungen, die das Rätsel ihrer Herkunft gebaren.

Welche Rolle Arvid in dieser Zukunft spielen sollte, wagte Mathilda sich noch nicht zu fragen. Zu frisch war die Freude über das unerwartete Wiedersehen. Zu fragil, um sie mit Wünschen und Hoffnungen zu belasten. Es genügte, sich ihr einfach hinzugeben, um erst am nächsten Morgen zu prüfen, wie viel von diesem Glücksgefühl auch bei Tageslicht Bestand hatte.

Doch die Sonne zeigte sich noch nicht, als Arvid bereits den Raum betrat, den Sprota ihr zugewiesen hatte, winzig und einfach, aber sauber, und es erschien ihr nicht anmaßend, dass er hier war, nicht einmal sonderlich erstaunlich, sondern selbstverständlich.

Das Morgen war ungewiss wie nie, vielleicht konnten sie Richard nicht befreien, ehe König Ludwig ihn ermorden ließ und die Normandie überfiel. Vielleicht würden sie beim Versuch, ihn aus Laon zu befreien, alle sterben. Aber genau deswegen galt es, keine Zeit zu verschwenden und keine Worte. Stumm traten sie aufeinander zu, als lenke sie eine unbestimmte Macht, die ihre Schritte gleich groß und gleich schnell ausfielen ließ, und umarmten sich. Mathilda schmiegte sich an Arvid und fragte sich, warum es ihr so schwergefallen war – nach jenen lustvollen Stunden bei ihm liegen zu bleiben und mit ihm zu reden oder ihm Jahre später, nach Wilhelms Tod, gegenüberzutreten anstatt ins Kloster zu fliehen. Es war doch so leicht, ihn zu halten. Es war doch so schön, zu wissen, dass sie zu ihm gehörte. Es war doch so natürlich, sich das lange unterdrückte Begehren einzugestehen, ihn zu berühren, ihn zu streicheln.

Erst nach einer Weile lösten sie sich wieder voneinander.

»Warum bist du nicht mehr im Kloster?«

Sie fragten es wie aus einem Mund. Keiner gab Antwort. In ihren Gesichtern lasen sie Traurigkeit über einen aufgegebenen Lebenstraum – und zugleich die Abgeklärtheit, dass es richtig war, ihn sein zu lassen und ihre Bestimmung woanders zu finden.

»Ich wusste nicht, wo ich hin sollte.« Wieder sagten sie es wie aus einem Mund.

Er beließ es bei den Worten, sie fügte noch mehr hinzu: »Mein Vater war offenbar ein mächtiger Mann ... und deswegen trachtet man mir nach Leben. Mir fiel kein anderer Ort ein, wohin ich fliehen könnte, auch wenn ich hier nur in Sicherheit bin, nicht zu Hause.«

»Wenn man kein Zuhause hat, kann man überall leben«, murmelte er. »Wie soll es jetzt weitergehen?«

»Das Einzige, was ich weiß, ist, dass ich bei dir sein will.«

»Warum bist du damals einfach von Rouen geflohen? Warum hast du nicht Abschied von mir genommen?«, fragte er.

»Warum bist du mir nicht gefolgt?«, gab sie zurück.

»Warum bist du mir nach Wilhelms Tod ausgewichen?«

»Und warum verschwenden wir die Zeit für Fragen?«

Ein wehmütiges Lächeln erschien auf seinen Zügen. Er öffnete den Mund, jedoch nicht, um zu antworten, sondern sich vorzuneigen und sie zu küssen. Langsam und zärtlich spielten erst ihre Lippen, dann ihre Zungen miteinander.

Als sie sich atemlos voneinander lösten, waren ihrer beider Gesichter rot und heiß.

»Warum ... warum willst du Richard helfen?«, wollte sie wissen.

Er überlegte kurz. »Der neue Abt von Jumièges wollte mich Ludwig ausliefern, und genauso wie dir ist mir dieser Ort als Erster eingefallen, wohin ich fliehen konnte. Aber der eigentliche Grund ist ein anderer. Solange er lebte, fiel es mir schwer, dies einzugestehen, aber als er starb, erkannte ich, dass Wilhelm der beste Freund war, den ich je hatte, ein Bruder, mit dem ich ein Schicksal teilte. Er ist zu früh gestorben, um sein normannisches Erbe und seinen christlichen Glauben ganz und gar zu versöhnen, aber wenn sein Sohn lange genug lebt, kann es ihm vielleicht gelingen. Und du ... warum willst du ihm helfen?«

Auch sie dachte eine Weile nach, ehe sie antwortete. »In den ersten Jahren nach meiner Flucht aus Saint-Ambrose habe ich viel Zeit mit Sprota und Gerloc verbracht. Zuerst habe ich mir an Gerloc ein Beispiel genommen und gedacht, dass man glücklich werden kann, wenn man nur lange genug sich selbst verleugnet und seine Vergangenheit hinter sich lässt. Aber später musste ich sehen, wie Gerloc auf diese Weise nicht ihr Glück gefunden, sondern nur ihr Lachen verloren hat. Dann habe ich mir Sprota zum Vorbild genommen, die meinte, dass jemand, der sich gleichmütig zeigt, nicht verletzt werden kann, und einer, der nicht liebt, auch nicht leiden würde. Aber heute Nacht hat sie eingestanden, dass dies ein Irrtum war. Und wenn es uns gelingt, Richard wohlbehalten zurückzubringen, so ist bewiesen, dass Liebe nicht wehtun muss, sondern stark machen und alles zum Guten wenden kann.«

Um zu erklären, dass sie es nicht nur Sprota beweisen wollte, sondern auch sich und ihm, waren Worte zu wenig.

Eine Weile starrten sie sich schweigend an. Dann stellte sie sich auf die Zehenspitzen, küsste ihn wieder, fordernder und hungriger als zuvor. Sie löste ihre Lippen auch dann nicht von seinen, als sie sich auf die Bettstatt sinken ließen. Die Lust, die seine Berührungen in ihr entfachten, war stark wie beim ersten Mal. Ihre Körper verschmolzen wie ihre Münder, sie lernten gemeinsam zu fliegen und sanft wieder zu landen, verloren sich aneinander und fanden sich wieder, nutzten die begrenzte Zeit, die ihnen blieb, indem sie jeden Augenblick in Süße ertränkten, die aus ihren heißen Leibern troff, keuchten und stöhnten lauter als die Angst, dass das lange Aufgeschobene und eben so Erfüllende bald wieder verloren sein könnte, schürten ein Feuer, das taugte, jeden einzelnen Moment tief ins Gedächtnis einzubrennen, auf dass sie ihn auf ewig bewahren konnten.

Erst als es vorbei war, merkte Mathilda, dass sie weinte. Es waren keine Tränen der Verzweiflung, sondern der Hoffnung. Für sie und Arvid, für Sprota, für Richard. Für alle Menschen der Normandie.

In ihren Träumen war sie jung, in ihrem Leben alt – so zumindest war es in den letzten Jahren gewesen. Nun hatte sich ihr Schicksal gewendet. Die Träume schienen alt – kündeten sie doch von einer Zeit, die nicht mehr zählte. In der Gegenwart hingegen war Hawisa wieder jung. Endlich gab es Hoffnung, endlich die Aussicht, nicht länger allein zu kämpfen. Dökkur und Daniel zählten nicht, Hasculf kaum, und auf die Menschen im Cotentin, um deren Unterstützung sie geworben hatten, hatte sie sich nie wirklich verlassen. Doch unerwartet hatte sie neue Verbündete gefunden, und diese würden taugen.

Sie kannte bislang nur ihre Namen, Sedric und Turmod, ihre Gesichter jedoch noch nicht, stand über Boten mit ihnen im Kontakt, aber war ihnen noch nicht begegnet. Trotzdem fühlte sie sich von gemeinsamen Zielen mit ihnen geeint. Sie wusste, dass sie Heiden waren, dass sie aus dem Norden kamen, dass sie mit einer Flotte von Drachenschiffen kürzlich im Cotentin angelandet waren. Und sie waren entschlossen, zu erobern, zu unterwerfen, nicht vor dem Christengott zu buckeln wie die normannischen Grafen, sondern das Leben und die Bräuche, die sie aus der Heimat kannten, hier fortzuführen.

»Ich will sie endlich treffen!«, sagte sie nun zu Hasculf. »Es ist Zeit, gemeinsam Pläne zu schmieden.«

Hasculf schwieg, aber Bruder Daniel rief ungewohnt ängstlich: »Du weißt doch gar nicht, wer sie wirklich sind – womöglich nichts weiter als Anführer einiger wilder Banden, die hier ein Vermögen rauben, ein paar Mönche abschlachten und Jungfrauen schänden wollen. Warum willst du ausgerechnet mit ihnen gemeinsame Sache machen?«

»Weil es echte Männer sind!«

»Du meinst – echte Heiden! Aber ist es nicht ein Zeichen des Allmächtigen, dass alle Nordmänner, die nicht den christlichen Glauben angenommen haben, hierzulande gescheitert sind?«

Hawisa knurrte wie ein wildes Tier. Wie konnte er es wagen, von Scheitern zu sprechen, obwohl es am Ende nicht fehlender Mut oder Tatendrang, sondern schlichtweg der eigene Tod gewesen war, der dem Lebenswerk ihres Geliebten Grenzen setzte!

Nun gut, auch als er lebte, gab es Schlachten, aus denen er nicht siegreich hervorging, und feindliche Heere in Übermacht, vor denen er fliehen musste. Er wollte mehr erobern als nur die Bretagne, und das war ihm nicht gelungen. Ihr aber – ihr musste es gelingen, zumindest die einstige Heimat wiederzuerlangen, und Turmod und Sedric mussten ihr helfen!

»Halt dein Maul!«, fuhr sie Bruder Daniel an, und fügte zischend hinzu: »Warum habe ich dich nur all die Jahre am Leben gelassen?«

»Weil ich dir oft die Wahrheit sage«, erwiderte er verschlagen, »und weil in deiner Lage allzu gnädige Lügen tödlich sein können. Was, wenn du dir nur etwas vormachst? Wenn Sedric und Turmod dich treffen wollen, um deine Waffen und Männer zu stehlen, nicht, um sich mit dir zu verbünden?«

Sie hob die Hand, obwohl ganz tief in ihr gleicher Zweifel nagte, hob sie die Hand, um ihn zu strafen. Ehe sie sein Gesicht traf, riss Hasculf sie zurück, vielleicht als verspätete Rache, dass sie ihn mit dem Schwert bedroht hatte, vielleicht einfach nur als Zeichen von Ungeduld.

Verdutzt blickte sie ihn an.

»Es ist nicht die rechte Zeit, die Beherrschung zu verlieren. Du hast sie dir bewahrt, als die Zeichen auf Niederlage standen. Umso mehr sollte dies gelten, da unser Tag naht.«

Unser Tag, echote es in ihr. Mein Tag. Sein Tag.

Sie wandte sich an Bruder Daniel, und nun war sie es, deren Stimme triumphierend klang: »Turmod und Sedric sind nicht auf Raubzüge aus. In den normannischen Küstendörfern, in die sie einfielen, haben sie die Menschen nicht getötet, sondern ihnen den christlichen Glauben ausgetrieben. Gleiches wünschen sie in der ganzen Normandie zu tun. Vielleicht gelingt es ihnen, selbst Richard – entkommt er jemals Ludwigs Geiselhaft und kehrt in die Normandie zurück – wieder ein Bekenntnis zu den Göttern seiner Vorfahren abzuringen.«

»Und was hast du davon?«, fragte Bruder Daniel. »Ein heidnischer Richard wird die Bretagne für sich haben und nicht dir überlassen wollen. Und für Turmod und Sedric gilt das Gleiche.«

Hawisa schüttelte den Kopf. »Sie werden uns brauchen. Sie kennen das Land nicht – ich schon. Sie haben hier keine Wurzeln – meine reichen tief.«

Sie wandte sich Hasculf zu. »Du musst Mathilda finden. Es ist wichtiger als je zuvor.«

Es war die letzte Chance, die sie ihm gab. Das wussten sie beide, obwohl sie es nicht aussprach.

»Nach Mauras Tod ist sie weder in Fécamp noch in Bayeux aufgetaucht«, murmelte er. »Vielleicht ist sie bei Sprota.«

»Dann warte nicht länger! Du erledigst deine Pflicht und ich die meine. Ich werde Sedric und Turmod treffen, ihnen meine Pläne erklären und ein Bündnis schmieden.«

Hasculf ballte seine Hände zu Fäusten. »Sie wird mir kein weiteres Mal entkommen.«

In seinem Blick stand kein Zweifel, nur Trotz, und das war gut so. Bruder Daniel hingegen blickte weiterhin skeptisch, sodass sie ihn stehen ließ, ohne ihm ein weiteres Wort zu gewähren.

Alsbald begegnete sie dagegen einer anderen, die ihre Euphorie trübte. Eirinn, die in den letzten Jahren immer in sich gekehrter geworden war, die kaum ein Wort mit ihr geredet und sich am liebsten verkrochen hatte, trat unvermittelt auf sie zu.

»Ich habe gehört, dass Cadhas Tochter Maura tot ist«, sagte sie kummervoll.

Hawisa nickte grimmig. »Und das hat sie verdient! Sag bloß, du hast Mitleid?«

Eirinn zuckte zurück. Anders als Bruder Daniel, Hasculf und Dökkur hatte sie manchmal Angst vor Hawisa. Und zeigte sie auch. Anders als Bruder Daniel, Hasculf und Dökkur hatte sie jedoch auch das Rückgrat, ihr entgegen eigener Interessen zu trotzen.

»Ja, ich habe Mitleid«, erklärte sie entschlossen. »Ich habe mit ihnen allen Mitleid. Mit Maura, mit ihrer Mutter ...«

»Dieser Verräterin!«

»Ich habe auch mit Mathilda Mitleid«, fuhr Eirinn entschlossen fort, »mit dir und sogar mit ...«

»Wag es nicht, diesen Namen auszusprechen!«

»Ach, Hawisa«, seufzte Eirinn. Sie sah ein, dass es keinen Sinn hatte, noch mehr zu sagen, aber in ihrem Gesicht stand unendlich viel Traurigkeit.

So will ich nicht sein, dachte Hawisa plötzlich, wütend, ohnmächtig, verwirrt meinetwegen, verzagt manchmal und hoffnungslos, aber nicht ... traurig. Ich bin es früher zu oft gewesen.

»Ich kann nicht aufgeben«, murmelte sie. »Ich kann einfach nicht.«

»Ich weiß«, sagte Eirinn mit noch trostloserer Miene.

VII.

Von einem Hügel aus blickten sie auf Laon. In der Mittagssonne war es warm gewesen, doch nun scheuchte beißend kalter Wind die Wolken über den Himmel. Er knickte die mickrigen Reben der Weinberge, die die Hügel bedeckten, und die Halme der Wiesen, die so kurz nach der Schneeschmelze noch braun waren. Die Bauern taten unermüdlich ihre Arbeit auf den Feldern und zeigten sich blind gegenüber der kleinen Gruppe Reisender. Sie waren Fremde gewohnt – hier, in der Nähe der großen Hauptstraße, die Senlis und Köln verband, und auch, dass diese Fremden stets ehrfürchtig innehielten, wenn sie zum ersten Mal einen Blick auf die Stadt warfen, die mit ihrer hohen Mauer eine uneinnehmbare Festung war.

Eine Weile zog die Römermauer alle Aufmerksamkeit auf sich, dann blickte Mathilda südlich auf das Marienkloster und schickte unwillkürlich ein Stoßgebet zum Himmel. In diesem Kloster betete man gewiss öfter um König Ludwigs Heil als um das des kleinen Richard, aber es war trotzdem tröstlich, Menschen in der Nähe zu wissen, die sich dem Ränkespiel der hohen Staatsführung entzogen, weil die Verehrung des himmlischen und einzig wahren Königs das Geschick eines jeden irdischen bedeutungslos machte. Ähnlich hatte sie auch empfunden, als sie durch Reims geritten waren und jene Kirche betrachtet hatten, in der die Könige des Frankenreichs gekrönt wurden. Caput Franciae nannte man diese Stadt, und gewiss wurde jemand wie ihresgleichen hier gehasst, jemand wie Ludwig und seine Frau Gerberga hingegen geliebt, aber sie war eben auch der Ort, wo immer wieder neu der Glaube bekräftigt wurde: Über jedem König steht noch ein anderer, und anders als dessen flüchtige Macht, die er – wie es den wankelmütigen Menschen zu eigen ist – missbrauchen und verlieren kann, steht dessen Ordnung ewiglich.

Nicht nur an das Gebet, das dort unten von den Nonnen gesprochen wurde, dachte Mathilda, sondern auch an jenes, das Sprota wohl eben zum Himmel sandte. Sie war zwar nie fromm gewesen, aber die Angst um den Sohn ließ sie mit sämtlichen Gewohnheiten brechen. Als Mathilda Pîtres verließ, hatte sie sie zum ersten Mal in ihrem Leben inniglich umarmt.

»Ich wäre so gern an deiner Stelle!«, hatte sie gerufen. »Ich würde gern selbst helfen, meinen Sohn zu befreien und den verfluchten König und sein Weib in die Schranken weisen.«

Mathilda hatte sich von ihr gelöst und auf den geschwollenen Leib gedeutet. »Aber es ist nicht möglich, also tue ich es für dich.«

Sie war auf ihr Pferd gestiegen und hatte Sprotas Blick selbst dann noch brennend auf sich gerichtet gefühlt, als sie Esperlenqs Heim längst hinter sich gelassen hatten.

Die Reise nach Laon war wortkarg verlaufen: Bernhard und Botho waren beide zurück nach Rouen gekehrt, um Ludwig in Sicherheit zu wiegen. Auch der Herzog von Alençon, der wesentlich an ihrem Plan mitgewirkt hatte, hatte sich auf seinen Besitz zurückgezogen, um – im Falle, dass sie scheiterten – keinen Verdacht auf sich zu ziehen. Osmond wiederum war schon vorgeritten nach Laon, um Richard vorzubereiten. So war sie nur mit Arvid und zwei normannischen Kriegern unterwegs, war mit ihnen auf der langen Wegstrecke entweder in Herbergen eingekehrt oder hatte unter freiem Himmel geschlafen und ritt nun mit ihnen auf das Stadttor von Laon zu.

So breit die Straße auch war, hier war sie von Wagen und Menschen derart verstellt, dass mit den Pferden kein Durchkommen war. Arvid half Mathilda von ihrem Ross, damit sie wie er zu Fuß gehen konnte. Er hielt ihre Hand etwas länger als notwendig. Es waren diese vielen kleinen, unauffälligen Gesten, die seine Zuneigung verrieten, obwohl es bei der einen gemeinsamen Nacht geblieben war und es keine rechte Zeit gab, ihre Liebe zu bekennen.

»Es gäbe immer noch die Möglichkeit für dich umzukehren«, sagte er leise, nachdem er ihre Hand wieder losgelassen hatte. »Du musst es nicht tun.«

»Doch«, beharrte Mathilda. »Sprota hat mich damals in Fécamp bei sich aufgenommen Ich habe mich ihr gegenüber nie als sonderlich dankbar erwiesen, ich hatte damals das Gefühl, nicht zuletzt sie sei schuld, dass ich das falsche Leben führe. Aber sie war trotzdem für mich da.«

Arvid senkte seinen Blick. »Ich habe Angst um dich«, gestand er erstmals offen ein.

Mathilda seufzte. Sie wusste, sie konnte ihm diese Angst nicht nehmen, aber ihr zumindest Entschlossenheit entgegensetzen.

»Es wird alles gut gehen«, sagte sie.

Auch wenn das eine mit dem anderen nichts zu tun hatte, so erschien ihr Richards Geschick wie ein Omen für ihr eigenes. Sie war sich sicher: Wenn sie es schaffen würden, Richard wohlbehalten nach Rouen zu bringen, würde sie endlich selbst glücklich werden – in einem Leben, in dem sie nicht länger auf eine Zukunft verzichtete, nur weil sie die Vergangenheit nicht kannte.

Sie nickte beschwörend, dann schritten sie gemeinsam durch das Stadttor.

Mathilda hatte sich den Umhang tief ins Gesicht gezogen, senkte nun den Blick und überließ es Arvid, zu sprechen. Sie trug zwar keine besonders edle Kleidung, aber sie war doch aus dickem, flickenlosem, sauberem Leinen, die sie als Frau von gewissem Stande auswies. Arvid hingegen hatte die Mönchskutte angezogen. Eigentlich trug er sie schon seit längerer Zeit nicht mehr, doch für ihren Plan war es unverzichtbar, dass er als Priester auftrat.

»Wie merkwürdig«, hatte er gesagt, »mein Leben lang habe ich mir gewünscht, ein Mann Gottes zu sein. Und ausgerechnet nun, da ich mit diesem Wunsch abgeschlossen habe, muss ich einen spielen.«

Ob Priester oder nicht – zunächst stießen sie auf Misstrauen. Vor dem Tor der königlichen Pfalz standen mehrere Wachen, die nicht bereit waren, sie einzulassen, weder als Arvid erklärte, dass er von der Normandie hergereist sei, um im Auftrag Bernhard des Dänen nach dem jungen Grafen zu sehen, noch als er obendrein ein Schreiben von diesem vorzeigte, das ihn als Richards einstigen Erzieher auswies.

Mathilda sank der Mut, doch so schnell wollte sie sich nicht geschlagen geben. Während Arvid nach Worten rang, hob sie den Blick, strich ihren Umhang zurück und blickte flehentlich die Wachtposten an.

»Habt Erbarmen! Ich selbst bin Richards einstige Amme

und von niemand anderem als Richards Mutter gesandt worden. Wir haben gehört, dass er schwer erkrankt sei. O bitte, erlaubt uns, ihn zu sehen, damit wir in der Heimat berichten können, dass er genesen wird.«

Sie hielt den Atem an, nachdem sie geendet hatte. Die Männer betrachteten sie eingehend. Wunderten sie sich, weil sie nichts von Richards Krankheit wussten? Oder überlegten sie vielmehr, ob sie nicht zu jung war, seine einstige Amme zu sein? Immerhin hatte sie ihr fünfundzwanzigstes Lebensjahr erreicht – und sah so aus. Ihr Haar war zwar noch voll und wuchs in kräftigem Rotbraun, und bis jetzt hatte sie keinen einzigen Zahn verloren, aber manch kleine Falte um Mund und Augen kündete von durchlittener Auszehrung und Todesangst.

Endlich gab sich einer der Männer einen Ruck. »Der König weilt nicht in der Stadt, aber wir werden der Königin sagen, was euer Begehr ist.«

Zermürbende Stunden mussten sie nun vor dem Tor warten. Mathilda und Arvid mieden es, sich anzusehen, und wichen auch dem Blick der Wachen – aufdringlich und misstrauisch zugleich – aus. Als es dunkel wurde, kehrte jener Mann, der mit ihnen gesprochen hatte, wieder und winkte ihnen, ihm zu folgen.

Mathilda hatte ihre Kapuze erneut aufgesetzt und hielt den Blick starr auf den Boden gerichtet. Sie sah kaum etwas vom Hof und den Wirtschaftsgebäuden, die ihn säumten. Erst als sie die große Halle erreichten, ging ihr auf, dass es ein Fehler war, sich den Ort nicht besser eingeprägt zu haben. Wenn ihr Plan aufging, war es wichtig, sich hier allein zurechtzufinden. Doch nun war es zu spät dafür.

In der Halle war die Luft warm und stickig, es roch nach Fleisch und Fett, eine volle Schüssel stand vor der Königin

Gerberga. Die starrte jedoch nur angewidert auf das Essen und nahm keinen Biss davon. Obwohl sie vor nicht langer Zeit ein Kind geboren hatte, war sie ungemein dürr – ein Eindruck, der von ihrem spitzen Gesicht verstärkt wurde. Dennoch wirkte sie nicht hilflos oder zart, ihr Blick glich eher dem eines Raubvogels, als sie ihn von der Schüssel hob und die Eintretenden musterte.

Mathilda war sich nicht sicher, ob sie etwas sagen oder besser warten sollte, dass Gerberga das Wort an sie richtete. Arvid war offenbar genauso unschlüssig, denn Moment für Moment verging in angespanntem Schweigen.

»Ein Priester und eine Amme«, stellte Gerberga schließlich fest. Aus der heiser anmutenden Stimme ließ sich nicht heraushören, ob sie es freundlich oder verächtlich meinte.

Mathilda rief sich in Erinnerung, was sie von Gerberga wusste: Nicht nur Gattin eines Königs war sie, sondern auch die Tochter – die vom ostfränkischen Heinrich nämlich, und nunmehr, nach Heinrichs Tod, auch die Schwester eines solchen, von Otto, den man den Großen nannte, König von Germanien. Anders als anderen Frauen ihres Ranges – oft Spielball von Vätern, Brüdern, Vettern, Gatten – sagte man ihr einen nüchternen Verstand und den Ehrgeiz nach, eigene Entscheidungen zu treffen und die Staatsgeschäfte nicht den Männern zu überlassen. Ging es um Richards Wohl und Zukunft, drohte von Gerberga darum fast noch größere Gefahr als von Ludwig.

»Wir haben von der Krankheit des jungen Grafen gehört«, sagte Arvid, nachdem sie in Schweigen verharrte. »Wir möchten uns gern mit eigenen Augen überzeugen, dass es ihm gut geht.«

»Habt ihr etwa daran Zweifel, dass der König seinen Schützling nur den besten Ärzten anvertraut?« Die eben noch sehr heisere Stimme wurde schrill, gleichwohl Mathilda keinen Augenblick daran glaubte, dass die Empörung echt war. Richards Krankheit kam einer wie Gerberga gerade recht.

»Mitnichten!«, rief Arvid. »Doch letztlich obliegt es nicht den Ärzten, sondern allein Gottes Ratschluss, ob er wieder gesund wird. Falls ja, wollen wir die freudige Nachricht in seiner Heimat verkünden, falls nein, wollen wir für seine arme Seele beten.«

Gerberga nickte nunmehr vermeintlich verständnisvoll, aber Mathilda entging das triumphierende Blitzen in ihren Augen nicht. »Die Ärzte haben eine strenge Diät angeordnet, aber bis jetzt hat diese keinen Nutzen gebracht. Richard magert zunehmend ab, und ich fürchte, in diesem Zustand ist es nicht angeraten, ihn zu erregen. Der König selbst hat befohlen, niemanden zu ihm zu lassen.«

»Aber das wird sicher nicht für jemanden gelten, der im Auftrag seiner Mutter kommt«, schaltete sich Mathilda ein. »Ihr seid doch auch eine solche. Ihr wisst, wie es ist, wenn Sorgen um Kinder ein armes Frauenherz zermürben. Schickt uns nicht fort, ohne Sprota etwas ... Klarheit zu schenken.«

Gerbergas Blick bohrte sich in Mathilda. Die bekam Angst. Würde die Königin sehen, was den Wachen entgangen war? Nämlich, dass sie zu jung war, um Richards Amme zu sein? Aber das Licht im Saal, von Fackeln aus Birkenrinde gespendet, war zu trübe. Schatten tanzten auf Gerbergas Gesicht – und wohl auch auf dem Mathildas.

Plötzlich wurde der stechende Blick Gerbergas müde. Vielleicht kannte sie keine tiefe Mutterliebe, aber das Trachten, ihren Mann noch mächtiger zu machen, war gewiss vom Wunsch genährt, solcherart auch ihren beiden Söhnen eine große Zukunft zu sichern, und die Angst, dabei zu scheitern, ein steter Begleiter ihres Lebens – nicht zuletzt bei einsamen Mahlzeiten wie dieser. Sie schob die noch volle Schüssel zurück und erhob sich. Endlich nickte sie.

»Seht nach ihm, wenn ihr unbedingt wollt. Aber ich warne euch – wenn ihr anderes plant als bloß einen Krankenbesuch, werde ich keine Gnade zeigen, nur weil ihr eine Frau und ein Priester seid.«

Sie waren darauf vorbereitet worden, dass er bleich und abgemagert war, jedoch nicht, dass Richard überdies an starken Leibschmerzen litt. Als sie sein Gemach betraten, wälzte er sich im Bett, stieß klagende Laute aus und überdrehte die Augen ins Weiße. Die Fensterbalken waren versiegelt, ein säuerlicher Geruch lag in der zum Schneiden dicken Luft. Nicht weit von der Bettstatt entfernt standen zwei Krüge mit Essigwasser, doch keiner machte Anstalten, Leinentücher zu tränken und dem Knaben kühlende Wickel zu machen.

Osmond de Cent-Villes stand hilflos an Richards Bett. Er musterte Arvid und Mathilda nur flüchtig, und obwohl er sie seit Jahren kannte, gab er vor, sie nicht zu erkennen. Auch sie richteten kein Wort an ihn – zumindest, solange der Mansionarius, der Mann, der bei Hof für Einrichtung und Reinigung der Gemächer verantwortlich war, an ihrer Seite verharrte.

Mathilda brach der Schweiß aus. An Obsorge für den Knaben wurde gespart – an Holz nicht. Neben der mit Steinen ausgekleideten Feuerstelle und einer aus dünnen Eisenplatten zusammengefügten Platte, die verhinderte, dass Funken auf den Holzboden übergriffen, lag ein großer Stapel Brennholz, und Osmond warf alle Augenblicke ein neues Scheit in die Flammen.

Schon nach kurzer Zeit sehnte sich Mathilda danach, in frischer Luft einen tiefen Atemzug machen zu können, aber sie ließ es sich nicht anmerken, sondern trat rasch zu Richard, legte ihm die Hand auf das verschwitzte Gesicht und strich tröstend darüber. Richard stieß sie nicht fort, aber stöhnte in einem fort, woraufhin Arvid, der Abstand hielt, Gebete zu murmeln begann.

Osmond beachtete die beiden auch weiterhin nicht. Er wandte sich wutentbrannt an den Mansionarius: »Warum ist heute noch kein Arzt gekommen? Laon gilt als Zentrum der Gelehrten! Doch die, die den kleinen Grafen bislang untersucht haben, waren sämtlich Quacksalber.«

Der Mansionarius blickte ihn finster an, sichtlich erbost, weil es nicht zu seinen Aufgaben gehörte, die Pflege des Knaben zu überwachen, und weil er es Osmond nicht zubilligte, die Ärzte des Königshofs schlechtzumachen. Anstatt auf Osmonds Vorwurf zu antworten, drehte er sich einfach um und verließ wortlos den Raum.

Kaum schloss sich hinter ihm die Tür, veränderte sich ihrer aller Miene und Verhalten – Arvid hörte zu beten auf, in Mathildas eben noch sorgenvollem Gesicht leuchtete es triumphierend auf, und Osmond nickte anerkennend, weil sie es tatsächlich hergeschafft hatten.

»Man hat euch tatsächlich zu Richard gelassen!«, rief er.

»Wie es scheint, schlägt auch in Gerbergas Brust ein mütterliches Herz«, sagte Mathilda.

»Von wegen!«, zischte Osmond, wie immer kaum fähig, seine Gefühle im Zaum zu halten. Er war Wilhelm bedingungslos treu gewesen und seinem Sohn war er es nun auch – und wer immer diesen bedrohte, war ein Feind bis in den Tod. Osmonds Welt kannte kein Grau, nur Schwarz und Weiß.

»Wenn wir wirklich einen Arzt bräuchten, wäre unsere Lage hoffnungslos. Ich habe nicht übertrieben, als ich von

Quacksalbern sprach. Vielleicht verstehen die Ärzte hier sogar etwas von der Medizin, aber sie haben nichts getan, um Richard zu helfen – im Gegenteil. Wenn sie nicht ohnehin überzeugt wären, dass er sterben wird, hätten sie womöglich auch noch nachgeholfen und ihm ein Gift verabreicht.«

Richard setzte sich auf. Er stöhnte nicht länger, und seine Augen waren nicht mehr ins Weiße überdreht. Sein Leiden war nur gespielt, und das ausnehmend gut, wie Mathilda fand. Wenn sie es nicht besser gewusst hätte, sie wäre bei seinem Anblick vor Sorge vergangen. Der Schweiß auf der Stirn war allerdings echt – kein Wunder bei dieser Wärme.

»Mathilda!«, rief er freudig. Richards Stimme klang krächzend – nicht mehr kindlich klar und hoch wie einst. Er wirkte viel älter und von der langen Gefangenschaft zermürbt und hatte in letzter Zeit wohl streng gefastet, um abzumagern. Sein Gesicht war eingefallen, nur die braunen Augen leuchteten.

»Gottlob hat keiner der vermeintlich schweren Krankheit misstraut«, sagte Osmond.

»Wahrscheinlich hoffen sie alle so sehr, dass er von selbst stirbt«, meinte Arvid, »dass sie das geringste Zeichen, das darauf hindeuten könnte, begierig beklatschen, anstatt es nüchtern zu deuten.«

»Bringst du eine Botschaft von meiner Mutter?«, fragte Richard aufgeregt. Vor anderen hatte er Sprota seit Jahren nicht mehr erwähnt – aber nun, in der Erleichterung, dass ihr Plan bis jetzt aufgegangen war, gelang es ihm nicht, die übliche Distanz zu einer Frau, die nur eine Konkubine war, aufrechtzuerhalten.

»Sie ist mit Gedanken und Gebeten bei dir«, versicherte Mathilda ihm.

Sie konnte sich nicht daran erinnern, Richard jemals berührt zu haben, aber jetzt, da sie an seinem Bett saß, umarmte sie ihn ganz selbstverständlich und ohne Scheu. Ihr Körper schien ein anderer geworden zu sein, seit sie erneut bei Arvid gelegen hatte, weicher, wärmer, fürsorglicher.

»Wir haben keine Zeit, die Wiedersehensfreude auszukosten«, schaltete sich Osmond ein. »Morgen Abend ist es so weit – entweder gelingt uns dann die Flucht, oder alle Hoffnung war vergebens.«

»Ist der König am Hof?«, fragte Arvid.

Osmond nickte: »Heute ist er zur Jagd ausgeritten, aber er wird bald zurückkehren – und dann wird die ganze Königsfamilie vereint sein: Ludwig, Gerberga und ihre drei Kinder. Gottlob werden sie uns alle in Ruhe lassen. Sie haben Angst, dem Kranken nahe zu kommen und von seinem verdorbenen Odem vergiftet zu werden.«

»Und die zwei Männer draußen im Gang – wer sind sie?«

»Das sind Roscelin und Girart – die beiden Krieger, die über Richard wachen«, erwiderte Osmond. »Roscelin ist der Rotbärtige, der so dröhnend lacht, dass die Wände erzittern – Girart der Kleinere mit dem Falkenblick, dem nichts entgeht. Er wirkt nicht so stark wie sein Gefährte, aber er ist der Gefährlichere. Bis vor kurzem war er kaum mehr als ein Stallknecht. Die Aufgabe, die ihm nun zugewiesen wurde, bringt ungleich mehr Verantwortung. Er wird daran gewiss nicht scheitern wollen.« Osmond wandte sich an Mathilda: »Denkst du, dass es dir gelingt, sie abzulenken?«

Nicht nur sein Blick ruhte zweifelnd auf ihr – auch Arvid starrte sie an. Sie las die Sorge in seinem Blick und wusste ja auch selbst: Sie hatten viel erreicht, aber sie waren noch nicht am Ziel.

Sie drückte Richards Hand.

»Ich werde tun, was ich kann«, erklärte sie.

Mathilda beobachtete die beiden Männer nun schon eine geraume Weile, aber noch konnte sie sich nicht überwinden, zu ihnen zu treten. Bis jetzt hatte sie gedacht, dass sie die Aufgabe mühelos meistern würde, dass sie zu oft Todesängste ausgestanden hatte, um sich vor Fremden zu fürchten. Doch wenn auch die Ängste ausblieben – die Scheu vor fremden Männern konnte sie nach so vielen Jahren im Kloster nicht einfach ablegen.

Als einer der beiden den Blick hob, senkte sie rasch den ihren. Sie ärgerte sich darüber – um im nächsten Augenblick zu erkennen, dass dieses Verhalten den beiden durchaus gefiel.

Gelächter ertönte – nicht gemein, sondern gutmütig. »He, Mädchen!«, rief einer. »Du kommst aus der Normandie, nicht wahr? Hast du Lust, dich zu uns zu gesellen?«

Zögernd trat sie nun doch näher und sah zwei Humpen vor ihnen auf dem Tisch stehen. Noch waren sie randvoll. Mathilda konnte die Blicke, die über sie glitten, fast so deutlich spüren wie die Berührungen von Händen. Der eine fiel begehrlich aus, der andere abschätzend.

Anders als sein Kumpan – offenbar der harmlose Roscelin – lachte Girart nicht. »Man sagt, du seist die Amme des kleinen Grafen gewesen«, meinte er skeptisch, »aber so siehst du mir nicht aus.«

Mathilda hob ihren Blick und hielt seinem stand. »Wie sehen sie denn deiner Meinung nach aus, die Ammen?«

Girart schwieg. Roscelin hingegen grinste breit, hob seine Hand und deutete auf ihre Brüste. Offenbar erwartete er füllige, ihre waren jedoch klein.

»Nun, Richard ist seit Jahren entwöhnt ...«, murmelte sie. Jene Antwort begeisterte die beiden nicht sonderlich – egal, ob ihre Brüste nun groß oder klein waren: Beim Anblick einer Frau wollten Männer wie diese wohl nicht daran denken, wie viele Kinder sie genährt hatte. Mathilda beeilte sich, den Fehler wiedergutzumachen, und legte hastig ihren Umhang ab. Große Brüste hatte sie zwar keine zu bieten – aber nackte Oberarme, trug sie doch ein Kleid, wie es Gerloc früher geliebt hatte. Ihre Haare hatte sie gebürstet, bis sie glänzten, in viele dünne Zöpfe geflochten und mit leuchtend roten Haarbändern umwunden.

Der Anblick schien den beiden zuzusagen, denn ihre Augen leuchteten.

»Willst du vielleicht eine Runde mitspielen?«, fragte nun der misstrauischere Girart, und erst jetzt sah sie, dass sie auf dem Tisch vor sich nicht nur Humpen voller Met stehen hatten, sondern dass dort Spielwürfel aus Fischbein lagen. Sie hatte keine Ahnung, was man damit machte, denn sie kannte nur ein Brettspiel namens Hnefatafl, das sie manchmal mit Gerloc und Sprota gespielt hatte. Dessen Spielfiguren waren aus Bernstein, Glas und Horn gefertigt worden. Dennoch nickte sie vermeintlich begeistert.

»Wenn ihr keine Angst habt zu verlieren!«, rief sie siegesgewiss und lachte laut.

Wenig später saß sie bei ihnen, nahm einen Schluck aus dem Methumpen, konzentrierte sich darauf, die Spielzüge zu erfassen – und mahnte sich, geduldig zu bleiben. So schnell sie alles hinter sich bringen wollte – noch galt es zu warten, bis sich die Nacht über den Königshof gesenkt hatte und alle schlafen gegangen waren. Überdies durfte sie die beiden – die sich ihr mittlerweile auch vorgestellt hatten – nicht zu vorschnell ausfragen.

Erst als die Humpen schon halb leer waren, ihre Gesichter gerötet, sie zwei Spiele verloren, zwei weitere gewonnen hatte, fragte sie nach dem König.

»Ist er denn nicht hier?« Sie gab ihrer Stimme einen nebensächlichen Klang. »Als ich vorhin bei Richard war, habe ich gehört, dass er ihn schon länger nicht besucht hat.«

»Oh, das hat er schon seit Ewigkeiten nicht mehr getan!«, rief Roscelin. »Er ist zwar von der Jagd zurückgekehrt, aber meidet den jungen Grafen. Hier ist es sehr einsam, kaum einer leistet uns Gesellschaft, schon gar kein Weib wie du.« Er blickte sie anzüglich an.

»Ein prächtiges Weib!«, sekundierte Girart. Mochte man ihm auch mehr Ehrgeiz und Vorsicht nachsagen – weder der Met noch ihr Anblick verfehlten ihre Wirkung. »Es heißt, Normannenweiber seien besonders stark, stimmt das?«, fügte er hinzu.

Sein Gesicht rückte unvermittelt näher, und Mathilda wich zurück. Dennoch setzte sie ein kokettes Lächeln auf. »O ja, wir sind stark. Vor allem sind wir auch geschickt. Ich würde es euch gern bei einem anderen Spiel beweisen, denn das Würfeln wird mit der Zeit etwas langweilig. Wie wär's mit Knochenwerfen? Ich glaube kaum, dass ihr mich darin besiegen könntet.«

Knochenwerfen war vor allem ein Zeitvertreib von Kindern, doch Girart und Roscelin gingen begeistert auf den Vorschlag ein.

»Ich würde dir gern beweisen, wie geschickt ich meinerseits mit meinen Händen umgehen kann!«, rief Roscelin.

»Ach was, du mit deinen Pranken!«, höhnte Girart. »Ich hingegen werfe den Knochen immer zielgenau. Weil ich nun mal das nötige Feingefühl habe.«

Auch seine Hände glichen Pranken, aber Mathildas Lächeln wurde breiter, und sie forderte begeistert: »Nun denn, dann holt mir Knochen.«

Roscelin stand bereitwillig auf, doch Girart blieb sitzen

und schien von dem Gedanken, eine Weile mit ihr allein sein zu können, sehr angetan. Das konnte Mathilda allerdings nicht gebrauchen. Sie neigte sich wieder vor. »Knochen allein füllen nur leider nicht den Magen, und das Spiel mit euch macht hungrig. Kannst du uns nicht etwas zu essen bringen?«

Girart runzelte die Stirn.

»O bitte!«, rief sie nahezu flehentlich, ehe er ihr Ansinnen verweigern konnte. »Sonst muss ich in der Küche selbst ein Stück Brot erbetteln.«

Zu ihrer Erleichterung erhob er sich nun doch und folgte Roscelin nach unten. Endlich! Sie war allein mit den beiden halb vollen Humpen!

Obwohl sie lange auf diesen Moment gewartet hatte, zögerte Mathilda dennoch, zur Tat zu schreiten. So aufdringlich die beiden sich auch mit Blicken und Worten erwiesen hatten – sie hatten die Grenzen der Höflichkeit nicht überschritten, sich vielmehr als gutmütige Kerle erwiesen, die nicht verdienten, dass sie ihnen schadete. Wenn ihr Plan aufging, würden die beiden wahrscheinlich mit dem Tod bestraft. Gewiss, der König würde das Urteil aussprechen, seine Männer es vollziehen – aber doch war sie diejenige, die sie ins Verderben schickte, und als sie sich die arglosen Gesichter heraufbeschwor, fühlte sie sich kurz außerstande dazu. Doch als sie an Richard dachte, an Sprota, an Osmond, an Arvid, gab sie sich einen Ruck. Zu viele verließen sich auf sie und darauf, dass sie die Skrupel überwand und etwas Falsches tat, damit es zum Richtigen führte.

Mathilda öffnete das Ledersäckchen, das an ihren Gürtel gebunden war, und streute rasch etwas von dessen Inhalt in die Methumpen. Im Kloster Sainte-Radegonde hatte sie viel über Kräuter gelernt, auch über jene, die den Schlaf brachten, nämlich eine Mischung aus Bilsenkraut, Nachtschattengewächs und Mohn.

Sie hatte das Ledersäckchen kaum wieder verstaut, als die beiden zurückkamen. Eigentlich war sie nicht hungrig, aber sie war froh, ihren Blicken ausweichen zu können, indem sie sich aufs Essen stürzte – kalte Gänsekeule und ein Stück Brot. Auch als sie längst satt war, tat sie so, als wollte sie immer noch mehr essen. Die beiden Männer tranken reichlich Met, und schließlich begannen sie, sich schläfrig die Augen zu reiben. Noch übermannte sie die Müdigkeit nicht, und Mathilda fürchtete schon, zu wenig von den Kräutern genommen zu haben. Doch als sie sich erhob, laut fragte, wer nun zuerst seine Geschicklichkeit beweisen wolle, die Antwort nicht abwartete, sondern einen Knochen warf, wurde dessen Klackern von einem Schnarchen übertönt. Sie fuhr herum: Roscelin war mit dem Kopf auf die Tischplatte gesunken, Girart auf die Schulter des Kumpanen. Beide schliefen sie tief und fest.

Wieder überkam Mathilda das schlechte Gewissen, doch sie ließ sich nicht davon lähmen, legte hastig ihren Umhang wieder um und eilte in Richards Schlafgemach, wo Osmond und Richard bereits ungeduldig warteten.

»Sie schlafen! Sie schlafen tief und fest! Wo ist Arvid?«

»Eben war er hier und hat berichtet, dass in den Gängen alles ruhig ist.«

So wie Mathilda ihren Teil des Plans erfüllte – die beiden Wachtposten betrunken zu machen –, hatte sich Arvid die Kapuze tief ins Gesicht gezogen und überprüft, ob sie auf dem Weg, der ins Freie führte, auch auf niemanden stoßen würden. Sollte er wider Erwarten jemandem begegnen, so würde er als Mönch, der nächtens nicht schlief, sondern wachte und betete, nicht weiter auffallen.

Mathilda bedauerte, dass er nicht hier war und sie mit einem aufmunternden Nicken bestärken konnte. Es war jedoch keine Zeit, auf seine Rückkehr zu warten.

»Also los!«, sagte Osmond und holte aus einer Ecke des Raums einen Strohballen.

Dieser Teil des Plans ging auf einen Vorschlag von Mathilda und Arvid zurück, die sich einst hinter Strohballen vor den Angreifern des Klosters verborgen und damit ihr Leben gerettet hatten. In einem ähnlichen Strohballen ließ sich auch ein Knabe verstecken.

Richard versuchte zu lächeln, als Osmond begann, ihn in den Strohballen zu wickeln, gleich so, als wäre es ein Spiel, obwohl jeder wusste, dass sie alle ihr Leben riskierten.

Hoffentlich bekommt er genug Luft, dachte Mathilda.

Als Osmond den Strohballen hochhob, umrundete sie ihn einmal, um zu prüfen, ob auch nichts von dem jungen Grafen zu sehen war. Später folgte sie ihm hinaus in den Gang und in den Hof. Wenn sie wider Erwarten auf jemanden trafen, konnte sie ihn vielleicht ablenken.

Sie hielt nach Arvid Ausschau, doch weit und breit war nichts von ihm zu sehen. Die kalte Nachtluft, die sie im Freien traf, belebte sie nach den vielen Stunden in den stickigen Räumen, doch dann stockte ihr der Atem.

»He! Wartet!«

Aus dem Dunkel ertönte eine tiefe Stimme. Sie konnte nicht erkennen, wer da auf sie zutrat – doch sie kündete von einem sehr großen, sehr grimmigen Mann.

»Wohin willst du mit dem Stroh?«, rief er.

Mathilda hatte keine Ahnung, wie sie diesen Mann ablenken konnte, aber Osmond wusste sich selbst zu helfen.

»Darauf schläft der kleine Richard. Er ist sehr krank und schwitzt entsetzlich, also will ich das Stroh wechseln.«

Mathilda hörte, wie der Mann auf den Boden spuckte.

»Dann bleib mir bloß fern! Ich kann kein Ungeziefer von Nordmännern gebrauchen!«

Osmond ging wortlos weiter und verschmolz mitsamt dem Strohballen mit der Dunkelheit, während sie selbst im Hof zurückblieb. Das Herz pochte ihr immer noch bis zum Hals, nur langsam konnte sie sich davon überzeugen, dass bisher alles wie geplant gelaufen war.

Osmond würde mit Richard im Strohballen die Stadt verlassen, an einem geheimen Ort ein Pferd vorfinden, das Arvid dort angebunden hatte, und Richard zur Burg von Coucy bringen. Der dortige Graf – empört über Wilhelms Ermordung und Richards Geiselnahme – hatte ihnen seine Hilfe angeboten, und die Mauern seiner Burg waren hoch und dick genug, um notfalls einer monatelangen Belagerung standzuhalten. Ewig konnte Richard natürlich nicht in Coucy bleiben, weswegen Osmond den Knaben nach einer kurzen Rast und nachdem er sich vergewissert hatte, dass sie nicht verfolgt wurden, nach Senlis bringen würde, dessen noch einflussreicherer Graf ebenfalls auf ihrer Seite stand.

Hastig ging Mathilda wieder hoch, um ihre letzte Aufgabe für diese Nacht zu erfüllen. Auf dem Weg in Richards Gemach kam sie an Roscelin und Girart vorbei, die immer noch tief und fest schliefen. Bei Tageslicht betrachtet waren sie kräftige, rohe Männer – im Schlaf jedoch hatten sie etwas Kindliches, Unschuldiges, das sie berührte und aufwühlte. Warum, haderte sie, ist die Welt nur ein solch grausamer Ort, wo man so oft gezwungen ist zu töten, um Leben zu retten?

Schnell eilte sie weiter und formte in Richards Gemach die Decke auf der Bettstatt so, als würde ein Kind darunter liegen. Falls der Mansionarius, Diener oder Ärzte am kommenden Morgen den Raum betraten, würden sie zunächst glauben, dass der Knabe noch schlief.

Möglichst lautlos verließ sie den Raum. Doch auch wenn Roscelins und Girarts taube Ohren nicht hörten, wie sie hinter sich behutsam die Türe schloss – ein anderer tat's. Als Mathilda herumfuhr, ragte vor ihr eine Gestalt auf.

Arvid spürte, wie sie erst versteifte, sich dann aber, sobald sie ihn erkannte, Erleichterung in ihrem Gesicht ausbreitete.

»Alles ist gut gegangen! Sie schlafen!«, flüsterte sie aufgeregt. »Ich habe gesehen, wie Osmond mit Richard das Gemach verlassen hat.«

Er legte rasch seine Hand auf ihren Mund. Ihre Lippen fühlten sich so weich an und weckten das unbändige Verlangen, sie zu küssen. Ein Teil in ihm verging vor Angst und Sorge, ein anderer hingegen genoss dieses große Abenteuer, fand es nicht zuletzt so reizvoll, weil jeden Augenblick Unheil drohte. Arvid hatte sie bis jetzt nicht erlebt – diese Faszination, über einen Abgrund zu balancieren, der nicht nur dunkel und tief war, sondern ihn regelrecht herauszufordern schien. Vielleicht war diese Faszination Zeichen von Leichtsinn, vielleicht ein Erbe seines wahnsinnigen Vaters. Er hatte sich selten so hellwach gefühlt, so lebendig.

Hastig beugte er sich vor und küsste Mathilda. Kurz erwiderte sie den Kuss, dann löste sie sich von ihm.

»Nicht jetzt, wir haben keine Zeit.«

»Ist denn ... ist denn im Hof alles gut gegangen?«

»Niemand hat Osmond aufgehalten.«

»Gott sei Dank!«

»Aber jetzt müssen wir uns beeilen.«

Es war ihm fast unerträglich, sie allein zu lassen. Aber ihr

Plan sah vor, dass es besser war, sich an dieser Stelle zu trennen, sodass ein jeder selbst unauffällig die königliche Pfalz verlassen könnte.

»Geh du als Erster«, bekräftigte sie ihr Vorhaben, »ich halte ein Auge darauf, dass die beiden auch weiterhin tief und fest schlafen.«

Alles in ihm protestierte. Gewiss, sie hatte Recht – falls die Krieger erwachten, würde es nicht ihm als Priester, sondern ihr gelingen, ihnen noch mehr Met einzuflößen. Aber was, wenn man sie später erwischte, wie sie sich zu nachtschlafender Zeit herumtrieb?

»Ich bitte dich!«, drängte sie ihn, als sie sein Zögern fühlte. »Wir haben über alles gesprochen – und gemeinsam entschieden, dass es so am besten ist.«

Mathilda drückte Arvids Hand, dann ließ sie ihn los. Sein Unbehagen wuchs, aber ihm blieb nichts anderes übrig, als zu gehen und sie zurückzulassen. Am Ende des Gangs drehte er sich ein letztes Mal um. Sie winkte ihm zu, ihre Wangen waren vor Aufregung gerötet.

»Keine Angst! Wir sehen uns doch schon morgen früh wieder!«, wisperte sie hoffnungsfroh.

Seine Kehle wurde ihm eng, es fielen ihm keine passenden Worte ein, um zu bekunden, dass er wie sie darauf vertraute.

So rang er sich ein letztes Lächeln ab, nickte ihr zu und zog sich rasch wieder die Kapuze über den Kopf.

Einmal mehr bereute es Mathilda, dass sie die königliche Pfalz bei ihrer Ankunft nicht genauer in Augenschein genommen hatte. Bei Tageslicht hätte sie sich einschärfen können, wie man sie am leichtesten und am schnellsten verließ. Jetzt, in der Finsternis, glich ein Gebäude dem anderen: der

Getreidespeicher, die Scheunen, die Vorratskammer und die Stallungen. Die vielen Gänge, die sie verbanden, waren entweder voller Rauch oder zugig, die wenigen Menschen, auf die sie traf, schliefen ähnlich fest wie Girart und Roscelin. Doch dieses Glück konnte sie jeden Augenblick verlassen. Sie musste endlich die Bäckerei finden!

Dort nämlich, dies hatte Esperlenq vor ihrem Aufbruch nach Laon herausgefunden, befand sich ein geheimer Ein- und Ausgang: Er wurde von den Müllern benutzt, die aus den Mühlen der Umgebung frisches Mehl lieferten. Mathilda konnte durch ihn die Pfalz verlassen und würde dahinter von Arvid erwartet werden.

Doch der Geruch, der ihr eben in die Nase stieg, verhieß nicht frisches Brot und Getreide, sondern die Nähe der Latrinen. Sie hörte jemanden stöhnen, der sich offenbar unter Magenkrämpfen entleerte. Hastig ging sie weiter. Dort hinten, war da ein Feuer? Und hockten Wachen darum? Es war ihr noch leichtgefallen, das Hauptgebäude zu verlassen, im Hof aber stieß sie auf immer neue Hindernisse.

Ja, dort hinten saßen tatsächlich Männer beisammen, gottlob bislang so sehr mit ihren Weinkrügen beschäftigt, dass niemand auf sie achtete. Obwohl sie auf dem lehmigen Boden keinen Lärm verursachte, schlich Mathilda dicht an die Mauer gepresst auf Zehenspitzen weiter. Der Gestank der Latrinen verflüchtigte sich, stattdessen stieg ihr ein erdiger Geruch in die Nase. Sie hörte ein Schnauben, ein Wiehern, das Scharren von Hufen – und obendrein die Stimme eines Stallknechts: »Wer da?«

Eben noch hatte sie gefroren, nun brach ihr der Schweiß aus. Sie duckte sich rasch, presste sich noch fester an die Mauer, spürte, wie der Stein ihr Gesicht und ihre Hände aufschürfte. Schritte kamen näher und mit ihnen ein Lichtschein, doch er fiel nicht auf sie, und schließlich entfernten sich die Schritte wieder.

Sie wagte kaum, erleichtert auszuatmen, und starrte hoch zum Himmel. Nicht mehr dunkelschwarz war das große Zelt, das die Welt beschirmte, sondern verhieß bereits eine Ahnung von Morgengrau. In jenem Zwielicht konnte sie zwar die Umgebung besser erkennen, aber zugleich war es ein Zeichen, dass die Zeit gnadenlos verstrich – Zeit, da Arvid mit wachsender Sorge auf sie wartete.

Der Gedanke an ihn gab ihr Mut, sich von der Wand zu lösen und weiterzuhasten. Irgendwo mussten die Thermen sein, irgendwo die Kapelle und irgendwo die Bäckerei!

Schließlich roch es doch noch nach Brot, und die nächste Tür, auf die Mathilda stieß, ließ sich öffnen. Dahinter befand sich jedoch keine Bäckerei mit Öfen und großen Bottichen, worin der Teig geknetet wurde, sondern nur eine Vorratskammer. Sie zuckte zusammen, als sie ein Rascheln hörte. Wenig später huschte etwas an ihren Beinen vorbei – eine Maus, die sich am Getreide gütlich tat, oder eine Katze, die sie verfolgte.

Das Herz schlug ihr bis zum Hals, aber die Augen gewöhnten sich an das trübe Licht. Am anderen Ende der Kammer gab es eine weitere Tür, auch diese ließ sich öffnen. Und dahinter erwartete Mathilda keine neue Vorratskammer, kein Gang und keine Mauer, sondern – weites Land.

Hatte ihr der Zufall den Weg aus Laon gewiesen?

Sie unterdrückte ein erleichtertes Jauchzen, begann dann zu laufen – nicht mehr auf fest gestampftem Lehm jetzt, sondern durch knöchelhohes Gras – und sah in der Ferne einen Mann stehen, einen Mann mit einem dunklen Umhang, wie Arvid ihn trug. Mathilda konnte ihr Verlangen unterdrücken, laut seinen Namen zu rufen, nicht aber aufhören zu laufen, ja zu rennen, bis sie endlich mit ihm vereint war.

Gleich würde das sein, gleich konnten sie fortreiten, gleich waren sie in Sicherheit. Und hinter dem Gleich wartete die Zukunft mit ihm.

Die schwarze Gestalt hatte auch sie entdeckt und kam auf sie zu. Anders als die ihren, waren deren Schritte nicht schnell und federnd, eher gemessen. Die Gestalt wirkte steif, viel steifer, als Arvid es war, und an ihrem Gürtel hing ein Schwert, das Arvid nicht trug.

Es war zu spät zurückzuweichen. Zu der einen schwarzen Gestalt gesellten sich weitere, kreisten sie von allen Seiten ein. Nun schrie sie doch, wenn auch nicht Arvids Namen. Gleich legte sich eine Hand über ihren Mund, um den Laut zu dämpfen, dann presste man ihr ein hartes Stück Stoff zwischen die Lippen. Mathilda glaubte, ersticken zu müssen, aber sie hatte genügend Luft zum Atmen und um zu sehen, wie jener Fremde seine Kapuze zurückschlug.

Es war Hasculf.

Das Pferd wieherte gequält, weißer Schaum stand ihm vor dem Mund. Dennoch kannte Arvid keine Gnade mit dem Tier. Immer wieder hieb er seine Fersen in die Flanken, um ein weiteres Mal die Umgebung von Laon abzureiten. Täglich nahm er dieselbe Strecke, getrieben von der Hoffnung, dass sie ganz plötzlich doch noch auftauchte. Aber die Zeit verging, die Erschöpfung wuchs, das Pferd wurde immer unwilliger, und von Mathilda fehlte jede Spur.

Als hinter ihm Hufgetrappel ertönte, zuckte er zusammen. War dies das Ende? Hatte man ihn als einen derjenigen enttarnt, die bei Richards Entführung mitgewirkt hatten? Doch als er herumfuhr, sah er keine fränkischen Krieger auf sich zureiten, sondern Osmond.

»Warum bist du immer noch hier?«, herrschte dieser ihn an.

Gleiches könnte er auch ihn fragen. Dass Osmond zurückgekehrt war, war für ihn, dessen Gesicht man in Laon nur allzu gut kannte, ein ungleich größeres Risiko.

»Ich kann ohne sie nicht gehen«, erklärte Arvid knapp.

»Aber du setzt dein Leben aufs Spiel, wenn du dich hier herumtreibst!«

»Sei's drum.«

Osmond schüttelte düster den Kopf. »Du kannst nichts mehr für sie tun.«

Er sprach es nicht aus, dachte aber wahrscheinlich an das, was auch Arvid so oft durch den Kopf ging, wenn es ihm nicht rechtzeitig gelang, sich das Denken zu verbieten: dass Mathilda auf der Flucht gefangen genommen, wahrscheinlich befragt und im schlimmsten Fall gefoltert und getötet worden war. Wer wusste besser, welch geringen Wert ein Leben für König Ludwig hatte – obendrein, wenn es das einer Frau war, die aus der Normandie stammte.

»Wenigstens ist Richard in Sicherheit«, murmelte Osmond und berichtete, was in den letzten beiden Wochen geschehen war. »Ich bin selbst nach Paris zu Hugo dem Großen geritten, und er hat tatsächlich, seine Hand auf der Bibel ruhend, versprochen, sich für Richards Rechte einzusetzen. Gewiss, Hugo ist nicht zu trauen. Seine Fürsorge für den rechtmäßigen Erben unseres Landes kommt reichlich spät. In Wahrheit geht's ihm auch nur darum, Ludwig zu schaden. So oder so – dank Hugos Schutz konnte ich Richard mittlerweile von Coucy nach Senlis bringen.« Osmond hielt einen Moment inne. Ihm war nicht entgangen, dass Arvids Blick unaufmerksam in die Ferne schweifte. »Du kannst hier nicht länger bleiben«, rief er dann eindringlich.

Arvid seufzte. »Ich habe mit einer Wäscherin der königlichen Pfalz gesprochen: Wenngleich sich dort alle Welt das Maul darüber zerreißt, dass Richard geflohen ist, hat sie nichts von einer Frau gewusst, die dabei mitwirkte, und schon gar nicht hat sie den Namen Mathilda je gehört. Wenn sie noch dort wäre, würde alle Welt über sie tuscheln!«

Osmond zuckte die Schultern. »Vielleicht ist sie längst zu Sprota zurückgekehrt.«

»Sie wusste, dass ich auf sie warte und dass ich mir Sorgen mache.«

»Dennoch: Ich bitte dich, folge mir!«

Arvid wusste, dass Osmond Recht hatte. Er wusste, dass das erschöpfte Pferd ihn bald nicht länger tragen konnte und ihn selbst längst die Erschöpfung übermannt hatte. Aber er wusste auch, dass Mathilda nicht wohlbehalten zu Sprota gelangt war.

Mathilda schwebte in höchster Gefahr.

Er tötete sie nicht, aber er ließ sie auch nicht aus den Augen. Als sie sich ausreichend von Laon entfernt hatten, nahm er ihr den Knebel aus dem Mund, schnürte die Fesseln hingegen enger um Arme und Beine. Zunächst hatte er sie einfach über ein Pferd geworfen, und jeder von dessen Schritten hatte sich wie ein schmerzhafter Schlag in den Magen angefühlt. Später stieß er sie in einen kleinen Wagen, der für gewöhnlich benutzt wurde, um Waffen zu transportieren. Sie konnte darin nicht aufrecht sitzen, nur flach auf dem Rücken liegen und auf das Leder starren, das knapp über ihr Gesicht gespannt war. Der Boden war aus Holz gefertigt, die Fugen waren mit Wachs und Pech kalfatert. Immer wieder fuhr sie mit den Fingerspitzen darüber. Solange diese nicht gänzlich taub waren, war sie noch am Leben. Und je länger sie am Leben war, desto unwahrscheinlicher wurde, dass Hasculf sie töten würde.

Wenn sie rasteten, wurde sie aus dem Wagen gezerrt und an eine Feuerstelle gebracht, wo Hasculf ihr die Fesseln von den Händen löste. Sie bekam zu essen und stopfte es sich in den Mund, aber es schmeckte nicht. Hinterher fühlte sie sich stets, als hätte sie den Magen mit Sand und Steinen gefüllt. In den ersten Tagen war sie zu verängstigt, um während des Essens hochzusehen, doch später suchte sie Hasculfs Blick, und der erwiderte ihn starr. In seinen Zügen stand eine deutliche Botschaft: Du wirst mich nicht wieder übertölpeln, es wird dir kein weiteres Mal gelingen, vor mir zu fliehen.

Wie wird man ein solcher Mensch?, fragte sie sich unwillkürlich. Ein Mensch, der einen Namen trägt und eine Aufgabe erfüllt, aber ansonsten so glatt wie ein Stein in der Tiefe eines grauen Flusses anmutet – ein Stein, der nichts an sich hat, was ihn von anderen Steinen unterscheidet, keine Spur von Einzigartigem, Unverwechselbarem. Wer über solch einen Stein streift, fühlt nur Härte und Kälte. Mit Worten, Bitten, Flehen auf ihn einzuwirken wäre so sinnlos, wie den Stein zu streicheln und zu küssen: Der Abdruck von Lippen und weichen Frauenhänden bliebe doch nicht zurück.

Nicht nur Hasculf, auch die anderen Männer schienen so zu sein – Menschen nämlich, die, wenn sie sich nach Wärme sehnten, bestenfalls an ein prasselndes Feuer dachten, nicht an den weichen Leib von einem, der zu ihnen gehörte, den man liebte und der das Gefühl gab, man sei nicht allein.

Eines Abends, als sie am Feuer saßen, hockte sich Hasculf zu Mathilda. Unvermittelt hob er seine Hand, strich ihr übers Gesicht und sie war verwirrt darüber, dass er doch aus Fleisch und Blut war, nicht aus Stein. Seiner Mitleidlosigkeit hatte sie Starrheit entgegensetzen können, nun, da er nicht aufhörte, sie zu liebkosen, entkam ihr ein erbärmliches Jammern. Zeigte er sich als Mensch, hatte sie vielleicht mehr zu fürchten als den Tod: die Schändung. Und was sonst hatte er im Sinn, da seine Hand nun eine ihrer Brüste umfasste, nicht begehrlich, eher prüfend, als gelte es, ein fremdes Tier, das man erlegt hat, ganz vorsichtig abzutasten, damit später, wenn man daranging, es auszuweiden, kein Stück kostbares Fleisch verdarb?

Sie stöhnte auf.

»Gewöhn dich an mich!«, fuhr er sie mit rauer Stimme an. »Wehr dich nicht!«

Sie konnte sich ja gar nicht wehren, nicht, solange sie gefesselt war, konnte nur klagende Laute ausstoßen, und zu ihrem Erstaunen waren diese nicht machtlos gegen den Mann aus Stein. Er zog seine Hände zurück und lehnte sich an einen Baumstamm.

Sie verstummte, aber unzählige Fragen ertönten in ihr. Warum hatte er darauf verzichtet, sich ihren Körper zu nehmen? Was meinte er, als er sagte, sie solle sich an ihn gewöhnen? Wohin brachte er sie? Und einmal mehr: Wer war sie?

Als sie am nächsten Tag im Wagen lag, waren ihre Finger so gefühllos, dass sie das Holz unter sich nicht länger spürte. Ihr Körper schien langsam abzusterben wie frische grüne Triebe, wenn das Frühjahr noch einmal Frost brachte. Ihr Geist hingegen wurde von fiebriger Aufregung erfasst. Sie ahnte, dass die Reise bald zu Ende ging, und am Ende der Reise warteten die Antworten auf all ihre Fragen.

Arvid gönnte dem Pferd nun längere Rasten, sich selbst aber nicht. Wenn er das Tier festband, legte er sich nur selten daneben zur Ruhe. Meistens streifte er zu Fuß umher. Das Land um Laon war ihm längst vertraut wie kein zweites. Er kannte jeden Baum, jeden Stein, jede Weggabelung, wusste, wo welches Gehöft stand und ob dort Bauern lebten, von denen er einen Humpen Bier erwarten konnte oder nur misstrauische Blicke.

Es war nur mehr eine Frage der Zeit, bis Krieger von König Ludwig ihn aufhalten, befragen und herausfinden würden, dass er aus der Normandie stammte und an Richards Flucht beteiligt gewesen war.

Davor hatte ihn auch Sprota gewarnt, als er mit ihr gesprochen hatte. Gegen seine Überzeugung hatte er Osmonds Rat befolgt und war nach Pîtres geritten, doch wie erwartet hatte er Mathilda dort nicht vorgefunden.

»Was immer ihr zugestoßen ist«, hatte Sprota erklärt, »du allein kannst ihr nicht helfen.«

Sie hatte Recht – und dennoch wäre er am liebsten auf sie losgegangen. Selbst ihr gerundeter Leib hatte ihn nicht abgehalten, dem Zorn nachzugeben, der in ihm wütete, der Ohnmacht und der Hilflosigkeit. Einzig Esperlenq, der all das zu spüren schien und drohend die Fäuste hob, ließ ihn zurückweichen. Was er nicht verhindern konnte, war, dass er Sprota anfuhr.

»Ich gebe sie noch nicht auf! Rede nicht zu mir, als wäre sie schon tot!«

Sprotas Blick war voller Mitleid gewesen, was seinen Zorn nur noch weiter wachsen ließ. Er konnte ihr nicht verzeihen, dass sie eine war, die sich mit dem Unvermeidbaren so schnell abfand, und sich selbst konnte er nicht verzeihen, dass auch er so oft in seinem Leben vorschnell aufgegeben hatte und nun wohl seine gerechte Strafe dafür erhielt. Warum hatte er damals, nach Wilhelms Tod, nicht entschiedener um Mathilda gekämpft, warum hatte er sie ins Kloster gehen lassen?

Er wandte sich ab, floh aus Pîtres und strafte sich fortan,

indem er sich keine Rast mehr gönnte, kaum Schlaf, nicht genug zu essen, nicht einmal zu trinken. Oft ritt er trotz Durst an einem klaren Bächlein vorbei und sagte sich, dass er nicht daraus trinken dürfe, solange er nicht wusste, ob sie genug zu trinken hatte.

Er wollte ihr jedes Opfer bringen, obwohl er ahnte, dass es nichts nützte und dass er es nicht nur aus Liebe erbrachte, sondern aus Verbissenheit – jener gleichend, mit der er einst am Wunsch festgehalten hatte, Mönch zu werden. Kurz kam ihm der Verdacht, dass all die Ziele seines Strebens – ob ein heiliges Leben, das Wohl des jungen Richard oder eine Zukunft mit Mathilda – womöglich immer nur zufällig erwählt und eigentlich gar nicht bedeutsam waren, dass er einfach nur etwas brauchte, egal was, um dieses Laute, Trotzige, Wütende in ihm darauf zu richten und zu verhindern, dass es auf ihn selbst zurückfiel und ihn zerfleischte.

Allerdings hatte er die Liebe zu Mathilda zu oft geleugnet, um jetzt erneut an ihrer Macht zu zweifeln. Ganz gleich, was ihn trieb und warum – es galt, was er auch zu Sprota gesagt hatte: Er würde sie nicht aufgeben.

Ein Tag nach dem anderen verstrich. Arvid befragte einen fahrenden Händler, eine Wäscherin und einen Bauern, die allesamt aus Laon kamen, doch niemand hatte von Mathilda gehört. Stattdessen konnten sie ihm andere Neuigkeiten sagen – diese nicht minder beunruhigend. Arnulf von Flandern hatte König Ludwig nach Richards Flucht scheinheilig seine Hilfe angeboten und einige Truppen aus Lille geschickt. Mit Kriegern allein würde der den Erben der Normandie zwar nicht zurückbekommen, doch jenes ungewöhnliche Bündnis war beängstigend.

Noch mehr Sorgen als dieses zeugte ein Treffen von Ludwig und Hugo dem Großen in La Croix, wo der König Hugo neue Güter antrug, vorausgesetzt, er zöge gegen die Normannen in den Krieg.

Wie Hugo, der eigentlich geschworen hatte, sich aus dem Konflikt herauszuhalten, geantwortet hatte, erfuhr Arvid nicht – weil die einfachen Menschen es selbst nicht wussten oder weil man ob eines drohenden Krieges jedem Fremden gegenüber misstrauisch war.

In jedem Fall konnte Arvid unmöglich noch länger in der Nähe von Laon bleiben. Eines Morgens ritt er westwärts, nicht nur, um sein Leben zu schützen, sondern weil er sich mittlerweile sicher war, dass Mathilda nicht mehr in Laon weilte. Er wählte den Weg nach Senlis, wo Richard sich immer noch aufhielt, und wurde dort von Osmond erleichtert empfangen.

»Denk dir, was passiert ist! Nach Hugos und Ludwigs Treffen versucht nun auch Bernhard wieder, auf Hugo einzuwirken. Er hat sich auf den Weg nach Paris gemacht, und Hugo hat erneut geschworen, Richard zu unterstützen.«

»Aber das ist doch gut für uns!«

»Wenn er sich daran gehalten hätte, ja, aber Hugo hat sich als treuloser Schuft erwiesen. Er hat wohl lange damit gerungen, wie er den Konflikt am besten für sich nutzen konnte – ob er Ludwig Land stehlen sollte oder lieber Richard. Leider hat er am Ende entschieden, sich auf Kosten der Normannen zu bereichern.«

»Was hat er getan?«, fragte Arvid.

»Er hat die Grenze der Normandie überschritten, das Bessin besetzt und belagert nun Bayeux. Zur gleichen Zeit haben auch königliche Truppen unter Ludwigs Führung die Normandie erreicht.«

Arvid schloss die Augen. Das Schicksal der Normandie ließ ihn seltsam kalt – aber wenn es zum Krieg kam, bedrohte er auch Mathilda, so sie noch lebte.

Erst jetzt bemerkte er, dass sich Richard zu ihnen gesellt hatte. Er sah so dürr aus, als hätte er weiter gefastet, obwohl er niemandem mehr vorspielen musste, dass er krank war.

Bekümmert erklärte Richard: »Sowohl Ludwig als auch Hugo geben mir die Schuld an der Lage. Mit meiner Flucht hätte ich den Frieden zwischen der Normandie und ihren Nachbarländern leichtsinnig verspielt.«

Er hatte die Statur eines Jungen, aber seine Augen wirkten wie die eines erfahrenen Mannes, der in seinem Leben schon viel ertragen musste. Arvid spürte die altvertraute Zerrissenheit eines christlichen Normannen, mit der sein Vater Wilhelm ebenso hatte leben müssen wie er selbst.

»Gut, dass du hier bist«, fuhr Richard fort. »Wärst du auf fränkischem Gebiet geblieben, wärst du vielleicht schon tot.«

Arvid nickte und wandte sich dann wieder an Osmond. »Ich weiß nicht mehr, wo ich Mathilda noch suchen soll. Ich brauche deine Hilfe.«

Trotz anfänglicher ehrlicher Anteilnahme verschloss sich dessen Gesicht. »Wie stellst du dir das vor? Ich kann nicht von Richards Seite weichen! Begreifst du denn nicht – die Normandie wird soeben von zwei feindlichen Heeren angegriffen! Hier steht mehr auf dem Spiel als das Leben einer Frau.«

»Ohne diese Frau wäre Richard nicht hier«, rief Arvid. Wieder erwachte jener gleißende Zorn, der ihn jäh so blind machte und ihn jetzt fast auf Osmond losgehen ließ. Doch Richard stellte sich dazwischen.

»Er hat Recht«, sagte er zu Osmond. »Gebt ihm zwei Männer für die Suche.«

Der Zorn schwand, zurück blieb nur Erschöpfung: Er hatte erreicht, was er wollte, aber plötzlich überkam ihn das untrügliche Gefühl, dass es ihm nicht helfen würde und dass Mathilda weder in der Normandie noch im Frankenreich zu finden war.

Mathilda hatte aufgehört, die Tage zu zählen. Seit vielen Wochen waren sie nun wohl schon unterwegs, schienen auch nicht länger westwärts zu ziehen, wie sie zunächst gedacht hatte, sondern sich im Kreis zu drehen. Zumindest waren sie oft schon an derselben Stelle vorbeigekommen, und in ihr war die Erkenntnis gereift, dass nicht nur sie eine Gefangene war, sondern Hasculf und die seinen Getriebene, die nicht selbst ihren Weg bestimmen konnten, sondern Feinden ausweichen mussten.

Jene Feinde blieben unsichtbar – nur manchmal stießen sie auf Spuren oder hörten in der Ferne Stimmen und Schritte. Rasch versteckten sich Hasculfs Männer dann hinter Bäumen oder im Gebüsch. Wenn die Gefahr ausgestanden war, hockten sie tuschelnd ums Feuer, machten finstere Gesichter und warfen ihr vorwurfsvolle Blicke zu, als sei sie allein schuld an ihrem Ungemach. Anfangs fühlte Mathilda sich unter diesen Blicken unbehaglich, später ließ sie sie über sich ergehen.

Sie hatte auf ihren Tod gewartet – doch sie lebte noch. Sie hatte damit gerechnet, dass sie bald das Ziel ihrer Reise erreichten, doch sie kamen nicht an. Irgendwann war ihr gleichgültig, was geschah. Sie vermeinte, in ein Niemandsland jenseits aller Zeit geraten zu sein, wo Entschlossenheit ins Leere läuft und jedes Ziel unerreichbar bleibt, wo man zurückgeworfen wird auf das, was vom Menschen bleibt, wenn all die Gefühle erlöschen, die ihn vom Tier unterscheiden – ein Wesen, das Schritt vor Schritt setzt, weil es das kann, nicht weil es das will.

Irgendwann stießen sie doch auf ein Stückchen Land, das sie noch nicht durchquert hatten. Die Bäume standen hier lichter und gaben den Blick auf die Küste frei. Mathilda war das Meer nicht fremd, doch diese Wellen schienen ein anderes Lied zu singen als jene, die das Leben in Sainte-Radegonde begleitet hatten. Hungriger und unermüdlicher klatschten sie auf die Felsen. Der Wind peitschte ihr die Haare ins Gesicht, ließ sie erschaudern, vertrieb jedoch die Dumpfheit. In den letzten Tagen hatte sie sich kaum von einem gefesselten Schaf unterschieden, das man zum Schlachter bringt. Jetzt erwachte die Angst vor der Zukunft – und mit ihr die Erinnerung an die Vergangenheit.

Sie wusste: Sie war in der Bretagne, sie war in ihre Heimat zurückgekehrt, und wenn die Küste hier auch nicht vertraut war, so war es doch möglich, dass sie nur ein wenig weiterziehen müssten, bis der Himmel aufreißen würde und die Sonne ihr Licht auf die Blumenwiese vor ihnen warf, bis sie, wenn auch keinem blonden Mann, so doch einer hilfreichen Seele begegnen würde, die ihr die Fesseln löste und ihr die Angst vor dem Tod nahm. Und dann würde sie ein Lied in bretonischer Sprache singen.

Noch war ihre Kehle zu trocken dafür und das Land zu rau. Noch war die Panik zu groß, dass sie – wenn sie jetzt sterben würde – auf ewig eine Frau bliebe, die ihr Leben nicht als Ganzes vor sich zu sehen vermochte, sondern nur einzelne Scherben, die nicht zusammenpassten.

Sie erreichten die Küste, zogen den Strand entlang. Der Wind wehte ihr die Sandkörnchen ins Gesicht, die auf ihrer Haut prickelten. Das Licht blieb grau, der Boden unfruchtbar, und die irrwitzige Hoffnung, endlich die Blumenwiese zu sehen, erstarb. Ihr Geist blieb dennoch hellwach und die Erinnerungen lebendig. Nahezu herausfordernd starrte sie

Hasculf an, als sie eine Rast einlegten und er ihr zu essen brachte. In dieser Umgebung, eigentlich fremd, tief in ihrem Herzen aber doch vertraut, sah sie nicht den rohen Mörder in ihm.

»Weißt du, wer mein Vater war?«, fragte sie mit fester Stimme. »Er war ein mächtiger Mann, nicht wahr? Und du wagst es, so mit seiner Tochter umzugehen?«

Er sah sie verwundert an, während in ihrem Kopf eine Stimme echote, die Stimme einer Frau, die nicht nur von ihres Vaters Macht kündete, sondern von dessen Bosheit: *Dein Vater hat deiner Mutter Schreckliches angetan ... Sie würde es leugnen, sie richtet ihren Hass allein auf ... sie.*

Hasculf erhob sich wortlos und ging fort, sie schloss die Augen. In den letzten Tagen hatte sie oft vermeint, sie gingen im Kreis – nun war es die Welt, die sich drehte, während sie still stand. Mauras Gesicht tauchte vor ihr auf, Maura, die ihr sagte: Deinetwegen habe ich meine Mutter verlassen und dir ins Kloster folgen müssen, Maura, die an Alanus Schiefbarts Hof gelebt hatte, dem neuen Herrscher der Bretagne ... einem Herrscher, dem sie gefährlich werden konnte ... Maura, die in *ihrem* Auftrag kam.

Welche Frau wollte ihren Tod und warum?

Mathilda öffnete die Augen wieder, sah Reiter auf sie zukommen, und von einem der Pferde sprang eine Frau. Ihre Bewegungen waren steif, ihr Gesicht war von Falten zerfurcht.

Mathilda starrte sie an und merkte gar nicht, dass Hasculf zu ihr zurückgeeilt kam und ihr hastig die Fesseln löste. Erstmals wäre sie frei gewesen, um aufzustehen. Sie hätte sich die schmerzenden Handgelenke reiben können. Doch sie blieb wie erstarrt auf dem sandigen Boden hocken. Die Frau kam näher, blieb nur wenige Schritte vor ihr stehen – die Frau, die schon viele Jahre zuvor Hasculf geschickt hatte, um nach ihr zu suchen und sie herzubringen. Sie zu töten hatte sie Hasculf wohl nicht befohlen, sonst wäre sie nicht mehr am Leben. Doch das tröstete Mathilda wenig, deutete sie es doch als Beweis, dass diese Frau es selbst tun oder zumindest mit eigenen Augen bezeugen wollte.

Mathilda senkte den Blick, hob dann aber doch wieder den Kopf. Sie hatte nichts anderes mehr als ihren Stolz, den sie der Frau entgegenhalten konnte.

Die schien davon wenig bewegt. Die Augen, die sich in sie bohrten, wirkten wie dunkle Löcher. So oft hatte Mathilda der Hauch des Todes gestreift. Nie war er so kalt gewesen.

Sie hatte oft von ihr geträumt, aber irgendwann war sie des Nachts zu erschöpft gewesen, um noch zu träumen. Sie hatte oft versucht, sie sich vorzustellen, aber irgendwann hatte sie erkannt, dass das, was man vom Leben erhielt, nie dem glich, was man sich im Herzen ausmalte. Sie hatte sich nach ihr gesehnt, aber zugleich hatte sie gewusst: Auch wenn sie sie eines Tages wieder in die Arme schließen würde – sie würde nicht das zurückbekommen, was sie verloren hatte.

Verloren hatte sie ein kleines Kind mit blonden Locken, die dem Haar seines Vaters glichen, einem unschuldigen Blick, der keinen Argwohn kannte, einem hohen Stimmchen, das lieber sang als sprach. Nun stand eine dunkelhaarige erwachsene Frau vor ihr – voller Misstrauen und Entsetzen, die Stimme gar nicht erst zu hören, weil sie verstockt schwieg.

So blieb Hawisa wenigstens Zeit, sie ausführlich zu mustern – mit Erleichterung, mit Freude und auch mit ein wenig Befremden. Als Kind hatte Mathilda dem Vater geglichen, und letztlich war es seine Liebe zur gemeinsamen Tochter gewesen, die ihre eigene Liebe zu ihm hatte wachsen lassen. Doch die Züge dieser Frau erinnerten sie an einen ganz anderen, an den sie seit Jahren kaum mehr gedacht hatte.

»Ich habe nicht erwartet, dass du ausgerechnet … ihm ähnlich siehst«, setzte sie unwillkürlich an. »Ich dachte, du kämest nach deinem Vater. Stattdessen bist du deinem Großvater wie aus dem Gesicht geschnitten.«

Mathilda kämpfte eine Weile nach Worten. Als sie sie endlich hervorbrachte, klang ihre Stimme heiser. »Wer ist mein Großvater?«, fragte sie. »Und wer ist mein Vater?«

»Was weißt du über die Geschichte der Bretagne?«, fragte Hawisa zurück.

»Dass Nordmänner sie heimgesucht und zerstört haben wie einst auch den Norden des Frankenreichs.«

Sie senkte ihren Kopf. Nicht länger von den großen Augen gebannt ließ Hawisa ihren Blick über Mathildas Körper schweifen – mager war dieser, gezeichnet von den Strapazen des langen Ritts, voller Schmutz und Wunden. An den Hand- und Fußgelenken kündeten rote Flecken von Fesseln.

Hasculf ist ein Tier, sie so zu behandeln, ging Hawisa durch den Kopf. Ihn dafür bestrafen würde sie dennoch nicht. Schließlich war Mathilda selbst schuld, wenn sie sich wehrte und ihm keine andere Wahl ließ. Sie würde sie wieder und wieder ansehen müssen, bis ihr das Gesicht vertraut war – ihr Wesen glaubte sie schon jetzt zu kennen: Sie war störrisch, eine, die aufbegehrte, die das Leben nicht einfach so hinnahm.

Im Grunde gefiel Hawisa das. Sie entschied, Geduld zu haben, und erklärte langsam, mit der gleichen verständnisvollen Stimme, wie sie ihr einst als Kind Geschichten erzählte: »Die Bretonen sind ein stolzes Volk. Vor vielen Hundert Jahren sind sie über das Meer gekommen – auf der Flucht vor den Schotten und den Angelsachsen. Zunächst haben sie sich an der Küste niedergelassen, dann sind sie ins Landesinnere vorgestoßen. Ihre Bräuche und Sitten glichen denen der Römer, aber tief in ihrem Herzen glaubten sie an andere Götter. Und *die Bretonen sind nicht nur ein stolzes, sondern ein unbeugsames und mutiges Volk. Aus der einstigen Heimat mussten sie fliehen – aber ihre neue ließen sie sich nicht so schnell nehmen. Den Karolingern ist es nie gelungen, sich ihr Land einzuverleiben. Dazu bedurfte es mächtigerer Männer.«*

»Besagter Nordmänner«, stieß Mathilda aus.

»Was zeigst du dich entsetzt, als wären sie Feinde? Das Land konnte ihnen trotzen, solange seine Herrscher stark waren – stark wie Alanus der Große. Nach seinem Tod folgte jedoch keiner, der ihm das Wasser reichen konnte. Was hat ein Land, das keinen starken Führer hervorzubringen weiß, anderes verdient, als Beute zu werden?«

Mathilda hob ihren Blick wieder. »Und was hat das alles mit mir zu tun?«

Hawisa zögerte. Kurz überkam sie das Gefühl, dass es auch nicht mit ihr selbst zu tun hatte – nichts zu tun haben durfte. Sie hatte nicht oft daran gedacht, wer sie gewesen war, ehe jener stolze Nordmann in ihr Leben trat, die Burg überfiel, in der sie sich verschanzt hatte, dort eine Blutspur zog und die Frauen nicht verschonte, vor allem sie nicht. Es gab nicht nur eine Bretagne vor und nach ihm – ihr eigenes Leben war von ihm in zwei Teile gehackt und ihr rasch klar geworden, dass sie keinen Atemzug im neuen machen könnte, ohne zu ersticken, wenn sie am alten festhing. Sie hatte eine andere werden müssen. Genauso wie Mathilda nun eine andere werden musste. Sie hatte ihn lieben lernen müssen. Genauso wie Mathilda nun sie lieben lernen musste.

Doch das begriff diese noch nicht. »Warum willst du mich töten?«, fragte sie, nachdem Hawisa ihr keine Antwort gegeben hatte.

»Wie kommst du auf die Idee, dass ich dich töten will?«

»Es waren doch deine Männer, die damals das Kloster über-

fallen haben … Und du warst es doch auch, die Maura geschickt hat.«

»Das war nicht ich.«

»Wer war es dann? Ich kann mich doch daran erinnern … jemand hat mich als Kind vor einer bösen Frau gewarnt. Ich dachte, das wärst … du.«

»Ich war vielmehr diejenige, die dich vor dieser bösen Frau in Sicherheit gebracht hat.«

»Warum?«, rief Mathilda, nicht einfach nur verwirrt, sondern verzweifelt. »Wer bist du?«

Die Antwort fiel Hawisa schwerer als erwartet. Ich bin eine Frau, die mit ihrer Herkunft gebrochen hat. Eine Frau, die sich bedingungslos dem neuen starken Mann der Bretagne unterworfen hat. Eine Frau, die den Stolz und die Herrschsucht ihrer Vorfahren mit dem Trachten des Geliebten vereinte, in der Bretagne ein geeintes, starkes Reich zu errichten. Nicht das Reich der Bretonen, denn dieses hatte sich zu oft als schwach erwiesen. Sondern ein Reich der Nordmänner.

All das sagte sie nicht. Sie sagte nur: »Ich bin Hawisa, deine Mutter. Und dein Vater, der Mann, den ich liebte, war ein mächtiger Nordmann namens Rögnvaldr.«

VIII.

Sie waren noch ein Stück die Küste entlanggeritten, bis sie einen kreisrunden Wall erreichten.

Die Frau, die Hawisa hieß und ihre Mutter war, hatte kein Wort mehr gesagt, und nachdem sie im Hof des Walls vom Pferd gestiegen war, hatte sie sich sofort abgewandt. Mathilda wusste nicht recht warum. Vielleicht, um ihre eigenen Gefühle nicht zu zeigen, vielleicht, um der Tochter Zeit zu geben, sich der ihren klar zu werden.

Sonderlich viel Zeit war es nicht, mit dem Ungeheuerlichen fertig zu werden. Wenig später begann Hawisa zu reden – mit gleichgültiger, monotoner Stimme, als hätte all das, was sie zu sagen hatte, nicht wirklich mit ihnen zu tun. Mathilda versuchte jedes der Worte aufzusaugen, auch wenn sie vorerst keinen Sinn ergaben.

»Nach dem Tod von Alanus dem Großen schien die Glanzzeit der Bretagne ein für alle Mal vorüber. Zu viele stritten sich um den Thron, kein Einziger war stark genug, ihn auch zu halten, und jene Kämpfe, die das Land im Inneren zerrissen, lockten Feinde von außen. Die steten Kriege zermürbten das Volk. Wer genug Geld hatte, ging ins Exil, und wer sich dort ein Leben aufbauen konnte, kehrte nicht wieder zurück.«

Mathilda nickte, obwohl Hawisa immer noch abgewandt stand und es nicht sehen konnte. Dies waren die ersten Worte, mit denen sie etwas anfangen konnte, ließen sie sie doch an Sprota denken, deren Eltern einst auch aus der bretonischen Heimat geflohen waren. Doch was hatte das mit ihr zu tun? Was damit, dass Hawisa offenbar nicht die böse Frau war, die ihren Tod wollte – vielmehr die, die sie damals zu ihrer eigenen Sicherheit ins Kloster geschickt hatte und die sie jetzt zu sich zurückholte?

Plötzlich fiel es ihr wieder ein, dass sie als Kind sehnlich auf diesen Tag gewartet hatte, zumindest in der ersten Zeit, da sie unter Drohungen und Schlägen noch nicht vergessen hatte, wer sie war. Aber jetzt ... jetzt war es zu spät ... jetzt war sie kein Kind mehr und die Frau eine Fremde.

»In dieser Zeit«, fuhr Hawisa fort, »da der Niedergang der Bretagne unaufhaltsam schien, fielen die Nordmänner – von Alanus dem Großen noch in Schach gehalten – in Scharen ein.«

Langsam drehte sie sich wieder um und gab Mathilda die Zeit, ihr Gesicht zu mustern. Bis jetzt hatte sie nur gesehen, dass sie hager war, die Haut schlaff und die Haare grau – nun suchte sie nach irgendetwas, was ihr vertraut war. Wenn diese Frau ihre Mutter war, müsste sie sie doch erkennen! Warum war sie ihr fremder als der blonde Mann in ihrem Traum, fremder als diese andere gesichtslose Frau, die einst bei ihrem Abschied geweint hatte?

»Und mein Vater ... Rögnvaldr ... war einer von ihnen, nicht wahr?«, murmelte Mathilda. »Groß, blond, stark. Nach seinem Tod hast du mich ins Kloster bringen lassen, damit ich dort in Sicherheit bin ...«

Falls die Worte an einen alten Schmerz rührten, ließ Hawisa ihn sich nicht anmerken. »Man hat mir verschwiegen, welches Kloster es ist«, erklärte sie ganz nüchtern. »Ich wollte es nicht wissen, es wäre zu gefährlich gewesen. Man hätte mich foltern können, bis ich es gestehe. So hat es lange gedauert, bis ich dich aufspüren konnte. Länger, als ich je ahnen konnte.«

Mathildas Blick fiel auf die Kette, die Hawisa um den Hals trug. »Stammst du auch von den Nordmännern ab?«, fragte sie. Sie wusste nicht viel vom Glauben der Heiden, aber das Amulett, das die fremde Mutter trug, war ein Zeichen des Gottes Thor – auch den Christen bekannt, weil seine Form der des Kreuzes ähnelte.

»Ich bin christlich geboren und erzogen worden«, sagte sie knapp, ohne hinzuzufügen, warum sich das geändert hatte.

Dein Vater hat deiner Mutter Schreckliches angetan.

Die Worte kamen Mathilda wie von selbst in den Sinn, und kurz wollte sie sie aussprechen, sehen, was sie im starren Gesicht der anderen bewirkten. Doch sie wagte es nicht. Sie war sich nun ganz sicher, dass sie nicht sterben würde – aber das nahm ihr nicht die Furcht, ließ diese vielmehr noch wachsen.

»Was ist geschehen?«, fragte sie leise.

Sie fühlte sich nicht länger geborgen, wenn sie die einstige Umarmung des blonden Mannes heraufbeschwor, sondern fühlte nur Enttäuschung. Sie war in der Bretagne, aber es blühten keine Blumen – vielleicht, weil sie an den falschen Ort zurückgekehrt war, vielleicht, weil diese Blumen längst verblüht waren und hierzulande nirgendwo mehr neue wuchsen.

»Innerhalb kürzester Zeit hat Rögnvaldr ein eigenes Reich errichtet, ähnlich wie einst Rollo in der Normandie«, fuhr Hawisa fort, und erstmals schlich sich ein Funkeln in ihre Augen. »Die Nachbarn waren natürlich empört darüber und versuchten, ihn zu vertreiben. Aber sie scheiterten allesamt.«

Ihre Stimme klang so stolz, als hätte sie selbst jenen Mächtigen getrotzt, aber ihr Gesicht verdunkelte sich rasch, als Mathilda einwarf: »Doch jenes Reich war nicht von Bestand.«

Hawisa nickte düster. »Rögnvaldr wollte sein Gebiet vergrößern, aber er kam nicht über den Fluss Oise hinaus. Immerhin – das Kernreich konnte er halten. Von Nantes aus kontrollierte er das Land, die Stadt blühte auf, auf der Insel unterhalb vom Kloster Saint-Florent wurde ein eigener Hafen gebaut und eine Burg. Händler, die zuvor geflohen waren, kamen wieder zurück. Auch nach Rennes und Cornouaille kehrte der Wohlstand zurück. Viele Nordmänner in Rögnvaldrs Gefolge erkannten, dass es hier nicht nur Klöster zu brandschatzen gab, sondern fruchtbaren Boden zu beackern. Anstatt Häuser niederzubrennen und ihre Bewohner zu töten, bauten sie selbst welche und lebten darin.« Sie hielt kurz inne. »Rögnvaldr war ein guter Herrscher.«

Was meinte sie mit gut? Gnädig und gerecht, durchsetzungsfähig und weise? Oder einfach nur stark – stärker als seine Widersacher?

»Aber er ist gestorben«, sagte Mathilda leise. »Er ist gestorben, ehe er seine Herrschaft festigen und dem Land endgültig Frieden schenken konnte, und die Männer, die er zurückließ, waren keine würdigen Nachfolger. Sie konnten Alanus Schiefbart nichts entgegensetzen – ihm, dem Christen, dem Nachfolger von Alanus dem Großen.«

»Alanus Schiefbart ist sein Enkel. Und er ist der Sohn meiner Schwester.«

Mathilda riss die Augen auf. Eben noch hatte sie gemeint, mit jenem Fünkchen Wissen ein wenig Klarheit ins Dunkel zu bringen. Jetzt wähnte sie das Licht erneut am Erlöschen.

»Deiner Schwester?«

»Ja ... ihr Name ist Oreguen.«

Du bist nicht nur die Tochter eines Nordmannes, das allein macht dich nicht gefährlich. Aber du bist auch das Kind ... das Kindeskind von ...

Die schwarzen Schleier rissen. Nackt lag die Wahrheit vor ihr, und sie begriff.

Wenn Hawisa Oreguens Schwester war und jene die Tochter von Alanus dem Großen, dann war auch sie dessen Kind – und Mathilda seine Enkelin. Ja, in ihr floss Alanus' Blut, das Blut des letzten großen christlichen Herrschers der Bretagne ... aber auch das von ihrem Vater Rögnvaldr, dem letzten großen Heiden, der das Land regiert hatte.

Du bist die Erbin.

Hawisa hatte sich wieder abgewandt. »In den ersten Jahren nach Rögnvaldrs Tod wähnte ich mich noch sicher. Ich habe dich vor ... ihr verstecken müssen, aber selbst konnte ich unbehelligt leben.«

Warum sprach sie von den Jahren nach seinem Tod, nicht von jenen, die vorangegangen waren? Wie war sie zu seiner Frau geworden, zur Mutter seines Kindes, zur Frau, die sein Thor-Amulett trug?

»Doch seit 933 wurden wir stetig bedroht«, fuhr Hawisa fort. »Damals ist Alanus Schiefbart zum ersten Mal in die Bretagne eingefallen. Noch scheiterte er, aber bei seinem zweiten Versuch drei Jahre später eroberte er Nantes.«

Hawisas Stimme klang verächtlich.

»Warum hasst du ihn so?«, fragte Mathilda. »Wenn er doch dein Verwandter ist, dein Neffe, der Sohn deiner Schwester?«

Hawisa lachte bitter auf – und da erst begriff Mathilda: Sie hasste nicht nur Alanus Schiefbart, sie hasste vor allem ihre

Schwester. Oreguen … die gewiss alles für den Sohn zu tun bereit war … die ihn als Herrscher der Bretagne sehen wollte … die böse Frau, der ihre einstige Amme Cadha ebenso treu ergeben war wie deren Tochter Maura.

Das Lachen verstummte. »Alanus Schiefbart hätte eigentlich mein Sohn sein sollen. Sein Vater Mathedoi, ebenfalls das Kind mächtiger Clanführer, war einst als mein Gatte vorgesehen. Da war ich noch jung.« Sie klang, als wäre das Ewigkeiten her, und Mathilda hatte tatsächlich Mühe, hinter dem faltigen, müden Gesicht ein jugendliches, frisches zu erahnen. »Er war ein Mann, wie ich ihn mochte, stattlich, besonnen, keiner, der nichtige Worte machte, dem das Jagdglück stets hold war, der sich auf dem Pferderücken und mit dem Schwert in der Hand am wohlsten fühlte. Ich wollte keinen Mann, der lesen und schreiben kann – das konnte ich selbst. Ich wollte einen ehrgeizigen Mann, der gemessen an meinem Vater nicht jämmerlich wirkte.«

»Aber du hast ihn nicht bekommen.«

»Nein«, sagte Hawisa schlicht, und hinter dem Wort verbargen sich die Tränen einer gekränkten jungen Frau, die blinde Wut, als jener Mann die Schwester vorzog, die Verbitterung über deren Glück, das später von einem Sohn gekrönt wurde. »Nein. Er hat statt meiner Oreguen geheiratet.«

Mathilda suchte in ihrer Miene die Spuren von Kränkung, aber fand nur Kälte … und Bösartigkeit. Eine Frau, die so verzweifelt lieben kann, macht man sich besser nicht zur Feindin, schoss es ihr durch den Kopf.

»Und dann?«, fragte Mathilda atemlos.

»Dann trat Rögnvaldr in mein Leben.«

Es klang harmlos, aber Mathilda konnte sich denken, dass die wenigen Worte eine grausame Wahrheit verhüllten. Jemand wie Rögnvaldr trat nicht gemächlich ins Leben anderer. Ein Nordmann, ein Heide wie er, kam gewiss wie ein Gewittersturm, kam mit Gewalt und mit Feuer.

Mathilda wollte sich nicht an diesem Feuer verbrennen.

»Und du hast ein Kind von ihm bekommen ... mich«, sagte sie schnell.

»Leider hat Oreguen davon erfahren.«

Wieder beschränkte sie ihre Worte aufs Notwendige. Wieder genügte das wenige, um alles zu begreifen. Erst hatte die Liebe zum gleichen Mann die zwei Schwestern entzweit – dann hatte die Tatsache, dass die eine die Mutter des christlichen Erben war, die andere die Mutter der heidnischen Erbin, endgültig eine Kluft geschlagen. Und auch wenn Mathilda ihren Mördern entgehen konnte – Oreguen hatte trotzdem gesiegt.

»Und nun ist Alanus Schiefbart der Herrscher der Bretagne«, murmelte sie.

Hawisa kniff die Lippen zusammen. »Noch ...«, zischte sie, »... doch bald kommt unsere Zeit!«

Dass sie sie raunte, ließ ihre Worte bedrohlicher erscheinen – und verrückter. Mathilda, bislang damit befasst, im fremden Gesicht der Mutter Vertrautes zu entdecken, hatte den Ort, an den sie geraten war, noch nicht genauer in Augenschein genommen. Sie tat es jetzt und erkannte, dass jener Wall ärmlich war und nicht sonderlich viele Männer beherbergte, die dazu taugten, in den Krieg zu ziehen.

»Aber Alanus Schiefbart ...«, setzte sie an.

»Ja, ja, ich weiß, was du denkst«, fiel Hawisa ihr mürrisch ins Wort. »Alanus Schiefbart ist nicht so leicht vom Thron zu verjagen. Doch die Menschen hier im Cotentin wollen unabhängig sein und sich weder von Rouen noch von Nantes gängeln lassen. Sie lieben die Freiheit – und mithilfe der Heiden aus Irland und Dänemark, vor allem aber mit unserer Hilfe können sie sie erlangen. Und wenn erst einmal das Cotentin unser ist, dann können wir alles daran setzen, die Bretagne zurückzuerobern, irgendwann vielleicht sogar die Normandie. Und du … du wirst die Königin von diesem Reich sein.«

Hawisa hob ihre Hände und legte sie fest auf Mathildas Schultern – das erste Mal, dass sie sie berührte. Jene Geste war jedoch nicht von Zärtlichkeit geboren, nicht von lange unterdrückter Sehnsucht nach der verlorenen Tochter, sondern von Herrschsucht und Wahn.

Mathilda erschauderte. »Aber ich bin doch nur eine Frau! Meine Ansprüche auf dieses Land, so ich sie denn stellen würde, hätten nie gleiches Gewicht wie die des männlichen Erben!«

Hawisas Finger krallten sich in ihr Fleisch. Sie fühlten sich wie Klauen an. »Eben! Und deshalb brauchst du den richtigen Ehemann an deiner Seite – jemanden wie Hasculf. Er ist ein Neffe Rögnvaldrs.«

Mathilda konnte ihr Entsetzen nicht länger bezähmen und riss sich los. »Nie und nimmer!«, schrie sie. »Ich dachte jahrelang, er wollte mich töten – und nun soll ich ihn heiraten! Das tue ich nicht! Du kannst doch nicht bestimmen, wie ich zu leben und was ich anzustreben habe.«

»Ich musste das alles auch mit mir machen lassen.«

Da war es endlich – ein Beben in der Stimme, das zeigte, dass hinter dem Wahn schmerzliche Gefühle lauerten und hinter Sturheit und Machtbesessenheit leidvolle Erinnerungen. Ein Zeichen auch, dass Mathilda mit ihrer Ahnung richtiglag: Rögnvaldr musste die Tochter Alanus des Großen mit Gewalt zu seiner Konkubine gemacht haben. Er hatte ihren Willen gebrochen.

»Warum willst du Rögnvaldrs Erbe unbedingt am Leben erhalten?«

»Weil ich ihn geliebt habe!«, geiferte Hawisa. »Weil er so viel stärker war als Mathedoi!«

Und weil es, dachte Mathilda, unerträglich war, dass ihre Schwester das bessere Los gezogen, dass sie den bretonischen Mann bekommen und ihm einen Sohn geboren hatte, dass sie dessen Herrschaft miterlebte, während sie, Hawisa, von einem Nordmann geschändet worden war, nur eine Tochter hatte und eine Heimatlose und Vertriebene war.

Mathilda schüttelte den Kopf. Zu verstehen, welche Verzweiflung die andere antrieb, hieß nicht, sich nicht vor ihr zu fürchten.

»Aber es ist nicht möglich ...«

»Alles ist möglich, wenn man es nur will.«

»Ich will Hasculf nicht!«, rief Mathilda, obwohl sie ahnte, dass es klüger wäre, zu schweigen.

»Ich bin deine Mutter, ich entscheide darüber!«

Nein, wollte Mathilda am liebsten schreien, nein, du bist nicht meine Mutter. Eine solche würde das verlorene Kind in die Arme schließen und nie wieder loslassen.

Sie schüttelte den Kopf und wich noch weiter zurück, als Hawisa erneut die Hände hob.

»Fass mich nicht an!«, zischte Mathilda.

Sie hatte Angst, dass die andere sie schlagen würde, doch stattdessen trat ein nachsichtiges Lächeln auf ihre Lippen. Es setzte Mathilda noch mehr zu, als eine Ohrfeige es getan hätte, so falsch wie es wirkte und so wenig es darüber hinwegtäuschen konnte, dass von dieser Frau keine Gnade zu erwarten stand.

»Du bist müde nach allem, was geschehen ist. Du hast so viel Neues erfahren. Wenn du erst einmal darüber nachgedacht hast, wirst du tun, was ich von dir erwarte.«

Man hatte sie allein gelassen. Ohne Zweifel war sie eine Gefangene, aber sie sollte sich wohl nicht als solche fühlen, vielmehr als Gast, dem man ein eigenes Zimmer bot, zwar einfach, aber sauber und mit einem Strohsack ausgestattet, auf dem sie schlafen konnte.

Nun, sie wollte nicht schlafen, und am liebsten hätte sie auch nichts gegessen, sondern alles abgelehnt, was von Hawisa kam, gleich so, als müsste sie dann ihre Worte nicht an sich heranlassen, könnte vielmehr so tun, als hätte sie sie nie gehört.

Natürlich wusste sie, dass sie sich selbst belog. Die Worte wüteten in ihrem Kopf, drehten sich dort immerzu im Kreis. Und natürlich wusste sie, dass es ihre Lage nicht besser machte, wenn sie aus Trotz hungrig blieb.

Also begann sie endlich doch zu essen, einen Getreidebrei, würzig zwar, aber zu kurz gegart, und etwas gesalzenen Fisch, dazu einen Humpen abgestandenen Met. Sie schluckte hastig, ohne zu kauen, und ihr Magen rebellierte bald. Trotz der Übelkeit hörte sie nicht auf zu essen, und nachdem sie das Mahl beendet hatte, stellte sie sich der Wahrheit gegenüber nicht länger blind. In ihren Adern floss also das Blut von Alanus dem Großen, ihrem Großvater, und Rögnvaldr, ihrem Vater. Man wollte sie nicht töten, sondern zur Herrscherin der Bretagne machen, an Hasculfs Seite, den ihre Mutter nicht etwa zu ihrem Mörder, sondern zu ihrem Gatten bestimmt hatte. Und neben dieser Erkenntnis stand eine andere: Das will ich nicht. Das ist nicht mein Geschick.

Immer hatte sie sich nach einer Heimat gesehnt – jetzt wusste sie: Sie war zu lange von der Heimat fort gewesen, als dass diese etwas anderes war als Fremde. Immer hatte sie sich nach jemandem gesehnt, zu dem sie gehörte, nach einer Mutter, die ihr das Leben geschenkt hatte – jetzt wusste sie: Sie war zu lange von dieser Mutter getrennt gewesen, um in ihr etwas anderes zu sehen als eine Frau, in deren Augen der Wahnsinn glänzte.

Sie gehörte nicht zu ihr, sie gehörte zu Arvid.

»Rögnvaldr und Hawisa«, murmelte sie die Namen ihrer Eltern. Jede einzelne Silbe vertrieb das Rumoren in ihrem Magen. Sie würde sie in ihrem Leben noch oft aussprechen, würde sich dem behaglichen Gefühl hingeben, endlich zu wissen, von wem sie abstammte, würde voller Trauer an die Eltern denken, weil beide nicht bekommen hatten, was sie wollten – der eine lebte zu kurz dafür, die andere wahrscheinlich zu lange. Wenn sie je Kinder haben sollte, würde sie ihnen von ihren Vorfahren erzählen. Aber sie war mehr als nur deren Tochter. Sie war die Frau, die Richard aus Laon befreit hatte, die Frau, die in der Normandie ihr Leben führte, die Frau, die Arvid heiraten würde.

Mathilda zwang sich, sich auf den Strohsack zu legen, kurz die Augen zu schließen und neue Kräfte zu sammeln. Schon kurze Zeit später erhob sie sich wieder. Ihre Glieder schmerzten, aber ihr Geist war hellwach.

Sie musste fliehen.

Sie klopfte an die Tür, die bald geöffnet wurde. Der Mann, der Wache stand, war ihr fremd, er hatte nicht zu den Begleitern Hasculfs gehört, was es leichter machte, ihn zu überlisten.

»Ich will zu Hawisa«, erklärte sie. Der Mann senkte respektvoll den Blick. So hatte sie noch nie jemand behandelt – so voller Ehrerbietung. Er wies ihr den Weg, doch sie schüttelte den Kopf. »Bring sie hierher.«

Sie hoffte, dass der Respekt anhielt, und wurde nicht enttäuscht. Er ging rasch und sperrte sie nicht ein.

Mathilda atmete tief durch. Sie wusste nicht mehr von dem Gebäude, in dem sie sich befand, als dass es sich innerhalb eines an der Küste errichteten Walls befand. Das Tor hatte zuvor weit offen gestanden, vielleicht schaffte sie es unbemerkt ins Freie.

Sie gab dem Drang nach, einfach loszurennen, anstatt – wie es ohne Zweifel klüger gewesen wäre – den nächsten Schritt zu bedenken: Sollte sie ein Pferd stehlen oder zu Fuß fliehen?

Sie musste diese Entscheidung ohnehin nicht fällen. Zwar gelangte sie mühelos bis zum Tor, doch dort fiel ein Schatten auf sie – groß und breit. Hasculf.

Auch diesmal ahnte sie, was klüger gewesen wäre – nämlich zu lächeln, so zu tun, als hätte sie ihn gesucht, zu erklären, wie froh sie war, nun die Wahrheit zu kennen, erfreut auch, dass er ihr Verwandter war, ihr künftiger Mann.

Doch jene Wahrheit, die sie eben noch zu ertragen geglaubt hatte, drohte sie plötzlich zu ersticken und zu erdrücken zugleich. Panik überkam sie – und jene Panik machte sie blind und dumm. Anstatt zu lächeln und bedächtig nach den richtigen Worten zu ringen, begann sie zu schreien und auf Hasculfs Brust einzuschlagen.

»Ich will das nicht! Ich will das alles nicht! Ich bin nicht die Erbin der Bretagne! Ich werde dich nie heiraten!«

Es war ein Fehler, so zu wüten, aber es tat trotzdem gut. Die Anspannung der letzten Wochen entlud sich, die Todesangst, die Verwirrung ob des Treffens mit einer fremden Mutter und deren Offenbarungen. Endlich konnte sie alldem etwas entgegensetzen, wenn auch nur Geschrei, wüst und wirr, aber laut genug, Bestürzung und Entsetzen zu übertönen.

Als sie sich endlich wieder fasste, stand Hasculf immer noch steif vor ihr.

»Ach, Mädchen«, seufzte er, und irgendwie schien er mitleidig, »ach, Mädchen, so wehr dich doch nicht. Gib auf! Gib doch einfach auf! Genauso wie …«

Er brach ab, aber sie ahnte, was er sagen wollte. Gib auf wie ich – gib auf wie der junge Mann, der ich einst war, der geträumt hat zu regieren, ohne zu erobern, zu führen, ohne zu töten, der geträumt hat, eine junge Frau zu haben, die aus Liebe bei ihm bleibt, nicht weil sie mit Gewalt gezwungen wird. Gib die Hoffnung auf, dass auch der Schwache manchmal gewinnt. Das tut er nicht, also kämpfe mit allen Mitteln, der Starke zu sein, und gib bei diesem Kampf sämtliche Sehnsüchte auf, sie sind ja doch nur unnützer Ballast.

Sie begriff: Er würde sie nie gehen lassen – und Hawisa noch weniger.

Mathilda hörte ihre Schritte, fuhr herum. Als sie auf sie zutrat, blitzte kein Wahnsinn mehr in ihren Augen – nur … Enttäuschung.

Mathilda erwartete keine Milde, und sie bekam keine. Sie versuchte nicht, sich zu rechtfertigen – und Hawisa versuchte nicht, das Verhalten der Tochter zu verstehen, sie ließ sie einsperren. Als man sie fortbrachte, war Mathilda beinahe erleichtert, dem strengen Blick der Mutter nicht länger ausgeliefert zu sein. Das drohende Gefängnis verhieß nicht nur Einsamkeit, sondern auch Schonung vor der blechernen Stimme, die als Letztes befahl: »Du solltest die Zeit nutzen, um nachzudenken.«

Sie nicht länger hören zu müssen war jedoch nicht lange eine Wohltat. Alles schien leichter zu ertragen als die Eiseskälte des Kerkers. Es war kein von Menschen geschaffener Raum, in den man sie brachte, sondern eine Höhle, die das Meerwasser in Hunderten von Jahren in den Stein gegraben hatte. Von der Decke tropfte Salzwasser. Der Boden war zwar aus gestampfter Erde und mit Stroh bedeckt, doch das Stroh war verfault, und überall hatten sich Pfützen gebildet. Der Wind stöhnte, die Wellen, die die Klippen umtosten, klangen wie Donner. Wieder und wieder hallte jener Laut von den Wänden der Höhle wider, und Mathilda, die sich zunächst in eine Ecke gehockt hatte, den Kopf zwischen ihren Knien verborgen, ertrug ihn schon nach kurzer Zeit nicht mehr. Sie hielt sich die Ohren zu, aber das Donnern war lauter. Der Schädel brummte erst nur, begann dann zu schmerzen.

Alles tat plötzlich weh, jeder Knochen, jeder Muskel, vielleicht vom langen Ritt, vielleicht von der Anspannung, die sich entlud. Mathilda kniff die Augen zusammen, und als sie sie einige Zeit später öffnete, war es stockfinster. Die Welt schlief, nur das nimmermüde Meer schwieg nie.

Sie erhob sich und begann, auf und ab zu gehen, um sich warm zu halten. Ihr kam der Verdacht, dass Hawisa sie nicht zum Nachdenken bewegen, sondern sie vielmehr in den Wahnsinn treiben wollte. Warum würde sie sie sonst die ganze Nacht hierlassen, den nächsten Tag, die nächste Nacht? Sie vergaß, die Tage zu zählen, sie vergaß zu hoffen, dass sie befreit würde.

Vielleicht hatte die Frau, die ihre Mutter war, sie einst geliebt, aber nun war ihre Sturheit größer als ihr Herz. Sie, Mathilda, war nicht nur ihre Tochter, sondern Mittel zum Zweck, und wenn sie sich gegen ihre Pläne sträubte, dann würde sie ihren Willen brechen.

Manchmal war sie so zermürbt, dass sie allem zugestimmt hätte, um befreit zu werden, doch wenn sie an Hasculf dachte, packte sie kaltes Grauen, das Sehnsuchtsland mit der Blumenwiese wurde zum Land dunkler Höhlen, das sie hasste, nur ihre Sehnsucht nach Arvid verstummte nicht. Das Einzige, was wärmte, das Einzige, was das Meeresrauschen übertönte, war sein Bild, das sie immer wieder heraufbeschwor. Und schließlich, Mathilda wusste nicht, wie viel Zeit vergangen war, gab es noch etwas anderes, das sie darin bekräftigte, nicht aufzugeben.

Eines Morgens wurde ihr vom Anblick des Essens, auf das sie sich sonst immer hungrig gestürzt hatte, übel. Sie bekam nichts anderes als faden Brei und Milch, manchmal auch noch trockenes Brot, doch als das karge Mahl vor ihr stand, überkam sie solch ein Ekel, als würde man ihr verdorbenen Fisch vorsetzen. Vielleicht lag es am salzig-fauligen Geruch, der in der Luft lag … vielleicht aber auch an etwas ganz anderem.

Der Verdacht kam langsam, setzte sich dann aber umso hartnäckiger in Mathildas Gedanken fest. Es gab nichts, was sie ablenkte, und irgendwann wagte sie es, dem Verdacht auf den Grund zu gehen. Sie betastete ihren Körper, spürte, dass ihre Brüste etwas üppiger waren als sonst, spürte einen kleinen Bauch, weicher als sonst. Wenn sie rasch aufstand, überkam sie Schwindel, und des Nachts schlief sie trotz der Kälte tief und fest.

Ich bekomme ein Kind, ein Kind von Arvid, dachte sie.

Jene Nacht in Pîtres, die in einem anderen Leben stattgefunden zu haben schien, hatte Frucht getragen.

Ihr wurde heiß vor Freude. Ihr wurde kalt vor Angst. Sie bekam ein Kind, sie liebte Arvid, sie war von ihm getrennt und würde es ihm nicht sagen können. Noch schlimmer war: Sie würde das Kind nicht retten können – nicht vor Hawisa. Die brauchte eine Tochter, die sie mit Hasculf vermählen und zur Herrscherin machen konnte. Sie brauchte keinen Enkel von einem Mann ungewisser Abstammung.

Bis jetzt hatte sie ihre Gefangenschaft irgendwie ertragen können, jetzt brach sich nackte Verzweiflung Bahn. Sie weinte und schrie lauter als das Meer – laut genug, um andere auf sich aufmerksam zu machen.

Es war nicht die Mutter, die kam, wie sie zuerst dachte, als ein schmaler Lichtstreifen auf sie fiel – es war ein kleiner, gebückter Mensch. Sie war nicht sicher, ob er den Kopf einzog, weil die Höhle so niedrig war oder weil es in seiner Natur lag. In jedem Fall trug er eine Kutte. Er war ein Mönch.

Mathilda fiel vor ihm zu Boden. »Gelobt sei Jesus Christus!«, stieß sie aus. Sie hoffte, er möge in diesen Ruf einstimmen, doch das tat er nicht. Sein Blick war nicht einmal sonderlich mitleidig. »Du bist ein Mann Gottes, du wirst mir doch helfen«, rief sie.

»Ich bin ein Sklave, ich kann nichts für dich tun.«

Die Worte trafen sie wie ein Schlag. Erneut wuchs ihre Verzweiflung und trieb ihr neue Tränen in die Augen – salzig wie das Meer, aber viel heißer. Sein Mitleid blieb aus.

»Ich bin hier, um dir einen Rat zu geben«, sagte er. Es klang beinahe gleichgültig. »Hawisa ist eine Frau, der man sich besser nicht widersetzt. Sie bildet sich tatsächlich ein, dass sie erst das Cotentin erobern kann, dann die Bretagne und schließlich die Normandie. Sie hofft auf Unterstützung der dortigen Heiden. Ich glaube, sie hofft vergebens.«

Ihr war es gleich, was Hawisa hoffte. Sie wollte doch nichts weiter, als dass ihr Kind leben durfte.

»Ich verstehe nicht, was sie antreibt«, stammelte sie. »Ganz gleich, was sie und ihre Schwester entzweit hat, Alanus Schiefbart ist ihr Neffe und somit ihr Fleisch und Blut.«

Der Mönch lächelte kraftlos. »Er ist ihr viel zu fromm. Jehan, der Abt von Landévennec, hat persönlich über seine religiöse Erziehung gewacht, und Alanus hat sie selbst im Krieg nicht vergessen. Als er einmal zurückgeschlagen auf einem Hügel Zuflucht nehmen musste und dort völlig durstig und erschöpft zusammenbrach, betete er so lange zur Jungfrau

Maria, bis sich der Boden auftat und eine Quelle daraus hervorsprang.«

Warum erzählte er ihr das? Um zu beweisen, dass ihm die lange Sklaverei nicht sämtlichen Glauben ausgetrieben hatte, dass es auch in ihm noch Hoffnung auf die Stärke Gottes und die Gnade der Jungfrau gab?

Sie brauchte keine Quelle. Sie brauchte Freiheit.

»Alanus ist bei König Athelstan aufgewachsen«, fuhr der Mönch fort. »Viele meiner Gemeinschaft sind auch dorthin ins Exil gegangen. Ich hätte mich ihnen anschließen sollen … dann wäre mir das alles erspart geblieben.«

Mathilda erhob sich. Sie wusste, dass es klug war, sich die Gelegenheit nicht entgehen zu lassen, mehr über Hawisa zu erfahren.

»Wie … wie ist Hawisa in Rögnvaldrs Hände geraten?«

»Als er die Bretagne heimsuchte, eroberte er die Burg, in der Hawisa Zuflucht gesucht hatte.« Er hielt einen Moment inne, suchte ihren Blick. »Sie war ihm hilflos ausgeliefert.« Der Mönch lachte wieder – diesmal nicht kraftlos, sondern schadenfroh.

»Sie ist von ihm geschändet worden«, murmelte sie.

»Nun, als er erfuhr, wer sie war, hat er sie immerhin nicht seinen Männern überlassen, sondern sie zu seiner Konkubine gemacht …«

Mathilda erschauderte.

Dein Vater hat deiner Mutter Schreckliches angetan.

»Sie hatte nur eine Wahl«, sagte sie. »Sich anzupassen und sich ihm zu unterwerfen oder sich zu widersetzen und darob zugrunde zu gehen. Sie hat sich für das Leben entschieden.«

»Vor die gleiche Wahl stellt sie auch dich. Und wenn du klug bist, wirst du wie sie …«

Der Mönch wollte fortfahren, aber verstummte, als er ein

Geräusch vernahm. Schritte. Erneut wurde das Holzbrett gelöst, das den Eingang zur Höhle verschloss, und eine schmale Gestalt erschien. Hawisa.

»Was machst du hier, Daniel?«, fuhr sie ihn an.

Er zeigte kein schlechtes Gewissen. Bis auf seinen geduckten Kopf hatte er nichts mit einem Sklaven gemein. Vor allem würde ein solcher nie mit jener höhnischen Stimme sprechen, mit der er sich nun an seine Herrin wandte. »Ich wollte mich vergewissern, dass sie noch lebt. Hast du denn überhaupt keine Angst, sie könnte hier zugrunde gehen?«

Sie sprachen über sie, als wäre sie nicht da, und kurz fühlte sich Mathilda auch so – unsichtbar, vom Meer verschluckt. Niemand sah, wer sie wirklich war, niemand interessierte sich für das, was sie fühlte.

»Wenn sie mein Kind und das ihres Vaters ist, dann hält sie einiges aus.«

»Wenn dir an Stärke so viel gelegen ist, müsstest du auch Alanus Schiefbart mögen. Er ist bekannt dafür, dass er Wildschweine und Bären jagt wie kein zweiter – nicht mit Waffen, sondern mit einem gespitzten Holzpfahl.«

Hawisa hob ihre Hand – der Mönch duckte sich nicht einmal.

»Lass ihn in Ruhe!«, rief Mathilda. Ihre Kehle schmerzte, weil sie ihre Stimme schon lange nicht mehr erhoben hatte. Irgendwie war sie erleichtert, dass nicht nur Verzweiflung und Ohnmacht daraus klangen, sondern auch Wut.

Hawisas Blick fiel auf sie, und sie senkte ihre Hand. »Willst du dich noch länger störrisch zeigen?«

Mathilda überkam eine neue Woge der Übelkeit. Entsetzt schlug sie sich die Hand vor den Mund. Wenn sie sich übergab, würde Hawisa herausfinden, dass sie schwanger war. Sie presste die Lippen aufeinander, unterdrückte ein Würgen und hoffte, dass es zu dunkel war, um zu erkennen, wie bleich sie war.

Daniel hob erstmals den geduckten Kopf. »Sie ist noch nicht so weit«, stellte er voller Genugtuung fest.

Ohne ein weiteres Wort verließ Hawisa die Höhle. Der Mönch folgte ihr. Mathilda übergab sich erst, als sie wieder allein war.

Arvid hatte sich zwar unter einem der Bäume versteckt, doch das Blätterdach hielt dem Regen nicht stand: Nach den heißen letzten Tagen versank die Welt in Grau, Schlamm und Nässe.

Anstatt sich vor dem Regen zu ducken, hielt er ihm sein Gesicht jedoch entgegen. Seit Ewigkeiten hatte er sich nicht mehr gewaschen, wahrscheinlich war es vollkommen verschmutzt wie sein Haar, das zudem verfilzte. Der Regen würde nicht alles abwaschen können, er müsste seine Haut reiben, bis sie brannte, aber er wagte es nicht, ein Geräusch zu machen.

Gewiss, die Krieger, vor denen er sich gerade noch rechtzeitig in die Schatten der Bäume hatte flüchten können, waren längst ihres Weges geritten, aber womöglich folgten noch weitere. Und so wartete er frierend im Wald – nach dem rastlosen Leben der letzten Woche zum ersten Mal wieder dazu verdammt, die Gedanken zuzulassen, denen er bis jetzt davongeritten war, vor allem jenen, dass seine Suche sinnlos war und dass er sein Leben umsonst riskierte. Denn ja, es war lebensgefährlich geworden, allein unterwegs zu sein, obwohl er längst das fränkische Reich verlassen und wieder in die Normandie zurückgekehrt war. Auf die Grenzen, die die zwei Länder schieden, war kein Verlass mehr. König Ludwig betrachtete die Normandie wohl schon als sein Land – oder erlaubte zumindest seinen Kriegern, sich so zu benehmen, als gehörte jedes Fleckchen Erde ihnen, als dürften sie jeden Bauernhof ausrauben, jedes Feld zertrampeln, jede junge Maid schänden.

Arvid lauschte. Der Regen rauschte so laut, dass man dahinter keine Schritte oder Stimmen erahnen konnte. Er verharrte in seinem Versteck, lehnte sich an den Baum, umgriff seinen Stamm, um sein Gesicht darauf zu pressen und sich kurz dem Trug hinzugeben, der Baum sei ein lebendiges Wesen und er nicht allein auf der Welt. Seine Kleidung war ohnehin längst durchnässt.

Wie viel Zeit genau seit Richards Flucht aus Laon vergangen war, konnte er nicht sagen – nur dass sich seitdem nichts zum Guten gewendet hatte. Mathilda war vielleicht längst tot, jene beiden Krieger, die Osmond mit ihm auf die Suche geschickt hatte, waren von Letzterem überzeugt und wieder nach Senlis zurückgekehrt – und Richard war so weit von der Macht entfernt wie nie zuvor.

Der wortbrüchige Hugo hatte Bayeux angegriffen, und Rouen war in Ludwigs Hände gefallen. Anders als Hugo Bayeux hatte er die Stadt gar nicht erst belagern müssen, sondern sie kampflos errungen – einer Entscheidung Bernhards des Dänen geschuldet, der wusste, dass es sinnlos war, sich gegen diese Übermacht zu wehren. Er hatte seinen Kriegern befohlen, die Waffen niederzulegen, und hatte Wilhelms einstige Getreue um sich versammelt, um den König friedvoll zu empfangen. Richards Flucht, so behauptete er, sei der wahnwitzige Plan einiger weniger Verräter gewesen, den er, Bernhard der Däne, niemals unterstützt habe. Schließlich sei Richard noch ein Kind, König Ludwig hingegen ein Mann – und nur Letzteren könne er als Herrscher akzeptieren.

Arvid konnte sich vorstellen, wie laut die normannischen

Krieger ob solch feigem Kleinbeigeben gemurrt hatten, doch Bernhard war es irgendwie gelungen, sie im Zaum zu halten und auch die Bischöfe und Mönche darauf einzuschwören, sein Spiel zu unterstützen. Dieses war ein falsches, die vermeintliche Unterwerfung nur eine geheuchelte. Während Ludwig mit seinen Männern in die Stadt einzog und von der Bevölkerung vermeintlich bejubelt und als Retter gefeiert wurde, arbeitete Bernhard an seinem geheimen Plan: Ludwig in Sicherheit zu wiegen, aber weiterhin alles für Richards Rückkehr zu tun.

Auf Ludwigs Prozession durch die Stadt folgte ein Abendessen. Bernhard ließ die köstlichsten Speisen auftragen und beteuerte dem gut gesättigten König immer wieder, dass Osmond hinter seinem Rücken gehandelt habe, als er Richard nach Senlis entführte. Zugleich nutzte er die vertraute Atmosphäre für seine erste Intrige.

»Eins verstehe ich nicht«, so hatte er gesagt, »die Normandie unterwirft sich Euch gern, für die Menschen hier seid Ihr ihr König. Warum nur habt Ihr einen Teil des Landes an Hugo abgetreten – nämlich die Gegend um Bayeux? Die Menschen würden Euch dort genauso feierlich empfangen wie hier.«

Bernhard war gerissen, Ludwig vielleicht einfach nur zu eitel. Er genoss Schmeicheleien und Ehrerbietung zu sehr, als dass er Bernhards Absicht, gezielt einen Keil zwischen ihn und Hugo zu treiben, entlarvte. Schon am nächsten Tage schickte Ludwig den Befehl an Hugo, die Belagerung von Bayeux sofort aufzugeben, da er mit den Normannen Frieden geschlossen habe. Und Hugo, der nicht riskieren wollte, gegen Ludwig in den Krieg zu ziehen, schwor zwar insgeheim Rache, aber fügte sich fürs Erste dem fränkischen König.

All diese Neuigkeiten hatte Arvid in Pîtres und in Rouen vernommen. So war es immer schwerer geworden, sich frei in einem Land zu bewegen, das von Ludwigs Kriegern wie von Heuschrecken heimgesucht wurde.

Bei seinem letzten Besuch in Pîtres war allerdings auch über etwas anderes gesprochen worden als nur über Bernhards Plan, Ludwig gegenüber vermeintlich nachzugeben, aber heimlich an der Rebellion zu arbeiten.

»Mathilda hat doch einst in einem Kloster an der Küste gelebt«, hatte Sprota gesagt. »Ich kann mir zwar nicht erklären, warum sie das getan haben sollte, aber vielleicht ist sie dorthin zurückgekehrt.«

Arvid glaubte es nicht, aber jenes Kloster war ein Ort, wo er noch nicht nach ihr gesucht hatte, und allein das gab ihm neuen Auftrieb. Nun war er nicht mehr weit von der Küste entfernt.

Er lauschte wieder, hörte nichts und wagte, aus seinem Versteck hervorzutreten. Der Regen hatte nachgelassen, die Luft war klarer geworden. Arvid schüttelte den Kopf so heftig, dass ihm das feuchte Haar ins Gesicht klatschte. Es war länger geworden, die Tonsur nicht mehr zu erkennen.

Arvid blickte auf die schlammbedeckte Straße, sah weder von der einen noch der anderen Richtung Reiter nahen, doch hinter ihm ertönte plötzlich das Knacken von Ästen.

Vielleicht ist es nur ein Tier, dachte er noch, dann drehte er sich um. Doch kein Tier, so musste er schon im nächsten Augenblick erkennen, würde ihm ein kaltes Messer an den Hals legen.

»Keine Bewegung!«, zischte eine Stimme.

Ihm wurde gerade so viel Bewegungsfreiheit gelassen, dass er sich langsam umdrehen konnte. Der Mann, der ihn bedrohte, war kleiner, aber stämmiger als er, seine Kleidung einfach, seine Haut gefurcht und seine Hände schwielig. Kurz hielt Arvid ihn für einen Räuber oder Wegelagerer, doch dann traten andere Männer aus dem Schatten der Bäume, manche mit ähnlichen Messern ausgerüstet, andere mit Waffen, die nicht die eines Kriegers waren – Sensen nämlich, mit denen man für gewöhnlich die Ernte einholte. Es mussten Bauern sein.

»Franke oder Normanne?«, fragte der, der ihn bedrohte.

Die Frage erschien ihm so lächerlich wie nie. Beides, hätte er am liebsten gesagt. Aber damit würde er wohl sein Todesurteil sprechen.

»Normanne«, sagte er kurz entschlossen. Offenbar war es die richtige Antwort.

Der Bauer zog das Messer von seiner Kehle. »So, so. Du hast dich auch vor … ihnen versteckt«, stellte er fest.

Die Gesichter der anderen waren ausdruckslos, aber nicht mehr so feindselig. »Was tust du hier?«, fragte einer von ihnen.

Seine Hoffnung war zwar denkbar gering, aber er gab ihr trotzdem nach, erzählte hastig von seiner verschwundenen Braut, dass sie Mathilda heiße und dass er sie seit langem suche. »Habt ihr eine junge Frau gesehen, die durch die Landen irrt?«, schloss er verzweifelt.

Die Bauern schienen nicht überrascht, dass in diesen Zeiten einfach Menschen verschwanden und vergebens gesucht wurden. Dennoch schüttelte der, der ihn zuerst angesprochen hatte, den Kopf.

»Tut mir leid, aber hier begegnet man selten einsamen Frauen.«

»Und was macht ihr?«, fragte Arvid. »Was treibt euch in die Wälder? Obendrein bewaffnet?«

Der Mann hatte sein Messer sinken lassen und strich nun über die Axt, die an seinem Gürtel hing – keine Streitaxt, wie sie Franken oder Nordmänner trugen, sondern eine, mit der man im Wald Holz schlug. »Wir haben keine Schwerter, aber wir schützen uns, so gut es geht. Es ist ja sonst niemand da, der uns schützt. Die Herren in Rouen gewähren König Ludwig freie Hand – und der lässt wiederum seine Männer tun und lassen, was sie wollen.«

Er klang hasserfüllt, und Arvid widerstand nur mühevoll der Versuchung, ihm die Wahrheit zu gestehen – dass die Herren in Rouen die Bevölkerung nicht im Stich gelassen hatten, dass es aber im Moment keine andere Möglichkeit gab, als stillzuhalten und Unterwerfung zu heucheln.

»König Ludwig hat sich die Zeit, die er in Rouen zubrachte, mit Essen und Trinken vertrieben«, fuhr der Bauer fort, »und damit, alle Titel und Aufgaben an seine eigenen Ritter zu vergeben. Unter anderem …«, er verhielt kurz in seiner Rede, ehe er mit unheilvoller Stimme ausstieß, »… an einen gewissen Rudolf Torta.«

Arvid glaubte, sich vage daran zu erinnern, den Namen schon einmal gehört zu haben.

»Der König ist mittlerweile nach Laon zurückgekehrt und Rudolf Torta jetzt der offizielle Verwalter der Normandie. Und er begnügt sich nicht mit Essen und Trinken, gibt bedenkenlos das Geld aus, vergreift sich an den Besitztümern der Barone und Ritter, selbst an denen der Kirche. Hätte sich ihm nicht ein Priester entgegengestellt, so hätte er um ein Haar das Kloster von Jumièges zerstören lassen, nachdem man ihm dort nicht den Klosterschatz überlassen wollte.«

Arvid lauschte mit wachsendem Entsetzen. Als der Name Jumièges fiel, schmerzten plötzlich seine Glieder, und er dachte an die vielen Steine, die er geschleppt hatte, um das

Kloster aufzubauen. Und nun war es bedroht? Ausgerechnet von einem Franken in Ludwigs Auftrag? Seine Empörung überwog die Schadenfreude, dass Abt Martin offenbar auf den Falschen gesetzt hatte.

»Das Schlimme ist, dass nicht nur die reichen Leute von den Franken heimgesucht werden, sondern auch wir Bauern«, klagte der Mann. »Täglich kommen sie, um weitere Abgaben einzutreiben. Begnügten sie sich gestern noch mit zwei Ferkeln, müssen es morgen vier sein. Nahmen sie früher eine Metze Leinsamen und eine Metze Linsen, fordern sie jetzt auch noch Getreide – und das nicht erst im Herbst nach der Ernte, sondern schon jetzt im Frühling, da wir selbst noch bangen müssen, ob die Felder Früchte treiben.« Er spuckte aus, als würde ihn die Wut ansonsten vergiften. »Der Grund, aus dem wir aber schließlich in den Wald geflohen sind«, fuhr er etwas gemäßigter fort, »ist, dass König Ludwig verlangt hat, dass ihm die Ritter und Bischöfe für vierzig Tage im Jahr Krieger zur Verfügung stellen. Und da diese nicht auf ihre Männer verzichten wollen, holen sie sich einfache Bauern und zwingen sie zum Dienst am Feind.«

Wieder spuckte er aus, schnaubte dann, blickte schließlich nach oben. Von den Blättern tropfte es, aber es hatte aufgehört zu regnen. Mehrmals blickte er sich misstrauisch um, ehe er aus dem Schutz der Bäume trat. Die anderen Bauern folgten ihm, Arvid auch.

»Wohin wollt ihr denn jetzt?«, fragte er.

»Die Versuchung ist groß, uns einfach zu verkriechen – aber wenn die Herren in Rouen sich als feige erweisen, wir sind es nicht. Wir haben beschlossen, selbst noch die entlegensten Höfe vor den Franken zu warnen. Hier in der Nähe lebt ein altes Bauernpaar, Ingeltrude und Pancras. Wahrscheinlich wissen sie gar nicht, was sich in dieser grausamen Welt zuträgt.«

Er hob trotzig die Axt, und Arvid war vom Trachten des einfachen Mannes, sein Land und die Menschen, die dort lebten, zu schützen, gerührt.

»Schließ dich uns an«, forderte der Bauer.

»Eigentlich bin ich auf der Suche nach dem Kloster Sainte-Radegonde.«

»Pancras und Ingeltrude können dir vielleicht sagen, wo es ist.«

Arvid nickte, band sein Pferd los, um es fortan an den Zügeln zu führen, und folgte den Männern zu Fuß. Zwar war er so viel langsamer unterwegs, aber er genoss das Gefühl, in einer feindseligen Welt nicht ganz allein zu sein.

Ingeltrude hatte gedacht, sie wäre alt genug, um alles über das Leben zu wissen, und weil alles letztlich schrecklich war, könnte sie nichts mehr quälen. Doch nun erkannte sie, dass man nie zu alt, zu resigniert, zu abgeklärt ist, um eisigen Schrecken zu empfinden, um sein Leben zu bangen und um das seiner Liebsten kämpfen zu wollen, wenn plötzlich fremde Krieger auftauchen.

Dabei hatte es ja keinen Sinn. Es wäre leichter gewesen, sich stumm der Übermacht an Männern zu ergeben und sich von ihnen abschlachten zu lassen. Was hatten Pancras und sie ihnen auch entgegenzusetzen? Die Erklärung, warum sie seit Ewigkeiten keine Abgaben mehr bezahlt hatten – weil sie nämlich so einsam lebten, dass alle Welt sie vergessen hatte?

Diese Männer rund um einen Anführer, der sich als Brocard vorstellte und behauptete, im Auftrag eines Rudolf Tortas zu kommen, sahen nicht so aus, als würden sie alle Welt dafür verantwortlich machen, sondern nur sie allein. Einsamkeit – auch diese Erkenntnis überkam sie, als die Männer erst ihre Vorratskammern, dann ihr Haus heimsuchten, um entweder zu stehlen oder zu verwüsten – schützte nur bedingt.

»Verflucht sollt ihr sein!«, schrie sie wider besseres Wissen einen ohnmächtigen Zorn heraus, den sie längst abgelegt zu glauben dachte. »In der Hölle werdet ihr schmoren, weil ihr zwei alte Menschen, die von ihrer Hände ehrlicher Arbeit leben, beraubt. Gott der Allmächtige wird euch strafen!«

Insgeheim bezweifelte sie, dass Gott strafte – und die Männer bezweifelten es wohl auch. Ohne jede Furcht vor einer höheren Gerechtigkeit grinsten sie, schlachteten die Hühner, die danach noch wenige Schritte lang kopflos im Hof liefen, und entfachten ein Feuer. Darin wollten sie erst die Hühner braten, wie sie verkündeten, und später Haus und Scheune anzünden. Sie zertrampelten den Acker, auf dem Pancras und Ingeltrude erst wenige Wochen zuvor gesät hatten, und traten mit ihren Füßen gegen die kleine Vorratskammer, bis deren wacklige Wände knarrend nachgaben. Sie grinsten nicht nur, sie lachten nun auch, am lautesten Brocard.

»Das Land ist nun wieder fränkisch! Und das bedeutet, dass wieder Recht und Ordnung herrscht! Nun könnt ihr euch nicht länger hinter den Nordmännern verstecken!«

Pancras, der mit hängenden Schultern das Werk der Zerstörung betrachtete, schüttelte warnend den Kopf, aber Ingeltrude konnte nicht aufhören, jenen ohnmächtigen Zorn auch weiterhin aus sich herauszuschreien: »Wir haben uns nie hinter den Nordmännern versteckt! Ich bin alt, ich wurde von ihnen heimgesucht wie heute von euch. Wir sind doch selbst Franken.«

Nicht nur, dass sie zornig war wie nie – nie hatte sie in den letzten Jahren so viele Worte auf einmal gemacht, allesamt nutzlose Worte, wie sie wusste. Ganz gleich, welches Blut in ihren Adern floss – für diese Männer würde sie nie ihresgleichen sein, nur eine, die sie treten konnten. Einer tat es, als sie nicht zu schreien aufhörte, und traf ihren Magen. Die Luft blieb ihr weg, der Schmerz ließ sie verstummen. Als sie keuchend auf die Knie fiel, spürte sie wieder Pancras' Blick auf sich ruhen. Diesmal schüttelte er nicht den Kopf, sondern war voller Mitleid, und zugleich versuchte er sie stumm zu beschwören: Lass es geschehen, wir sind doch schon so gut wie tot, tröste dich damit, dass wir immerhin alt geworden sind.

Ja, dies glaubte sie aus seiner Miene zu lesen – und es entfachte noch mehr Zorn.

Was nützt es, hätte sie gern einen lang verschwiegenen Kummer aus sich herausgeschrien, was nützt es, alt zu werden, wenn man all seine Kinder an Kälte und Hunger verliert?

Pancras schloss die Augen und begann lautlos zu murmeln. Wahrscheinlich dachte auch er in diesem Augenblick an ihre Kinder und dass er sie bald wiedersehen würde. Er hatte diese Hoffnung, er konnte beten – sie nicht. Nichts bewog sie, stillzuhalten, nichts stärkte ihren Glauben, dass am Ende belohnt wurde, wer demütig das Leid ertrug, und dass hinter der Schwelle des Todes ein lichtes Reich wartete, wo ihre Kinder spielten. Sie hatten auf Erden kaum gespielt. Sie hatten in Haus und Hof mithelfen müssen, kaum dass sie laufen konnten.

»Ihr verfluchten Dreckskerle!«, schrie sie, bis sie heiser wurde, und rappelte sich trotz der Schmerzen auf. »Ihr Hurensöhne und Bastarde. Gott möge eure Zunge verfaulen lassen und euer Gemächt. Gott möge euer …«

Sie kam nicht weiter. Diesmal wurde sie nicht getreten. Einer der Männer hob die Hand, schlug ihr erst ins Gesicht, dass sie Blut schmeckte, und langte dann ein weiteres Mal zu, um ihren Kittel aufzureißen. Erst traf sie kalte Luft, dann spürte sie schwielige Hände, die sie packten. Ihr Fleisch war welk, die Haut schien zu groß für ihren geschrumpften Körper und hing in Falten herunter. Doch das war den Männern, die schimmliges Brot aßen, wenn sie hungrig waren, und vergorenen Wein tranken, wenn sie durstig waren, wohl gleich. Sie würden auch aus einem alten, schlaffen Leib noch Lust ziehen – weil Lust für sie nicht bedeutete, sich aneinander zu wärmen und liebevoll zu erforschen, sondern zu unterwerfen und zu demütigen.

Zwei weitere packten sie nun, und sosehr sie sich auch wehrte – sie hatte keine Chance. Pancras hielt die Augen immer noch geschlossen. Gut so. Sollte er die Erinnerungen an die Kinder beschwören, während sie geschändet wurde, lange nachdem ihre fruchtbaren Tage zu Ende gegangen waren.

Man drückte sie zu Boden, packte sie an den Schenkeln, drückte sie auseinander. Sie glaubte schon zu fühlen, wie ihr Leib entzweiriss. Doch er blieb ganz. Anstelle von Fäusten trafen sie Erdbrocken. Sie stoben unter Pferdehufen hoch. Die Männer ließen sie los, sie konnte die Schenkel schließen, sich aufrichten, erkennen, wer da geritten kam: ein Mann, dessen Gesicht nicht roh und grausam anmutete wie das der fränkischen Krieger und an dessen Gürtel – breiter und vornehmer als der von Bauern – kein Schwert hing.

»Was geht hier vor?«

Der Reiter war nicht allein, drei Männer begleiteten ihn – ohne Pferd, aber immerhin mit Sensen und Messern ausgestattet. Doch die würden ihnen nichts nützen. Zu viert befanden sie sich in der Minderheit. Ingeltrude erkannte das sofort – und Brocard auch. Er trat auf den Reiter zu, musterte ihn erst argwöhnisch, dann spöttisch.

»Wir schaffen Recht und Ordnung«, meinte er gedehnt.

»Indem ihr alte Bäuerinnen vergewaltigt? Ist es das, was sich König Ludwig für die Normandie wünscht?«

Brocard grinste. Ingeltrude wusste, was er dachte – sie dachte es ja selbst: Es war nichts Ehrenwertes, für Gerechtigkeit zu kämpfen, nur dumm. Und dennoch war sie dankbar, dass der Fremde es versuchte. Noch nie hatte sich jemand für sie eingesetzt, und allein aus diesem Grund – zu erleben, wie dem Grölen von Unholden eine Stimme entgegengesetzt wurde – hatte es sich gelohnt, so alt zu werden und so viele Jahre der Einsamkeit zu erdulden.

»Was ficht es dich an?«, rief Brocard. »Wer bist du überhaupt?«

Sie sah Angst in den Augen des Mannes aufblitzen, aber zugleich die Hoffnung, noch heil aus der Sache herauszukommen. »Ich gehöre zum Gefolge Bernhards des Dänen.«

Kurz wünschte Ingeltrude inständig, es würde ihn retten – wünschte es ihm, dem fremden Retter, noch mehr als sich und Pancras. Doch die Männer, die ihren Kittel aufgerissen und sie zu Boden gedrückt hatten, stürzten nun auf den Reiter zu und zogen ihn nach kurzem, vergeblichem Kampf vom Pferd. Die Bauern, die ihn begleitet hatten, halfen ihm nicht, sondern nutzten die Gelegenheit, hastig zu fliehen.

Ingeltrude zog den Kittel über ihre nackte, welke Haut, fühlte keinen ohnmächtigen Zorn mehr, sondern hätte am liebsten geweint.

»So, so … Bernhard der Däne …«, erklärte Brocard. »Das könnte interessant sein. Wollen wir doch sehen, was du mir über ihn verraten kannst. Ich kann mir denken, dass er das eine oder andere Geheimnis hütet, von dem du weißt.«

Die Angst stand noch deutlicher im Gesicht des Fremden geschrieben, aber auch Sturheit. Reue, für sie eingeschritten zu sein, suchte sie vergebens.

»Ihr bringt Schande über euren König!«, zischte der Mann.

Brocard ging nicht darauf ein. »Ich fürchte, du wirst mir diese Geheimnisse nicht freiwillig verraten, richtig?«

Er wandte sich an die anderen Männer, deutete aufs Feuer. »Macht ein Stück Eisen heiß!«

Ingeltrude konnte nicht länger in das Gesicht des Fremden schauen. Sie suchte wieder Pancras' Blick, sah, dass er die Augen wieder offen hielt, aber immer noch betete, und sie ahnte – er tat es nicht für ihre toten Kinder, sondern für jenen Mann. Der hatte sie nicht vor diesen Unholden retten können, aber vor der trostlosen Gewissheit, dass die Welt durch und durch grausam war und es keine einzige gute Seele gab.

Lange konnte Mathilda sich nicht entscheiden, wie sie ihr Kind besser schützte – indem sie sich im Kerker verkroch, sodass niemand ihren sicher bald wachsenden Leibesumfang bemerkte, oder indem sie vermeintliche Unterwerfung heuchelte, um freigelassen zu werden und sich stärken zu können.

Da sie hungerte, wuchs jedoch nicht ihr Leib, sondern nur die Angst, ihr Kind sei bereits gestorben. Und wenn es noch lebte, ging ihr durch den Kopf, so wird es bald sterben, wenn sie hier weiter vor sich hin vegetierte.

Es kam der Tag – ob nach Wochen oder Monaten in Haft, sie wusste es nicht –, da sie bereit war, alles zu versprechen: vollkommene Unterwerfung, absolute Treue, die Heirat mit jedem Mann. Mit der Kraft, die ihr blieb, schrie sie in den kalten Raum, dass sie tun würde, was immer Hawisa von ihr verlangte. Lange wähnte sie sich ungehört, doch plötzlich wurde die Tür geöffnet.

Sie konnte das Gefängnis nicht auf eigenen Beinen verlassen. Sie gaben schon nach wenigen Schritten nach, und so wurde sie von einem fremden Mann hinaus und in Hawisas Unterkunft getragen. Das Tageslicht schmerzte in den Augen – wahrscheinlich waren sie rot und geschwollen –, das Haar hing ihr, strähnig und steif vom Meerwasser, das ständig auf sie getropft war, im Gesicht. In ihren Ohren dröhnte es immer noch.

Sie musste einen grauenhaften Anblick bieten, doch Hawisa war dafür blind. Mathildas Nachgeben war offenbar mit einer Stunde zusammengefallen, da sie auch andere gute Nachrichten erhalten hatte.

»Denk dir!«, rief sie triumphierend. »Turmod und Sedric sind in der Normandie zunächst zurückgeschlagen worden – von Hugo dem Großen, als der Bayeux belagerte. Aber Hugo hat jetzt das Land verlassen – und bald werden sie es erneut versuchen, diesmal mithilfe der Menschen aus dem Cotentin.«

Mathilda verstand kein Wort, nickte aber dennoch, und das schien Hawisa zu genügen, um nach frischem Wasser zu verlangen – süßem, nicht dem salzigen des Meeres. Zwei Eimer wurden gebracht, außerdem Leinentücher, mit denen Hawisa eigenhändig Mathildas Haar wusch und ihren Körper abrieb, erst vorsichtig, dann so fest, dass er brannte. Vielleicht dachte sie, dass sie auf diese Weise nicht nur den Schmutz beseitigen konnte, sondern auch alle aufrührerischen Gedanken, die ihrem Plan zuwiderliefen.

So groß die Wohltat war, von Salz und Schmutz befreit zu werden, ängstigte sich Mathilda doch, dass die Mutter die kleine Wölbung unter dem Bauchnabel erkennen würde. Hawisa war dafür aber ebenso blind wie für die vielen Blessuren ihrer Tochter und fuhr triumphierend fort: »Es geht auch das Gerücht, dass sich Harald, der Sohn des Königs von Dänemark, in den Streit um die Normandie einmischen und für Richard Partei ergreifen wird. Das kann unserer Sache nicht schaden. Unser Glück ist es, dass Harald Alanus Schiefbart mit Inbrunst hasst. Er wird die Bretagne nur allzu gern von jener frömmelnden Brut befreien – und dann wird man dich und Hasculf brauchen, um die Bevölkerung zu einen.«

Immer noch begriff Mathilda nicht, wovon Hawisa redete, nur dass es lächerlich war, dass irgendjemand sie brauchen könnte, sie, die jetzt wieder halbwegs sauber war, aber immer noch nur ein zerfetztes Kleid besaß und so geschwächt war, dass sie sich kaum aufrecht halten konnte.

Nun, Hawisa zog ihr eben ein frisches über, und sie reichte ihr auch in Wein getunktes Brot, damit sie sich stärken konnte. Aber die Bedenken, die Mathilda insgeheim hegte, wurden von anderen ausgesprochen – von jener Gruppe an Beratern, die Hawisa jetzt in den Raum bat.

Mathilda musterte die Männer aufmerksam. Bruder Daniel war dabei, Hasculf und ein Mann, den man Dökkur nannte, der blind war und der Hawisa als Erster widersprach: »Du setzt zu sehr auf Turmods und Sedrics Unterstützung. Bedenke, sie sind keine Bretonen, sondern aus Irland gekommen. Wer weiß, ob sie auf unserer Seite stehen. Ganz zu schweigen von Harald. Was hast du ihm zu bieten?«

Hawisa warf ihm einen vernichtenden Blick zu – offenbar hegte er nicht zum ersten Mal Zweifel an ihren Plänen. Schweigen folgte, und Mathilda fühlte Schwindel aufsteigen. Die Gesichter der anderen verschwammen – nur jenes des Mönchs nicht. Der stand plötzlich neben ihr und raunte ihr ungefragt zu: »Dökkur ist Rögnvaldrs Bruder. Am Tag des heiligen Michael, als sich Bretonen gegen Felecan erhoben, ist er geblendet und kastriert worden.«

Mathilda hatte keine Ahnung, warum er ihr das erzählte. Offenbar gefiel ihm diese Geschichte, die davon kündete, dass jene, die Gewalt säen, ihr manchmal selbst zum Opfer fallen.

»Ich habe lange als Eremit im Wald gelebt«, fuhr er fort. »Auch dort habe ich einen Kastrierten gekannt. Er war ein Mönch wie ich, und er hat sich selbst entmannt, weil ihn Dämonen dazu verführen wollten, mit einem Mitbruder widernatürlich Unzucht zu treiben.«

Er klang belustigt, in Mathilda stieg Ekel auf.

»Halt dein Maul!«, zischte Hawisa.

Meinte sie Dökkur oder Bruder Daniel?

Eben wandte sie sich jedoch an keinen der beiden, sondern an Mathilda. »Kann ich auf deine Treue zählen?«

Diese Frage hatte sie schon zuvor gestellt, und Mathilda hatte beteuert, dass es so sei. Offenbar wollte sie, dass sie es noch einmal vor den anderen bekräftigte.

Mathilda kämpfte gegen den Schwindel an. Sie wusste, was immer sie nun sagte, musste überzeugend klingen. Hawisa war zu besessen, um ihr nicht leichtfertig zu glauben, aber der blinde Dökkur würde am Zittern ihrer Stimme erkennen, ob sie log oder nicht, und der Mönch Daniel war einer, der offenbar nur darauf wartete, dass andere scheiterten, stritten, logen, zugrunde gingen – und er sich amüsieren konnte.

»Als Kind«, setzte Mathilda an, »als Kind hat Rögnvaldr … hat mein Vater mir eine Geschichte erzählt. Die Geschichte von König Hogin und seiner Tochter Hild. Hild hat sich in Hedin verliebt, und um zusammen sein zu können, sind sie vor ihrem strengen Vater geflohen. Hogin hat sie verfolgt, und auf einem großen Feld kam es zwischen seinen und Hedins Männern zu einer großen Schlacht. Sie währte eine Nacht, am Morgen danach waren fast alle tot. Hild war verzweifelt, als sie die vielen toten Krieger sah, und bat Odin, die Walküren davon abzuhalten, die Gefallenen nach Walhall zu bringen. Alle wurden sie vom Tode auferweckt – doch nur, um am nächsten Morgen wieder gegeneinander zu kämpfen. Es ist dies eine Schlacht, die ewig währt.«

Sie wusste nicht, wann ihr diese Geschichte in den Sinn gekommen war – ob eben erst oder in den vielen einsamen, kalten Stunden in ihrem Verlies. Sie wusste nur, in der Welt ihrer Mutter und wohl auch in der ihres Vaters war dies eine Geschichte, die man sich begeistert erzählte, nicht voller Kummer über sinnlose Grausamkeit – in gleicher Weise, wie Daniel grinste und seine Augen blitzten, wenn er schreckliche Bilder von Blendung und Entmannung heraufbeschwor.

»Eine Schlacht, die ewig währt«, wiederholte Mathilda, »das ist auch dein Leben. Nicht wahr … Mutter?«

Vielleicht hatte sie es übertrieben. Daniel grinste heimtückisch, Dökkur runzelte die Stirn, nur Hasculfs Gesicht war ausdruckslos.

Hawisa aber klatschte die Hände zusammen. »Ich wusste, du kannst sein Erbe nicht leugnen! Ich wusste, dass du dich eines Tages wieder an alles erinnern kannst!«

»Jene ewige Schlacht«, murmelte Mathilda, »ich will sie an deiner Seite führen.«

Am Abend sah sie Bruder Daniel wieder. Schon eine Weile hatte er sie belauert, und sie hatte nicht verhindern können, unter seinem nachdenklichen Blick zu erröten. Er schien ein guter Beobachter zu sein, dem es schon manches Mal das Leben gerettet hatte, Stimmungen rechtzeitig zu deuten. Mathilda ahnte, dass er ihre Lügen leichter durchschaute als ihre Mutter, und legte instinktiv ihre Hand auf den Leib, um ihr ungeborenes Kind zu schützen – ohne Zweifel ein Fehler, weil eine zu offensichtliche Geste.

Nun, dass sie schwanger war, erriet er nicht, schließlich war er ein Mann, und als sie die Hand wieder vom Bauch nahm, trat er zu ihr und begann mit spöttischem Grinsen eine Geschichte zu erzählen.

»Hier im Cotentin gibt es eine Burg, und diese Burg heißt Pirou. Vor vielen Jahren wurde sie von Nordmännern belagert. Die Bewohner haben Gott angefleht, sie zu erretten, und Gott hat ihnen die Gnade erwiesen. Vielleicht hat er sich aber auch einfach nur einen Spaß erlaubt. Er hat sämtliche Bewohner nämlich in Gänse verwandelt, und auf diese Weise konnten sie sich in die Lüfte schwingen und fortfliegen. Die Nordmänner haben die Burg erstürmt und verbrannt – töten konnten sie jedoch niemanden. Die Menschen blieben Gänse und kehren seitdem jährlich nach Pirou zurück, wo sie traurig über ihren einstigen Besitz fliegen.«

So erhaben wie möglich blickte Mathilda an Daniel vorbei. Sie wusste nicht, was er mit dieser Erzählung bezweckte.

Er lachte auf. »Pass auf, dass du keine Gans wirst«, murmelte er. »Es könnte sein, dass du dann auf ewig eine bleiben musst.«

Da wusste sie: Auch wenn ihm verborgen geblieben war, dass sie schwanger war, hatte er erkannt, dass sie ihre Mutter getäuscht hatte. Sie erschrak – und war zugleich erleichtert, dass es einen gab, dem sie nichts vormachen musste.

»Wenn man solche Legende dereinst über dich erzählen würde – dann wäre gewiss nicht von Gänsen die Rede, sondern von Würmern«, stieß sie aus.

Der Mönch lachte wieder. Er hatte in seinem Leben wohl zu viel Leid erfahren, um noch gekränkt werden zu können.

Mathilda überlegte kurz, ihn einfach stehen zu lassen, entschied dann aber, ihn zu benutzen, um mehr über ihre Lage herauszufinden.

»Hier im Wall scheint viel Unruhe zu herrschen. Da ist ein ständiges Kommen und Gehen.«

Er nickte und berichtete dann freimütig. »Das liegt daran, dass mehr und mehr Heiden aus Dänemark ins Land strömen. Deine Mutter wirbt um ein Bündnis.«

Was wiederum bedeutete, dass Hawisa sie als Gäste zu bewirten hatte und dadurch abgelenkt war.

Mathilda blickte sich um und deutete schließlich auf zwei Männer, die beim Tor des Walls Wache standen. »Wer sind die zwei?«, fragte sie.

Wieder zögerte Daniel nicht, zu antworten. »Wromonoc und Rualoc«, sagte er. »Aber wenn ich dich rechtens einschätze, interessieren dich nicht ihre Namen, sondern ob sie zu jener Sorte Mann gehören, die sich gern betrinkt. Das tun sie jeden Abend. Aber ob sie dann trunken genug sind, dich fliehen zu lassen, bezweifle ich.«

Sein Kichern wurde unerträglich.

»Ich will nicht fliehen!«, fuhr sie ihn an.

»Gewiss nicht!«, spottete er, duckte sich und ging von dannen.

Mathilda sah, wie seine Schultern unter seinem Gelächter zitterten. Seine Belustigung erschien ihr so falsch wie ihre Beteuerung, nicht zu fliehen.

Er hat keinen Spaß, dachte sie, er ist ja selbst verzweifelt – so wie die Menschen, die als Gänse über Pirou fliegen und wissen, dass ihr altes Leben verloren ist. Doch wenn sie den Schnabel öffnen, um zu klagen, kommt nichts als Schnattern hervor. Sie sind nicht einmal in der Lage, ihren Kummer mit den rechten Lauten auszudrücken, mit Seufzen und Weinen und Heulen.

Fortan mied sie Bruder Daniel, das Leben blieb trotzdem eine Qual und die Furcht um ihr ungeborenes Kind erdrückend. Immer wieder drehte sie Runden im Hof, um sie abzuschütteln – des Tags und auch bei Nacht.

Oft starrte sie aufs Meer, bei Dunkelheit ein schwarzes Tuch, in dem sich die Mondsichel spiegelte – kein Himmelskörper, der von der jenseitigen Glorie und Gottes Größe kündete, sondern hart und spitz wie eine gefährliche Waffe, die blutig schnitt, wer sie berührte. Manchmal blickte sie von den Aussichtspunkten des Walls auch sehnsüchtig auf die Wälder im Landesinneren, in der Nacht einer dunklen Mauer gleichend, wenngleich nicht undurchlässig wie der Wall, kein Gefängnis auch wie dieser, sondern ein verheißungsvolles Versteck für eine, die immer noch an Flucht dachte.

Eines Abends wurde Mathilda von einer Gestalt aufgehalten. Es war der Mann aus Stein, wie sie ihn nannte, Hasculf, der Verwandte ihres Vaters, nach Hawisas Willen ihr künftiger Mann. Er und sie König und Königin der Bretagne. Sie unterdrückte ein Schaudern.

»Ich will allein sein.«

»Mich täuschst du kein weiteres Mal«, sagte er. »Wenn du zu fliehen versuchst, werde ich es verhindern.«

Dass er seine Worte ohne Gefühl sprach, ohne Schadenfreude, Ärger, Abfälligkeit, setzte ihr noch mehr zu. Es war bitter, gefangen zu sein, und noch bitterer, inmitten so erkalteter Menschen zu leben, gebrochener, wahnsinniger oder einfach nur gleichgültiger Menschen, deren Augen zwar manchmal funkelten, aber keine Wärme verhießen. Plötzlich wollte sie ein Feuer lodern sehen, auch wenn es sie verbrennen würde.

»Du bist mehrere Male gescheitert, mich hierher zu bringen«, spottete sie giftig. »Hawisa muss dich dafür bestraft haben.«

Sie hatte sich nicht getäuscht – hinter der harten Schale schlummerte Stolz, und der konnte verletzt werden. »Halt den Mund!«, fuhr er sie an.

Sie konnte nicht aufhören, selbst jenes Gift zu versprühen, das sie in den letzten Tagen so oft getroffen hatte. »Sie ist doch nur eine Frau«, lästerte sie. »Für dich als Krieger muss es schlimm gewesen sein, sich von ihr demütigen zu lassen. Ich begreife nicht, warum du ihr so ergeben bist.«

Sie sah seine Kiefer mahlen, aber er ließ nicht zu, dass sie noch länger an seinem Ehrgefühl kratzte. »Du wirst mir auch ergeben sein«, drohte er, »du wirst dich mir nicht widersetzen ... bald bist du meine Frau ...«

Mathilda wandte sich ab. Das Vergnügen, ihm zuzusetzen, schwand. Als sie hörte, wie seine Schritte sich entfernten, sank alle ihre Hoffnung. Er hatte Recht, sie konnte sich ihm nicht widersetzen. Sie konnte nicht entkommen. Sie konnte Arvids Kind nicht schützen.

Sie beugte sich über die Brüstung und starrte in die Tiefe, ein bedrohlicher Anblick und zugleich ein verheißungsvoller. Wenn sie sich fallen ließe, sie würde auf den spitzen Steinen zerschmettern. Das Meer würde sie wegspülen, und niemand könnte ihr und dem Kind mehr ein Leid zufügen.

Doch zugleich würde niemand je erfahren, dass es das Kind überhaupt gegeben hatte, und dieser Gedanke erschreckte sie mehr als der Gedanke an den eigenen Tod.

Sie fuhr zurück – just als hinter ihr Schritte ertönten, viel leiser als die von Hasculf, von einem zarteren, kleineren Menschen kündend. Sie fuhr herum, erwartete den Mönch zu sehen und blickte stattdessen in das gefurchte Gesicht einer alten Frau.

Dieses Gesicht war ihr fremd – die Stimme, die zu ihr sprach, war es nicht.

»Mathilda«, sagte die Frau, »erinnerst du dich an mich, Mathilda?«

Sie erstarrte. Es war die Stimme aus den Erinnerungen, die Stimme aus den Träumen, die Stimme, die zu ihr gesagt hatte, dass ihr Vater der Mutter Schreckliches angetan habe.

»Wer bist du?«, fragte Mathilda.

Die Frau trat auf sie zu und umfasste ihre Hand. Ihre Haut war warm, der Händedruck tröstlich.

»Ich kenne deine Mutter von Kindheit an. Ich war ihre langjährige Gefährtin, die sie nie im Stich gelassen hat.«

»Wie heißt du?«

»Eirinn. Ich bin entfernt mit ihr verwandt und habe alles miterlebt ... genauso wie Cadha.«

»Mauras Mutter«, murmelte Mathilda.

»Ja, wir drei Frauen haben gemeinsam gezittert, als Rögnvaldr die Burg stürmte. Deine Mutter hat sich später ganz und gar auf seine Seite geschlagen. Cadha hingegen, die ebenfalls von einem seiner Männer geschändet worden ist und ein Kind geboren hat, hat die Nordmänner fortan glühend gehasst – und folglich auch dich. Und ich – nun, ich konnte mich als Einzige rechtzeitig verstecken. Ich habe mir immer Sorgen um deine Mutter gemacht. Ich habe mir auch Sorgen um dich gemacht. Ich wollte doch dein Bestes.«

Ihre Stimme zitterte.

»Willst du das immer noch?«, fragte Mathilda.

Zu ihrer Überraschung wurde Eirinns Händedruck noch fester. Trauer sprach aus den nächsten Worten, aber auch Entschlossenheit.

»Ich war dabei, als du geboren worden bist. Cadha hat dich gestillt, aber ich habe dich umsorgt. Und ich habe geweint, als man dich ins Kloster brachte. Deine Mutter hatte längst keine Tränen mehr.« Sie hielt inne und fuhr dann fort: »Hawisa denkt, dass du wieder heil machen musst, was in ihrem Leben zerstört wurde.«

»Und was denkst du?«, fragte Mathilda, und ihr Blick schweifte wieder über den Wald – den Wald, durch den sie fliehen musste, um zurück zu Arvid zu gelangen.

»Ich denke, dass ihr verbissener Wunsch auf Heilung nur neue Zerstörung bringt. Manche Wunden hören niemals auf zu schmerzen. Man muss mit ihnen leben lernen.«

»Die Blumenwiese«, murmelte Mathilda, »ich kann mich an eine Blumenwiese erinnern am Meer. Kennst du den Ort?«

Eirinn nickte. »Es ist ein Ort im Westen – eine Landzunge, die tief ins Meer hineinragt. Rögnvaldr ist dort seinerzeit an Land gegangen und kehrte immer wieder dorthin zurück. Er mochte den Ort.«

»Und meine Mutter – mochte sie ihn auch?«

»Wer seinen Hass so lange leugnet, bis eine verlogene Liebe draus geworden ist, kann nichts und niemanden von Herzen mögen. Sie behauptet anderes, aber ich denke mir, dass ihr weder am Land, um das sie kämpft, noch an der Tochter, die sie jahrelang gesucht hat, wirklich etwas liegt. Ihr Wille ist stark und ihr Trotz beständig, aber ihre Seele ist damals erkaltet.«

Tränen glitzerten in Eirinns Augen – Tränen, die sie damals wie heute um Hawisa weinte. Und um Mathilda. Ob sie noch mehr von ihr erwarten durfte?

»Und nun?«, fragte Mathilda.

Die Tränen perlten nicht über die Wangen. »Nun werde ich dir helfen.«

Das Eisen glühte rot. Nicht mehr lange, und es würde heiß genug sein, würde seine Haut und sein Fleisch verbrennen. Arvid versuchte, sich gegen den Schmerz zu wappnen, aber er wusste, dass er das nicht konnte. Dieser Schmerz würde so gewaltig sein, dass er mit keinem je durchlittenen zu vergleichen war. Obwohl es sinnlos war, spannte er jeden Muskel an und versuchte sich zu wehren, als die Männer ihn packten und festhielten. Es waren zu viele, um etwas gegen sie auszurichten, das hatte er gleich erkannt – und hatte sich dennoch einmischen müssen, als er gesehen hatte, wie sie die alte Bäuerin zu schänden versuchten. Diese war, anders als die Bauern, die ihn hierher begleitet hatten, nicht weggerannt, sondern starrte ihn an, mitleidig und dankbar zugleich. In der Fratze des Anführers war hingegen nichts zu lesen, was Menschlichkeit verhieß, als er das Eisen hob und gemächlich auf ihn zutrat.

»Erzähl uns alles, was du weißt.«

Arvid wurde der Mund trocken. Weder konnte er seinen Blick vom glühenden Eisen lösen noch seine Zunge im Zaum halten. Er sprach schnell und viel, wenngleich es noch harmlose Informationen waren, die er preisgab – Tatsachen, die alle Welt wusste: Wo Richard sich zurzeit aufhielt und wer ihm bei der Flucht geholfen hatte. Aber er ahnte – bald würde er auch Dinge verraten, die unbedingt geheim bleiben mussten. Dass Bernhard der Däne auf Zeit spielte, dass seine Unterwerfung nur eine vermeintliche war, dass er Ludwig am liebsten aus dem Land jagen würde.

Brocard hielt das Eisen ganz dicht vor sein Gesicht. Ja, er würde die Wahrheit aus ihm herausbrennen. Wenn sein Fleisch erst mal schwarz und stinkend klaffte, würde alles, was er wusste, nackt und bloß vor dem Feind liegen. Offen war nur, wie lange sein Stolz reichen würde, dem glühend heißen Eisen zu trotzen, dem Schmerz standzuhalten.

Er war kein Krieger, dem man diesen Stolz mit harter Erziehung eingebläut hatte. Er war nicht einmal ein Mönch, dem das Wohl anderer wichtiger als das eigene Leben war. Er war nur ein Mann, der Schmerzen fürchtete und der um Gnade winselte.

»Nein«, hörte er sich schreien, »nein! Tut das nicht! Ich bin nicht euer Feind ... meine Mutter ... sie war eine Fränkin wie ihr Franken seid. Keine gewöhnliche Fränkin, sondern ...«

Er brach ab. Irgendetwas in ihm wusste – es hatte keinen Sinn zu flehen. Und irgendetwas in ihm weigerte sich, sich noch weiter zu erniedrigen. Vielleicht war es das Erbe seines Vaters, der in gleicher Lage seinen Widersachern getrotzt hätte – nicht weil er stark und stolz war, sondern so wahnsinnig, Schmerzen nicht zu scheuen, und der sich, wenn man ihm Qualen zufügte, lebendiger fühlte, als wenn man ihm eine Wohltat erwies. Erstmals erschreckte Arvid der Gedanke nicht, Sohn eines solchen Vaters zu sein. Was da in seinen Adern floss, war keine feindselige Macht, sondern beschützte ihn vor Panik, raunte ihm zu: Weine nicht, weil die Menschen schlecht sind. Lache über sie.

Anspannung und Angst ließen ihn tatsächlich in Lachen ausbrechen, er lachte lauter und schriller, als er je gelacht hatte. Brocard ließ das Eisen sinken und hieb ihm stattdessen die Faust ins Gesicht. Er glaubte, seine Haut platzen zu fühlen, seine Knochen bersten, sein Blut spritzen. Aber er lachte in einem fort, übertönte damit Brocards zornige Fragen, übertönte die Stimmen der anderen Männer – nur das Pferdegetrappel, das plötzlich zu hören war, übertönte er nicht.

Er wollte der Hoffnung nicht trauen, dass Rettung nahte. Doch die Pferde kamen näher, und die Griffe der Männer, die ihn festhielten, lockerten sich. Der rote Schleier vor seinen Augen zerriss, der Schmerz ließ nach und wandelte sich zu Schwindel. Er spuckte Blut und sah, dass die Reiter, die gekommen waren, keine Franken waren, sondern Normannen.

Erst jetzt gewahrte er, dass man ihn losgelassen hatte, er zu Boden gesunken war und dass seine Beinkleider nass waren. Nicht, weil er in eine der Pfützen, die der Regen hinterlassen hatte, gefallen war, sondern weil sich vor Todesfurcht seine Blase geleert hatte.

Er lachte nicht mehr, sondern fühlte sich einfach nur erbärmlich – umso mehr, als er einen der Reiter erkannte. Es war ein Krieger aus Graf Wilhelms Gefolge. Johan. Vage erinnerte er sich daran, dass er sich mit ihm einst geprügelt hatte und dieser ihn seitdem hasste. In diesem Augenblick zählte das allerdings nicht, denn Johan hasste die Franken noch mehr.

»Was geht hier vor?«, brüllte er.

Brocard maß ihn finster. »Macht euch nicht unglücklich und mischt euch nicht ein! Ihr habt in diesem Land sämtliche Macht verloren.«

»Was das Land als Ganzes betrifft, mag es so sein«, hielt Johan ihm entgegen. »Aber hier auf diesem Bauernhof ist es augenscheinlich, dass ich mehr Männer habe als du.«

»Torta regiert das Land. Wenn er erfährt, dass du ...«

»Wenn ihr alle tot seid, wird er es nicht erfahren.«

Johan hob die Hand, und seine Männer zogen ihre Schwerter. Kaum einen Wimpernschlag später taten es die Brocards gleich. Niemand regte sich mehr, ein jeder wartete, dass der Feind zuerst angriff.

Wenn das geschieht, dachte Arvid erschaudernd, wird es in einem schrecklichen Gemetzel enden.

Was immer ihm zuvor die Macht verliehen hatte, zu lachen, zurück war nur der nackte Drang geblieben, sein Leben zu schützen. Er duckte sich, lief mit seinen nassen Beinkleidern zu der Bäuerin. Von ihr kam keine Hilfe, aber an der Seite eines Menschen, der wie er vor Angst verging, fühlte er sich ein wenig sicherer.

Die Bäuerin starrte ihn aus ihren leeren Augen an und zog ihren zerrissenen Kittel enger über dem faltigen Körper zusammen. »Danke«, sagte sie.

Arvid sah in ihr Gesicht und zugleich in die geschundene Seele eines Landes, in dem sich ein jeder so viel schneller als Feind herausstellte denn als Freund.

»Danke«, sagte sie wieder.

Plötzlich verharrten Rudolf Tortas Krieger nicht länger. Sie stießen zwar Flüche und Beleidigungen aus, stiegen dann jedoch auf ihre Pferde und gaben ihnen die Sporen. Sie hatten wohl eingesehen, dass es keinen Sinn hatte, sich gegen die Übermacht zu stellen. Erst als sie weggeritten waren, sah Arvid, dass sie das Stück Eisen achtlos zurückgelassen hatten. Es lag auf dem Boden und glühte nicht mehr. Sah man von den Blessuren des Faustschlags ab, war seine Haut heil geblieben.

Die Bäuerin sank auf ihre Knie, und Arvid hätte es ihr am liebsten gleichgetan. Allein Johans forschender Blick hielt ihn davon ab. Ob er sah, dass seine Beinkleider nass waren?

»Ihr seid im letzten Moment gekommen ...«, stammelte er.

»Ja, sonst hättest du womöglich noch etwas von Bernhards Plänen verraten«, zischte Johan. Nun, da die Franken fort waren, loderte sein Hass auf Arvid wieder auf, doch er sah wohl ein, dass es nicht die rechte Zeit war, ihm nachzugeben. »Wir müssen schleunigst fort von hier.«

»Aber ich muss doch ...«

Arvid wandte sich von Johan ab und eilte zu der Bäuerin.

»Mathilda ... ich suche eine Frau namens Mathilda.« Die Angst vor Schmerz und Tod hatte seine Kehle so sehr zusammengeschnürt, dass seine Stimme krächzte, als er zu erklären fortfuhr, was ihn in diese einsame Gegend trieb.

Aus der Dankbarkeit der Bäuerin wurde Mitleid. »Mein Mann und ich boten einer Frau, wie du sie beschreibst und die Mathilda heißt, einmal Unterkunft. Aber das ist lange her …«

Hätte das glühende Eisen auf nackter Haut ihm mehr Schmerz zufügen können als das Zerplatzen der Hoffnung, die die ersten Worte schürten, aber die letzten zunichtemachten?

»Sie war also hier«, flüsterte er, blickte sich um und sah den Hof mit neuen Augen. Hier war sie gegangen, hier hatte sie gesprochen, hier hatte sie geatmet …

Doch da waren keine Spuren mehr, die von ihr kündeten. Nirgendwo gab es die, nur in seinem Herzen.

»Willst du hier Wurzeln schlagen?«, knurrte Johan ungeduldig.

Arvid ließ ein letztes Mal den Blick kreisen. Dass es ihn an einen Ort verschlagen hatte, wo sie einst Unterschlupf gefunden hatte – war das nicht ein Wunder, das auf ein weiteres hoffen ließ? Darauf nämlich, eines Tages zur gleichen Zeit an gleicher Stelle aufzutauchen?

Vielleicht war es aber kein Wunder, nur ein Zufall, und ein solcher zu unberechenbar und selten, um darauf zu setzen.

»Ich muss unbedingt zum Kloster Sainte-Radegonde«, sagte.

»Den Teufel musst du!«, rief Johan erbost. »Überall lauern hier Tortas Männer. Wenn du ihnen noch einmal in die Hände fällst, werden sie dich zwingen, alle Geheimnisse auszuplaudern.«

Dem konnte Arvid nicht widersprechen.

»Wie … wie ist die Lage in Rouen?«, fragte er, um abzulenken.

»Bestürzend, ganz bestürzend. Die Normannen werden

schrecklich drangsaliert. Einer der Franken hat sogar versucht, sich an Bernhards Gattin zu vergreifen. Sie musste mit ihrem Sohn Torf über das Meer nach Dänemark fliehen, um ihm zu entgehen.«

»Wie kann König Ludwig das nur zulassen?«

»Pah! Bernhard hat sich bei ihm beschwert, doch er tut nichts, um Tortas Macht ein wenig einzuschränken.«

»Und wie soll es nun weitergehen?«

»Bernhard hat neue Pläne ... aber die soll er dir selbst anvertrauen. Komm mit uns.«

Seine Stimme troff vor Verachtung, von der Arvid nicht recht sagen konnte, ob sie wirklich nur daher rührte, dass er sich einst mit ihm geprügelt hatte. Der Hass schien nicht verjährt, sondern frisch, als hätte er ihn damals nicht nur angegriffen, sondern schwer gedemütigt.

Doch er war plötzlich zu erschöpft, um darüber nachzudenken. Er schwang sich auf sein Pferd und ergab sich der Einsicht, dass er Mathilda niemals retten konnte, wenn er von Tortas Männern gefoltert und ermordet wurde.

Ein letzter Blick traf die Bäuerin – die Frau, die einst mit Mathilda gesprochen, sie vielleicht berührt, ihr zu essen gegeben hatte. Er konnte ihr nichts Tröstliches sagen. Heute war sie der Gefahr entgangen, morgen konnte eine neue heraufziehen. Er wusste das, und sie wusste das auch.

Johan hingegen, bislang blind für die einfachen Leute, rief ihnen über die Schulter zu: »Haltet noch ein wenig durch! Eine große Schlacht steht bevor, und sie wird die Entscheidung bringen.«

Drei Tage waren sie unterwegs, was weniger an der weiten Wegstrecke lag, sondern daran, dass sie sich immer wieder verstecken und lange rasten mussten. Normannischen Kriegern war mittlerweile verboten, Waffen zu tragen. Würden sie von einer Übermacht an Franken gestellt, verlören sie diese – und ihr Leben obendrein. Das war das wenige, was Johan ihm sagte. Ansonsten gab er sich verschwiegen.

Arvid bedrängte ihn, um mehr von der großen Entscheidungsschlacht zu erfahren, die er Ingeltrude gegenüber erwähnt hatte – doch er äußerte sich nicht dazu. Bis zuletzt schob er es überdies auf, ihm mitzuteilen, dass nicht Rouen ihr Ziel war, sondern eine sehr einsam gelegene Burg.

»Bernhard ist hier?«, fragte Arvid erstaunt.

»Es blieb ihm gar keine andere Wahl, schließlich hat Rudolf Torta seinen Palast in Rouen besetzt. Nachdem obendrein seine Frau und sein Sohn geflohen waren, hielt Bernhard nichts mehr dort.«

Arvid blickte sich um. Er konnte nicht recht einschätzen, wie weit sie von der Küste entfernt waren und ob jene Burg im Westen oder Osten der Normandie lag. Er stellte Johan jedoch keine Fragen mehr, er dankte ihm auch nicht für die Rettung seines Lebens. Er war sich sicher, dass Johan nur eingegriffen hatte, weil er den anderen Kriegern nicht hätte erklären können, warum er einen Normannen seinem Schicksal überlassen wollte, und weil er hatte verhindern müssen, dass Arvid Geheimnisse ausplauderte.

Als Arvid den Saal der Burg betrat, diskutierte Bernhard erregt mit einer Gruppe Männer, die er nicht kannte, und es fielen Namen von Orten und Menschen, die Arvid genauso fremd waren.

Bernhard sprach ihn gleich an, als er seiner ansichtig wurde. »Gut, dass du hier bist.«

Wider besseres Wissen konnte Arvid sich nicht mit der Frage zurückhalten, ob Bernhard irgendetwas von Mathilda gehört hatte.

Bernhard machte sich nicht einmal die Mühe, zu antworten. »Unsere letzte Hoffnung sind die Heiden.«

Fragend blickte Arvid ihn an.

Bernhard deutete auf eine Schriftrolle, die ihn offenbar erst vor kurzem erreicht hatte. »Die Flotte ankert schon vor Cherbourg.«

»Welche Flotte?«

»Die von Harald Blauzahn. Dank des Nordwestwindes ist er rasch vorangekommen. Wenn alles gut geht, wird er demnächst an Land gehen, wahrscheinlich in der Nähe der Salinen von Carbon, dort, wo die Dives mündet.«

Harald Blauzahn? Meinte er den Sohn des dänischen Königs?

Seine Verwirrung wuchs, und diesmal war Bernhard bereit, ihm die Lage etwas ausführlicher zu erklären.

»Während ich Ludwig gegenüber den treuen Vasallen mimte, habe ich heimlich Truppen aufgestellt. Ich verfüge über zu wenige Männer, um gegen die Franken etwas auszurichten, aber wenn sie sich mit Haralds Kriegern vereinen, können wir Ludwig schlagen.«

Er wirkte erregter als sonst, zugleich aber auch verdrießlich. Dieser Plan war zu riskant, um von einem, der eigentlich lieber auf Ränke setzte als auf Waffengewalt, vorbehaltlos bejaht zu werden.

Arvid rief sich ins Gedächtnis, was er von Harald Blauzahn wusste. Es war nicht sonderlich viel, nur, dass sein Vater Gorm Christen gnadenlos verfolgen ließ, dass Harald nicht ganz so grausam war, aber dennoch durch und durch ein Heide.

»Du willst die Normandie mithilfe von Heiden befreien?«, rief er entsetzt.

Bernhard wich seinem Blick aus. »Und du kannst uns dabei helfen.«

Arvid schüttelte den Kopf: »Ich habe Richard bei der Flucht geholfen, weil er der Sohn von Wilhelm ist und jener ein guter, frommer Mann war. Aber ich werde mich nie auf die Seite von Heiden stellen.«

Und ich muss Mathilda finden, fügte er im Stillen hinzu. Er war sich nicht sicher, warum er es nicht laut sagte – womöglich, weil er nicht hören wollte, wie hoffnungslos seine Stimme klang.

»Johan sagte mir, dass du von Franken gefoltert und beinahe getötet worden wärst.«

»Was nichts daran ändert, dass ich Christ bin!«

»Und als solcher willst du doch gewiss, dass die Gerechtigkeit siegt. Richard ist der rechtmäßige Erbe der Normandie. Und um seine Ansprüche durchzusetzen, muss uns jedes Mittel recht sein.«

Bernhard wandte sich ab und begann seufzend auf und ab zu gehen. »Wir müssen schnell handeln, sonst ist es zu spät. Nicht nur, dass die Normandie von Tortas Männern ausgebeutet wird – es droht noch eine viel größere Gefahr, von Arnulf von Flandern nämlich. Denk dir, er hat mit Herluin Frieden geschlossen – ebenjenem, für den sich Wilhelm stark machte und letztlich gestorben ist. Warum wohl hat Arnulf auf Montreuil verzichtet, wenn er im Gegenzug nicht auf mehr Land hoffen kann? Die Normandie nämlich?«

»Er kann doch nicht ernsthaft glauben …«

»Doch«, fiel Bernhard ihm ins Wort, »er kann. Womöglich würde Hugo der Große ihn unterstützen, weil jener Ludwig die Normandie nicht gönnt. Verstehst du jetzt, warum wir unsere Truppen so schnell wie möglich mit denen von Harald vereinen müssen?«

Arvid nickte. Das war also die Schlacht, von der Johan gesprochen hatte. Die Schlacht zwischen dem normannisch-dänischen und dem fränkischen Heer. Die Schlacht um die Normandie.

»Harald hat zwanzigtausend dänische Krieger mitgebracht, wir können ungefähr genauso viel stellen. Allerdings müssen wir einen Plan aushecken, wie wir die Heere zusammenführen, ohne dass Ludwig Verdacht schöpft. Wir müssen Harald eine heimliche Botschaft zukommen lassen – und da kommst du ins Spiel.«

»Ich? Wie soll ich denn helfen?«, rief Arvid überrascht.

»Nun, du könntest der Bote sein.«

Er dachte an Johan. »In deinem Dienst stehen viele Krieger, die tapferer und stärker sind als ich!«

»Das mag sein. Aber weil sie Krieger sind, fallen sie auf. Ein Mönch hingegen kann von Rudolf Tortas Männern unbehelligt durchs Land pilgern.«

»Ich bin kein Mönch mehr!«

»Aber du weißt, wie sich einer verhält!«

»Eine Kutte allein bietet keinen Schutz. Auch Jumièges ist von Tortas Männern heimgesucht worden.«

»Eine schändliche Tat, nicht wahr? Willst du dich nicht dafür rächen?«

Arvid schüttelte den Kopf. Vor welch widersinnige Entscheidung ihn das Schicksal stellte! Gewiss, er war empört gewesen, dass Torta Jumièges plündern wollte, aber dessen Abt gönnte er gewiss manch Übel. Noch irrwitziger deuchte ihn, die Kutte ausgerechnet zum Zwecke wieder anzulegen, dem heidnischen König eine Botschaft zu überbringen, auf dass jener half, die Normandie zu retten. Die Welt war verrückt geworden.

»Du hast sie nicht gefunden«, sagte Bernhard plötzlich, drehte sich wieder zu ihm um und sah ihn lange an.

Da erst ging Arvid auf, dass der andere entgegen erstem Anschein Mathilda nicht vergessen hatte. Und dass er ihm vielmehr in Aussicht stellte, ihm später bei der Suche nach ihr zu helfen. Als Dank, wenn er denn tat, worum er ihn bat.

»Warum macht sich Harald Blauzahn überhaupt für die Normandie stark?«

»Weil sein Vater lieber mit seinesgleichen Handel treibt als mit Franken. Wirst du ihm die Botschaft überbringen?«

Den Dänen ging es also um Geld, Bernhard ging es um Macht – und ihm, nun, ihm ging es um Mathilda. Er tat, als würde er die Entscheidung hinauszögern, aber die Wahrheit war, dass er noch viel mehr in Kauf genommen hätte als nur sein Unbehagen ob der Pläne Bernhards, um sie entgegen aller Hoffnung wiederzufinden.

Manchmal fragte sich Mathilda, woher sie die Kraft nahm. Die Kraft, weiterhin zu lügen, Hawisa Willfährigkeit vorzuspielen und sie solcherart in Sicherheit zu wiegen. Die Kraft, mit Eirinn zu fliehen – nicht des Nachts, da Hasculf den Wall bewachte, sondern eines Vormittags nach dem Morgenmahl, als Hasculf zur Jagd ausgeritten war und die anderen zu beschäftigt waren, Pläne auszuhecken, um ihr Verschwinden zu bemerken. Die Kraft, über ihr einstiges, vom Meer ausgehöhltes Gefängnis zum Strand zu gelangen, dort immer weiter ostwärts zu gehen, bis sie den Wald erreichten, und sich hier von Eirinn zu trennen, die eine falsche Spur legen und Hasculf in die Irre führen würde. Die Kraft schließlich, sich

Richtung Normandie durchzuschlagen, auch nachdem nach einigen Tagen ihr magerer Proviant zur Neige gegangen war.

Vielleicht war diese Kraft – und nicht etwa die Bretagne – ihr wahres Erbe, das sie von ihren Eltern geschenkt bekommen hatte. Mathilda lief zwar vor ihrer Mutter davon, ja, hatte sie keinen Augenblick als ihre Mutter betrachtet, aber sie teilte Hawisas Sturheit und den festen Willen, ein einmal geplantes Ziel zu erreichen. Ihr fremder Vater hatte diesen Willen auch gehabt, und ihn zu brechen hatte nicht das Meer geschafft, das einst zwischen der kargen nordischen Heimat und dem verheißungsvollen Land im Süden stand, nicht die Opfer, die es forderte, dieses Land zu erobern, nicht die Rückschläge – sondern einzig der Tod.

Mathilda aber war nicht tot, sie wollte leben, und sie wollte, dass ihr Kind lebte.

Die Arme, mit denen Rögnvaldr sie auf der Blumenwiese hochgeworfen hatte, waren starke Arme gewesen, und auch ihre waren es – trotz der Auszehrung. Sie schleppte Holz, machte mit einem Feuerstein Feuer, bedeckte hinterher die Asche mit Erde und jagte Tiere – vor allem Hasen, die, von der Frühlingssonne angezogen, auf den Heiden hoppelten und leichter zu fangen waren als die Tiere des Waldes. Mit einer Kälte, die ihr fremd war, erschlug Mathilda sie, bis sie sich nicht mehr rührten. Sie war sich sicher: Wäre es nötig, gleiche Gewalt auch Menschen anzutun, so sich ihr diese in den Weg stellten, würde sie ebenso entschlossen zuschlagen – ähnlich, wie sie Maura ein Messer in die Brust gerammt hatte, weil die Angst vor dem Sterben größer gewesen war als die vor dem Töten.

Mit jedem Schritt, den Mathilda ging, sagte sie sich von ihren Eltern los – aber mit jeder Stunde, die sie überlebte, bewies sie mehr, dass sie ihre Tochter war. Weite Strecken legte sie in Einsamkeit zurück, nur selten stieß sie auf Gehöfte und Dörfer und bettelte um Essen. Meist gab man ihr etwas – entweder, weil sie nur eine Frau und obendrein schwanger war, oder aus Erleichterung, weil die Fremde, die da plötzlich auftauchte, nichts mit den gefürchteten fränkischen Kriegern Rudolf Tortas gemein hatte.

Dieser Name fiel öfter in den Gesprächen mit den Menschen, die ihr auf ihrer Flucht begegneten. Mathilda prägte ihn sich ein, erfuhr auch, dass die Normandie von König Ludwig besetzt war, und ebenso, dass Harald von Dänemark zu Hilfe gerufen worden war, um ihn zurückzuschlagen. Ihr Geist blieb dumpf aufs Überleben und Heimkehren ausgerichtet – solange sie keine Krieger erspähte, ob dänische, bretonische oder fränkische, wollte sie keine Angst haben.

Sie wollte auch nicht an Ludwig oder Richard oder Bernhard denken – nur an Arvid. Er war wie einst ihr unsichtbarer Begleiter, der ihr Zuspruch gab, Mut verlieh und sie bei jedem Schritt darin bestärkte, nicht aufzugeben.

Wo und wie sie ihn finden konnte, wusste Mathilda noch nicht. Die vertrauten Orte Bayeux, Fécamp, Pîtres, Rouen schienen ewig entfernt, und eines Tages ließen ihre Kräfte nach. Die Sonne brannte auf sie herab, nicht mehr neckisch wie im Frühling, sondern unbarmherzig wie im Sommer, und das Trachten, die Heimat zu erreichen, entschwand oft hinter dem Wunsch, sich im Schatten eines Baumes auszuruhen, in den blauen Himmel zu starren und die Zeit sinnlos verstreichen zu lassen, anstatt sie zu nutzen.

Nur frühmorgens und abends kam sie zügig voran. Lange orientierte sie sich an der Küste, aber als sie einmal in der Ferne Schiffe erblickte, folgte sie einem Fluss ins Landesinnere. Auch hier gab es genügend Bäume, um vor der Sonne unter ein kühlendes Blätterdach zu fliehen, aber immer öfter wurde sie, wenn sie sich ausruhte, von Lauten aufgeschreckt – Stimmen, Schritten, Pferdegetrappel – und musste hastig fliehen.

Eines Tages – Mathilda war auf der Suche nach Früchten – kam das Hufgetrappel so nahe, dass der Boden erzitterte. Sie floh in ein Stück Wald, verkroch sich im Gebüsch, irrte, nachdem es wieder still war, von Lichtung zu Lichtung.

Und dann hatte sie plötzlich den Waldrand erreicht, und vor ihr lag eine weite Fläche, nicht von goldenen Feldern bedeckt, nicht von grünen Wiesen, sondern von bunten Zelten und Pavillons. Die Leibknechte von Kriegern hatten diese errichtet – und jene Krieger waren zahlreicher, als sie sie je auf einem Fleckchen Erde gesehen hatte.

Waren es Franken?

Mathilda ging zu Boden und robbte lautlos an eines der Zelte heran, um den Stimmen zu lauschen. Die Menschen darin sprachen Fränkisch, aber mit dem Dialekt der Nordmänner.

Wieder erzitterte der Boden. Rasch sprang sie auf, sah sich nach einem Versteck um, erkannte dann aber, dass keine Pferde auf sie zukamen, sondern nur einige Bauern mit Ochsenkarren, auf denen sie ihre Habseligkeiten – Körbe mit Nahrung, Werkzeuge und Kleidung – mit sich führten. Vor diesen Menschen hatte sie keine Angst.

Mathilda stürzte auf einen der Männer zu.

»Was geht hier vor?«

Die Bauern betrachteten sie mit dem leblosen Blick von Menschen, die eben ihre Heimat aufgegeben hatten, um ihr Leben zu retten.

»Wir ziehen uns in den Wald zurück, jetzt, da die große Schlacht bevorsteht.«

»Welche Schlacht?«

Ehe sie eine Antwort bekam, duckten sich die Bauern. Ein Pferd stob aus dem Wald, trieb Menschen und Vieh auseinander. Der Reiter – edel gekleidet, aber ohne schwere Waffen und darum wohl ein Kundschafter – achtete nicht auf sie. Kaum hatte er sie überholt, zogen die Bauern ihre Ochsen weiter.

Unschlüssig blickte Mathilda ihnen nach. Sollte sie sich den Fliehenden anschließen? Oder es wagen, auf eines der Zelte zuzutreten und darauf zu hoffen, dass einer, der sie kannte, in der Nähe war – Bernhard der Däne oder Osmond de Cent-Villes? Aber konnte man bei Männern, die sich für eine Schlacht rüsteten, die all ihr Denken und Fühlen und Wollen aufs Töten ausrichteten, Mitleid und Hilfe für eine schwangere Frau erhoffen?

Sie zögerte, bis die Bauern aus ihrem Blickfeld verschwunden waren, dann zog sie sich an den Waldrand zurück. Fürs Erste wollte sie beobachten und warten.

Hawisa hatte geahnt, dass Mathilda störrisch war. Nicht, dass sie von Sinnen war, undankbar und selbstsüchtig. Und wenn es auch ihr Blut war und das von Rögnvaldr, das in ihren Adern rauschte – in ihrer ersten Wut hätte sie das Blut am liebsten vergossen. Die einzige gerechte Strafe für die Flucht ihrer Tochter war der Tod.

Am Ende sah sie jedoch ein, dass dies bedeuten würde, sich selbst am allermeisten zu strafen. Es würde also genügen müssen, sie zu schlagen, sie an den Haaren zu zerren, sie hungern zu lassen, sie wieder einzusperren. Irgendwann wäre ihr Wille dann schon gebrochen, so wie jeder Wille brach, der sich nicht rechtzeitig verbiegen ließ.

Sie fluchte in der Sprache ihrer Kindheit und der des Nordens. Nur Bruder Daniel lauschte ihr.

»Was starrst du mich so an?«, schnaubte sie.

»Sie ist nicht die Einzige, die sich gegen dich stellt. Dökkur meint, es habe keinen Sinn, die Verfolgung aufzunehmen. Er wird den Wall nicht verlassen.«

»Ich hätte ohnehin nie auf einen Blinden gesetzt, um eine Flüchtige einzuholen.«

»Aber auch Hasculf ist nicht bereit, sie zurückzuholen.«

Hawisa runzelte die Stirn, erst jetzt ging ihr auf, dass sie Hasculf seit Stunden nicht gesehen hatte.

Verächtlich berichtete Daniel: »Er fragt sich, was er mit einer widerborstigen jungen Frau soll. Ist er nicht Rögnvaldrs Neffe? Was braucht er obendrein dessen Tochter, um die Macht zu ergreifen?«

»Dieser Dummkopf!«, schrie Hawisa.

Offenbar war er gekränkt, weil Mathilda die Ehe mit ihm ablehnte.

»Er ist tatsächlich ein Dummkopf, weil er nicht schon viel früher auf diese Idee gekommen ist und stattdessen – dir treu ergeben – nach Mathilda gesucht hat.«

»Von wegen! Er ist ein Dummkopf, weil Mathilda nicht nur Rögnvaldrs Tochter, sondern die Enkeltochter Alanus des Großen ist. Mathilda vereint die beiden Völker.«

»Mathilda ist vor allem fort«, spottete Daniel.

»Ich werde sie einholen!«, rief Hawisa entschlossen und packte plötzlich seinen Arm. »Und du wirst mit mir kommen.« Sie wollte lieber einen spöttischen Begleiter als gar keinen.

Bruder Daniel ging willig mit ihr, aber die Worte, die er sprach, enthielten neue Schärfe. »Von Mathildas Flucht zu erfahren war nicht die einzige Hiobsbotschaft, die dich heute ereilte, nicht wahr? Stimmt es, dass der Heide Sedric tot ist – der Gefährte Turmods und somit einer der Männer, mit denen du ein Bündnis geschlossen hast?«

Kurz vermeinte Hawisa, dass ihre Brust zu klein wäre, all die Ohnmacht, all die Wut zu fassen. Jene unbezähmbaren Gefühle würden gegen die Rippen treten, bis sie zerbrachen, bis die Knochen sie nicht länger stützten und von ihr nichts länger bliebe als ein erbärmliches Häuflein Fleisch und Blut, das hilflos am Boden läge, enttäuscht, verzweifelt, einsam. Alles in ihr schrie laut: Ich kann nicht mehr.

Sie blieb jedoch ganz ruhig und sagte: »Aber Turmod ist noch am Leben. Wir müssen seine Truppen mit unseren vereinen. Und dann müssen wir darauf warten, dass die Dänen die Franken aus dem Land jagen.«

»Selbst wenn es gelingt – es hat keinen Nutzen, wenn wir deine Tochter nicht finden, wenn sie das Reich weiterhin verweigert, das du ihr aufzwingen willst.«

Sie hatten den Stall erreicht. Hawisa ließ Daniel los. »Mathilda war meine ganze Hoffnung«, sagte sie bitter. »Aber in Wahrheit ist sie wohl einfach nur eine dumme junge Frau mit verwirrtem Geist. Nun gut, wenn sie sich weiterhin widerborstig gibt, dann mache ich eben mich selbst zur Königin der Bretagne.«

Bruder Daniel stierte sie an. Sie ahnte, was er in ihren Augen funkeln sah – nicht länger nur schmerzhafte Gefühle, sondern jenen Wahnsinn, den sie Mathilda unterstellte.

Ich verliere den Verstand, dachte sie. Wenn ich zu lachen beginne, kann ich nicht mehr damit aufhören. Wenn ich zu weinen beginne, vertrockne ich innerlich, weil so viele Tränen fließen werden.

»Warum willst du sie verfolgen, wenn du sie nun doch nicht mehr brauchst?«, fragte Daniel.

»Niemand verrät ungestraft Rögnvaldrs Werk!«

Sie packte ihn wieder, zerrte ihn zu den Pferden.

»Hätte ich nicht Jahre an deiner Seite verbracht, würde ich inständig für Mathilda hoffen, dass sie sich vor dir retten kann«, sagte Daniel. »Aber wer mit dir lebt, verlernt zu hoffen. Für andere und noch mehr für sich selbst.«

Seine Stimme klang nicht spöttisch wie sonst, sondern tonlos. Kein Grinsen verzerrte sein Gesicht, nur Überdruss.

Ehe sie aufs Pferd stieg, blickte Hawisa einmal mehr auf die felsige Küste. Der Stein war gefurcht wie das Gesicht eines Greises. Sie war selbst alt geworden. Und Mathilda, die noch junge, hatte sich von ihr losgesagt.

IX.

Anfang Juli 945 entschied Bernhard der Däne, dass ihre Stunde gekommen war. Nachdem Arvid dem dänischen König die Botschaft überbracht hatte, wo sich die Heere vereinigen sollten, nämlich am Fluss Dives, brachen die normannischen Truppen dorthin auf.

Während bei den Kriegern die Unruhe wuchs, nutzte Bernhard ein letztes Mal das Mittel der Täuschung und ließ König Ludwig von Rudolf Torta eine Botschaft übermitteln. Er gab vor, machtlos gegenüber Harald zu sein, dessen Schiffe wie aus dem Nichts gekommen seien und das Land bedrohten. Das normannische Heer, so behauptete er ferner, habe sich nur in Bewegung gesetzt, um König Ludwigs Herrschaft in der Normandie zu schützen. Er rate ihm dazu, mit Harald Verhandlungen aufzunehmen. Ohne Zweifel sei Blauzahn mächtig und seine Krieger stark, doch er, Bernhard, glaube nicht, dass ihn echtes Interesse an der Normandie treibe, sondern vielmehr Goldgier. Mit einer entsprechenden Zahlung könne man ihn leicht dazu bewegen, wieder abzuziehen.

König Ludwig und sein fränkisches Heer brachen zur gleichen Stunde auf, als die dänischen Schiffe von Harald Blauzahn die Dives hinaufsegelten. Als Ludwig davon berichtet wurde, erklärte der – irregeführt und zu leichtgläubig, dies zu bemerken – das Gesetz für nichtig, dass die Normannen sämtliche ihrer Waffen abzugeben hätten. Fortan wieder zum Krieg ausgerüstet trafen ihre Truppen die fränkischen, heuchelten noch freundschaftliche Verbundenheit und schlugen am rechten Ufer der Dives das Nachtlager auf, indessen die dänischen Schiffe lautlos und heimlich bei Nacht näher kamen und am gegenüberliegenden Ufer an Land gingen. Im Morgengrauen des nächsten Tages – ihre Zelte waren noch von Dunst verhüllt, sodass sie wie ein Trugbild wirkten – wusste jeder: Der Tag der Entscheidung ist gekommen.

Arvid hatte nächtelang nicht geschlafen, und er konnte auch in jener Nacht vor dem 13. Juli kein Auge zutun. Nachdem er die Botschaft an den Dänenprinzen überbracht hatte, war er an Bernhards Seite zurückgekehrt, weil ihm kein anderer Ort einfiel, um die weiteren Ereignisse abzuwarten. Er hatte seine Kutte wieder abgelegt, sodass nicht länger offensichtlich war, was er nun genau war, ob Berater, Krieger, Gottesmann.

Auch Bernhard der Däne wachte, während alle anderen die letzte Möglichkeit nutzten, zu Kräften zu kommen, und schnarchten. Arvid hatte keine Ahnung, wie sie ihre Erregung bannen und Ruhe finden konnten. Sogar Bernhard schien dies unbegreiflich. Sein Gesicht wirkte grau.

»Hab Dank für deinen Dienst«, murmelte er. »Ohne deine Botschaft an Harald hätten wir scheitern können.«

Arvid nickte nur.

Gegen Morgengrauen verließen sie das Zelt und starrten auf den Fluss. Holz trieb auf dem Wasser, ein paar kreischende Möwen hockten darauf, die kurz zuvor noch dänische Drachenschiffe umkreist hatten und solcherart tiefer ins Landesinnere vorgedrungen waren, als es ihnen die Natur gebot. In der Stille des Morgens überkamen Arvid Erinnerungen an die letzten Tage, die er wie einen Traum durchlebt hatte.

Harald Blauzahn hatte ihn sehr zuvorkommend behandelt, als er ihn nach mehrtägigem Marsch endlich erreichte. Arvid hatte erwartet, in eine fremde Welt vorzustoßen, doch wenn Haralds Krieger auch eine fremde Sprache sprachen, mehr Felle trugen, eine merkwürdig anmutende Kopfbedeckung und aufdringlicheren Schmuck, gebärdeten sie sich ansonsten wie Männer, die er kannte. Tollkühn und leichtsinnig jene, die sich vom Leben noch keine blutige Nase geholt hatten, misstrauischer und abschätzender jene, die zu oft erlebt hatten, dass einer, der morgens stolz sein Schwert hebt, mittags schon gefällt sein kann und am Abend von Totenvögeln umkreist wird. Harald hatte sich beides bewahrt – eine gewisse Nachdenklichkeit, die ihn vor vorschnellen Entscheidungen bewahrte, gepaart mit dem Stolz eines Königssohns, der genügend Schlachten gewonnen hatte, um den Kampf mit einem anderen seines Ranges nicht zu scheuen.

»Wir können immer noch scheitern«, murmelte Arvid.

»Ich bin frohen Mutes«, erwiderte Bernhard. Sein fahles Gesicht und seine tonlose Stimme verhießen etwas anderes.

»Frohen Mutes!«, stieß Arvid aus. »Heute werden Menschen sterben!«

Bei Harald hatte er erlebt, dass Heiden Menschen waren wie alle anderen auch – doch gegenüber Bernhard konnte er seinen Hader immer noch nicht verbergen, dass der ausgerechnet den gottlosen Harald um Hilfe gebeten hatte.

Bernhard ging nicht auf seine Worte ein. »Heute kommt die Stunde der Wahrheit. König Ludwig wird endlich erkennen, dass die Normannen sich ihm nicht unterworfen haben, nachdem ich mich über Wochen, ja Monate verstellen musste, täuschen und lügen.«

»Nun«, entfuhr es Arvid unwillkürlich, »du hast immer nur andere belogen – niemals dich selbst. Du weißt trotz allem, wer du bist und was du willst.«

Bernhard blickte ihn verwirrt an. »Du etwa nicht?«

Arvid zuckte die Schultern. »Ich wusste lange nicht, auf welcher Seite ich stehe. Als Wilhelm noch lebte, zürnte ich ihm oft, dass ich mich nicht einfach ins Kloster zurückziehen konnte. Wenn ich die Wahl hätte – ich wäre lieber als Franke oder Nordmann geboren worden, nicht als einer, der beider Erbe trägt.«

»Wer waren deine Eltern?«

Arvid biss sich auf die Lippen. Er bereute, dass er sich nach der durchwachten Nacht zu jenem vertraulichen Bekenntnis hatte hinreißen lassen. Mit niemandem an Wilhelms Hof hatte er je über seine Herkunft gesprochen, außer mit Mathilda. »Das tut nichts zur Sache«, sagte er schnell.

Bernhard bedrängte ihn nicht. Wieder schweigend sahen sie zu, wie sich die Dunstschwaden lichteten, das Grau des Himmels zerriss und dahinter eine noch bleiche, aber schon warme Sonne sichtbar wurde. Das Schnarchen erstarb, die Männer rüsteten sich für den Tag. Noch fielen ihre Bewegungen schläfrig aus, aber laute Schritte und das Stimmengewirr, das ganz plötzlich ertönte, schürten allgemeine Unruhe.

Bernhard zuckte zusammen. Eine Gruppe Männer rief seinen Namen und stürmte dann auf ihn zu, allesamt Boten offenbar – die einen von Harald Blauzahn geschickt, die anderen von normannischen Befehlshabern.

Arvid hörte nicht alles, was sie Bernhard zuraunten, aber verstand das Wichtigste: Demnach wollten die normannischen Krieger, die bisher die Täuschung mitgetragen hatten, nun aber das dänische Heer in der Nähe wussten, den Franken gegenüber nicht länger Freundschaft heucheln, sich vielmehr so rasch wie möglich mit den dänischen Truppen vereinen. Einige von ihnen hatten unter der Führung eines gewissen Agrald bereits den Fluss überquert, um sich den Dänen anzuschließen.

»Ist das nicht viel zu früh?«, rief Arvid entsetzt.

Bernhards Mund verzerrte sich zu einem unerwarteten Lächeln. »Im Gegenteil«, erklärte er. »Ich werde nun ein letztes Mal lügen. Komm mit, wenn du es erleben willst.«

Wenig später betraten sie das Zelt von König Ludwig, das nicht weit von ihrem aufgestellt worden war. Von außen glich es dem eines gewöhnliches Kriegers – im Inneren versprach es mehr Bequemlichkeit: Pelze und Kissen bedeckten den Boden.

Wer sind die Menschen, fragte sich Arvid unwillkürlich, die im Krieg diese Aufgabe übernehmen? Die nicht töten, sondern Kissen und Felle schleppen, damit man es vor dem Töten behaglich hat?

König Ludwig war gerade dabei, sich anzukleiden. Nachdem Arvid einst in Laon nur mit Königin Gerberga hatte sprechen können, sah er ihn an diesem Tag zum ersten Mal. Seine Statur war nicht sonderlich respekteinflößend, doch der Blick seiner blassblauen Augen war so hart, das Kinn so stolz gereckt und die Gesten so bestimmt wie die eines Mannes, der zu befehlen gewohnt war. Er hatte rötliches Haar und bleiche Haut und war somit zu farblos, um ansehnlich zu sein, doch seine hektischen, fordernden Bewegungen atmeten den Geist der Jugend. Unverkennbar war Ludwigs Ehrgeiz, der ihn vielleicht nicht zum Helden machen würde, aber zu einem Herrscher, der sich zu behaupten wusste.

Er ist mein Verwandter, dachte Arvid bei seinem Anblick und kämpfte darum, eine gleichgültige Miene zu wahren. Mein Onkel, der mich töten lassen wollte. Wenn Ludwig nicht gewesen wäre, wäre sein Leben nie aus dem Takt geraten. Er wäre in Jumièges geblieben, hätte niemals die Wahrheit über seine Herkunft erfahren, hätte niemals Mathilda geliebt. Obwohl er darauf nicht verzichten wollte, wuchs sein Hass, und er senkte rasch seinen Blick, um sich nicht zu verraten.

Bernhard der Däne konnte seine Gefühle besser verbergen. »Ich bin Euch treu ergeben, mein König«, erklärte er eben mit unterwürfigem Tonfall, »doch ich fürchte, im Kreise meiner Männer gibt es einige Verräter. Sie haben entschieden, sich den Dänen anzuschließen, und etliche Krieger dazu gebracht, es ihnen gleichzutun.«

»Etliche?«

»Mehrere Hundert«, murmelte Bernhard kleinlaut.

Ludwig ballte seine Hände zu Fäusten: »Verflucht! Die Verräter sollen bluten!«

»Ich bitte Euch, einen kühlen Kopf zu bewahren. Noch gibt es eine Möglichkeit, die Schlacht zu verhindern.«

»Was ratet Ihr mir?«

Bernhard beugte sich vertraulich zu Ludwig. »Wie ich hörte, hat Harald Blauzahn soeben den Fluss überschritten. Er ist bereit, mit uns zu verhandeln, vorausgesetzt, dass jegliche Kämpfe solange aufgeschoben werden.«

Arvid hob seinen Blick wieder, und sein Hass wich Schadenfreude. Ludwig wirkte arglos. Er ahnte nicht, was er, Arvid, längst wusste: In der Zeit der Verhandlungen, da Ludwig sich in Sicherheit wog, würden sich das dänische und das normannische Heer endgültig vereinen, um dann überraschend loszuschlagen. Dies hatte er Bernhard wiederholt sagen hören: Einen Krieg zu gewinnen erforderte nicht nur, den Gegner zu töten, sondern geduldig zu warten, bis es so weit war.

»Und Harald will wirklich nur Gold?«, fragte Ludwig misstrauisch.

»Nun ja – gewiss wird er auch Wilhelms ungesühnte Ermordung zur Sprache bringen und dass Richard eigentlich der rechtmäßige Erbe der Normandie ist.«

»Davon habt Ihr mir bis jetzt nichts gesagt!«, fuhr Ludwig auf.

»Gewiss wird Harald sich alsbald besänftigen lassen«, wiegelte Bernhard hastig ab. »Die Treue zu einem Toten ist nicht größer als seine Raffgier. Und von Richard kann er nicht gleiches Gold erwarten wie von Euch.«

Längeres Schweigen folgte, bis Ludwig endlich nickte. »Also gut«, verkündete er. »Ladet Prinz Harald ein, in mein Zelt zu kommen.«

Bernhard verkniff sich jegliches Zeichen des Triumphes. Auch er nickte, ehe er, gefolgt von Arvid und seinen übrigen Begleitern, nach draußen trat, einen Boten zu Harald schickte und auf ihn wartete.

Er deutete auf den Himmel. »Wenn die Sonne den höchsten Stand erreicht hat, schlagen wir zu«, raunte er Arvid zu. »Du bist kein Krieger – nimm dir ein Pferd und reite fort, solange es noch geht. Ein jeder wird glauben, dass du ein Bote bist.«

Arvid nickte zustimmend, aber war nicht recht begeistert. So wenig erpicht er darauf war, in eine Schlacht zu geraten, so unschlüssig war er, wohin er fliehen sollte. Allerdings konnte er Bernhard nicht mehr fragen, denn eben kam Harald Blauzahn auf sie zu, und Bernhard trat ihm entgegen, um ihn zu begrüßen und ins königliche Zelt zu geleiten.

Arvid machte sich auf den Rückweg zum normannischen Lager, ohne große Eile erkennen zu lassen. Noch blieb Zeit genug, noch deutete nichts auf eine baldige Schlacht hin. Im

Gegenteil: Trotz morgendlicher Geschäftigkeit verhieß der Anblick der Sonne, die am immer blaueren Himmel gemächlich höher stieg, so viel Frieden, desgleichen das türkisblau glitzernde Wasser der Dives, die Vögel, die über ihre Köpfe hinwegflatterten, die summenden Mücken.

Anstatt sogleich aufzubrechen, trat Arvid in Bernhards Zelt und stärkte sich dort mit einem Brei. Durch einen Spalt fielen warme Sonnenstrahlen hinein und hielten den Trug aufrecht, dass das große Töten unmöglich beginnen konnte, solange der Tag so freundlich anmutete.

Doch plötzlich ertönten Schreie und Klirren, Wiehern und Hufgetrampel, Ächzen und Geheule, Flüche und Kampfbefehle. Arvid ließ den Löffel fallen. Wie aus dem Nichts war der Sturm losgebrochen. Ehe er erfasste, warum die Krieger so viel früher als geplant ihre Waffen erhoben hatten, begann sich das eben noch türkisblau funkelnde Wasser blutrot zu färben.

Arvid war mittendrin und zugleich ein Unbeteiligter, er konnte alles sehen, blieb im Zelt aber unsichtbar. Die Kampfgeräusche gingen ihm durch Mark und Bein, doch sein Blut blieb kalt, solange er kein fremdes vergoss und sein eigenes nicht spritzte. Er fühlte den Pulsschlag des Krieges, aber sein Herz schien stillzustehen. Irgendwann würde es weiterschlagen, irgendwann würde das, was er sah und erlebte, wieder mit ihm zu tun haben, irgendwann würde die Welt wieder ein schöner Ort sein. Jetzt war sie es nicht.

Keulen und Schwerter prallten aufeinander, Helme wurden gespalten, Schilde zersplitterten, Pfeile zischten, Wurfgeschosse wurden durch die Luft geschleudert.

Manche Männer starben laut brüllend, andere mit einem

Stöhnen, manche hielten sich, auch wenn sie getroffen waren, noch aufrecht und kämpften trotzig um ihr Leben, andere fielen wie gefällte Bäume um. Die übervorteilten Franken waren erst im Nachteil – weder hatten sie mit der Schlacht gerechnet noch mit der Übermacht, der sie plötzlich gegenüberstanden. Aber als die Einsicht reifte, was geschehen war, erwachte Wut, und die Wut gab ihnen Kraft.

Lange blieb Arvid allein im Zelt, dann kam plötzlich einer der Knappen, der die Pferde betreute, hineingestürzt. Wahrscheinlich war er am Morgen noch stolz gewesen, hier zu sein, und hatte laut getönt, dass auch er kämpfen wolle, nun war er kalkweiß, seine Hose nass, und er duckte sich so tief, als wollte er sich am liebsten im Boden vergraben.

Als ob das etwas nützt, dachte Arvid – dieser Boden wird doch bald blutgetränkt sein. Als er sich zu ihm beugte, zuckte der Knabe zusammen.

»Ich habe es gesehen!«, stieß er voller Panik aus.

»Was gesehen?«

»Wie er ihn köpfte!«

Arvid war sich gewiss, dass an diesem Morgen bereits viele ihren Kopf verloren hatten, aber als der Junge stammelnd fortfuhr, erkannte er, dass er den eigentlichen Anfang der Schlacht bezeugt hatte und warum es zu dieser früher gekommen war, als Bernhard der Däne es geplant hatte.

»Was ist passiert?«, fragte er.

Trotz seines Stammelns konnte sich der Knappe verständlich machen. Er hatte vor jenem Zelt gewartet, in dem Ludwig, Bernhard und Harald verhandelten. Und vor diesem Zelt war plötzlich Herluin von Montreuil erschienen.

»Der Verräter …«, murmelte er.

Wer ist am heutigen Tag kein Verräter?, dachte Arvid.

In der Tat hatte Herluin ein gemeines Spiel getrieben. Nur

weil jener ihn verzweifelt darum gebeten hatte – Arvid selbst hatte damals seinen Kniefall bezeugt –, war Wilhelm in den Krieg mit Arnulf gegangen und hatte am Ende den Tod gefunden. Doch anstatt sich hinterher für Wilhelms Sohn Richard einzusetzen, gebärdete sich Herluin fortan als treuer Untertan König Ludwigs. An dessen Seite war er gekommen und fühlte sich von ihm geschützt. Das war der letzte Irrtum seines Lebens gewesen. Er wurde von einem normannischen Krieger erkannt, der laut seinen Namen rief, und ehe Ludwig das Zelt verlassen und ihn davor bewahren konnte, hatte einer der Dänen Herluin schon geköpft.

»Das Blut spritzte nach allen Seiten!«, klagte der Knabe.

Er rieb sich das Gesicht und seine Kleidung, als wäre auch er davon befleckt worden. Arvid hätte ihm gern gesagt, dass das, was sich feucht anfühlte, kein fremdes Blut, sondern sein eigener Urin war, aber das hätte den Jungen wohl nicht getröstet.

»Und dann? Was ist dann geschehen?«

»Ein Mann ist auf den dänischen Krieger losgegangen, Lambert, Herluins Bruder. Ob er Herluins Tod rächen konnte, weiß ich nicht. Nur, dass die Schlacht losbrach.«

Der Knabe verstummte. Für das, was gefolgt war, gab es keine Worte. Außerdem übertönte der Lärm jedes Wort. Arvid ahnte, dass sie hier im Zelt nicht länger in Sicherheit wären, dass man es im Eifer des Gefechts vielmehr umreißen würde.

»Rette dich!«, schrie er den Knaben an. Der riss seine Augen auf, machte dann aber prompt kehrt und floh hinaus.

Arvid folgte ihm um vieles langsamer und vorsichtiger nach draußen. Seine größte Angst war, von einem Schwert getroffen zu werden, doch als er den Kopf ins Freie steckte, wurde der fast von Hufen getroffen.

Ein Pferd stieg wiehernd vor ihm hoch und warf seinen getroffenen Reiter aus dem Sattel. Drei Pfeile steckten in seiner Brust, er fiel reglos auf den Boden.

Arvid duckte sich und wartete, bis das Pferd sich beruhigte. Es spuckte Schaum, seine Augen waren blutrot, aber irgendwann war es zu kraftlos, um noch einmal in die Luft zu steigen. Er packte die Zügel und streichelte ihm beschwichtigend über die Mähne. Jene Pferde, Destriers genannt, waren allein für den Zweck zu kämpfen aufgezogene und ausgebildete Schlachtrosse und sollten daran gewöhnt sein, Blut und Tod zu riechen. Aber vielleicht erging es dem Tier wie dem Knappen – es war noch jung, es wusste noch nicht, dass das, was später in Heldenliedern besungen wird, in Wahrheit nichts anderes verheißt als Schmutz und Gestank und Angst und Verderben.

»Ruhig«, murmelte er, »ruhig ...«

Arvid beschwichtigte das Tier und zugleich sich selbst. Langsam fasste es Vertrauen, ließ ihn auf seinen Rücken steigen und wählte dann selbst die Richtung – weit fort vom Schlachtgetümmel. Unbehelligt lief es einen Hügel hoch und erreichte die Waldgrenze. Im Schatten der ersten Bäume hielt Arvid das Pferd an, wendete es und blickte von oben auf den Kampf. In dessen Mitte hatte er sich von Chaos umgeben gewähnt, nun, da er das ganze Schlachtfeld im Blick hatte, glaubte er, eine Ordnung zu erkennen. Zumindest die normannischen Krieger schienen nicht nur purer Mordlust, sondern einer Taktik zu folgen. Sie gingen in einer Formation, die Odin sich selbst zuschrieb, auf den Gegner los: Zwei Krieger standen in der ersten Reihe, drei in der zweiten, vier in der dritten, und solcherart keilten sie sich in die feindlichen Truppen, stets darauf bedacht, den Kampfgefährten genügend Platz zu lassen, das Schwert zu schwingen.

Die Dänen, erkannte Arvid, kämpften ähnlich, und auch ihre Rüstungen glichen denen der Normannen. Einzig an ihren Pferden waren sie zu unterscheiden: Waren die der Normannen mit Eisenbeschlägen, Brust- und Unterbauchriemen geschützt und mit Sattel und Steigbügel ausgerüstet, führten die Dänen die ihren nur mit Kandare und Sporen in den Kampf. Ob sie gleiche oder andersartige Waffen benutzten, konnte Arvid aus der Entfernung nicht sehen – der Tod, den sie brachten, ob mit langem Schwert, kurzem Messer oder Beil, war gleich endgültig. Das Eisen glitzerte in der Sonne und man hätte vermuten können, dass das, was in Wahrheit ein Blutbad verhieß, ein silbriges Meer war.

Arvid verlor jedes Zeitgefühl. Der erste Blutrausch schien nachzulassen, die Krieger schlugen sich nicht länger schnell und wütend, sondern wählten ihre Hiebe sorgfältig, aber ans Aufgeben dachte niemand. Er wusste von der Zeit, die er in Wilhelms Gefolge verbracht hatte, dass Krieger ihren Schwertern Namen gaben – Wundenflamme, Blutschwelger, Lebenshasser und Fußbeißer –, und vielleicht war das der Grund, warum die Waffen, lebendigen Wesen gleich, ihr Recht, den Feind zu hassen und zu töten, einforderten, auch wenn der, der sie führte, längst erschöpft und müde war.

Einmal glaubte er, in der Menge Harald Blauzahn zu erkennen, der sich – gleich Bernhard und Ludwig – an dem Kampf beteiligte, doch alsbald verschwand dessen Kopf wieder im Einerlei von Leibern und Gliedern, einem riesigen Ungeheuer gleich, das immer mehr verschlang und nicht länger aus Menschen mit Gesichtern und Geschichten zu bestehen schien.

Während er dem Wüten zusah, wuchs in seiner Seele Unruhe. Warum beschied ihm die Vorsehung die Rolle des Zuschauers? Weil sein Ziehvater Taurin ihn zum Mönch erzogen hatte, nicht zum Krieger? Aber da er nun kein Mönch geworden war, war es nicht feige, auch kein Krieger zu sein? Oder einfach nur klug, wie nicht jeder Krieger, aber jeder Krieg dumm ist?

Und was würde sein leiblicher Vater Thure denken, wenn er ihn so sähe? Würde er ihn verspotten oder tadeln oder ihn gar nicht beachten, weil er sich längst selbst in das Getümmel gestürzt hätte?

Ein Teil von ihm wollte das auch – nicht unbedingt töten, aber irgendetwas tun, und das Einzige, was sich an diesem Tag an der Dives tun ließ, war nun mal zu töten. Erst als die Sonne den Zenit überschritt, gab es eine zweite Möglichkeit: nicht länger zu kämpfen, sondern zu fliehen. Die meisten fränkischen Krieger taten dies.

So groß ihre Wut über den Verrat an ihrem König war – zum Sieg hatte sie ihnen nicht verholfen, und die Nüchternen sahen ein, dass sie unterlegen waren und ohne Hoffnung, das Blatt zu wenden. Sie ritten oder liefen fort, stolperten über Tote und über Waffen, das Ungeheuer aus kämpfenden Leibern schrumpfte, seine Bewegungen gerieten immer langsamer.

Einige Männer stoben an Arvid vorbei, aber waren blind für ihn. Und plötzlich ... plötzlich wurde auch er blind für sie.

An einem Ort, an dem der Einzelne nicht zählt – nicht seine Vergangenheit, nicht seine Zukunft – rief jemand seinen Namen. Jemand, den er hier niemals erwartet hätte. Jemand, der ein Wunder vollbrachte, aus dem Ort des Todes einen Ort der Liebe zu machen. Noch konnte er nicht an Wunder glauben, noch nicht an die Liebe.

Langsam drehte er den Kopf in die Richtung, aus dem die Stimme kam. Es war eine hohe weibliche Stimme und immer wieder rief sie: »Arvid! Arvid!«

Dann sah er sie, die Frau, für die er gern zum Feigling geworden war, der diese Schlacht nur beobachtete, nicht mitbestimmte. Sah sie und glaubte.

Mathilda kam auf ihn zu. Wie er hatte sie sich in den Schatten der Bäume versteckt, bis die Schlacht vorbei war. Doch obwohl vom Töten eigentlich ausreichend entfernt, war sie blutüberströmt.

Sie starrte ihn an, und ehe sie fassen konnte, dass die Vorsehung sie tatsächlich wieder zusammengeführt hatte, verschwamm das Bild vor ihren Augen. Etwas Warmes tropfte in ihr Gesicht, sie wusste nicht, ob es Schweiß oder Blut war. Es musste Blut sein, so entsetzt wie Arvid aufschrie und ihren Namen stammelte. Eben hatte er sie erreicht, und sie wollte ihm in die Arme fallen, ihn festhalten, sich kurz dem Trug hingeben, in Sicherheit zu sein, doch er packte sie an den Schultern und schrie: »Was ist passiert?«

Sie blinzelte, das Bild klärte sich wieder, sein Gesicht blieb entsetzt. Er suchte nach der Wunde, aus der das viele Blut kam, das über ihr Gesicht, ihren Körper, ihre Hände troff, und riss Fetzen von seiner Kleidung, um diese zu stillen.

Da lachte Mathilda auf – ein schriller Ton, in dem sich alles entlud: die Anspannung der letzten Monate, die Erleichterung, ihn endlich wiederzusehen. »Es ist nicht mein Blut!«, schrie sie ein ums andere Mal. »Es ist doch nicht mein Blut!«

Erst jetzt ließ er es zu, dass sie ihn umarmte. Sie presste ihren Kopf an seine Brust und konnte kaum atmen, aber das machte nichts. Gern wollte sie an ihm ersticken. Gern sterben mit dem Wissen, dass sie endlich vereint waren. Aber er schob sie wieder von sich und musterte sie. Er musste gespürt haben, dass ihr Leib gewölbt war.

»Mathilda …«

»Ja«, sagte sie schlicht, »ja, ich bekomme ein Kind.« Sie konnte nicht mehr sagen, und kurz bedauerte sie es, die frohe Nachricht ausgerechnet hier, inmitten eines Schlachtfelds, zu überbringen. Bezeichnend schien ihr das für ihr Leben, in dem sie so oft an der Grenze zum Tod gewandelt war. Und noch mehr tat es ihr leid, dass keine Zeit blieb, sich gemeinsam darüber zu freuen. Kurz leuchtete etwas in seinem Blick auf, dann wurde er wieder besorgt.

»Warum bist du voller Blut?«, fragte er.

Stockend berichtete sie, was passiert war. Dass sie durch Zufall in die Nähe des Heerlagers geraten war, sich zunächst im Wald versteckt und von dort beobachtet hatte, wie die Schlacht tobte, und schließlich – verfrüht – ins Freie getreten war, um inmitten der Krieger nach einem vertrauten Gesicht zu suchen. Zwei Männer hatten sie entdeckt – im Siegesrausch und voller Gier, sich neben den Habseligkeiten der Gefallenen nun auch noch diese junge Frau zu nehmen, die da zwischen den Toten umherstolperte. Womit sie nicht gerechnet hatten, war, dass sie sich erbittert wehrte. Zunächst vergebens, dann mit einem Dolch, den sie einem von ihnen aus dem Gürtel zog. Von ihm stammte das Blut, der andere war plötzlich geflohen oder hatte noch reichere Beute entdeckt. Sie konnte noch immer kaum glauben, wie viel Kraft sie hatte. Wahrscheinlich hätte sie sie nicht aufgebracht, wenn sie nur sich selbst hätte schützen müssen – aber da war das Kind … und der stärkste Ausdruck der Liebe zu diesem Kind war der Wille zu töten, wer immer es bedrohte.

Sie war davongelaufen und der Verwundete ihr nicht gefolgt.

Mathilda blickte sich um, und auch wenn niemand zu sehen war, fühlte sie die Gefahr, die in der Luft lag.

»Wir müssen fort von hier!«, rief er.

Sie zögerte. Von hier zu fliehen, hieß, an den vielen Toten vorbeizugehen und – was noch schlimmer war – an den Lebenden, die sich ihres Lebens vergewissern wollten, indem sie raubten, tranken und sich an schutzlosen Frauen vergriffen.

»Sollten wir uns nicht besser verstecken?«

Arvid folgte ihrem Blick und zog sie rasch in den Schatten einer Eiche.

»Ich könnte versuchen, zu Bernhard zu gelangen«, murmelte er, »doch dafür müsste ich dich kurz allein lassen.«

Mathilda war wochenlang allein gewesen, und die Aussicht, ihn schon wieder gehen lassen zu müssen, erschien ihr fast unerträglich, dennoch nickte sie. Als ob der Baumstamm sie beschützen könnte, klammerte sie sich an ihn.

»Tu, was du tun musst«, überwand sie sich zu sagen.

Ehe Arvid sie ein letztes Mal umarmen konnte, ertönte Pferdegetrappel. Zwei Reiter kamen direkt auf die Eiche zu. Den einen verrieten Rüstung und Waffen als Normannen, der andere trug kein Schwert, aber edle Kleidung. Mathilda spürte, wie Arvid sich anspannte, sie an sich drückte, als wollte er sie nie wieder loslassen, sich dann aber eines Besseren besann.

»Ich kann dich mehr schützen, wenn ich die beiden ablenke und ihnen allein entgegentrete«, flüsterte er und trat aus ihrem Versteck.

Mathilda hörte, wie Arvid Fragen nach der Schlacht stellte und wie die beiden Männer etwas antworteten, was ihr nicht weiter bedenklich erschien.

Doch plötzlich ertönte ein überraschter Ausruf aus Arvids Mund. Sie lugte hinter dem Baum hervor und sah, dass er leichenblass war. In dem Augenblick gaben die beiden ihren Pferden die Sporen und stoben an ihm vorbei.

»Großer Gott!«, rief Arvid.

Mathilda lief zu ihm. »Was hast du?«, fragte sie. »Was ist passiert?«

Arvid blickte sich hilflos um.

»Ich muss sie aufhalten!«, sagte er. »Ich muss die beiden unbedingt aufhalten.«

Als er von ihr fortritt, überkam ihn das schlechte Gewissen – eben erst hatte er sie gefunden, wie konnte er so herzlos sein, Mathilda wieder zurückzulassen und leichtsinnig darauf zu vertrauen, dass sie im Schatten des Baumes in Sicherheit war! Doch noch weniger brachte er es über sich, das Pferd anzuhalten und zu ihr zurückzureiten. Er fixierte sein Ziel, und die Kälte und Starre, die ihn gefangen gehalten hatten, als er die Schlacht beobachtete, fielen jäh von ihm ab. Die Schlacht war zwar vorbei, aber er war mittendrin in einem Krieg – und dieser Krieg war sein eigener.

Sein Ross, gestärkt von der Rast, war schneller als die Pferde der beiden anderen, und er hatte sie bald erreicht.

»Halt!«, schrie er immer wieder. »Halt!«

Nur unwillig zogen die Reiter an den Zügeln. Misstrauische Blicke waren es, die ihn zunächst trafen, dann erleichterte. Arvid verfluchte sich selbst, als er erkannte, was diese Erleichterung herbeiführte – er trug kein Schwert, und das bedeutete: Er war keine Gefahr. Nicht nur, dass er in seiner Erregung Mathilda im Stich gelassen hatte – obendrein hatte er sich als kopf- und planlos erwiesen.

»Halt!«, schrie er dennoch erneut, denn er wollte sich die Unsicherheit nicht anmerken lassen.

Der eine Mann war ein ihm fremder normannischer Krieger, der andere war der fränkische König Ludwig. Seine Krieger waren der Übermacht unterlegen, ihm selbst aber war irgendwie die Flucht gelungen.

»Was geht hier vor?«, rief Arvid forsch.

Ihm war nicht entgangen, dass der normannische Krieger verlegen wirkte. Er war noch jung und schien obendrein so hitzköpfig, wie es auch Arvid manchmal war.

»König Ludwig wurde in der Schlacht gefangen genommen«, bekannte er kleinlaut. »Man hat vier Krieger abgestellt, ihn zu bewachen, doch als alle anderen darangingen, Beute zu nehmen, gab es für sie kein Halten mehr.«

Was der junge Mann nicht zugab war, dass auch er sich als schwach und verführbar erwiesen hatte, wenngleich in seinem Fall andere Reichtümer winkten als Kriegsbeute.

Dies bestätigte König Ludwig, der ihn aus schmalen Augen anblickte. »Wenn du mich nicht verrätst«, wandte er sich an Arvid, »wenn du mir zur Flucht verhilfst und mich sicher durch den Wald von Touque bringst, werde ich mich erkenntlich zeigen. Wir müssen die Seine erreichen – dort gibt es viele Inseln, und auf einer dieser Insel habe ich einen Besitz, wo ich mich verstecken kann. Ich stehe zu meinem Wort.«

Arvids Gesicht blieb ausdruckslos. Als er Ludwig am Morgen an der Seite von Bernhard dem Dänen zum ersten Mal gesehen hatte, hatte er keine Ähnlichkeiten entdeckt – nun jedoch fühlte er sich von den blauen Augen und dem feinen Haar an Gisla erinnert, seine leibliche Mutter und König Ludwigs Halbschwester, die der am liebsten ebenso unbarmherzig aus dem Weg hätte räumen lassen wollen wie ihn, Arvid, seinen Neffen. Welch Irrwitz des Lebens, dass Ludwig ausgerechnet ihn um Hilfe anflehte!

Wieder schien sein Blut eisig kalt durch die Adern zu fließen, doch diesmal war es nicht Gleichgültigkeit, die es gefrieren ließ, sondern Hass.

»Ich begleite Euch«, erklärte Arvid, »ich verrate Euch nicht.«

Er traf eine Entscheidung. Er würde ihn tatsächlich nicht verraten. Er würde sich rächen, König Ludwig töten und solcherart den Teil seiner Seele, der vom Wahnsinn, der Gier, der Gewalt seines Vaters kündete, füttern, auf dass dieser ein für alle Mal gesättigt und die Normandie ein für alle Mal vor ihrem gefährlichsten Nachbarn sicher wäre. Er musste nur die Gelegenheit abwarten, die Waffe des normannischen Kriegers an sich zu bringen – und zu diesem Zweck mussten ihm dieser und der König vertrauen.

Johan hatte Arvid schon vor längerer Zeit in der Ferne erblickt, aber zunächst ließ er sich nicht vom Schlachtfeld fortlocken. Er stieg über die Toten hinweg und hielt wie viele seinesgleichen nach Schätzen und Waffen Ausschau, die diese bei sich trugen – goldene Insignien, Harnische, Messer, Dolche und Schwerter, die eine oder andere Münze. Jedes Mal, wenn er Kostbarkeiten an sich raffte, überwog der Triumph des Schatzsuchers kurz seinen Ekel. Nicht die vielen Toten und das viele Blut verursachten diesen Ekel, sondern die Blicke derer, die noch nicht tot waren, die in der Mittagssonne langsam verreckten. Sie wirkten resigniert, traurig und hoffnungslos und die Aussicht, selbst auf dieser Welt weiterleben zu dürfen, wurde ihm verleidet, da er von diesen Blicken gemessen wurde.

Doch der Krieg, sagte Johan sich immer wieder, ist nun mal ein Geschäft, aus dem nicht alle als Gewinner hervorgehen. Und das Bewusstsein, schon beim nächsten Mal zu den Verlierern zählen zu können, stachelte seine Gier an, die selbst jetzt noch nicht gesättigt war, da er zwei Schwerter, ein Kettenhemd, einen breiten Gürtel und feste Stiefel an sich gebracht hatte. Als er keine Hand mehr freihatte, um noch mehr Tote zu berauben, fiel sein Blick erneut auf Arvid.

Was hatte der Mönch auf dem Schlachtfeld verloren?

Obwohl erschöpft vom Kampf, brach sich die Rachsucht erneut bei Johan Bahn. Dieser Mann hatte ihm Mathilda gestohlen, und er hatte ihn damals dennoch vor den Männern Rudolf Tortas retten müssen. Mit Freuden hätte er zugesehen, wie man ihn zu Tode folterte, doch in Begleitung seiner Männer, die nichts so sehr hassten wie die Franken, hatte er einen Nordmann nicht im Stich lassen können.

Eigentlich wirkte Arvid nicht wie ein Nordmann. Er war hier geboren worden, nicht im kalten Dänemark. Er wusste nicht, wie man dort fror und hungerte, wie sehr man sich dort sehnte – nach eigenem Land und einer Frau, die ...

Johan stutzte. Warum unterhielt sich Arvid so angeregt mit einem Franken? Warum machte er gar Anstalten, an dessen Seite fortzureiten?

Johan hatte ihn immer verachtet, weil er ein Mönch war, nun erboste es ihn noch mehr, dass er diese Rolle ablegte, gleich so, als könnte man frei wählen, wer man war und sein wollte. Ihm war das auch nicht erlaubt gewesen, er war in dieses Land gekommen, weil sein Vater, nicht er selbst es so entschieden hatte. Und beim Trachten, das Beste daraus zu machen, war er oft gescheitert. Schlimm genug, dass Menschen wie Arvid, Mathilda und der alte Graf Wilhelm die Ordnung der Welt einfach auf den Kopf stellten, noch empörender war, sie nach Lust und Laune wieder geradezurücken, als wäre alles ein Spiel, in dem man seine Züge entgegen jeder Regel machen, ja, diese Regeln mit jedem Spielzug neu bestimmen konnte.

Was trieb Arvid dort?

Johan ließ seine Kriegsbeute fallen und schwang sich auf

sein Pferd, doch ehe er dem Tier die Sporen gab, hörte er aufgeregte Rufe.

»König Ludwig!«, tönte es von allen Seiten. »König Ludwig ist entkommen!«

In der Ferne wurde Arvids Gestalt immer kleiner, auch der Franke, an dessen Seite er ritt, war kaum noch zu sehen. Vielleicht war er gar kein Krieger, vielleicht …

Ihm fiel ein, was er auf dem Bauernhof gehört hatte, ehe er Arvid zu Hilfe gekommen war: dass dieser nicht durch und durch Nordmann, sondern der Sohn einer Fränkin war, offenbar einer einflussreichen …

»Mitkommen!«, schrie er einen Krieger an. Verwunderte Blicke trafen ihn. »Der flüchtige König – er ist dort! Und niemand anderer als Arvid bringt ihn in Sicherheit.«

Johan lächelte breit. Endlich würde er es Arvid heimzahlen. Er würde in einer Welt, wo Heidnisches und Christliches nicht klar getrennt waren, wo ein Graf zu viel betete, eine Frau einen Gottesmann liebte und ein Mönch ein Schlachtross ritt, dafür sorgen, dass eine schlichte Wahrheit Bestand hatte. Wer Unrecht tat, musste bestraft werden. Wer ein Verräter war, musste zur Rechenschaft gezogen werden.

Die Wohltat, sitzen zu können, überwog kurz Mathildas Angst um Arvid. Sie lehnte sich an die raue Rinde der Eiche, schloss die Augen, sog den harzigen Geruch ein, vergaß die Toten. Sie war in Sicherheit, ihr Kind auch. Dieses lag erst schwer wie ein Stein in ihrem Leib, doch als sie darüber strich, spürte sie ein sachtes Flattern. Sie lächelte, dem Kind ging es gut, ihr selbst ging es gut, sie hatte Arvid gefunden, Arvid, der gleich wiederkommen würde …

Als sie die Augen aufschlug, sah sie, dass Arvid tatsächlich zurückkehrte, allerdings an der Seite eines Mannes, mit dem sie nicht gerechnet hatte – Johan. Nun gut, es war nicht verwunderlich, dass er wie jeder andere Krieger der Normandie hier gekämpft hatte, umso mehr aber, dass er die Zügel von Arvids Pferd hielt und ihn obendrein mit einem Schwert bedrohte. Arvid musste sich gewehrt haben, denn sie sah eine Blutspur in seinem Gesicht. Sein Blick war wie tot. Mathilda erhob sich. Nicht länger hing der harzige Geruch nach der Eiche in der Luft, sondern der nach Angst. Ihrer Angst.

»Wenn du deinem Land einen Gefallen tun willst«, knurrte Arvid, »dann solltest du Ludwig nachjagen, anstatt mich festzunehmen. Du warst so eifrig auf Letzteres aus, dass du ihn hast entkommen lassen, du Narr!«

»Sag du mir nichts über mein Land, Verräter!«

»Ich bin kein Verräter!«

»Und wer soll dir das glauben?«

Das höhnische Gelächter, das Johan anstimmte, ging Mathilda durch Mark und Bein. Erst jetzt gewahrte sie, dass die zwei Männer nicht nur ihre Aufmerksamkeit erregt hatten, sondern auch die einer Truppe Krieger, die nun auf sie zugeritten kam. Bernhard der Däne führte sie an.

Gottlob!, dachte sie.

Bernhard war ein besonnener Mann, er würde aufdecken, was hier vor sich ging, Johan verbieten, Arvid mit dem Schwert zu bedrohen, er würde …

»Wie konnte König Ludwig fliehen?«, hörte sie ihn da plötzlich schreien, so donnernd, wie sie ihn nie hatte schreien hören.

Arvid öffnete den Mund, doch ehe er auch nur ein Wort hervorbrachte, rief Johan nicht minder laut und empört: »Er konnte fliehen, weil wir einen Verräter in unserer Mitte haben. Dieser Mann hier hat Ludwig befreit. Er wollte mit ihm davonreiten, und es wäre ihm um ein Haar gelungen, wenn ich ihn nicht aufgehalten hätte. Leider konnte ich des Königs selbst nicht habhaft werden – und auch des anderen Verräters nicht, der mit den beiden unter einer Decke steckt.«

Mathilda verließ den Schatten des Baumes. Ihr schwindelte, aber sie achtete nicht darauf. Als Arvids Blick sie traf, war der nicht länger wie tot. Halt dich da raus!, schien er ihr zu sagen. Sieh zu, dass du dich rettest!

Mathilda starrte ihn fassungslos an, hörte schließlich Bernhard den Dänen jene Frage stellen, die ihr selbst auf den Lippen lag: »Was, in Gottes Namen, hast du nur getan?«

»Ich habe Ludwig nicht zur Flucht verholfen, ich wollte doch nur …«

Er kam nicht weiter, denn Johan fiel ihm ins Wort: »Es gibt mehr als nur einen Zeugen, der gesehen hat, wie sie gemeinsam fortritten. Und ich selbst habe gehört, wie Arvid Ludwig seine Hilfe zusagte.«

»Das habe ich doch nur getan, um …«

»Stündest du nicht auf seiner Seite, du hättest um Hilfe gerufen, sobald du ihn erkannt hast. Warum bist du stattdessen mit ihm davongeritten?«

»Das würde ich auch gern wissen«, knurrte Bernhard.

Die Blicke, die sich in Arvid bohrten, waren kalt wie Stahl. Mathilda glaubte sie am eigenen Leib zu fühlen. Der Schwindel ließ nach, aber etwas anderes setzte ihr jetzt zu – Schmerzen, die von den Beinen zum Rücken zogen. Mücken tanzten um ihr Gesicht – vielleicht aber auch nur Lichtfunken, in die die Welt zerfiel. Wie aus weiter Ferne hörte sie, dass Bernhard erst den Befehl erteilte, König Ludwig unverzüglich nachzureiten, und dann Arvid gefangen zu nehmen, bis die Angelegenheit geklärt war.

»Nein ...«, stieß Mathilda aus, »nein ...«

Niemand hörte sie. Johan grinste breit, als er die Zügel von Arvids Pferd einem von Bernhards Männern übergab. Arvid selbst hatte seinen Blick gesenkt.

»Arvid ...«

Diesmal hörte er sie. »Bring dich in Sicherheit«, rief er ihr zu. »Es wird alles gut.«

Flüchtig streifte sie Bernhards Blick. Verwirrung breitete sich darin aus, weil er sich wohl nicht erklären konnte, was sie hier tat. Doch er war zu beschäftigt, Pläne zu machen, wie sie Ludwig einholen konnten, dass er sie nicht weiter beachtete.

Hilflos starrte Mathilda Arvid nach. Während seine Gestalt immer kleiner wurde, war Johan von seinem Pferd gesprungen und vor ihr stehen geblieben.

»Warum hast du das getan?«, rief sie verzweifelt.

Er starrte verächtlich auf ihren gerundeten Leib. »Es hätte meines sein sollen, nicht das des Mönchs.«

Sie legte ihre Hände schützend auf den Bauch, als er davonging, und wankte zurück zum Baum. Die Schmerzen, die langsam den Rücken hochgekrochen waren, schlugen sich wie Fesseln um ihren Leib und nahmen ihr jede Luft. Ihr Kopf schlug gegen die Rinde, als sie fiel. Sie versuchte noch, sich abzustützen, aber ihre Hände griffen ins Leere. Kurz wurde es schwarz um sie, und als wieder ein Lichtstrahl in den Abgrund fiel, lag sie hilflos und verlassen am Boden.

Er hatte ihr kein leeres Versprechen gegeben. Lange war Arvid tatsächlich überzeugt, dass sich alles zum Guten wenden würde. Gewiss, sein Verhalten sprach gegen ihn, und

Johans falsches Zeugnis machte es nicht besser – aber er stand Bernhard dem Dänen viel näher. Er hatte bei Richards Befreiung mitgewirkt und König Harald eine wichtige Botschaft überbracht – wenn wieder Ruhe herrschte, würde er sich erklären können.

Er ertrug es, dass man ihn zu den anderen Kriegsgefangenen brachte, ertrug es, dass diese ihn aus leeren Gesichtern musterten und auch, dass man sie fast verhungern ließ. Nur der Gedanke an Mathilda und dass er sie allein auf dem Schlachtfeld zurückgelassen hatte, peinigte ihn. Er sprach auf dem langen Weg nach Rouen manches Gebet, in dem er ihr alle Gnade und Hilfe Gottes wünschte. Für sich selbst forderte es nicht. Ihm selbst würde ein bisschen Zeit genügen, um mit Bernhard zu sprechen.

Als sie endlich nach mehreren Tagesmärschen Rouen erreichten und er nach weiteren Tagen in einem stinkenden Loch zu Bernhard dem Dänen gebracht wurde, begriff er, dass er sich geirrt hatte. Bernhard empfing ihn nicht im Kreis seiner üblichen Berater, sondern gemeinsam mit einem Mann, den Arvid hier nicht erwartet hatte: Abt Martin von Jumièges, den er selbst davon hatte träumen hören, dass die Normandie wieder in fränkische Hand fiel, der sich König Ludwig hatte andienen wollen und der nicht zuletzt Pläne gehegt hatte, Arvid dafür zu benutzen.

Davon war nun keine Rede mehr. Abt Martin fixierte ihn mit kaltem Blick. »Wie konntest du das nur tun, mein Sohn?«, fragte er vorwurfsvoll. »Wie konntest du nur zum Verräter werden?«

Arvid wurde der Mund trocken. Johans Verleumdung war schon schwer zu ertragen gewesen, doch der hitzige Krieger glaubte selbst an das, was er ihm vorwarf. Der Abt aber wagte, Bernhard dreist ins Gesicht zu lügen! Und fuhr – wahrscheinlich um seine eigene Zukunft zu retten – auch dann ungerührt fort, als Arvid seinen Blick empört erwiderte!

»Nun«, wandte er sich an Bernhard den Dänen, »Ihr habt eben gesagt, dass Ihr den Anschuldigungen nicht glauben könnt, dass Ihr nicht begreift, warum Arvid auf Ludwigs Seite steht, dass er sich bislang doch als durch und durch treu erwiesen hat. Ich kann Euch gern den Grund sagen.«

Arvid begriff, warum man Lügen als Gift bezeichnete. Sie waren keine Waffe wie ein Schwert, das auf sein Opfer saust und vor dem man sich noch ducken kann, eher wie ein Nebel, der sich langsam und von allen Seiten ausbreitet, die Luft zum Atmen nimmt, jede Pore durchdringt, die Zunge lähmt. Er wollte dem Abt ins Wort fallen, aber konnte es nicht.

»Was immer er Euch vorspielte – Arvid hegt einen tiefen Hass gegen alles Normannische. Mein Vorgänger Godoin hat mir die Wahrheit gesagt, und Arvid selbst hat es mir später bestätigt: Er ist der Sohn von Gisla.«

Zumindest der letzte Satz war keine Lüge – und hatte doch ähnliche Macht: Bernhards Gesicht verzog sich erst schockiert, dann verächtlich.

»Er ist ein Verwandter von König Ludwig?«

»Sein Neffe!«, rief Martin eifrig. »Wahrscheinlich standen sie seit langem heimlich in Kontakt. Ich habe es immer befürchtet, vor allem an dem Tag, da Arvid eigenmächtig das Kloster verließ.«

Arvid zerrte an seinen Fesseln. Abt Martin hatte zwar so viel Anstand, ihm nicht länger in die Augen zu sehen, aber dennoch hätte er ihn am liebsten geschlagen. Jene gleißende Wut, die ihn manchmal überkam, drohte auch jetzt wieder, ihn zu verbrennen.

»Das ist eine Lüge!«, schrie er dagegen an.

»So bist du etwa nicht mit Ludwig verwandt?«

»Doch, das bin ich, aber ...«

»Du bist der Neffe eines von Richards schlimmsten Feinden und hast es uns verheimlicht!«, rief Bernhard.

»Warum hätte ich es sagen sollen?«

»Am Tag vor der Schlacht habe ich dich nach deinen Eltern gefragt, und du hast gesagt, es täte nichts zur Sache, wer sie wären.«

»Es tut auch nichts zur Sache! Bernhard, so glaub mir doch! Ludwig wollte mich töten. Als Sohn seiner Schwester und eines Nordmannes stellte ich für ihn eine Bedrohung dar. Abt Martin wusste das und war sogar bereit, mich Ludwig auszuliefern und solcherart ein Zeichen zu setzen, dass der Abt von Jumièges dem fränkischen König treu ergeben ist und in ihm den wahren Herrscher der Normandie sieht. Du musst mir glauben!«

Abt Martin sagte nichts mehr.

Bernhard wandte sich ab. »Den Abt von Jumièges hat man aber nicht dabei gesehen, wie er König Ludwig zur Flucht verhalf.«

»Ich wollte ihm nicht zur Fluch verhelfen, ich wollte ihn töten!«

Bernhard fuhr herum, sein Gesicht nicht nur verzerrt, sondern rot vor Zorn. »Hast du den Verstand verloren?«

Vielleicht hatte er das tatsächlich – vielleicht war er so wahnsinnig wie sein Vater, nicht fähig, besonnen zu handeln, seinen Hass zu unterdrücken, seine Vorwürfe vernünftig zu entkräften. Etwas in ihm zerriss, und trotz seiner Fesseln ging er auf den Abt los, schlug mit gebundenen Armen auf den Mann Gottes ein. Er traf sein Gesicht, ehe Martin sich ducken konnte und er selbst fortgezerrt wurde. Arvid trat um sich, er rang mit Bernhards Männern, aber er wurde ihrer nicht

Herr – und noch weniger der Ohnmacht, der Lüge nichts entgegensetzen zu können, auch nicht dem Verdacht, dass es sich nicht lohnte, sich für eine Seite entschieden und einen Teil seiner selbst verleugnet zu haben.

»Bernhard, hör mir zu!«

Er schrie, bis er heiser war, und selbst dann noch, als Bernhard ihn nicht mehr hören konnte. Niemand konnte ihn hören. Man hatte ihn wieder in den Kerker gebracht, diesmal nicht zu anderen Gefangenen, sondern in einen winzigen Raum, in dem er kaum gerade stehen konnte und dessen feuchte Wände seine Schreie und Flüche schluckten.

Tagelang bat Mathilda vergebens darum, zu Arvid vorgelassen zu werden, aber irgendwann wurde ihr Flehen doch erhört. Das Loch, in dem man ihn gefangen hielt, war erbärmlich. Spinnweben und Staub rieselten auf ihr Haar, als sie eintrat. Er hockte gekrümmt in der Ecke, so reglos, als wäre er schon tot. Mehr als einmal musste sie seinen Namen rufen, bis er endlich hochblickte. Er sprang auf, stürzte auf sie zu und ergriff ihre Hände.

»Mathilda …«

Wie trostlos seine Stimme klang!

Doch zumindest lebte er, atmete. »Geht es dir gut?«, fragte er. »Dir und dem Kind?«

»Es ist alles in Ordnung. Als man dich gefangen nahm, hatte ich Krämpfe. Aber nach einer Weile haben sie wieder nachgelassen. Bernhard ließ mich zu Sprota nach Pîtres bringen. Sie nahm sich in den letzten Wochen meiner an. Ich bin mit ihr nach Rouen gereist, um endlich zu erfahren, was geschehen ist … was man dir vorwirft …«

»Du weißt, dass das alles Lügen sind! Ich wollte Ludwig

nicht zur Flucht verhelfen, ich wollte ihn töten. Es war ein Fehler, gewiss, eine unbesonnene, dumme Entscheidung, die ich nicht hätte treffen sollen, wo es doch galt, sich deiner anzunehmen. Aber ...«

Er brach ab, ließ sie los, ging gebückt auf und ab wie ein gefangenes Tier.

»Ludwigs Flucht ist missglückt«, erzählte sie schnell, um ihn von seinem Elend abzulenken, »er hat Laon nicht erreicht – und hatte darum keine Gelegenheit, neue Truppen aufzustellen.«

Er hielt inne.

»Wie ... wie hat man ihn gefasst?«

»Dieser Krieger, der ihm als Erster half und ihn Richtung Seine brachte, hat sich eines Besseren besonnen. Er sah ein, dass man ihn bei der Flucht erkannte und dass seine alte Mutter und die Kinder, die er in der Normandie zurückließ, für seine Fehler büßen würden. Um das größte Unheil von sich und den Seinen abzuwenden, brachte er selbst Ludwig nach Rouen.«

Arvid lachte bitter. »So ist er denn auch hier gefangen!«, stieß er aus.

Mathilda nickte. Ludwigs Gefängnis war gewiss komfortabler als dieses. Doch wahrscheinlich schritt der König dort genauso unruhig auf und ab, wie es nun auch Arvid wieder tat. Er konnte nicht fassen, was ihm, dem Karolinger, zugemutet wurde. Irgendwann blieb Arvid stehen und ließ sich kraftlos auf den Boden sinken.

»Warum ist dieser Johan so hasserfüllt?«, fragte er. »Ich kann mich erinnern, mich damals auf Gerlocs Hochzeit mit ihm geprügelt zu haben. Aber das ist doch kein Grund für diese Verleumdung.«

»Es hat mit mir zu tun«, gestand Mathilda. »Offenbar begehrt er mich und sieht in dir den Schuldigen, dass ich nicht seine Frau wurde. Manche Menschen werden hartherzig und grausam, wenn ihre Träume zerplatzen.«

Sie hatte versucht, mit Johan zu reden, hatte ihn angefleht, er solle seine Verleumdung zurücknehmen. Ihre Verzweiflung hatte seinen Triumph zu einem schalen gemacht, das sah sie an seinem flackernden Blick. Doch es war zu spät, das Netz der Lügen, mit dem er Arvid zu Fall gebracht hatte, zu zerschlagen. Es hätte ansonsten auch ihn ins Verderben gezogen – zumal niemand Geringerer als Abt Martin von Jumièges mitgewoben hatte.

»Ganz gleich jedoch, was Johan antrieb«, fuhr sie fort, »warum ist dein Hass so groß? Ich weiß, was Ludwig dir angetan hat. Aber dass du ihn töten wolltest ... nie hast du dergleichen im Sinn gehabt – oder zumindest nie mit mir darüber gesprochen.«

Arvid zuckte hilflos die Schultern: »Es war nicht nur der Hass. Es war ...«

»... Rachsucht?«

»Das auch, aber nicht nur. Ich dachte, wenn er tot wäre, würde auch jene blinde Wut in mir verstummen, die ich nicht verstehe, jene Lust zu zerstören. Vielleicht wollte ich noch mehr als Ludwig meinen Vater töten für das, was er meiner Mutter angetan hat ... und mir. Es mag zwar völlig widersinnig scheinen – schließlich war mein Vater ein Nordmann und Ludwig ein Franke. Und dennoch, Ludwig weiß, wer ich bin. Er hat mir niemals eine Wahl gelassen, mich für oder gegen ihn zu entscheiden, er sieht mich als Bedrohung, die es samt der Wurzel auszureißen gilt. Und so dachte ich, wenn er denn tot wäre, wäre ich nicht nur sicher, sondern frei.«

Er senkte den Kopf auf seine Arme. Dunkler, verschmutzter und stinkender als jeder Kerker musste das schwarze Loch seiner Seele sein, aus dem diese Mordlust erwachsen war. Mathilda begriff zwar immer noch nicht bis ins Letzte, was ihn geritten hatte, aber wusste, dass es manchmal leichter war, die eigene Zerrissenheit zu ertragen, wenn man blind um sich schlug.

»Warum auch immer ich so handelte – ich bin gescheitert«, murmelte er. »Und Bernhard der Däne glaubt nun, ich sei ein Verräter. Sogar in friedlicheren Zeiten werden Verräter streng bestraft.«

Mathilda wurde eiskalt. Der Moder, der die Wände hochkroch, schien in jede Faser ihres Körpers zu dringen.

Wenn ich den Kerker verlasse, dachte sie, werde ich alt und grau sein. Dann aber spürte sie das Kind in ihrem Leib. Unmöglich konnte sie von der Hoffnung lassen, es gäbe eine Zukunft für sie alle.

»Sie können dich nicht hinrichten!«, rief sie. »Nicht nach allem, was du für Richard getan hast.«

»Aber sie können mich verbannen.«

Wohin?, wollte sie fragen, aber dachte dann, dass es gleich war. Jeder Ort außerhalb der Normandie verhieß Fremde und Einsamkeit.

»Wo immer du hingehst, ich begleite dich«, erklärte sie entschlossen.

Er blickte hoch.

»Das darfst du nicht! Ich kann dir nichts bieten. Und ich werde dich nicht ins Unglück stürzen.«

»Damals, nach Richards Flucht aus Laon, wurde ich gewaltsam in die Bretagne verschleppt. Es ist eine lange Geschichte, was dort geschah und warum. Im Moment zählt nur, dass ich alles darangesetzt habe, zu dir zurückzukehren.«

»Und ich empfange dich in einem Kerker.«

Arvid lachte freudlos auf – ein Laut, der in ihren Ohren

schmerzte. Plötzlich musste sie an ihr unterirdisches Gefängnis denken. Zugiger war es dort gewesen, die Luft nicht modrig, sondern salzig. Es war etwas größer gewesen, und doch hatte sie dort die gleiche Trostlosigkeit überkommen, in der nun auch Arvid gefangen war.

Sie strich sich über ihren Leib. Sie hatte die Trostlosigkeit abgeschüttelt und jenen Kerker hinter sich gelassen. Jetzt würde sie dafür sorgen, dass Arvid auch aus seinem befreit wurde.

»Gib nicht auf«, murmelte sie. »Gib nicht auf.«

Sprota hatte ihr zweites Kind geboren, ihr Leib war wieder schlank, die Wangen rosig. Es war ein Sohn, Raoul genannt, kein Bastard wie sein Bruder, dennoch weit unter dessen Rang. Aber es war ein Sohn, zu dem sich Sprota offen bekennen konnte. Sie sah glücklich aus, erkannte Mathilda, sie hatte ja auch allen Grund, es zu sein – wegen Raoul und wegen Richards Sieg. Überreich wie ihr Glück war auch ihr Mitleid Mathilda gegenüber, doch diese wusste, es würde ihr nichts nutzen. In der Stunde der Not hatten die mächtigen Männer sich mit Sprota beraten, sie war beinahe eine der ihren gewesen, doch jetzt würden sie sich wieder darauf besinnen, dass sie nichts weiter als Wilhelms einstige Konkubine war, die man zu ignorieren hatte.

Man ignorierte auch sie, Mathilda. Zwar war sie zu Bernhard dem Dänen vorgelassen worden, doch der zeigte sich in ein Gespräch vertieft und hatte keinen müden Blick für sie übrig. Sie hatte gehofft, Richard anzutreffen, aber noch war er nicht nach Rouen zurückgekehrt, sondern hielt sich an einem sicheren Ort, wahrscheinlich Senlis, auf, bis alles für den feierlichen Einzug in die Stadt vorbereitet war.

Endlich unterbrach Bernhard sein Gespräch, jedoch nicht,

um Mathilda zu begrüßen, sondern um einen Brief entgegenzunehmen, den ein Bote brachte. Er las ihn begierig, erst mit nachdenklicher, dann mit freudiger Miene.

»Hugo der Große hat erfahren, was passiert ist, doch er hat für Richard Partei ergriffen, nicht für Ludwig. Kein Wunder nach Ludwigs Verrat an ihm. Das bedeutet, dass er keine Anstalten machen wird, Ludwig aus Rouen zu befreien.«

Osmond lachte auf – Botho hingegen ließ sich von der Begeisterung nicht anstecken. »Das ist alles gut und schön. Aber Richard wird von unseren übrigen fränkischen Nachbarn erst dann als rechtmäßiger Graf betrachtet werden, wenn Ludwig selbst ihn anerkannt hat. Er mag unser Gefangener sein – aber er ist immer noch der König. Und um Richards Grafenwürde zu akzeptieren, muss er im Besitz seiner Macht sein.«

Osmonds Lachen verstummte. »Wir sollen ihn freilassen?«

Bernhard fuhr fort: »Wie es aussieht, ist Gerberga tief bestürzt über die Gefangenschaft ihres Gemahls. Sie hat Hilfe bei ihrem Bruder Otto gesucht, und auch wenn der ihre Bitte abschlug, da Ludwig seiner Meinung nach selbst schuld an seiner Lage ist, hat er sie doch auf eine Idee gebracht. Eine Idee, die auch Hugo unterstützt.«

»Ich dachte, Hugo würde sich raushalten?«

»Das tut er auch. Aber das bedeutet nicht, dass er uns keinen Ratschlag erteilt.«

»Und welcher wäre das?«, fragte Osmond unwillig.

Bernhard deutete auf das Schreiben. »Ludwigs Sohn Lothar könnte als Geisel nach Rouen gebracht werden, nicht allein, sondern in Begleitung zweier einflussreicher Geistlicher – Didier, dem Bischof von Beauvais, und Guy, dem Bischof von Soissons. Vielleicht könnte man auch darauf bestehen, dass überdies Karl, sein jüngerer Bruder, mitzukommen hat. Sobald sie Rouen erreicht und sich uns ausgeliefert haben, wird Ludwig freigelassen.«

»Und das bedeutet«, ging Osmond der Plan auf, »dass er wieder im Besitz seiner Königswürde ist und Richard als Grafen der Normandie anerkennen muss – und dass er sich hüten wird, erneut das Land zu besetzen, weiß er doch seine Söhne in unserer Hand.«

Mathilda entging nicht, wie sich Sprotas Gesicht verdunkelte. Sie hätte es wohl niemals zugegeben, aber sie empfand gewiss Mitleid für Gerberga, der das gleiche Schicksal wie ihr drohte – Mutter eines Sohnes zu sein, der sich in Geiselhaft befand. Unter anderen Umständen hätte auch Mathilda Mitleid gehabt, aber noch war sie ganz und gar mit ihren eigenen Sorgen belastet.

»Ich wüsste einen geeigneten Ort für den offiziellen Friedensschluss von Richard und Ludwig«, schaltete sich Botho ein, »Saint-Clair-sur-Epte. Dort hat Ludwigs Vater einst Rollo zum Grafen der Normandie gemacht, und Rollo hat ihm im Gegenzug die Lehnstreue geschworen.«

Bernhard nickte zustimmend, und auch Osmond war von der Vorstellung angetan. »Und dann herrscht endlich Frieden«, stieß er aus, bekundend, dass auch ein hitzköpfiger Mann wie er den Krieg nicht mochte.

»Zumindest mit dem fränkischen Reich … und zumindest fürs Erste«, sagte Bernhard. »Leider habe ich erfahren, dass von anderer Seite neue Gefahr droht. Dass uns die Dänen unter Harald in der Schlacht unterstützten, war unser Glück. Doch viele von ihnen, allesamt Heiden, wollen das Land nun nicht verlassen und haben sich überdies mit einer Gruppe Bretonen vereint, die im Cotentin die Macht an sich zu reißen versuchen, um von dort aus die Bretagne zu erobern. Wenn sie heute Alanus Schiefbart verjagen wollen, könnte es morgen Richard sein.«

Betroffenheit breitete sich unter den Männern aus und auch Schweigen. Mathilda zögerte nicht, es zu nutzen.

»Dazu habe ich etwas zu sagen.«

Bernhard hob den Kopf. Erst jetzt nahm er sie wahr. »Ich weiß, du stehst auf Arvids Seite. Aber was er getan hat, ist unverzeihlich.«

»Er ist kein Verräter, sondern Richard treu ergeben!«

Bernhard runzelte die Stirn. »Und wie soll ich ihm glauben können, nach allem, was ich über ihn weiß?«

Mathilda zögerte kurz. »Gar nicht«, erklärte sie schließlich entschlossen. »Wie könnte Arvid einen Beweis für seine Unschuld erbringen, wenn er doch im Kerker hockt! Aber ich ... ich als seine künftige Frau, als Mutter seines Kindes, ich kann beweisen, dass wir nicht auf der Seite der Franken stehen und nicht auf der Seite der Heiden, sondern dass wir durch und durch treue Normannen sind.«

Bernhard blickte skeptisch, aber ließ Mathilda immerhin fortfahren. Sie trat einen Schritt auf ihn zu.

»Ich weiß, was im Cotentin vor sich geht. Einer der Heiden, Sedric, ist offenbar gefallen, ein anderer, Turmod, hingegen lebt noch. Er hat sich mit einer gewissen Hawisa verbündet, und von jener droht die größte Gefahr, ist sie doch eine Nachfahrin Alanus des Großen und zugleich Frau des großen Rögnvaldr. Sie will nichts Geringeres, als sein Reich wiederherzustellen.«

»Woher weißt du davon?«

»Ich bin mit jener Frau verwandt, habe mich jedoch von ihr losgesagt. Was jetzt noch zählt, ist einzig, dass ich weiß, wo Hawisa sich aufhält. Ich werde es verraten, wenn Arvid freigelassen wird.«

Schweigen senkte sich über den Raum, Sprota blickte Mathilda verwundert, Bernhard noch skeptisch an. Doch sie wusste, dass sie ihr Ziel erreicht hatte.

So leicht ist es also, zur Verräterin zu werden, dachte sie. Aber war es überhaupt ein echter Verrat, wenn sie dafür nicht dreißig Silberlinge, sondern Arvids Leben bekam?

Sie hatte Mathilda nicht gefunden. Sie hatte sich bei der Suche vielmehr selbst verloren. Schon kurz nach dem Aufbruch hatte sie Bruder Daniel wieder zurückgeschickt, weil er ihr lästig war, doch die Einsamkeit, die folgte, fraß an ihrem Verstand wie ein Geier am Aas. Manchmal vergaß sie, was sie eigentlich trieb, als sie erst die Küste, dann das Landesinnere auf und ab ritt. Manchmal fiel es ihr wieder ein.

Irgendwann hörte sie Stimmen. Wer war es, der da schrie: Flieh, Mathilda, flieh vor mir! War es sie selbst? War es ihr toter Vater? War es gar Rögnvaldr?

Sie wurde müder und konnte sich kaum mehr auf dem Pferd halten. Und sie wurde wacher, denn manche Erinnerungen, über Jahre im Grau verborgen, wurden plötzlich stechend scharf. Erinnerungen an die Kindheit, Erinnerungen an ihre Schwester Oreguen, Erinnerungen, wie sie tuschelnd zusammensaßen und sich noch innig geliebt hatten.

Wie wird der Mann sein, mit dem man uns eines Tages vermählen wird? Groß soll er sein, hatte Hawisa gesagt, stark und mächtig und stolz.

Mathedoi war so gewesen, der Mann ihrer Träume, aber Mathedoi hatte nicht sie erwählt, sondern Oreguen.

Rögnvaldr war auch so gewesen. Und noch viel mehr. Zum Beispiel ungeduldig. Als er ihre Burg überfiel, hatte er alle Männer sofort getötet oder töten lassen.

Nun gut, bei den Frauen hatte er etwas gezögert. Er hatte sie nicht gleich geschändet. Erst als er erfahren hatte, dass sie Alanus' Tochter war, hatte ihn die Besessenheit gepackt. Ein stolzer, starker, großer, mächtiger Mann kann so wehtun.

Es tat jetzt wieder weh, als sie durch die einsamen Wälder ritt und an den Tag dachte, da sie von seinem plötzlichen Tod erfahren hatte, da sie beinahe an der Einsicht erstickt wäre, dass ihre Entscheidung, sich ihm mit Haut und Haaren zu unterwerfen, sich nicht gelohnt hatte. Damals war sie erst recht schutzlos und ohnmächtig gewesen. Es blieb ihr nichts anderes übrig, als sich von ihrem Kind zu trennen, das fern von ihr sicherer war, und mit dem Wissen zu leben, dass von der Liebe, die sie für Rögnvaldr zu empfinden gelernt hatte oder vielmehr, die sie sich mit ganzer Willenskraft ertrotzt hatte, weil sie sonst an ihrem Leben verzweifelt wäre, am Ende nichts übrig blieb als ein jahrelanger Kampf um die Herrschaft über die Bretagne. Nicht, weil ihr etwas an dem Land lag, sondern weil sich die verfluchte Liebe endlich lohnen musste.

Wie aber, fragte sie sich nun, konnte Liebe sich je lohnen, wenn sie doch nicht tief verwurzelt war? Wenn sie nicht aus Zärtlichkeit geboren, sondern erzwungen worden war – in dem Augenblick, da sie gebrochen unter einem Stärkeren lag, der sich alles nahm, weil er es sich nehmen konnte?

Rögnvaldr hatte ihr nicht nur alles genommen, die Ehre, den Stolz, die Jungfräulichkeit, er hatte ihr auch die Tochter geschenkt. Mathilda … Aber ein Kind versprach lediglich Zukunft, es konnte die Qualen der Vergangenheit nicht segnen.

Flieh Mathilda, flieh!

Irgendwann floh sie selbst. Vor den Erinnerungen, die sie heimsuchten, vor dem Wunsch, die Tochter in ein Leben zu zwingen, das diese nicht wollte, vor der Einsicht, dass sie selbst längst aufgegeben hatte.

Hawisa kehrte zum Wall zurück in dem Glauben, ihn verwaist vorzufinden, aber Dökkur erwartete sie im Hof. Seine Augen waren blind, und er sah nicht, wie erschöpft sie war. Seine Seele war blind, und er sah nicht, wie gebrochen sie war. Stattdessen berichtete er, was geschehen war. Harald Blauzahn hatte die Normandie mit seinen Truppen wieder verlassen, weil er in Dänemark gebraucht wurde. Turmod und seine Getreuen waren immer noch da – allerdings hatten sie beim gescheiterten Versuch, das Frankenreich heimzusuchen, große Verluste erlitten.

Hawisa hörte gar nicht richtig zu. »Die Sache ist verloren«, murmelte sie.

»Was redest du, Weib?«

»Die Sache ist verloren«, wiederholte sie. »Was zählt, wer Mathildas Vater war, wenn sie einen anderen Mann liebt. Mir hat Mathedai auch nichts mehr bedeutet, als ich mich Rögnvaldr unterwarf.«

»Bist du verrückt geworden? Seit Jahren ...«

»Seit Jahren«, fiel sie ihm ins Wort, »behandelst du mich, als wäre ich die Witwe deines Bruders. Aber ich war nicht seine Witwe, denn ich war nicht seine Frau. Ich war seine Hure. Um eine Frau wirbt man, er hat nie um mich geworben.«

Dökkur widersprach ihr nicht länger. Stein für Stein hatte sie das Gebäude an Lügen abgetragen, nun versetzte er ihm selbst mit wackliger Hand einen letzten Stoß. »Ich kann mich erinnern, denn ich habe alles gesehen«, höhnte er plötzlich mit giftiger Stimme. »An dem Tag, da du in Rögnvaldrs Hände fielst, hatte ich noch Augen. Seine Hände waren so groß und hart, und dein Körper so zart und klein.«

Es war etwas anderes, sich selbst die Wahrheit einzugestehen, als sie aus fremdem Mund zu hören. »Sei still!«, fuhr sie ihn an.

Aber Dökkur war nicht still. So lange hatte er mit seiner Blindheit leben müssen und damit, dass er sich mit ihr verbünden musste. Jetzt wollte er nicht darauf verzichten, sich dafür zu rächen. »Weißt du eigentlich, dass wir Männer Wetten abgeschlossen haben? Ob er dich uns später überlässt. Und ob du ihn überhaupt überleben würdest.«

»Er hat mich euch nicht überlassen.«

»Weil du dich nicht gegen ihn gewehrt hast, sondern dich ihm unterworfen hast. Weil du um dein Leben gebettelt und auf seine Gnade gehofft hast. Du warst sehr schön, doch du warst ohne Stolz. Die Frauen meines Volkes sterben lieber, als geschändet zu werden.«

»Du bist mir all die Jahre nachgekrochen und redest von Stolz?«

»Zumindest habe ich nie vorgegeben, dass ich dich mag. Ich habe dich immer verachtet, und du hast es immer gewusst. Ich habe dich nicht belogen – du dich selbst schon. Du hast dir eingeredet, du würdest meinen Bruder Rögnvaldr lieben. Und sieh, ich weiß nicht viel von der Liebe, jedoch, dass eine Frau, die einmal blutend, stöhnend, verängstigt und verweint vor einem Mann gelegen hat, verklebt von seinem Samen, geschunden ob seiner Rohheit, diesen niemals lieben kann.«

Er sagte nichts, was sie nicht selbst wusste. Hören wollte sie es trotzdem nicht. Mit einem Aufschrei ging Hawisa auf Dökkur los. Er trug kein Schwert wie Hasculf, aber ein kleines Messer, mit dem er Fleisch und Brot schnitt. Es war stumpf, womöglich würde es nicht genügen, ihn zu töten, sie riss es dennoch von *seinem Gürtel. Wenn er noch Augen hätte, sie würde sie ihm ausstechen. Wenn er noch ein Mann war, sie würde ihn kastrieren. So aber wusste sie nicht, wie sie ihm noch zusetzen konnte.*

Ehe Hawisa sich entscheiden konnte, hörte sie Bruder Daniel rufen. Er war also im Wall geblieben, anstatt vor ihr zu fliehen. Welch ein Feigling. Welch ein Schwächling.

»Eine Truppe!«, schrie er. »Krieger rücken heran, auf Pferden und mit Waffen.«

»Wer sind sie? Turmods Männer?«

»Es sieht nicht so aus. Sieh selbst.«

Er machte eine dienernde Bewegung, und sie trat an ihm vorbei zum Tor des Walls. Es war zu spät, es zu schließen, sie wollte es auch gar nicht schließen lassen, denn es kamen nicht nur Krieger geritten, sondern auch ... sie. Mathilda.

Sie versank in ihren Anblick. Da war plötzlich keine Verbitterung mehr, kein Wahnsinn, kein Schmerz. Meine Tochter, dachte sie, meine Tochter hat Tränen in den Augen.

Damals, in jener Nacht, als Rögnvaldr über sie hergefallen war, hatte sie auch geweint. Später hatte sie keine Tränen mehr gehabt, nicht einmal, als sie sich von Mathilda hatte trennen müssen. Eirinn hatte für sie geweint.

Mit steifen Gliedern trat Hawisa auf ihre Tochter zu. Noch blieben die Krieger auf den Pferden, einzig Mathilda sprang ab. Sie war nicht zart wie das Kind von einst, sie war jetzt eine starke Frau. Vielleicht hätte sie den Stolz bewiesen, von dem Dökkur gesprochen hatte. Den Stolz, den sie aufgegeben hatte, als sie sich Rögnvaldr unterwarf.

»Du musst doch nicht weinen«, begann Hawisa mit zitternder Stimme zu sprechen. »Du nicht. Wenn du auf meiner Seite stehst, droht dir nichts Böses von Nordmännern. Dann bist du eine von ihnen – und einer solchen tun sie keine Gewalt an. Du

bist nicht hilflos, du bist nicht schutzlos. Du bist die Erbin, Alanus' und Rögnvaldrs Erbin. Dich werden sie nicht in den Staub treten wie seelenloses Vieh. Du musst nicht deine Seele verkaufen und zusehen, wie Fremde sie zerreißen, nur um zu überleben.«

Sie war auf Mathilda zugetreten, umklammerte erst ihre Hand, umarmte sie dann. »Du bekommst den Mann, den du liebst, nicht einen, der dich schändet. Du musst dein eigen Blut nicht hassen wie ich meine Schwester und meinen Neffen, weil ich zu viel von diesem Blut habe fließen sehen. Du kannst glücklich werden.«

Mathilda machte sich los. Sie weinte nicht mehr, und da erst erkannte Hawisa, dass die Krieger Normannen waren und Mathilda sie nicht zu ihr geführt hatte, um sich ihr anzuschließen.

Mathilda hatte sie verraten.

X.

Mathilda nahm erst die eine Hand, dann die andere. Es waren dürre, raue Hände, die Klauen glichen, aber dennoch warm waren. Bis jetzt war ihr Hawisa mehr wie ein ruheloser Geist erschienen, nun sah sie die Frau aus Fleisch und Blut in ihr, nicht getrieben von blinder Herrschsucht und Wahn, sondern voller Gefühle, die sie kannte und teilte. Sie erwiderte ihren Blick, sah erst Verstehen aufblitzen, dann Enttäuschung, schließlich Angst. Sie sah einen Menschen. Und fühlte sich in diesem Augenblick, da sie zur Verräterin wurde, mehr als ihre Tochter als je zuvor.

»Es ist zu spät, Mutter.«

Hawisa machte sich von ihr los, blickte sich um und betrachtete die vielen normannischen Krieger, die nun den Wall erstürmten. Ein Stöhnen entwich ihrem Mund, kein Schrei. Sie klang resigniert, nicht überrascht. Sie wusste jetzt, dass Mathilda sie nicht retten und aus ihrem zerstörten Leben kein heiles machen konnte.

»Ich bin nicht die Erbin der Bretagne«, erklärte Mathilda mit gesenktem Blick. »Ich bin zwar die Tochter eines Nordmannes – aber die Nordmänner sind in der Normandie allesamt zu Christen geworden, und das bin ich auch. Sie haben ihre Heimat verlassen und sich eine neue erobert. In dieser Welt lebe ich. Mit einem Mann, den ich liebe: Arvid.«

Mathilda hob den Kopf und sah ihre Mutter an. Was sie sah, ließ sie erstarren: Hawisa hielt ein Messer in der Hand, kurz blitzte wieder jener Wahnsinn in ihren Augen auf, und Mathilda erwartete voller Entsetzen, dass sie sie mit ins Verderben reißen würde.

Doch dann erkalteten die Augen wieder, und zurück blieb nichts als Überdruss.

»Mathilda ...«, murmelte Hawisa. »Mathilda ...«

Und mit dem Namen der Tochter auf den Lippen stieß sie sich das Messer mitten ins Herz.

Mathilda vermeinte, selbst die Klinge zu spüren, die sich in die Haut bohrte, im warmen Fleisch stecken blieb und das Leben der Frau vernichtete, die ihre Mutter war. Der Leib ihrer Mutter und der eigene wurden eins. Sie durchlitt ihre Qualen, fühlte den Schmerz durch alle Glieder schießen und das warme Blut sprudeln, rang wie sie nach Luft. Sie wusste, was Hawisa empfand. Sie wusste nur nicht, ob sie ihr in diesem Augenblick vergab oder sie verfluchte.

Hawisa sank auf ihre Knie, fiel dann zu Boden. Mathilda hob die Hände, um die Krieger abzuhalten, noch näher zu kommen, dann beugte sie sich zu ihrer Mutter herunter. Dieser Augenblick gehörte ihnen beiden, sonst niemandem. Sie wagte nicht, erneut Hawisas Hände in die ihren zu nehmen, sie wollte nicht fühlen, wie sie langsam erkalteten, aber sie musste etwas tun – für sie und für das Heil der eigenen Seele.

Mathilda fiel nichts anderes ein, als zu beten. In ihr Murmeln mischte sich plötzlich ein anderer Laut. Sie hatte Hawisa schon für tot gehalten, aber eine, die sich jahrzehntelang an einer sinnlosen Hoffnung festkrallt, stirbt nicht schnell. Noch atmete sie. Noch hatte sie die Kraft zu reden.

»Ich … werde nicht in den Himmel kommen«, brachte sie hervor. »Ich … werde die Straße nach Hel gehen. Sie führt … Richtung Norden, wo es immer dunkler und kälter wird, und sie führt … durch tiefe Täler und Gebirge. Irgendwann gibt es keine Berge mehr, irgendwann … gibt es kein Licht mehr. Nur das ewige Eis.«

»Nein«, sagte Mathilda da, und in ihrer Stimme regten sich Trotz und Empörung.

Ein dunkler Schleier schien sich über sie und ihre Mutter zu senken, vom Todesengel auf sie hinabgeworfen, um alles zu ersticken – Hawisas letztes Aufbegehren gegen das Sterben, Mathildas Wunsch nach Versöhnung. Aber der Todesengel sollte nicht das letzte Wort haben, er durfte keine alleinige Macht haben, mit ihm mussten doch noch andere Engel kommen, um die Dämonen zu bannen und die Seele ins Licht zu führen.

»Nein!« Mathilda schrie nun. »Du wirst nicht in Dunkelheit und ewiges Eis eingehen, nicht für immer. Gott ist gnädig, Gott ist freundlich!«

Hawisa rang nach Luft. »Das einzige Licht, das scheint«, brachte sie röchelnd über die Lippen, »kommt vom Feuer. Der Fenrir-Wolf … speit es aus Augen und Nüstern, wenn die Welt … im Chaos versinkt. Dies ist das Geschick der Welt. Dies ist … mein Geschick … und deines auch. Du bist … kein Kind der Liebe, sondern … ein Kind des Feuers. Als dein Vater … über mich kam, hat es sich angefühlt, als würde ich zerreißen und verbrennen … und zu Asche zerfallen. Danach … ist es nie wieder warm geworden, nie wieder hell.«

Mathilda ergriff nun doch Hawisas Hand. Sie glich nicht länger einer Klaue, vielmehr der des eher jungen Mädchens, das sie gewesen sein musste, als Rögnvaldr über sie herfiel.

»Du musst Rögnvaldr vergeben«, sagte sie leise. »Und du musst dir vergeben, dass du dir eingeredet hast, ihn zu lieben.«

»Man sagt, die Liebe ... ist stark wie der Tod, aber ich sterbe, und ... es ist kalt und finster.«

»Vergib ihm, Mutter! Vergib ihm und dir selbst!«

»Er war gut zu dir ... zu mir war er es nicht. Ich war für ihn nur ... Kriegsbeute. Wenn ich ihm nicht zu Willen war, hat er mich geschlagen, und wenn ich ... um meinen Vater trauerte, hat er gelacht. Aber wenn ich zugegeben hätte, ihn zu hassen ... was wäre von mir geblieben als eine geschundene Seele, so klein, so schwach? Das konnte doch nicht sein ... das wollte ich nicht.«

»Aber jetzt darfst du klein und schwach sein«, sagte Mathilda eindringlich. »Zumindest jetzt.«

Hawisa keuchte. Mit letzter Kraft hob sie die Hand, umklammerte den Knauf des Messers, mit dem sie sich selbst verwundet hat.

»Ich ... ich habe oft gegen jemanden die Hand erhoben. Aber ich habe nie jemanden getötet. Ich ... wollte immer wissen, wie es sich anfühlt. Wie es gewesen wäre, ihn zu töten. Und hinterher mich. Warum habe ich zu lange damit gewartet? Warum ... habe ich es nicht getan?«

»Es war gut, dass du es nicht getan hast«, sagte Mathilda. »Du hast mir das Leben geschenkt, und dafür danke ich dir. Und jetzt werde ich das Leben weitergeben: Ich bekomme ein Kind von Arvid. Vielleicht ist die Liebe nicht stark wie der Tod, aber das neue Leben ist es. Es gab so viel Hass, so viel Gewalt – zwischen dir und Rögnvaldr und zwischen Arvids Vater und seiner Mutter Gisla – aber dieses Kind, das aller Blut trägt, ist kein Kind der Gewalt und des Hasses. Hörst du, Mutter, hörst du? Es ist ein Kind der Liebe.«

Hawisa sah Mathilda an und rang noch einmal nach Luft. Es war ihr letzter Atemzug.

Hasculf hatte die Kälte immer gehasst. Zwar hatte er die Sehnsucht unterdrückt, ihm möge einmal warm werden, und die Hoffnung begraben, er könnte diese Wärme bei Mathilda finden, aber auch vermeintliche Härte und Gleichgültigkeit hatten den tiefen Hader in ihm nicht ausmerzen können.

Jetzt wurde ihm warm, sehr warm. Er schwitzte, als er kämpfte, und er kämpfte auch dann noch, als es sinnlos wurde: Sie waren nur ein Dutzend Krieger, die den Wall bewachten. Mehr als doppelt so viele waren wie aus dem Nichts gekommen und hatten den Innenhof gestürmt – kräftigere, weil sattere Männer, die obendrein wendigere Pferde und schärfere Waffen besaßen.

Vielleicht waren alle Kämpfe in seinem Leben sinnlos gewesen, vielleicht sein Leben als Ganzes auch. An Rögnvaldr, seinen Onkel, würde man sich erinnern. Dieser hatte immerhin ein Reich geschaffen, auch wenn es nur ein kurzlebiges gewesen war. Er selbst jedoch hatte nichts anderes getan, als sich an den Trümmern dieses Reichs kaputtzuschleppen, um am Ende doch kein Haus daraus zu errichten, nicht einmal eine stabile Mauer. Eben wurden die Trümmer in noch kleinere, unbrauchbarere Stücke zerschlagen. Nie wieder würden sie ein Ganzes werden. Nie wieder würde er ein Ganzes werden – nun, nachdem ihm jemand die Hand abgeschlagen hatte.

Er starrte darauf, aber fühlte keinen Schmerz, fühlte nur das Blut aus dem Stumpf schießen. Er sank auf die Knie, er schwitzte nicht mehr. Warum musste er sterben, um zu begreifen, dass der Tod mehr Wärme schenkte als das Leben? Mehr Wärme sogar als Mathilda?

Noch konnte er seine Augen offen halten und erkennen, dass sie dort hinten bei Hawisa hockte. Er fühlte sich zu schwach, um sich gegen die Sehnsucht zu wehren – die Sehnsucht danach, dass sie bei ihm saß, seine noch heile Hand hielt, mit ihrer weichen Haut seine raue berührte, das Kleid aus Stein, das er all die Jahre zu tragen hatte, von seinem Körper zerrte und das, was darunter war, mit Küssen übersäte und erweichen ließ.

Das Bild begann zu flimmern. Sie würde nicht zu ihm kommen und bei ihm hocken, und er konnte der Trauer darüber nichts entgegensetzen. Ehe das Blut erkaltete, ehe er den Schmerz in seinem Armstumpf spürte, ehe der Druck auf die Brust übermächtig wurde, hob jemand über ihm sein Schwert und schlug ihm den Kopf ab.

Mathilda wusste später nicht mehr, wie lange sie neben dem Leichnam ihrer Mutter gehockt hatte. Hinter ihr tobte der Kampf zwischen Hawisas Männern und jenen, die Bernhard gesandt hatte, Krieger flüchteten oder starben, doch sie hatte keine Angst, inmitten des Getümmels von einer Waffe getroffen zu werden. So wie Hawisas Seele in eine andere Welt eingegangen war, wähnte sie sich an einen fernen Ort verbannt, in dem vergangener Schmerz nicht zählte und künftiger Lebenskampf noch keine Kräfte erforderte.

Die große Stille nach dem Kampf war es, die Mathilda wieder zurück in die Wirklichkeit brachte. Sie blinzelte, blickte sich um, als erwachte sie aus einem langen Traum, und sah die vielen Toten. Die meisten Gesichter waren grausam verzerrt, nur das von Hawisa erschien so sanft, als würde sie schlafen, und so weich, als wäre es aus Wachs.

»Gott schenke dir Frieden, Mutter«, murmelte Mathilda.

Sie erhob sich, blickte ein letztes Mal auf die Tote herab und wusste, dass sie keine Träne um sie weinen würde. Ihre Trauer war tief und ehrlich, aber sie galt nicht der alten Frau, die vor ihr lag, sie galt dem jungen Mädchen, das jene einst gewesen und das lange zuvor gestorben war. Neben der Trauer fühlte sie vor allem Dankbarkeit – dafür, dass es ihr erspart geblieben war, die eigene Seele brechen zu sehen, und dafür, dass das Leid, das sie erfahren hatte, sie am Ende stärker hatte werden lassen, anstatt sie zu zerstören. Es war nichts, worauf sie stolz sein konnte, kein eigenes Verdienst, vielmehr eine Gnade, die ihr geschenkt wurde – von der willkürlichen Vorsehung, die manche Bäume morsch werden lässt und andere erblühen.

Schritte ließen Mathilda zusammenzucken. Sie fuhr herum, doch da hatte sich der, der sich ihr genähert hatte, schon zu ihren Füßen niedergeworfen.

»Gott ist gnädig, ich bin nun frei!«, rief Bruder Daniel, bekreuzigte sich hastig und setzte angstvoll hinzu: »Du bist doch gekommen, um mich zu befreien, nicht wahr? Du weißt doch – ich war nur ihr Sklave, mir blieb keine andere Wahl, als zu tun, was immer sie wollte.«

»Doch«, sagte Mathilda kalt, »du hattest die Wahl. Du hättest mir helfen können, aber du hast es nicht getan.«

Seine Lippen kämpften um ein einnehmendes Lächeln, sein Blick jedoch blieb stechend. »Mir hat auch niemand geholfen.« Er rang seine Hände. »Wie soll denn einer, der nichts hat, etwas geben können?«

Mathildas Trauer schwand, zurück blieb Überdruss.

»Du bist ein Blatt im Wind«, zischte sie, »geh in ein Kloster, finde deinen Frieden, aber bleib mir fern! Und erspar es uns beiden, dass du vor mir kniest. Nichts, was du tust, ist aufrichtig gemeint.«

Er zögerte, stand dann aber auf und schritt von dannen.

Mathilda trat zu einem der normannischen Krieger und wies auf Bruder Daniel. »Er war ein Sklave meiner Mutter, einstmals ein Mönch. Ich bitte euch: Bringt ihn fort von hier ... und seht zu, dass auch ihr nichts Schlimmes geschieht.« Sie deutete auf die alte Frau, die nun auf sie zuwankte: Eirinn. Als diese Hawisas Leichnam erblickte, brach sie in Tränen aus. »Sie hat mir zur Flucht verholfen«, sagte Mathilda, »es soll ihr gedankt sein, indem sie irgendwo einen friedlichen, behaglichen Lebensabend verbringen darf.«

Sie hoffte das Beste für Eirinn, aber sie war zu müde, um jetzt mit ihr zu reden, und wandte sich ab. Sie wusste, die Erinnerungen an diesen Tag würden sie noch lange heimsuchen, aber jetzt wollte sie die Augen schließen, keine Toten mehr sehen und nur an den kommenden Tag denken, wenn sic zurückkehrte nach Rouen. Zurückkehrte zu Arvid.

Der Jubel war grenzenlos, als Richard in Rouen einzog. Die Bewohner waren auf die Straßen geströmt, die Mönche ebenso wie die einfachen Bettler, die wohlhabenden Händler und die Bauern mit ihren gefurchten Gesichtern, die reichen Adeligen mitsamt ihren Dienstboten. Allesamt wussten sie schon lange um den glücklichen Ausgang der großen Schlacht an der Dives, aber erst jetzt schienen sie es auch zu glauben.

Seit Jahren hatte der junge Graf die Hauptstadt seines Reichs nicht betreten, und in dieser Zeit, da man um sein Leben und die Zukunft der Heimat gebangt hatte, hatten viele Gerüchte um ihn die Runde gemacht: Demnach war er besonders stark, besonders klug, besonders schön. Jetzt, da man seiner ansichtig wurde, stellte sich heraus, dass er trotz allem ein Mensch aus Fleisch und Blut war, obendrein ein junger, noch unerfahrener, aber die hohen Erwartungen verklärten die Blicke, die vielen bestandenen Gefahren schürten die Hoffnung, nun werde alles gut, und das warme Sonnenlicht tat sein Übriges, um den Glauben zu stärken, sein Einzug wäre ein Wunder. Wer dennoch zweifelte, dass Gott selbst die Hände im Spiel hatte und genau dies seine Pläne für die Normandie waren, wurde von den großen Glocken von Notre-Dame eines Besseren belehrt, als sie den Dankgottesdienst einläuteten. Ihr wuchtiger Klang drang durch Mark und Bein, ihrem Takt konnte sich niemand entziehen.

Mathilda erreichte Rouen gegen Ende des Dankgottesdienstes. Sie glaubte kurz, vom Anblick der überfüllten, freudetrunkenen Stadt überfordert zu sein, aber dann schwappte die Begeisterung auch auf sie über, der Zauber jener Stunde, die so viel Neuanfang verhieß. Seufzend schloss sie die Augen, hob ihr Gesicht ins Sonnenlicht, genoss die warmen Strahlen, die Jubelrufe und das Lied der Glocken. Als sie die Augen wieder öffnete, sah sie Arvid nicht weit von sich stehen. Man hatte sie zur Burg von Rouen gebracht, Richards engste Getreue und Berater kehrten eben vom Dankgottesdienst zurück. Arvid, dem es nicht erlaubt worden war, daran teilzunehmen, hatte im Hof gewartet. Die Kerkerhaft hatte ihn ausgezehrt, sein Haar war grauer geworden, aber seine Wangen waren wie die aller anderen vor freudiger Erregung gerötet.

Mathilda stürzte auf ihn zu, umarmte ihn und spürte, wie sich das Kind in ihrem jetzt deutlich gerundeten Leib regte.

»Du bist frei, endlich!«

»Das habe ich nur dir zu verdanken.«

Sie wollte nicht darauf eingehen, denn es war nicht der richtige Zeitpunkt, um von Hawisa zu erzählen.

»Die Normandie ist auch frei«, erzählte sie. »Denk dir – Rudolf Torta ist schmählich verjagt worden.«

Arvid nickte. »Richard hat ihn zwar nicht töten lassen, aber angedroht, es zu tun, wenn er jemals wieder die Normandie betritt.«

»Er ist gnädig«, murmelte Mathilda.

Sie ließ die Frage unausgesprochen, die ihr durch den Kopf ging: War er gnädig genug, dass auch sie beide in seinem Reich ein gutes Leben würden führen können? Mit ihrem Verrat an Hawisa hatte sie Arvids Freilassung erwirkt, mehr nicht. Sie waren ohne Ämter und Besitz, sie hatten keine mächtigen Freunde und Verwandten, und es gab wenig, was sie richtig gut konnten – nur schreiben, lesen und der Zerrissenheit ihrer Seele zum Trotz das Leben anpacken.

»Ich habe gehört, dass Rudolf Torta Zuflucht beim Bischof von Paris sucht«, sagte Arvid.

»Und ich hoffe, er lässt ihn für seine Sünden schwere Buße tun!«

»Aber nur weil Rudolf Torta weg ist und alle Zeichen auf Frieden stehen, irgendwann werden die alten Feinde aus ihren Löchern gekrochen kommen – Arnulf, Ludwig, Hugo.«

Es ist wie bei uns, dachte sie: Die Normandie hat ihren Grafen wieder, aber mehr auch nicht. Wir beide sind vereint, aber mehr auch nicht. Es gibt keine Gewähr fürs Glück. Der Weg in die Zukunft ist nicht von leuchtenden Blumen und goldenem Getreide gesäumt, sondern übersät von Steinen und dornigen Ranken.

Schweigend sahen sie zu, wie Richard von Notre-Dame zur Burg zurückkehrte, wie Menschen vor ihm auf die Knie fielen, Menschen wie sie, in deren Adern das Blut von Heiden und von Getauften floss. Richard sahen sie nur von weitem, Osmond de Cent-Villes hingegen ritt direkt auf sie zu. Ganz konnte er seine Verachtung für Arvid nicht verbergen, und er zeigte fehlenden Respekt, indem er nicht vom Pferd stieg, sondern von oben herab zu ihnen sprach.

»Richard möchte euch beide sprechen«, sagte er und rang sich immerhin ein schmales Lächeln ab.

Als Mathilda und Arvid später die Gemächer des Grafen betraten, stand Richard beim Fenster und starrte hinaus. Seinen Umzug durch die Stadt hatte er mit würdevoller Miene überstanden, jetzt glich er wieder einem aufgeregten Kind, das nicht fassen konnte, wie inbrünstig und lautstark man ihn bejubelte.

»Wie sie sich freuen!«, rief er, als er Arvid und Mathilda erblickte.

Seine Stimme klang so hell und klar, als lägen keine zehrenden Wochen des Wartens und Bangens hinter ihm und als wäre die Freude seines Volks nicht auch eine gewaltige Bürde – verlangte sie doch, dass er sich ihrer würdig erwies.

Arvid gönnte ihm jene spärlichen Augenblicke, da er nicht nur Graf war, sondern ein lebhafter junger Mann, und er war ebenfalls erleichtert, dass Richard ihm ohne Zurückhaltung begegnete, obwohl man ihm gewiss berichtet hatte, wessen man ihn beschuldigte. Er überlegte, ob er erneut versuchen sollte, die Wahrheit aufzuklären und seine Unschuld zu beweisen, doch ehe er sich dazu durchringen konnte, trat Richard auf ihn zu.

»Du hast zu den engen Freunden meines Vaters gehört. Und du hast mir bei meiner Flucht aus Laon geholfen«, erklärte der junge Graf.

Arvid sah, wie sich in den Gesichtern der anderen Anwesenden Widerspruch regte, neben Osmond waren Bernhard, Botho, Roche Tesson und Briquebec im Raum versammelt, doch Richard fuhr, ohne auf Arvids spätere Missetaten einzugehen, fort.

»Ich weiß nicht genau, was du bist – ob Mönch, Krieger, Franke, Nordmann. Aber ich weiß, dass du klug und gottesfürchtig bist. Ich bin noch jung, ich muss noch so viel lernen. Und ich möchte, dass du einer meiner Lehrer wirst.«

Alles hatte Arvid erwartet – nur nicht das. Mit weit aufgerissenen Augen starrte er Richard an. Auch für die anderen kam die Entscheidung unerwartet.

»Richard«, setzte Bernhard der Däne an, »ist dir klar, wer Arvid ist? Ein Verwandter des fränkischen Königs!«

Er klang nicht nur empört, sondern eher müde. Er hatte alle Ziele erreicht, seine Frau war wieder in die Normandie zurückgekehrt, aber er war nicht mehr der Jüngste, und die Ereignisse der letzten Jahre hatten Spuren hinterlassen. »Warum fällt deine Wahl ausgerechnet auf ihn?«

Richard zuckte die Schultern. »Der fränkische König ist trotz allem mein Nachbar. Ich muss mit ihm leben und auskommen. Das Leben wird nicht einfacher, wenn wir uns stetig von Feinden bedroht fühlen.«

»Und dennoch …«

»Ich weiß, wessen man Arvid anklagt, aber genau deswegen ist er wertvoll. Ich will einen Lehrer, der auch Zweifel kennt und der nicht eindeutig auf einer Seite steht. In meinem Reich leben sie doch alle: Normannen, Franken, Christen, Heiden – ich will sie unter meiner Führung einen, und ich will, dass Arvid mich dabei berät.«

Bernhard schwieg, aber Botho knurrte missmutig: »Er könnte ein Verräter sein.«

»Na und?«, erwiderte der junge Graf. »In meinem Reich könnte ein jeder zum Verräter werden. Wer sich nicht nur einem Erbe des Blutes verpflichtet weiß, sondern mehreren, hat immer etwas zu leugnen und zu vertuschen und zu unterdrücken. Warum aber soll ich nicht darauf vertrauen, dass es jedem Einzelnen gelingt, den Zwiespalt zum Guten zu nutzen, nicht zum Bösen?« Richard wandte sich wieder an Arvid: »Wirst du diese Aufgabe übernehmen? Wirst du mir treu sein? Wirst du mir helfen, mein Land zu regieren?«

Auch Botho erhob nun keinen weiteren Einspruch mehr. Stille senkte sich über den Raum. Mathilda drückte Arvids Hand.

»Ja, das werde ich tun«, erklärte Arvid tief bewegt.

Der Augenblick kam ihm so unwirklich vor, zu viel des Glücks schien auf ihn hereinzubrechen: Er war mit der Frau vereint, die er liebte, und er hatte einen Platz auf dieser Erde gefunden.

Doch die Feierlichkeit dieses Augenblicks währte nicht lange. Eben platzte der Mansionarius herein und verkündete, dass das Festbankett bereitet sei und Richard sich zu Tisch begeben möge. Der Mann wusste nicht, was sich gerade zugetragen hatte, und fügte ganz nüchtern hinzu, dass die vielen jungen Krieger schnell etwas in ihren Magen bekommen sollten, da sie schon den ganzen Tag tränken. Die Ersten hätten sich bereits übergeben.

Er schien der einzige Mann, der sich vom blinden Jubel des Tages nicht anstecken ließ, der vielmehr alt genug war, um zu wissen, dass es dort, wo es nach krossem Fleisch roch, immer auch etwas gab, was stank, dass, wo erlesenste Speisen aufgetischt wurden, sich auch Abfälle häuften, und dass Männer, die mit Juwelen besetzte Kelche hoben, später betrunken auf dem schmutzigen Boden schnarchten.

»Dann wollen wir die Hungrigen nicht warten lassen«, erklärte Richard.

Er straffte die Schultern, als würde er dadurch größer werden, setzte wieder eine würdevolle Miene auf und begab sich von seinen Beratern begleitet in den Festsaal.

Epilog

Arvids und Mathildas Kind wurde an einem der ersten Tage des Jahres 946 geboren. Eine dicke weiße Schneedecke verhüllte das Land, dämpfte die Schritte und ließ sämtliche Bewegungen gemächlicher ausfallen. Es war eine stille Zeit.

Die Wehen hatten im Morgengrauen eingesetzt. Als die Sonne, schwach und milchig, vom Himmel rutschte, kam Mathildas Tochter auf die Welt. Sie war noch von den Strapazen der Geburt zerknittert, aber tat voller Lebenswillen einen lauten, kräftigen Schrei.

Als die Kleine begann, an Mathildas Brust zu saugen, kam Arvid an ihr Bett geeilt. Eine Weile vermochten sie beide nichts zu sagen, neues Leben verdiente nur ehrfürchtiges Staunen. Die Hebamme wickelte die Nachgeburt in ein Tuch und zog sich zurück.

»Bist du enttäuscht, dass es kein Sohn ist?«, fragte Mathilda.

»Wie sollte ich? Du bist stark, vielleicht stärker als ich. An unserem Leben haben wir beide schwer zu tragen, aber du tust es mit geraderem Rücken. Gleiches wünsche ich auch … ihr.«

Vorsichtig streckte er die Hand aus und berührte den noch

feuchten Flaum, der den winzigen weichen Kopf bedeckte. Das Kind kniff die Augen fest zusammen, aber seine Lippen schmatzten hungrig.

»Wie sollen wir sie nennen?«

In der Normandie hatte sich die gleiche Sitte durchgesetzt wie in der einstigen Heimat – Mädchen wurden meist nach den Großmüttern benannt. Doch weder Hawisa noch Gisla schien Mathilda und Arvid richtig. Die eine war zu verrückt gewesen, um ihr Kind vorbehaltlos zu lieben, die andere zu schwach.

»Ich wünschte, sie hieße wie du«, sagte Arvid, »oder wie meine Ziehmutter Runa. Sie war eine starke Frau, der es gelang, dem Leben trotz widriger Umstände jedes Fünkchen Glück abzutrotzen, das es ihr zu bieten hatte.«

»Dann lass uns aus zwei alten Namen einen neuen machen so wie wir aus unseren alten Leben ein gemeinsames neues gemacht haben. Wir könnten sie Alruna nennen.«

Arvid strich einmal mehr über das Köpfchen der Kleinen. »Gott segne dich, Alruna.«

Mathilda wiederholte seine Worte. »Und Gott segne auch Graf Richard. Gott segne die junge Normandie«, fügte sie hinzu. Dann schloss sie die Augen.

Obwohl Mathilda jenen Ort seit ihrer Kindheit nie wiedergesehen hatte, stieg er plötzlich ganz deutlich vor ihr auf: die Wiese, wo salzige Meerluft wehte und auf der dennoch bunte Blumen wuchsen. Vielleicht konnte die Normandie eines Tages zu einem Land werden, wo es solche Orte gab. Vielleicht würde ihre Tochter dereinst auf einer solchen Blumenwiese spielen, und die Eltern, in deren weit geöffnete Arme sie lief, würden nicht zulassen, dass sie von ihnen getrennt wurde und dass ihr jemals Unheil widerfuhr.

Historische Anmerkung

Auch nach 945 war die Herrschaft von Richard nicht gesichert – immer wieder wurde in den nächsten Jahren die Souveränität der Normandie bedroht. Doch Richard konnte sich gegen seine mächtigen Feinde – gegen König Ludwig, Kaiser Otto, Thibaud le Tricheur und viele andere – durchsetzen, und so blieb die Normandie die einzige herrschaftliche Nordmännerbegründung, die über die Zeit der Wikingerüberfälle Bestand hatte.

In der Bretagne hingegen ist es nach Rögnvaldrs zunächst erfolgreichen Bemühungen in den Zwanzigerjahren des 10. Jahrhunderts nicht mehr gelungen, einen Wikingerstaat zu schaffen. Was die Herrschaftsgelüste der Wikinger in der Bretagne allesamt scheitern ließ, war wohl die Tatsache, dass sie anders als in der Normandie nur militärisch präsent, jedoch nie bestrebt waren, sich der dortigen Kultur anzupassen.

Einerseits wird am Modell der Wikinger augenscheinlich, dass ein Volk in der Fremde nur dann langfristig bestehen kann, wenn es die dortige Kultur übernimmt. Andererseits sind sie der Beweis dafür, wie hoch der Preis sein kann, den man dafür zahlen muss – haben sie mit Sprache und Religion doch zugleich wesentliche Grundsäulen ihrer Identität aufgegeben.

Der Verlust dieser Identität und die Suche nach einer neuen, die Bewältigung von Traumata, die sich aus dem Zusammenprall zweier Kulturen ergeben, und die innere Zerrissenheit, mit der die Nachfahren von Eroberern wie Eroberte zu leben haben, sind die Themen, die meine Protagonisten antreiben. Das Schicksal der fiktiven Hauptfiguren Mathilda und Arvid verknüpft sich dabei mit dem vieler historischer Persönlichkeiten, ob Wilhelm Langschwert und Richard, Sprota und Esperlenq, Gerloc und Bernhard der Däne. Aus ihrem Leben sind nur wenige Fakten überliefert, die ich teilweise mit viel Fantasie ausgeschmückt habe, doch trotz aller Fiktion geben die Quellen auch manch spannendes Detail preis, das mir bei der Charakterisierung der Protagonisten sehr weitergeholfen hat, zum Beispiel die Frömmigkeit von Wilhelm und sein Bestreben, sein Leben im Kloster zu beenden.

Die Geschichte um Hawisa, Dökkur und Hasculf ist frei erfunden: In den Quellen wird man keine Schwester von Oreguen – Tochter von Alanus dem Großen, Gattin des Mathedoi und Mutter von Alanus Schiefbart – finden, die mit Rögnvaldr ein Kind hatte. Nicht fiktiv ist jedoch, dass es immer wieder Versuche gab, auch nach Rögnvaldr einen heidnischen Staat in der Bretagne zu etablieren – vor allem in Regionen wie dem Nord-Cotentin. Historisch belegt ist ferner die Existenz der beiden in meinem Roman erwähnten Heiden Turmod und Sedric, die die Instabilität der Region nutzen wollten, um eigene Machtgelüste zu befriedigen, letztlich aber scheiterten.

Auch viele der geschilderten Ereignisse sind nicht ausschließlich Frucht meiner Fantasie: Diverse Quellen berichten beispielsweise von der Verlobung und Hochzeit Gerlocs, der Ermordung Wilhelms durch Arnulfs Krieger, Richards Flucht aus Laon in einem Strohballen oder der Schlacht an der Dives, aus der die Normannen nicht zuletzt aufgrund der Unterstützung von Harald Blauzahn als Sieger hervorgingen.

Bei den meisten dieser Ereignisse fällt die Datierung jedoch schwer. So gehen in der Forschung die Meinungen stark auseinander, wann Gerlocs Hochzeit anzusetzen ist. Häufig wird dafür ein viel früherer Zeitpunkt als in meinem Buch genannt – nämlich das Jahr 935. Allerdings kann man daran berechtigte Zweifel anmelden, denn vielen Quellen ist zu entnehmen, dass in diesem Jahr nicht ihre und Werghaupts Hochzeit, sondern die von Wilhelm und Lieutgarde ausgehandelt wurde. Selbst das ist jedoch nicht sicher. Ich habe mich schließlich für jenes Jahr entschieden, das der Dramaturgie meiner Geschichte am dienlichsten war.

Auch was das Geburtsjahr von Richard anbelangt, gibt es in den Quellen unterschiedliche Angaben. Einige setzen es 930 an, andere dagegen 933, wieder andere erst 935.

Der Grund für die unterschiedlichen Angaben und im Übrigen auch dafür, dass für ein und dieselbe historische Persönlichkeit oft unterschiedliche Vornamen genannt werden bzw. deren Schreibweise stark divergiert, liegt vielleicht darin, dass sämtliche Chronisten, die über die damaligen Ereignisse berichten, die Mönche Dudo oder Robert von Torigni, keine Zeitgenossen waren, sondern erst viel später, nämlich gegen Ende des 10. Jahrhunderts, lebten. Erst damals war es auch üblich, Wilhelms Reich als Normandie zu bezeichnen. Der Einfachheit halber habe ich dennoch mit diesem Begriff gearbeitet, ebenso wie ich Wilhelm als Grafen bezeichne, obwohl es zu seinen Lebzeiten keine einheitliche Bezeichnung für seine Position gab. Gegen Ende des 10. Jahrhunderts sprach man von der Normandie übrigens als Herzogtum – was nicht zuletzt ein Verdienst Richards ist.

Wie er seine Herrschaft gefestigt und das Gebiet der Normandie vergrößert hat, wie er sich gegen seine Feinde behauptet und die heidnischen Strömungen in seinem Land ausgemerzt hat, ist jedoch eine andere Geschichte, die ich ebenso wie die von Mathildas und Arvids Tochter Alruna in meinem nächsten Buch erzählen möchte.